DAS BESONDERE TASCHENBUCH

MIODRAG BULATOVIĆ

# DIE DAUMENLOSEN

ROMAN

Aus dem Serbokroatischen von Johannes Weidenheim

WILHELM HEYNE VERLAG MÜNCHEN

Genehmigte, ungekürzte Taschenbuchausgabe
Mit freundlicher Genehmigung des C. Bertelsmann Verlages

Titel der Originalausgabe: LJUDI S ČETIRI PRSTA
Umschlaggestaltung: Christian Diener, München
Printed in Germany 1981
Gesamtherstellung: Ebner Ulm
ISBN 3-453-43064-6

# Inhalt

*Diese Abenteuer-Chronik,*
*geschrieben mit einer unversehrten Hand*
*(deren Daumen noch dran ist),*
*widme ich*
*Miloš Marković,*
*dem Freund,*
*der mir seine Geschichte erzählt hat,*
*und allen anderen*
*Unbehausten, Verirrten, Hoffnungslosen*

»Vaterland, ich brauche deinen Namen nicht länger! Vaterland, laß uns unsere Rechnungen begleichen, du und ich: Nimm alles zurück, was du mir verliehen hast, an erster Stelle den Namen, den ich dir hiermit zurückgebe, und dann befreie mich von deinem Schicksal und deiner Finsternis! Denn, Vaterland, ich bin gegen dich, weil du gewaltig bist und herzlos, ich aber bin unbedeutend und von Lastern gezeichnet. Ich bin der Wurm in dir, du großer rotwangiger Apfel! Vaterland – du mein Fluch, mein Apfel, laß den Wurm aus dir herauskriechen! Du aber wachse und nimm zu, werde der größte und schönste unter den Äpfeln . . .«

»Schicksal, sagst du. Ja, Schicksal! Aber ein Schweineschicksal! Zuerst liebst du dein Heimatland, kämpfst dafür und blutest und bist stolz darauf. Doch die geliebte Heimat verstößt dich, und du findest dich, von Wunden bedeckt, in Tränen ertrinkend, auf einem Misthaufen wieder. Da magst du dann wimmern: Vaterland, du einziges, laß nicht zu, daß sie deinen Sohn bespucken! . . . Doch von nirgendwoher kommt Hilfe – rundum nur Finsternis und Eulen! Und dann jagen sie dich auch noch, mit bösen Worten und Hunden, von diesem Misthaufen fort – wie mich vor zwanzig und ein paar Jahren. Und immer tiefer trauerst du um deine Heimat, um Kirchen und Gräber und um die Lieder in der Muttersprache. Niemals weißt du in der Fremde, wo Ost und wo West ist, irrst pausenlos herum, läufst Menschen nach, die du nicht lieben kannst, vor allem deshalb nicht, weil sie sich auskennen in ihrer Welt, weil sie ein Woher und Wohin haben und ein Heim und darin ihren Herrgottswinkel. Aber wie zerlumpt und ausgelaugt du auch bist – du versuchst der Heimat zu helfen. Nicht so, du Waisenkind! rufst du ihr aus der Fremde zu, sondern andersherum, du meine gefallene Schwester! . . . Aber das Heimatland, groß und herzlos wie alle Heimatländer, auch das unsere – es hört dich gar nicht, sieht dich gar nicht. Was kümmert es die Heimat, daß du Falten um die Augen bekommst, daß Schimmel und Rost dich überziehen, daß du dich krümmst und immer kleiner wirst – wie zum Beispiel ich. Und eines Nachts schreist du auf: O Heimat, du herzlose, unersättliche Hure! Und beginnst Rachepläne zu schmieden. Durchfroren wachst du auf, bist hungrig, am Verdursten – ein Mörder, ein Vampir, ein Knecht der Emigration! Los also dann: in Brand stecken das Einzige, das dir nach allen Schiffbrüchen verblieben ist: das Vaterland! Mit deinen Händen das eigene, gepeinigte Herz ersticken. Losschlagen auf fremdes Leben – und auf den eigenen elenden, vor Verlassenheit und Sehnsucht verblödeten Kopf!«

# I.
# *Von den Sternen zu den Schweinen*

## 1

Marković lag wie ein Sack in der Ecke eines Kombiwagens, die Hände auf dem Rücken, eingezwängt zwischen zwei kräftige Kerle. Im Rhythmus der Stöße des Fahrzeugs, das einen Feldweg bergan zu holpern schien und in jeder Kurve auseinanderzufallen drohte, bohrten sich Schultern und Ellbogen der Entführer in Markovićs Rippen und Hüften. Wären seine Augen nicht verbunden gewesen, hätte er sehen können, daß sich einer der Kidnapper – der, den sie Brekalo nannten – einen nassen Sack, einen Strick und eine Schere auf seine Knie gelegt hatte. Brekalos schwielige, feuchte, schmutzige Hand preßte sich ihm auf den Mund und zerrte an seiner Zunge, sobald er versuchte zu schreien, ihnen ins Gesicht zu brüllen, daß ihm sein blutig geschundener Hals weh tue, daß ihm die Augen aus den Höhlen fielen und daß er seine Eingeweide auskotzen werde, wenn sie ihn nicht endlich aus der Zange ließen.

Doch Marković hatte nicht mehr die Kraft aufzuschreien. Er röchelte nur noch. Er hörte, wie sich trommelnd ein bayerischer Regen über den Kombi ergoß. Tomo Dazlina, der zweite Kidnapper, hielt ihm einen Vortrag. Wir drei, so sagte er, machen gar kein Hehl daraus, daß wir tagsüber Gastarbeiter mit einem roten jugoslawischen Paß sind. In München beim U-Bahn-Bau. Und nachts sind wir eben Ustaschas – und, so sagte er, wenn du nicht gleich Ruhe gibst, und wenn du dich nicht sofort bereit erklärst, für uns und – er hob die Stimme – für unseren unfehlbaren Richter zu arbeiten, zu plündern und zu terrorisieren, dann schlachte ich dich noch vor Tagesanbruch ab.

Antun Foretić, wie sie den dritten nannten, ließ seine Stiefelsohle auf Markovićs Kehle spielen. Und Brekalo fuhr fort: So wie dir wird's jedem Jugoslawen ergehen, der nicht römisch-katholisch ist und sich zu diesem balkanischen, stickigen, nach serbischem Geschmack erbauten Zuchthaus Jugoslawien bekennt! Und auch jedem anderen wird es so ergehen, egal welche

Farbe sein Paß hat, und wenn's ein Deutscher wäre – jedem, der es ablehnt, regelmäßig für unsere Befreiungsbewegung zu spenden: für den Kreuzzug der Ustaschas rund um den westlichen Erdball.

Der Kombi polterte weiter bergan. Flankenwind schlug eisig gegen die Scheiben, brachte Hundegebell und Frost. Marković bekam eine Gänsehaut. Die Entführer schwiegen. Anscheinend waren sie eingedöst. Nur der Fahrer fluchte vor sich hin – auf diese Hundekälte im April, auf die Dalmatinische Muttergottes und auf die Blätter, die an den Scheibenwischern hängenblieben.

Immer noch bellten die Hunde, aber schon weit in der Ferne . . .

## 2

Marković dachte an Sandor Kolar zurück – an den hageren Gangster mit den ausgeprägten Backenknochen, den bösen, gescheiten Augen, dem blonden glatten Haar und den ungewöhnlich langen Händen, die immerfort an etwas herumfingerten: an einer dicken Havanna oder an seinem platingefaßten Kamm oder an der goldenen Klappdeckeluhr in der Westentasche. Sie hatten sich auf dem langgestreckten Hof des Flüchtlingslagers Zirndorf kennengelernt, nach einer blutigen Schlägerei, aus der die Polen und die Madjaren als Sieger, die Tschechen, Rumänen und Jugoslawen als Verdroschene hervorgegangen waren.

Kolar hatte Marković mit den Worten umarmt: »Hättest du mir nicht aus der Patsche geholfen – der Rumäne hätte mir glatt das Auge ausgeschlagen . . .«

»Dafür hat er's dem Polen . . .«

»Wozu braucht auch ein Pole zwei Augen!«

Marković lachte mit: »Genau! Für einen Polen ist eins genug!«

Blutüberströmt lag ein knochiger Mann auf den Knien und brüllte. Das war dieser Pole. Er hielt was in seiner Hand, sah es sich mühsam an. Nie zuvor hatte Marković ein herausgenommenes Auge gesehen. Es war klein, tot, ohne irgendeine Bedeutung – ein Emigrantenauge.

»Du bist Marković«, sagte Kolar. Seine Zähne waren weiß und scharf wie Hundezähne. »Miloš Marković. Ich nenne dich einfach Mark, o.k.?«

»O.k.«

»Du bist sehr mutig, Mark. Du siehst, ich weiß alles von dir.«

»Und ich von dir nichts«, sagte Marković und wischte sich Dreck und Blut vom Ärmel. »Ich weiß nur, daß du ein Madjare bist. Kolar – wenigstens klingt das so. Und von Zeit zu Zeit erscheinst du plötzlich hier – so, als kämst du von ganz, ganz weit. Du bringst Leute, übergibst sie, nimmst andere mit. Du handelst mit Menschen. Und kaum bist du erschienen, kommt es, genau wie heute, zu einer wüsten Schlägerei. Du aber ziehst dich weise zurück und überläßt das Abrechnen uns, denn das ist sehr mühsam und blutig. Man sagt, du stammst aus Subotica, hast fünf Muttersprachen, und noch niemals hat dich einer übers Ohr gehauen.«

Sie gingen ins Klo, um sich zu waschen und zu kämmen. Eine ganze Weile betrachtete Marković im Spiegel sein von Krankheit gezeichnetes Gesicht, die großen, etwas schräg gestellten Augen in dunklen Ringen. Seit Wochen trug er ungewaschene, beinahe schon eingesäuerte Unterhosen, eine enganliegende Skai-Bluse, Jeans, einen schwarzen Rollkragenpulli, eine Fliegeruhr am Handgelenk. Er hüstelte und zitterte vor Kälte.

Sandor Kolar trällerte vor sich hin, mal russisch, mal ungarisch. Immer wieder sah er sich mißtrauisch um. Vor Marković, der seinen ganzen Aufzug, seine Stiefel, seine Bohemien-Manieren bewunderte, hatte er nichts zu verbergen – nicht sein Geld, nicht das Messer, auch nicht das Futteral mit dem kleinen Trommelrevolver in der linken Achselhöhle.

Wie witternd ging Miloš Marković hinter ihm her und paßte auf, daß er keinen Schritt mehr machte als Kolar. Schon damals war ihm klar, daß er dem Madjaren gehorsam sein werde – als sein Wächter, sein Gorilla, sein Sklave. Er würde alles tun, was der Dämon mit den metallgrauen Augen von ihm verlangte. Auch Kolar mußte ihn gleich für sich auserwählt haben – es ließ sich aus der Art schließen, wie er mit Marković sprach und womit er sich vor ihm brüstete. Die Keilerei, sagte Kolar, geht weiter. Die Rumänen, Tschechen und Jugoslawen wollen sich revanchieren – und wenn sie sich bis in die tiefe Nacht prügeln oder bis zum nächsten Morgen.

Man hörte Trillerpfeifen, Hunde bellten, aus den Transistorgeräten dröhnte balkanische Musik. Sandor Kolar befühlte einen Bluterguß unterm rechten Schlüsselbein, den er sich bei der Keilerei geholt hatte, und nannte ein paar Orte, an die er sich nur mit Abscheu erinnerte: Horgoš, Subotica – ach was, das ganze Jugoslawien! Marković ging neben ihm, aber doch einen halben Schritt zurück, als sei er schon Kolars Gorilla.

»Mark, dieses Zirndorf, diese stinkende Jauchegrube, ist nichts für dich!«

»Ich weiß, Chef.«

»Also! Was vertust du dann hier deine Zeit mit diesen Clochards und Kriminellen?«

»Ich war krank«, erklärte er dem Madjaren. Wind und Regen vereisten ihm die Lider. »›Die Lunge, Jugo!‹ So haben die Ärzte immer gesagt. Und das Wasser! Das geht schwer wieder weg. Überall Wasser, im Himmel, auf der Erde und in dir selber. Bist du erst mal so gewässert, dann denkst du nicht mehr an morgen, dann – hast du kein Lebensziel mehr.«

»Wo bist du denn so zugerichtet worden?«

»In Österreich. Ein schreckliches Land. Ewiger Nebel.«

»Jetzt bist du aber wieder gesund?«

»Hast ja gesehen, wie ich hinlangen kann.«

»Genial! Keine Spur mehr von Wasser! Mit dir möcht' ich's nie zu tun kriegen!«

»Na – und wenn ich erst mal jemanden zu beschützen hätte, dann ...«

»Wie steht's mit den Papieren?«

»Schon zweimal hab' ich einen Paß weggeschmissen«, sagte Marković schmunzelnd und wurde ein wenig rot. Kolar nagte an seinem vom Nikotin gegilbten Bärtchen. »Das erste Mal im Lager Traiskirchen, Österreich. Nach diesem Paß – natürlich war er falsch – hieß ich Jovo Babić, stammte aus Mostar in der Herzegovina. Ich hatte damals – genau wie hier – um politisches Asyl nachgesucht. Aber sie gaben mir keins. Ich konnte nicht nachweisen, daß ich in Jugoslawien politisch verfolgt oder kaltgestellt war. Oder aus Sehnsucht nach westlicher Freiheit vor dem kommunistischen Terror geflüchtet bin. Denen wär's natürlich am liebsten gewesen, hätt' ich ihnen erzählt, wie das so viele tun: Ich bin vor dem roten Galgen geflohen, mit dem Ruf auf den Lippen: Es lebe die Freiheit, es lebe der Westen!«

»Und warum hast du's nicht?«

»Was heißt hier Galgen, hab' ich denen gesagt, noch nicht einmal mehr im Film werden bei uns die Leute aufgehängt. – Was willst du dann also im Westen? fragten die mich. – Ich sage: Ich will einfach hierbleiben. – Wie lange? – Nu, eine Zeitlang, sage ich. – Können wir dann – so fragen sie mich – schreiben: Sie wollen so lange bleiben, bis der Kommunismus gestürzt ist oder von selbst zusammenbricht? – Ich wiederhole: Nun, eine Zeitlang würde ich gern bleiben. – Wie lange? fragen die wieder. – Nun, sage ich, so lange, bis ich ein paar wichtige persönliche Angelegenheiten erledigt habe, die ich wegen der Natur der Sache in Jugoslawien nicht erledigen kann.

Also, sagen die, das sei ihnen alles zu wirr – und einer will mir sogar eine Ohrfeige verpassen. Ich sage: Auch Sie kommen mir reichlich verworren vor. Der schäumt, springt mir fast ins Gesicht, greift zum Telefon. Kommt immer wieder auf den Galgen zurück. Da wurde es mir endlich zuviel und ich fing an, ihn zu plündern: Portemonnaie, Taschenuhr, Tabaksbeutel, Kugelschreiber. Später, beim Abschied, gab ich ihm das alles zurück. Da hat er dann kapiert, für welches System und für welche Art Galgen ich bin. Hinterher lief ich noch lange mit seiner Sonnenbrille auf der Nase herum.«

»Und wie bist du hierhergekommen?«

»Es hat mich einer auf einer Mistfuhre hergekarrt und abgeliefert. ›Da habt ihr noch so einen Aussätzigen aus dem Osten!‹ Na, wie dem auch sei – hier hab' ich noch mal einen von unseren roten Pässen weggeworfen. Laut diesem hieß ich Tomislav Badurina. Unter diesem Namen führen sie mich immer noch – aber du kannst mich totschlagen, ich habe keine Ahnung mehr, woher ich, diesem Papier zufolge, stamme. Mit Sicherheit weiß ich nur, daß mein Foto anstelle von Tomislav Badurinas Foto makellos montiert war, so daß niemand dahinterkam, daß der echte Tomislav mit Ziegelsteinen in der Tasche in der Donau bei Wien ruht.«

»Haben sie dich hier auch so ausgequetscht?«

»Wer weiß, wie das ausgegangen wäre, wenn ich nicht diesmal sofort erklärt hätte: Wenn ich rote Farbe sehe, muß ich kotzen. Und jede Nacht träum' ich vom Galgen. Sie haben das alles sorgfältig aufnotiert und beglaubigt. Wenn den Idioten nun eingefallen wäre, den Test mit der roten Farbe zu machen ...«

»Aber – das versteht sich doch wohl: Du bist gegen das Regime dort.«

»Einer, der, wie ich, wegen Diebstahl, Raub und Schlägereien so viele Jahre im Knast zugebracht hat, der ist gegen sämtliche Regime. Er ist für seine Haut, für die Freiheit, die man ihm nimmt. Und was das Vaterland angeht, den Staat: ich bin gegen alle Vaterländer – nur nicht gegen das, aus dem ich geflohen bin, komisch! Aber das verstehen die hier nicht. Wie soll ich denen das erklären?«

»Solang du's nicht erklärst, gibt's kein Asyl.«

»Dann gibt's eben keins. Eine andere Erklärung wird's aber auch nicht geben.«

»Mark, gib zu, daß du in der Heimat verfolgt würdest – sonst wärst du ja nicht hier!«

»Ich hab' eher die Heimat verfolgt als die mich. Ich wär' meiner Heimat gar nicht aufgefallen, hätt' ich nicht so gespuckt auf alles, was da jedem Menschen lieb und heilig ist.«

»Was bist du eigentlich für ein Kerl?«

»Ein ganz mieses Schwein«, sagte Marković ruhig und hart und unterdrückte mühsam die Tränen. »Es tut mir weh, daß ich mit meinem verkorksten Leben die ehrlichen armen Leute da unten gegen mich aufbringen mußte!«

»Im Westen mußt du alles verfluchen, was slawisch ist – oder zigeunerisch, das ist für die hier dasselbe. Sonst gibt's weder Asyl noch zu fressen.«

»Die hier sind schlimmere Zigeuner als wir!«

»Wenn die hier erführen, was du mir erzählt hast – die würden dich als gewöhnlichen Kriminellen in deine Jugovina zurückschicken. Dann könntest du in vier engen Wänden ganz intim mit deiner geliebten, ehrlichen, heilen Heimat flüstern.«

»Chef, es genügt mir nicht, nur gegen ein Land zu sein.«

»Halt du nur die Klappe – die schicken dich doch noch zurück!«

»Ich geh' von selber – sobald ich mich gerächt habe.«

»Das sieht ja aus, als hätten's alle bei dir verschissen.«

»Am liebsten würde ich was anzünden . . .«

»Man hat mir erzählt, du hättest dich für Kanada gemeldet.«

»Etwas mußt' ich ja unternehmen«, sagte Marković und wich vier Männern aus, die den Polen auf einer ausgehängten Tür hinter sich herzogen; einer trug auch das Auge davon, das in schmutziges Zeitungspapier gewickelt war. »Aber wenn ich die Wahrheit sagen soll: Ich will aus Dojtsch nicht mehr weg!«

Da umarmte Kolar ihn sanft, und Marković spürte wieder Selbstbewußtsein und neuen Mut.

Er fuhr fort: »Wenn mich einer nach den Gründen fragte, würde ich ihm den Vater nennen. Der ist aus dem KZ Osnabrück bis heute nicht zu uns zurückgekommen, hat auch kein Lebenszeichen gegeben. Aber ich weiß, daß er lebt und irgendwo verkommt. Niemand ist so viel schuld wie er, daß ich so bin wie ich bin und daß ich mich nie bessern werde und, schließlich, daß ich überhaupt bin. Ich muß mit ihm abrechnen.«

»So laß ihn doch einfach verkommen!«

»Aus welchem Grunde bist du ausgerechnet heute hier?«

»Ich brauche einen kräftigen, treuen Gorilla. Einen Freund, Kameraden, Leibwächter – wie du willst. Ich bin nicht gern allein auf der Straße, ohne Begleitung – es ist mir unangenehm. Ich hab' oft Geld bei mir – da wird mir leicht mulmig. Arbeit gibt's hier ja nach Lust und Laune, die fliegt einem nur so zu. Ich weiß schon gar nicht mehr, wohin mit den vielen Möpsen. Und deshalb würde ich mir eben gern einen von unseren patenten Burschen kaufen, einen Jugo am besten.«

»Du brauchst ihn nicht zu kaufen.«

»Heißt das: O.k.?«

»Natürlich. O.k.«, flüsterte Marković und warf einen hoffnungsvollen Blick auf den cleveren, übrigens ausgesprochen schönen Burschen, der ihn seinerseits aus den Augenwinkeln anvisierte. »Du brauchst einen Gorilla, einen Jugo, und ich einen älteren Bruder, einen Kumpanen, der mich durchs Leben geleitet.«

Der gestriegelte, nach der letzten Mode gekleidete Bursche grinste und hob den Zeigefinger: »Der dich führt durch Dojtsch und durch Österreich . . .«

»Ich hab' gleich gewußt, daß du mich kaufen – oder doch annehmen wirst. Ich bin sein Mann, sagte ich zu mir und wartete, bis du auf mich zukamst. Und schon spiel' ich mal wieder die Rolle, die ich so gut kenne. Das nennt man Vorahnung! Wenn ein Emigrant die nicht spielen kann, geht er, sagt man, zugrunde. Erst jetzt wird mir klar, warum ich nicht mit diesen beiden Banditen mitgegangen bin – ich meine die, die hier schon wiederholt Leute eingekauft haben. Die wunderten sich: Wieso gehörst du denn keinem, wieso hast du dich nicht verkauft? Der erste hat mir die Muskeln und Knie begrapscht, der zweite die Eier. Der hat mir auch gleich das Knie ins Kreuz gedrückt und gefragt: Wie steht's mit den Nieren? Und der erste hat mir 'ne Hundert-Kilo-Kiste auf die Schultern gewälzt und mein Gebiß beschaut, als wär' ich ein Pferd. Beide waren von unten, vom Balkan. Die haben sich nur für ganz billige Menschenware interessiert.«

»Unter diesen Emigranten, die da immer von sich behaupten, sie seien an den Füßen aufgehängt und ausgepeitscht worden – hast du da nicht so gewisse miese Fressen erkannt? Ich meine eingeschleuste Agenten vom östlichen Staatssicherheitsdienst?«

»Einer war mir schon sehr verdächtig. Der konnte alle slawischen Sprachen – auch Ungarisch und Rumänisch, sogar dieses albanische Kauderwelsch. Er behauptete, er sei irgendwo auf dem Balkan Bergmann gewesen. In Jugoslawien habe er sich angeblich nicht entfalten können. Er hat mir ein Urteil vorgezeigt, danach ist er wegen Beleidigung des Volkes und Verleumdung unseres Staates von einem bosnischen Gericht zu zehn Jahren verurteilt worden, verbunden mit Zwangsarbeit. Und dann ist er, angeblich, eh er seine Strafe im Zuchthaus Zenica antreten sollte, abgehaun. Und, simsalabim, sozusagen über Nacht fand er sich ausgerechnet in Zirndorf ein.«

»Sobald ein Emigrant anfängt zu schimpfen und aggressiv zu werden – hau ab! Fängt er an zu loben – hau dito ab! Und wenn er die Schnauze hält und wartet, daß du anfängst – hau nochmals ab! Fast jeder ist ein Provokateur!«

»Ich werde immer abhauen«, bestätigte Marković und wechselte, wie das Reglement es verlangte, die Seite, so daß er links vom Chef ging.

»Ich hab' gehört, du hast Liebeskummer.«

»Ja, Chef. Sie heißt Januša Novak. Eine Tschechin, rothaarig, mit Sommersprossen. Auch die haben böse Geister nach Zirndorf geweht, mir direkt in die Arme.«

»Es ist sehr unvorteilhaft, wenn ein Mensch aus unserer Zunft, ja, überhaupt ein Emigrant, sich mit Empfindungen belastet. Gleich klaut er schlechter, bricht weniger entschlossen ein, und wenn er flieht, dann auch nur mit halbem Herzen. Bald fängt er an, mit nassen Augen Briefe zu schreiben und auf Antwort zu warten. Oder er geht ins Kino, um auf der Leinwand sich oder sie oder beide wiederzufinden. So einer wittert überall glückliche Fügung oder finstere Verschwörung. Und was das Schlimmste ist, Mark: Seine Hände beginnen zu zittern.«

»Du bist also gegen mein Verhältnis?«

»Das habe ich nicht gesagt.« Und als Kolar sah, daß Marković errötete, fuhr er fort: »Wo ist sie denn geblieben – so sommersprossig und rothaarig?«

»Seit sieben Tagen ist sie verschwunden«, sagte Marković. Und zum erstenmal seit er mit seinem Herrn zusammen war, fürchtete er, daß es mit ihm durchgehen würde – falls sie weiter von Januša Novak sprächen. »Sie hat gesagt, sie wollte nur eben nach Nürnberg. Sie müßte dort im Haushalt schuften.«

»Wollen wir sie uns teilen, damit sie sich nicht länger abrakkern muß?«

Miloš Marković verstummte. Scham, Verzweiflung und Zorn überkamen ihn. Der Madjare musterte aufmerksam ein paar Typen, die ihnen entgegenkamen und ein rumänisches Lied sangen. Dann sagte er:

»Lauf nie jemandem nach! Keiner Hure und keiner Straßenbahn! Schon deine Beine für die Flucht; du bist ein Emigrant.«

Hätte ein anderer so von Januša gesprochen, Marković hätte das Messer im Ärmel gejuckt. Der Madjare spürte das – er hatte auch keine Lust, länger von diesem Mädchen zu sprechen. Er roch nach teueren Parfüms, und beim Gehen wiegte er sich in den Hüften. Marković verstand es, sich sowohl neben wie hinter ihm zu halten, wie das nur der teuerste Gorilla fertigbringt.

»Hast du gestern diesen Schrei gehört, Mark? Da hat einer seine Eier in Zirndorf verloren.«

»In welcher Sprache hat der geschrien, Chef?«

»Der ist jedenfalls fertig. Eier hat der keine mehr.«

»Vor ein paar Tagen sind hier sieben umgekommen. Schlägerei. Ich hab' alles gesehen. Die *Abendzeitung* war voll davon. Der achte war Sam Lipka, ein Slowake, der war schon verwundet, da haben die Tschechen ihn aufs Klo geschleppt und ihn mit Seife genudelt, bis er tot war. Lipka war ein großartiger, tapferer Dieb. Schade!«

»Da kommen irgendwelche Typen hinter uns her. Die machen schon ihre Gürtel locker und stellen die Ohren auf.«

»Wenn's nur keine Tschechen sind! Mit Seife . . .«

»Mark, wir müssen verschwinden. Es sind Tschechen.«

»Geh voran, Chef, ich sichere. Verlaß dich auf mich!«

»Hast du eigentlich nichts Besseres anzuziehen?«

»Nein, Chef.«

»Ich werde dich einkleiden.«

»Das ist meine geringste Sorge.«

»Hast du sonst noch was bei dir – außer Messer und Schießeisen?«

»Nur das!« sprach Marković selbstbewußt, hielt ihm seine Hände vor die Nase, spreizte die Finger und zählte sie ab.

Kolar zwinkerte ihm zu: »Immer mir nach! Du gefällst mir.«

»Und das politische Asyl?«

»Es sei dir gewährt!« kicherte Kolar – und nun waren sie schon draußen auf der Straße, und im Vorbeigehn hatte er die Tschechen noch gefragt, was sie so mit ihrer Seife zu machen pflegten . . .

»Zum Teufel mit diesem Zirndorf, und sie können mich alle am Arsch lecken, diese Lagerspione, vor allem die aus Osteuropa! Wenn's um Ausweise oder Pässe geht, da brauch' ich die nicht – ich hab' genug!«

»Welche Nationalität werde ich haben?«

Kolar zeigte ihm einen griechischen Paß. »Wenn du schon ausschaust wie die alten Byzantiner auf den Fresken, dann sei ein Grieche! Eine Zeitlang wirst du Janis Duros heißen. Merk dir: Du stammst aus Saloniki und bist Viehhändler. Ihr seht euch sogar ähnlich, so daß wir eure Fotos gar nicht erst auswechseln müssen!«

»Chef, ich bin zu allem bereit«, sagte Marković und schritt couragiert neben dem Madjaren aus.

»Brauchst du nicht. Nur zu dem, was ich dir befehle.«

»Janis Duros wird gut, gehorsam und treu sein wie ein Schimpanse.«

Sie wandten sich um und schauten zurück zum Lagertor. Dort fuhr ein Ambulanzwagen vor und dieser Lagerwagen, der aussah wie eine ›Grüne Minna‹. Man hörte Singen und Fluchen in mancherlei osteuropäischen Sprachen, auch Hundegebell, Husten und Schreien.

Sandor Kolar erklärte: »Von irgendwoher schleppen sie Neue an. Was man da so an Wehgeschrei und Verwünschungen hört, läßt darauf schließen, daß die meisten Russen, Ukrainer und Madjaren sind.«

»Chef – ich will ja nicht fragen – aber: Wovon werden wir leben?«

»Du hast mir deine Hände und die Finger einzeln vorgezeigt«, antwortete Sandor Kolar. »Davon werden wir leben. Außerdem vom Köpfchen. Bestimmt nicht von der Liebe!«

»Der, mit dem du da am Tor gesprochen hast, bevor die Schlägerei losging, der kam mir bekannt vor . . .«

»Ein Jugoslawe, ein Serbe namens Erić. Tag und Nacht wirbt der um Kundschaft, bietet an, kauft auf. Er verspricht seinen Opfern drei Jahresernten in Kalifornien, eine kleine Erdölquelle in Texas, eine Mustang-Ranch. Dafür braucht man nur den Daumenabdruck auf sein Papier zu setzen. Und kaum haben diese imbezilen armen Teufel aus Osteuropa sein Formular unterschrieben – und da stehn Sätze drin, die kapiert nicht mal der liebe Gott! –, da verfrachtet er sie schon auf Schiffe und schafft sie wie Vieh nach Vietnam, nach Angola, nach Mozambique. Wer unterwegs Hunger kriegt – solche Versprechungen macht der! – kann wählen zwischen einem Vietnamesen oder einem Neger vom Rost! Da gibt's ja welche, denen liegt mehr an solch makabren Scherzen als am Leben – die folgen ihm, und die kehren nie mehr zurück. Und damit er sich von anderen Händlern mit osteuropäischem Jungfleisch unterscheidet, hat Erić statt eines menschlichen Gorillas einen echten bei sich. Mit dem gibt er an, mit dem droht er und – erzählt man sich – mit dem würgt er auch.«

»Was sind denn das für Leute, die da um die Schranke herumlungern und mit glühenden Augen auf die Neuen warten?«

»Drei Monate hast du hier rumgegammelt – und die sind nicht auf dich zugekommen?«

»Ich hab' um die einen Bogen gemacht. Bei deren Anblick war mir nicht geheuer . . .«

»Mark – wenn du mir nicht das Auge gerettet hättest – kein Wort würde ich dir erzählen.«

»Immerhin: Auge ist Auge.«

»Der Großköpfige, der so mit den Armen herumfuchtelt, heißt Nastas. In der Unterwelt ist er unter seinem Spitznamen Tapir bekannt. Er behauptet, er sei von der Caritas, aber er lügt, denn in diesem Verein hat es noch nie einen Bulgaren gegeben. In Bayern brüstet er sich, er habe während des Zweiten Weltkriegs, und auch noch ein wenig danach, kreuz und quer durch Griechenland und Bulgarien gemordet, und zwar zu Ehren und auf Rechnung des, wie er betont, allzufrüh verstorbenen Adolf Hitler und des Zaren Boris von Bulgarien, der auch ein Deutscher gewesen sei. Er hat immer Tränen in den Augen, wenn er das erzählt – aber er beweint nicht seine Opfer, die er mit seinen behaarten Pranken erwürgte, sondern die heutigen Verhältnisse, die es ihm nicht erlauben, dort unten weiterzumachen. Niemand glaubt dem Bulgaren, daß die Special Forces ihn aus lauter Sympathie nicht loslassen. Aber es stimmt, daß er zahlreiche osteuropäische Terroristen-Organisationen mit frischem Menschenmaterial versorgt. Deshalb treibt er sich auch immer an den Grenzen herum und wartet. Zirndorf ohne Tapir ist nicht vorstellbar! Von hier begleitet er die Emigranten an den Bodensee, angeblich zu einem Ausflug – dann verschwindet er und fängt unterwegs auf den Bahnhöfen neue ein. Am Bodensee wird ausgebildet; da übt man die Eroberung von Bratislava, Budapest und Temesvar. Für jeden Fallschirmabsprung gibt's eine Mark – und für jedes Bein und jede Wirbelsäule oder was man sich sonst noch bricht, gibt's eine Bescheinigung. Der Bulgare kriegt pro Mann eine Provision – aber das ist nicht viel, so daß er sich keine Ruhe gönnen kann.«

»Und die drei mit den Diplomatentaschen?«

»Der erste ist Vrbacky, ein Slowake. Der bietet brasilianische Kaffeeplantagen an, kanadische Wälder und Sägewerke, dominikanisches Zuckerrohr. Und das alles für nichts weiter als eine Unterschrift oder einen Daumenabdruck – aber noch heute muß es sein! Vrbacky wiederholt ständig: Man wird südafrikanische Diamanten und Goldbarren klauen und verkaufen, man wird Drogen und Waffen durch die Meerenge von Gibraltar schmuggeln, man wird die diversen Iren mit Sprengstoff von nie gekannter Brisanz beliefern! Aber das ist noch gar nichts gegen den Polen Borowski! Unterschreibt – dann werden Koralleninseln der Südsee mit Palmen und Perlen euer sein! Unterschreibt – dann werden Marseille und Dakar euch gehören, und Stierkämpfe und Spielkasinos am Panamakanal! Doch die meisten hören auf den Ungarn Juhas Kovacs: Wenn ihr unterschreibt und mir folgt, dann wird die Zukunft euch gehören, und ihr werdet glücklich sein! Euer Leben wird euch gehören – und nicht den anderen! Hier im Westen ist alles privat – es gehört also niemandem, wie dort, von wo ihr gerade noch zur rechten Zeit getürmt seid! Wer mit Juhas geht und fleißig ist, der kann es zu einem Bordell bringen, einem privaten, auf Rädern, und mit einem Spielzimmer – ganz wie er will. Juhas Kovacs, in dessen Liste ihr euch eintragen solltet, wechselt wöchentlich die Autos, täglich die Anzüge, stündlich die Weiber! Im Westen regnet es Geld – und nicht leere Worte und unerfüllte Versprechungen! Auf der westlichen Seite des Eisernen Vorhangs ist nichts volkseigen oder vergesellschaftet – sondern alles gehört irgendeinem! Wenn du geboren wirst, wirst du privat geboren. Privat sind deine Eltern, deine Kinder, vor allem deine Frau. Und wenn du stirbst, stirbst du privat, und dein Hinscheiden trifft nur die Deinen, so du welche hast, nicht das Volk! – Und diesen Dreien, Mark, sitzen sie der Reihe nach alle auf: die Madjaren wie die Russen, Polen wie Bulgaren, Rumänen wie Jugoslawen. Denn alle wollen und lieben dieses *Privat,* so daß das Geschäft dieser drei Schufte blüht wie im Mittelalter – es könnte gar nicht besser gehn!«

»Und dieser kahlköpfige Koloß mit dem eiförmigen Schädel? Ich meine diesen Kerl mit dem vorspringenden Kinn, der nur noch ein Ohr hat und aussieht wie Taras Buljba. Das ist der einzige, der nicht von Puffs und Harems quasselt.«

»Ein Russe ist das. Jermolaj Timofejitsch Kuznecov. Die Deutschen nennen ihn Iwan – bei uns heißt er ›Batjuschka‹. Und wir sind für ihn seine ›Täubchen‹. Er ist von all den Galgenvögeln, die sich hier rumtreiben, der einzige, vor dem ich Respekt habe. Wir haben beide eine Schwäche für ausgekochte Burschen mit flinken Pfoten und schnellen Füßen. Vor allem für solche, die mit Brutalität und Zerstörungslust erblich belastet sind. Und: Jermolaj bleibt immer Realist. Er verspricht diesen verirrten, total verblödeten armen Hunden aus dem Osten weder australische Farmen mit Känguruhs – privaten, versteht sich – noch das Gold von Alaska oder die Harems von Beirut, Damaskus und Istanbul. Jermolaj macht das eben nicht so wie diese Schreihälse. Ich habe nie gehört, daß er jemals einen Emigranten mit Angeboten verführt und ihn dann an einen südafrikanischen Bergwerksboß verkauft hätte – oder an lateinamerikanische Hacienderos oder Latifundienbesitzer, und schon gar nicht an einen dieser schmuggelnden Reeder, die ihre aufmüpfigen Sklaven den Haien zum Fraß vorwerfen – manchmal nur als Ritual. Dieser Russe braucht nicht mit der Fremdenlegion zu drohen – er selber ist eine ganze Legion. Kuznecov baut sich einfach breitbeinig mitten im Lager auf und – mußt du mal hören! – donnert mit einer Stimme wie aus einem leeren Faß: Jungs, habt ihr nicht Lust zum Killen? Wollt ihr nicht auch kommunistische Konsulate, Botschaften, Handelsmissionen zerstören? Und würde es euch nicht einen Mordsspaß machen, denen da drüben auf der anderen Seite alles in die Luft zu jagen, was ihnen wert und teuer ist? Brücken, Denkmäler, Bahngleise, Bauwerke? Wer – so frage ich euch – möchte ganz einfach zerstören, kaputtmachen – einfach alles, ganz egal, wem's gehört? Wer möchte Furcht und Schrecken verbreiten, Feuer und Tod? Wer Saft in den Hoden hat, der soll sich melden – und wenn er will, soll er ruhig einen falschen Namen angeben! Aber eines soll jeder wissen: Wen ich auf die Stirn küsse, wen ich mir erwähle als Weggefährten und Kameraden, als Bruder im Elend – auf den warten große männliche Erlebnisse. Manchmal Geld und Frauen – oft genug aber auch unheilbare slawische Leiden, oder eine Kugel in die Stirn, auf die ich ihn geküßt und mir für alle Zeiten verpflichtet habe ... Was meinst du: Wenn Batjuschka so loslegt, sind die anderen drei weg vom Fenster!«

»Das stimmt, Sandor. Wär' ich nicht mit dir gegangen, dann sicher mit dem da!«

»Läge dir denn so viel am Kuß dieses Russen – beziehungsweise an einer Kugel in die Stirn?«

»Jermolaj ist kein Bolha[1]. Man sieht das, man spürt es. Ehe Jermolaj verzweifelt, rächt er sich. Aber eins steht fest: Jermolaj verrät seine Soldaten und Kumpane nicht!«

»Nun sieh dir das an: wie viele dieser Unglücklichen vor ihn treten und ihm die Stirn hinhalten! Stell dir vor, *du* würdest vor ihm niederknien! Wenn du es fertigbringst, dir das vorzustellen – bitte, dann geh mit ihm! Die Zeit vor dem Krieg hat er in Jugoslawien gelebt – er wird dich liebgewinnen.«

»Ich bin schon gegangen. Mit dir!«

»Dann soll Batjuschka ohne uns kaputtmachen!«

»Chef, das soll er!«

»Auch wir werden kaputtmachen – nur anders.«

»Hauptsache, es kracht.«

Knochig und ungeschlacht wankte ein alter, besoffener Riesenkerl an ihnen vorbei. Außer der ukrainischen Pelzmütze auf seinem Schädel war alles an ihm bayerisch. Der grüne Lodenstoff wollte zu seiner südländischen, fast zigeunerhaften Erscheinung nicht passen. Auf dem Jackenaufschlag glänzte ein kleines Kruzifix. Er hatte große, schrägstehende, blutunterlaufene Augen und einen glasigen, gottesfürchtigen, leicht schielenden Blick. Sein dichter Schnauzbart hing ungepflegt, bäuerisch herab. Er taumelte und wäre hingefallen, hätten ihn seine jungen Gorillas nicht gehalten: drei mickrige Burschen, denen man ihre Herkunft vom Balkan ansah. Fauchend versuchte der Alte ein, zwei Schritte – dann brachte er mühsam seine unproportionierte Gestalt zum Stehen. An der rechten Hand fehlte ihm der Daumen, die linke war eine einzige Brandnarbe. Die Gorillas stützten ihn. Marković begriff sofort, daß dieser Gewaltige mit dem gebrochenen Nasenbein und den geschwungenen Brauen eine bedeutende Persönlichkeit war.

»Ein Ukrainer«, flüsterte Kolar. »Genannt ›Gottesmann‹. Ohne Bogdan Bondarenko – wenn er wirklich so heißt – kann man sich weder München noch die Bundesrepublik vorstellen. Ja, sogar der ganze Globus würde sich ohne diesen Chochol[2] irgendwie unvollkommen ausnehmen. Darum paß nur auf, daß du nicht mal seinen Weg zum Himmel kreuzt! Alles, was er in seinem bewegten Leben tat, hing mit dem Glauben zusammen.

---

[1] Bolha = ungarisch: Floh

[2] Chochol = russisches Schimpfwort für Ukrainer

An der ukrainischen Front hat man ihm gesagt, die Deutschen seien Ungläubige. Bondarenko genügte das. Eines Tages schüttete er vor seinem Kommandeur einen ganzen Sack junger deutscher Köpfe aus. Mit Menschenblut, so behauptet er, habe er sich fürs ganze Leben die Gurgel vergiftet und verbrannt. Wenn es weder Spiritus noch Wodka gab, stillten sie ihn mit Benzin. Das war zu der Zeit, als er sich wie ein Malariakranker schüttelte und laut nach Gott rief – als Folge endloser Gespräche über die Gottlosigkeit, deren Name Krieg sei, und wohl auch als Folge von all diesem Menschenblut, das, wenn man zuviel davon und noch dazu auf leeren Magen säuft, zu Kopfe steigt. Doch Gott erschien nicht. Ein fauler Genosse, dieser dein Gott, sagten die Rotarmisten zu ihm. Am nächsten Tag lief Bondarenko über – zur 82. deutschen Panzerdivision. Sie steckten ihn in eine Panzeruniform und gaben ihm ein MG. Damit – so erzählt er – habe er mehr gottlose Sowjetsoldaten niedergemäht als das gesamte Oldenburger Regiment. Bruderblut schmeckte noch salziger, noch bitterer – kein Wunder, daß Bondarenko abermals, und zwar als seine Truppe dicht vor Moskau stand, eine Begegnung mit Gott suchte. Doch auch zu diesem Gespräch über Feuereinstellung und Frieden und Versöhnung unter den Menschen erschien Gott nicht. Verlier die Hoffnung nicht, Chochol, sagten die Deutschen zu ihm, während sie sich nach Westen zurückzogen. Auf dem Rückzug setzte Bondarenko ukrainische und polnische Dörfer in Brand, damit die Flammen seinen Weg zum Himmel erleuchteten. Die 82. Panzerdivision gab's nicht mehr. Eines Nachts, an der deutsch-holländischen Grenze, hatte Bondarenko eine Erscheinung, und die gab ihm flüsternd den Rat, nicht länger zu flüchten, sondern sich niederzusetzen und auszuruhen. Ihm gegenüber, auf der anderen Seite, sah er die Lichter von Holland, und er mußte weinen – wie damals, als er ein Hirtenjunge war. Und abermals rief er Gott an. Diesmal zu einer Beratung über dieses Zigeuner-, dieses Emigrantenleben, über seine durchlöcherten, pfeifenden Lungen und seine wehen Füße, die den schweren Leib und den trüben Kopf nicht länger tragen könnten. Es war nicht fair vom slawischen, griechisch-orthodoxen Gott, daß er nicht kam. Der eisige holländische Wind brachte Regen. Bondarenko erkältete sich und wurde ganz steif. Er dachte, er sei gestorben. Die Ukraine erschien ihm. Er lag in irgendeinem Bett und flüsterte: Ich komme zu Dir, mein Gott, der Du mit holländischen Lichtern illuminiert bist! Aus Dankbarkeit – sagte er hinterher – hat er dann die Alte geheiratet, in deren Bett er genesen war. Ihr fehlte ein Bein und der halbe Hintern. Während sie weinend ihren Bogdan umarmte, klagte sie: Gottlose amerikanische Bomben haben mich so zugerichtet. Und unter Tränen klagte sie weiter: Auch meinen Mann haben die Kugeln der Gottlosen durchlöchert – aber bei Stalingrad . . . Wenn man bösen Zungen glauben darf, hat Bondarenko ihr zum Sterben verholfen. Er erbte von ihr eine Brauerei. Die hat er aber schnell verkauft, denn, so erklärt er, er habe eben Gott, Wodka und Kwas mehr geliebt. Und da er keinen Beruf im Sinn hatte, hat er den Erlös verspielt, versoffen, verschenkt. Das meiste bekamen die griechisch-orthodoxen Gemeinden in Deutschland, den Rest eine Gesellschaft zur Verbreitung des neuen Christentums, und etwas fiel noch für die Kriegsinvaliden ab. Blinde und Taubstumme bekamen ebensoviel wie terroristische ukrainische Revanchisten. Immerhin sah Bondarenko rechtzeitig ein, daß er mit dem, was ihm verblieb, nicht weit kommen würde. Vor dem Bettelstab hatte er Angst. Das war zu der Zeit, als auf jeden Österreicher und Deutschen ein bis anderthalb Emigranten aus dem Osten kamen. Bondarenko investierte seine gesamten Ersparnisse in frisches Menschenfleisch. Er kaufte an die fünfzig ausgepowerte Emigranten auf, Landstreicher und Abenteurer, und bildete aus ihnen die Märtyrer-Legion. Die Legionäre warben weitere, frisch angekommene Unglücksraben an und verfrachteten sie auf Schiffe in Richtung Australien, Neuseeland, Madagaskar. Ein paarmal drang er mit seiner Legion auch nach Osten vor; sein Wunschtraum war es, mit erhobenem Kreuz in sein Dorf am Dnjepr einzumarschieren. Aber die Legionäre liefen ihm davon, einige liquidierte er selbst. Es gibt keinen zweiten Emigranten, der so geistesgegenwärtig wäre wie Bondarenko. Sobald eine seiner Banden sich zerstreut hat, stellt er eine neue zusammen. Nun gibt's jetzt allerdings etwas weniger Emigranten; neuerdings nennt man sie anders. Jetzt kommt auf je drei Deutsche oder Österreicher ein Slawe oder Madjare oder Rumäne. Aufkäufer von Menschenfleisch gibt's aber genauso viele wie früher – so daß Bondarenko fast aus dem Häuschen gerät, wenn er hört, daß jemand noch zu haben ist. Den Herrgott ruft er jetzt nicht mehr an, wenigstens nicht vor uns, die wir mit ihm Geschäfte machen. Er hat Angst, wir würden ihn nicht für voll nehmen. Was ist ihm also noch geblieben? Seine himmlischen Träume verbirgt er – aber aus seinen irdischen Träumen macht er kein

Geheimnis: umzubringen den Russen Jermolaj Timofejitsch Kuznecov... Was Bondarenko eingekauft hat, verfrachtet er sofort nach Portugal, wo auch ein Teil der russischen Kumpel sich herumtreibt...«

»Er sieht aus wie ein Madjare, Chef. Mit so einem hab' ich in Leoben gesessen.«

»Wer hat noch nicht mit einem Madjaren gesessen! Von denen sind alle Kittchen voll – von den Irrenhäusern ganz zu schweigen!«

»Ich weiß: es gibt keine findigeren Diebe, keine couragierteren Einbrecher und keine zuverlässigeren Kameraden als die Madjaren. Das sind großartige Brüder und Saufkumpane!«

Da wurde Sandor Kolar, während er zusah, wie sie Bondarenko abschleppten, plötzlich ernst und sagte: »Die Madjaren sind Bolhas – wie die anderen auch.«

»Ich hab' gesehen, wie sie weinen...«

»Aus Minderwertigkeitsgefühlen...«

»Dann bin ich auch ein Madjar.«

»Wieviel Freunde hast du schon verraten?«

»Noch keinen, Chef.«

»Dann bist du kein Madjar!«

»Verrätern gehört eine Kugel in den Kopf!«

»Du Bolha!«

Sandor Kolar lächelte. Um seine bösen Augen bildete sich ein Kranz von Fältchen. Vor Wind und Frost war sein Gesicht ganz grün geworden.

»Chef, ich bin sehr oft verraten worden. Aber nie von Madjaren! Meine besten Freunde haben mich verraten, für die bin ich ins offene Messer gerannt. Da war zum Beispiel Viktor Aritonović. Ohne ihn und seinen Verrat wäre ich nicht durch Österreich geirrt. Wär' ich nicht in Linz ins Kittchen gekommen. Wär' ich nicht krank und elend ins Lager Traiskirchen gekommen. Und wär' ich auch nicht in diesem verfluchten stinkenden Zirndorf gelandet!«

»Hör mir nur auf von Viktor! Wir haben eine Zeitlang zusammengearbeitet. Das war damals, als Bondarenkos Hyänen immer um uns herumschlichen.«

»Wo mag Viky jetzt sein?«

»Ich glaube, er lebt.«

Sie liefen, irgendwo auf der Straße zwischen Zirndorf und Nürnberg, nebeneinander her.

»Chef – du bist doch nicht etwa auch so wie Viktor?«

»Merke: Ich bin ein Madjar! Damit ist alles gesagt: Ein Madjare hat kein Herz – woher soll dann ich eins haben? Der Madjare hat keine Seele – weil man sie ihm ausgelöscht hat. Der Madjare weiß weder woher er kommt noch wer er ist. Der Madjare weiß lediglich, *was* er ist. Mit einem Madjaren kann nur ein Madjare sich unterhalten. Madjaren atmen durch Kiemen. Madjaren schleppen noch einen Schwanz hinter sich her. Der Madjare ist ein vorsintflutlicher Kuckuck – darum singt er auch so viel: um die Schwermut und das Elend, die in ihm nisten, zu vertreiben. Wenn ein Madjare weint, wenn er Tränen vergießt, dann mußt du wissen: er hat Hunger, er möchte auf deine Kosten saufen – nichts weiter. In den Augen eines Madjaren sind alle anderen Henkersknechte. Wenn er dich abmurkst, wenn er dir das Herz aus dem Leib schneidet, glaubt der Madjar, er verteidige sich. Ein Madjar, der nicht von Diebstahl, Betrug und Verrat lebt, ist kein echter Madjar, sondern irgendein Bastard.«

»Wie wird es mir bei einem solchen Ur-Madjaren, wie du's bist, ergehen?«

»Du wirst halbgares, blutiges Fleisch zu essen bekommen und zu trinken scharfe, männliche Sachen – was du eben so an Land ziehst. Und bumsen wirst du, genau wie ich, teure, fauchende deutsche Miezen. Gekleidet wirst du sein nach der vorletzten Mode, wie ein echter Gentleman. Dein Gehalt wird saftig sein – aber du darfst nichts davon auf die hohe Kante legen. Und deine Worte von wegen Freundschaft und Brüderlichkeit will ich nicht gehört haben. Ein Madjare kann weder einen Freund noch einen Kumpel haben!«

»Schlitzohriger madjarischer Humor«, sagte Marković und schaute zu, wie Kolar an seinem haferfarbenen Schnauzer knabberte. »Paß nur auf, daß dir nicht vor der Zeit die Tränen kommen!«

Weit weg von Zirndorf waren sie nun, aber noch irgendwo in Bayern. Sie verschlangen Schaschlik, polnische Bratwürste, halbgares Hühnerfleisch, und sie soffen einen ganzen Tag lang: Schnaps und Bier, Bier und Schnaps. So feierten sie den Anfang. Der Hunne war zufrieden mit der Ausdauer seines Sklaven. Anschließend soffen sie die ganze Nacht weiter, ohne zu wissen wo und mit wem. Die Morgendämmerung traf sie in irgendeinem Vorortzug an, der war voller Gastarbeiter. Vor denen liefen sie davon: Knoblauch, Knoblauch! . . . Denn dieser Sorte Gastarbeiter war nichts wegzunehmen. Wie Heuschrekken fielen sie in ein anderes Abteil ein. Da lagen Soldaten herum, dreckig und besoffen, schlafend und kotzend, kaputt von einem Nachtmarsch. Auch sie stellten sich besoffen, bewußtlos. Und fielen über die Ausrüstung, die Rucksäcke und Waffen her und erleichterten die jungen Leute um Portemonnaies, Uhren, Kugelschreiber. Und entwischten nur knapp den Unteroffizieren und der Bahnpolizei.

Von Zügen stiegen sie auf Busse um, schnüffelten wie Leichenfledderer und stiegen besser gekleideten Einzelreisenden nach. In der Einschätzung ihrer Opfer war der Madjare besser; flüsternd belehrte er Marković, von den Deutschen und ihrer Zerstreutheit könne man leben wie im Paradies. Er schickte den anderen voraus – dann kam er ihm, die Arme und die langen Mantelschöße ausgebreitet, zu Hilfe. Marković ging ordentlich ran, raffte, stopfte sich unters Hemd, was zu holen war. Der Madjare stellte den Leuten, wenn sie einstiegen, ein Bein – das war seine Nummer. Verzeihung! sagten dann beide, halfen dem Opfer wieder auf, klopften Sand und Dreck von seinen Kleidern. Das waren die Augenblicke, wo man mit Händen und Füßen gleichzeitig arbeiten mußte. Die Taschen füllten sich.

Sandor Kolar hatte eine Philosophie:

»Nimm alles, alles, was nicht dein ist – was anderen gehört! Nimm's!« So zischelte er, bevor er sich, wie magnetisch angezogen, einem Opfer oder einem Gegenstand näherte. »Eines anderen Taschentuch ist dein Taschentuch – nimm es ihm weg! Deine eigene Nase, deine Emigrantennase ist wichtiger als eine deutsche Nase!« Während er so fauchte, bekamen seine Augen einen irren Glanz und seine Stimme Wärme: »Wenn ich könnte – ich würde sie alle plündern bis auf die Haut, und dann splitternackt stehenlassen, bis sie den Schnupfen haben und sich in den mütterlichen Uterus zurücksehnen.«

Die Stadt am See hieß Starnberg, Marković erinnerte sich an sie. Sie waren aus Pöcking hierher gekommen; dort hatten sie zwei Tage und zwei Nächte lang mit Landsleuten und Italienern gepokert und nicht nur all das verloren, was sie zuvor am Ufer entlang zusammengeklaut hatten, sondern auch noch die Vorauszahlung, die ihnen der einäugige Dalmatiner Blago Sabljak auf seinen genau festgesetzten monatlichen Tribut geleistet hatte.

Es regnete. Ohne Mantel, ohne Mützen, ohne Handschuhe – alles war am Pokertisch bei den Sizilianern und Bosniaken zurückgeblieben – stiegen sie einem Leichenzug hinterher. Sie musterten das Gefolge und reihten sich an der richtigen Stelle ein – wie damals in Gröbenzell, als ihnen das Wehklagen hinter dem Sarg einer alten Frau außer einer Handvoll Uhren, Halsketten und Broschen etwas mehr als tausend Mark in bar eingebracht hatte.

»Der Verstorbene ist reich, Mark!« preßte Kolar gefaßt zwischen den Zähnen hervor. »Drei Kapellen geben ihm das Geleit!« Marković stand neben dem Madjaren und bibberte wie ein Schuljunge, der verprügelt werden soll. »Er muß Wolfgang geheißen haben – an diesem See heißt jeder dritte Wolfgang!« Dann strich Kolar ihm über den nassen schwarzen Scheitel und gab ihm einen symbolischen Schubser: »Gleich wirst du über Wolfi herfallen!«

»Verstanden, Chef.«

Kolar schaute zu, wie Wolfgangs Kiste aus dem vergoldeten Wagen gehievt wurde, seine Augen wurden eisenhart. »Außer schwarzen Lumpen, Trauer und Tränen soll ihnen nichts bleiben; alles andere ist unser ... Keine Angst, Mark, ich fange schon an: mit Beinchensetzen, Schieben, Wegverstellen ...«

Marković warf sich auf die Verheultesten. Er schob sich zwischen sie und begann mitzuheulen. Sein trockenes Weinen verwandelte sich in einen Wolkenbruch von Tränen, so daß es sogar den Madjaren rührte. Man klappte den Sargdeckel hoch, damit die Familie, der Pfarrer und diese ganze verschnupfte römisch-katholische Welt ihrem Wolfgang Ade sagen konnte.

»Jetzt!« zischte Kolar plötzlich von irgendwoher.

Marković, durchnäßt von Tränen und Regen, warf sich nach vorn, küßte Wolfgang auf Stirn und Wange, danach auch aufs wächserne Kinn. »*Sein* Gastarbeiter bin ich, sein armer Gastarbeiter!« wehklagte er, während er von Frackaufschlägen Orden und von Fingern kostbare Ringe pflückte. »Wer wird jetzt, da er nicht mehr ist, für all die kleinen Gastarbeiterkinder sorgen, dort unten in Griechenland ...?«

Hinterher bedauerte er nur, daß Wolfi keine Brieftasche bei sich gehabt hatte ...

Kolar hatte ihm zuvor empfohlen, er solle, wenn er gefragt werde, weshalb er als Fremder so viel Tränen vergieße, nur immer sagen: Es zerreißt mir jedesmal das Herz, wenn der uns allen gemeinsame gütige Gott einen Deutschen vor der Zeit zu sich ins Jenseits holt. Und weiter hatte Kolar gesagt: »Im Krieg morden uns die Deutschen und rotten uns aus – und hinterher füttern sie uns durch. Was täten wir ohne die Deutschen?« Doch Marković wurde weder von jemandem gefragt noch überhaupt wahrgenommen. Zwischen Musikanten, Schülern und Touristen, die am Ende des langen Zuges gingen, kämpfte er sich zurück, bis zu einem Gasthaus. Kolar folgte, sicherte ihn ab, erteilte Befehle.

Im WC schütteten sie die ganze Beute auf den Fußboden. Markovićs Augen flossen über. Es ist mir so weh um Wolfi, sagte er, und sah zu, wie der Madjare zu zählen und zu sortieren begann. Ausweise, Trauerflore, Blumen, Führerscheine und Schecks der Bayerischen Hypotheken- und Wechsel-Bank – all das landete in der Kloschüssel.

Während Kolar die Spülung zog, küßte er Marcović auf die Stirn und umarmte ihn: »Du bist der erste, dem ich die Hälfte abtrete! Du bist ein Künstler! Nicht mal ich habe bemerkt, wie du ihm das Ordensband abnahmst . . .«

Und Marković erinnerte sich, daß er zu Kolar gesagt hatte: Laß mich nur erst mal richtig ran an sie, damit ich ihre Eigenheiten kennenlerne und sehe, auf welche Dinge sie besonders aufpassen und auf welche weniger. Nachher zieh ich ihnen die Haut um so besser ab!

Der Madjare teilte. Und er wunderte sich, als Marković ihm ein ganzes Bündel mit Geld, Halsketten und Broschen wieder zurückgab. Bis zur Stirnmitte zog er seine haferfarbenen Brauen hoch: »Warum willst du das nicht, Mark?«

»Nimm alles! Laß mir nur so viel, daß ich mir Brot kaufen kann. Einen Teller Suppe. Das übrige kannst du behalten! Selbst das bißchen fürs Fressen ist schon zuviel für mich.«

»Das mußt du mir erklären.«

»Es gibt Diebe verschiedenen Typs.«

»Du hast kein Recht zu philosophieren!«

»Meine ganze sogenannte Philosophie besteht nur aus meinem Unglück. Solange ich leide, steht mir der Sinn nicht nach Beute. Was nicht heißen soll, daß ich nicht danach grapsche. Im Gegenteil! Aber entweder verschenk ich sie an die, die gerade bei mir sind – oder an solche, die ohne Beute ebensowenig leben können wie ohne Luft.«

»Kann man so was lange durchhalten?«

»Weiß nicht. Momentan interessiere ich mich nur für einige wichtige Aufgaben, die ich mir gestellt habe.«

»Das heißt also: Dein die Prinzipien – mein die Beute?«

»Fürs erste soll es so bleiben.«

»Mit dir hab' ich in Zirndorf einen wunderlichen Fang gemacht!« sagte der Madjare, während er den Hellas-Expreß bestieg. Der war mit Gastarbeitern überfüllt, sie sangen in sämtlichen Sprachen der Balkan-Halbinsel. »Und mir geht's nur ums Geld, so daß ich leide, wenn meine Taschen nicht überquellen.« Sandor Kolar wollte sehen, was sein Gorilla in puncto Fingerspiele wert war. Er schickte ihn unter die Gastarbeiter. Und schaute von der Seite zu, wie Marković mit steifgefrorenen Fingern ein Gummikügelchen verschwinden ließ. Wo is' es? – Alle spielen mit! – Wo is' es jetzt? . . . Die Gastarbeiter folgten mit Mühe den Fingern des Magiers. Der wölbte jetzt seine Hände über D-Mark, Schilling und Kronen. Die Gastarbeiter waren unterwegs zu Muttern, Weihnachten stand vor der Tür, sie wollten nicht spielen, sie zeigten ihm abwechselnd die Zähne, ihre Ersparnisse, ihre Fäuste. Marković versetzte sich in ihre Seelen und verführte sie von neuem. Sandor Kolar sicherte Rückzug und Ausgang. Die Gastarbeiter sangen nicht mehr.

Bei der Flucht aus dem Hellas-Expreß lobte der Madjare seinen Gorilla und sagte: »Zu Proletariern mußt du unerbittlich sein – aber lieb. Damit sie dir nicht den Bauch aufschlitzen!«

Dann begann der Madjare, seine eigenen Mätzchen aufzuführen. In anderen Zügen, die in Richtung Österreich und Jugoslawien fuhren, begann er mit dem ansteckenden Spiel ›Gerade – ungerade‹. Es prasselte balkanische Flüche, Gelächter, Banknoten. So oft er verlor, legte Kolar, quasi todunglücklich, einen kleinen verzweifelten Csárdás hin. Während er so durchs Abteil tänzelte, tastete er unmerklich – und später machte Marković das auch so – den in der Achselhöhle ruhenden vollgeladenen, gestutzten Colt ab, das Messer im Ärmel und die unter der Weste verborgenen Handschuhe mit Rasierklingen und Glassplittern in den Fingern und einer Handfläche aus Gummi. Die Gastarbeiter blieben ohne das zurück, was sie in Richtung Jugoslawien, Griechenland und Türkei geschleppt hatten. Und sie warfen mit Knochen, leeren Konservendosen und Bierflaschen hinter den beiden her.

»Proletarier! Ihr benehmt euch aber gar nicht herrschaftlich!« zierte sich Kolar und gab Marković ein Zeichen, abzuhauen und den Waggon zu wechseln.

Meistens verschwanden sie bei Radendorf in der Dunkelheit. Gegenüber lag Jugoslawien. Der Madjare kannte im Grenzgebiet sämtliche Kneipen, Unterschlüpfe, Huren. Bei Marković aber rief die Grenze ein Frösteln hervor; jedesmal mußte er hier an Viktor Aritonović denken, und wie der ihm in einem griechischen Zug entkommen war. Kolar hatte hier Treffs mit allen möglichen Leuten. Was die beiden angeschafft hatten, wurde unter etlichen Unbekannten aufgeteilt. Marković war mehr als sicher, daß es sich bei den Sachen, die er den Berg hinaufgewuchtet hatte, um Handgranaten, Pistolen und Sprengstoff handelte. Der Madjare kehrte stets aufgeräumt zurück, alle Taschen und die Hemdbrust voll Geld. Als Marković ihn einmal zweifelnd ansah und ihm ums Haar eine Frage herausgerutscht wäre, fuhr Kolar ihn an:

»Was dein Sandor macht – ein Mann, der kein Bolha ist! –, das darf nicht einmal der Teufel persönlich wissen. Also laß dir gar nicht erst einfallen, Mark, du könntest dahinterkommen, was wir hier tagtäglich ranschaffen, was wir dafür bekommen und wer diese Idioten sind, mit denen wir handeln. Wenn du über so was nur einmal Laut gibst, wird's dir schlimmer ergehn als dem Aritonović!«

»Chef, sag mir ein Wörtchen über Viktor. Erwärme mein Herz!«

»Eine Zeitlang war er gut und fleißig, dieser Aritonović. Seine Amoralität, sein Verstand, sein eiskalter Kopf – das gefiel mir. Er hatte – im Gegensatz zu dir – keinerlei Prinzipien. Aufs Beutemachen war er ganz versessen – wen sich's lohnte, war er bereit, dafür zu töten. Daß er so aufs Beutemachen aus war, das war, er hat das selber zugegeben, nervlich bedingt. Er betrog, er stahl, er legte um, er schaffte all das ran, was wir jetzt da hinaufschleppen. Für ihn gab es kein Zögern. Er gehorchte mir. Ich dachte, den würde ich lange behalten können. Dann versuchte er mich zu hintergehen, mir mein Patent zu klauen. Er wußte nicht, dieser Bolha, daß es auf der Welt nur einen Sandor Kolar geben kann, und daß es mit allen ein böses Ende nimmt, die ihm in die Quere kommen. Ich habe ihn also gefesselt und verkauft. Hab' sogar schönes Geld für ihn bekommen. Später hab' ich gehört, daß er lebt und die Absicht hat, sich an mir zu rächen. Er will meinen Kopf, und zum Kopf auch meine Beute. Dieser Bolha!«

»Hat er dir nicht erzählt, wie er mich an der Grenze verraten hat?«

»Nein.«

»Hat er nicht den Beutel mit Haschisch-Plättchen erwähnt?«

»Nein.«

»Auch nicht die Dollars oder das Kleingeld?«

»Bilde dir bloß nicht ein, du wärst der einzige, den er übers Ohr gehauen hat. Auch bei mir hat er's versucht!«

Von der Grenze stiegen sie nach Villach hinab. Dort knutschten und ritten sie die unersättliche, dickbusige Helga Toth. Selbst nach den bestialischsten, ermüdendsten Orgien konnte Marković nicht einschlafen. Die Nähe der Grenze brannte ihn. Das war zu jener Zeit, als er noch dachte, man müsse die Grenze sehen. Wenn Kolar total besoffen war, richtete er sich im Schlaf neben Helga auf und begann zu deklamieren:

»Bolha, meine Sache ist es, ranzuschaffen – Blei, Menschen, Waffen! Mögen die Leute einer des anderen Haus und Heu in Brand stecken! Ich liefere ihnen Dolche und Messer mit vergifteten Spitzen. Mögen sie einander doch die Augen ausstechen, die Herzen durchbohren, die Nasen abschneiden, die Zungen rausreißen! Was kümmert das mich! Mein Job ist es, ihnen zu liefern, was sie brauchen: Gewehre, Patronen, Dynamit, Höllenmaschinen – je mehr, desto besser! Mir ist doch egal, wer das kauft – ich bin für alle, die bei mir kaufen: für die Türken wie für die Inselgriechen, für die Ustaschas, die sich Kreuzritter nennen, wie für ihre Todfeinde –, ich bin für die Palästinenser, die Albaner, die Kurden, die Zigeuner! Hauptsache: sie kaufen beim Madjaren ein – und nicht etwa beim Polen! *Ich* liefere aus, ich händige aus – ich trau' keinem anderen. Soll doch nur alles, alles niederbrennen, du Bolha! Das Banat, die Sudeten, Transsilvanien – soll's doch zum Teufel gehn! Soll sie doch in Pech und Schwefel verbrennen, diese ekelerregende, egoistische Welt, die es wagte, einen Madjaren zu beleidigen! Ich liefere sogar unter Einkaufspreis – wenn man mir nur verspricht, daß Pannonien brennen und die Tatra veröden und der Ostwind Glut und Asche von den Karpaten bis zum Atlantik tragen wird! Wer soll euch denn sonst beklauen, wer soll euch übers Ohr hauen – wenn nicht ich, euer Sandor, das arme Waisenkind, das sauer auf die ganze Welt ist! Ich, der Elende, der völlig verlassen ist auf dieser beschissenen Erde! An mir, Bolha, ist es, Rache zu üben und Streit zu entfesseln zwischen Wand und Wand oder zwischen zwei Schränken im Zimmer oder zwischen zwei Brüdern! Und noch im Krepieren werd' ich kaufen, verkaufen, schmuggeln, feilschen, betrügen . . .«

Helga Toth nahm sich, was ihr zukam, gegen Morgen stopfte sie sich's in die Strümpfe. Sandor schimpfte auf sie, weil sie die Erika nicht mehr mitbrachte. Helga sagte, sie habe zu Erika kein Vertrauen mehr. Erika sei, so scheine es ihr, ein Ostagent geworden. Sandor lachte, drückte sie an sich und flüsterte ihr zu, ein großes Geschäft stehe vor der Tür, diesmal mit slowakischen und ungarischen Terroristen, so daß die Erika, an der er auch zweifle, durch ein anderes Weibsbild ersetzt werden müsse. Wie soll sie denn sein? fragte Helga Toth. Ein enges Loch soll sie haben, Helgalein, schäkerte Kolar. Dann kann sie für den gesamten Osten arbeiten. Helga Toths große Brüste zitterten. Sie wiederholte, es sei sehr schwer, in der Gegend von Villach ein Mädchen wie Erika zu finden. Marković erinnerte sich an einen Homosexuellen dieses Namens, der trug eine blonde Perücke und ein grünes Maxi-Kleid, scharwenzelte immer ums Lager Traiskirchen herum und lockte die südöstlichen Emigranten an. In Tränen schwimmend, beteuerte Helga Toth, sie habe Angst, sie werde ihre beiden Liebhaber nie wieder umarmen. Die winkten ihr lange nach. Den Balkan-Expreß paßten sie unmittelbar an der österreichisch-jugoslawischen Grenze ab. Marković war beunruhigt. Immer wieder sah er sich um; er war überzeugt, das Land hinter seinem Rücken ohne triftigen Grund verlassen, also verraten zu haben. Er verspürte einen unwiderstehlichen Drang, den nach Norden einreisenden zukünftigen Gastarbeitern, diesen Jugoslawen und Griechen, um den Hals zu fallen.

Kolar ging hinter ihm her, nahm ihn ins Gebet, stachelte ihn an. Marković streckte die Hände aus – doch nicht um zu umarmen, sondern um zu arbeiten.

»Warte, bis sie sich beruhigt haben!« tuschelte der Madjare. »Bis sie sich an die Fremde gewöhnt haben. Und wenn sie wieder eingenickt sind, dann plündere dieses balkanische Vieh! Zieh sie aus, wenn sie schlafen, wirf ihre Schuhe zum Fenster hinaus! Sie sollen sehen, wohin sie geraten sind – und wer in diesem Land das Sagen hat!«

»Darf ich einen Unterschied machen zwischen Griechen, Türken und den Jugos?«

»Mir geht es nur um die Beute«, knurrte der Madjare. »Erinnerst du dich nicht mehr, daß ich dir im Zug nach Ingolstadt erklärt habe: Ein Gastarbeiterkopf ist nicht mehr wert als lumpige zehn Mark?«

»Aber wenn er nicht mal so viel hat?«

»Dann hat er eine Mark. Nimm sie ihm! Und dann stoß ihn aus dem Zug! Mehr als eine Mark ist das Leben eines balkanischen Proletariers auf Arbeit in Dojtsch sowieso nicht wert.

Und findest du bei ihm nicht mal diese Mark, dann wirf ihn trotzdem aus dem Zug – aber bei voller Fahrt, damit die Frankfurter Zeitungen schreiben können, in München feierten die antiken Tragödien fröhlische Auferstehung!«

Und so war es auch.

## 3

Im Zug nach Regensburg, auf dem Gang vor den Abteilen erster Klasse, verschlangen sie, was die Arbeiter von daheim mitgebracht hatten: Speck aus der Vojvodina, mazedonischen Käse, griechischen Mastixbranntwein. Dann trafen Sandor Kolar und Miloš Marković einen jungen Mann mit ovalem, zartem Gesicht, durchsichtigen Ohren und hanffarbenem Kraushaar. Der schmächtige Bursche rauchte eine Havanna. Die Hände behielt er in den Taschen. Er tat, als bemerke er die beiden nicht.

»Grüß Gott, Niko Maraš!« rief Kolar.

Der Bursche schaute zum Fenster hinaus, in die Nacht. Das Blut stieg ihm zu Kopf. Es sah aus, als balle er die Fäuste in den Taschen. Der Madjare achtete auf jede seiner Bewegungen. Auf der anderen Seite des Burschen, die Tür im Blick, nahm Marković Aufstellung.

»Maraš, du glotzt mich an wie eine Kuh ihr totes Kalb.«

»Ich bin kein Maraš!«

»Das heißt also, wir kennen uns nicht?«

»Ich behaupte nicht, daß wir uns nie gesehen haben. In Zügen trifft man viele Leute.«

»Weißt du dann wenigstens, daß dieser Zug sehr schnell ist – und die Nacht sehr schwarz? Und daß du Hals über Kopf hinausfliegen kannst, bevor du mit der Hand aus der Tasche bist?«

»Jawohl. Der Zug ist schnell und schwarz.«

Kolar grinste spitzbübisch: »Weshalb trägst du dann dein Näschen so hoch, Maraš?«

»Ich heiße nicht Maraš!«

»Niko, jetzt ist genug getrickst«, sagte der Madjare und nahm einen Zug aus der Havanna des anderen. »Wir haben keine Zeit, der Zug rast, und die Nacht dauert leider nicht ewig.«

»Maraš gibt's 'ne Menge«, flüsterte der Bursche und starrte auf die verschmierte Fensterscheibe. »Dalmatien und die kroatische Wasserkante – da wimmelt's von Maraš'.«

»Aber es gibt nur einen Niko Maraš. Von Rijeka bis Triest kennt ihn jeder.«

»Eine Verwechslung.«

»Zeig die Hand. Die rechte!« Die Muskeln um Sandors dicke Lippen spannten sich. »So, daß dieser Mann sie sieht!«

»Er wird sich erschrecken!«

»Zeig!«

»Da!« An der Hand fehlte der Daumen, die übrigen Finger waren lang und gepflegt.

»Es kann sich nur um eine zufällige Ähnlichkeit handeln. Die Züge sind voll von Daumenlosen.«

Kolar blieb eisig. »Maraš, du weißt sehr gut, daß ich weiß, wer wann warum und wie deine Hand verstümmelt hat. Und diesen Mann hier erschrecken wir damit keineswegs. Der ist noch naiv, ist eben erst eingestiegen ins Geschäft. Seine Finger sind ihm so lieb wie seine Augen – wenn nicht noch lieber. Natürlich, auch ihm kann's eines Tages ergehen wie dir.«

»Vieles aus meinem früheren Leben hab' ich vergessen«, sagte der Bursche. »Seit diesem Daumen da führ' ich ein neues Leben. Den Leuten, die mir was angetan haben, hab' ich, mehr oder weniger, verziehen. Hätt' ich das nicht – mein Leben wär' eine einzige Qual.«

»Maraš – erinnerst du dich nicht mehr, wie du völlig heruntergekommen und krank warst? Und wie ich dich da im Lager Traiskirchen untergebracht habe? Und wie du ihnen, weil du politisches Asyl wolltest, deinen jugoslawischen Paß vor die Füße geworfen hast, der, wenn mich mein Gedächtnis nicht im Stich läßt, auf den Namen Branko Nunić lautete?«

»Nein, ich erinnere mich nicht.«

»Wie oft hast du doch damals Dankeschön zu mir gesagt, weil ich ihnen die Sache mit dem armen Gastarbeiter aus Bosnien, Vater von fünf kleinen Kindern, nicht verriet, den du, zusammen mit einem Mazedonier, wegen zehn Mark und einem abgetragenen Mantel in einer eisigen Nacht wie heute vor Braunau aus dem Zug geworfen hast!«

»Ich hab' noch niemals einen lebenden Mazedonier gesehen!«

»Auch deine Räubereien bei Kaut-Bullinger in München, Rosenstraße 8, sind nicht über meine Lippen gekommen. Oder die vielen geklauten und weiterverkauften Wagen. Geschweige denn der Druck von Hundertmarkscheinen, gemeinsam mit dem Slowenen Mirko Slana aus Ingolstadt. Aber verzeichnet ist alles. Nichts ist verjährt und nichts wird verjähren. Bisher hab' ich geschwiegen wie ein Fisch und auf dich gewartet.«

»Wir sind gleich in Regensburg. Ich hab's eilig.«

»Wenn du dich nicht erinnerst, wie wir nach dem Klauen und Verscherbeln griechischer Ikonen im *Ba-ba-lu* bis zum Morgen einen draufgemacht haben, werf' ich dich durchs Fenster!«

»Sandor – damals warst du bis zum Schädel rasiert«, Niko Maraš fing jetzt, während er in die Nacht starrte, leise zu erzählen an. »Damals hattest du diesen Schnauzer noch nicht und diese Schramme im Gesicht. Du warst lustig, und wir nannten dich den verrückten Hunnen. Das gefiel dir. Du hast gezecht, du hast einen ausgegeben, du hast mit deinem neuen Spitznamen kokettiert, der war für dich so was wie eine Verpflichtung.

Im *Ba-ba-lu* sagte ich dir, du hättest mich dreimal vor dem Galgen bewahrt. Wenn du daraus Ansprüche ableitest, bist du wirklich der verrückte Hunne geblieben.«

»Maraš, es gibt in ganz Dojtsch keinen Zug, in dem ich dich nicht gesucht hätte.«

Niko Maraš erzählte, er arbeite seit fast einem Jahr allein, und es gehe ihm gut. München lobte er, auf Frankfurt war er nicht gut zu sprechen. Einen Chef – nein, den brauche er nicht. Da preßte ihm der Madjare vielsagend den Oberarm.

»Für wie lange verpflichtest du mich?« fragte Maraš.

Sandor Kolar tastete prüfend Schultern und Rücken ab und sagte: »Bis du Dojtsch die Kreuz und Quer durchwandert hast! Es müssen ein paar wichtige Dinge abgewickelt werden. Ich stehe wieder mal ohne Beute da, alles habe ich verschleudert.«

»Ist dir ein Jahr genug?«

»Das langt.«

»Und danach bin ich frei?«

Kolar rückte ihm die breiten Aufschläge seines Jacketts, Krawatte und Ziertüchlein zurecht und sagte: »Du wirst. Alles hängt von dir und deinen neun Fingern ab.«

Maraš seufzte und tat einen Zug aus seiner Havanna. »Verlieren wir also keine Zeit. Wir sind in Regensburg.«

»Ja, kennst du denn die Regel nicht? Erst muß das Opfer mal schön entspannt sein, ehe wir uns darüber hermachen können.«

»Was schlägst du vor für heut' nacht?«

»Zuerst rück mal alles raus, was du hast, Niko!«

»Nimm!«

Marković hatte den Ausgang im Blickwinkel und die Reisenden, die in den Abteilen die Lichter ausknipsten. Kolar leckte sich den nikotingelben Schnurrbart und begann Maraš' Taschen und Hemdbrust auszuräumen. Der Zug raste durch die Nacht.

»Einen Colt könnte ich gebrauchen«, sagte Maraš.

»Ich überlaß dir meine Handschuhe. Kennst du ja, bist an sie gewöhnt. Es ist kalt.«

»Die Reisenden sind so still geworden«, hauchte Maraš.

Sandor Kolar erläuterte, wie man zu zweit arbeitet: Es muß klargestellt sein, wer wie vorgeht, wer Schmiere steht, wer als erster abhaut und wer, wenn sich ein Deutscher aufpustet, ihm den Kinnhaken gibt. »Seid heut' nacht Eulen, ihr zwei, balkanische Nachteulen! Ich werde im Speisewagen sitzen und an euch denken.«

Als Nachteule war Niko Maraš sogar gewandter als Aritonović. Und ergebener als alle Diebe, mit denen Kolar bisher gearbeitet hatte. In einem Zug nach Kassel hatten sie sich kennengelernt und waren einander gleich wie alte Freunde um den Hals gefallen – unmittelbar nachdem Maraš aus einer blutigen Schlägerei mit Reisenden und Eisenbahnern gekommen war, von der Kolar nie was erfuhr.

Bei Tageslicht fielen sie in Geschäfte, Selbstbedienungsläden, Gasthäuser ein. Sie plünderten Kellner, Gäste, Straßenbahn- und Busschaffner sowie Passanten. Kolar mit seinen glasigen Augen war immer hinter ihnen her, feuerte sie zischelnd an. Später führte er sie nach Hamburg, nach St. Pauli. Er hielt sie frei und verlangte, sie sollten auch mal übertreiben und die Kellner foltern. Sie feierten Orgien und schlugen sich mit Zuhältern, Kolar bestahl Nutten und Seeleute.

In jenen Tagen war es, daß Maraš zu weinen begann: »Chef, ich kann nicht mehr!«

»Was heißt – du – kannst – nicht mehr?«

»Nichts kann ich mehr«, jammerte Niko, in dessen Blick sich Angst und Finsternis festgesetzt hatten. »Nichts mehr . . .«

Unterwegs im Zug nach Osnabrück ohrfeigte Kolar ihn fast die ganze Zeit. »Weißt du, was dich erwartet? Vielleicht eine Belohnung? Eine Rente? Ein Orden?«

Der Bursche zitterte und flüsterte: »Chef, mich erwartet nur der Tod. Er ist so nahe – ich wünsch' ihn nur so herbei!«

Da sprang der Madjare ihm fast ins Gesicht: »Wie wär's, ich schickte dich auf die Hochebene? Du weißt – die da droben sind böse auf dich. Du bist einer der wenigen, die ihnen entkommen sind. Deshalb haben sie mich gebeten, dich zu grüßen – und du möchtest doch mal wieder bei ihnen vorbeischauen . . .«

»Schick mich bloß nicht zu denen da oben!«

»Hast du was gegen sie?«

»Chef, ich hab' gegen niemand was. Ich hab's allen alles verziehen, auch denen. Drum will ich ruhig sterben.«

»Also – dann stirb doch bei ihnen! Auf der Hochebene. In der frischen Luft!«

»Nur nicht zu denen!«

»Niko – wenn ich dich nicht an sie verkaufe – du weißt, wieviel Jahre Zuchthaus auf dich warten. Überall in Dojtsch wirst du gesucht. Dein Steckbrief kursiert auch in Österreich. Von der Jugovina gar nicht zu reden.«

»Chef, übergib mich der Polizei! In welchem Land du willst. Ich hab's in jedem gleich toll getrieben. Zwischen verschimmelten Wänden will ich dahinsiechen. Wie ein Hund. Nur nicht auf die Hochebene!«

»Sonst noch was?« zischte Kolar und prüfte, ob die Tür verschlossen war.

Niko Maraš machte mit seinen neun Fingern Händehoch.

»Chef, laß mich irgendwo zurück, egal wo, damit ich mich wie ein Mann ausweinen kann. Prügle mich, schlag den Herrgott in mir tot wie damals in Essen. Du aber mach dir einen guten Tag! Spiele, würfle! Und wenn du dann wiederkommst, voll von Erlebnissen und Geschichten, dann werde ich dir die Füße waschen und küssen. Du wirst mich vorfinden wie neugeboren. Und dann mach' ich wieder weiter, noch viel leidenschaftlicher als früher!«

»Mit deiner Heulerei?«

»Nein. Ich werde für dich stehlen!«

»Du würdest mir doch wieder davonlaufen!«

»Leg mich an die Kette wie einen Hund, wenn du mir nicht glaubst – und wenn du wieder mal Spaß dran hast! Foltere mich – wie diesen Slowenen, der dir entwischen wollte! Ich wehre mich nicht. Nur sprich nicht mehr von der Hochebene! Ich schwöre dir: Ich werde weitermachen!!«

»Bei wem oder was kannst du schon schwören!«

»Ich gebe dir, wenn du mir nicht glaubst, meine Unterschrift, daß mir auch der linke Daumen abgehackt werden kann. Und wenn dir meine Unterschrift nicht genügt, erklär' ich das auch feierlich vor einem Zeugen deiner Wahl – und du hältst mich dabei am Daumen fest! Vielleicht würde ich sogar mit solchen Händen noch unermüdlicher sein? Schick mich nicht auf die Hochebene – erlaube, daß ich verschnaufe, daß sich meine Gedanken wieder zurechtrücken, daß Herz und Nerven sich beruhigen. Dann bringe ich dir das Doppelte ein!«

»Sonst noch was?« schimpfte der Madjare und ging auf die schon ganz vereiste Tür zu. »Das ist ja eine sagenhafte Unverschämtheit!«

»Gern würd' ich mich ja, von Zeit zu Zeit, mit Marković treffen.«

»Was für eine Art von Freundschaft ist denn das?«

»Eine ganz gewöhnliche. Wir haben zusammen geklaut. Wenn Marković nicht gewesen wäre, hätte mich mal ein Algerier eingeholt – mit dem Messer in der Hand! Leider hab' ich ihm nie helfen können.«

»Ihr werdet jetzt eine Zeitlang getrennt sein«, sagte der Madjare, als sie von Dortmund nach Süden weiterfuhren. »Später wieder vereint.«

Auf dem Frankfurter Hauptbahnhof führte Sandor Kolar eine Unzahl von Telefongesprächen. Er nagte am Schnurrbart, fuchtelte mit den Armen, fummelte mit dem Zeigefinger an seiner Narbe herum. Dicht bei Niko Maraš und Miloš Marković standen drei Typen in Skaiblusen und Velourshosen. Einer machte sie gleich darauf aufmerksam, daß sie kein Sterbenswörtchen sprechen dürften, ehe der Chef – so nannte er ihn – aus der Telefonzelle gekommen war. Niko zitterte, sein Blick war verschwommen.

Die drei folgten ihnen und dem Madjaren bis zum Taxi. Kolar nahm neben dem Fahrer Platz und zückte gleich einen Hunderter. Maraš und Marković saßen auf dem Rücksitz. Kolar zeigte mit der Banknote die Richtung an. Dichtauf folgte ihnen ein anderes Taxi: mit den dreien. Schon waren sie am Stadtrand.

Während Kolar dem Fahrer mit Handzeichen zu verstehen gab, in welche der dunklen Seitenstraßen er einbiegen solle, sagte er: »Niko, du hättest mir damals nicht davonlaufen dürfen.«

»Ein Emigrant läuft zeit seines Lebens davon«, flüsterte Maraš. »Wenn er einmal aufhört davonzulaufen, ist er kein menschliches Wesen mehr. Dann hört er auch gleich auf zu existieren.«

»Wie auch du jetzt nicht mehr existierst, Niko.«

»Wie auch ich schon nicht mehr existiere.«

»Was tut dir am meisten leid, Niko Maraš?«

»Daß ich diesem Mann hier neben mir nicht sagen kann, an wen du mich verkaufst. Daß ich ihm nicht mitteilen kann, wo ich sterben werde. Und vor allem: Es tut mir leid, daß nicht ich dich verkaufe – sondern du mich . . .«

»Niko! Man weint nicht vor einem Deutschen!« Der Wagen hielt an. Kolar bezahlte ehrlich, schaute gen Himmel und schimpfte: »Schon wieder Regen, hol's doch der Teufel!« Er bedeutete dem Fahrer zu warten und sagte zu Maraš: »Auf der Hochebene kannst du weinen, soviel du Lust hast.«

»Geweint oder nicht geweint – mit mir ist es aus.«

Der Madjare versuchte dem Fahrer des anderen Taxis, das ihnen gefolgt war, klarzumachen, daß er die Scheinwerfer abblenden solle. Dann rief er, mit einem vereinbarten Pfiff, jemanden aus der Dunkelheit heran. Ein alter Rekord fuhr vor.

»Adieu, Brüder!« sagte Niko Maraš ruhig und machte den Versuch, Marković und Kolar zu umarmen.

Als aus dem Rekord einige Männer in Skaimänteln ausstiegen, drehte Kolar Markovićs Kopf zur Seite. Mit Niko Maraš an Bord fuhr der abgedunkelte Rekord langsam in die Nacht.

»Der arme Nikica!« flötete der Madjare und versuchte einen Seufzer. »Es lohnt sich nicht mehr, ihn zu kurieren!« Und als der Rekord um eine Ecke gebogen war und sie wieder in ihrem alten Taxi saßen, fuhr er fort: »Und wie oft hab' ich ihm gesagt, er soll auf mich hören, soll sich mir unterwerfen, soll niemals versuchen, sich ohne mein Wissen selbständig zu machen!« Und dann, als sie schon wieder in der Innenstadt waren, sagte er zu Marković, der vor Bestürzung den Mund nicht aufbekam: »Zu Ehren von Maraš allzufrühem Tod werden wir den Rest der Nacht mit den motorisierten Nutten von der Kaiserstraße verbringen.«

Es folgte ihnen der Wagen mit den drei Dunkelgekleideten.

## 4

Von Frankfurt bis München brauchten sie eine ganze Woche, von München bis Düsseldorf zwei. Seit er am Stadtrand von Stuttgart ein Gasthaus und unmittelbar vor Köln ein Motel ausgeräumt hatte, mied Kolar die Autobahn.

Marković kam mit einer vierzig Kilo schweren Kasse aus einem Dorfladen angerannt, so schnell, daß keine Kugel ihn eingeholt hätte. Kolar tätschelte ihn und schwärmte: »Was wären wir ohne die Eisenbahn! Ein Eisenbahnzug ist wie ein Mensch, der sich gegen den härtesten Widerstand durchsetzt. In einem Zug kannst du ganz still herumstehen – und rast doch durch die Welt. In einem Zug kannst du alles. Ein Zug ist ein Heim – zum Glück nicht dein eigenes.« Marković schleppte in Maraš' Diplomatentasche D-Mark, Schmuck, Uhren heran. Und als der Madjare mal eine Pause im Philosophieren einlegte, wagte Marković zu sagen: »Ein Zug ist wie Brüderlichkeit!« Worauf Kolar ihm eins auf die Schnauze gab.

Und Kolar entschied: »In einem Zug, der – genau wie ein Mensch – nicht zur Ruhe kommt, in diesem Wunder aller Wunder ist alles möglich und alles gerechtfertigt – alles!«

Koblenz blieb hinter ihnen zurück. Sandor verlangte in herrischem Ton nach den Kellnern, nannte sie deutsche Arschlöcher, bestellte Schnäpse, bezahlte den doppelten Preis.

Danach warf er die Mitreisenden aus dem Nichtraucherabteil hinaus und sprach zu Marković, als diktiere er: »Zehn Jahre war ich alt, als mir, einem Waisenkind ohne Vater und Mutter und ohne sonstwen, die Erkenntnis zuteil wurde: Die Erde ist ekelhaft und verpestet, die Erde ist profan. Aber in einem Eisenbahnzug befindet der Mensch sich knapp anderthalb Meter über der Erde – und dies, genau dies (daß er nicht auf dem Pflaster steht!) ist die Hauptsache! Wenn du wüßtest, wie aus Subotica die Züge nach Norden preschten, nach Budapest und Bratislava und weiter noch – und nach Süden: Novi Sad, Belgrad, Athen! Mit welch sehnsüchtigem Blick hab' ich sie verfolgt am Fenster meines Waisenhauses in Subotica! Wartet nur – so dachte ich, und es zersprengte mir fast die Seele –, eines Tages werde auch ich einsteigen! Und sitz' ich erst fest im Sattel, dann geb' ich die Zügel nicht mehr aus der Hand, dann geb' ich euch so wüst die Sporen, daß man landauf, landab davon sprechen wird! Und während ich heranwuchs, wurde die Zahl der Züge immer größer. Du kannst dir denken, daß auch mein Wunsch nach Rache, meine Sehnsucht nach der Welt immer größer wurde! Ich war zwölf – da kam ich irgendwie zu meinem ersten Fahrrad. Nun war ich endlich auch fast einen Meter über dem Erdboden – das war die Hauptsache –, und ich fuhr nun mit den Zügen um die Wette. Natürlich bin ich immer wieder gestürzt dabei, fast erstickt in Tränen und im Staub der Vojvodina. Die Lokführer zogen ihre Dampfpfeifen, und die Reisenden warfen mir alte Zeitungen, leere Konservendosen, manchmal auch einen Apfel zu. Und winkten mir! Erst jetzt ist mir klar, daß sie mich mit diesem Pfeifen und Winken zu sich riefen, also vom Erdboden weg – daß sie wünschten, auch ich möge aus diesem verfluchten Loch Subotica in die Welt hinausfinden. Die Jahre vergingen, immer mehr Züge fuhren. Schließlich bin auch ich eingestiegen – und jetzt sind alle Züge mein. Weißt du, die Züge gehören genauso mir wie ich ihnen!«

Sie waren in Stuttgart angekommen. Auf dem Bahnhof erwartete sie Stefan. Das war ein langbeiniger, trotzdem klobiger, vergammelter Bursche in den Dreißigern. Er hatte lange, dichte, schon angegraute Koteletten, eine mehrmals eingeschlagene und für alle Zeiten plattgedrückte Nase, unausgeschlafene, mörderisch traurige Glotzaugen mit entzündeten Lidern. Die Rechte des einstigen Boxers war geschändet und verstümmelt: daumenlos, wie die von Maraš. Doch verbarg das der Hüne mit dem blau angelaufenen Zahnfleisch und der näselnden Stimme geschickt, indem er die gesamte Rechte unter den linken Oberarm schob.

Stefan Bošković, genannt Vögelchen, schaute sich ständig um. Wiederholt betonte er, daß einer aus seiner neuesten Gruppe mit dem Vorortzug aus Böblingen so gut wie schon angekommen sei. Vögelchen wollte weder den Bahnhof verlassen noch in ein Taxi. Er wartete stur auf seinen Zug.

»Seit wann hast du so viel Schiß – du einstiger Goldener Boxhandschuh von Belgrad und ganz Serbien?«

Vögelchen antwortete nicht. Er beobachtete alles, bis hin zum Ausgang, dann bog er ab zum Klo. Dort zog er ein Bündel unter dem Hemd hervor, das nannte er seine Abgabe, und dabei wurde er blaß. Kolar begann zu zählen, die Hälfte schob er sich in den Gürtel, den Rest in den Stiefel, wo sich auch eins seiner Messer befand.

»Wir hatten was anderes abgemacht, Schwergewicht!«

»Chef, Not ändert das Gesetz.«

»Stefan! Hast du denn in anderthalb Monaten nicht mehr zusammenkratzen können als beschissene zehntausend Mark?«

»Elf, Chef, nicht zehn.«

»Aber das reicht doch nicht einmal für einen Mercedes, Stefan. Und dabei hältst du in deinen Händen ganz Stuttgart und Umgebung!«

»Sandor, hier ist ein mieses Terrain. Das Volk hier ist immun gegen Diebstahl, Raub und Plünderungen. Vor uns haben hier die Sizilianer gehaust. Von unseren Leuten gar nicht zu reden:

Die haben jeden Stein umgedreht! Ein ganz mieser, ausgepowerter Landstrich.«

»Du hast es dir selber ausgesucht, Vögelchen!« Der Madjare gestikulierte ständig und versuchte dabei möglichst unauffällig mit dem Handschuh seine Narbe im Gesicht zu verbergen. »Hamburg hast du ausgeschlagen, das war dir zu feucht. Berlin zu weit vom Balkan entfernt. München und Salzburg waren dir wieder zu nah! Stuttgart – gib mir Stuttgart! hast du gesagt – und jetzt taugt auch Stuttgart nichts! Sag du ein Wort gegen Stuttgart! Um Stuttgart reißen sich alle!«

»Ich tu, soviel ich kann. Du siehst doch an der Summe, daß ich nicht faulenze. Aber mein Netz hat Risse bekommen, ja, es kann bald zerreißen. Meine neuen Leute laufen mir weg. Und von den alten, die schon den Tatterich in Hände und Knie kriegen, von denen hat man mehr Schaden als Nutzen.«

»Nur elf Stückchen?«

»Auch die hab' ich nur mit Mühe zusammenbekommen.«

»Vögelchen, gib zu – ich tu dir nichts: Wieviel hast du abgezweigt für schwarze Tage?«

»Meine schwarzen Tage sind schon angebrochen.«

»Seit wann bist du so deprimiert?«

»Seit ich auf niemanden mehr los kann, weder mit der Faust noch mit dem Messer. Eben seit ich in Stuttgart bin.«

»Verfolgt dich dein Blut wirklich so sehr?«

»Sandor, es holt jeden ein. Davor fliehen – ist nicht. Zuerst holen dich Blut und Tränen von all denen ein, die du ins Unglück gestürzt hast. Das bedeutet erst mal Entbehrung – und dann folgt alles andere!«

Der Madjare verbarg seine Unzufriedenheit nicht. »Also, in diesem Tal hier ist dünne Luft – wie?«

»Dünne!« keuchte der Lulatsch mit den zerquetschten Bakkenknochen, der niedrigen Stirn und dem verschreckten Blick. »Die Luft – und überhaupt alles hier – sehr dünn . . .«

»Vögelchen, womöglich willst du dich selbständig machen und weißt nur nicht, wie du mir das beibringen sollst?«

»Chef, ich schwöre, das ist mir niemals in den Sinn gekommen!«

»Du schwitzt, verdrehst die Augen – was ist mit dir?«

»Der Föhn hier bringt mich noch um.«

»Wollen wir ein bißchen auf die Hochebene? Dort würdest du dich gut ausruhen können. Nirgends sonst gibt's eine solche Luft! Wir könnten ja vereinbaren, daß du Sonderverpflegung bekommst. Was meinst du, wie glücklich die wären, dich wiederzusehen.«

»Mit denen bin ich im reinen. Du weißt selbst, daß sie mir das mit dem Blut vergeben haben. Sie hatten allen Grund, hatten auch die Möglichkeit, mich zu rösten. Aber sie haben's nicht getan.«

»Vögelchen – viel wichtiger ist, daß ich dir vergebe.«

»Jeden Montag kommen sie und holen ihren Anteil ab.«

»Ist ihr Anteil größer als meiner?«

»Sie verlangen nicht viel. Ein paar tausend wöchentlich. Es muß nur regelmäßig sein.«

»Würdest du mir beschreiben können, wo sie ihr Quartier haben?«

»Nein. Ich erinnere mich nur an einen Schweinestall, an Wald, Wind und eisigen Regen. Als du mich ihnen ausgeliefert hast, schien zufällig der Mond. Noch jetzt sehe ich den Mond – und auch die Sterne. Dann wurde es dunkel und lange nicht mehr hell.«

»Stef! Wer holt den Anteil ab?«

»Immer ein anderer. Ich hab' mich schon so an sie gewöhnt, daß ich sie auch ohne Losung erkenne. Wortlos, ohne auch nur guten Tag zu sagen, ziehe ich das Geld aus der Brusttasche und gebe es ihnen.«

»Drohen sie dir?«

»Als ich noch auf der Hochebene war, sagten sie, sie würden mir, wenn ich mal aufhöre, abzuliefern, die Arme bis zu den Ellbogen abschneiden, die Augen ausstechen und die Ohren vom Kopf trennen. Du kennst sie.«

»Hast du den Eindruck, daß sie ihren Kumpel schonen?«

»Egal – das Ganze wird mich noch den Kopf kosten. Abliefern muß ich, sagten sie, bis ans Ende. Aber ich seh' kein Ende.«

»Soll ich dich, Vögelchen, aus dieser Lage befreien?«

»Ich traue keinem mehr.«

»Dem Madjaren kannst du vertrauen, Stefan. Ich halte den Mund!«

»Geheimnisse geben sich selber preis. Die Bauern an Donau und Drina behaupten, vergossenes Blut muß irgendwann mal Blasen schlagen. Das ist dann der Tag der Rache. Davor fürchte ich mich mehr als vor dem Fegefeuer.«

»Stef, wir sind ohne Niko Maraš nicht mehr komplett. Es fehlt uns der dritte Mann. Komm mit uns! Vertritt dir ein bißchen die Beine.«

»Wo denn?«

»Für den Anfang denk' ich an Eisenbahnzüge oder Postämter an der Peripherie größerer Städte und in der Provinz, an Bahnhofskioske, an Ladengeschäfte in Kurorten und Bädern. Auch an Krankenhäuser, Kinderheime, Apotheken. Natürlich auch an Autos, Tankstellen und Wohnungen. Alles ganz wie damals, als wir Bayern und Österreich abgrasten und den Gastarbeitern ihre Kinder wegschnappten. Du würdest viel reisen; Wohnung und Kleidung, besondere Kennzeichen und Sprechweise müßtest du verändern. Und du würdest wieder ordentlich draufschlagen dürfen – einem normalen Deutschen genügt deine Linke. Wenn du nicht in den Zügen Dienst tust, werkelst du ein bißchen in der Kfz-Werkstatt. Die gehört einem Jugo – unser Mann, ehrliche Haut, ein Kamerad. Er würde es mit der Arbeitszeit nicht so ernst nehmen, sondern von dir nur gelegentlich erwarten, daß du mal hinlangst.«

»Wenn sicher ist, daß ich mit dem Schweinegrafen – ich meine, mit denen da oben – keine Schwierigkeiten kriege . . .«

»Laß das mal meine Sorge sein, Stefan, ich hoffe, du weißt, daß die bei mir nicht zu mucken wagen. Stell dir mal vor, ich drehte denen mein Ventil zu – dann stünden sie ohne frisches slawisches, osteuropäisches Blut da, ja, ohne Fleisch überhaupt! Die würden im Schweinemief ersticken, in ihrem eigenen Gestank, in Finsternis und Jauche!«

»Wann brechen wir auf?«

»Wir sind schon unterwegs!« grinste der Madjare.

Sie saßen wieder im Zug, Sandor Kolar bestellte Tatar, spanischen Wein, Schokolade. »Halte dich nur immer an mich, Vögelchen! Glaube mir blind! So wie du dich heute noch blind vor denen fürchtest, die dich, so blutig und verloren, im Boxring niedergestreckt haben. Schaff mir nur ran, schweiß auf, brich auf! Und behalte deine Zunge nur immer schön hinter den Zähnen, wenn du nicht willst, daß sie dir abgeschnitten wird!«

In Ulm hielten sie sich längere Zeit auf, schlugen sich erstmal im Bahnhofsrestaurant die Bäuche voll. Kolar stopfte Bošković völlig ungares Fleisch in den Mund; dann zwang er ihn, eine ungeschälte, mit Hähnchenblut übergossene Banane zu mümmeln. Manche Speisen beschnupperten die drei lediglich und schickten sie angeekelt zurück. Die Kellner wanden sich, der Geschäftsführer schäumte.

Dann machte Vögelchen mehrmals seine Aufwartung in den umliegenden Gastarbeiterbaracken und Ziegeleien. Er wirbelte durch die Stadt, trug die chiffrierten Befehle des Madjaren aus, kassierte und rapportierte die Abgaben. Sein Selbstbewußtsein kehrte zurück. Das gestand Stefan auch Kolar, als er mit zwei schweren Diplomatentaschen, die Havanna zwischen den Lippen und in einen Mantel aus teuerstem Mohair gehüllt, wieder den Bahnhof betrat. Kolar nahm die Beute in Empfang. Dann schickte er den Schwergewichtler wieder weg; er solle in Ulm noch ein bißchen weitertrainieren.

»Siehst du, wie mir Ideen und Geld vom Himmel fallen?« sagte Kolar zu Marković.

»Ich sehe.«

»Das merk dir mal: Von fremden Sünden läßt es sich besser leben als von der eigenen Arbeit. Erstens ist es ehrenvoller – und zweitens schwitzt du nicht dabei. Aber du sollst niemals denken, ich sei glücklich! Ich bin es nicht! Weißt du, ich bin kein ganzer Mensch, ich bin nur ein Drittel davon. Du sagst, du suchst den Vater. Nun, ich suche beide Eltern. Du wirst deinen Vatergangster irgendwann wiederfinden – ich meine Gaunereltern nie. Gemacht hat mich – sagt man – ein Serbe mit einer Madjarin oder ein Madjare mit einer Rumänin, was in diesem pannonischen Bordell namens Vojvodina auf das gleiche hinausläuft. Die waren als Tagelöhner zur Kukuruzernte gekommen, danach verdufteten sie, donauabwärts, und dann haben sie sich getrennt – falls sie überhaupt länger als eine Nacht beisammen gewesen sind. Man nannte mich Alexander – ungarisch Sandor – nach König Alexander Karadjordjević, dem Einiger der Südslawen und des ganzen übrigen Balkangesindels. Der Zuname Kolar wurde damals in Subotica jedem Bankert verliehen. In das Register der Griechisch-Orthodoxen wurde ich eingetragen vom Popen Andro Macura, dem langjährigen Beischläfer der Ehrwürdigen Schwester Klara, einer Ursulinerin, in deren Internat ich mal für ein paar Monate war. Wegen der hat sich dieser geile, struppige Bock aufgehängt, als sich seine Sünden und die Größe seiner Eier in der Batschka herumsprachen. Von Macura lernte ich, mit Karten falschzuspielen und jedem Rock nachzusteigen. Nach der Auflösung des Suboticaer Heims für tripperkranke Mädchen übernahmen mich die Adventisten, und als auch die Pleite machten, fand ich mich bei den Zeugen Jehovas wieder. Die haben mir ein Fahrrad gekauft! Da brach mein erster Wahn aus. Wartet nur, Vater und Mutter, ich will euch schon finden! So nahm ich's mir vor und fuhr los. Mit fünfzehn war ich schon Jugendmeister der Vojvodina, später von ganz Serbien. Als man mir den Siegerkranz um meinen dünnen Bankerthals legte, weinte ich – nicht vor Glück und Stolz, weil ich das Rennen gewonnen hatte, sondern weil meine Gaunereltern aus dem Kukuruzfeld nicht dabei waren, um mich auf die verschwitzte Stirn zu küssen und mir zu gratulieren. Damals trainierte mich der berühmte Lajoš Varga, später Zdenek Bohumil, von dem ich auch die ersten tschechischen und deutschen Brocken lernte. Allein durchstreifte ich die ganze Vojvodina, spähte in jedes Gutshaus, immer in der Hoffnung, ich würde, blond wie ich war, mit meinen vorstehenden Bakkenknochen, auf meinem fliegenden Fahrrad die Aufmerksamkeit meiner Eltern auf mich lenken. Schon redeten die Leute über mich: Diesen kleinen, weißen Teufel kriegt man nicht mehr zur Raison – der wird noch Schande über unser Subotica bringen ... Lajoš Varga und Zdenek Bohumil versicherten, ich sei auf dem Rad ein Genie, und bald werde die Goldmedaille der Weltmeisterschaft die Wand des Suboticaer Clubs zieren. Doch über Nacht versiegte mein Rennfahrerwahn – und zwar in dem Augenblick, als ich begriff, daß auch noch so hohe Meistertitel die Aufmerksamkeit meiner Gaunereltern aus dem Kukuruzfeld nicht erwecken würden. So schlug ich mit siebzehn, unmittelbar vor der Abfahrt zum Rennen in Bukarest, mein Rad kaputt, spuckte darauf und warf es in die Donau, und Lajoš und Zdenek schrie ich ins Gesicht, Sport sei Scheiße und sie beide seien nichts anderes als beschränkte, von Rekorden verblödete Vojvodinaer Bolhas! Sie weinten, weil der Bankert Sandor von ihnen nichts mehr wissen wollte. Ich fand jetzt viel mehr Spaß am Betrügen, am Klauen und Räubern. Und wieder schwor ich in meiner Verzweiflung: Ich werde mich an euch rächen, ihr meine Gaunereltern, ich werde etwas noch nie Dagewesenes vollbringen – und dabei werde ich draufgehen. Und dann werdet ihr euch vor Kummer die Wangen wundkratzen und bis an euer Lebensende um mich weinen ...

Wenig später bin ich dann von da unten abgehauen. Durch alle Flüchtlingslager und Aufnahmestellen hat es mich getrieben, und da habe ich mich auch mit der Hölle verbündet. Nur allmählich, nur sehr mühsam kam ich auf Touren. Und dann habe ich Menschenblut gekostet. Das schmeckt salzig, süß, berauschend. Hast du einmal daran geleckt, wirst du es immer saufen wollen. Dann fand ich Spaß am Handel, ich wurde ganz verrückt danach. Heute kaufe oder verkaufe ich lieber einen Menschen, als daß ich mir eine Havanna anzünde.«

In München war Bošković noch mutiger. Er soff und fraß für drei, schaffte an für vier. Eine ganze Woche lang verwüsteten sie Läden, Tankstellen und Garagen im Villenviertel an der Isar. Seine Augen mit den entzündeten Lidern bekamen einen wilden Glanz, die Wangen, die Lippen schwollen ihm an. Es pfiff aus ihm, als sei er zwischen den Rippen angestochen.

Der Koloß kam angewankt und zeigte Kolar seine linke Pranke vor: »Sandor, gib zu, daß ich wieder bin wie früher!«

»Das bist du. Aber besoffen!« grinste der Madjare und bestellte die fünfte Runde. »Niemand ist das, was er mal war, und wird es nie mehr werden!«

»Soll ich mich umbringen?«

»Du sollst umbringen, Vögelchen!«

Es war Nacht. Auf dem Bahnhof war nichts los. Sie kauften alle Emigrantenzeitungen, die an den Kiosken zu haben waren, dazu noch die *Times*. – Die schwenkten sie fröhlich, als sie die Straße überquerten, und riefen den Passanten Flüche mit englischem Akzent zu, um den Eindruck echter englischer Gentleman-Gangster zu erwecken.

Gegenüber, bei *Schiller*, erwartete sie an der Theke, ebenfalls blau, der GI Adam, ein gebürtiger Pole. Der hatte ungefähr Stefans Statur, war sommersprossig, grinste hinterhältig, und mit dem Madjaren unterhielt er sich in einem Gemisch aus Texanisch, Russisch und Tschechisch. Marković begriff, worum es sich handelte, als Adam wiederholte, die großen Pakete seien bei Stanislaw, die kleineren bei einem anderen polnischen Emigranten, bei Witold, und die kleinsten – also die, die Kolars Trio am nötigsten brauchte – nur ein paar Schritt weiter unten, in *Schillers* Klo.

Sie gingen also hinunter und schlossen sich ein. Der Boxer mußte sich umziehen, er stieg in eine amerikanische Soldatenuniform von Adams Größe. Dann zog er Schnürstiefel an, setzte sich ein Käppi auf und gürtete sich mit einem Koppel, an dem ein Futteral mit einem schweren Colt hing. Nun sah ›Vögelchen‹ aus wie ein besoffener Mulatte aus Alabama. Und so bewegte er sich auch – und er hatte keine Ahnung, an wen der Madjare ihn dann auf der Straße, nach Austausch eines Losungswortes, übergab. Die Schnauze, die den Bošković übernahm, war nicht deutsch, weder dem Aussehen noch der Sprache nach, ganz zu schweigen von den unanständigen Bewegungen seiner Arme, Hüften und Knie. Da erinnerte sich Marković an den Schwulen namens Erika aus dem Lager Traiskirchen. Bošković stieg zu der Schnauze ins Auto, und sie fuhren los.

In einem mausgrauen Mercedes, dem sie ein Nummernschild der US Forces aus Adams Päckchen umgehängt hatten, verfolgten Kolar und Marković den ganzen nächsten Tag über einen alten Taunus 17 M mit einer libanesischen Nummer. Der hatte offenbar kein Gepäck bei sich, auch nicht auf dem Dach, und war bis über die Scheiben dreckverschmiert, also wahrscheinlich Tarnung. Am Lenkrad dieser auspufflosen Rumpelkiste wechselten sich zwei Araber ab, manchmal fuhr auch ein Europäer. Das war ein altes zerknittertes Männlein in kostbarem Pelz, Brille auf der Nase, der hatte, wenn er mal ausstieg, immer Zeitungen und eine Straßenkarte unterm Arm.

Auch die beiden Verfolger lösten einander ab. Sie tankten immer dann, wenn der Taunus tankte, dessen Besatzung den Wagen nicht verließ. Offensichtlich bemühten die sich verzweifelt, eine bestimmte Straße oder ein bestimmtes Haus ausfindig zu machen. Kolar meinte, diese Leute seien ohnehin betrogen und verraten, aber man müsse noch warten, bis sie so richtig fertig seien, dann könne man sie am Abend in eine Vorstadt locken und totschlagen. Ein paarmal verstopfte der Taunus den Verkehr. Dann bog er von der Leopoldstraße stadtauswärts nach rechts ab, Richtung Autobahn Nürnberg. Der Mercedes folgte ihm. Fieberhaft erteilte Kolar seine Befehle: »Mark, überzeuge dich, ob alles o. k. ist!« Er achtete darauf, daß der Abstand zwischen dem Taunus und dem Mercedes nie mehr als zwanzig Meter betrug.

»Ist alles parat? Die MPs, die Munition?«

»Meinst du, die sind gut bewaffnet?«

»Wir müssen nur schneller sein – das ist alles.«

»Bist du sicher, daß sie uns nicht bemerkt haben?«

»Kein Gedanke, Chef, die sind total übermüdet.«

»Was ist das nur für ein greulicher Gestank?«

»Ja, was stinkt da nur so widerlich?«

»Auf dieser Seite liegt Groß-Lappen, Münchens größter Müllhaufen. Dort brennt es immer, und knallen tut's auch jede Nacht. Dreh mal die Scheibe hoch. Siehst du, das machen sogar diese dämlichen Araber.«

»Wer schießt denn da immer, Chef?«

»Emigranten! Hier wird liquidiert. Hier wird geschlachtet und abgemurkst, hier ziehen wir uns die Haut vom Leib. Groß-Lappen – das ist die Arena, wo der osteuropäische und besonders der slawische Abschaum die alten Rechnungen begleicht und neue aufmacht. München ohne Groß-Lappen – das wäre ein München ohne Theater. Hier schlagen die Serben die Kroaten tot – und die Kroaten die Serben. Die Ukrainer die Russen und die Russen die Polen und Albaner. Die Slowaken die Tschechen, und die Tschechen die Slowaken. Und die Madjaren stechen einfach alles ab, was ihnen über den Weg läuft – ob Bulgaren, ob Ostdeutsche oder sonstwen, das kommt denen nicht drauf an. Was hier so stinkt, das sind Emigrantendärme.«

»Und warum schlachten wir uns gerade hier ab?«

»Kein Emigrantendasein ohne Ritual! Und jedes Ritual braucht seinen Müllhaufen.«

»Chef! Wartet Groß-Lappen auch auf uns?«

»Jedenfalls auf mich. Ich wär' sogar beleidigt, wollte man mich an einem weniger würdigen Ort umlegen. Groß-Lappen und ein Madjare – das gehört einfach zusammen.«

Mark gruselte es. Draußen schüttete es wie aus Kannen. Kolar trällerte vor sich hin. Marković dachte an Maraš.

Der Taunus hielt auf einem Parkplatz, mit laufendem Motor und brennenden Scheinwerfern. Die Araber stiegen aus, fluchten über den Regen. Sie hielten ihre Diplomatenmappen über den Kopf und stiegen den Hang hinauf, zum Motel. Der alte geschniegelte Affe blieb sitzen und rief ihnen noch ein paar Anweisungen nach. Er ahnte nicht, daß nur zehn Schritte hinter ihm, mit gelöschten Lichtern, ein Mercedes mit US-Forces-Kennzeichen stand.

Kaum hatte sich die Moteltür hinter den Arabern geschlossen, setzte der Madjare den Mercedes links neben den Taunus. Dann stieg er aus und hielt dem Fahrer seinen Revolver unter die Nase. Rechts stand schon Marković mit der MP. Der Alte nahm die Hände hoch.

»Los, fahr!« befahl Marković, ließ sich neben dem Fahrer nieder und stieß ihm den Lauf in die Rippen. »Los! Hinter unserem Mercedes her!«

Es goß immer noch, auf allen Seiten lief das Wasser herab, die Scheibenwischer des Taunus schafften es kaum. Überglücklich über seinen Fang begann der Madjare mit seinem Mercedes zu kurven, als säße er auf dem Fahrrad. Für den Rückweg nach München brauchte er fast eine halbe Stunde – eine Ewigkeit schien es Marković. Dann bog der Fahrer plötzlich nach rechts, kam auf den Innsbrucker Ring, änderte noch einmal die Richtung und fegte über die Wasserburger Straße, als wäre schönstes Wetter und nicht die erste Nacht der Sintflut.

Im Taunus roch es nach Talg, Mandeln und Feigen, nach Schuhwerk und Gürteln aus schlecht gegerbtem arabischem Leder. Der Fahrer, mit Schnittnarben im Gesicht, auch Nase und Hals zusammengeflickt, stank nach Urin und Ammoniak. Er kaute an einem kalten Zigarrenstummel und starrte wie eine Mumie stur geradeaus. Er wagte nicht mal am Radio zu drehen – so hörte man bloß lautes Knacken, Glockengeläut, vermischt mit einem Soldatensong der siebten Armee vom nahe gelegenen US-Sender.

Immer wieder mal, zur Erinnerung, drückte Marković dem Alten den Lauf zwischen die Rippen. Der zog die Stirn kraus und die filzigen Brauen hoch, und seine Narben zerknitterten.

Über Kirchtrudering kamen sie nach Riem. Kolar hielt kurz an, stieg aus, ging zum Taunus. Marković öffnete ihm die Tür. Sandor strahlte, sein Haar hing vom Wind zerzaust in die Stirn. Mit Blick auf den Alten sagte er zu Marković: »Legen wir ihn um?«

»Noch nicht«, sagte Marković.

»Dann komm!« rief Sandor und schlug die Tür des Taunus zu. Man hörte wiedermal das herzhafte Lachen der Boys aus Adams Einheit.

Die Straße war von Wasser und Schutt fast völlig überschwemmt. Marković hoffte nur, dieses irre nächtliche Rennen möge bald ein Ende nehmen. Wie sollte er das alles nur Niko Maraš und Stefan Bošković, wenn er die jemals wiedersehen sollte, beschreiben! Januša Novak jedenfalls würde er kein Wort davon erzählen – die würde nur weinen. Und der Vater würde sowieso nichts kapieren.

Der Fahrer kaute auf seiner Zigarre. »Ihr wollt doch wohl nicht etwa Nikita Nikitin erschlagen, einen alten, hilflosen Emigranten, der von Gott und den Menschen schon genug gestraft wurde?«

»Heute nacht würde ich sogar meinen eigenen Vater erschlagen.«

»Ich werde dir alles sagen, was ich weiß. Ponimaješ?«

»Ponimaju, Ruski. Jetzt fahr los, sonst gibt's was ins Herz!«

»Darf man wissen, wohin's gehen soll?«

»Das geht weder dich noch mich was an.«

»Ich bin todmüde . . . Ich kann nicht mehr.«

»Mach das Radio aus, Ruski!«

»Weshalb?«

»Adams Lachen geht mir auf die Nerven. Kennst du Adam?«

»Ich kenne keinen Menschen mehr!«

»Und Jermolaj? Viktor? Bondarenko?«

»Klangvolle Namen. Sicher große Männer. Aber ich – ich bin doch nur ein Spediteur, ein Bednjaga, ein Habenichts.«

Marković kam es vor, als seien sie schon in Dornach. Der Madjare lotste sie in ein stilles Gäßchen, parkte den Mercedes an einer Mauer und dirigierte den Taunus auf einen Hof, der war stockdunkel, wütendes Hundegebell klang auf. Hinter dem Hof lag eine Kfz-Werkstatt. Stefan Bošković war schon da. Er trug den vor Angst und Müdigkeit halbtoten Taunus-Fahrer heraus. Ehe er ihn auf eine Kiste setzte, verband ›Vögelchen‹ ihm die Augen, und Sandor Kolar steckte ihm die zitternden Hände in Handschellen aus Adams Gepäck. Marković klopfte ihn von Kopf bis Fuß ab und erleichterte ihn um sein Klappmesser, seinen Trommelrevolver und die Handschuhe mit den eingearbeiteten Rasierklingen auf Handtellern und Fingern.

Marković sah jetzt alle fünf Mercedes-Wagen, deren Motor- und Fahrgestellnummern Bošković auszuwechseln hatte. Auch neue Nummernschilder waren zu montieren. Nikitin stand bei seinem Taunus und bekam nasse Füße. Der Madjare fuhr ihm mit der Messerspitze über die Lippen und kitzelte ihm die faltige Gurgel.

»Nikituscha« – Sandor baute sich dicht vor dem Alten auf – »wo ist das Gold?«

»Keine Ahnung.«

»Du hast diesem jungen Mann gegenüber behauptet, du wüßtest was.«

»Aber nicht, wo das Gold ist!«

»Jetzt sag, was du weißt – sonst reißen wir dich und deine Kiste in Stücke, und dann ab nach Groß-Lappen!«

»Groß-Lappen – was ist denn das?«

»Ein Friedhof.«

»Nein – bis dahin hat's noch etwas Zeit . . .«

»Also dann, Ruski: Wo ist das Heroin?«

»Diesmal ist es leider nur Haschisch.« Die Stimme des Alten war flach, sein Blick ganz verloren. »Es gehört aber nicht mir, ich bin nur Spediteur, ich bin nur ein Sklave.«

»Dann bist du das gleiche wie wir, Ruski. Also nun sag schon, als Sklave zum Sklaven: Wo ist das Hasch?«

»Türen, Kotflügel . . . Trittbretter . . . Doppelte Böden . . .«

Bošković und Marković rissen die Verkleidung herunter, die Drähte heraus, sie entdeckten und öffneten die getarnten Verstecke. Und sie beförderten die dunkelgrünen Plättchen, die wie Schokoladentafeln aussahen, ans Licht. Sie rochen nach Schimmel, nach Moder. Der Madjare betrachtete sie aufmerksam. Alle trugen die Nummer 999.

»Wieviel hast du da drin gehabt, Nikituschka?«

»Soviel wie reinging.«

»Na, und wieviel ist das, ungefähr?«

»So an die fünfzig Kilo.«

»Wo wurde geladen?«

»In Beirut. Nur das, was im Proviantbeutel war, hab' ich in Istanbul übernommen.«

»Wer sind denn diese Araber?«

»Ihr fragt zuviel!«

»Wie heißen sie? Woher kommen sie?«

»Die heißen überhaupt nicht. Die haben keinen Namen. Die verständigen sich mit Zeichensprache.«

»Ruski, wenn sie schon ihre eigenen Namen nicht wissen, deinen kennen sie um so besser.«

»Mir war befohlen worden, den ersten in Saloniki zusteigen zu lassen, den zweiten in Skopje.«

»Meinst du, das ganze Zeug hat denen gehört?«

»Bei denen weiß man nie. Ich glaube nicht.«

»Woraus schließt du das?«

»Aus gar nichts. Ich meine nur so. Sie haben furchtbar viel telefoniert. Bei jeder Gelegenheit.«

»Wen habt ihr denn in München so lange gesucht?«

»Euch zwei!« sagte Nikitin, er lächelte gequält und zeigte seine Goldzähne.

»Habt ihr uns denn kein einziges Mal bemerkt?«

»Ich seh' euch auch jetzt nicht!«

»Wen siehst du denn, wenn nicht uns?«

»Die Araber – wie sie mich schlachten ...«

Bošković schnitt mit einer großen Blechschere drauflos, als habe er noch alle seine Finger. Marković riß die Dachverkleidung herunter. Bošković entdeckte immer neue Täfelchen, er reihte sie sorgfältig aneinander.

»Nikituschka, wer hat dich denn so zugerichtet?«

»Zuerst die Deutschen, als sie aus Richtung Shitomir in Kiew einrückten. Zur Strafe, Ruski, sagten sie, weil du dich nicht gleich ergeben hast! Später waren es dann Soldaten des Generals Wlassow, bei Lublin, die sagten: Wir haben auch ein Recht, dich zu markieren, Väterchen! Und dann waren's noch mal die Deutschen, in einem tschechischen Wald. Die wollten wissen, warum ich aus Rußland weg wollte. Und nach dem Krieg waren es Sizilianer und Bosniaken. Und erst neulich die Araber.«

»Woher hast du einen libanesischen Paß?«

»Wenn du bist, was ich bin, dann mußt du immer mehrere Papiere haben.«

»Und Glück – nicht wahr?«

»Glück ist Privatsache. Danach fragt dich niemand.«

»Wo sind deine anderen Pässe?«

»Im rechten Stiefel ein türkischer, im linken ein argentinischer. Und unter dem Hemd der beste: ein deutscher.«

»Aber Nikitin heißt du auf keinem, wie ich sehe.«

»Wozu auch? Du kannst dir ja einen anderen Namen aussuchen!«

»Was für Ware fährst du denn gewöhnlich?«

»Meistens solche, vor der sich die Deutschen ekeln. Oder Sachen, denen sie aus dem Wege gehen. Alles, was sie nicht mögen, oder was sie nicht wagen.«

»Außer Drogen – was noch?«

»Irgendwo in einem Dorf verendet ein Pferd, eine Kuh, ein Hund. Dann schreien die Deutschen ›Ruski‹ – und ich mach mich über die Kadaver her, als wäre ich ein Zigeuner und kein Russe.«

»Fällt für so einen Ruski auch mal was Größeres ab? Oder immer nur Aas und Dreck?«

»Waffen. Leichte und schwere. Die werden mit solchen Kisten transportiert oder auch mit Kombis, Kühlwagen, Tankwagen. Emigrantenpresse, Flugblätter und Höllenmaschinen nehmen wir gelegentlich als Beiladung. Ich kenne jeden Weg von hier bis zum Balkan und zum Nahen Osten. Dynamit und so ein Zeug zu schmuggeln ist gar nicht so schwierig. Jedenfalls nicht so schwierig, wie Entführte in Säcken über die Grenze zu bringen.«

Marković und Bošković bauten den Kühler aus und zerschlugen ihn. Sie schnitten den Tank in Stücke und wunderten sich, was alles zwischen doppelten Wänden Platz hatte. Auch die verdreckten Stoßstangen waren vollgestopft mit stinkenden, in Zellophan gewickelten Klümpchen.

»Das hast du uns verschwiegen, Ruski!« Der Madjare war ganz außer sich vor Begeisterung.

»Habt ja nicht danach gefragt.«

»Haben wir wohl!«

»Nach Gold habt ihr gefragt!«

»Hast du noch Mohnharz?«

Mit Nikituschka konnte man nicht länger reden. Die Augen fielen ihm zu, seine Zunge war schwer wie Blei. Kolar bettete ihn wie ein Kind auf den Rücksitz seines Mercedes, dann setzte er sich ans Lenkrad und startete. Seine Stirn strahlte vor Schweiß und Glück. Marković setzte sich neben ihn. Er drehte sich um und sah, daß der Alte schlief. Der Madjare fuhr aus der Werkstatt, Bošković zog hinter ihm das Tor zu. Der Madjare schloß es von außen sorgfältig ab.

Durch einen Platzregen, der Himmel und Erde verschlang, fuhr der Madjare eine gute halbe Stunde. Marković paßte auf Nikitin auf, der nach abgestandener, saurer Emigrantenkacke roch. Das Klappfenster an der Seite des Fahrers stand offen, aber das nutzte nicht viel.

Der Russe wachte noch nicht einmal auf, als sie ihn aus dem Wagen trugen. Kolar öffnete ein wuchtiges bayerisches Tor und stieg eine Treppe empor. Marković schleppte den Russen, der durch Röcheln zu verstehen gab, daß er noch am Leben war. Erst als Kolar und Marković ihn ins Badezimmer brachten, schlug er die Augen auf.

Sie entkleideten ihn, stülpten seine Taschen um, schüttelten seine Stiefel aus. Sie badeten ihn, schauten ihm in die Zähne und in den After. Sein alter, dürrer Leib war übersät mit Striemen und Brandnarben. Sie puderten ihn mit Talkum, wie ein Baby, wickelten ihn in Frotteetücher. Der Madjare trug ihn ins Bett.

»Ruski, jetzt kannst du eine ganze Ewigkeit schlafen. Wenn ich das doch auch mal könnte!«

»Wieviel Uhr ist es denn?«

»Drei nach Mitternacht. Warum fragst du, Ruski?«

»Weil ich nicht eine ganze Ewigkeit schlafen möchte. Ich hasse alles Ewige. Seit ich mich kenne, bin ich auf der Flucht vor dieser verdammten Ewigkeit.«

»Aber du siehst: Man kann ihr nicht entkommen.«

»Man muß!«

»Du hast deine Aufgabe erfüllt.«

»Nein!«

Der Madjare beugte sich über ihn, fuhr ihm mit der Hand über den vom heißen Bad geröteten Schädel und zog ihm hinter dem Ohr eine feuchte, graue Haarsträhne hervor. »Was regst du dich eigentlich noch auf? Jetzt ist doch alles o.k.«

»Du sagst es ist drei Uhr früh?«

»Vier, Ruski!«

»Was hab' ich denn eine ganze Stunde lang gemacht?«

»Geträumt, wie die Araber dich schlachten und häuten.«

»Ich will meine Aufgabe zu Ende führen. Erst schlaf' ich mal zwölf Stunden. Beim Frühstück überlegen wir dann, ob wir irgendwo einen zweiten Wagen kassieren können. Da ist bestimmt noch mehr drin als in meinem.«

»Sieht ja fast nach Geleitzug aus.«

»Ich war ja auch erst der zehnte.«

»Und die anderen neun? Sind die auch hier durchgekommen?«

»Einige kamen aus Beirut, die wollten über Italien und die Schweiz nach Bremen und Hamburg. Die ersten müßten sogar schon auf dem Rückweg sein. Aber schnappen tun sie bestimmt ein paar, und ohne Blut geht das auch nicht ab.«

»Wo ist es am schwierigsten, Ruski?«

»Hauptsache, wir sind erst mal durch Jugoslawien durch. In Österreich atmen wir auf.«

»Woher weißt du, daß im elften Wagen das meiste ist?«

»Ivan Semjonitsch Abrahamov fährt ihn. Das ist mein Mann. Außerdem ist er der einzige, für den ich die Hand ins Feuer lege.«

»Was habt ihr verabredet?«

»Daß ich an der deutsch-österreichischen Grenze auf ihn warte. Ab Mitternacht. Er kommt die Salzburger Strecke. Sollte an der ausgemachten Stelle dicke Luft sein – dann treffen wir uns an einer der Shell-Tankstellen auf der Autobahn nach München.«

»Und wenn er nicht kommt? Was hat das dann zu bedeuten?«

»Daß er tot ist – was sonst? Daß er in die bessere Welt eingegangen ist – nur wenige Stunden vor mir . . .«

»Kann es wirklich nur das bedeuten, Ruski?«

»Nur das! Vanja ergibt sich nicht. Vanja tötet lieber! Der schießt sich eher eine Kugel in den Kopf, oder er stößt sich ein Messer ins Herz, als daß er die Hände hebt!«

»Das wäre unser Mann«, flüsterte der Madjare, während er andächtig zusah, wie die Augen des Alten sich mit Tränen füllten.

»Vanja ist gut und gerecht! Wie Gott ist der!«

»Hat Abrahamov in der Roten Armee – oder unter Wlassow gekämpft?«

»Vanja hätte, wenn ihm das möglich gewesen wäre, gegen jede Armee gekämpft. Als der Zweite Weltkrieg ausbrach, war er grad fünf oder sechs Jahre alt. Und hier ist der Beweis, daß er sich nie jemandem untergeordnet, daß er sich niemals ergeben hat: Vom zugefrorenen Ob, weit hinter dem Ural, ist er zu Fuß – und die Füße mit Lederlappen und Lumpen umwickelt! – über unzählige Grenzen, Sümpfe und Wälder bis nach Deutschland gelangt. Bis hierher! Und in Deutschland hat er nur das weitergemacht, was er schon in Rußland und Polen gemacht hat: gestohlen, geraubt, gebrandschatzt – und von Menschenblut hat er nie genug gekriegt! In den Zeitungen stand: ›Durch Bayern geistert ein Phantom‹ – und niemand konnte sich vorstellen, daß das in Wahrheit ein kleiner Junge war, der die Bauern lieb und bescheiden um Wasser und Brot anbettelte. Schließlich ist er dann, ohne irgendwelche Papiere und ganz berauscht von Blut, in Zirndorf gelandet. Er soll dauernd gesungen haben, hat man mir erzählt. Sein Glück, daß er nichts vom Feuer gesungen hat . . .«

»Warum hast du ihn aus diesem Sumpf gezogen, Nikitin?«

»Er tat mir leid. Er hatte Augen wie mein gefallener Sohn Aleksej, der berühmte MG-Schütze von Stalingrad. Schlag mich tot, Brüderchen! wehklagte er, als ich ihn aus dem Lager geholt und ihn gespeist und getränkt hatte. Wieso denn das? Sollte ein Scheusal wie ich solch einen Beau totschlagen? Ich verbot ihm, vor mir niederzuknien. Schau, Batjuschka, so klagte er, so wie du äußerlich zugerichtet bist, so sieht's bei mir innerlich aus. Und deshalb ist es das beste, du verkürzt meine Leiden. – Nun, ich hab' sie ihm nicht verkürzt, wie ihr wißt. Ich hab' ihn einfach mitgenommen. Er hat mir Lieder aus Transuralien vorgesungen. Damit hat er mich am Leben erhalten, ponimajete?«

»Jetzt solltest du ihn seiner Wege ziehen lassen, Nikituschka.«

»Ich bin alt und schwach, viel schwächer als es scheint. Die Beine, die Hände lassen mich im Stich – und bald wird's auch der Verstand tun. Manchmal überfällt mich am Lenkrad so eine

Art Schüttelfrost... Ich werd' mich bald langmachen, und dann soll mir, anstelle meines Sohnes Aleksej, der liebe Vanja die Augen zudrücken und die Hände falten. Damit mir wenigstens einer unseres Glaubens den letzten Gruß nachruft.«

»Und was ist, wenn nicht er dich – sondern du ihn begräbst?«

»Bei Gott und allen guten Menschen, ich flehe euch an: Das darf nie geschehen!«

»O. k., Nikituschka, o. k. Wir werden deinen pyromanischen Vanja nicht umlegen – und dich auch nicht. Sondern wir suchen uns andere aus, wir fünf! Einverstanden?«

Nikita Nikitins Kopf war zurückgefallen; sein Hals sah unnatürlich langgezogen aus, als liege er bereit zum Schlachten, die Augen standen ihm voll Tränenwasser. Sandor Kolar trug in sein Notizbuch ein, was Nikita ihm erzählt hatte: Ivan Semjonitsch Abrahamov, genannt Vanja, hat blondes, welliges Haar, ungefähr wie sibirischer Hafer, in der Iris hat er zahlreiche Kringelchen und kaffeebraune Pünktchen, seine Nase ist uralisch plattgedrückt mit auffällig erweiterten Nasenlöchern. Ferner trug er ein, daß Vanja alles, was er transportiere, pünktlich, schnell und rücksichtslos ans Ziel zu schaffen pflege, daß er sich am Lenkrad benehme, als sei er daheim auf der Dorfstraße, daß er die gleichen Pässe und die gleichen Messer bei sich trage wie Nikitin – und vor allem auch ein Tommy Gun.

Marković sah auf den Alten, der wie leblos dalag, und bat den Madjaren, etwas Wichtiges nicht zu vergessen: Vanja fahre diesmal einen Mercedes Diesel 190, dem der Auspuff abmontiert wurde, damit er mit Lärm und Gestank die Aufmerksamkeit der Polizisten und der Zöllner an den zahlreichen Grenzübergängen in die falsche Richtung lenke. (Wer schmuggelt, macht keinen Krach...) In Beirut sei er allein losgefahren, habe also nicht, wie Nikitin, in Saloniki einen Beifahrer bekommen.

Nikitin lag mit über der Brust gekreuzten Armen und schnarchte.

»Ruski, das Fleisch, das du dir bestellt hast, das wird, ganz so, wie du's haben wolltest, nur auf einer Seite angebraten sein«, sagte der Madjare und machte sich davon.

Die MP im Schoß, hielt Marković an Nikitins Bett Wache. Nur einmal nickte er ein. Er fuhr aus dem Lehnstuhl hoch und begriff, daß er keineswegs mit Niko Maraš zusammen im Eisenbahnzug war. Draußen dämmerte ein trüber, endloser, bayerischer Tag herauf. Die Apfelbäume zwischen Fenster und Straße, die bis unters Hausdach wuchsen, widerstanden dem Wind mit ihren kahlen schwarzen Ästen. Auch einen Schwarm Krähen nahm Marković wahr; die eisigen Windstöße brachten mit dem Regen auch ihr Gekrächze mit.

Der Russe rührte sich nicht. Weder der Motorenlärm vom Hof her noch ein unentwegt auf Blech schlagender Hammer, irgendwo in den unteren Räumlichkeiten, konnte ihn wecken. Marković spazierte im Zimmer hin und her und betrachtete des Alten bleiches Schlummerköpfchen. Sein Körper zeichnete sich unter der Decke kaum ab. In Gedanken zauberte Marković sich diesen Abrahamov herbei – und er dachte auch an die Hand, die Nikitin für ihn ins Feuer legen wollte.

Pünktlich um fünf kam Kolar zurück, und da saßen Nikitin und Marković schon am Tisch. Die Hand des Russen lag auf einer ausgebreiteten Karte, Markovićs Finger am Abzug der MP. Sie falteten die Karte zusammen, deckten den Tisch, aßen zu dritt. Nikitin versicherte schmatzend, er habe nie blutigeres und wohlschmeckenderes Fleisch gegessen. Marković und Kolar ließen sich den Wein schmecken – der Alte zog ungesüßten, kalten Tee vor. Er schien quietschfidel – vielleicht weil der Madjare ihm wiederholt versprochen hatte, er werde seinen Ivan Semjonitsch Abrahamov-Vanja keineswegs mit einer MP-Garbe niedermähen. Da wurde es plötzlich laut im Erdgeschoß.

Stefan Bošković erschien, wiederum gekleidet in einer Uniform der 7. US-Armee. ›Vögelchen‹ Selbstbewußtsein war offenbar wiedergekehrt. Mit seiner daumenlosen Hand bot er Schokolade an, Kekse, Südfrüchte. Er fuchtelte mit den Armen herum, machte Stimmübungen und versicherte, er werde nunmehr bis ans Ende seiner Tage singen. Nikitin, dem das alles ganz unwirklich vorkam, besah ihn sich von allen Seiten. An der Hüfte ließ ›Vögelchen‹ lässig seine Tommy Gun baumeln, und im Futteral am Koppel hing der schwere Colt Officers Match 38 Special. ›Vögelchen‹ sang und zwinkerte seiner eigenen, vor Suff und Glück ganz geschwollenen Schnauze zu. Er schnaubte durch die Nase und teilte Boxhiebe aus, als sei er im Ring. Nikitin erzählte unterdessen von Abrahamov und von seiner unbedingten Ergebenheit, was ›Vögelchen‹ so zu animieren schien, daß ihm, während er sich weiter im Schattenboxen übte, der Infanterie-Zweispitz vom amerikanisch kurzgeschorenen Schädel fiel.

Gegen neun Uhr abends warfen sie die Motoren an. Hinter das Steuer des Mercedes mit der US-Nummer setzte sich Bošković. Neben ihm mußte Nikitin Platz nehmen. ›Vögelchen‹ sang. Mit dem Russen schien was nicht ganz in Ordnung zu sein. Er beugte sich zum Fenster heraus und sagte laut zu Kolar, seine Vorahnung trüge ihn nicht.

»In welcher Hinsicht?« fragte der Madjare.

»In diesem Moment«, fantasierte der Alte, »überschreitet anstelle von Aleksej mein Vanja die österreichisch-deutsche Grenze und wartet auf dem Plateau auf uns, schon auf deutscher Seite.«

Vor Mitternacht kamen sie an die Grenze. Es schüttete, der Regen kam mit dem Wind aus Österreich. Der Mercedes von Kolar und Marković parkte Seite an Seite mit dem anderen, an dessen Steuer jetzt Nikita Nikitin saß. Der Madjare hörte im Radio Jazzmusik.

Kolar rauchte eine dicke Zigarre. Er zischte: »Ruski, ich mach' dich kalt, wenn du uns mit dieser Warterei hinters Licht führen solltest!«

»Wird nicht nötig sein!« Der Alte rief es mit verhaltener Stimme aus dem Wagenfenster. »Abrahamov ist schon so gut wie da.«

»Deine Vorahnungen sind Scheiße!« fauchte Marković. Hätte Kolar es ihm jetzt befohlen – er hätte den Alten aus dem Wagen gezerrt und im Wald erwürgt. »Nach all dem Stuß, den du uns erzählt hast, existiert dieser Abrahamov nur in deiner ausgemergelten Rübe! Mach den Hals frei, Alter!«

Erst früh um halb vier kam ein alter Mercedes Diesel mit gelben französischen Scheinwerfern und einem libanesischen Nummernschild – als es gerade am allerschwärzesten goß. Es regnete jetzt so stark, daß man nicht mehr erkennen konnte, wer am Steuer saß. Nikitin begrüßte ihn ein paarmal mit langen Licht- und Hupsignalen. Marković und Kolar schien es, als halte der auspufflose Diesel mit dem leeren Dachgepäckträger für einen Augenblick an. Aber bei dem Wolkenbruch konnte man noch immer nicht erkennen, wer am Lenkrad und wer daneben saß.

»Vanja!« jammerte Nikitin und zog den Hals ein. »Vanjuschka, mein einziger Sohn, halt an!«

Der Diesel blinkte links, er wollte die Wagen in der Kolonne vor ihm überholen. Es ging nicht, weil gerade ein Wagen mit deutschem Kennzeichen an ihm vorbeizog. Daraufhin zog der

Diesel, ohne vorher zu blinken, rechts an mehreren Fahrzeugen vorbei.

»Vanja!« jammerte der Alte, »halt an, für einen Augenblick nur! Ich bin's doch, deine Vogelscheuche!«

»Ruski!« brüllte der Madjare, »bist du überhaupt sicher, daß er's ist?«

»Natürlich ist er's, natürlich, Leute: Ivan Semjonitsch Abrahamov!« rief der Alte. »Ihm nach!«

»Entweder hat er dich nicht erkannt – oder er flieht vor dir.«

»Ach, keine Spur!« Der Alte weinte vor Zorn. »Aber er ist nicht allein – das ist alles!« Dann trat er so abrupt auf das Gaspedal, daß Marković um den Motor bangte. »Mir nach!«

Auch der Madjare gab wütend Gas, bis er auf gleicher Höhe mit dem Mercedes des Russen war. »Du verreckst, du altes Scheusal, wenn du ihn nicht zum Stehen bringst! Ich schlachte dich!«

Ivan Semjonitsch Abrahamov hielt weder bei der ersten noch bei der zweiten Shell-Tankstelle, auch nicht bei der dritten. Entweder hatte er reichlich Treibstoff – oder ganz andere Absichten. Vergebens näherten sich Nikitin und Bošković, vergebens gaben sie ihm Licht-, Hup- und alle erdenklichen sonstigen Signale. Vanjas Diesel fraß die Kilometer nur so, er diktierte Tempo und Rhythmus des Rennens, so daß Kolar allmählich von Panik ergriffen wurde. Während ›Vögelchen‹ aus voller Brust schmetterte, peitschte Nikitin ohne Rücksicht auf Straßenglätte und andere Autos über die Piste. Nur mit Mühe konnten Kolar und Marković ihm folgen.

»Da!« schrie der Madjare. »Nikitin überholt Vanja! Mark, halt die MP bereit und schieß, wenn's nötig wird, egal auf welchen Wagen! ... Bei seinem russischen Gott! Der Kerl macht eine Sperre!«

Nikitin überholte Vanjas Diesel in weitem, sanftem Bogen, setzte sich etwa hundert Meter lang vor ihn – dann begann er zu bremsen, kreiselte auf der nassen Straße. Erst drehte er sich mit der Schnauze in die Gegenrichtung, dann blieb er quer auf der Fahrbahn stehen, schien einen Moment zu zögern, und legte sich auf die Seite.

Wer mit seiner automatischen Schnellfeuerwaffe zuerst zu schießen begann – ob Stefan Bošković oder Ivan Semjonitsch Abrahamov –, das konnten Kolar und Marković, als sie, wie viele andere, ausgestiegen waren und im Halbdunkel durch die Pfützen tappten, nicht feststellen. Aber es hatte ganz schön geknallt. Man hatte auch die Einschläge ins Blech gehört – dann waren Flammen aus Nikitins Wagen geschlagen . . .

Kolar und Marković kümmerten sich weder um Nikitins Wagen noch um die übrigen Autos und ihre Fahrer, die in das blutige Knäuel aus Blech, Fleisch und Rauch hineingerast waren. Sie suchten den Mercedes mit dem libanesischen Kennzeichen. Doch kein Mercedes Diesel und kein Abrahamov war zu sehen! Weiß der Teufel, wie er es angestellt hatte, sich aus diesem Chaos herauszuschlängeln und mit seiner kostbaren Ware zu entkommen!

Marković warf sich hinters Steuer. Kolar bedrohte mit dem Tommy Gun alle, die rumstanden und zuschauten, wie der Mercedes der US-Force brannte. Kurz bevor Polizei und Sanitäter eintrafen, hatten sich die zwei mit ihrem Wagen aus dem Getümmel, aus Qualm und Wasserfluten herausmanövriert. Marković kochte vor Wut, er fuhr so wild, daß Sandor vor Angst und Aufregung der Unterkiefer herunterklappte. Sie überholten alles, was auf der Autobahn unterwegs war. Kolar kurbelte die Scheibe herunter und machte Zielübungen. Und schwor, wenn sie Vanja Abrahamov nicht einholten, werde er schießen, ganz egal auf wen – schon um den verkohlten Bošković zu rächen. Marković tat es um Nikituschka leid.

»Ich könnte mir denken«, sagte er, »daß diese zwei arabischen Zigeuner dem Abrahamov irgendwie gesteckt haben, daß er unter keinen Umständen anhalten soll.«

»Das wird's sein. Aber auch so würde Vanja sie nicht verraten haben.«

»Wieso nicht?«

»So ein berufsmäßiger Brandstifter – nein, der tötet lieber.«

»Hat er ja auch! Diesen Nikitin sogar, seinen Paten! Einfach umgelegt – und dann mit einer solchen Beute auf und davon!«

Kolar und Marković waren an diesem Morgen bei den ersten, die über die Autobahn nach München kamen. Ihren Mercedes, mit all den Stricken, Messern und Schießeisen, stellten sie in der Garage eines Freundes von Kolar unter. Sie stiegen auf Taxis um und wechselten sie jede Stunde. Die Taxifahrer wußten noch nicht, was sich auf der Autobahn zugetragen hatte. Kolar telefonierte aus vielen Telefonzellen: »Abrahamov, ein Russe, sperrt eure Augen auf!« Er gab eine genaue Beschreibung von Vanjas Diesel und diktierte die Nummer des libanesischen Kennzeichens. Er schrie und spuckte in die Muschel – man durfte daraus schließen, daß seine Gesprächspartner den Namen des Ivan Semjonitsch Abrahamov, dieses transuralischen Russen, bisher noch nie gehört hatten. Kolar kratzte die Narbe auf seiner Wange, bis sie zu bluten begann. Nur mit einer einzigen Person sprach der Madjare höflich, fast unterwürfig. Er ahnte nicht, daß Marković fast das ganze Gespräch mithörte.

Kolar: »Er ist der erste, der mir durch die Lappen gegangen ist – das könnt ihr bestätigen!«

Die Stimme: »Madjare, ich hab' jetzt endgültig genug. Von deinen Versprechungen wie von deinen Lügen!«

Kolar: »Ich hab' doch Zeugen! Ich schwöre, es war genauso, wie ich sagte! Ihr werdet's in den Zeitungen lesen.«

Die Stimme, scharf, überdeutlich: »Madjare, wenn du mir die Schuld von zwei Monaten nicht bis morgen um Mitternacht gebracht hast – dann weißt du ja wohl, wie und womit ich dich brandmarken werde. Und jetzt hör endlich auf, mir was von diesem Abrahamov vorzuspinnen!«

Da wurde es Marković klar, daß auch der Madjare jemanden über sich hatte. Er erinnerte sich an die Geschichte mit dem Fahrrad und den Eltern. Sandor tat ihm leid. Auf der Straße sagte er zu ihm: »Chef, ich bin bereit, jeden umzulegen, der dir im Wege ist. Jeden, der gegen dich ist. Oder der dir gar droht!«

Sandor hörte ihm gar nicht zu. Mit verstörtem Blick war er auf der Suche nach Abrahamov. Und er drohte, wenn sie sich sattgefressen, sattgesoffen und sattgefickt hätten, werde er sich erschießen. Jedoch – bis zum Mittagessen war noch viel Zeit.

Mit Saufen begannen sie allerdings sofort. Um elf waren sie schon so voll, daß sie sich kaum auf den Beinen halten konnten. Mittags hielten sie vor dem Kaufhof ein Taxi an und hauten sich auf den Rücksitz. Sie verlangten, in Hitlers Lieblingsgaststätte gefahren zu werden. Der Fahrer wurde rot vor Zorn und sagte, er wisse nicht, wo die sei. Das erzürnte auch sie, und sie befahlen ihm jetzt, die lange, nasse Straße nach Dachau zu fahren. Der Taxifahrer behauptete, auch von Dachau noch nichts gehört zu haben. Schließlich kam man, während die zwei aus der Flasche weitertranken, in Karlsfeld an. Nur mit Mühe machten sie das Häuschen ausfindig, unter dessen Dach, wenigstens von Zeit zu Zeit, der Mazedonier Kosta Gavran wohnte. Der Fahrer wartete unten auf sie.

Wenn er nicht gerade im Kittchen saß, spielte Kosta tagsüber Tankwart an Shell-Tankstellen, nahm gewisse Meldungen entgegen und gab sie weiter. Nachts ging er klauen. Aus der Lagerzeit in Traiskirchen kannte ihn Marković als unübertrefflichen

Taschendieb, von dem die Sage ging, er könne einer brütenden Glucke unbemerkt die Eier wegziehen. Klein-Kosta hatte damals davon geträumt, in eine von Kolars motorisierten Diebes-Schwadronen aufgenommen zu werden. Aber der Madjare hatte ihn nicht genommen – weil er ihm zu unansehnlich war, und weil seine Seele, so behauptete Kolar, ebenso stank wie seine Füße. So kam Kosta auf den einäugigen Dalmatiner Blago Sabljak, einen Kellner in Pöcking.

Klein-Kosta und Blago murksten ihren besten Freund ab, einen Gastarbeiter aus Ostbosnien namens Murat Mucibaba. Kolar erfuhr, wo, wann und weshalb. Und er erpreßte sie. Der Dalmatiner kaufte sich ehrenhaft frei, klaute am Ufer des Starnberger Sees alles zusammen, was nicht festgewachsen war, und händigte Kolar regelmäßig seine Abgabe aus, oder er schickte sie ihm durch Jugos seines Vertrauens. Doch der Mazedonier Kosta verlegte sich aufs Kneifen; er redete sich auf Asthma heraus, auf seine beiden Hände ohne Daumen, sogar auf Heimweh nach Heimat und Eltern. Ja, Klein-Kosta, von dem sich die monatliche Abgabe von fünftausend Mark nur noch mit Mühe eintreiben ließ, war, selbst nach Blago Sabljaks Meinung, reif zum Weiterverkauf.

Kolar und Marković wollten ihn überraschen, um ihn, quasi zum Scherz, zu fesseln und im Taxi spazierenzufahren. Aber er überraschte die beiden. Seine Zimmertür war angelehnt, und sie traten ein, ohne anzuklopfen. Sie fuhren zurück. Kosta Gavran lag auf dem Fußboden, in einer Lache von Blut, das soeben am Gerinnen war. Sein Kopf hing noch an einem Fleischfaden und schaute zur Axt hin, die auf dem Stuhl lag. Der Schrank war offen, das Diebesgut und die gebrauchten Sachen waren durcheinandergewürfelt. Mit der Stiefelspitze stieß Kolar den Kopf beiseite und floh als erster. Im vorgeschriebenen Abstand folgte ihm sein zu Tode erschrockener und angewiderter Gorilla. Das Taxi hatte nicht gewartet.

Endlich wagten sie es auch, sich die *Abendzeitung* zu kaufen. Unter dem unscharfen Foto auf der ersten Seite des Lokalteils, das den Wagen des Russen und eine verkohlte Leiche darstellte, stand etwas geschrieben, was ihre verzweifelten betrunkenen Augen so lasen: *Unglücksfall oder blutige Abrechnung auf der Autobahn . . . Emigranten . . . MP-Garben . . . US-Soldat mit einem ungültigen jugoslawischen Paß . . . Zahlreiche Unbeteiligte durch Auffahrunfälle und Schüsse verletzt . . . Wolkenbruch wie in Bayern seit Menschengedenken nicht . . .*

Kolar und Marković, die Zeitung in den Händen, weinten. Kolar um Vanja und dessen kostbare Ladung, Marković um Nikita und Stefan, Vögelchen und all die anderen, die er bei ähnlichen Geschäften kennengelernt und für immer verloren hatte.

## 5

In der Goethestraße befindet sich eine kaum bekannte Kneipe: *Odessa*. Und zwar ist die gleich neben dem Loch mit Namen *Ankara*, aus dem man zusammengeschlagene Deutsche, blutüberströmte Türken, amerikanische Korporale und von Bierflaschenscherben aufgeschlitzte GIs herauszutragen pflegt. Eigentümer des *Odessa* war ein verwachsener kraushaariger Mann in den Sechzigern, Ephraim Jankelewitsch Frumkin. Dem *Ankara* den Rücken zuwendend, pflegte er in der Tür seiner Kaschemme zu stehen und die Leute in mehreren Sprachen zu sich einzuladen. Manchmal begann er auch zu singen, ohne seinen russischen Akzent zu verbergen, und er sang, daß Odessa die Stadt aller Städte, die Krone der Schöpfung sei.

Nach einer Schlägerei mit Türken und Ameris, wie die Jugos die Amis nennen, kreuzten Sandor Kolar und Miloš Marković im *Odessa* auf. Und gleich rezitierten sie, was Frumkin so gern hörte: »Žiznj, drug moj, glupaja šutka . . .« (Ein dummer Spaß, mein Freund, ist das Leben.) Es empfingen sie die Hände und die Tränen des Juden. Und schon rückte auch der erste Schnaps an, gratis, zum Dank fürs Aufsagen. Auch sie beide fingen nun zu weinen an – um Odessa, Bessarabien und Dobrudscha, sie küßten Frumkin auf die Stirn und gaben für alle Anwesenden, deren Gesichter im Tabaksqualm kaum auszumachen waren, nach balkanischer Sitte drei Runden aus.

»Es lebe der Balkan!« riefen aus den trüb erleuchteten Winkeln der Höhle die Russen, Rumänen, Polen, Ukrainer – alle, die gekommen waren, um die kalten Münchner Nächte bei ihrem Landsmann Frumkin zu verbringen. »Möge euch Jugos euer auf Wache eingepennter orthodoxer Herrgott behüten!«

Kolar und Marković fürchteten, die Türken und Ameris, mit denen sie sich geprügelt hatten, oder die Polizei könnten hinter ihnen her sein. Kolar befahl Marković, die Tür zu verschließen und so zu sichern, daß sie ihnen eine Weile Schutz bieten konnte. Er selbst breitete die Arme aus und verkündete:

»Meine Herren Emigranten, Minister und Räte, Konsuln und Senatoren, königliche und kaiserliche Reiterei, ihr Generale ohne Soldaten und Adjutanten, Grafen und Schicksalsgefährten, einstige Menschen und Elende, für die es, genau wie für uns, keine Rettung und keinen Ausweg mehr gibt – freßt nun, sauft, schlagt kurz und klein und fickt bis zum Morgengrauen! Alles bezahlen eure von der Welt und den Menschen enttäuschten Jugovićs!«

»So ist es!« Die Emigranten bestellten polnischen Wodka, serbischen Sljivović, rumänischen Zujka, deutsches Bier. »Seid bedankt, ihr verlorenen Söhne!«

Frumkin, im Lichtkegel eines ausgedienten Scheinwerfers, griff sich ein Mikrofon und sagte Programmnummern an. Auf dem mit Linoleum ausgelegten Podium führten ein paar ältliche Mädchen Gruppenstriptease vor. Mit Pelzen und imitierten Straußenfedern verhüllten sie die kritischen Punkte, die verschlampten Brüste, die faltige Haut unterhalb des Nabels. Aggressiv lächelten sie einigen neuen Gästen entgegen, winkten ihnen zu, machten verstohlene Zeichen, was alles heißen sollte: Später . . . Auf ein Zeichen Frumkins fielen sie übereinander her – und die Emigranten bestellten beim Kellner eine neue Runde.

»So tanzt man nicht ›Ras-dva-Kasatschok‹!« rief Frumkin und nahm Deckung hinter seinem tatarischen Klarinettisten. »Annabella! Angelika! Paßt doch auf!«

Die bayerischen Schlampen purzelten durcheinander; Frumkin, der Akkordeonspieler und Schlagzeuger, ein Rumäne, halfen ihnen wieder auf die Beine. Annabella und Angelika waren total verschwitzt; einer der Musikanten, in rotem Sakko und weißer Hose, schwenkte genüßlich den Scheinwerfer auf sie und überschüttete sie mit bunten Lichtpünktchen. Sie nahmen wieder Aufstellung, sammelten neue Kräfte und warteten den Einsatz ab. Sie lächelten Kolar und Marković zu, die am Direktionstisch dicht vor der Rampe saßen.

»Jetzt!« Frumkin stand gebückt im Halbschatten. »Alba, Stella, Rosi, jetzt geht's los . . .! Liebe Gäste, liebe Brüder! Es folgt jetzt etwas aus *unserer* Gegend!« Er gab dem Akkordeonspieler, einem Bayern, dem slowakischen Geiger und dem Saxophonisten das Zeichen für den Einsatz.

Das Orchester schmetterte drauflos. Die Mädchen führten Tänze aus Moldavien, Bessarabien, der Dobrudscha vor. Man vernahm nostalgische Seufzer, das Ächzen der Dielen, zerklirrendes Glas. Der Rumäne drosch die Trommel. Der Kirgise küßte seine Baßgeige. Dem Ukrainer, der den Hals vorstreckte wie ein Geier, zerriß eine Saite auf der Tambura.

Ephraim Jankelevitsch Frumkin gab bekannt, daß die Jugoslawen noch ein paar weitere Runden bestellt hatten. Die Emigranten sprachen von Bukarest und Kiew, unterhielten sich über das traurige sinnlose Leben ohne Don und Wolga, ohne Steppe und Pferd. Frumkin beugte sich vor und tuschelte mit seinen Lieblingsgästen, wobei er die dicken Lippen und die kräftige Nase im Taschentuch versteckte, und wiederholte, wie immer, wenn Kolar und Marković in seinem Lokal waren und die anderen Gäste freihielten: »Žiznj, znajete, druzja moji, ocen, ocen glupaja sutka!« (Das Leben, meine Freunde, ist ein sehr, sehr dummer Spaß ...) Und dann fing Frumkin an, Puschkin zu zitieren. Lehrhaft hob er den Finger: »V Evropu prorubit okno!« (Ein Fenster nach Europa aufstoßen.) Wiederholt versicherte er, daß es keine schöneren Wiegenlieder gebe als die von Nadson – und er trug sie auch gleich in einer Art Flüstergesang vor. Dabei füllten sich seine kaffeebraunen Augen mit Tränen. »Und nun, da wir wissen, was für ein dummer Spaß unser Leben ist, gehen wir über zu Gogol – und ihr erlaubt mir, daß die sechste Runde auf meine Kosten geht!«

Die Emigranten sangen und weinten. Das Orchester schmetterte. Die hängebusigen Weiber hüpften auf dem Linoleum herum, streichelten und umarmten sich, als wären sie halbwüchsige Nymphomaninnen. Der Bayer zog sein Akkordeon weit auseinander, verschwitzt und ganz verloren in Frumkins Orient. Die Emigranten riefen Gott an, jeder den seinen, und rühmten vor ihm die Jugos, den Juden und die unerwartet spendierten Runden.

»Du wirst noch an deinen Versen ersticken, Fomka!« dröhnte der schon reichlich angetrunkene Sandor Kolar und versuchte ihn an seine mit Bier und Blut verschmierte Brust zu ziehen. »Was heißt hier schon Puschkin, was heißt hier Nadson – was sollen wir mit deinen Wiegenliedern, was schert uns der ›Held unserer Zeit‹ von Lermontov! Fomka, weißt du überhaupt, in welcher hündischen Zeit du lebst? Ist dir klar, daß du schon im Höllenkessel sitzt? Weißt du überhaupt, was dich erwartet?«

Doch es träufelte weiter von Frumkins Lippen: »Alle Verse, meine Freunde, die ich als Kind gehört habe, hab' ich mir gemerkt, wie unsere Gebete und wie die Broches! Die Frumkins waren kleine Händler, eher Hungerleider als reich; mit Gänsefedern haben sie gehandelt, mit Alteisen und Lampen und Petroleum, mit Salz und Farben. Und sie wußten viele, viele Lieder – so auch jenes vom Leben, das nur ein dummer Spaß ist – dieses Lied, das mich, wie ihr gehört habt, auch in München verfolgt.«

Angeheitert und glücklich, daß wieder einmal verwandte Seelen zu ihm gekommen waren, hatte Ephraim Jankelewitsch Frumkin plötzlich eine Landkarte in der Hand und zeigte ihnen Galizien, die Bukovina, die Karpaten, Transsilvanien. Er legte den Finger auf den Raum, den einst das Gouvernement Cherson einnahm, und zählte auf, was dort die Onkel Frumkin, David und Naftale, und auch was die Onkel Hurwitsch, Josel, Eizik und Herschele gekauft und verkauft hatten. Er fand die Städtchen und Dörfer zwischen Cherson und Kiew wieder, wo seine entfernten Verwandten Piskatsch, Rudnitzki, Kotiljar, Gorgel und Shitnitzki Fuchspelze, Eichhörnchen- und Zieselfelle eingekauft oder gegen Zucker, Salz und Leinen eingetauscht hatten, was alles sie aus Odessa hatten heranschaffen müssen. Manchmal schien ihm freilich, als könnten Sandor Kolar und Miloš Marković ihm nur mühsam folgen. Da stieß er plötzlich den Finger in einen Ortsnamen und schrie: »Kischinew! 1903! *Pogrom*! . . .« Die Jugos sprachen ihm das Wort nach, tranken, wunderten sich über seine Tränen. »In Kischinew haben sie den Vater Jakov geschlachtet, den Rabbiner; in Izrailevka dem Bruder Enoch die Wirbelsäule gebrochen, er starb in großen Qualen; in Bobrinc haben sie die minderjährige Schwester Havele vergewaltigt; in Kulikovo Polje, wo wir eine Zeitlang Seife und Farbe verkauften, haben sie mich, einen verwachsenen Zehnjährigen, einen Tag und eine Nacht lang an die Hundekette gelegt, mit Erdschollen und Kuhfladen nach mir geworfen: Rizaja jevrejskaja sobaka! . . .« (Du rothaariger Judenhund.) Frumkin ließ auch den Zaren nicht ungeschoren und nicht die rumänischen Bojaren und nicht die aufsässigen Schlachtschitzen und Pfaffen . . .

»Buchenwald!« brüllte er. »Im Krieg Buchenwald und Gaskammer – und jetzt, im Frieden, die Türken, und die *Ankara*-Bar . . .!«

Das Orchester schmetterte. Die Programmnummern wurden nicht mehr angesagt. Die Schlampen improvisierten jetzt Tänze im asiatisch-Tiroler Stil und sangen dazu. Die Emigranten schlugen mit der Faust auf den Tisch. Jemand biß ins Glas, stieß die Worte Zujka, Blut, Heimat hervor. Der Bayer in seiner bunten Tracht legte das Akkordeon ab und schaute melancholisch vor sich hin.

»Und je älter ich werde, und je grauer mein Schädel wird, mein armer einsamer Schädel – um so häufiger bin ich« – Frumkin fuhr wieder mit dem Finger über die Karte – »da und da und da! Mag ich auch hier in München weinen – nicht aus dem Sinn geht mir Tag und Nacht Zidovskoje, Novij Bug, Inguljec und Novomirgorod – und Odessa, ich wiederhol' es zum tausendsten Mal – Odessa ist die Stadt aller Städte!«

Frumkins Augen waren ganz dunkel geworden. Hoch hob er die Karte der Heimat und befahl dem Bayern, das ›Tumbala tumbala tum balalajki‹ zu spielen. Das kannte der nicht. Also schlugen der Rumäne, der Kirgise und der Ukrainer auf ihre Instrumente ein.

Die zehnte Runde wurde aufgefahren. Frumkin hüpfte auf die Bühne und begann die verjazzte Form von ›Meidele-Beimele‹ vorzutragen. Der Saxophonist spielte etwas ganz anderes, der Akkordeonspieler und der Klarinettist sahen sich ratlos an. Der Kirgise küßte seinen Baß. Frumkin rückte sich das Mikrofon zurecht, machte eine Stimmprobe und hub an – für seine Freunde, wie er sagte –, ein Lied aus seiner Kindheit zu singen:

»Oifn pripetschik brennt a fayerl,
Un in schtub is heiß,
Un der rebbe lernt kleine kinderlech
dem alef-beiß . . .«

Kein Mensch verstand Ephraim Jankelewitsch Frumkin.

Nur noch die Kellner waren auf den Beinen, als die zwölfte und die dreizehnte Runde anrückten. Und eh die Emigranten, sternhagelvoll und hochgestimmt vom Gesang, aufbrachen, machten Kolar und Marković sich an die Weiber heran und fummelten an ihnen herum. Die stöhnten und ächzten, wackelten, um irgendwie zu entkommen, mit ihren wabbeligen bayerischen Hintern, und sie gebrauchten Ausdrücke aus der Soldatensprache von 1945, aus den Tagen der amerikanischen Besatzer in München. Sandor war John, Big John; Miloš aber Billy-Boy, corporal. Die Jugos sagten, sie verstünden kein Amerikanisch; sie wollten nur die Mädchen so schnell wie möglich umlegen.

Frumkin ging von einer zur anderen, tätschelte sie, redete ihnen gut zu – mal auf jiddisch, mal auf russisch, sogar auf bayerisch. Sie sollten schön fleißig sein, sagte er, brachte ihre Arme in die richtige Stellung, hob ihre Beine hoch. Während, hinter seinem Rücken, der Bayer das Akkordeon aufseufzen ließ und besoffen vor sich hinstarrte und der Kirgise mit hängenden Lippen unter der traurigen Nase zu schmatzen begann, flüsterte Frumkin den Mädchen zu: »Seid zärtlicher zu meinen Freunden, ihr bayerischen Engelchen! Hörst du, Stella? Alba, halt still, er kriegt ihn doch sonst nicht rein! Angelika, komm, hilf mal! Die verdienen unsere Liebe. Und unser Mitleid, ihr goldigen Mädchen.«

»Warum denn Mitleid, Herr Frumkin?«

»Sie kommen vom Balkan, meine Töchter! Aus Wüste und Seelennot kommen sie! Und wer aus dieser Hölle kommt, Annabella, den muß man auf den Mund küssen. Ja, so! Und auf die Stirn, wie einen Toten – als Lohn für seine Tapferkeit! Ja, so ist es recht!«

»Aber warum auch unten, Chief?«

»Überall, Rosi, wo diese Unglücklichen es wünschen. Ja, so!«

»Und? Was gibt's über die Balkanesen sonst noch zu sagen?«

»Sie sind geschlagen und verloren.«

»An welcher Front haben sie denn gekämpft, Herr Frumkin? Und welche Schlacht haben sie verloren?«

»Alle Schlachten, ihr Maiden. Sie sind ohne Heimat, ohne Wurzeln, ohne Kompaß. Verstoßen, verachtet, geopfert. Emigranten – wie ich!«

»Chief – die stinken aber höllisch!«

Der Bayer fuhr sein Akkordeon aus, sein langgezogener, wundersamer Klang übertönte das Ächzen der Artistinnen, die unter den balkanischen Eindringlingen strampelten. Die anderen Musikanten, betrunken, irritiert, erschrocken, erhoben sich mühsam. Die Emigranten schüttelten ihre alten Köpfe, schämten sich und verließen fluchend die Höhle.

Während der Madjare mit Stella bumste, murmelte er: »Frumkin, wir haben vernommen und verstanden, was du zu ihnen gesagt hast. Du hast gesagt, Jude, wir seien ohne Hoffnung, ohne Glauben, ohne Moral. Wenn du uns weiterhin so einen Steckbrief ausstellst, dann nehmen wir auch keine Rücksicht mehr – und dann wird dir der Tag leid tun, an dem wir uns kennengelernt haben!«

Schnaufend zog Marković den Seinen aus Annabella und sagte: »Fomka, ist dir bekannt, daß wir stark sind wie vier? Frag die Türken, wenn du's nicht glaubst! Oder die Ameris!«

»Man muß nur in eure Augen schauen«, sagte Ephraim Jankelewitsch Frumkin weiter. »Sie sind voller Finsternis, Ungewißheit und Angst.«

Und er breitete seine ukrainische Landkarte auf dem Linoleum aus, auf dem, zu falscher Musik, die Weiber ihre bessarabischen und moldavischen Fantasietänze, nebst ›Kalinka‹ und ›Ras-dva-Kasatschok‹, vollführt hatten.

»Und daß ihr alles um euch herum kaputtschlagt, druzja, das liegt nur daran, daß ihr stärker seid als andere, so daß ihr nicht wißt, wohin mit eurem Überschuß an Selbstbewußtsein, an Kraft und Sperma – das rührt auch nicht daher, daß ihr der Meinung wärt, alles, was Menschen geschaffen haben, müsse demoliert und bespuckt werden –, sondern das kommt hauptsächlich aus einem Gefühl des Elends, des Verfolgtseins, der Schwermut und der Verzweiflung. Freilich ist euch das – Adonai sei Dank! – nicht bewußt. Aber ich gebe zu, es ist nicht der richtige Zeitpunkt, um darüber zu sprechen.«

»Frumkin, in deinen Augen sind wir also nicht normal?«

»Na und? Heutzutage haben nicht mal mehr die Reichen alle Tassen im Schrank.«

»Und du, Ephraim Jankelewitsch, wie steht's mit dir?«

Frumkin war böse – auf sich, auf die ganze Welt. Er schlug sich an die Hühnerbrust, es dröhnte richtig, als wäre sie jung und gesund. Damit die Artistinnen und der Bayer ihn nicht verstehen konnten, antwortete er auf russisch: »Kann sich denn einer, der eine so üble Spelunke hat, überhaupt mit anderen Menschen vergleichen?! Bestimmt nicht! Kann ein Barbesitzer, dessen Tänzerinnen nichts weiter als ordinäre, abgetakelte Nutten sind, Putzfrauen und Klowärterinnen, das letzte also! – kann ein solcher Mensch anderen Menschen, ehrlichen Kaufleuten und Reisenden, Soldaten und anderen ehrenhaften Personen überhaupt noch in die Augen schauen, ohne rot zu werden? Er kann es nicht! Kann ein Ehemann, den immerhin schon, auf die eine oder andere Weise, fünf Frauen sitzengelassen haben – wie auf Verabredung behaupteten sie alle: aus chronischem Heimweh nach Rußland und der Ukraine, nach Cherson und Odessa! – kann einer wie ich, der ohne Nachkommen, ohne auch sonst irgendeine Spur zu hinterlassen, ohne Sinn und Existenzberechtigung, so alt geworden ist – kann denn so einer seinen armen Kopf noch hoch tragen, mit der Faust auf den Tisch schlagen, und es sich leisten, andere Leute zu verachten?! Er kann es nicht! Ja, was bin ich denn überhaupt für ein Mensch, wenn

Leute wie ihr und euresgleichen meine Freunde und Gäste sind, von denen ich lebe? Ich bin überhaupt kein Mensch!«

»Also, Frumkin, wenn's schon so ist, daß du dich derart erniedrigst und uns beleidigst, dann erfreue uns wenigstens – zur Strafe, weil du vor diesen Weibern unsere balkanische Misere aufgedeckt hast! –, dann erfreue uns wenigstens mit einer Handvoll deiner jüdischen Weisheiten!« Und während der Madjare das von sich gab, stieß er Stella mal in das eine, mal in das andere Loch. »Zucke nicht mit der Wimper, Frumkin, Rabbinersohn, sondern sprich, Wort für Wort, Gedanke für Gedanke kristallklar aus, damit mein balkanischer Schwanz endlich zu stehen aufhört!«

»Ich versteh euch nicht, Sinovja[1]!«

»Frumkin, ich und mein Gorilla, wir wollen einen Broches! Einen Broches, einen dieser alten jüdischen Segenssprüche! Während wir hier deine Weiber torpedieren, sollst du uns einen Broches sprechen!«

»Sinovja – man soll doch nicht den Glauben und heilige Dinge mit dem profanen Leben vermischen. Ihr seht ja selber, was für ein Leben: Ein Leben, das der Poesie, des Gebetes und des Segens unwürdig ist!«

»Jud! Einen Broches – oder zweitausend Mark zurück, die wir heute nacht bei dir auf den Kopf gehauen haben!«

»Erbarmt euch, Sinovja, eures sündigen Frumkin, eures Fomka!« Der Alte fiel auf die Knie und beobachtete aus den Augenwinkeln, was sie mit seinen Künstlerinnen trieben. »Erbarmung! Meine Religion ist streng – nicht so frivol wie eure balkanische . . .«

»Frumkin! Das Geld zurück! Soll's dir meinetwegen dein Herrgott, dem du so ergeben bist, ersetzen!«

»Kann ich dann wenigstens diesen heiligen Broches ganz leise sprechen?«

»Deine Sache, Fomka!«

Mit zitternder Stimme nach Osten gewendet, begann der Sohn des Rabbi: »Gelobet seist Du, o Adonai, König der Welt, der dem Kirchturmhahn Verstand gab, Tag und Nacht zu unterscheiden! Gelobet seist Du, Salvator unser, daß Du mich nach Deinem Willen erschaffen und kein Weib aus mir gemacht hast!« Er vergaß völlig seine Umgebung, er schien nur Den zu sehen, an Den er sich mit bebender Stimme wandte: »Gelobet

---

[1] russisch: Söhne

seist Du, Schöpfer der Welt, daß Du in Deiner Weisheit den Mann erschufst, und daß Du auch die Frau machtest – mit all ihren Löchern . . .«

Sandor Kolar löste sich von der völlig schlappen Stella und machte sich an Annabella zu schaffen. »Du bist klug, mein sündiger Frumkin«, sagte er, »und hast für jede Gelegenheit einen alten weisen Spruch!«

Doch Frumkin hörte und sah sie nicht. Er kniete, wie schon sein Vater, der Rabbiner, gekniet hatte, und streckte die Arme zur östlichen Wand seiner Kaschemme aus.

Und Marković, während er Angelika seinen Schwanz hineintrieb, fragte ihn: »Frumkin, womit hat Adonai die Welt erschaffen? Mit diesem Meinen hier, Alterchen?« Jankelewitsch strich mit den Fingerspitzen über Kinn und Lippen, er schwieg, und die dürre, schrumpelige und betrunkene Angelika, der gerade ein balkanischer Pfahl in ihren zweiten, noch unschuldigen Schlitz verpaßt wurde, begann zu meckern. »Hätte er sie nämlich, Frumkin, mit einem richtigen Schwanz erschaffen, dann wär' die Welt schöner, besser und gerechter, und es gäbe weder Haß noch Mißgunst, die dich so verfolgen!«

Frumkin schwieg weiter und überließ es Angelika, ihrem Entjungferer zuzuflüstern, auf diese Art, in den Hintern, sei sie noch niemals gebumst worden, nicht mal von Negern, und das sei unappetitlich und tue ihr weh, und sie werde nie wieder in dieser Besetzung und bei diesem Choreographen *Kalinka* und *Ras-dva-Kasatschok* tanzen.

Frumkin saß nur da, mit weinerlichem Gesicht.

»Fomka, Fomkinchen, wohin starrst du?« fragte ihn der Madjare. »Wo bist du, Freund?«

Mit heiserer, hauchender Stimme zählte Jankelewitsch auf: »Bobrinc, Inguljec, Kischinew, 1903! Kulikowo Polje, Izrailjewka, Novij Bug! Ukraine!«

Da erhoben sich vor der Tür die Stimmen von Türken, Amis und Polizisten mit Hundebegleitung.

»Mark!« schrie Kolar. »Mir nach!« Und sprang ab von seinem fast bewußtlosen Opfer, das auf den Knien lag, Stirn auf dem Fußboden, Po in die Höhe. »Das Messer!«

Frumkin wimmerte »Ich hab' doch gleich gewußt, daß was passieren wird! Ich brauch' nur die Karte auszubreiten und Cherson und Odessa und Jehupec, wie wir Kiew nannten, anzuschauen – und schon passiert was!« Und indem er sich die kyrillische Karte, weitauseinandergefaltet, wie einen Schutzschild vor die Nase hielt, ging er auf die Tür zu, hinter der man türkisch, bayerisch und amerikanisch stürmisch Einlaß begehrte.

»Diese Karte bringt mir nur Unglück – das Unglück hat auch meine Leute verfolgt –, und nun wird es auch mich ereilen!«

Die Tür gab unter heftigen Schlägen nach. Sandor Kolar, auf der Suche nach einem Fluchtweg, zwängte sich durch die Kulissen. Frumkin faltete vor den Augen der Eindringlinge feierlich die Karte zusammen und sprach wie in Trance: »Ich weiß, Aschmadai hat euch zu mir gesandt.«

»Wer das ist, wissen wir nicht, mein Herr. Wir sind die Polizeistreife.«

Die Hunde hechelten, die Türken und die von Glasscherben verletzten amerikanischen Gefreiten brüllten. Die wenigen Gäste, die noch in dem Lokal geblieben waren, um aus dem Halbdunkel das Massaker an den Mädchen zu betrachten, hoben die Hände und legten sie auf den Kopf. Sie ergaben sich, wer weiß zum wievielten Male.

»Meine Herren Polizisten, bei mir gibt's keine Gangster!«

»Wir werden sehn.«

»Die Gangster sind alle im *Ankara*, nicht im *Odessa*!« Frumkin preßte die Karte zusammen, küßte sie und schob sie unters Hemd. Er bemerkte die Polente gar nicht mehr. Mit gebrochener Stimme murmelte er: »Verzeih, o Schöpfer, daß ich einen Broches sprach, während Unzucht geübt wurde! Siehst Du denn nicht, o Adonai, daß ich wieder in der Gewalt des schwarzen Aschmadai bin?«

Die Polizisten mit ihren Hunden, die an der Leine zerrten, hatten das mit Linoleum belegte Podium bestiegen. Von hier aus hielten sie Ausschau. Glücklicherweise konnten sich ihre Augen nicht so schnell an das staubige, sternflimmernde Halbdunkel der Kaschemme gewöhnen.

»Die Karte geb' ich nicht her!« weinte Frumkin. Er war in die Knie gesunken.

Wie und auf welche Weise Sandor und Miloš all die Bretterwände durchbrochen hatten, bis sie, an der *Ankara*-Bar vorbei, zur Landwehr- und Schwanthalerstraße hin ausbrechen konnten – Marković konnte es nicht mehr rekonstruieren. Nur der Madjare konnte sich noch an den hinter den Kulissen vergammelnden hebräischen Leuchter erinnern, der auf einen Hinterhof voller Kot und Dreck, zerrissener Schlüpfer und benutzter Präservative hinaussah . . .

6

Den ganzen Februar über, so kam es Marković vor, operierten sie im Rheintal. Als er wieder einmal betrunken war, überzeugte ihn Kolar von der Notwendigkeit, daß bis zum Frühjahr zwischen Basel und Karlsruhe alles in Flammen stehen müsse. In Müllheim merkten sie, daß ihnen Sizilianer auf den Fersen waren, und machten sich in einem geklauten Rover, in Richtung Bad Krozingen, aus dem Staub. Weiter nördlich erwartete sie Simo Mataruga, ein bosnischer Serbe, der in ganz Deutschland und Österreich unter dem Namen Python bekannt war. Er war eine Wucht von Kerl mit pockennarbigen Wangen, einer Hakennase und unverhältnismäßig langen Gliedmaßen. Wenn er lachte, zeigte er seine angefaulten Pferdezähne. Ständig schnupperte er an seinen weißen Handschuhen. Das Rheintal betrachtete Python als sein Eigentum. Folglich bemühte er sich, die beiden wie ein Großgrundbesitzer zu empfangen. Er schmiß eine Runde nach der anderen, und zwischendurch sang und summte er irgendein melancholisches bosnisches Lied vor sich hin. Immer wenn dieser Lulatsch zum Telefon ging, um sich bei einem gewissen Marchese zu melden, rühmte Kolar, dieser Python sei kein Bolha, und unter den Jugos gebe es nur selten so gute Mafiosi.

Folgendes Gespräch führten sie in Bayern, Österreich und in der Stadt München, wo Simo Mataruga, seit er im Rheintal das Paradies entdeckt hatte, nur noch gelegentlich auf der Durchreise weilte.

Python: »Wie finden sich unsere Leute zurecht?«

Kolar: »Welche Leute?«

Python: »Nun, zum Beispiel mein Erić?«

Kolar: »Dein Großserbe hat neulich einen Nervenzusammenbruch gehabt. Er hatte eine Auseinandersetzung mit Nastas Tapir, dem Großbulgaren, für den von Saloniki und den Dardanellen bis nach Triest und Wien alles bulgarisch ist. Zum Streit kam es wegen lächerlicher fünfzehn Stück Slowaken, die gerade erst nach Österreich rübergewitscht waren. Auf dieser Seite hatte sie Vasile Florescu empfangen und in seine Organisation aufgenommen – das ist dieser Rumäne, der sich ›Prinz des Balkans‹ nennt. Nun meinte aber Erić, dieser aufgeblasene, bescheuerte Großserbe, die Slowaken stünden *ihm* zu. Für die hatte er nämlich dem Rumänen, diesem selbsternannten Prinzen, bereits ein beträchtliches Kopfgeld gezahlt. Unmittelbar vor der Keilerei stellte sich dann heraus, daß auch Nastas Tapir an den rumänischen Prinzen gezahlt hatte – und zwar ebensoviel wie Erić. Auch der Bulgare sah also die armen Slowaken als sein Eigentum an – warum auch nicht? Während sich der Serbe und der Bulgare in die Wolle gerieten, bot der Rumäne neue Emigranten en gros zum Kauf an: Ungarn und Polen. Die Slowaken wußten natürlich nicht, wem sie nun eigentlich gehörten. Sie meinten, sie gehörten der Freiheit und dem Westen. Niemand konnte ihnen klarmachen, daß sie bereits zweimal verkauft waren, und daß dies erst der Anfang war. Sie sangen und weinten, so daß Vasile Florescu sie für krank und geistesgestört hielt. Der Großserbe Erić hatte sich wegen der Slowaken finanziell ziemlich hereingeritten; er hatte bereits für sie getragene holländische Infanterieuniformen angeschafft, dazu dänische Rucksäcke, für einige sogar Dienstgradabzeichen, und schließlich hatte er einen Bus gemietet, der sie zu einem Schiff nach Bremerhaven bringen sollte.

Nun hatte aber auch ein anderer Emigrant und Menschenhändler, ein Deutscher aus der DDR, die Absicht, mit Erićs Slowaken seine Strafkompanie beziehungsweise seine Söldnerarmee in Angola und Portugiesisch-Guinea aufzufüllen. Die Slowaken hatten keine Ahnung, daß man sie auf tschechisch, deutsch und portugiesisch kommandieren würde. Auch der Bulgare Nastas Tapir hatte in seine, wie er sagte, unschuldigen Slowaken allerlei investiert. Er sorgte dafür, daß sie sich wuschen, die Haare schnitten, sich stadtfein machten. Er brachte ihnen auch ein paar deutsche Sätze bei (die sie dann mit bulgarischem Akzent aussprachen). Sie sollten den ukrainischen Terroristen am Bodensee zugeteilt werden. Alles war schon festgelegt: Fallschirmabsprünge, Dauerlauf rund um den See und allerlei andere Übungen. Die fünfzehn Slowaken sollten einen ausgelaugten ungarischen Zug ersetzen, den ein Kroate befehligte. Von alledem hatten die Slowaken keinen blauen Dunst – vielmehr warteten sie darauf, daß im Westen, wo sie erst seit ein paar Tagen waren, Milch und Honig zu fließen begännen. Und genau zu diesem Zeitpunkt, vor Beginn der Übungen am Bodensee, fiel dein Serbe über meinen Bulgaren her – zunächst nur mit Flüchen und unter wechselseitiger Berufung auf irgendwelche historischen Schlachten, wo bald diese, bald jene Nation Dresche bezogen hat. Dann fingen sie an zu raufen. Die Pistolen hoben sie sich, verabredungsgemäß, bis zum Schluß auf. Es war eine ebenso lachhafte wie blutige Katzbalgerei.«

Python: »Wie hat sich Erićs Gorilla gehalten?«

Kolar: »Im entscheidenden Augenblick, als Erić sich an Tapirs Kehle herangearbeitet hatte, lief sein Gorilla Sira zum Bulgaren über und fing an, mit seinen Pranken den eigenen Herrn zu verbleuen.«

Python: »War er nicht am Ende auch ein Bulgare?«

Kolar: »Sira war ein Tscheche. Er verstand nur deutsch.«

Python: »Und der Serbe? Wie hat er den Verrat hingenommen?«

Kolar: »Es zerriß ihm das Herz. Er ließ von Tapir ab und jagte diesem Vieh einen ganzen Patronengurt voll ins Eingeweide. So kam es zu einer Unterbrechung der serbisch-bulgarischen Schlacht. Beiden tat es ja leid um den guten Sira, diesen Emigranten. Und während sie den armen Gorilla beweinten und seinen schwarzen Schädel streichelten, tauchte auf einmal von irgendwoher der Ukrainer Bondarenko mit einem Lkw auf und nahm alle vierzehn Slowaken mit!«

Python: »Und was war mit dem fünfzehnten?«

Kolar: »Der verzehrte sich vor Heimweh nach Bratislawa. Da warfen sie ihn in die Donau. So kehrte er gratis nach Hause zurück!«

Python: »Und die anderen vierzehn?«

Kolar: »Denen war's schließlich ganz egal, mit wem sie gingen. Sie sangen unentwegt, und Bondarenko füllte mit ihnen seine fast völlig auseinandergefallene Märtyrer-Legion wieder auf. Und kassierte von dem Rumänen Vasile Florescu beide Handgelder – das des Serben und das des Bulgaren, weil ihm Prinz Florescu noch aus den Tagen der Budapester Ereignisse von 1956 einige zwanzig Stück Madjaren schuldete. Auf diese Weise glichen sie ihr Konto aus: Vierzehn frische Slowaken für zwanzig von der Konterrevolution völlig fertiggemachte Madjaren. Noch am gleichen Tag brach Bondarenko nach Osten auf, an die österreichisch-ungarische Grenze. Vor dem Abmarsch hab' ich mich noch mal mit ihm getroffen. Dich hat er nicht grüßen lassen.«

Python: »Läßt Jermolaj sich manchmal blicken?«

Kolar: »Stell dir vor: Der lief, mit Bondarenkos Messer im Kopf, noch zehn Schritte, dann verkündete er: Ein Chochol bleibt ein Chochol, da gibt's keine Rettung . . . Die Mannen des Russen kamen zu Hilfe und verjagten den Ukrainer, der ihn mit den Zähnen zerfleischen wollte. Doch Bondarenko schäumte weiter: Wenn ich den Russen Kuznecov nicht umbringe, dann bringe ich den Herrgott persönlich um. Ansonsten – Jermolaj hat sich wieder mal Kinnbart und Schnäuzer wachsen lassen, er sieht folkloristischer aus denn je. Unser Batjuschka! Seine Panther, vorwiegend Madjaren und Jugoslawen, streichen an den osteuropäischen Grenzen entlang, lauern auf und machen Beute. Jermolaj kauft und verkauft und kauft abermals – und liefert direkt nach Lissabon ab. Dort liegt seit kurzem seine Truppe. Aus Portugiesisch-Guinea hat er eine Totemmaske mitgebracht; mit diesem geschwänzten Ungeheuer macht er dem Ukrainer Angst. Vor ein paar Wochen war ich mit Jermolaj in Hof, unmittelbar an der Grenze zur DDR. Er hat dich nicht grüßen lassen.«

Python: »Weshalb aber habt ihr in jener Nacht dem Frumkin, dieser braven Judenseele, die DM-Blüten des Slowenen Marko Slana aus Ingolstadt angedreht? Es war doch nicht nötig, ihn dieser Blamage und der Schererei mit Polizei und Gericht auszusetzen. Neulich war er hier und hat sich beklagt. Er sucht jetzt Zeugen. Er hat geweint und ständig Puschkin beschworen. Ich konnte ihn kaum wieder loswerden. Er hat dich nicht grüßen lassen.«

Kolar: »Er hat zuviel dahergeredet von unserer balkanischen Misere und von seelischer Verödung. Es geschieht ihm ganz recht – was kümmert er sich nicht um seinen eigenen Kram?!«

Wie besessen plünderten sie das Städtchen Bad Krozingen, indem sie jene wirksame Art zu klauen praktizierten, die vom Balkan stammt und dort *Schana* genannt wird, welcher Terminus auch in die Fachsprache westlicher Kriminalisten eingegangen ist. Kolar und Marković verwickelten die Verkäuferinnen in Gespräche, lockten sie auf die Straße, vors Schaufenster, und der langfingerige Simo Mataruga-Python raffte derweil und raffte. Es lief so gut wie selten. Nur einmal, in einem Schuhgeschäft, wurden sie beobachtet – und konnten eben noch im Taxi nach Breisach entwischen. Hier besoffen sie sich und taumelten an die Grenze, kletterten auf die Bäume, weil sie meinten, von da müsse man ganz Frankreich sehen können, und winkten hinüber.

»Python, wie lange gilt dein Aufenthaltsverbot für Frankreich?«

»Fünf Jahre, Madjar!« Mataruga krümmte sich plötzlich, als erinnere er sich an empfangene Prügel. »Und deins?«

»Auch fünf«, sagte Kolar mit eisigem Lächeln.

»Das heißt: lebenslänglich?«

»Lebenslänglich!« Der Madjare klappte seinen Kragen hoch, fuhr sich mit den Fingern durch das fast weiße Haar und starrte ins Elsaß hinüber. »Bolhas! Französische Flöhe ihr!«

Python schüttelte sich. »Die letzten, die sie in Frankreich guillotiniert haben, waren Jugos!« Er saß da wie ein Geier, der im Begriff ist, auf einen anderen Baum zu wechseln. »Im Vergleich zum Fallbeil muß einem ja diese beschissene ›expulsion‹ wie ein Geschenk erscheinen!«

»Ich hab' einen von denen gekannt. Er hat Schulden bei mir hinterlassen. Das ist derjenige, der hat . . . na, wie Raskolnikov, eine Alte, weißt schon . . .«

»Und ich kannte einen anderen, einen Slowenen. Der soll – so sagt man – gesungen und geflucht haben, bis sich ihm das Beil ins Hälschen gegraben hat. Von dem soll's eine Langspielplatte geben.«

»Wer ist sonst noch drüben von unseren Bekannten?«

»Aritonović!«

Marković wäre beinah vom Baum gefallen. »Was? Mataruga kennt Viktor? Wo ist er?«

»Pyt, zu dem darfst du nicht von Viktor sprechen!« Kolar wollte das Thema beenden. »Der hat nämlich die fixe Idee, Viktor zu killen!«

»Hat Viki dich verraten?«

»Ja, Python!« Marković bekam das Zittern. »An der Grenze!«

»Und deshalb willst du mit dem Messer auf ihn los?«

»Die Augen werd' ich ihm ausstechen!«

»Der hat auch mich verraten!« lachte Python und begann mit den Konservendosen auf der Straße Fußball zu spielen. Dann schnupperte er wieder an seinen weißen Handschuhen. »Wen hat Viktor nicht verraten?! Auf mich ist er auch noch mit einem scharfen Brecheisen losgegangen. Das mir in die Rippen! Zweimal! Fast wär' ich draufgegangen. Aber siehst du: Ich schmiede keine Rachepläne, ich sage nur: Möge Gott unserem Ariton beistehen – dem einzigen Jugo, der's bis oben geschafft hat, der in Paris geblieben ist und seinen Mantel mit Geld wattiert hat!«

Der Madjare knirschte mit den Zähnen.

Python fuhr fort: »Weißt, sobald es kalt wird, zwicken mich die Narben und Schrammen, die mir dein rothaariger Satan zugefügt hat. Doch laß ihn nur! Soll er's doch zu ganz was Großem bringen! Davon können wir nur profitieren. Sofern wir bei Verstand bleiben – und er wenigstens noch ein Mensch geblieben ist!«

Markovićs Augen glühten, seine Hände zitterten: »Sag, Pyt, wessen Gorilla ist Viktor? Belmondos? Oder Alain Delons?«

»Ich habe gehört, Ariton macht einen derartigen Umsatz, daß möglicherweise diese beiden *seine* Gorillas sind . . .«

»Python, ich schwöre dir: Ich leg ihn um!« rief Marković flammend. Er spürte den Boden unter seinen Füßen nicht mehr, er sah, wie der Westwind die Äste bog und wirbelte, und ließ sich schließlich mit den beiden anderen von der Grenze zurück ins Landesinnere treiben. »Ich werde über ihn zu Gericht sitzen – und niemand wird ihm zu Hilfe kommen!«

Sie erreichten Baden-Baden und stapften durch Schneematsch. Marković hustete. Python erwähnte irgendeinen Marchese, einen Italiener, den er sofort anrufen müsse. Kolar war niedergeschlagener als in Breisach. Durchgefroren von der Reise und müde von der unerwarteten Anstrengung, die ihnen das Knakken einer alten Registrierkasse in einer vorstädtischen Bierkneipe bereitet hatte, kehrten sie in der Sauna des tschechischen Emigranten Martinek ein und ließen sich dort lange maniküren, pediküren, dämpfen.

Markovićs Hände zitterten – wie sie ihm gezittert hatten, als er, zur Buße dafür, daß er Viktor Aritonović hatte wiedersehen wollen, vor Einbruch der Nacht einen abgelegenen Kiosk in Bühl aufgebrochen hatte. Da halfen weder die Bemühungen zweier Masseusen, noch scharfe Getränke am Kamin, noch ein dänischer Pornofilm.

»Madjar, verkauf mir diesen deinen Marković!« sagte Python.

»Den solltest du gar nicht haben wollen – nicht mal geschenkt!«

»Wieso denn das, Sandor?«

»Siehst du nicht, wie ihm die Hände zittern?«

»Gerade einen solchen könnt' ich gut gebrauchen. Wollen wir ein Geschäft machen?«

»Pyt! Schau ihm in die Augen! Dort brütet tiefe Finsternis! In Zirndorf ist er einer Tschechin begegnet, Januša Novak. Die haben sich ineinander verliebt! Zwei slawische Seelen, zwei blöde Geschöpfe. Und jetzt sucht er nicht nur seinen Vater, mit dem er ein Hühnchen zu rupfen hat, und nicht nur Viktor, dessen Blut er saufen möchte – sondern auch noch diese tschechische Elster!«

»Verkauf ihn mir, egal wie er ist! Ich bring' den schon wieder in Ordnung und treib' ihm sämtliche Flöhe aus dem Ohr! Von solchen Typen hatte ich schon mehr!«

»Ich sage dir, der ist nichts für dich. Ich weiß, was du brauchst. Und so einen besorg' ich dir – wem denn sonst, wenn nicht dir! Ich hab' da einen, der paßt in gar keine Gruppe. Er gehört dir!«

»Und was machst du mit dem hier?«

»Das sag' ich dir draußen.«

»Sandor, einen wie den brauch' ich für morgen abend!« sagte Python.

»Wirst du haben!«

Kolar und Mataruga waren fertig angezogen, zum Ausgang. Knochig und gerötet vom Dampf, fragte der Saunabesitzer Martinek sie, was er mit dem dritten machen solle, dessen Schuhe und Kleider eingeschlossen waren und der, in einen Frotteemantel gehüllt, neben ihnen stand.

»Steck ihn halt noch mal in die Sauna!« sagte der Madjare und winkte ein Taxi heran. »Laß ihn so lang in der Sauna, bis seine Hände zu zittern aufhören!«

»Und wenn ihr nicht kommt bis ich schließe, um Mitternacht?«

»Dann tau ihn auf, Tschech! Gib ihm zu essen, zu trinken. Er soll des Guten ruhig mal zuviel tun!«

»Und wenn man wieder aus Wiesbaden anruft?«

»Wir sind in der Spielbank, Tschech.«

»Ach, wie interessant!« flötete Martinek.

»Tschech, wir werden spielen, wo schon Dostojewskij gespielt hat!«

»Der hat zu viel verloren, Herr Kolar! Seien Sie vorsichtig!«

Beim Davongehen sagte der Madjare: »Tschech, wir gehn nicht, wie Dostojewskij, in die Spielbank, um zu gewinnen. Unser Ziel ist es, so schnell wie möglich zu verlieren!«

»Wirklich, sehr romantisch«, erwiderte der hochschultrige, langbeinige Tscheche, schob die Brille auf die Stirn und schaute sich die beiden noch einmal genau an, um sie sich einzuprägen.

Beim Verlassen des Salons setzte sich der Madjare eine Baskenmütze auf und Simo Mataruga eine finnische Kappe mit seitwärts abstehenden Ohrenklappen. Marković und der Tscheche winkten ihnen nach.

Mit dem Taxifahrer hatten sie gleich eine Auseinandersetzung und beleidigten ihn.

»Ano, ano, ano!« Martinek schüttelte den Kopf und schob Marković in die Sauna zurück.

Doch Whisky, Bier und des Tschechen Dampfbad waren nur eine schwache Hilfe. Markovićs Hände zitterten. Er fühlte sich erniedrigt, weil er hier stundenlang sieden und braten mußte, während der Madjare und dieses behaarte Gespenst Python in Dostojewskijs Spielsalon Chips setzten, und so war er mit all seinen Gedanken und Sinnen in der Zeit, da Viktor und er auf dem Bahnhof von Belgrad Abschied von Jugoslawien genommen hatten:

Viktor Aritonović war wie ein Cowboy gekleidet, und während er vor den Gastarbeitern und Eisenbahnern abhaute, sprach er: »Mišek, bis morgen früh werd' ich dich trietzen! Wenn du aber diese Prüfung heute nacht bestehst, werden wir lange beisammenbleiben!«

Und Miloš Marković antwortete im Halbdunkel des Packwagens: »Viktor, fünf Portemonnaies sind unter meinem Hemd . . . Faß hin und wühl drin herum: Dinare wie Dreck! Was sollen wir mit so viel schmutzigem Papier?«

»In Österreich wechseln wir sie ein, wenn's sein muß, mit Verlust«, grinste der lange, schlanke Aritonović mit dem Vogelgesicht, während er die roten Gastarbeiterpässe von sich warf und wütend darauf herumtrampelte. »Wir müssen nur erst mal diese höllisch eisige Nacht überleben!«

Um sich vor den Kurswagen nach Malmö und Göteborg einer Schlägerei und der von allen Seiten anstürmenden Miliz zu entziehen, waren sie blindlings in das auf dem Bahnsteig musizierende Eisenbahnorchester geflüchtet. Sie fielen in die große Trommel, zerbeulten Trompeten und erkannten im Kapellmeister den Schwulen aus der *Majestic*-Bar wieder. Viktor gab mit einem Pfiff das Zeichen, nach links auszubrechen, und Miloš kapierte und folgte sofort. So landeten sie an einer Stelle, von wo aus sie den Zug, den sie im Sinn hatten, besser sehen konnten.

Es war für Marković und Aritonović nicht leicht, diejenigen, die abfahren wollten, von denen zu unterscheiden, die zurückbleiben würden. Noch weniger kapierten sie, warum die mit Blumen und mit roten und bunten Tüchern geschmückten Lokomotiven nicht endlich abfuhren. Die hochgestimmte Menge auf den Tribünen winkte und lachte den Gastarbeitern zu, hinter deren Köpfen und Händen alle Wagenfenster verschwanden. Die auf der Tribüne schwenkten die Arme und pusteten in ihre Pfeifen, und es pustete auch die Koschawa, der Ostwind, die Donau herauf, von allen Seiten, so daß der Schneeregen schmolz und der Boden glatt und glänzend wurde. Von allen Seiten wehte und stürmte es – es stürmte die Miliz, die Taschendiebe, Schwule und Bahnhofsnutten vor sich hertrieb –, und wie ein Sturmwind aus Liebe und Treueschwüren grüßte, zum letztenmal, die Heimat: Adieu, Balkan-Straße, adieu, Sarajevoer Straße, adieu, Mafia von Belgrad, ihr Spielbrüder und Kumpel . . . Sogar die Eisenbahner und die Gepäckträger bekamen feuchte Augen und ein Zucken um den Mund. Und es stürmte auch aus den Lautsprechern, aus jedem Draht, aus jedem hohlen Gegenstand, so daß man sagen kann: Alles stürmte, und hätte es diesen allgemeinen Sturm nicht gegeben, diese aufgeregte Rennerei nach allen Seiten, von Mauer zu Mauer, mal gegen den Wind und mal mit ihm – die Milizionäre und ihre Hunde wären den beiden leichter auf die Spur gekommen.

Da bemerkte Viktor, daß der Koschawa-Wind ihnen eine Frau mit zerzaustem Haar, ausgebreiteten Armen und verstörtem Blick entgegenwehte. Sie konnten weder nach links ausweichen, mitten in die Eisenbahner hinein, noch nach rechts, wo sich die Feuerwehr mit ihren Musikinstrumenten aufgebaut hatte. Die Frau in Schwarz kam immer näher. Die beiden hätten ja, nach kurzer Verständigung, einfach nach rückwärts durchbrechen können – hätten dort nicht die Milizionäre gestanden. Man hätte meinen können, sie ritten auf Besenstielen oder auf ihren Schlagstöcken, so schwankten sie im Wind hin und her, und mit ihnen, an der Leine, ihre schwarzen Hunde mit hechelnden Zungen und gestreckten Schwänzen.

»Miško, mein Sohn!« jaulte die Frau auf. Und hätte der Sturm, der immerfort Richtung und Stärke wechselte, sie nicht aufgefangen – sie wäre der Länge nach vor den beiden hingeschlagen: »Einziger Sohn du, Seele mein!«

»Hau ab! Die Miliz ist hinter uns her!« (Marković wußte bis heute nicht, wer von ihnen beiden das gerufen hatte.) »Hast du denn keine Augen im Kopf?«

»Mein Sohn, ich hab' eine Stellung für dich!«

»Ich *hab'* eine Stellung.«

»In einer Autowerkstatt; Blech, Schlösser, Motoren – das hast du doch immer geliebt! Die Leute da stört es nicht, daß du gesessen hast! Du kannst sofort anfangen! Sie haben gesagt, es interessiert sie nicht, was wir für eine Familie sind – wenn du nur anständig arbeitest! Dem Direktor wär's allerdings lieb, wenn du dich vor den Arbeitern von deinem Vater lossagtest . . .«

»Ich denke nicht daran! Um keinen Preis, Mutter!« Marković war sich heute sicher, daß er das zu ihr gesagt und sie dabei kräftig von sich abgeschüttelt hatte. »Du weißt, wie scharf ich drauf bin, den wiederzusehen!«

»Bleib! Du kehrst nicht lebend zurück!«

»Mutter, ich geh' auch gar nicht, um zurückzukehren!«

Auch Viktor fuhr sie an, sie beschwöre nur Unheil herauf, sie locke nur die Miliz an, und schließlich schlug er sie nieder. Sie knallte mit dem Kopf auf den Boden. Dann rappelte sie sich auf und folgte dem Sohn auf allen vieren.

»Laß los! Mutter! Laß meine Beine los!«

Beide schlugen sie jetzt, Viktor und auch er.

»Mein Sohn, wenn du schon dorthin gehst, dann mach deinen Vater Slaviša ausfindig und gesteh ihm alles. Verheimliche ihm nichts – nichts von mir, nichts von Mira. Slaviša wird vergeben – wie auch wir ihm vergeben haben, daß er, wie andere auch, aus dem Lager Osnabrück nicht zurückgekehrt ist!«

Von allen Seiten wehte und pfiff der Wind und schlug die drei in seinen eisigen Bann. Die Augen der Frau waren voll Dunkelheit, ihre Stimme war warm und beseelt: »Mein Sohn, wenn dein Vater dir vergibt, hat die ganze Welt dir vergeben!«

Noch heute war ihm nicht klar, ob die Mutter mit dem Messer, das sie plötzlich in der Hand hatte, auf ihn oder auf Viktor losgehen wollte. Denn da schrie Aritonović auf, außer den Gastarbeitern sei noch eine ganze Bande von Reisenden hinter ihnen her. Miloš schob Viktor irgendwohin in Deckung, empfing einen Schlag gegen die Schulter, stöhnte auf. Die Mutter zückte das Messer, setzte es an ihren Hals, stieß es hinein.

Sie stürzte. Ihr schwarzer Leib zuckte, sie spuckte Zähne. Auch Viktor lag blutend auf den Knien. Mit bloßen Händen, wie ein wahrer Gorilla, ging Marković die Leute an, die sich auf seinen rothaarigen Gott gestürzt hatten.

Und noch heute wußte er nicht, was danach geschehen war. In seiner Erinnerung geblieben waren nur Schläge – ans Kinn, an die Schläfe, in den Nacken. Er fiel um. Die Arme der Mutter umfingen ihn – und ihm war, als spreche sie zu ihm: Mein Sohn, aus dem Westen kommen nur Leichen bei uns an . . . Und er erwiderte: Leck mir nicht das Blut von Backen und Lippen!

Und er empfand den Wunsch, ihr die Augen auszukratzen und ihren aufgesperrten Mund mit seiner Faust zu füllen. Dann trennte sie jemand und zog das Messer aus Mutters Hals. Noch heute war ihm, als habe der am längsten auf ihm herumgetrampelt, seinen Kopf immer wieder von den Schienen hochgehoben und darauf herumgedroschen. Denn viele Hände hatten ihn auf das Bahngleis geschleudert.

Der Wind ließ nicht nach. Kniend starrten die beiden der Lokomotive in die Kolben, in die dampfenden Gedärme. Sie spürten, daß ihre Stiche und Wunden langsam abkühlten – und fingen an zu überlegen: Was nun? Arm in Arm humpelten sie zu einem Klo. Dort wuschen sie lange an sich herum und spülten das geronnene Blut aus Nase und Gaumen. Und übten ihre alten Grimassen und das alte Lächeln wieder ein – es war ja immer ihr Wunsch, so auszusehen wie eine zünftige Mailänder Bande oder wie sizilianische Mafiosi. Aritonović zwinkerte seinem mageren, mit rotem Kraushaar bewachsenen Kopf im Spiegel zu und brummelte: »Mišek, nichts ist verloren, solang dir noch die Zähne im Kiefer stecken, solang du noch Augäpfelchen im Schädel und heile Finger an den Pfoten hast!«

»Und solang die Kumpel, die den Westen ausplündern wollen, auch wirklich zusammenhalten«, fügte Marković hinzu, während er Blut und Dreck von Lederhose und Ellbogenzwikkeln wischte.

»Mišek, wenn du diese Nacht durchstehst – dann hast du die Feuertaufe bestanden – dann kannst du zur Not auch ohne mich, dann kannst du allein weitermachen!«

»Viki, ich werde diese und alle übrigen Nächte durchstehen!« flüsterte Miloš und hielt sich an seinem Rotschopf fest. »Bis ans Ende will ich dein Gorilla sein! Bis zu deinem oder bis zu meinem Ende. Oder bis es mit uns beiden zu Ende geht.«

Dann waren sie im Zug.

»Mišek, warum heulen die nur so?« fragte Viktor, während sie sich zum Fenster hinauslehnten und wie Gastarbeiter benahmen.

»Es weinen die Arbeiter – wenn schon sonst niemand sich freut, dann sollten sie wenigstens lachen, denn sie reisen ja ab! Es weinen die Schaffner und die Lokführer – ja, warum denn die? Es weinen die Sträflinge in ihren grauen Käppis und gestreiften Klamotten, die da hinten, auf Bahnsteig 5 oder 6, Kohle, Kohl oder Bohnen fürs Militär entladen! Es weinen die leichten Mädchen, ganz so, als sollten all diese Mannsbilder nie mehr heimkehren zwischen ihre Schenkel! Es weinen auch all die echten und falschen Invaliden, und die Journalisten, die Herrn Attachés von der Botschaft, und auch die ganz Unbeteiligten – alle sind hier und vergießen heiße Tränen! Dabei ereignet sich hier doch überhaupt nichts Wunderbares – es sei denn, es wär' ein Wunder, daß ein ganzes Volk übersiedelt in jenes Land, in dem man Schufterei und Schweiß in harter Valuta bezahlt!«

Miloš flüsterte seinem rothaarigen, vor sich hin philosophierenden Herrgott zu: »Viktor, der Zug hat sich in Bewegung gesetzt! Merkst du, wie alles vibriert – Menschen, Gegenstände, alles! – auch meine Gedanken vibrieren, sie geraten mir ganz durcheinander ... Oh, Viktor, mir stockt der Atem, die Tränen an meinen Wimpern gefrieren, ich zittere! Schiffssirenen ... Glocken ... die Räder, die dies armselige Pack davontragen ... Harmonikas ... Hörst du, Viki, hörst du wie einer schreit: O Belgrad, du mein liebstes Täubchen, leb wohl! Und ein anderer schreit: Jugovina! Vaterland! Du meine Braut, Blume du von Tau, mein Engel und meine heilige Ikone, leb wohl für alle Zeit! Und ein dritter: Jugovina, du bist mir Vater und Mutter, Bruder und Schwester! Niemand hab' ich außer dir! Verzeih mir, daß ich dich lassen muß! Und ein vierter schreit, was auch ich schreien würde, Viki, wenn du mir nicht verboten hättest, mich aufzuregen und die Aufmerksamkeit der Miliz auf uns zu lenken: Jugovina, Vaterland! – würde ich schreien – Land, das mein Los bestimmt, dem ich meinen Namen, mein Schicksal, also alles, verdanke –, vergib, daß ich dich heut' verrate! Dann will auch ich dir vergeben ... Aber Viktor, wenn *ich* schon weine, brauchst du doch nicht auch ...!«

»Mišek!« schrie Viktor auf – und stand wie erstarrt – »deine Schwester! Mira!«

Mira, ein kräftiges, auffallend gekleidetes Mädchen, lief den Bahnsteig entlang – ganz für sich, wie weit ab von all den anderen, die die Waggons mit Blumen bewarfen, als wären's Särge. Ihr enges Bardamenröckchen und die Jacke aus falschem Nerz spannten, auch ihre Brüste waren ihr hinderlich, wie sie sich durch die Menge durchkämpfte und die Arme nach den beiden ausstreckte.

Marković versteckte seinen Kopf hinter Viktors Rücken.

Mira schäumte: »Miško! Gib mir meinen Schmuck zurück! All meine Sachen, die Beute, das Gooold!« Und während der Zug sich immer weiter entfernte, gestikulierte sie und schrie: »Hört, Leute! Alles hat er mir weggenommen! Schon zum drittenmal, der Schuft!« Großes Gelächter – und das Quietschen der Räder, das Zusammenstoßen der Puffer – Mira rannte und schrie wie erstickt:

»Ihr Gastarbeiter, ihr armen Teufel, nehmt euch nur in acht! Ihr habt keine Ahnung, was mein Bruder alles ist! Ein Dieb! Ein Taschenspieler! Ein Ganove! Ja, ja, ja, mein Bruder, der Schwarze da! Hand aufs Portemonnaie – ich rat' euch gut! – und Hand aufs Messer! Und sorgt dafür, daß er nie wieder zurückkehrt! Und auch der mit den roten Haaren nicht!«

Zum letztenmal sah Miloš sie, als sie sich, etwa auf der Höhe des Wagens mit den Aufschriften *Willkommen in München* und *Die Bundesrepublik ist deine neue Heimat,* mit den Fingernägeln die Wangen zerkratzte. Dann blieb sie im trostlosen Grau des Bahnhofs zurück.

Der jugoslawische Zug raste zur Westgrenze. Schon damals hatten Markovićs Hände zu zittern begonnen. Die Stirn und seine Wunden taten ihm weh, es hämmerte in seinen Schläfen, der Kopf war bleischwer. Seine Augen waren voller Dornen, ihm war, als zischten in seinen schmutzigen Tränen die Funken, die der Fahrtwind heranwehte und draußen vor den Fenstern verlöschen ließ.

Betrunken, hingestreckt neben dem eingeschlafenen Viktor, lag er und hatte Angst, jemand könne ihm die Flasche wegnehmen, aus der er immer dann einen Zug tat, wenn es ihm besonders schwer ums Herz wurde. Jetzt gibt's nichts mehr für mich, überkam es ihn. Nichts Greifbares mehr, nichts Festes, woran man sich halten, woran man sich aufrichten könnte. Vaterland – gibt's nicht mehr; ich verrate dich wegen meines Vaters! Kein Laut, kein Wort, keine Muttersprache mehr! Seit ich mich von diesem Land losgerissen habe und in diesen Wagen gestiegen bin, ist alles zerstoben. Ach, in meiner armen Seele nisten nur noch Finsternis, Elend und Heimweh . . .

Eine ganze Weile betrachtete er Viktor. Der lächelte im Schlaf. Wie der Waggon hin und her schaukelte, so fiel auf dem aus Mantel und Rot-Kreuz-Tasche bestehenden Kissen auch Viktors roter Krauskopf hin und her. Seine Lippen waren aufgeworfen, von zwei schrägen Falten umgrenzt, er sah aus wie ein schmollender Junge. Die gewölbte Stirn war hoch und glatt, die Stupsnase, wie immer, verschwitzt, mit weiten Nasenlöchern, die bebten, wenn er sich aufregte:

O Vater, flüsterte Miloš Marković, jetzt bricht schon das Morgenrot an, der Zug rast durch vereiste Schluchten . . . Er spürte, wie seine Gedanken sich verkrampften. Jeden Augenblick können wir in Blut und Wahnsinn versinken . . .

Die Lokomotive pfiff, man hörte Hundegebell, es wurde vom Zoll gesprochen. Miloš kämpfte gegen seinen müden Geist an, er fürchtete, das Zittern seiner Hände würde sich nie beruhigen. Und wieder war es der Vater, der ihn nicht losließ: Vater, der Tod ist nah! Und dort, in jenen Höhen, wo meine Seele sich vom Leib zu trennen beginnt – dort weilst wohl auch du! Vater, du Einziger, auf den ich – von Viktor mal abgesehen – noch meine ganze Hoffnung setze: Laß nicht zu, daß ich die Grenzen dieses Landes überschreite! Vater, du mein Schicksal, mein schwärzester Fluch, nimm mich zu dir, lebendig oder tot, denn mit mir wird's eh' aus sein, sobald ich auf der anderen Seite lande!

In Wolldecken gehüllt, irgendwelche fremden Mützen auf dem Kopf, lehnten Aritonović und Marković am Fenster und lauschten, nachdem ringsum der Gesang verstummt war, einer Eisenbahnerstimme: Man sei nun an der Grenze angelangt. Die Grenze bestand aus einer verschneiten, vereisten Felswand, die aussah wie eine eingestürzte Mauer. Hätten sie sich umgedreht und, statt auf Eisenbahner, Milizionäre und Zöllner zu schauen, sich den griechischen Zug auf dem Nachbargleis angesehen, dann hätten sie durch dessen Fenster hindurch in den aufgerissenen, mit Latschenkiefern bestandenen Schlund eines Abgrunds starren können. So aber sahen sie nur ihren eigenen, inmitten von schmutzigem Eis und Geröll stehengebliebenen Zug und all die Fahnen über den vielen Köpfen. Aritonović war nervös, ständig tastete er seinen falschen Paß in der Brusttasche seiner Lederjacke ab. Er wollte das Fenster wechseln. Marković hielt seine Hand fest und flüsterte: »Rühr dich nicht vom Fleck! Als ich erwachte, hab' ich eine Kugel in den Lauf geschoben und das Messer aufgeklappt, die Spitze auf dich gerichtet . . .«

Aritonović tat, als höre er's nicht; mit angstvollem Blick sah er der Paßkontrolle entgegen.

In der verrußten Harmonika zwischen Wagen und Wagen prallten sie mit Gastarbeitern zusammen, die über und über mit Koffern und Rucksäcken beladen waren. Aritonović stürzte, schrie auf und tat, als habe er sich verletzt. Auf diese Weise entkam er zum erstenmal, seit sie ihre Pässe unbeanstandet wiederbekommen hatten, Markovićs Aufsicht. Schnell schoben sich Menschenrücken, Arme, ein aufgeschlitztes Daunenkissen zwischen sie.

Einen Augenblick lang balancierte Marković in der Harmonika von der einen schaukelnden Eisenplatte zur anderen hinüber. Aritonovićs gedrungene Gestalt war nicht mehr zu sehen. Marković stürzte sich in den Waggon, suchte in allen Abteilen – aber auch auf dem Gang oder in der Toilette war er nicht zu finden. Dann kehrte er auf die Plattform zurück, von wo er fast die ganzen, mittlerweile an ihren Zug angehängten, griechischen Kurswagen überschauen konnte.

»Viktor, du Schuft!« stöhnte er. »Wo hast du dich versteckt?«

»Mišek!« – plötzlich glaubte er Aritonovićs Stimme ganz nah zu hören, sie säuselte, fast zärtlich: »Ich hab' mich gar nicht versteckt. Ich bin dir ausgerissen! Ich will nicht mehr, daß du mein Gorilla bist!«

»Worin hab' ich gefehlt, Chef?«

»In nichts.«

»Und was haben wir uns geschworen?«

»Steck das Schießeisen ein, du Verrückter! Die entdecken uns! Die schnappen uns!«

»Nichtsnutze wie unsereins, Viki, sollen ruhig geschnappt werden!«

»Mišek, wenn du noch nicht genug Zuchthaus hast, dann ergib dich – und sitz für uns beide weiter! Mich seht ihr nicht wieder – weder du noch unsere Jugovina! Mir langt's, alles langt mir, verstehst du?!«

»Und ich – Viktor?«

Aritonović wechselte die Klangfarbe seiner Stimme: »Mišek, du bist frei! Für uns Nichtsnutze gibt's kein schöneres Geschenk!«

»Viktor, was fang' ich mit der Freiheit an – wo ich mich schon jetzt so verloren fühle?«

»Mišek, du hast doch goldene Finger!«

»Aber sie zittern!«

»Sie werden sich beruhigen, deine tüchtigen Zänglein«, sagte Aritonović. »So was wie dich hab' ich noch nie gesehn. Mit dir wird jeder gern plündern gehn, du Zauberer! Deine tüchtigen Finger mußt du mehr hüten als deine Augen! Du brauchst keine Sorgen zu haben; alles, was du siehst, kann dein werden!«

»Viktor – war ich dir etwa nicht abgebrüht genug?«

»Du bist schon abgebrüht zur Welt gekommen, du verrücktes Stück!« sprach Aritonović – und es klang jetzt wie von weit, als befinde sich Viktor auf dem Wagendach. »Auf Wiedersehen in Sing-Sing, am Galgen oder gleich im Jenseits!«

Die griechischen Kurswagen schaukelten. Marković schien es, als beobachte ihn Aritonović von irgendwoher und lache ihn aus. Man hörte wieder großes Abschiednehmen, Harmonikaklänge, Grüße an die armen und ehrlichen Brüder, die nun jenseits der Grenze zurückblieben.

»Mišek, ich würde dir ja die drei Täfelchen Haschisch zuwerfen, wenn ich wüßte, daß du sie auffangen kannst. Damit du zurechtkommst – für den Anfang. Auch die zwei Goldringe würde ich dir geben. Und die zwanzig D-Mark von gestern nacht. Und Emigrantenadressen! Die ganze Tasche würde ich dir zuwerfen . . .«

»Viki! Wenn du auf und davon bist, wenn du mich verraten hast, Viki, wenn du es mir, wo wir die Grenze kaum überschritten haben, überläßt, mich allein, als Dieb und Gangster durchzuschlagen – dann bring' ich dich um, Viki! Ich werde statt Wasser dein Blut trinken, Viki! Und wenn du dich nun auch unter die Griechen mischst und mit ihnen ausbüchst – vergiß nicht, daß mir noch keiner entkommen ist! Viki, bei lebendigem Leib stech' ich dir die Augen aus, schneide dir Nase und Zunge ab, trenne dir die Ohren vom Kopf – und dann laß ich dich durch ganz Dojtsch betteln gehn!« Marković starrte auf die griechischen Wagen, die vor den jugoslawischen herliefen. Der Zug fuhr jetzt wieder hoch über der Erde dahin, spie Funken, schmutzigen Rauch und Blut. Das gleichmäßige Schlagen der Räder, das Kreischen auf den vereisten Schienen, der fremde Wind . . . An Markovićs Seite klaffte ein Abgrund. Niemand war da, der für ihn die Schiebetür zugezogen hätte. Schnee wehte über seine Füße. Seine Hände zitterten.

Die Gastarbeiter sangen. Sie wußten nicht, daß er sich ihnen im Geist ergab, Revolver und Messer in den herabhängenden Händen. Sie schauten ihn nur an, wie man einen anschaut, der ungerufen und mit der ganzen Kälte von draußen in einen geselligen Kreis eindringt und den Gesang stört. Er hatte gar nicht die Kraft, ihnen ›Guten Morgen!‹ zuzurufen, geschweige denn zu ihnen zu sprechen: »Brüder, Landsleute, ihr armen Teufel, habt ihr eine Ahnung, wohin wir unterwegs sind und was uns im Norden erwartet?«

Die Gastarbeiter sangen.

Marković spürte, daß er, seit er die Heimat und Viktor verloren hatte, nur noch halb vorhanden war. Daß sein hohler Leib und sein verwirrter Kopf sich wohl auf die eine Seite begaben – daß sein Herz und sein Geist aber auf der so ganz anderen, auf der östlichen, jugoslawischen Seite zurückblieben.

Seine Hände zitterten.

So war das damals.

## 7

Gegen Mittag kamen Kolar und Python in Markovićs Zimmer; sie schoben den Tschechen vor sich her. Sie waren angetrunken, kicherten, boxten und rangelten. Ein Kellner schob einen Servierwagen mit englischem Frühstück, mit Schokolade, Zigarillos und Whisky herein. Ein anderer brachte einen gewaltigen Blumenstrauß, hinter dem er fast verschwand. Der Tscheche war verängstigt, benahm sich aber so, als fühle auch er sich sauwohl. Marković lag noch im Bett.

Simo Mataruga war betrunkener als Kolar. Seine Augäpfel waren voll blutiger Äderchen. Er streichelte die Koteletten, die sein Gesicht umrahmten und bis zu den vorstehenden Kieferknochen reichten. Er war, wie der Madjare, im Jägerlook und schwankte gewaltig hin und her. Ein dritter Kellner brachte einen Konfektionsanzug für Marković. Kolar half ihm beim Anziehen, schob die dicke Havanna aus einem Mundwinkel in den anderen und dröhnte aus dem Bauch:

»Mark, ich weiß gar nicht, wohin mit den vielen D-Emmchen, ich lauf' über davon!«

»War's der Salon Dostojewskijs, Chef, von dem wir so viel geträumt haben?« fragte Marković.

»Es war der Salon Dostojewskijs.«

»War's wie damals in Bad Homburg, als wir in Fedors Fauteuils lümmelten und dem Croupier unsere Order gaben?«

»Das meiste habe ich zusammengescharrt!«

»Chef, ich habe immer gesagt: Wenn du alle Hoffnung aufgegeben hast, wird dir der Engel Dostojewskij helfen!«

Der Madjare zwinkerte ihm zu, band ihm die Krawatte aus Trevira und verriet, daß er ihm auch mit Lammfell gefütterte Handschuhe besorgt habe, damit er seine Hände aufwärmen könne. Markovićs Selbstbewußtsein kehrte wieder.

»Hast du auf Rot gesetzt?« fragte er.

»Mark, ich habe alles genauso gemacht wie unser Dostojewskij! Und wenn Fedja wüßte, wie ich die Burschen mit Hilfe all seiner Tricks und krummen Touren geleimt habe – er würde vor Glück in seinem Grab rotieren!«

»Ach, könnten wir ihm doch Blumen aufs Grab legen! Oder in der russischen Kirche eine Kerze für ihn anzünden! Irgendwas in dieser Richtung!«

»Wir werden uns was ausdenken!«

Mataruga umarmte Martinek und zwang ihn, aus ihrer Flasche zu trinken, in der schon ihr Speichel herumschwamm. Der Tscheche tat einen guten Zug. Python beschloß lallend, ihn zu bestrafen, weil er zunächst nicht mit ihnen aus der Flasche hatte trinken wollen; er zwang Martinek zu gähnen wie ein Truthahn und goß ihm, zum Zeichen slawischer Brüderlichkeit, den Whisky direkt in den Schlund. Der Tscheche spannte seine Backen, machte Glotzaugen und schluckte. Python wollte ihn auf den Mund küssen – zur Erinnerung, wie er betonte – und ihm dann, ebenfalls zur Erinnerung, die Zunge langziehn und ins eigene, behaarte Ohr stoßen, ins tschechische Ohr, wie er rülpsend hinzufügte, Martinek flüchtete, so daß Python, dessen Zunge heraushing, als sei er ein Hund, ihm mit seiner Pranke gerade noch über den völlig kahlen Hinterkopf streichen konnte.

Der Madjare spendierte. Er überspannte wieder einmal den Bogen. Marković war sich dessen sicher, daß diese D-Märker Blüten aus der Ingolstädter Dachkammer des Slowenen Marko Slana waren. Der Madjare verlangte nach dem Akkordeon.

Vor der Sauna wartete ein Taxi, in dem saßen Leute mit Jägerrucksäcken und den teuersten doppelläufigen Büchsen. Der Madjare klemmte jedem der drei Kellner einen Hundertmarkschein hinters Ohr – dem übrigen Personal schob er Jetons aus dem Spielkasino in die Brusttaschen.

Martinek hatte es mit dem Verabschieden eilig, er streckte als erster die Hand aus. Er roch nach Lotion, Shampoons und Waschmitteln. Python schubste ihn ins Taxi und pflanzte den Madjaren neben ihm auf. Martinek lächelte sauer. Marković nahm neben dem Fahrer Platz, mit weißen Handschuhen winkte er hinter der Scheibe den Masseuren, der Dienerschaft und den Passanten zu.

»Herren und Freunde – wohin?«

»Ein bißchen an die frische Luft, Tschech!«

»Die frischeste Luft ist in meiner Sauna. Prosim, haltet an!«

»Tschech, laß uns ein bißchen auf die Jagd gehen!«

»Aber Herren, so kann ich nicht auf die Jagd! So doch nicht: in Gummihandschuhen, Gummistiefeln . . . Mit Plastikschürze, in weißem Kittel! Mit Lotions, Shampoons und Wurzelbürste in der Tasche! Nein, das geht nun wirklich nicht!«

»Nun fang nicht gleich an zu zittern!«

»Was bleibt mir sonst, liebe Herren?«

»Hab' doch nicht solche Angst! Wir werden dich unterwegs einkleiden, und wenn du frierst, heizen wir dir schon ein.«

»Bin ich gekidnappt?«

»Du sollst uns doch nur den Weg zeigen, Tschech! Das Taxi ist bezahlt – bis übermorgen abend!«

»Welchen Weg – wohin? Prosim?«

»Na, Emil, wohin fahren denn die feinen Herrschaften von Baden-Baden, wenn sie auf die Jagd wollen?«

»Weiß ich das? Ich komm' doch kaum aus meiner Sauna raus! Ich lebe im Dampf!«

Kolar wurde böse und zog Martinek am Ohr: »Gestern hast du uns ganz was anderes erzählt, Tschech. Du hast behauptet, du habest dich gerade wegen der Jagd in Baden-Baden niedergelassen – und nicht etwa in Hamburg!«

»Stimmt, Herr Kolar, ich bin ganz verrückt aufs Jagen. Im Kino und im Fernsehen versäume ich keinen Tierfilm – aber . . .«

»Was aber, Tschech?«

»Ich wüßte beim besten Willen nicht, wohin ich euch führen sollte . . .«

»Tschech, du hast uns erzählt, du wüßtest, über welche Hänge die französischen Wildschweine ins Tal herunterkommen.«

»Herr Kolar, ich hab' nur ›Wildschweine‹ gesagt . . .«

»Gut, du hast nicht ›französische‹ gesagt. Das sagen *wir*. Wo fangen die Deutschen sie ab?«

»Herr Kolar, ich weiß nicht, wo die Deutschen die Wildschweine abschießen.«

»Tschech, wo haben die deutschen Wildschweine gewöhnlich ihren Wechsel? Auch darüber hast du getuschelt, während du mich mit deiner verdammten Wurzelbürste schikaniert hast!«

»Herr Kolar, ich hab' nicht ›deutsche‹ gesagt. Prosim, hören Sie zu: Ich hab' die Wildschweine vielleicht rheinisch genannt, oder wahrscheinlich elsässisch – aber niemals schweizerisch, italienisch oder französisch – und schon gar nicht deutsch, dafür verwett' ich meinen Kopf. Ich weiß am besten, Herr Kolar, wer und was ich bin. Ich weiß, wo ich lebe und was man sagen und was man nicht einmal denken darf!«

»Tschech – haben die Deutschen dir diese Angst eingetrichtert?«

»Ich bin Emigrant, Herr Kolar, ein elender, schutzloser Flüchtling«, leierte Martinek kläglich. »Ich bin verloren – ich mach' da gar kein Hehl draus – und vielleicht auch etwas bekloppt, wie alle aus dem Osten, die ohne Heimat, ohne Verwandte und Freunde sind. Und ängstlich bin ich auch, ihr seht ja, wie ich zittere – ich hab' sogar vor meinem eigenen Schatten Angst. Ansonsten – ich lebe von deutscher Barmherzigkeit und Güte, die sind ja grenzenlos! Ich erweise mich den Deutschen dankbar, wo immer ich Gelegenheit dazu habe. Sie sind Frohnaturen und echt ehrliche Häute, ganz wundervolle Geschöpfe. Sie haben sich in die Sauna verliebt und in die Massage, sie behaupten sogar, sie hätten sie selbst erfunden. Nirgendwo habe ich bessere, herzensgütigere Menschen angetroffen als die Deutschen, und ich hab' wirklich die ganze Welt gesehen – ich meine alle Bäder zwischen Prag und Baden-Baden. Herr Kolar, ein Deutscher – das ist wirklich ein sanftes Lamm!«

»Zum Schlachten!« tönte Mataruga.

»Herren, ich hab' nur gesagt: ein Lamm! Das sanfte hab' ich nur hinzugefügt, damit man es auch wirklich glaubt.«

»Tschech, wir haben keineswegs das Gegenteil behauptet.« Kolar beugte sich zum Fahrer vor: »Hör zu, Franz, unser sanftes Lämmchen, wir blasen die Jagd ab. Kehr um!«

»O.k.«, sagte das Lamm mit den roten Schlackerohren.

»Herr Kolar, seit drei Wochen, genau seit dem 31. Januar, ist sowieso jede Jagd zu, nicht nur die auf Wildschweine! Das hätte ich Ihnen natürlich sagen müssen, eh' wir aufbrachen. Verzeihen Sie . . .«

Mit geschlossenen Augen und wie aus einer anderen Welt flüsterte Python: »Die Jagd auf Menschen geht jetzt erst los, Martinek. Freu dich nicht zu sehr!«

Und Kolar sprach: »Tschech, du hast mich gerührt mit all dem, was du von den Deutschen gesagt hast, vom Lamm, von der Sauna und der Massage. Deshalb bringen wir dich auch heil nach Hause.«

»Romantisch, Herren und Freunde, romantisch! Sucht euch ein Lokal aus! Die erste und die letzte Runde zahl' ich!«

»Danke, Emil, danke, das muß nicht sein!«

»Schlagt ihr's aus? Ist es nicht eine Sünde, einem armen tschechischen Emigranten, der endlich verwandte Seelen aus dem slawischen Süden gefunden hat, eine Runde auszuschlagen?«

»Tschech, wir schlagen nichts aus, gar nichts. Aber wir können einfach nicht mehr. Seit wir gestern so viel gewonnen haben, sind wir am Saufen.«

»Könnte ich sonst irgendwas für meine slawischen Brüder tun?«

»Gut, Martinek. Du wirst mit dem Rucksack und mit diesen beiden teuren Schießgewehren erhobenen Hauptes, als ein wahrer Tscheche und Held, durch Baden-Baden marschieren! Wir gehen hinter dir her, damit dich keiner anfällt.«

»Ich trau' mich nicht. Wenn meine Deutschen mich so sehen . . .«

»Tschech, eben sagtest du noch, sie seien großmütig.«

»Schon, schon. Aber sie sehen nicht gern ein Gewehr bei einem anderen.«

»Tschech, das wär' ja wohl noch schöner! Sollen doch diese Schwaben sehen, wer sie massiert und dämpft! Wenn sie ehrliche Häute und Frohnaturen sind, wie du behauptest, werden sie auch Gefallen finden am Anblick einer bewaffneten slawischen Bande, einer Mafia aus dem Osten. Das haben sie lange nicht mehr gesehen. Sie werden lachen – wie sie auch sonst über alles lachen, du kannst ihnen vorführen, was du willst. Los, Tschech!«

Der Tscheche sträubte sich lange. Sie zeigten ihm den Lauf ihrer Colts, das Messer, die Rasierklingen auf den Handschuhen. Er bot ihnen, nur damit sie ihn in Frieden ließen, zahlreiche Runden an, dazu kostenlose Sauna und junge Weiber. Er bekam Schüttelfrost und faselte etwas von Post, Brennholz und Bank vor sich hin. Er roch nach Urin und Tschechenkacke. Python, ohne die Augen aufzuschlagen, schob ihn immer wieder auf seinen Platz zurück und drohte, er werde ihn, wenn er sich nicht beruhige, auf den Mund küssen.

Sie speisten in einem Restaurant, von dessen Terrasse aus sie einen Blick auf Mauern, Dach und ein paar Fenster der Spielbank hatten. Martinek war betrunken von Angst und Champagner und seinen laut ausgesprochenen Gedanken und Flüchen. Er spendierte, bestellte Musik, beleidigte die Kellner und nannte sie schwäbische Metzger.

»Tschech, jetzt, wo du wieder ein Mensch und Kam'rad bist, wo du voll Zuversicht die ersten Schritte in ein neues Leben getan hast – jetzt hilf uns, all die Orte ausfindig zu machen, wo der arme Dostojewskij in Baden-Baden geweilt und getrunken hat!«

»Romantisch! Wie lange schon bereite ich mich darauf vor, diese heiligen Stätten aufzusuchen!« Martinek umarmte sie und erzählte ihnen, daß er in der Sauna mit Rücksicht auf die Spielbank, an der jede Nacht sein Heimweg vorbeiführe, den ›Spieler‹ gelesen habe – aber auch ›Schuld und Sühne‹, dies allerdings nur, weil ihn der Titel so ansprach.

»Brechen wir auf!«

Sie landeten in der hell erleuchteten, verschwenderisch ausgestatteten Rezeption eines Hotels. Den Rucksack umgehängt, beide Gewehre geschultert, Pythons Jägerhut auf dem Kopf, behauptete Martinek gegenüber dem livrierten Portier, dies sei das *Chevalier d'Or*. Hinter Martinek hatten sich, wie Gorillas, die den Rückzug zu sichern haben, Kolar, Phyton und Marković aufgepflanzt.

»Tut mir leid – aber dies ist das *Ambassador*.«

»Is' es nicht!«

»Lesen Sie doch selber – sofern Sie kein Analphabet sind!«

»Is' ganz unwichtig, was da steht.«

»Sondern? Was ist wichtig?«

»Daß etwas so ist, wie wir gern wollen, daß es sei. Demnach ist dies hier also das *Chevalier d'Or*! Sparen wir uns also weitere Erörterungen.«

»Die Herren wünschen?«

»Der vielgerühmte Dichter des *Idiot*, der *Brüder Karamasov* und der *Dämonen*, Fedor Michailowitsch, hat sich in Ihr Gästebuch eingetragen am 22. Juni 1867 nach Ihrem Kalender – nach unserem, das heißt dem russisch-orthodoxen, am 4. Juli, unter dem Namen Fedja Dostojewskij, Leutnant von Sankt Petersburg. In seiner Gesellschaft befand sich auch seine Gattin, die um siebenundzwanzig Jahre jüngere Madame Anna Grigoriewna. Wir sind im Besitz eines Buches, in dem steht, Fedja habe vergessen, für zwei bei Ihnen verbrachte unruhige Nächte die Rechnung zu begleichen. Im Grunde hat unser Genie ganz einfach die Zeche geprellt – aber das darf man in dieser Form um keinen Preis sagen!«

»Und wessen Problem soll das jetzt sein?«

»Unseres! Wir sind gekommen, um zu zahlen!«

Der Mann an der Rezeption schaute sie stumpf an. Aufgestachelt von Kolar, setzte Martinek sich in Bewegung. Während er um ein Haar die ganze Rezeption über den Haufen rannte, brach es aus ihm hervor:

»Dostojewskij war der Dichter der Erniedrigten und Gedemütigten, der für immer und ewig Unglücklichen! Niemand hat so wie Dostojewskij das Leiden, die Sünde, das Ausgestoßensein besungen! Dostojewskij war und ist geblieben der Bruder aller, die vom vergossenen Blut verfolgt werden! Dostojewskij, der ewige Dulder, Schuldner und Märtyrer, hat weit mehr verdient als das, was wir heute für ihn zu tun gedenken! Dostojewskij war unser Landsmann, wie wir alle seine Landsleute sind!«

»Sie vergaßen zu erwähnen, daß er auch Epileptiker war.«

Der Tscheche bemerkte, daß Kolar, Python und Marković fast barsten vor unterdrücktem Lachen. »Ja«, brüllte er, »er war krank, er ist gefallen – wie auch wir fallen . . . Nun nehmen Sie schon!«

»Meine Herren, das Geld, das Sie uns da anbieten, können wir auf keinen Fall annehmen. Schon deshalb nicht, weil man damals in dieser Gegend mit Gulden bezahlt hat.«

»Wir haben auch Gulden!«

»Wir dürfen keinerlei Geld annehmen, leider.«

Der Tscheche richtete sich auf. Mit vor sich hintastenden Händen, wie ein Nachtwandler, rückte er gegen den Mann an der Rezeption und dessen gepflegten, von Zorn geröteten Hals vor. Die Augen des Tschechen waren voll Tränen, seine Stimme war voll Wärme und Finsternis:

»Der tote Dostojewskij fordert die Korrektur dieser Schande! An uns Slawen ist es, seine Schande zu begleichen! In dem erwähnten Buch steht, daß Fedja bei Ihnen, bei der Spielbank und noch bei vielen anderen Schulden hinterlassen hat! Wir verlassen Baden-Baden nicht, bevor das alles genau festgestellt und ordnungsgemäß erledigt worden ist! Wir wissen zum Beispiel, daß er wiederholt beim Pfandleiher Moppert alles versetzt hat – seine eigene Wäsche und die seiner Frau, sogar seine alten Schuhe! Wer weiß aber, wieviel unser Fedoruschka bei jener abscheulichen Zimmervermieterin in der Gernsbacher Straße schuldig geblieben ist – bei diesem Vampir, wo er, direkt über einer Schmiedewerkstatt, volle sieben Wochen lang geweint hat vor Schmerz, daß er unter euch weilen muß und nicht unter unsresgleichen?«

»Dann gehen Sie zu dieser Frau und geben Sie ihr das Geld! Uns aber lassen Sie in Ruhe. Im übrigen hat euer krankes Genie, wie Sie ihn ja selbst nennen, auch beim Grafen Ivan S. Turgenjev Schulden hinterlassen. Also – gehen Sie auch zu ihm! Der Graf wird Ihnen zeit seines Lebens dankbar bleiben.«

»Wo ist dieser beschissene Graf?«

Da betrat ein vornehmer, hochgewachsener Herr mittleren Alters die Hotelhalle. Er hatte einen mächtigen Kopf und langes graues Dichterhaar. Er nahm seine Pelerine ab und verneigte sich. Dabei empfing ihn die Faust des Tschechen. Am Kinn getroffen, streckte der Herr sich wortlos, gräflich aus. Die drei hoben ihn auf. Seine Kinnlade war verbogen, so daß er, auch wenn er gewollt hätte, nicht hätte sprechen können. Sie strichen ihm das Haar glatt und glätteten auch seine blutbeschmierten Revers und die riesige Schmetterlingsschleife. Der Tscheche würdigte ihn keines Blicks, sondern wandte sich voll Groll dem Mann an der Rezeption zu.

»Ist das womöglich Turgenjev?«

»Nur einen Augenblick«, sagte der Mann an der Rezeption mit eisigem Lächeln und griff, die Visitenkarte des Tschechen in der Hand, zum Telefonhörer. »Die Polizei wird am besten wissen, wo Turgenjev, Tolstoi, Gontscharov und all eure anderen Grafen, denen er ebenfalls einiges schuldig geblieben ist, anzutreffen sind.«

Von Emil Martinek nahmen sie auf der Straße Abschied. Sie schoben ihn an einer Stelle aus dem Taxi, wo es von Spaziergängern und anderen nächtlichen Passanten nur so wimmelte.

»Nehmt mich mit!« weinte Martinek und lief dem Taxi nach. »Ich bin fertig, ich bin erledigt! Die Deutschen haben mich in Waffen gesehn! Wißt ihr, was das bedeutet?! Wenn nicht, dann haltet an, damit ich's euch erkläre! Hinterher bring' ich dann entweder mich oder sonstwen um! Sie haben mich fotografiert, in allen Zeitungen werd' ich stehn! Die Deutschen sind schon davon unterrichtet, daß ich weiß, was unser heiliger Epileptiker Fjodoruschka Mihajlowitsch Dostojewskij, Leutnant aus Sankt Petersburg, von diesen Bratwurstfressern hier gehalten hat . . .«

Das Taxi fuhr langsam dahin, Mataruga winkte mit dem Handschuh hinaus, der Tscheche faßte neuen Mut – mal im Laufschritt, mal im Marschtempo kam er dem Wagen nach und japste:

»Ihr meine liebsten Mafiosi! Laßt mich nicht im Westen zurück! Seht ihr denn nicht, meine balkanischen Hyänen, daß ich keine Angst mehr habe? Ich bin bewaffnet – wie ihr! Meine Munition reicht für eine Schlacht bis zum Morgengrauen! Danach werdet dann ihr, meine Schurken, mir zu Hilfe kommen und mich befreien! Greift sie von hinten an, aus dem Schwarzwald, aus der Flanke! Brechen wir ihnen ihre deutschen Wirbelsäulen, mit denen sie bei mir in der Sauna so groß angeben! Brüder Slawen – ich will mit euch gehen! Denn schon bin auch ich, was ihr seid: ein Galgenvogel! Jawohl, ein Galgenvogel!! Jetzt fängt auch für mich das neue Leben an: plündern, bescheißen, übers Ohr hauen! Und abmurksen – wie in der Tschechei!«

Kolar ließ den Fahrer etwas abbremsen, nur so viel, daß sie verfolgen konnten, wie es mit dem Tschechen weiterging. Der marschierte stramm, mitten auf dem Fahrdamm, sang auf tschechisch und schrie auf deutsch:

»Ich weiß, ich hab's studiert, wie die deutschen Wildschweine in dieses verstunkene Tal eingelassen werden! Und dann auch die schweizerischen, italienischen, französischen! Sie kommen alle zu mir, ins Dampfbad! Doch ich habe keine Lust mehr, sie noch länger zu massieren und ihnen die Zeit zu vertreiben mit unseren slawischen Fäusten und Witzen! Nie wieder werde ich sie mit Birkenreisern auspeitschen! Ich bin ein Slawe, Fedors Enkel, ich weiß schon, womit ich sie ...«

Ein Schuß knallte, dann noch einer. Schreie. Jemand muß tot gewesen sein, ein anderer nur, wie ein Wildschwein, von Schrot durchlöchert. Man hörte Stimmen aus der Menge: Ambulanz ... Polizei ... tschechische Tollwut ... Dann bellte noch ein zweites Gewehr los. Dessen Schüsse klangen anders, durchdringender, kostbarer. Sie kamen vom Madjaren.

Kichernd brausten sie in Richtung Pforzheim – Stuttgart davon.

## 8

Wäre Marković nicht dabeigewesen, hätte Mataruga dem Kolar die Kehle durchgeschnitten.

Sie hatten gerade erst Baden-Baden hinter sich gelassen. Im Taxi roch es noch nach dem Tschechen. Sie gerieten aneinander über die Frage, wer von ihnen der größere, anerkanntere Dieb, Betrüger und Galgenvogel sei. Und wer an einem Tag mehr auf den Kopf hauen könne. Und wer beim balkanischen Wettsaufen – wo die gefüllten Gläser dicht aneinander in Reih und

Glied aufgestellt werden – mehr Meter verschlucken könne, ohne zu wanken. Und schließlich: wer von ihnen beiden der leidenschaftlichere und erfolgreichere Spieler sei. Marković ahnte den Sturm, der da kommen würde, und seine Finger in den Handschuhen fingen leise an zu zittern. Der Fahrer rückte den Rückspiegel zurecht, rauchte und schmunzelte.

»Pyt, du hättest, wie früher auch, einen nassen Staub gewonnen, wenn ich dich nicht mitgenommen hätte in die Spielbank.«

»Madjar, willst du etwa sagen, ich hätt' mich nur an deiner Seite hineinschmuggeln können? Der Eintritt sei nicht für jeden?«

»Leider ist er für jeden!«

»Dann ist dir auch klar, warum sie dich reingelassen haben!«

»Man hat noch nie gehört, daß Python, so wie ich gestern nacht, auf Rot fünfundvierzigtausend Mark gesetzt hätte! Dich hat noch nie jemand weder verlieren noch gewinnen sehen!«

»Madjar, woher hab' ich dann wohl das viele Geld?«

»Andere verlieren für dich und gewinnen für dich!«

»Wer zum Beispiel? Wer hält Pyt aus?«

»Man weiß, wer!«

»Sag's! Damit ich erfahre, wer mich ernährt und kleidet. Und mit wessen Geld ich in die Spielbank geh'.«

»Das ist bekannt. Eine Zeitlang hast du dich damit sogar gebrüstet. Seit du diese paar Gorillas hast, meinst du aber, es wär' eine Schande!«

»Stören dich Pythons Weiber?«

»Die Register-Arie von Matarugas greisen Vogelscheuchen singen wir ein andermal. Und dann auch das Lied von Pythons Großmutter Nummer eins . . .«

»Welche von meinen zehn Großmüttern ist Nummer eins?«

»Die elfte: Der Marchese Claudio-Achile di Stefano, Hersteller und Lieferant von Kunstdünger. Dein achtzigjähriges kahlköpfiges, eingetrocknetes Weib mit dem Hodensack. Dein warmer Bruder!«

»Sticht dir meine italienische Großmutter wirklich so ins Auge? Sie – oder ihr Maserati?«

»Der Madjar pinkelt auf all eure Schätze!«

»Auf den Maserati kannst du von mir aus ruhig pinkeln. Denn wir kaufen einen neuen, mit einem Flugzeugmotor. Aber auf die Alte – niemals! Die Alte ist für mich ein Heiligtum!«

»Python, ich pinkele auf dein Heiligtum! Auf deine Großmutter Marchese Claudio-Achile di Stefano, dieses Gespenst mit dem künstlichen Kehlkopf, dem Glasauge, dem Darmausgang aus Plastik!«

»Was aber, wenn du bei so viel Pinkelei auch gleich dein ganzes verdorbenes Madjarengehirn mit auspinkelst?«

»Diese deine alten Schreckschrauben, denen du immer so schön – wie du es nennst – servierst, die verdienen gar nicht, daß man so viel auf ihnen rumpinkelt. Wir wollten übrigens von dir und vom Spielen reden.«

»Gut, reden wir vom Spielen . . .«

»Mataruga, einen Syphilitiker wie dich sollte man nicht in Spielkasinos lassen. Mit deinem Aussehen erschreckst du die feinen Leute. Deine Zähne stehen doppelt, du hast drei Mandeln und vier Lippen. Du stinkst aus Mund und Rachen. Man sieht gleich, du stammst von jenseits der Drina, aus Bosnien. Jüngere Steinzeit . . . Du bist für die körperliche Arbeit geschaffen. Man muß dich zurückschicken unter die niedrigsten, unter die allerletzten Gastarbeiter, muß dich bewaffnen mit Besen, Schaufel und Karren. Wenn du dich traust, sieh in den Spiegel! Du wirst einen Affen erblicken! Einen pockennarbigen, verschlagenen Affen mit hängenden Schultern, der es gewohnt ist, mit seinen zu lang geratenen Armen nach einem Palmenzweig, einer Kokosnuß oder einem Bund Bananen zu greifen. In diese deine behaarten Pranken gehören nicht Jetons, sondern Spitzhacke und Ramme. Und auf deinen Schädel gehört keine finnische Kappe, sondern der gelbe Plastikhelm der Bauarbeiter. Wärst du ein Mensch und kein Schimpanse, so würdest du dich ja mir gegenüber dankbar erweisen. Du würdest mir die Hand küssen, statt mit deinem kümmerlichen Geldbeutel zu klimpern und mit deinen Leibwächtern und deinen schon kindisch gewordenen alten und warmen Brüdern anzugeben. Zumindest vor mir solltest du ganz klein sein. *So* klein!«

»Und warum?«

»Wieso warum? Zahnloser Idiot du! Wer hat dich denn, kaum warst du aus dem Gefängnis in Sarajewo getürmt, aufgenommen und gekleidet? Ich! Wer hat dir Mut zugesprochen und dir versichert, deine Hände würden wieder aufhören zu zittern? Ich! Wer hat dich wie einen Hammel bei Triest über die jugoslawisch-italienische Grenze geführt? Ich! Wer hat dich im Emigrantenlager San Saba untergebracht und denen dort hoch und heilig geschworen, du seist in der Jugovina politisch verfolgt worden? Ich! Wer hat dich über die Schweiz nach Dojtsch gebracht und dich hier die ersten Schritte gelehrt? Ich! Verkaufen hätt' ich dich können – wie ich andere verkauft habe. Mir ist gutes Geld für dich geboten worden! So einen Ochsen wie dich hätte eine meiner Banden gut gebrauchen können: für ein Bergwerk bei Johannesburg, damit du dort mit den Schwarzen Erz oder Kohle gräbst, was weiß ich, und mit blinden Pferden Loren durch die Schächte schiebst! Ich hab' dich nicht hergegeben, weil du dauernd geweint und gezittert hast und immer zurück wolltest nach Bosnien. Hätt' ich dich damals verkauft, so würdest du heute nicht versuchen, es deinem Schöpfer und Lehrer, deinem Patron, gleichzutun und ihn übers Ohr zu hauen!«

»Ist das so schwierig, Madjar?«

»Dir ist bekannt, wie es jedem ergeht, der es wagt, sich über mich zu stellen. Erinnere dich, wie Ilija Batuta zu Gulasch gemacht wurde, dieser unglückselige Bolha aus der Herzegovina – nur weil er mir, seinem Beschützer und allmächtigen Chef, abtrünnig geworden war! Was meinst du wohl, du Stinktier, weshalb Rados Jovanović aus Nisch, genannt das Schwein, wie ein Sieb durchlöchert wurde? Wegen Disziplinlosigkeit, die ich nicht dulde – und keineswegs bei einer Abrechnung mit den Ustaschi, wie den Seinen nach Hause gemeldet wurde! Dann der arme Stef Kuhar, dieser lustige Bursche aus Oberkrain, der da meinte, man könne mir die Abgabe unterschlagen! Mir – der ich ihm, halb Zirndorf hat zugeschaut, das Messer aus dem Leib zog, das ihm sein eigener Bruder verpaßt hatte! Und so wie es dem Ukrainer Pavel Seljest ergangen ist, wird es jedem meiner Untertanen ergehen, der sich weigert, mir am festgelegten Tag die festgelegte Summe auszuhändigen!«

»Was war das für ein Ukrainer?«

»Mistvieh, tu bloß nicht so! Du selber hast ihn mit einem ungeschliffenen Messer abgeschlachtet! Wie ein Schwein – in jener Regennacht in einem bayerischen Wald auf der Strecke nach Holzkirchen! Geweint hast du vor mir – du hättest so was noch nie getan! Ich aber hab' dir gut zugeredet: Du hast sehr wohl, sagte ich, und du machst es auch gut – auf bosnisch! Und während du ihm die Venen aufgeschlitzt und ihm an Händen und Füßen die Sehnen durchgeschnitten hast, habe ich dir meinen Colt in den Nacken gedrückt. So hab' ich dich damals für alle Zeiten verpflichtet. Deshalb: Widersetze dich nicht!«

»Von Pyt gibt's kein Dankeschön mehr!«

»Das heißt: Krieg?«

»Bis zur Ausmerzung! Ich wollte dir das schon gestern nacht

in der Spielbank sagen, aber ich hab' gewartet, bis du mich richtig in Wut bringst. Ich weiß von dir nicht soviel wie du von mir; deshalb kannst du mir mit der Polizei Angst einjagen – ich dir nicht. Aber kein Mensch wird dir helfen, wenn dir meine Jungs auf den Schwanz treten. Sie werden länger an dir rummetzgern als ich an Pavel Seljest!«

»Wirst du deine Großmutter verständigen, daß wir Krieg haben?«

»Großmutter und Großvater!«

»Dann marsch hinaus aus dem Wagen, du bosniakischer Arschficker! Zu dir paßt sowieso kein Mercedes, sondern allenfalls ein Ochsengespann! Du schwuler Hund, mir hängen die Geschichten von euren stinkenden Innereien zum Halse raus! Hinaus mit dir!«

»Hinaus *du*, Madjar!«

Sie begannen sich schon zu prügeln, noch bevor der Fahrer anhielt und ihnen höflich die Tür aufmachte. Den ersten Kinnhaken empfing Kolar. Python wollte den Schlag wiederholen und dann in diesem Sinne weitermachen. Der Madjare wich ihm jedoch aus und sammelte Kraft, Python wartete ab.

Mit voller Wucht hechtete Kolar dem anderen in die Beine und warf ihn über sich. Dann drosch er mal mit den Stiefeln, mal mit den Fäusten auf ihn ein. Python ächzte und schrie auf, machte sich irgendwie frei und zog das Messer.

»Mark! Wessen Gorilla bist du?« brüllte der Madjare. »Siehst du nicht, was der vorhat?«

Mataruga war nicht gefaßt auf Markovićs Flankenangriff und den Hagel von Schlägen, die Marković ihm auf Kopf, Nacken und Rippen versetzte. Im Schneematsch am Straßenrand brach er zusammen. Kolar trat auf ihm herum, sprang ihm von oben auf den Bauch, warf sich ihm auf die Brust. Er entwand ihm das Messer, schleuderte es weit fort in die Nacht, wischte sich Blut und Dreck von Gesicht und Händen und sagte:

»Python, wenn du kein Bolha wärst, würde ich dich jetzt totschlagen. Das müßte ich vor niemandem verantworten, denn im Verzeichnis menschlicher Lebewesen stehst du nicht! Also bleib meinetwegen vorhanden, spuck Zähne, huste deine Lungen raus! Und warte, bis dein Mailänder Schwuler kommt!«

Der Taxifahrer schmunzelte und wartete auf weitere Anweisungen. Marković saß wieder auf seinem Platz. Seine Hände zitterten. Kolar ließ für ein paar Augenblicke die Hintertür einen Spalt weit offenstehen.

Python erhob sich auf die Knie und rief: »Madjar, komm nie wieder ins Rheintal! Vergiß nicht, daß von der Schweiz bis zur holländischen Grenze alles mir und meinen Leuten untersteht!«

»Du irrst dich, Python. Dem Madjaren unterstehen sämtliche Flußtäler der Bundesrepublik, also auch das Rheintal!«

»Was ist das? Ich spucke ja Blut! Ihr habt mir die Lunge durchstoßen!«

»Verrecke doch!«

»Madjar, das merke dir: Wenn ich diese Nacht überlebe, bring' ich dich um!«

Kolar schlug die Tür zu und befahl dem Fahrer, das Gaspedal durchzutreten. Da erinnerte Marković sich an Viktor, an Niko und den Russen, und seine Hände zitterten noch mehr.

»Das kommt nur daher, daß du so dünn angezogen bist«, stellte Kolar fest. Dann gab er einem anderen Taxi den Befehl, die Leopoldstraße bis zur *Citta 2000* entlangzufahren.

»So, wie ich angezogen bin, falle ich weniger auf«, flüsterte Marković, während Kolar dem Fahrer mit einer arroganten Bewegung bedeutete, er möge ihm die Tür öffnen. »Hier ist es schweinemäßig teuer.«

»Dieses besoffene bosnische Vieh hätte mich doch tatsächlich – wärst du nicht gewesen! – vorgestern nacht totgestochen. Wenigstens mit ein paar Kleinigkeiten will ich mich dafür bei dir revanchieren.«

»Chef, das könnte man auch auf andere Weise.«

»Du hast da noch ein paar Blutspritzer von Python. Es lohnt sich nicht, das in die Reinigung zu geben. Du bist nicht für Konfektionskleidung geschaffen, wie übrigens auch ich nicht. Außerdem müssen Leute unseres Schlages Kleidung und Personenbeschreibung öfter mal wechseln.«

Die Verkäufer eilten hinter ihnen her. Kolar, der sich soeben erst bei Wegenheyner in Violett neu eingekleidet hatte, füllte mit seiner stattlichen Erscheinung den Spiegel aus. Ihn ärgerten ein blauer Fleck unter dem linken Auge und eine Kratzwunde am Hals, die auch ein noch so geschickt geschlungener Schal nicht verbergen konnte. Er bewunderte seine Hände, den metallischen Glanz seiner Augen und die Muskulatur seiner Schenkel, die sich durch die engen Hosenbeine aus teuerstem Velours abzeichnete.

Kolar kam dem Verkäufer zuvor:

»Dieser junge Graf hat wieder einmal Verlangen nach englischer Mode. Bitte ziehen Sie ihn so an, daß er, wenn schon nicht wie ein Inselbewohner, so doch wie ein Gentleman aus dem Commonwealth aussieht.«

Kolar lachte und tupfte eifrig an seiner Wunde herum.

Die Verkäufer und Schneider, die um sie herumschwänzelten, lachten mit, und selbst Marković lachte, während er zum Maßnehmen die Arme über den Kopf hielt. So konnte der Madjare wenigstens nicht sehen, wie seine Finger zitterten. Kolar paffte eine Havanna und begann aufzuzählen:

»Ein Hemd Größe 41, Oxford-Schnitt, indische Rohseide, blau changierend. Ein Sakko aus Harris-Tweed, mit Lederflekken an den Ellenbögen. Nur *ein* Schlitz, versteht sich. Reithose aus Gabardine, beige, damit sie zum Farbton von Sakko, Krawatte und Ziertaschentuch paßt. Weste, Kettchen, Uhr. Handschuhe, die Stiefel aus dem Schaufenster, Peitsche. Jägermütze mit Ohrenklappen aus Wieselfell. Pelerine aus schottischem Tuch. Diplomatentasche. Das wär's.«

Für den Rest des Tages wollten sie anständig bleiben. Sie bummelten durch Schwabing, die Leopoldstraße die eine Seite rauf, die andere runter, sie gingen auch in den Englischen Garten. Sie schauten in fast jede Parfümerie in der Maximilian- und der Residenzstraße und kauften Erzeugnisse der Firmen *Guerlaine* und *Lancôme*. Und baten Max Dietl um die Genehmigung, neben seinem Rolls-Royce fotografiert zu werden.

Dann gingen sie ins Kino und sahen sich einen Film an über das Treiben sizilianischer Mafiosi in Mailand, Genua und Paris. Zum erstenmal, seit Marković bei ihm war, bekam Kolar feuchte Augen. Danach tranken sie, übertrieben wieder einmal das Geldausgeben und träumten davon, man mache sie mit Belmondo, Ventura und Alain Delon bekannt. Lange noch funkelte in des Madjaren Auge die Träne aus dem Kino.

Marković hatte noch nie jemand kennengelernt, der so verrückt auf Spielautomaten war wie Kolar. Von *Jack Pot* stürzte er sich auf Tischfußball, vom Pferde- aufs Autorennen. Und als er ans Elektronische Schießen kam, stockte ihm der Atem. Er mähte ganze Landschaften nieder, und so oft er den über Deutschlands Prärie funkelnden Stern traf, schrie er auf: »Python! Du bist getroffen, du blatteriger Affe!« Ganz besonders aber liebte er die Flipper. Er sagte, allein wegen der Flipper, wenn schon aus keinem anderen Grund, lohne es sich, seine Daumen zu behalten. Diese Begründung für den Verbleib seiner Daumen beschäftigte ihn so sehr, daß er bei den Huren, in einer Wohnung, von deren Fenster aus man das Rathaus-Glokkenspiel sehen konnte, zu lachen begann, wie einer, der im Spiel alles – und obendrein auch noch den Verstand – verloren hat. Er zog sich aus, streifte Unterhose und Hemd wieder über und warf die Geschenke, die sie den Mädchen mitgebracht hatten, auf den Fußboden: Blumen, Schokolade, Parfüm . . . Die Seine mußte ihm, da er ausreichend betrunken war, helfen, auf den Kamin zu klettern. Und auch dort oben erstickte er beinahe vor Lachen. Er zählte seine Finger – eins, zwei, drei, vier – dann der Daumen . . . Dann das gleiche mit der anderen Hand, und schrie: »Daumen! Der Hauptfinger!« Dann warf er sich von oben auf seine Liebste und begann, in ihre Oberschenkel zu beißen, ihre Brüste langzuziehen und sie an Schultern, Rücken und Bauch abzulecken. Der dritten, die nackt und fett neben dem mit der zweiten beschäftigten Marković lag, erklärte er: »Betty, Kätzchen, wir haben dich kommen lassen und haben dich bezahlt für Python. Aber stell dir vor: Python gibt es nicht mehr!«

»Armer Python«, hauchte die Fette.

»Betty, sag uns den Namen noch einmal!«

»Python!« hauchte sie und streckte, wie ihr befohlen war, ihre Arme in Richtung Baden-Baden aus. »Python!«

Dann riefen alle drei Mädchen nach Python. Python antwortete nicht. Kolar zählte in den Spiegeln an den Wänden und an der Decke all seine blauen Flecke und Schrammen. Die Mädchen riefen weiter nach dem Bosniaken – und Kolar gefiel es, daß sie meinten, Python bedeute ganz etwas anderes, und keine Ahnung hatten von dem Menschen, dessen Lunge am Rand der Straße nach Gernsbach völlig leergeblutet war.

Anderntags, am Abend, strichen sie lange um den Bahnhof herum. Kolar war auf der Suche nach jemand. *Schiller* an der Ecke war mit Balkan-Leuten überfüllt. Ältere Emigranten boten den Gastarbeitern Gebrauchtwagen und ihre Zeitungen an und forderten sie zum Beitritt in ihre Vereinigungen auf. Die jungen Balkanesen sangen und beleidigten die Kellner. Pokkennarbig und mit Schlappohren wie Simo Mataruga saß einer da und heulte. Auch im Lokal gegenüber sahen sie kein bekanntes Gesicht. Der Madjare dozierte, die Emigranten zerfielen in drei Gruppen. »Die aus der ersten und wichtigsten Gruppe sitzen meistens im Kittchen, so daß du immer dann, wenn du sie am nötigsten brauchst, keinen findest. Die aus der zweiten Gruppe befinden sich für immer in Freiheit, aber unter der Erde, so daß du von denen keinen überreden kannst, für dich Kioske, Apotheken und Läden zu knacken. Die dritten – und alle, denen du sonst noch begegnest – sind ebenfalls tot, aber sie laufen herum, zerfallen bei lebendigem Leib und behaupten, es sei ihnen nie besser gegangen. Mit denen kannst du auch nichts anfangen.«

In der Goethestraße war es lauter und stank noch mehr nach Bier als in jener Nacht, da sie sich mit den Türken und Ameris geprügelt hatten. Vor dem *Ankara* blieben sie stehen. Drinnen tobte es. Die Tür zum *Odessa* war verschlossen – kein Firmenschild, keine rote Laterne. An den Polizisten, die mit unverhohlenem Mißtrauen einige Türken beobachteten, gingen sie ruhig vorbei, als seien sie Deutsche. Dann schlugen sie einen Haken nach rechts. Auf dem Gehsteig, unweit der Schillerstraße, stand vor dem Schaufenster einer Elektrohandlung ein kräftiger Mann mit vorstehenden Backenknochen und breiter, flachgedrückter Nase. Er räsonierte halb auf russisch, halb auf deutsch, umgeben von seinen Gorillas, die ihm nach dem Munde redeten.

»Jermolaj!« Der Name entrang sich Marković aus den Tiefen seiner Eingeweide. »Jermolaj Timofejitsch! Brüderchen! Ein Jahr ist es fast her, daß ich dich nicht gesehen habe!«

Kolar hielt ein Taxi an. Jermolaj Timofejitsch Kuznecov wollte sie begrüßen – zu spät. Kolar hatte Marković in das Taxi gestoßen und war selber eingestiegen. Hinter dem Fenster streckte er Kuznecov die Zunge raus. Der tönte: »Verdammte Madjarenschnauze! Laß ihn zu mir, daß ich ihn auf die Stirn küsse!«

»Zu spät, zu spät, Onkel Vanja!«

»Madjar, wir treffen uns noch!«

Das Taxi zog an. Auf dem Gehsteig blieben der Russe im Pelz und seine leichtgekleideten Gorillas zurück.

Der Fahrer fragte, wohin. Kolar zog einen Hundertmarkschein und murmelte: »Nürnberg.« Der Fahrer errötete.

Es fiel ein feiner, eisiger Regen. Das Autoradio krächzte, ein Mann verlas irgendwelche Bekanntmachungen.

Marković zitterten nicht nur die Hände, er zitterte am ganzen Leib. Ein Glück, daß der Mercedes die Kurven so sportlich nahm – der Fahrer mußte immer wieder hart bremsen, um dann um so brutaler Gas zu geben –, daß Kolar nicht merken konnte, wie er zitterte. Der Madjare war beunruhigt und mißgestimmt.

Sein Unterkiefer schob sich vor.

Marković begann mit einer Stimme, die immer wieder abriß: »Chef, auch mir geht manches nicht in den Kopf. Wie kannst du dir deinen Marković als Gorilla leisten? Ich koste dich Geld, Nerven, wahrscheinlich auch Reputation. Ich bring' dir immer weniger und weniger ein, so daß ich ernstlich frage, weshalb du mich eigentlich noch mit dir herumschleppst. Ich weiß, du brauchst fette Beute. Irgendwo bereitest du eine große Sache vor – aber ich bin nicht mehr, was ich noch vor einem Jahr war. Ich schäme mich auch in so teurer Kleidung. Selbst Konfektion ist für mich schon zu gut.«

»Der Madjare bereitet gar keine große Sache vor. Der Madjare errichtet mitten in Dojtsch eine große schwarze Mauer! Vielleicht als Denkmal für sich, wer weiß! Und die Mauer wird kalt und eisig sein, wie diese Regennacht, und endlos wie dieses deutsche Land, durch das wir irren wie ein Schwarm versprengter Vögel. Ach was, es ist gleich Mitternacht – also nicht die Stunde, um dich zu informieren über mein Bauwerk, von dem ich ja selber noch keine richtige Vorstellung habe. Da, da! Groß-Lappen!«

»Um Gottes willen! Was wollen wir denn bei diesem Misthaufen!?«

»Mark, es wird Ware übernommen«, sagte Kolar. Aber es klang nicht überzeugend.

»Was denn für Ware?«

»Du weißt doch, was die Jordanier immer bringen. Siehst du, sie blinken uns an aus ihrem Kombi!«

»Chef, dieser Kombi kommt mir nicht geheuer vor.«

»Mir schon.«

Auf allen Seiten brannte und schwelte es. Blutiger Rauch stieg auf und dünstete über den Himmel. Im Regen stand ein alter Kombi. Kolar und Marković stiegen aus. Sie sahen, daß das Taxi wendete und in Richtung München davonfuhr – dann kam es plötzlich im Rückwärtsgang auf sie zu. Es stoppte, der Fahrer stieg aus, klappte den Deckel des Kofferraums hoch, daß er nach hinten nichts mehr sehen konnte, und ließ ihn so stehen. Marković war es, als gebe jemand im Kombi Kolar ein Zeichen. Die Angst packte ihn. Da sprang die Hecktür des Kombis auf, drei Mann kamen herausgesprungen. Der erste boxte Marković in den Magen, der zweite ans Kinn, dem dritten sank er in den Arm. Blut lief ihm aus der Nase. Der Madjare stand etwas abseits, einen kleinen Colt in der Hand.

»Chef!« brüllte Marković und kam nicht dazu, sein Gesicht gegen die Schläge abzudecken. »Sandor! An wen verkaufst du mich da?!« schrie er, als sie ihm die Hände auf den Rücken zwangen und ihm mit einem Schal die Augen verbanden.

»Mark, hier in Groß-Lappen, auf diesem großen Roten Platz der Emigration, bringt dir dein Gebrüll überhaupt nichts ein!«

»Chef, wem gehör' ich jetzt?« weinte Marković.

»Dem Russen oder Python bestimmt nicht!«

»Kolar – auch du?«

»Mein Kleiner! In dieser Welt lebt sich's am besten von Verrat.«

»Muß denn auch mein Sandor sich nach dieser Regel richten? Mein großer, mächtiger Sandor?«

»Du scheinst vergessen zu haben, was ich dir in Zirndorf über die Madjaren sagte.«

»Wie soll denn ein Mensch glauben, daß den Madjaren der Schwanz noch nicht abgefallen ist?! Und daß sie durch Kiemen atmen!«

»Du wirst dich selbst überzeugen!«

»Warum hast du mich so eingekleidet? Wozu die Ausgabe?«

»Mark, in deinem Preis ist auch das inbegriffen. Der Madjare ist nur scheinbar ein Verschwender.«

»Kolar – ich möchte bei dir bleiben!«

»Damit du mich umbringst.«

»Dich? Niemals!«

»Was willst du also bei mir?«

»Dich bewundern! Dich beschützen!«

»Erinnere dich nur mal, wie du gestern in Bad Tölz warst, du Feigling! Da sind dir die Italiener auf der Post zuvorgekommen! Um von der Sache in Pöcking gar nicht zu reden. Wo sind denn deine einst so flinken Finger, deine schnellen Füße geblieben?«

»Chef – von jetzt an will ich anders . . . Ich spüre, daß meine Nerven stärker geworden sind, daß Kraft in mir aufsteigt. Die Sauna, das Training, die scharfen Getränke – all das hat geholfen. Du hast mich gestern in der Bahnhofsapotheke gesehen! Nicht wiedererkennen wirst du mich!«

»Und ständig piepst du etwas von Niko Maraš. Im Traum besprichst du dich mit ihm! Ich kenn' eure Pläne. Du hast ihm sogar geschrieben!«

»Einmal!«

»Wie war das möglich – wenn du seine Adresse gar nicht hattest?«

»Ich hab' ihm geschrieben, als wüßte ich, wo er ist. Du weißt genau, wie gut ich in diesem Brief von dir gesprochen und wie hoch ich dich über alle anderen gestellt habe! Alle anderen – das hab' ich geschrieben! – sind Bolhas. Nur der Madjare nicht!«

»Mark, dem Madjaren sind Analphabeten oder Skrupellose sogar lieber!«

»Aber bin ich denn nicht schon vollkommen abgebrüht? Und perfekt? Soviel Betrügereien, Einbrüche, Diebstähle, Überfälle . . . Ich kann mich schon gar nicht mehr erinnern, wann ich zuletzt einen Tag als normaler Mensch verbracht habe! Und dann all die Kittchen, die Schlägereien – und wie oft mußten wir fliehen!«

»Ich brauche Leute, die sich an nichts erinnern. Sklaven, die nicht im Traum sprechen. Gorillas, die keine inneren Probleme, keine Ideen und keinen Verstand haben.«

»Befrei mich aus diesen Händen! Sei ein Kumpan, ein Bruder – wie damals in Hannover, als die Türken mir das Messer an die Gurgel setzten! Und nimm mich mit dir! Es wird alles anders werden. Vergiß Lübeck, Hof, Kiel, Bad Aibling, wo mein Geist und meine Hände mich im Stich gelassen haben – und denk an all die Lokale in Hamburg und Frankfurt, wo ich's mit zweien, mit dreien aufgenommen habe, um meinen Madjaren zu verteidigen! Und damals in Kassel, als ich ein Messer in der Schulter stecken hatte – nach wem hab' ich zuerst gefragt? Nach dir! Du warst selber erstaunt . . . Und auch in Zukunft werd' ich immer zuerst nach dir fragen!«

»Zu spät!«

Als sie ihn in den Kombi stießen, zeterte Marković: »Reiß mir ein Auge aus! Straf mich auf diese Weise! – Wozu braucht ein Gorilla zwei Augen?«

»Mark, ich glaub' dir nicht mehr. Du bist verbraucht, du bist fertig. Vollkommen reif, um verkauft zu werden. Jetzt sollen sich andere mit dir herumärgern.«

Und im Kombi, als sie ihm die Beine fesselten, schäumte er noch einmal auf: »Da! Da! Nimm auch eine Hand dazu! Such dir eine aus, hack sie ab! Aber nimm mich mit!«

»Zu spät. Ich hab' schon einen anderen gekauft, dem fehlt sowohl ein Auge wie eine Hand. Sein Vorname ist Mustafa. Ein Türke oder Skipetare oder Mazedonier – ich weiß selber nicht, was er ist. Jedenfalls auf dem linken Auge blind. Sobald er sich aufregt, fängt es zu rinnen an. Der geht vielleicht ran!«

»Ich werde eine viel größere Bestie sein als der!«

»Unmöglich! Mein Mustafa sticht die Leute mit seinem Armstumpf ins Gesicht, mit dem Knochen, der unterm Ärmel aus dem Fleisch raussteht. Und er zielt immer genau auf ein Auge. Wenn sie spüren, daß das Blut spritzt, fangen die Opfer meist an zu brüllen. Manche fallen in Ohnmacht. Die mag Mustafa am liebsten! Mit der Rechten – die nicht einmal damals das Zittern bekam, als ihm die Linke abgehackt wurde! – rafft er dann alles zusammen, was das Opfer bei sich hat. Meistens operiert er in Zügen. Springt auf, plündert, wirft alles hinaus und fliegt wie ein Projektil hinterher. In Parks springt er vom Baum herab Rentner an, entlaubt sie bis auf die Unterhose, erleichtert sie um alles: ums Kleingeld, um die Brille, die Zeitung, den Spazierstock. Auf Bahnhöfen scheffelt er Portemonnaies, Mäntel, Koffer, Fahrkarten, Hunde, Katzen, Vogelbauer mit Vogel! Mustafa ist nicht imstande zu gehen wie andere Menschen – er läuft! Immer. Und dabei hält er den verstümmelten Arm hoch über seinen Einsiedlerkopf und sorgt dafür, daß seine Wunden nie verheilen. Mustafa weint nicht, Mustafa schreibt auch an niemand, und sein einziger Angehöriger ist der Madjare.«

Der Motor röchelte auf, die Tür schloß sich. Kolar war es, der sie zuschlug, mit einem Fluch.

Und bevor der Kombi auf die Straße einbog und einer von den dreien, allem Anschein nach Brekalo, zum Fahrer sagte: »Und jetzt auf kürzestem Weg hinauf, auf die Hochebene!« – warfen sie Marković rücklings zu Boden. Und in dieser Stellung lag er immer noch.

## 9

Und so kam es, daß Marković an alles zurückdachte, während Foretićs Stiefel auf seinem Kehlkopf stand.

# *II.*
# *Die schwarze Kladde*
# *Wessen Augen sind trübe?*
# *Der Kreuzzug gegen das balkanische Mangolitza-Schwein*
# *Syphilis!*

»Wir werden von deinem Blut trinken!« sagten Foretić und Brekalo zu mir. »Von deinem jugoslawischen, serbischen Blut. Denn Bier und Wasser sind in Dojtsch teuer!«

»Trinkt nur!« antwortete ich ihnen ruhig. »Aber paßt auf, daß ihr euch nicht vergiftet!«

Mir war klar, daß sie mich zur Schlachtbank führten. Warum also, sagte ich mir im stillen, warum sollte ich es ihnen da nicht gönnen, meine Venen bis auf den letzten Tropfen auszutrinken? Sollten sie sich doch sattsaufen an mir!

Ich spürte ihre Nähe körperlich. Sie waren massig und stabil und rochen nach Schweiß, Erde und feuchtem, billigem Schuhwerk. Sie waren aufgeregter als ich.

»Wir werden dir deine serbisch-orthodoxen Augen ausstechen!« wiederholte Dazlina – oder war es derjenige, der dem Madjaren den gemeinen Wink gegeben und mich hinter dem Kombi als erster angefallen hatte?

»Haben wir denn nicht alle die gleichen Augen?« fragte ich.

»Unsere sind römisch-katholisch.«

»Das heißt also: trübe. Blutunterlaufene.«

»Dem ist noch nach Scherzen zumute!«

»Nach gar nichts ist mir ...«

Während der Kombi stuckerte und während sie mich noch mehr in die Mangel nahmen, sagten sie: »Geblendet und verstümmelt wirst du durch Dojtsch irren. Und den übrigen Jugos verkünden, wie dich die Christusstreiter zugerichtet haben – bei Tag als Gastarbeiter, nachts als Ustaschi.«

»In Frankfurt habt ihr euch Kreuzritter genannt.«

»Jawohl. Kreuzritter!«

»Mit den Augen werd' ich schon fertig werden«, sagte ich. »Wichtiger sind mir die Hände. Daran hängen die Finger.«

Sie tuschelten miteinander. Ich schwieg. Und nahm in Gedanken Abschied von allen, die ich liebte, von Mutter und Schwester und all denen, hinter denen ich mal hergewesen bin, sei es auf der Suche nach Gerechtigkeit und Reinheit, sei es auf der Suche nach einem Vater oder wenigstens einem älteren Bruder.

Früher einmal hatte ich gehört, der Mensch werde im Angesicht des Todes immer böser. Ich jedoch, je näher der Tod mir rückte, wurde nur immer gütiger. Es sieht so aus, als sei der Tod für mich die Katharsis, die Befreiung, die Rettung gewesen. Nur Viktor, als einzigem, konnte ich nicht vergeben. Ich hatte den Wunsch, denen hier zu sagen, daß ich in bezug auf sie keinerlei Rachegelüste empfände, sondern daß ich lediglich mit Aritonović abzurechnen gedächte.

Im Zuge meiner Überlegungen und der Erinnerung an all die vielen Abschiede drang ich bis zu Kolar vor. Mit ihm hatte ich viel Aufregendes erlebt. Ich verargte es ihm nicht, daß er mich für ein paar hundert Mark verkauft – ja, nicht einmal, daß er mich gegen irgendeinen Zigeuner eingetauscht hatte. Es tat mir leid, daß es ihm nicht gelang, seine Familie zu komplettieren.

Ich dachte an Niko Maraš und seine daumenlose Hand, an den Boxer Bosković, das ›Vögelchen‹, der seine entstellte rechte Klaue in der linken Achselhöhle verbarg, an Kosta Gavran, dem beide Daumen und dazu auch noch der Kopf gefehlt hatte – und bei alledem wäre ich beinahe in ein heftiges, krankhaftes Lachen ausgebrochen. Ich muß wohl irgendeinen Ton von mir gegeben haben, denn derjenige von den dreien, dessen Kopf dem meinen am nächsten war, fragte mich, was ich gesagt habe.

»Wenn ihr mich schon blenden wollt, macht's schnell!«

»Laß das unsere Sorge sein«, antwortete er.

»Es ist auch meine. Ich hab's eilig!«

»Du wirst doch nicht etwa zurückwollen in die Jugovina?«

»Klar. Wohin sollte ich sonst?«

»Dann werden wir dir die Augen mit Fingernägeln, Drähten und Löffeln auskratzen.«

»Paßt auf, daß ihr bei so viel Eifer nicht aus Versehen eure eigenen auskratzt!«

Da hielt der Kombi. Mehrere Hände schnappten mich, drückten mich flach auf den Boden. Einen Augenblick lang lag ich völlig reglos. In Gedanken sagte ich zu ihnen: Also gut, dann schlachtet mich ab, worauf wartet ihr noch? Doch ich sagte es nicht laut. Meine Hände zitterten nicht mehr.

Als sie mich hochstießen, wehte mich süßlicher, warmer Gestank an. Wären mir die Augen nicht verbunden gewesen, so hätte ich sehen können, daß wir uns zwischen einem großen, alten bayerischen Haus mit vernagelten Fenstern und abgebrökkeltem Verputz und einem Schweinestall mit mehreren Eingängen befanden. Ich kotzte – ohne mich darum zu kümmern, ob es einem über die Hände lief. Dann nahmen sie die Binde von meinen Augen.

Auf den Augenlidern spürte ich Wind und Kälte. Dann konnte ich die Nacht sehen: kleine Sterne, die mal aufblitzten, mal von den Köpfen der anderen verdeckt wurden. Dann sah ich die Fensterchen an dem sehr ausgedehnten Schweinestall – nein, es waren wohl mehrere Ställe hintereinander, mit niedrigen Vordächern.

Sie hielten mich fest und wunderten sich, daß ich mich nicht wehrte.

Sie fragten mich, was mit mir los sei. Ich sagte, mir sei nicht kalt. Sie erwähnten irgendeinen Kasimir Budak, anscheinend pfiffen sie ihm. Das weckte die Schweine und machte auch die Hunde an ihren scheppernden Ketten wach. Auch ich sah auf das Haus und wiederholte meinerseits die Worte der anderen: Kasimir, so komm doch endlich! . . . Sie rauchten. Mir genügte schon ein Zug. Endlich kam Kasimir mit einer Taschenlampe. Er war ein hochgewachsener, magerer, etwas schlaff wirkender Mann in den Sechzigern, mit hängenden Schultern und einem bayerischen Bauernhut auf dem Kopf. Lässig hing ihm eine Zigarette aus dem Mund. Er war schwach auf den Beinen, die Gummistiefel waren ihm offenbar lästig. Er hüstelte, sein halb ergrauter, vom Nikotin vergilbter Schnurrbart wackelte. Er leuchtete den Pfad ab, der uns zu einem der Schweineställe führte. Während er meinen unter der Pelerine verborgenen Bizeps abtastete, lief ihm das Wasser an seinem Gummiumhang herunter.

»Schon lange fehlt uns solch ein Engländer!« war das erste, was er zu mir sagte. Dabei lächelte er und zeigte mir seine Zähne; die sahen aus wie halbierte Maiskörner. »Und wenn du dann auch noch zuverlässig bist . . .«

»Meine Hände zittern nicht mehr!« beeilte ich mich zu sagen. »Überzeugt euch!«

Budak führte mich in einen rechteckigen Raum, der erfüllt war von warmem Gestank und den Ausdünstungen der Schweine. Er sagte mir, hier würde ich eine Zeitlang liegen, auf Beton und Stroh. Von allen Seiten grunzten Schweine, aus all den Verschlägen, aus Latten und Brettern.

Brekalo und Dazlina zogen mich aus, während Foretić bei Budak stand und ihm etwas erklärte. Ich wunderte mich, daß sie meine Kleidung so schonend behandelten. Foretić betrachtete mit Bewunderung meine Pelerine, die Stiefel, die Peitsche. Er reichte mir eine Arbeitskluft, die mit Schweinekot und Erde beschmiert war, und warf mir weite, gefütterte Gummistiefel zu. Dann knallte er mir einen riesigen Hut auf den Kopf. Am Hutband war, wie mir schien, frischgeronnenes Menschenblut.

Ich sah mich um und entdeckte auf der benachbarten Strohschütte einen menschlichen Körper. Seine Arme ragten aus dem Stroh, sein behaarter Kopf voller Spreu hob sich, damit er uns besser sehen konnte. Die Augen dieses Mannes kamen mir bekannt vor, auch dieses zarte Gesicht mit den blauen Flecken. Budak drückte mit der Stiefelsohle den Kopf hinab – der versank wieder in Stroh, Lumpen und Dunkelheit und ließ einen langgezogenen Schmerzenslaut hören. Dann sahen Budak und ich uns an. Im Schein der Taschenlampe verriet sein Blick Schwermut und Müdigkeit, was er durch energisches Stirnrunzeln und zusammengekniffene Lippen zu kaschieren suchte. Seine Wangen waren runzelig und ausgetrocknet. Man hätte ihn für einen alten Fischer halten können, wäre sein Gesicht nicht so verwüstet gewesen. Selbst seine Stimme war gebrochen.

»Sei still!« fuhr er den Menschen an, der im Stroh jammerte.

»Wasser, Kasimir!«

»Du mußt es aushalten, Niko Maraš!«

Da war mir, als habe die Sonne mich geküßt.

Dann standen wir auf der Türschwelle, und Budak begann auf mich einzureden, mit einer Stimme, aus der jetzt alle Schlaftrunkenheit gewichen war: »Schau dich um, präg dir alles ein, wenn's dir Spaß macht, du Hundesohn! Du wirst niemals erfahren, wo du warst! Wir sind hier auf allen Seiten umgeben von Meer, von Klüften, von Nebel. So ähnlich wie in Island. In kalten und klaren Nächten kann man von diesem Kamm aus die Berge sehen. Bis nach Österreich können wir sehen. Und wenn wir in dieser Richtung noch immer weiter Ausschau halten, dann taucht hinter dem Eis der Alpen unser geliebtes, verfluchtes Heimatland auf: Jugoslawien, nach dem es so viele hinzieht wie an die Mutterbrust. Manchmal starren wir so lange in diese Richtung, bis der Wind die Gipfel mit Wolken und Schnee verwischt. Dann kehren wir zurück zu den Schweinen. Wir mästen und tränken sie. Wir geben ihnen die Namen von Menschen, die wir einst liebten und nach denen wir uns noch immer sehnen. Wir streicheln sie und führen mit ihnen Gespräche im Flüsterton. Von allen Tieren versteht nur das schwarze Berkshire-Schwein die Leiden und Tränen des Menschen.«

Obwohl es mir nicht im entferntesten in den Sinn gekommen wäre, einen Fluchtversuch zu machen, standen sie alle um mich herum. Antun Foretić, meine Garderobe auf dem Arm, betonte, es sei noch keinem Gefangenen gelungen, von hier zu entkommen, und ich solle an so was lieber gar nicht denken. Tomo Dazlina und Jeronim Brekalo nickten zustimmend. Ich schaute sie stumpf an. Ich war mir nicht sicher, ob ich die Absicht hatte, sie irgendwas zu fragen – am wenigsten, aus welchen Gründen sie Nacht für Nacht in Richtung auf die verfluchte Heimat starrten.

Hätten sie mich nicht zurückgeführt und ins Stroh gestoßen und die Tür von außen verschlossen, so hätte ich's vielleicht fertiggebracht, ihnen zu sagen: Nichts interessiert mich mehr – am besten, ihr schlachtet mich gleich hier und werft mich den Schweinen vor. Ich knallte mit dem Hinterkopf an ein Geländer und weckte damit die prustenden und dampfenden Berkshires jenseits des Zaunes auf. Ich wartete, bis das Röcheln aufhörte.

»Mark, du mußt ihn töten!« flüsterte Niko Maraš mir zu. »Mir geht's immer schlechter, ich bring' es nicht mehr fertig. Ich eitere. Räche du dich wie mich! Wie auch alle übrigen Jugoslawen, die im verheißenen Westen schmachten und leiden – mit verstümmelten Organen, verstörten Sinnen, erniedrigten Seelen! Willst du?«

»Niko, Bruder, zweifelst du denn an mir?«

»Sie werden dich unterweisen, wie man Zeitbomben legt und einstellt. Wie man mit Draht stranguliert. Wie man mit Dynamit umgeht. Wie man Messer wirft und auffängt und damit die verschiedenartigsten Stiche an den Mann bringt. Wie man Brücken und Eisenbahngeleise in die Luft jagt. Ihr werdet Angriffe üben – auf Konsulate, auf Botschaften, auf die JAT[1]. Sie werden dir beibringen, wie man das Personal auf der anderen Seite des Schalters schlachtet und tranchiert . . .«

»Was haben sie bei dir erreicht?«

»Nichts! Ich wollte eine Handgranate unter mich legen. Lieber unter mich als auf Gastarbeiter. Deshalb quälen sie mich so. Ich weiß, ich werde bald sterben. Und genau das gefällt mir.

---

[1] JAT = Jugoslawische Luftverkehrsgesellschaft

Daß ich mich auf nichts eingelassen habe, ist mir wichtiger als alles andere. Aber du mußt sie übers Ohr hauen – wenn ich's schon nicht mehr kann!«

»Wie denn?«

»Sag zu allem Ja!«

»Und dann?«

»Einmal hatten wir auf dem Hof, rings um den Schweinestall, eine Übung«, flüsterte Maraš und drückte seine Stirn an das Brett, das uns trennte. »Wir waren zu viert. Kulissen stellten Büros dar, verschiedene Puppen einen Botschafter, einen Konsul und deren Leibwächter. Ich klaute bei dieser Gelegenheit eins der Messer und stieß es in den Apfelbaum, neben dem Kasimir seinen alten Rekord parkt. Sie verdächtigten den Slowenen – der hatte seinen Platz genau da, wo du jetzt liegst. Sie verprügelten ihn derart, daß er einging. Wenn sie dich abführen, dann leg die Hände auf den Rücken; nachher sieh zu, wie du zurechtkommst.«

»Steckt das Messer noch immer im Baum?«

»Woanders kann es gar nicht sein.«

»Niko, ich werde alles tun, was du mir gesagt hast – und wenn ich mir mit diesem Messer den Bauch aufschlitzen müßte.«

»Still jetzt, Bruder!« japste Maraš und lauschte. »Sie kommen!«

»Soll'n sie doch!«

»Sie dürfen nicht wissen, daß wir miteinander ...«

»Klar!«

Sie legten mir Fußfesseln um die Stiefel. Ich fragte: »Warum nicht gleich um den ganzen Leib?« Budak, der die Planke zwischen den Schweineboxen mit der Taschenlampe ableuchtete, grunzte: »Auch das kommt noch. Fürs erste langt das hier.« Die Fesseln waren schwer, ich konnte kaum gehen.

Zu dritt hoben sie Niko Maraš hoch. Als er sich aufgerichtet hatte, sah ich, daß auch seine Füße in Ketten lagen. Budak zeigte die Richtung an, er ging voraus. Die Schweine stellten sich am Zaun hoch, schoben ihre Schnauzen zwischen die Bretter hindurch, schnüffelten an Budaks Joppe.

»Niko, wie lange willst du noch hier rumpurzeln!« schimpfte der Alte. Maraš bekam einige Male Schlagseite zum Zaun hin und sank den Schweinen auf den Rücken. »So haben wir nicht gewettet!«

Er taumelte auch weiterhin. Die anderen fingen ihn, von unten her, mit Faustschlägen auf, so daß er mehrmals in meine

Arme fiel und mich mit seinem Blut beschmierte. Budak fuchtelte so sehr mit seiner Taschenlampe herum, daß ich, außer Hunderten von Schweinen, auch die Wände zu sehen bekam. Die waren geschmückt mit Hakenkreuzen, christlichen Kreuzen, mit Fahnen und Wappen der Ustascha, mit Hitlers Reichsadler und Mussolinis Liktorenbündel.

In seiner trägen, ausdruckslosen Art fuhr Budak fort: »Zur Strafe, Niko Maraš, sag alles auf, was du von dieser Gesellschaft hier weißt!« Dabei ließ er den Lichtkegel seiner Lampe über die glatten Schweinerücken gleiten, und in der anderen Hand hielt er das ›Handbuch für die Schweinezucht des Unabhängigen Staates Kroatien‹ von einem Dr. Kresimir Maslovarić. »Wir haben's dir beigebracht. Laß also hören, was davon in deinem Kürbis hängengeblieben ist!«

»Römisch fünf, arabisch eins«, begann Maraš und schmierte sich mit der daumenlosen Hand Blut übers Gesicht. »Großgedruckt, halbfett: Weiße deutsche Schweine. Dahinter, in Klammern: Das weiße Edelschwein und das veredelte Landschwein . . . Neue Zeile. Das deutsche weiße, kurzohrige Edelschwein ist, wie schon der Name sagt, von weißer Farbe. Es ist ein schnell heranreifendes Schwein von fleischig-fettem Typ. Es ähnelt sehr dem Großen weißen Schwein. Das weiße deutsche Edelschwein, von dem die Rede ist – Abbildung zehn –, ist ebenfalls ein kräftiges Schwein. Es unterscheidet sich vom Großen deutschen Schwein durch einen kurzen Leib und hat auch kürzere Beine als dieses. Innerhalb eines Jahres, Komma, bei vorschriftsmäßiger Mast, Komma, erreicht das deutsche weiße Schwein ein Gewicht von einhundertfünfzig bis einhundertachtzig Kilogramm. Die Sau wirft zehn bis zwölf Junge; sie hat viel Milch. Es empfiehlt sich zur Verbesserung unserer eigenen Ustascha-Schweinerassen – was man nicht von allen Schweinen sagen kann, zum Beispiel nicht von den serbischen, russischen oder griechischen, deren Borsten dicht und grob sind. Diese und ihnen verwandte orthodoxe Schweine sind sehr langsam, niedrig von Wuchs und schlechte Futterverwerter, so daß sie unseren Schweinezüchtern nicht empfohlen werden können . . . Punkt. Abbildung. Neue Zeile. Das veredelte und langohrige Landschwein ist entstanden durch Kreuzung des deutschen langohrigen Landschweins mit dem großen weißen Edelschwein, das schon vorher anzutreffen war. Das weiße und langohrige veredelte deutsche Schwein lebt im nördlichen und nordwestlichen Deutschland, in Österreich und in Pannonien –

das heißt also in Ungarn und Slawonien, wo es das balkanische Mangolitza-Schwein verdrängt. Für den Unabhängigen Staat Kroatien und dessen Schweinezucht, wie für seine Wirtschaft überhaupt, ist das weiße veredelte und langohrige deutsche Schwein von fast historischer Bedeutung. Es ist von äußerst grobem Körperbau, hat lange Hängeohren und ist überaus fruchtbar und widerstandsfähig . . .«

Budak warf einen Lichtstrahl auf Nikos Wangen. Der kam nicht einmal dazu, den Kopf auf die Brust zu senken, geschweige denn, nach Wasser zu verlangen – denn schon kam ihm Budak mit seiner leblosen Stimme zuvor: »Und dies hier? Was ist das für ein Schweine-Regiment?«

»Punkt sechs. Man kann nicht sagen, die Kreuzung unserer eigenen Ustascha-Schweine mit ausländischen und edlen Rassen, vor allem deutschen und römisch-katholischen, habe keinerlei Erfolge gezeitigt, aber diese sind bei weitem nicht so groß, wie sie sein könnten – vorausgesetzt natürlich, wir wenden wissenschaftliche Methoden an. Darum wird man dieser Sache in Zukunft mehr Aufmerksamkeit widmen müssen. Es ist nicht gleichgültig, welche und wessen Schweine mit unserem eigenen Ustascha-Material gekreuzt werden. Aus unseren Maststätten muß mit der Zeit ein balkanisches Mangolitza-Schwein hervorgehen – Klammer auf: schwarz, weiß und rot. Klammer zu, welches . . .«

Mir wurde schwarz im Kopf. Ich wußte nicht mehr, ob ich das Zittern wieder in den Händen hatte. Die anderen müssen mich wohl aufgefangen haben, als ich gerade noch halbwegs auf den Beinen war. Mein Eingeweide hob sich mir bis in die Luftröhre – und dort blieb es stecken. Meine Stirn, mein Hals waren schweißbedeckt.

Ich weiß nicht mehr, wer da eigentlich sprach – Niko Maraš oder der früh gealterte und beschränkte Kasimir, der jetzt mit seinem Lichtkegel folgendes anleuchtete:

1. den beschwingt dreinschauenden Hitler in Tirolertracht, das gekämmte, schwarze Berkshire-Ferkel Josefine im Arm. Adolf, umringt von blonden, mit Alpenblumen geschmückten Kindern. Bilder von Kriegsinvaliden, denen Beine, Rippen, Kiefer, Arme, Augen oder/und Gaumen fehlten. Von Müttern gefallener SS-Helden, Pfarrern mit dem Hakenkreuz um den Hals, von Arbeitern mit vorgereckter Brust, ihr Werkzeug symbolhaft in den Händen, den Kopf erhoben, die Muskeln für den Fotografen und für die Geschichte gespannt . . .

2. Benito Mussolini, ebenfalls mit Josefine, wie er in einem Bilderrahmen von bayerischem Weichholz auf einem Pferd, dem Kopf, Augen, Schweif und Vorderbeine fehlen, 1923 Rom erobert. Besonders schwer fiel es dem Pferd, sich einen Weg zu bahnen, durch das Spalier von Leibwächtern in schwarzen Hemden und Geheimpolizisten in Zivil oder in Franziskanerkutten, durch Trauben von Mädchen und jungen Müttern, die vorbildliche faschistische Babys im Arm hatten, durch die Reihe der Kradfahrer, deren MP-Läufe auf den Rahmen dieser Mammutmontage aus gottweißwelchem Jahr gerichtet waren – und schließlich durch ein Rudel von Rehen, Ziegen und Schweinen, so daß der erzürnte, zum Siegen vorbestimmte Schauspieler und Reiter namens Duce vom Sattel herab anordnete, das Volk möge brüllen, musizieren und auf die Trommeln schlagen, die mit der Haut von Abessiniern und Albanern bespannt waren . . .

3. römische Kardinäle, Militärseelsorger und andere Priester, Kanoniker und Dekane, wie sie lächeln und Zuversicht in den Sieg von Schwarz ausstrahlen, so wie auch Papst Pius XII. auf einem vielfach zerstückelten und geflickten Foto, vier mal zwei Meter groß, wie sie alle Kinder auf Mund, Ohren und Nabel küssen und sie im Erotischen Jahr 1942 zwischen den Beinen und um die Löchlein kitzeln – und wie sie danach an diese griechischen, äthiopischen und libyschen Kinder, die am gleichen Tag zum Katholizismus bekehrt worden waren, Kreuzchen, Brot und getragene Schuhe verteilen . . .

Nikos Stimme flatterte. Ich wischte mir den Schweiß von Stirn und Lidern – und sah, daß er in die Knie gesunken war. Er wäre gestürzt, hätte ihn nicht einer von den dreien an der Schulter festgehalten. Nun las Budak, mit einer Stimme ohne Klang und ohne Überzeugungskraft, aus dem Handbuch vor:

»Berkshire ist ein schwarzes englisches Schwein von mittlerer Größe. Berkshire ist eine sehr weit verbreitete Schweinerasse, so daß wir sie, obwohl es sich um eine englische handelt, uns, den Ustaschi, zugehörig nennen können. Die Zucht der Berkshires dauerte fünfzig Jahre, das heißt von 1800 bis 1850; unser eigener Beitrag dazu ist bekannt. Das Berkshire hat einen breiten Kopf, besonders in der Stirnpartie, und sein Profil ist etwas gequetscht, so daß der Kopf bisweilen an einen Mops erinnert. Des Berkshires Schwanz ist hoch angesetzt. Seine Schultern und Schinken sind gut ausgebildet, fleischig. Der mittlere Index der Jochbeine beträgt beim Berkshire 0,9, was dafür sprechen würde, daß in ihm der Typ ›vittatus‹ überwiegt. Die Kreuzung unseres eigenen Schweinematerials mit dem schwarzen Berkshire ist erwünscht. Außer dem weißen langohrigen deutschen Schwein und den Berkshires (die dominieren werden) wird es in unserer Schweinezucht immer mehr edle Schweine geben, wie Yorkshire, Cornwall, Tanworth, Lincoln . . .«

Befanden wir uns denn überhaupt noch im Schweinestall? Vor meinem geistigen Auge erschien Nürnberg – der Bahnhof, die Menschenschlangen vor den Schaltern. Ich drängelte mich vor, indem ich einen Griechen simulierte, der's eilig hat – und klaute. Ich schnürte sogar einen routinierten Taschendieb – wie damals in Pöcking, mit Sandor. Vor der Frauenkirche bot ich dann den Passanten die gestohlenen und geschmuggelten Uhren, Kennedy-Ringe und Kompasse zum Kauf an. Noch heute weiß ich nicht, wie es kam, daß ich plötzlich auf dem Asphalt lag, mit dem Gesicht in einer Pfütze und mit leeren Händen. Es regnete.

Ich öffnete die Augen – und erblickte über mir ein rothaariges, bescheiden gekleidetes Mädchen mit langen Händen und verweinten Augen. Sie hauchte mir die Finger warm und erzählte mir, teils auf deutsch, teils auf tschechisch, ein blonder, nach der neuesten Mode gekleideter Kerl habe mich mit ein paar Faustschlägen in den Nacken umgelegt. Sie habe ihn gefragt, weshalb er das tue und mich außerdem noch, während ich hilflos da lag, ausplündere. Er habe geantwortet, das sei seine Rache dafür, daß ich ihn im Bahnhof geschnürt habe. Ich mußte lächeln. Das Mädchen strich mir Haar und Hemd zurecht; sie weinte nicht mehr, auch ihre Lider waren nicht mehr geschwollen. Ich fragte sie: Wer bist du? Und wer bin ich für dich, daß du mir auf die Beine hilfst und mich in Ordnung bringst? Sie sagte, sie heiße Januša Novak, das sei ihr richtiger Name, und sie sei 1968 aus der CSSR geflüchtet. Nach Zirndorf fuhren wir gemeinsam zurück, mit dem Bus, zusammen mit Madjaren und Polen, die, genau wie wir zwei, Passierscheine und Arbeitsgenehmigungen für Nürnberg hatten. Vor aller Augen rieb ich ihr bis zum Lagertor die Hände warm und zählte und küßte ihre Sommersprossen um Augen und Stupsnäschen. Die anderen klatschten uns Beifall. Dann gratulierte uns vor versammelten Emigranten ein blonder, eleganter Bursche auf russisch zur Hochzeit. Ich erkannte in ihm jenen Gangster wieder, den ich am Bahnhof, in der Schalterhalle, einen eiligen Griechen simulierend, geschnürt hatte – und Januša erkannte den Russen Serjosha, der mich auf den Asphalt gestreckt und entlaubt hatte . . . Hier riß meine Rückerinnerung ab.

»Wasser!« japste Maraš und sank neben mir nieder.

Es hatte keinen Sinn mehr, ihn noch weiter zu prügeln. Während sie ihn fortschafften, baumelte sein Kopf vor meinen Knien hin und her. Gewaltig war mein Wunsch, seine blutige Stirn zu streicheln, zu küssen, ihm Schweinekot, Stroh und Spreu aus dem blonden Haar zu striegeln. Wie allen Dürstenden, stand auch ihm der Mund offen; daraus drang, wie von weit unten kommend, heißes Röcheln. Auch ohne Fesseln um die Fußgelenke hätte ich nicht schneller ausschreiten können.

Während ich mal zu den grunzenden Schweinen hinübersah und mal zu den Menschen, die sich am Hinsiechen ihres Opfers delektierten, hatte ich nur den einen Wunsch: So bald wie möglich wollte ich Nikos Qualen teilen.

Maraš kam erst wieder zu sich, als sie ihm in einem stickigen Raum am Ende des Schweinestalls Wasser auf Kopf, Hals und Brust schütteten. Da schlug er die Augen auf. Ich war nicht sicher, ob er mich bemerkt hat. Er drehte sich zu dem übelgelaunten Budak um. Der saß hinter einem Tisch, der mit einem schwarzen, über und über mit Ustascha-Wappen und goldenen Kreuzen und Hakenkreuzen bestickten Tuch bedeckt war.

»Also, Niko. Nun fangen wir alles wieder von vorn an!« Jeronim Brekalo und Tomo Dazlina zwangen Maraš die Arme auszubreiten und banden sie mit Stricken an eiserne Ringe. Antun Foretić drückte ihm den Kopf, der auf die entblößte Brust gefallen war, wieder nach oben. Kasimir Budak blätterte in einer verschmierten, zerfetzten Kladde. Ich stand, mit Ketten an den Beinen, an der Tür und durfte mir den kleinen Kanonenofen betrachten, dessen Rohr an der Wand hochlief und über der Tür in der Mauer verschwand. An die Wand war eine ausgeblichene Karte des *Unabhängigen Staates Kroatien* genagelt. Sie war an einigen Stellen eingerissen und durchlöchert und notdürftig mit Mehlpamps zusammengeklebt. Es waren auch Fotos auf die Karte gepinnt worden: der Erzbischof Aloizius Stepinac und einige andere römisch-katholische Kirchenfürsten, wie sie sich, irgendwo an der Front, zu einem üppigen Mahl versammelt hatten; der kroatische ›Führer‹ Ante Pavelić mit dem Fes der Muselmanischen SS-Freiwilligen-Division; ferner Ustaschas von der Schwarzen Legion und italienische Schwarzhemden, die durch einen Stacheldrahtzaun grinsend auf die ausgemergelten

Leiber gefangener Kinder blickten. Am unteren Rand der Landkarte hing ein Pappschild, darauf stand, von ungelenker Hand geschrieben: *Wir sind keine Slawen, sondern Ostgoten!* An der linken und rechten Ecke der Karte hingen kreuz und quer und übereinander Fotos von heimatlichen Fasanen, Spechten und Lerchen; die Farben waren ausgeblichen und zerfressen von den Ausdünstungen der Schweine. Zwischen Karte und Ofen lehnte ein Bogen Packpapier mit der Aufschrift: *Die Muttergottes – unsere einzige Hilfe!* Darunter stand: *Wir tun alles zu deinem Ruhm, unbefleckte Jesusmutter!* Das übrige konnte ich nicht entziffern.

Niko hatte, wie mir schien, nicht bemerkt, daß Budak ein Kruzifix, einen Dolch und eine Handgranate auf den Tisch gelegt hatte, dicht neben seine Kladde, und daß er nun diese Gegenstände, einen nach dem anderen, mit einem tiefen Seufzer küßte. Brekalo, Dazlina und Foretić sanken zu Boden und begannen ebenfalls ehrfürchtig zu seufzen. Sie bekreuzigten sich und glotzten wie Epileptiker auf Budaks drei Symbole und die Kladde, und auch auf die Karte und alles, was drumherum geschrieben stand. Und dann schworen sie, mit ihrem heiligen Ustascha-Blut jeden Fußbreit dieser Welt zu tränken und sie so lange damit einzuweichen, bis die Welt entweder frei von Orthodoxen, Juden, Kommunisten oder den Slawen überhaupt geworden sein würde – oder wüst und leer und niemandem mehr zugehörig.

»Niko, schwöre bei diesem Kreuz, diesem Dolch und dieser Bombe – unseren drei stählernen Symbolen –, daß du uns und nicht den anderen dienen wirst!«

»Ich hab' die Schnauze voll vom Dienen!«

»Schwöre, daß du unser sein wirst!«

»In dieser Welt weiß man schon längst nicht mehr, wer zu wem gehört!«

»Schwöre, daß du alles vernichten wirst, was jugoslawisch, serbisch, jüdisch – also kommunistisch ist!«

»Ich schwöre, ich werd' mich nie mehr an ihnen und ihrem Eigentum vergreifen.«

»Seit wann denn das, Niko?«

»Seit ich im Westen bin!«

»Reue?«

»Reife! Im übrigen bereut Niko Maraš nichts, gar nichts!«

»Das Jugoslawische ist dir heilig? Wir also nicht?«

»Außer Freiheit und Kameradschaft ist mir nichts heilig!«

»Wollen wir zwei, du und ich, noch einmal auf die Gastarbeiter los? Also auf die, die uns nicht anerkennen, die nichts von uns wissen wollen und uns den Tribut verweigern? Wollen wir? Natürlich ganz kameradschaftlich!«

»Nie wieder!«

»Aber Maraš! Was ist denn schon dabei, eine rote Botschaft oder auch nur ein paar Konsulate oder Handelsvertretungen in die Luft zu jagen?!«

»Jagt doch – wenn das so einfach ist!«

»Du würdest also nicht dein Leben hingeben für den *Unabhängigen Staat Kroatien*, der sich zwischen den Flüssen Soca und Drina und von Subotica bis zur Bucht von Kotor erstreckt?«

»Ihr Wahnsinnigen, euren USK gibt's schon längst nicht mehr! Ihr wißt ganz genau, daß der mit Adolf Hitler über Nacht untergegangen ist. Aber selbst wenn's ihn noch gäbe – ich würde vor ihm fliehen wie vor der Pest! Wie ich vor jedem Staat und vor jedem Gesetz fliehe!«

»Mein Sohn, bist du denn kein Kroate?«

»Ich bin niemandes Sohn. Und auch kein Kroate!«

»Wieso nicht?«

»Ich bin kroatischer Abfall. Eine Degeneration. Ich bin kein Kroate – genau wie auch ihr keine seid!«

»Aber Maraš! Wo sind denn die Kroaten – wenn nicht in Dojtsch, in Schweden, Australien? Wo leben und leiden die Verfolgten?«

»Die Kroaten sind auf dem Balkan geblieben – wo sie auch hingehören.«

»Und was sind dann wir?«

»Syphilitiker!«

»Wenn wir das wären, wofür du uns hältst, würde dich diese Bemerkung einiges kosten.«

»Ich bin bereit zu zahlen.«

»Was also ist deine Nationalität? Ich glaube, wir haben da sehr verschiedene Begriffe . . .«

»Merkt euch, daß Niko Maraš, seit er denken kann, immer und überall überzählig war. Man hätte ihn totschlagen sollen, noch bevor er nach Dojtsch kam. Dann hätte er keine Schande über Rijeka, Susak, Istrien und das kroatische Küstenland gebracht. Drum nennt mich nicht länger einen Kroaten. Ich gehöre einer ganz anderen Nation an – übrigens der größten der Welt: der Nation der Diebe.«

»Sollen wir also sagen, daß Niko Maraš ein jugoslawischer Dieb war?«

»Was denn sonst für einer, wenn kein jugoslawischer! Schließlich stamme ich nicht aus Madagaskar. Und daß ich ein Dieb war, ist doch wohl bekannt. Ihr selber habt hier in dieser Folterkammer zu mir gesagt, ihr wüßtet, daß ich von primitiven Einbrüchen auf feinere Arbeit umgestiegen bin – von dreckigen Eisenbahnzügen auf Flughäfen, von Mansarden und Dachstuben auf teure Hotelzimmer, von Tankstellen und Vorstadtgaragen auf Antiquariate und numismatische Fachgeschäfte. Kaum aber hatte ich die Münzen schätzengelernt und all das Silber und Altgold und den Schmuck und die Gemälde flämischer Meister – da fiel ich euch in die Pranken!«

»Niko, treib du auch weiterhin Handel! Mit Drogen, Diamanten, Perlen. Handle, womit du Lust hast! Schwinge dich auf zu immer größeren Erfolgen! Bereichere dich! Wachse über dich hinaus! Wenn's dir aber wirklich ums große Geld geht und um Ruhm und Ehre – dann handle mit Menschen! Niemals war die Nachfrage nach Menschenmaterial größer. Andererseits kommt man heutzutage auch besonders leicht an Menschen. Die Schlachthöfe im Westen versorgen sich aus dem Osten. Du wirst dich da schon zurechtfinden – du hast dich bisher immer zurechtgefunden. Wir werden dir behilflich sein.«

»Warum?«

»Weil du unser Pummerhündchen bist!«

»Nein!«

»Niko, wir werden dir sogar die Abgabe erlassen, stell dir vor! Du wirst zu den wenigen gehören, die sich frei wie die Vögel bewegen dürfen. Du mußt nur bereit sein, in irgendeiner jugoslawischen Vertretung eine Bombe zu legen!«

»Nein!«

»Fürchtest du dich?«

»Ich schäme mich! Ich weiß, ich würde mich ihnen ergeben, würde vor ihnen in die Knie sinken – noch eh' ich die Bombe gelegt habe!«

»Du schlägst also den Weg der Rettung, der Reinheit, der Rache aus?«

»Ich schlage jeden Weg aus, den ihr mir empfehlt!«

»In diesem Heft steht ein gut Teil von dem verzeichnet, was du auf dem Kerbholz hast. Selbst wenn du lebend von uns loskommst – du wirst sitzen! Es suchen dich Österreich, Dojtsch, auch deine geliebte Jugovina . . .«

»Dann werd' ich eben sitzen! Ich hab's verdient, in jedem dieser drei Länder einmal zu krepieren!«

»Was sollen wir denn dem Mann, der dich sofort nach deiner Flucht einfangen wird, für Verhaltensmaßregeln empfehlen?«

»Richtet Sandor Kolar, unserem Hunnen, aus: Seine Strafe wird ihn ereilen – egal ob eine göttliche oder menschliche, auf jeden Fall die gerechte! Die madjarische! Und bis dahin soll er nur weiterbauen an seiner Mauer um sein schwarzes Emigrantenwunder herum!«

Ich sah, wie Budak sich über das Tischchen beugte. Es sah aus, als wollten ihm die Augen aus den Höhlen fallen. Antun Foretić drückte Nikos Kopf auf die Karte der USK und dann auf die stählerne Dreieinigkeit neben der Kladde des Alten herab und entblößte seinen Hals wie zum Schlachten.

Da betrat Er, Drakula, die Folterkammer.

Es war dies ein gebeugtes altes Männchen mit dünnem, faltigem, gekrümmtem Hals und einst wohl blauen, lebhaften, jetzt leergeweinten Augen, die ihm dicht neben der knochigen Nasenwurzel saßen. Die Wunden, die er sich offenbar beim Rasieren beigebracht hatte, bluteten nicht; sie waren mit einer grünen, weichen Kruste bedeckt. Aus dem rechten Ärmel seiner klammen Jacke ragte eine hölzerne Hand, an der ein Violinbogen befestigt war. Die Finger seiner gesunden Hand waren kräftig und derb, die Nägel schartig. Er machte ein Zeichen, offenbar sollte man ihm etwas in die Hand drücken.

In gottesfürchtigem Ton begann Budak: »Auf dich haben wir gewartet, gerechter und einziger Richter unser! Denk dir nur: er hat es abgelehnt, ein verschworener Sohn unserer Heimat zu sein, ein Auserwählter, ein Soldat der schwarzen Ustascha-Legion, von der die Welt wieder spricht! Alles hat er weit von sich gewiesen – so daß ich vorschlage, du mögest ihn krönen – anderen zum Exempel!«

»Ist das dieser Jugo, der uns schon mal davongelaufen ist?« fragte Drakula in einem miesen ungarisch-karpatisch-österreichischen Kauderwelsch.

»Jawohl, Richter!«

Kasimir, der wie verängstigt in eine Ecke gekrochen war, hatte plötzlich eine Zange in der Hand und machte damit eine jähe Bewegung zum Ofen hin, so daß ihm beinahe das alte österreichische Krätzchen vom Kopf gefallen wäre. Er schnappte mit der Zange nach etwas, das in der Ofenglut lag und wie ein Zepter aussah.

Den Violinbogen in die rechte Hand montiert, die Zange mit dem glühenden Eisen in der linken, mit einem Blick, als komme er aus einer anderen Welt – dieser Alte kam mir fast unwirklich vor. Hätte ich geahnt, daß ausgerechnet er mein Leben von Grund auf verändern würde – ich hätte ihn mir länger und aufmerksamer angesehen. So aber kam es mir keineswegs zu vollem Bewußtsein, daß ich nunmehr dem Vampir aus den Karpaten begegnet war. Budak machte ihm ein Zeichen und raunte ihm etwas ins Ohr.

Drakula schien äußerst konzentriert, seine Lippen wurden schmal, er zog die Brauen zusammen. Dabei bildeten sich um seine Augenhöhlen eine Unzahl tiefer, weißlicher Falten. Und während er sich, die Zange mit einem glühenden Hufeisen in der Hand, Niko Maraš näherte, löste sich die grüne Kruste von seinen Rasierwunden.

Budak hielt sich einen Tabaksbeutel und feine Hirschlederhandschuhe vor Mund und Nase und schnupperte daran. Er streichelte das Kruzifix und seine schwarze Kladde und fragte Maraš – zum letztenmal, wie er betonte –, ob er bereit sei, einen Anschlag auf die jugoslawische Luftverkehrsgesellschaft zu verüben. Der Gefesselte schüttelte den Kopf, so daß ihm aus beiden Mundwinkeln je ein dünner Blutstrahl schoß und den Hals hinablief.

»Drina, oh blutiges Gewässer!« rief Drakula schmerzlich. Und mit der vollen Kraft seiner Linken und seines ganzen Körpers, der sich mit nach vorne warf, drückte er Maraš das glühende Hufeisen – das U der Ustaschi! – in die Brust. »An deinen Ufern ging uns alles verloren, oh blutige Drina! Nur nicht der Fluch . . .«

Ein gespenstischer Schrei erfüllte den moderigen Raum. Nikos Körper verkrampfte sich. Die Kette an seinen Füßen klirrte, seine Hände zitterten. Die Lumpen, die er trug, seine geröstete Haut, sein Fleisch – alles begann zu stinken. Foretić und Dazlina nahmen aus Drakulas Hand Zange und Hufeisen entgegen, stellten sie hinterm Ofen ab und bekreuzigten sich. Totenbleich schlugen auch Brekalo und Budak das Kreuz.

Ich sah zu, wie Drakula Josef-Franz – so ähnlich mußte doch der Besiegte der ehrwürdigen Weltkriegsschlachten an der Drina und aus Galizien geheißen haben – sich feierlich dem qualmenden Körper näherte. Er nahm Haltung an. Er weinte – und seine Tränen rannen grün wie Pflanzensaft. Während er Maraš auf die Stirn küßte, knackten seine alten hölzernen Gelenke und seine Prothesen unter der Jacke. Dann ging er zu seinem schwarzen, altertümlichen, holzbeschlagenen österreichischen Koffer und murmelte in den Sprachen der Karpaten, Transsilvaniens und Siebenbürgens vor sich hin. Es waren wohl Verwünschungen. Dann ging er zu seinem Koffer, verschwand darin fast. Foretić und Dazlina hatten allerdings einige Mühe damit, sein bewegliches Armgestell so einzuknicken, daß es sich in den Koffer fügte. Dann drehte er sich zur Seite, zog die Beine an und begann am ganzen Leib zu zittern. Er nieste und hustete, und seinem Leib entströmten Winde. Foretić und Dazlina klappten routiniert den Deckel zu und trugen den Koffer auf zwei Stangen, die sich unter der Last bogen, hinaus.

»Niko Maraš – jetzt bist du wieder gezeichnet! Bist wieder unser!« flüsterte Budak und tippte seinem Opfer mit dem Handschuh an die Stirn. »Und diese Krone, mein Sohn, die Ustascha-Krone, die schönste und verhaßteste unter allen Kronen, wirst du nun durch die Welt tragen, die uns nicht versteht. Wirst sie tragen, solange du lebst!«

»Ich will nicht leben mit solch einer Krone!«

Wie schon Josef-Franz, so küßte auch Budak meinen Niko auf die Stirn. Auf diese Weise gratulierte er ihm zu den, wie er sagte, ehrenvollen Wunden und zum Eintritt in die Reihen der Auserwählten und Verfolgten. Und dann sagte er laut, mit einer Stimme, die, wir mir schien, eine gleichsam abartige Güte verriet:

»Und jetzt beruhige dich, mein kleiner Niko! Und laß mich alten Mann die Schweine füttern gehn, die vom Tagesanbruch und von deinem Geheul wach geworden sind. Und vergiß nicht, all denen, die dir begegnen, auszurichten, daß jedermann ebenso gekrönt werden wird, der das römisch-katholische Kreuz erniedrigt, die Ustascha-Bombe zurückweist und den Dolch aus Jasenovac nicht annimmt!«

Brekalo band Niko die Hände los. Foretić und Dazlina standen am Ausgang der Folterkammer, der in einen der Schweinesäle führte. Von dort hörte man Josef-Franz husten, grunzen und Geige spielen. Zu dritt trugen sie Maraš hinaus.

Budak leuchtete uns voran. Wir schlugen uns durch das Spalier der inzwischen völlig wild gewordenen Schweine, immer an den Gittern entlang. Als wir uns unserer Strohschütte näherten, ging Nikos Stöhnen in ein Röcheln über.

Sie legten uns aufs Stroh. Budak achtete darauf, daß ihm seine Kladde nicht aus der Hand fiel. Und jetzt atmeten die drei tief auf, als hätten sie nun wirklich genug vom Schweinemief und von Drakulas Schweinemusik. Sie taten mir leid. Ich weiß nicht warum. Schon auf der Schwelle, erinnerte mich Budak mit einem reichlich verkrampften Lächeln: »In diesem Heft stehst auch du. So wie du bist, durch und durch! Wir alle stehn in diesem Heft!«

»Ihr!« brüllte ich. »Ihr! Nicht wir!!«

Die Handschellen schnitten mir in die Haut. Ob sie mich überhaupt gehört haben? fragte ich mich, während sie gingen. Ich konnte mich nicht mehr bewegen. Ich weiß nicht, ob mir die Hände zitterten. Aber ich bin sicher, daß ich den anderen nachgerufen habe: Syphilis! Ich war in Schweiß gebadet. Es zerriß mir das Herz. Nicht aus Angst vor dem, was mich hier in der Schweineruine jenes Phantoms erwartete – sondern aus Trauer um Niko Maraš.

# III.

## *Musizieren auf dem sündigen Fleisch von Südslawen*
## *Wie Marković sich auf Niko Maraš' Zureden zum Töten bereit erklärte*
## *Die große und ungewöhnliche Hilfe des Enver Papak aus Doboj, Bosnien*
## *Josefine!*

## 1

Wäre die Wunde, die mir das Hufeisen geschlagen hatte, nicht brandig geworden und hätte das Fieber nicht auf den ganzen Körper übergegriffen, so wäre ich aufgestanden und wäre vor sie hingetreten, mit der Forderung, mich zu töten, bevor ich, Niko Maraš, bei lebendigem Leib zu zerfallen beginne. So aber schweige ich. Und höre, wie es draußen schüttet. Und wie Enver Papak zittert und sich aus dem Handbuch abhört, dieser Muselmane aus Doboj in Bosnien, der zwischen mir und Marković liegt: »Die Inkubationszeit bei der Ustascha-Schweinepest dauert normalerweise drei bis sechs Tage . . .«

Enver ist ein Koloß, man hat ihn von einer Baustelle abgeholt, deshalb trägt er auf seinem kantigen Kopf mit dem vorstehenden Unterkiefer noch immer einen schockfarbenen Helm. Enver hat keine Fesseln an den Knöcheln. Und er wird auch keine bekommen – wenn er aufpaßt, daß ich mit Marković keine Gespräche führe. Jedenfalls hat ihm Kasimir Budak das versprochen.

»Papak, wie kommst du hierher?« So habe ich ihn gleich nach seiner Ankunft gefragt, und unter Tränen hat er mir erzählt, sie hätten ihn im Kombi hierhergeschleppt.

»Wer hat dich verkauft und für wieviel?« habe ich ihn gefragt. »Haben sie vor deinen Augen verhandelt? Haben sie deine Muskeln, Schultern und Eier abgetastet? Hat der, der dich geschnappt und dich den Käufern wie einen Ochsen vorgeführt hat, Sandor Kolar geheißen? War er ein Madjar?« Doch Enver Papak verstand nichts von allem, was ich ihn fragte. Oder tat er bloß so, als sei er auf solche Weise zum erstenmal gekauft und verkauft worden? Fest in der Hand hielt er das *Handbuch für die Schweinezucht des Unabhängigen Staates Kroatien*, das mittlerweile genau dreißig Jahre alt war, und blickte mit funkelnden Augen um sich.

Wie eine Maus aus dem Mehl, dachte ich kurz. Und schwieg. Ich hatte nicht einmal mehr die Kraft, mit Schweiß und Stroh von Stirn und Lidern zu wischen. Trotzdem fuhr ich fort: »Papak – was warst du, solange du frei und lebendig warst? Eine Nachteule in der Deutschen Bundesbahn, wie Mark und ich? Ein Betrüger? Fingerspieler? Gewöhnlicher Taschendieb? Ein Beinchensetzer, der seine Opfer auf die Straße legt, sich dann entschuldigt, sie aufhebt und beim Aufheben plündert? Warst du ein Liebhaber ausgetrockneter Greisinnen, ein Idol von Tunten, wie Simo Mataruga, genannt Python? Oder ganz einfach ein Einbrecher und Räuber vom niedrigsten balkanischen Rang?«

Der bosnische Riese hielt sich an seinem Handbuch fest und repetierte murmelnd das Kapitel von der Schweinepest. Mir war, als wolle er mich erwürgen. Nur darauf hatte ich gewartet! In Gedanken bat ich ihn, sich zu beeilen und mir Sterbehilfe zu leisten. Schon rückte er mir näher.

Da hörte ich den Kombi, hörte Drakulas Hunde anschlagen. Schritte! Keine Rede vom Sterben! Entweder sie brachten einen Neuen, oder sie kamen, um einen von uns dreien zum Foltern abzuholen. Vielleicht zog Papak deswegen den Helm tiefer auf seine Schlappohren und las mit lauter Stimme weiter:

»Die Heilbemühungen an unseren Schweinen müssen von Erfolg gekrönt sein! Die Aujeskische Krankheit manifestiert sich bei unseren Schweinen als Blutvergiftung oder als Gehirn- und Rückenmarkerweichung. Dann sind unsere Schweine aggressiv unruhig, zerwühlen den Boden und knirschen mit den Zähnen, schreiten wie betrunken mit unregelmäßiger Beinstellung, drehen sich im Kreise. Unsere erkrankten Schweine bewegen sich oftmals vorwärts, bis sie an eine Wand oder an ein anderes Hindernis stoßen – und starren das Hindernis an, als mache es ihnen Mühe, es wahrzunehmen. Häufig halten sie im Lauf plötzlich ein, als stünden sie vor einer Wand, obwohl keine Wand da ist. Manchmal taumeln sie rückwärts. Sie drehen sich so lange um ein Bein, bis sie stürzen. Dann liegen sie lange ohnmächtig. Wenn sie wieder zu sich kommen, beginnen sie mit den Gliedmaßen zu rudern, oder sie setzen sich breitbeinig hin wie Dalmatinerhunde. Von dieser Krankheit können auch andere Haustiere angesteckt werden, vor allem unsere Hunde und Katzen, unsere Pferde und Maultiere, auch Rinder – mit einem Wort: alle Lebewesen, die der *Unabhängige Staat Kroatien* besitzt.«

Die Tür geht auf. Ich beginne zu zittern, Furcht und Beklemmung ergreifen Besitz von mir, heiß klopft es mir in den Schläfen. Schweiß staut sich an meinen Augenbrauen, füllt meine Ohrmuscheln. Ich kann nicht feststellen, wie viele es sind, die Marković von seinem Strohlager hochziehen, und ich verstehe auch nicht, was sie zu ihm sagen.

Ich komme wieder zu mir und sehe: Ich bin in der Folterkammer, auf dem Betonfußboden hinter der Tür. Mein Mund ist vollgestopft mit Maiskörnern, Kleie und Stroh. Man hebt mich nicht mehr hoch, man steigt nicht mehr über mich – man tritt auf mir herum. Ich weiß: Es dauert nicht mehr lang. Dieser Gedanke stimmt mich fast fröhlich. Sie beschäftigen sich mit Marković – aber auch für mich haben sie ein Wort übrig: »Du stinkst nach Wunden, Gekrönter, nach Jugoslawien, nach Kommunismus!«

Ich bleibe stumm, ich schnappe nicht mehr ein, ich schreie nicht mehr auf, und ich weiß auch nicht mehr, daß ich das einmal getan habe. Für einen Augenblick erhebe ich mich auf die Knie – auch ich bin jetzt hinter der Tür, wo sich Mark damals befand, als sie mir das glühende Hufeisen in die Brust drückten. Ich falle, schlage mit dem Kopf auf den Fußboden. Nichts tut mir mehr weh – das heißt: ich sterbe. Sterne tanzen mir vor den Augen. Ach, wäre mein Kopf doch erfüllt von Finsternis, von Nebel und Fledermäusen – daß ich nicht mitansehen muß, was sie mit Marković machen!

Mark betritt mit seinen gefesselten Beinen vorsichtig die Folterstätte. Er läßt sich auf einem monströsen Sitz nieder, breitet ruhig die Arme aus, legt die Hände auf die Baumstämme zu beiden Seiten. Mir ist, als riefe ich ihm, während sie ihn fesseln, etwas zu. Aber auch sie fragen ihn etwas – so daß ich nicht weiß, antwortet er nun ihnen oder mir. Ich erinnere ihn daran, daß ich seiner sommersprossigen Tschechin Januša Novak den schönsten Kennedy-Ring besorgt habe. Und ich bilde mir ein, er antworte darauf: gefütterte hohe Schuhe seien ihr wichtiger. Ich fahre fort: Der Nachtzug nach Hamburg sei überfüllt, die Reisenden seien übermüdet und achteten nicht mehr auf ihre Sachen. Und mir ist, als antworte er darauf mit einem Lächeln à la Kolar: O. k. Ich weiß nicht, wie wir beide zugleich auf Ephraim Jankelewitsch Frumkin und sein *Odessa* kommen. Ich sage: Dem sind wir sooft schuldig geblieben. Und schon sagt Mark: Man muß ihm alles auf einmal, und zwar doppelt, zurückgeben. Ich fange an zu dozieren: Für uns, die wir kaputtgemacht werden, ist Frumkins reiner, strenger, alter Glaube der wahre – und nicht etwa das Christentum, in dessen Namen sie uns glühende Hufeisen in die Brust drücken, uns mit den Fingernägeln die Augen auskratzen und die Hände, die Finger verstümmeln, ohne die wir nicht existieren können. – Mark antwortet mir, daß alles, was ich sage, o. k. ist, und daß die Religion des Juden für die Lebenden wie für die Toten die letzte Zuflucht und Hoffnung sei.

Budak ist auf seinem Platz, vor sich auf dem Tisch das Kruzifix, der Dolch aus Jasenovac und irgendeine alte Handgranate. Er ist bestürzt über das, was er von uns beiden zu hören bekommt. Sobald vor seinen Ohren eine andere Religion erwähnt wird, verfärbt sich sein Gesicht ins Grünliche. Seine Augen drücken vollständige Verlorenheit aus. Vor ihm liegen auch die Kladde und seine Sonntagshandschuhe, die er von Zeit zu Zeit, immer dann, wenn Marković aufstöhnt, an sein Gesicht führt, um daran zu schnuppern.

Er scheint auf etwas zu warten.

Da klappen Foretić, Brekalo und Dazlina behutsam den Deckel des vorsintflutlichen holzbeschlagenen, österreichischen Koffers auf und helfen Drakula beim Aussteigen. Josef-Franz schürzt die Lippen, er hat immer noch ein paar grüne Krusten an seinen Rasierwunden, sie platzen auf. Foretić klopft ihm Gras- und Strohhalme von der Schulter. Brekalo drückt ihm den Geigenbogen in die hölzerne Hand. Der Deckel ist aufgeklappt; wir können sehen, was alles in dem Koffer ist: zahlreiche Flaschen, Baumwurzeln, alte Bücher, eine Waage – und trotzdem ist immer noch Platz genug, daß der bescheidene Richter tagsüber, und wenn er nicht gerade musiziert, seitlings mit angezogenen Beinen darin liegen kann.

Josef-Franz steigt niemals aus seinem Koffer, ohne, wie auch jetzt, seinem Schutzengel, der mit blutiger Schnauze und ausgestreckten Vorderbeinen daliegt und auf ihn wartet, ein fast verliebtes Lächeln zu schenken. Josef-Franz wirft ihm ein Stück Brot, eine Innerei und einen Zuckerwürfel hin. Josefine – so ist der Name dieses wundersamen Geschöpfes von kohlschwarzer Farbe – fängt alle drei Gaben auf. Der Freier mit der Fiedel wühlt in seinen Taschen, während Josefine mit dem Schwanz wedelt und sich die Schnauze leckt. Sie ist ein blutrünstiges Tier – besonders wenn sie, wie in diesem Frühjahr, trächtig ist. Ich habe höllische Angst vor ihr. Mein Glück, daß das weder Budak noch die drei in den Franziskanerkutten wissen.

Josefine ist eine rassereine Berkshire-Sau mit völlig geradem Rücken, hoch angesetztem Schwanz, blutunterlaufenen Augen. Von ihrer gesamten Verwandtschaft unterscheidet sie sich durch eine weiße Blüte auf der Stirn: Josefine ist ein Schicksalsschwein. Über ihre Schicksalshaftigkeit – das jedenfalls behauptet Budak – sind mehrere Glaubensbücher geschrieben worden. Doch kann diese Traktate nicht jedermann erwerben. Josef-Franz besitzt sie; er bewahrt sie in seinem Koffer auf. Er ergänzt sie mit eigenen Eintragungen, sofern er nicht gerade musiziert. Josefine hat, so behauptet er, vielen Menschen, ja, sogar Völkern einen neuen Weg, eine neue Zukunft gewiesen.

Schon während meines ersten Aufenthaltes in diesem Schweinestall bin ich mit Josefines Geschichte und Bedeutung bekannt gemacht worden. Das war in jener Nacht, als mir Drakula, weil ich mich geweigert hatte, jugoslawische Botschaften und Konsulate hochgehen zu lassen, den rechten Daumen abhackte. Ich erinnere mich, wie ich, in Blut schwimmend, wieder zu mir kam und stolz war, daß ich nicht klein beigegeben hatte. Ich beobachtete, wie Josefine, die auch damals trächtig war, mit gebleckten Zähnen blutrünstig darauf lauerte, mit ihrem Gebiß jeden zu zerreißen, der sich seinem Koffer mit den Flaschen, den irdenen Gefäßen, der Waage und all seinem Gestank nähern wollte. Josefine wiederkäute meinen Knochen und mein Fleisch, sie spie mit Gaumen und Zunge immer wieder meinen Daumen aus sich heraus – so daß Josef-Franz, in der Gewißheit, bis zum Morgengrauen ein Motiv fürs Musizieren zu haben, eine Geschichte zu erzählen begann, die ich nie vergessen werde:

»Selbst wenn sie nicht aus dem berühmten englischen Hause Berkshire stammte, könnte man Josefine für adelig halten – und man tut es auch. Josefine gehört der k. u. k.-Aristokratie erster Ordnung an. Die weiße Blüte zwischen den Augen ist ihr Adelsnachweis. Sie ist nicht nur ein zoologisches, sondern auch ein historisches, also auch ein politisches Wunder! Josefine ist eine christliche, eine römisch-katholische Märtyrerin, die einen Platz unter den Heiligen verdient. Josefines Schicksal ist mit dem meinen vereint. Sie ist ein Teil meines Stammbaums – wie ich des ihren. Das erscheint nur auf den ersten Blick ungewöhnlich!«

Vom Himmel fielen, wie in der Nacht zuvor, dicke, mollige Tropfen. Immer wenn das Hundegebell aussetzte, konnte ich hören, wie die Äste an Tür und Fenster der Folterkammer schlugen. Auf allen Seiten wälzten sich und röchelten ruhig die Schweine. Pflanzensafttränen in den Augen, fuhr Josef-Franz zu erzählen fort:

»Als achtzehnjähriger, gottesfürchtiger Bursch' aus germanisch-transsilvanisch-subkarpatischem Geschlecht wurde ich 1912 als Hilfskraft in eine Habsburgische Schweinemästerei aufgenommen. Ich fantasierte davon, einmal Wien sehen zu dürfen und unsere geräumigen Kirchen und das Schloß, worin über das Schicksal der anderen, weniger wertvollen Völker entschieden wurde. Aber sie ließen uns aus dem Schweinestall nicht heraus. Dort bekreuzigten wir uns und beteten. Ein Trost war es immerhin, daß sie bei Hofe von uns grüßen ließen. Der alte Kaiser ließ uns ausrichten, das schwarze Berkshire sei sein Lieblingsschwein, das Schwein seines Lebens. Wie glücklich waren wir – wir, die wir mit den Berkshires alles teilten – Gutes wie Böses! Nie wieder ließen wir was von frischer Luft oder besserer Verpflegung verlauten. Der Thronfolger Franz Ferdinand und unsere zukünftige Kaiserin Sofia besuchten uns manchmal an Feiertagen, nach dem Gottesdienst. Sofia warf Tulpen, Orchideen, Narzissen und Rosen auf die schwarzen Schweinerükken. Dann entfernte sie sich. Wir Schweinejungen wetteiferten darin, wer mehr Rosen vor den Füßen der Berkshires bewahren würde. Wir schnupperten an den Stielen, die unsere Herrscherin – übrigens das einzige menschliche Wesen, dem es in unserem Stall nicht schlecht wurde – in den Händen gehalten hatte. Wir küßten und leckten die Blumen und wichsten hinein, einer nach dem anderen. Franz Ferdinand konnte nicht ahnen, wie sehr wir vor ihm schuldig geworden waren. Vermutlich deshalb hielt er sich in unserem Stall nicht länger als ein bis zwei Stunden auf. Mein Vorgesetzter, Istvan György, ein Ungar, ging einmal auf den Erzherzog zu und verlautbarte, gleichsam in unser aller Namen, er verlange seinen Abschied, weil wir ihm, dem Erzherzog, Hörner aufgesetzt hätten. Franz Ferdinand wurde von einem Hauch des sauer gewordenen Samens erfaßt, mit dem sich der Madjar, vor uns und vor den Schweinen, den ganzen Körper eingerieben hatte. Istvan György hatte kaum die Hälfte seines Satzes beendet – da wich der Erzherzog zurück. Vor Glück, dem Thronfolger gegenüberstehen zu dürfen, und vor Angst, wir würden uns seines Pardons nicht würdig erweisen, zückte Istvan György plötzlich ein Messer und schlitzte sich den Bauch auf. Franz Ferdinand ekelte sich vor menschlichen, zumal madjarischen Gedärmen. Deshalb rückte er erbost ab. Danach besuchte uns nur noch Sofia mit den Kindern. Stundenlang verweilte sie unter uns. Sie sagte, sie habe so eine Vorahnung von Glück. Wir dachten, sie sei vielleicht von unserem immer hitzigeren Wichsen schwanger geworden.

Im gleichen Jahr, 1912, am 11. April, ereignete sich das, was wir Tierärzte, Philosophen und Numerologen eine Offenbarung nennen. In dem Stall, für den ich verantwortlich war, warf Rosalia, die älteste Sau aus dem Wiener Zweig der Berkshires, elf Ferkel. Jedes einzelne nahm ich auf, segnete und küßte es. Das elfte, ein Weibchen, hatte einen weißen Fleck zwischen den Augen. Damals wußte ich noch nicht, was ich da auf dem Arm hielt. Josefine ist geboren! jubelten Wien und Pest. Josefine ist der Beweis, daß der liebe Gott an seine Monarchie denkt! Es drangen Berichte zu uns in die Schweinemästerei, danach war ganz Österreich mit Fahnen und Kreuzen geschmückt, und in riesigen schwarzen Buchstaben stand geschrieben, im Schweinestall sei die Hoffnung geboren. Besonders Sofia war freudig erregt. Hundertmal wiederholte sie uns gegenüber, daß ihre Vorahnung sie nicht getrogen habe. In Tränen schwimmend, nannte sie Josefine das Glücksschwein. Bald war die Mästerei von Gendarmen und Soldaten umstellt. Sie ließen nicht zu, daß wir uns gegenseitig bei der Selbstbefriedigung halfen. Sie trieben uns in das Kapellchen, das unmittelbar neben dem Schweinestall für uns errichtet worden war. Kanonikus Leonberger hatte gedacht, er könne uns auf diese Weise das Wichsen abgewöhnen. Wir beteten und riefen den Schöpfer auf, Josefine und auch Sofia zu beschützen, die jener Windeln, Kinderspielzeug und kleine Kreuze mitbrachte. Uns rann unser Samen die Beine herunter. Dem alten Kaiser ging es besser!

1914, im Juni, brachen Franz Ferdinand und Sofia auf, um die Südslawen, denen wieder mal etwas fehlte, zu besuchen. Josefine, das Hoffnungs- und Sicherheitsschwein, war im letzten Waggon untergebracht, den man eigens für solche Reisen umgebaut hatte. Das glückliche Ehepaar fand Gefallen an Sarajevo. Es ließ sich knipsen. Zum letztenmal. Das behauptete Sofia, die, kaum hatte sie den Balkan betreten, eine Vorahnung von Mißgeschick, Unheil und gewaltsamem Tod nicht loswurde. Josefine wäre am Gestank des Orients beinahe erstickt. Sie bekam die Wut. Sie zerbiß ihr Geschirr aus Steingut und Porzellan, zerschlug ihre Spiegel, zerfetzte ihre Kleidung. Es besuchten und untersuchten sie der Reihe nach: der Beichtvater der Habsburger, Monsignore Leonberger, der orthodoxe Erzbischof Hilarion und das Konzilium der Hodschas und Derwische von ganz Bosnien. Doch es halfen weder Blutegel noch Weihrauch, noch herzegovinische Wahrsagerinnen. Josefine zerstampfte ihre Festgewänder, Schuhe und Gürtel und zerbiß ihren Schmuck. Zwei Tage und zwei Nächte schlief Sofia nicht und nahm auch keine Speisen zu sich. Sie trank lediglich – und weinte, wie alle, die mit der Gabe der Vorahnung begnadet sind. Sie wollte sofort nach Hause. Bosnien nannte sie ein Land des Hasses, der unerträglichen Hitze und der Schweinepest. Um zu verhüten, daß die Krankheit und die Angst vor Ansteckung auf die anderen Schweine und Untertanen des Fünfzig-Millionen-Kaiserreiches übergriffen, schlug der Leibarzt des Erzherzogs, Dr. Viktor Eisenmerger, vor, Josefine zu töten und samt ihrem Waggon zu verbrennen. Die Verfügung über die Hinrichtung des Offenbarungsschweins konnte nur Franz Ferdinand persönlich unterzeichnen. Was er, Tränen in den Augen, in der Nacht des 27. Juni 1914, unmittelbar vor Mitternacht auch tat. Sofia verlangte, man solle noch vor der Hinrichtung zurückfahren. Ihr Gemahl gab nicht nach! Für den morgigen Tag waren ein Spaziergang durch die Altstadt von Sarajevo und der Besuch von Gotteshäusern vorgesehen. Der 28. Juni brach an. Und genau zur gleichen Zeit, als die Gendarmen mit ihren Kugeln Josefine, ihr Glücksschwein, durchlöcherten, durchlöcherte ein serbischer Attentäter mit dem seltsamen und wahrscheinlich eigens für diese Gelegenheit erdachten Namen Gabriel Prinzip – noch heute der Erzengel aller Prinzipien – unseren armen Franz Ferdinand und unsere verhinderte Kaiserin Sofia. So begann der Erste Weltkrieg!

Die drei Leichen kehrten im gleichen Zug nach Wien zurück. Die Tierärzte befanden, ebenso wie die Philosophen: in Josefines Leib habe sich das Böse eingenistet. Sie wurde samt ihrem Waggon eingeäschert. So ist aus dem Schwein des Glücks und der Zuversicht, des Gehorsams, der Ordnung und der Arbeit ein Symbol für Gewalt und Schrecken geworden. Mystiker prophezeien, es werde fortan – hauptsächlich wegen der Südslawen und aller, die den gleichen Weg einschlagen – alle elf Jahre eine neue Josefine geben. Und jedes dieser Josefinen-Jahre wird ein Jahr der Verschwörungen, Attentate und Morde sein, wie man sie vor Josefines Zeiten nicht kannte. Mit Josefine war es wie mit der Sonne, von der man weiß, daß sie alle elf Jahre von Unruhe und gesteigerter Eruptionstätigkeit befallen wird. Diese beiden Zyklen stimmten vollkommen überein. Josefine ist im gleichen Maße die Sonne, wie die Sonne ein Schwein ist. Josefine ist eine schwarze Sonne!

Die Prophezeiungen begannen sich zu erfüllen! Der alte Kaiser ertrug die viele Knallerei nicht länger, die von zahlreichen Kriegsschauplätzen an sein Ohr drang, und starb, 1916, mitten im Krieg. Seine letzten Worte waren: *Beschützet mir das schwarze Berkshire-Schwein!* . . .

Die halbe Welt hat sich gegen uns erhoben, besonders die Slawen, die es unter uns doch so gut gehabt hatten! Es gab keine Josefine mehr – und so verloren wir 1918 alles, nur nicht den Fluch. Mit der k. u. k.-Monarchie verschwand auch ich. Ich fiel mehrmals, meist an Drina und Save, dann auch in Galizien. Da lag ich unter der Erde und wartete, daß elf Jahre verstrichen. Zum Glück mochten die Würmer mein Fleisch nicht.

Im Jahre 1923 kam im Schweinestall des ärmsten Sizilianers, Augusto Marubini, ein schwarzes Ferkel mit einer weißen Blüte zwischen den Augen zur Welt. Benito Mussolini, bereits zu Großem vorbestimmt, eilte sogleich mit einer Schar seiner Mystiker, Legionäre und Schwarzhemden nach Sizilien. Augusto Marubini hauste mit seinem Weib und zehn Kindern sowie elf schwarzen Ferkeln in einer Felsenhöhle oberhalb des Salzwerks von Trapani. Es ist bekannt, wie sehr Mussolini sich die Sorge um die Armut angelegen sein ließ. So kaufte er Marubini den kompletten Wurf ab. Die Mystiker mit den schwarzen Hemden fotografierten die Gegend in ihrem unvergleichlichen Elend. Sie versprachen Geldmittel, Wiedergeburt und Staatsaufträge. Marubini wollte mit dem Duce geknipst werden. Mussolini ließ sich freilich niemals soweit herab; er befahl seinen Schwarzhemden, sich mit diesem Augusto, der unbedingt in die Geschichte eingehen wollte, aufnehmen zu lassen. Mussolini selber erlaubte, daß man ihn mit den bereits verladenen Ferkelchen fotografierte, und dann auch mit Augustos Frau, auf deren Arm das soeben geborene elfte Kind krähte. Wieder war die Elf die Schicksalszahl der Felsenhöhle. Im gleichen Jahr, 1923, marschierte Mussolini, Josefine im Arm, wie zum Scherz in Rom ein und installierte eine Ordnung, die er neu und schwarz nannte. Mordanschläge häuften sich. Kinder wurden geschlachtet. Im äußersten Süden Italiens wurde ein Fall von Kannibalismus verzeichnet. Die Motive für gewisse Attentate sind nur uns verständlich. Am Ende wurde sogar Augusto Marubini umgebracht. Derjenige, der ihn in Stücke schnitt, versäumte nicht, ihm auf die Stirn und Wangen den Anfangsbuchstaben von Josefines Namen einzuritzen. Man hatte Augustos elftes Kind in Verdacht . . .

1934 sprang ich unter der Erde wie in Panik hoch! Irgendwo war eine Josefine gezeugt worden! Ihr Gefiepe drang an mein Ohr. Nach mehrmonatigen ziellosen Fußmärschen durch Österreich, die Slowakei und Ungarn kam ich bei der Schweinemast des Zoltan Fehér an. Der nächstgelegene Ort hieß Nagykanizsa. Gegenüber lag das verfluchte Jugoslawien. Das heißt: Es war also kein Zufall, daß Josefine gerade in diesem Teil Mitteleuropas erschienen war!

Der Madjare nahm mich für ein paar Tage auf, gab mir zu essen und zu trinken und verband meine Wunden. Und schenkte mir Josefine und wünschte mir eine glückliche Reise. Er wollte mich auf die Stirn küssen, aber meine grün verkrusteten Wunden störten ihn wohl. Mit irgendeinem ähnlichen Fehér hatte ich schon einmal Kontakt. Das sagte ich ihm auch. Fehér sagte, daß den Madjaren dieses Ferkel eigentlich gar nichts bedeute. Für mich ist nur die Geschichte wichtig! rief er mir nach.

Im Morgengrauen kam ich in Westungarn auf der Janka-Puszta an und fand hier Ustascha-Terroristen und allerlei Diversanten versammelt. Ihr Ziel war es, den jugoslawischen König Alexander I., den Serben, der sich gerade auf einen Besuch Frankreichs vorbereitete, umzubringen. Die Übungen leitete ein Hauptmann der deutschen Wehrmacht namens Dietrich Speidl, der mich irrsinnig liebgewann. Josefine auf dem Arm, die er wie eine Katze streichelte, telefonierte Speidl fast jede Nacht so um elf herum mit Mussolinis Schwiegersohn, dem Grafen Galeazzo Ciano. Speidl war ein lustiger Bursche. Es wurde von Geschlechtskrankheiten gesprochen, doch nicht im Zusammenhang mit Josefine. Speidl zog Josefine die Zitzen lang, die waren erigiert. Mir scheint, Galeazzo Ciano neidete Speidl die Josefine. Eines Tages wurde der Hauptmann aus Berlin angerufen. Hitler, so hieß es, sei von Josefines Foto entzückt. Speidl bekam das große Zittern. Göring teilte mit, König Alexander werde, wegen eines Streites mit seiner Frau Maria, nicht mit der Eisenbahn über die Schweiz nach Frankreich reisen, sondern im Hafen von Marseille an Land gehen, und zwar am 9. Oktober 1934. In diesem Lichte schienen die Meldungen italienischer und ungarischer Kundschafter töricht, der Karageorgewitsch werde über London, Lissabon und Madrid nach Paris fahren. Hitler, der Spiritist und Astrologe, glaubte an große Zyklen, an übernatürliche Erscheinungen, Wunder und Parallelwelten. Er, der Schöpfer eines Kalenders, wie man ihn so lange nicht wieder erleben wird, redete endlos auf den ganz blaß gewordenen Dietrich ein und erzählte ihm etwas von irgendeinem *Thule-Bund*, einer germanisch-arisch-antisemitischen Vereinigung, deren Gründungsjahr 1912 mit dem Geburtsjahr der ersten Josefine zusammenfiel! Zu meiner Verwunderung hatte Dietrich Speidl weder vom *Thule-Bund* noch von der Organisation *Ahnenerbe*, die Hörbigers Welteis-Lehre unterstützte, eine Ahnung. Speidl war nur Hauptmann. Er stammelte irgend etwas – aber Hitler brüllte am anderen Ende der Leitung, Josefine sei das Schwein der Vorsehung, und dieses schwarze Ferkel mit dem weißen Mal auf der Stirn, diese Hochzüchtung, werde Wunder vollbringen, die seinen eigenen nicht nachstünden. Mir war, als habe Hitler mit gefühlvoller Stimme gesagt: Wenn ich verschwinden sollte – sofern ich überhaupt verschwinden kann: Josefine wird bleiben! Ausdauernd erklärte Hitler dann sein politisches Horoskop und zog den Schluß, daß er und Josefine die Zukunft der Welt bestimmen würden.

Irgendwann vor Morgengrauen schlief Hitler ein, Josefines Foto und den Telefonhörer auf der Brust. Was ist nun mit der Vorsehung und was mit dem Schwein? fragte Speidl ratlos. Irgendein anderer teilte ihm anstelle des entschlafenen Führers mit: Die für das Attentat auf den jugoslawischen König Alexander I. Karageorgewitsch auserwählten Leute müssen in okkulter Weise, als Abendmahl, Josefines Milch oder Fleisch zu sich nehmen. Es gab mehrere Attentäter. Den Hauptanteil an Josefines Blut und Fleisch erhielten der Bulgare Velicko Georgijev-Kerin, der geschworene Ustascha Mijo Kralj, zu deutsch König, und Zvonimir Pospesil und Milan Rajic, Kroaten, die es ablehnten, Slawen, geschweige denn Jugoslawen zu sein. Sie alle reisten sofort nach Marseille ab, während ich auf Janka-Puszta zurückblieb, um Dietrich mit meinen Vampirgeschichten aus dem Ersten Weltkrieg zu unterhalten. Die Attentäter kamen wohlbehalten in Marseille an. Sie besichtigten die Stadt, kauften Blumen und übten das Vordringen zu Alexanders Wagen. Auch Alexander traf wohlbehalten ein. Halb Frankreich stand zu seinem Empfang bereit. Der Bulgare Georgijev, der populärste Attentäter des Jahres 1934, drängelte sich durch das französische Volk, zog aus seinem gewaltigen Blumenstrauß eine Pistole und ballerte das halbe Magazin auf Alexander. Der

Karageorgewitsch konnte angeblich gerade noch empfehlen (wir wissen allerdings nicht, *wem*): Beschützet mir Jugoslawien! Die zweite Hälfte des Magazins leerte der Bulgare auf Alexanders Gastgeber und derzeitigen ersten Gorilla, den französischen Außenminister Louis Barthou, der auch Freimaurer war. Der Franzose hinterließ kein letztes Wort – ebensowenig wie der Bulgare, der an Ort und Stelle gelyncht wurde. Seit diesem für uns so erfolgreichen Jahr 1934 nennen wir Marseille ›Joséfineville‹. Ich verabschiedete mich von Hauptmann Speidl, der auch seinerseits am Packen war, und machte mich auf nach Nagykanizsa. Dem Zoltan Fehér erging es schlimmer als Marubini, dem Karageorgewitsch oder gar Barthou: Irgend jemand schlug ihm mit der Axt Beine und Arme und sogar die Finger einzeln ab; an seinem abgetrennten Kopf fehlten Augen, Ohren und Nase. Seine Berkshires zerrissen seinen Leib und zerfetzten seine Eingeweide. Da dachte ich lebhaft an Istvan György und dessen Huldigung für Franz Ferdinand zurück!

Mein weiterer Aufenthalt auf Erden war entbehrlich. Dies um so mehr, als es mir auf keine Weise gelang, Verbindung zum Wehrmacht-Hauptmann Dietrich Speidl herzustellen. Von Kugeln durchlöchert und bereits mit einigen hölzernen Gelenken ausgestattet, hätte ich leicht entdeckt werden können. Und das wäre für Josefines Bewegung leicht tödlich gewesen. Also versenkte ich mich in meine Welt. Vor mir lagen elf Jahre Liegen, Selbstbefriedigen, Stählen ... Von da unten verfolgte ich alle Operationen des Zweiten Weltkriegs. Diesmal waren mehr als drei Viertel der Welt gegen uns. Mussolini wurde schon am 29. April 1945, einem Josefine-Jahr, in Mailand auf dem Loretto-Platz an den Füßen aufgehängt, und deshalb mußte Hitler von jetzt an alles alleine machen. Er mobilisierte fünfzehnjährige Knaben und schickte sie aus, die geheiligten Mauern von Berlin, die durchlöcherten Katakomben und das ›Ahnenerbe‹ zu verteidigen. Nirgendwo konnte ich Dietrich auftreiben. Und obwohl ihre Zeit gekommen war, erschien auch Josefine nicht.

Zwei seltsame Dinge ereigneten sich in jenen schicksalhaften Maitagen des Jahres 1945. Die Amerikaner sangen, als sie über den Main setzten, irgendwas Primitives, Negroides, im verjazzten Refrain kam Josefine vor. Und die asiatischen Sowjets, die als erste in Hitlers unterirdisches Versteck einbrachen, trugen auf ihren Gewehrkolben und den Aufschlägen ihrer verlausten Mäntel neben dem roten fünfzackigen Stern den Anfangsbuchstaben des Namens Josefine – oder auch Josef. Mit dem Buchstaben J beginnt das schreckliche Verb jebati[1], das für den Slawen das Wichtigste seiner Sprache ist. Alles sprach dafür, daß die Alliierten und die Russen im Besitz von Josefine waren – dem Schwein unserer Niederlage und dem Schwein ihres unverdienten Sieges. Ansonsten hätte Hitler sich nicht erschossen. Danach war es ebenso ekelhaft wie natürlich, daß einige von uns am 9. Mai 1945 eine Teilkapitulation unterschrieben. Ich forschte nach Dietrich Speidl. Wo steckte er in diesem entscheidenden, diesem Schweinejahr? Ich ging unter die Erde, um unsere Toten aufzumuntern und sie davon zu überzeugen, daß der Zyklus nicht gestört und daß Josefine in elf Jahren, also 1956, wieder erscheinen würde.

Im Jahre 1956 ging in unserer mystischen Welt die Kunde um, Josefine fühle sich im Himmel sicherer als auf Erden unter Sozialdemokraten und Liberalen aller Sorten, und sie werde sich diesmal zu ihrem Termin nur eben zu erkennen geben. Annähernd eintausend Anhänger unserer Sekte hatten sich in einer finsteren Schlucht im westlichen Österreich versammelt, unweit von Braunau am Inn. Unter den Pilgern befanden sich eingeschmuggelte Protestanten, maskierte Juden und Kommunisten. Für uns, die wir dem Volk von Josefines Wunder kündeten, war es ein Trost, daß sich in dieser Versammlung keine Zigeuner und keine Slawen, schon gar keine Südslawen, befanden. Ich stand bis zu den Knien im Fluß, umringt von Eltern, die mir ihre verängstigten Mißgeburten hinhielten, da tauchte oben am Rande der Schlucht plötzlich Josefines blutiger Schnauzbart auf. Höllische Furcht ergriff uns. Die Eltern warfen ihre Blinden, Kropfeten und Epilektiker in den Inn, der sie ersäufte und mit sich nahm. Der blutige Schnurrbart schwoll an und verdeckte die Sonne. Wir zogen langsam unsere Messer. Da traten Feuerwehrleute und Gendarmen auf den Plan. Sie trieben uns auseinander und erklärten, Braunau sei auch ohne Josefine in Geschichte und Mythos eingegangen. Sie hatten übrigens zunächst angenommen, Josefine sei Jesu unbefleckte Mutter mit verändertem Vornamen. Das war am elften April, an Josefines Geburtstag. Neunzig Tage später, mitten im Sommer, vernahm man über der Kapelle des Dörfchens Casa Negra, unmittelbar an der spanisch-portugiesischen Grenze, ein Grunzen. Josefine konnte nicht herniedersteigen, wegen des heftigen Windes, der an den Zweigen rüttelte und die Pilger – überwiegend Geistes-

[1] jebati = bumsen

kranke, Gelähmte und Sieche – durcheinanderwirbelte. Tag und Nacht lagen wir vor ihr auf den Knien, sangen und bettelten sie an. Josefine aber grunzte nur, so daß sich viele, in ihrem Mystizismus, Wangen und Augen zu zerkratzen begannen. Dann kam es zu einem Wolkenbruch. In diesem übernatürlichen Regen, der wie eine Wohltat der Götter nach langer Dürre über uns kam, vergaßen wir Josefine. Wind und Wasser zogen alles, was sich auf diesem Teil der sündigen Erde aufhielt, ins Tal hinab. Nur Steine und Wurzelwerk blieben zurück. Das Dörfchen Casa Negra mitsamt seiner armen und gottesfürchtigen Einwohnerschaft war verschwunden. Deshalb sind diese Leute auch in die Geschichte eingegangen, von der wir hiermit künden. Uns, die wir am Leben blieben, war nur eines wichtig: daß Josefines Zyklus nicht unterbrochen wurde. Und er wurde nicht unterbrochen.

Im gleichen Jahr, im Oktober, versammelte sich fast das gesamte Ungarn an den Ufern der Donau. Diesmal hätte Josefine aus den Fluten des Flusses auftauchen müssen. Ich war unter denen, die Braunau und Casa Negra überlebt hatten. Die meisten der kranken Pilger waren Epileptiker, Zwerge und Krüppel. Unter all diesen Unglücklichen suchte ich nach Speidl. Alle gesunden Hände waren zur Donau hin ausgestreckt, alle Augen und Fotolinsen aufs Wasser gerichtet. Plötzlich vernahm man ein Röcheln und einen Schrei – das klang wie das Jüngste Gericht. Viele ließen ihre Leute im Stich und rannten am Ufer entlang flußabwärts. Ich brüllte, Josefine sei trächtig, sie trage in Schmerzen und quäle und wälze sich deshalb so hin und her. Die Donau begann über die Ufer zu treten. Einige erblickten beide Reihen von Josefines geschwollenen Zitzen, andere ihre großen schwarzen Ohren, mit denen sie das Wasser schaufelte und alle Krüppel unter sich pflügte.

Rückwärts fliehend, als wären sie keine Christen, sondern Mohammedaner, veranstalteten nun die Madjaren ihre bekannte Revolution, auf die sie auch heute noch, in der Emigration, stolz sind. Ich war mitten unter den Krüppeln – die benahmen sich am bestialischsten. Sie bestahlen, mordeten und prügelten alle, die aufrecht gingen – vor allem jene in braunen, wie sie sagten, kommunistischen Schuhen. Die Zwerge, Taubstummen und Epileptiker fielen auch als erste in Budapest ein und warfen verschiedene Denkmäler um, darunter auch das von Josef Wissarjonowitsch Stalin. Mindestens dreimal elf Jahre lang wird es ein Geheimnis bleiben, wieviel Kinder von

MG-Garben niedergemäht und wieviel von Panzern plattgewalzt wurden. Das Land der Madjaren hat sich hinlänglich entleert. Mit viel Mühe gelang es den Winden, die Donau in ihr Bett zurückzutreiben.

Das Jahr 1967 ist ein Beweis dafür, daß der Zyklus nicht unterbrochen ist. Josefine war nicht länger mehr ein Geheimnis von Untergrundorganisationen – wie zum Beispiel *Goldene Morgenröte* oder *Schwarze Windrose*, von politischen Astrologen und Kalendermachern. Josefine begann nunmehr rund um den Globus zu erscheinen, so daß ich weder der erste noch der letzte Philosoph und Veterinär bin, der sie besessen hat. In jenem gleichen Jahr, 1967 also, erschien Josefine bereits im Januar, und zwar in dem Städtchen Punta Gorda in Britisch-Honduras. Elf Tage und Nächte lang wütete Josefine längs des Ufers. Danach zog sie zu Wasser weiter nach Süden, was niemandem besonders auffiel. Schon im März tauchte eine Josefine auf der Farm des US-Amerikaners polnischer Herkunft, John Wolowski in Omaha, Nebraska, auf. In zahlreichen Zeitungen des Mittelwestens erschien ihr Foto. Im April wurde Josefine gestohlen und Wolowski mit irgendeinem stumpfen Gegenstand erschlagen. Die Zeitungen waren voll davon. Der Pole wurde dabei überhaupt nicht erwähnt.

Es war, als sei Josefine ein Gemeineigentum, eine notwendige Errungenschaft der gesamten Menschheit geworden. Nur so ist es erklärbar, daß Mitte Mai des gleichen Jahres eine Josefine im Schweinestall eines in das südafrikanische Königreich Lesotho emigrierten DDR-Deutschen aufröchelte. Niemand jagte sie, und sie ging friedlich, wie andere Schweine auch, an der Schweinepest ein. Der DDR-Deutsche weint ihr heute noch nach, und wer weiß, ob er sich jemals beruhigen wird. Fast zur gleichen Zeit tauchte eine Josefine in Slavanjsk am Donjec in der Ukraine auf. Als sie am Ufer des Donjec gesichtet wurde, war sie schon alt, zahnlos, taub und fast erblindet, so daß es schwerfällt, sich vorzustellen, wie lange sie gelebt und verwüstet haben mag, bis sie eines Nachts verschwand. Sie lieferte den Beweis, daß Josefine allüberall vorkommen kann. Ja, eine Josefine tauchte sogar in der Herde eines türkischen Schäferjungen in der Umgebung des Ortes Eskisehir auf, wo sich das Erdbeben zugetragen hatte. Mehmed war nicht überrascht. Es wunderte ihn nur, daß er plötzlich ein Schaf weniger hatte. Josefine hatte einen langsträhnigen, talgglänzenden Schweif, Hammelohren und ein Euter mit nur drei Zitzen. Mehmed wußte nicht, daß Josefine, wer weiß seit wann schon, in einem seiner Schafe gelebt hatte. Mehmed war gespannt, was Ankara sagen würde. Ankara war freudig erregt. Man kam an, umarmte Mehmed und schrie: Endlich haben auch wir Türken unser Schwein! Josefine riß an die fünf oder sechs junge Türken in Stücke. Und verwandelte sich über Nacht und kraft ihrer Magie wieder in ein Schaf. Mehmed wußte nicht, in welches. In Ankara sagte man, das Verschwinden des exotischen schwarzen Sterns sei ein schwererer Verlust als der völlig normale Tod von ein paar Türkenknaben. Niemand war verwundert, daß sich, Anfang Juni, eine Josefine in Nazareth einfand. Zu Beginn lebte sie halbwild und hielt sich daher an die Galiläischen Berge. Später gewann sie Geschmack an Tiefland, Sümpfen und Sand. Sie bewegte sich frei – als gehöre sie hier jedermann. Sie überschritt Grenzen, schlug Bögen um heilige Stätten, zerwühlte mit ihrem Rüssel die Erde. Und wurde von selbst zahm. Stundenlang trottete sie hinter Beduinen her. Und ungezählte Male übernachtete sie in den Zelten palästinensischer Kommandotrupps. Israelische Soldaten striegelten und streichelten sie. Unsere Magier bringen den Junikrieg in direkten Zusammenhang mit Josefines Anwesenheit und Wirksamkeit dort unten. Die Araber behaupten, sie seien nur deshalb davongelaufen, weil die Israelis Fahnen mit einem schwarzen Schweinskopf mit sich führten. Wie dem auch sei – jedenfalls bewegte Josefine sich auf der Sinai-Halbinsel ungestört, wie in einem weiten, nicht eingegrenzten Schweinegehege. Sie erwürgte arabische Verwundete und spulte deren Gedärme hinter sich ab. Noch monatelang wuselten Wüstenschlangen, ganze Knäuel davon, hinter Josefine von Nazareth her und nisteten sich in den zurückgelassenen arabischen Stahlhelmen und Schädeln ein. Zur Zeit soll Josefine, wie sowohl Israelis als auch Ägypter versichern, irgendwo im Suezkanal sein.

Die heutige Welt ist nicht so sehr über Josefines Auftauchen bestürzt und verwundert als vielmehr über ihr Verschwinden. Daraus geht hervor: Es ist völlig natürlich, daß ich mir diese meine Josefine, die du mit eigenen Augen vor dir siehst, in deinem gewesenen Vaterland Jugoslawien beschafft habe – und zwar in seinem westlichen, katholischen Teil. Kaum hatte ich gehört, sie sei dort aufgetaucht, eilte ich hinunter und fing sie mir ein. So was macht mir keinerlei Mühe, denn ich bewege mich ohne Paß unterhalb von Europa! Dein armer, gottesfürchtiger Jugo hat sie mir für zweihundert DM verkauft. Er verlangte von mir, ich solle für seine Söhne in Dojtsch oder Österreich oder Schweden Arbeitsplätze als Maurer finden. Für das Versprechen, das ich ihm gab, mußte er mir die zweihundert Mark wieder aushändigen – so daß ich also gratis zu Josefine gekommen bin! Josefine ist eine gescheite Sau. Sie weiß, daß die sechziger und siebziger Jahre eine Zeit schrecklicher, vor allem politischer, Gewalttaten sind, und eines Massenterrors, wie man ihn in Friedenszeiten bislang noch nicht erlebt hat. Diese meine jugoslawische Josefine weiß, daß wir auf Botschaften, Vertretungen, Konsulate vor allem erpreßte, angeworbene, gekaufte Subjekte loslassen. Jedoch: Der Mensch ist unsicher, von Natur wetterwendisch und ängstlich, so daß man mit ihm, genau wie mit einer Maschine, nicht alles anfangen kann. Doch bald werden wir die Welt vor Schreck erstarren lassen! Wir werden ein schwarzes Schwein mit einer weißen Blüte auf der Stirn gegen kommunistische, slawische und sozialdemokratische Botschaften und Heime hetzen. Wir Mystiker, Verfasser neuer Kalender, astrologischer Handschriften und Handbücher für Schweinezucht haben ein Gespür dafür, mit welcher Geschwindigkeit die Welt in den Untergang rast. In den Schiffbruch, in die Sintflut, in der alle alten Werte ersaufen! Nur noch Josefine kann die Menschheit vor dem Wege nach links bewahren, auf den die Slawen, Juden und Liberalen uns locken wollen. Wir werden Sarajevo 1914 rächen – das Jahr, in dem, nach unserer Veterinärlehre, der europäische Kommunismus begann! Die Strafen müssen von einer unerhörten Konsequenz sein; in Strömen muß das Blut unserer Feinde fließen, zu wahren Gebirgen müssen sich ihre Schädel, Rippen und Augen türmen. Wann wird diese Welt begreifen, daß unser Vampirtum und unsere Gewalttätigkeit im Vergleich zu dem, was sie Fortschritt nennt, die einzige Hoffnung bedeuten?!

Im übrigen – Josefine ist in bezug auf Fleisch wählerisch. An schwarzem afrikanischen oder gelbem asiatischen schnuppert sie nicht mal. Aber: ob östliche oder westliche Halbkugel – das ist ihr keineswegs wurscht! Ich hab' das ein paarmal ausprobiert, hab' mich davon überzeugt. Sogar beim Fleisch der Völker von jenseits des Eisernen Vorhangs macht sie noch Unterschiede. Wenn es lediglich ungarisches, rumänisches oder albanisches ist, muß ich es ihr salzen. Ist es aber weißes Slawenfleisch, vor allem von den sündigen Südslawen, dann zerreißt Josefine es mit der Schnelligkeit und Gier einer Tigerin . . .«
Soweit Drakulas Bericht.

## 2

Enver Papak befand sich in einem anderen Winkel der Folterkammer. Er wechselte Blicke mit Josefine. In der Linken hielt er das Handbuch von 1941, in der Rechten Josefines Pelerine mit dem hohen Kragen und den gesäumten Ausschnitten für die Vorderbeine. Über ihm, an der Wand, hing meine Kleidung, daneben Markovićs englisches Complet mit Peitsche und Stiefeln. Auch anderer Kram hing da herum, Kindermützen, Frauenumhänge und so weiter. Ich schaute zu, wie Josef-Franz sich davon überzeugte, ob Markovićs Hände auch fest genug an die Stange gebunden waren. Auf einem anderen Tisch – der nur dann benutzt wird, wenn es sich nicht um einen Allerweltsdelinquenten handelt – bot sich ein mir unvergeßlicher Anblick. Dort lagen:

1. Zangen aller Größen – von solchen zum Rausreißen von Fingernägeln und Zähnen bis zu Kneifzangen zum Nägelziehen;

2. Scheren, wie man sie zum Stutzen von Pferdemähnen und -schweifen und zum Scheren dalmatinischer und bosnischer Schafe und Ziegen benutzt, dann aber auch vollkommen verrostete, ›historische‹ Scheren – wie Budak sie eines Nachts genannt hatte, als er uns Fotos vom größten KZ auf dem Balkan, Jasenovac, zeigte: Scheren, mit denen man nach den Anleitungen eines anderen Handbuchs, das sich jetzt in Foretićs Händen befand, Kindern die Finger und Erwachsenen Zunge, Ohren und Nase abschneiden kann;

3. Drahtenden, die aussahen wie diejenigen auf den Dachau-Fotos an der Wand oder auf den Fotos und den bunten Ansichtskarten am unteren Rand der Karte. Aber auch andere Drähte – zum Ausstechen von lebendigen Augen nichtkatholischer Lebewesen; ferner Stacheldraht, einmal, als Erinnerung, zu einem Knäuel zusammengerollt oder auch, nicht als Erinnerung, um ein Stockende gewickelt – zum Behandeln protestantischer Sohlen, Handteller und Bauchdecken. Diese stabilen Drahtstriegel werden in Salzwasser oder Lauge getaucht – dann wird damit über die empfindlichsten Stellen von Brust und Armen solcher Gefangenen gegeigt, von denen man weiß, daß sie Geld nach Hause überweisen oder selbst nach Jugoslawien zurückwollen. Man darf also sagen: Drähte aller Art, nicht zu vergessen jene, durch die Strom in die Leiber derjenigen geleitet wird, welche die Kreuzritter-Bewegung der Ustaschi nicht re-

gelmäßig finanziell unterstützen oder die nicht willens oder nicht mutig genug sind, Gift in die Suppenkessel der Gastarbeiter zu schütten;

4. Sägen, größere und kleinere, zum Abschneiden von Hörnern, noch nicht ausgeschlagener Zähne, feiner Menschenknochen – alles verrostet, Erinnerung an 1941;

5. Löffel: Kommiß-, Lager- und Trophäenlöffel aus angesengtem Holz, dann aber auch welche mit Stielen aus kostbarem Bein, sagen wir Pferde- oder Menschenbein, gewöhnliche flache, aber auch runde Löffel, vom Aussehen einer Muschel, womit sie dir mit zwei, drei geschickten Bewegungen das Auge mitsamt den Wurzeln ausgraben. Sie wurden aus verchromtem Blech nach Zeichnung und auf Befehl des kroatischen Führers Dr. Ante Pavelić im April 1941 hergestellt – wie uns Budak einmal erläuterte, während er einem, der inzwischen neben mir gestorben ist, mit Augenausstechen drohte, wenn er sich nicht zu einem Anschlag auf die JAT oder mindestens auf die LOT[1] bereit erkläre. Endlich verschiedene andere Löffel, mit denen man heute noch essen könnte;

6. Feilen und Feilchen, Stücker zehn; Meißel zum Zähneausschlagen und Kieferzertrümmern; verrostete Hämmer und Nägel verschiedener Größe, welch letztere, so wurde uns eines Nachts erläutert, Serben, Juden und Protestanten jeder Sorte unter die Fingernägel oder sonstwohin in den Leib getrieben werden, und zwar mit Musikbegleitung – aber auch kroatischen Verrätern und Weichlingen, unwürdig der römischen Religion und des großen Balkanvolkes, das um jeden Preis siegen möchte und doch nicht kann;

7. Sandsäcke, gefüllt 1942 mit Sand aus der Save, an Holzstielen befestigt, die Hülle aus irgendeinem feinen, gummierten Kriegsleinen, vortrefflich zum Zerschlagen der Nieren geeignet;

8. Messer – von den kleinsten bis zu den größten: Soldatendolche, die erfolgreich benutzt wurden und hier wenigstens noch zur Einschüchterung dienten; gebogene Klingen in Scheiden aus Rinderhorn; ein sogenanntes bosnisches Krummesser; und dann die ruhmreichen Dolche, vor denen sich Foretić und Dazlina, wenn sie, wie heute, in Franziskanerkutten gekleidet waren, mehrmals bekreuzigten, um sie dann wie besessen in der Folterkammer in Türstöcke oder Schwellen zu stoßen, während sie irgendwelche furchtbaren Gelübde ablegten;

---

[1] LOT = Polnische Luftverkehrsgesellschaft

9. Schlagstöcke, glatte und gerade – aber auch zwecks größerer Schmerzerzeugung eigens präparierte; andere, aus deren Stiel eine Spiralfeder hervorspringt, die sich, wenn man geschickt zuschlägt, um den Leib wickelt; winzige Keulen an Ketten, mehrere gebündelt, so daß sich dir bei jedem Schlag mindestens fünfzig schwarze Hörner ins Fleisch graben;

10. Äxte – eine wahre Axtsammlung, so daß ein Entführter schon bei diesem Anblick vom Entsetzen gepackt würde; überwiegend handelt es sich um leichte Streitäxte mit Kreuzen und Wappen im Stiel, geeignet zum beidarmigen Schlagen und zum Kampf Brust an Brust; dann auch alte, schwere, schartig gewordene Äxte von 1918, mit denen man in Bosnien und Serbien Hände, Füße und Köpfe abgehackt hat, und schließlich die schwersten Holzfälleräxte, wahre Ungetüme aus Linz, mit denen man in den Alpen den Schweinen zwischen die Augen und den Ochsen zwischen die Hörner schlägt . . .

## 3

Grün im Gesicht, wie verzückt, und Asche im Nacken, hielt Josef-Franz, der Violinist, eine dieser Äxte in seiner gesunden, der linken Hand. Noch schwingt er sie nicht – noch wartet er ab, bis der zu Tode erschrockene Budak sein Gespräch mit dem zukünftigen Attentäter, Feuerleger und Kidnapper beendet. Kasimir fragt, Mark antwortet. Wird Mark tun, was ich ihm geraten habe?

»Hundesohn – willigst du ein, Höllenmaschinen in jugoslawische Kinos zu schmuggeln, wie Hrkać das getan hat? In Eisenbahnzüge und Bahnhofsgepäckaufbewahrungen, wie Ivan Jelić? In Kaufhäuser, Partisanenfriedhöfe, Sportstadien? Überallhin, wo sich dieser verfluchte jugoslawische Auswurf versammelt, der sich von uns losgesagt hat?«

»Ich willige ein!«

»Willigst du ein, Ekrasit unter ihre Brücken und Denkmäler zu legen und in die Häuser, in denen sie, natürlich auf unsere Kosten, leben – während wir uns hier in der Einsamkeit herumquälen und nichts weiter als Schweinerücken zu sehen bekommen!«

»Ich willige ein!«

»Willigst du ein, mit Dolchen, automatischen Feuerwaffen oder auch Spitzhacken und Eisenstangen, wenn du gerade nichts anderes zur Hand hast, in ihre Konsulate und sogenannten Botschaften einzudringen und sie dort zu durchlöchern und zu tranchieren?«

»Ich willige ein!«

»Willigst du ein, von Haus zu Haus, von Baracke zu Baracke zu ziehen, überallhin, wo dieses verfluchte ›patriotische‹ Gastarbeitergesindel haust und schuftet, und ihnen Abonnements zu verkaufen auf den *Kroatischen Staat*, die *Kroatische Revue*, die *Kroatische Scholle*, den *Jungen Ustascha* – auf alles, was wir im freien Westen herausbringen und vertreiben? Willst du für uns und unsere Kreuzzugbewegung Monatsbeiträge und Abgaben einkassieren, sowohl freiwillige wie erzwungene?«

»Ich willige ein!«

»Uns sind diese Jugos im Wege – alle zwanzig Millionen, vor allem aber diese eine Million, die sich auf Arbeit in unserem – und nur in unserem – Dojtsch befindet. Uns ist im Wege dieser ihr Botschafter oder Konsul oder was immer er sein mag. Er hat seit 1941 gegen das Dritte Reich und gegen die Schwarze Internationale gekämpft. Die SS-Division *Prinz Eugen* hat ihm ein Auge ausgeschlagen. Unsere treuesten Verbündeten, die Bulgaren, haben ihn von seinem rechten, überflüssigen Bein befreit. Jetzt gilt es ihm mit der Schneide die Hoden zu kitzeln.«

»Ich willige ein!«

»Du orthodoxer Köter! Wenn du nur die Hälfte von allem ausführen würdest, würden wir dir dein Leben schenken. Wenn du nur ein Drittel an uns abführtest – den Rest könntest du mit deinen Jugos auf den Kopf hauen. Wie andere das auch tun!«

Kasimir Budak fingerte, wie von einer unbestimmten Angst geschüttelt, in seinen bereitstehenden Sakramentalien herum.

»Ich würde alles an euch abführen!« flüsterte Marković überzeugend und schaute dem Alten in die Augen: »Ihr wißt selbst, daß es mir mehr um Gerechtigkeit als um Gold geht. Ich würde nur eine Kleinigkeit für mich behalten – so viel, daß ich das nackte Leben fristen kann. Das übrige würde ich an der befohlenen Stelle abliefern. Ich kann euch verstehen. Seit langem ist der Schweinestall zu eng, ihr wollt ihn erweitern. Die Ernährung einer solchen Zentrale geht ja auch ins Geld. Bomben und Sprengstoff sind teuer – und schwer zu kriegen. Die Händler verlangen unmögliche Preise, Schweinepreise!«

»Warum senkst du den Kopf?« fragte Budak und hielt sich seine Feiertagshandschuhe vor die Nase: »Woher die Träne in deinen Augen – jetzt, da du doch in alles eingewilligt hast?«

»Ich schäme mich vor Niko Maraš!« flüsterte Marković, und mein Verstand wagte nicht zu glauben, was ich da hörte: »Ihn habt ihr mehr gequält. Warum solltet ihr nicht auch mir dieses glühende Eisen aufdrücken – wie ihm?«

»Das Hufeisen ist nur für Auserwählte, und nur eine katholische Brust kann es tragen«, erläuterte Budak und fügte hinzu, während er auf Enver Papak zeigte, den Foretić und Dazlina an den Schultern festhielten: »Oder bestenfalls ein Konvertit . . .«

»Ich schäme mich vor Niko Maraš!«

Ich weiß nicht, ob ich weine oder bloß meine Wunde betaste – in die mir Foretić, Dazlina und Brekalo mehrmals auf Drakulas Anordnung Hundeurin und Schweinekot gerieben haben. Ich bin eine einzige große Wunde, die zum Glück mit keinerlei Kräutern und Salben zu heilen ist. Der Tod ist meine einzige Hoffnung, meine Befreiung. Deshalb will ich den Morgen nicht erleben! Ich habe nicht die Kraft, den Kopf von der Brust zu nehmen und mir Budak ein bißchen genauer anzuschauen, der sich über das Tischchen hinweg zum mißgelaunten Schweinegrafen beugt.

Budak zittert. Mir ist, als wolle er mit der schwarzen Kladde und dem Kruzifix in der Hand Markovićs Kopf vor Drakulas erhobener Rechten mit dem Geigenbogen schützen. Drakulas knackender, quietschender rechter Arm beschreibt Kreise in der Luft, als wollte er noch einmal die Blitze abwehren, die 1915 auf sein menschenfresserisches 11. Österreichisches Regiment niederfuhren beim Versuch, von Norden her die Save zu überschreiten und Belgrad anzugreifen.

Drakula schäumt und faucht wie ein Wasserungeheuer. Er erinnert sich an die Gemetzel im Banat, in Siebenbürgen und den Karpaten, wo er sich unsterblichen Ruhm erwarb durch das Abschneiden von Zungen lebender feindlicher Soldaten. Immer wenn er sich, wie heute nacht, rächt, nimmt sein Gesicht die blaßgrüne Todesfarbe seiner Narben an. Drakula muß durstig sein, seine Lippen beben. Aber immerhin ist er noch bei sich – und er blickt nicht nur auf Markovićs an den Baumstumpf gefesselte Hand, sondern gleichzeitig auf vier seiner Sklaven, die sich gerade, damit die Schweine nicht ausbrechen, mit dem Rücken gegen die Tür stemmen.

Enver Papak rezitiert auswendig Leitsätze aus seinem Handbuch, wobei er unentwegt Josef-Franzens gesunde Hand mit der Axt anstarrt: »Unsere Schweinetollwut ist eine ansteckende

Krankheit, die sich in Bewußtseinstrübung und vollkommener Lähmung äußert. Der Erreger sitzt im Mundschleim wütiger Tiere. Unsere Schweine werden durch Bisse wütiger Hunde infiziert, die aus fremden, meist serbischen Gegenden kommen, manchmal auch durch Bisse von Füchsen, Wölfen und anderen Tieren. Unsere Schweinetollwut ist unheilbar.«

Da verdunkelt sich mir das Bewußtsein. Ich höre nur einen stumpfen Axthieb. Durch blutigen Nebel sehe ich, wie das alte Phantom Markovićs Daumen hochnimmt und betrachtet.

Budak erwähnt die Gerechtigkeit Christi. Mit einem Mund, der aussieht wie eine alte und unheilbare karpatische Wunde, fängt Drakula den Blutstrahl auf. Er tut das geschickt, so daß nur seine Pickelhaube, seine Nase und seine erdverschmierte Stirn Blutspritzer abbekommen. Dann sagte er etwas, das niemand versteht. Es müssen Daten und Chiffren aus seinem Kalender sein – die beschwört er, während er sich rückwärts entfernt. Ein slawischer Daumen landet in hohem Bogen vor Josefine!

Alle drei Franziskaner öffnen das Tor, das aus der Folterkammer auf ein Podium führt, von dem aus man den gesamten Schweinekonzertsaal überschauen kann. Josef-Franz und seine Auserwählte unter ihrer umgehängten Pelerine schreiten ruhig hinaus. Budak streicht irgendwas Scharfes und Stinkendes auf Markovićs Wunde. Dann eilt er, einen mächtigen Koffer mit Flaschen und alten Büchern vor sich herschiebend, Josef-Franz nach. Wie wir aufs Podium gelangten, das mit frischem Stroh bedeckt war, weiß ich nicht.

Ich liege auf den Knien. Aus Markovićs Wunde, durch den frischen Aufstrich hindurch, überkommt mich das Gruseln. Sein Blut gerinnt. Ich könnte ihn berühren, so nahe ist er mir. Seine Augen sind glasig geworden. Ich glaube, er weiß nicht, wo er sich befindet, weiß nicht, daß sein Daumen zwischen Josefines ausgestreckten Klauen liegt wie ein toter Wurm. Papak verbirgt sein Gesicht hinter dem Handbuch des Dr. Krešimir Maslovarić.

Drakula hält die Violine in seiner heilen Hand. Sie ist grün, genau wie der Bogen, den er jetzt mit Hilfe seiner beweglichen Prothese auf die Saiten setzt. Drakula verneigt sich vor den Berkshires – die sich beruhigen, kaum daß die ersten magischen, grünschillernden Klänge ertönten. Nun musiziert Drakula. »Über dem sündigen Fleisch der Südslawen« – so vermeine ich ihn flüstern zu hören, wie in jener Nacht, als er auch mich fürs ganze Leben verunstaltet hatte. Und ich höre ihn weitermurmeln, daß unsere, der Südslawen, Schuld und Verirrung kein Ende nähmen, weshalb auch sein Musizieren sich in die Länge ziehen müsse. Krumm, kaum sichtbar, sitzt er, gehüllt in Schweinedämpfe und benetzt von dem Wasser, das von der Decke auch auf meine Hände tropft.

Der erste Teil des Konzerts auf unserem gezüchtigten Fleisch ist beendet. Von Paganini-Klängen in den Schlaf gegeigt, sind die Schweine des Konzertsaales eingeschlafen, so daß sie weder Futter noch Wasser brauchen. Nur Josefine ist noch wach unter ihrer Pelerine, die ein gut Teil ihrer geschwollenen Brüste und ihres trächtigen Bauches verhüllt. Ringe hat sie an den Ohren, Armbänder an den Vorderfüßen, eine Schlafmütze auf dem Kopf. Entspannt, jedoch ungnädig – mit diesen Worten definierten einmal Josef-Franz und Budak jenen Zustand, in dem sie sich auch jetzt wieder befindet –, sinnt sie darüber nach, wer wohl der glückliche Attentäter sein wird, der als erster zum heiligen Abendmahl ihre Milch zu trinken bekommt.

Dann finden Marković und ich uns auf unseren alten Plätzen wieder, Enver Papak zwischen uns. Mark liegt in einer Art wacher Bewußtlosigkeit da. Mir wird wieder die Luft knapp, mein Hirn ist wie ausgedörrt. Papak beschwört die Herrschaften, seine Finger zu verschonen – dann wolle er auch sämtliche Schriften hier am Hof auswendig lernen. Was Budak von mir noch will, ist mir nicht klar. Er läßt Wasser gluckern – nach dem ich nicht mehr verlange. Seine Feiertagshandschuhe berühren meine Stirn, meine Lippen, er läßt mich an seinem Tabaksbeutel riechen. Ich weiß nicht, ob ich es ihm deutlich genug zu verstehen gebe, daß mir nicht mehr nach Rauchen zumute ist.

»Niko, unser Lebenssinn liegt im Leiden – und in dem Wunsch, alles zu zerstören, was Jugoslawien besitzt, dieser Kerker unserer unschuldigen Brüder. Unser Lebenssinn liegt im Schmerz!«

»Kasimir, für mich ist *diese* Welt ein Kerker, nicht jene. Ich verspüre keinen Schmerz mehr. Freu dich also nicht zu sehr!«

»Maraš, unser Weg ist der Todesweg aller Dinge!«

»Warum läßt du mich dann nicht ruhig sterben? Warum hilfst du mir nicht?«

»Leb noch eine Zeitlang. Quäle dich!«

»Budak – nur weil ich nicht für euch losgezogen bin?«

»Maraš, worum tut's dir am meisten leid?«

»Um Marković!«

»Wie das? Der hat doch einen anderen Glauben. Der ist doch orthodox!«

»Der ist mehr als ich gequält und erniedrigt worden.«

»Maraš, hast du nicht gehört, daß er in alles einwilligte?«

»Ihr werdet noch die halbe Welt zerstören!«

»Und was sagst du dazu?«

»Budak – fürchte die Rache. Sie wird dich ereilen!«

»Wann?«

»Wenn du gerade besonders gerne lebst.«

»Maraš, weißt du nichts Schlimmeres als das?«

»Nein!«

»Das heißt, du willst mir nur eben mal ein bißchen Angst einjagen?«

»Budak, wenn du mir schon nicht helfen willst, dann laß mich allein sterben, wie es sich gehört. Hau ab!«

»Maraš, so schnell verläßt die Seele einen sündigen Leib nicht!«

»Budak, dann töte mich!« stöhne ich auf und strecke die Arme nach ihm aus. »Bei deiner Muttergottes, deiner einzigen Helfershelferin, zu der du in diesem Schweinestall schon länger als zwanzig Jahre betest: Erwürge mich! Bei deiner Josefine, die du kleidest und melkst! Bei deinem . . .«

»Nein!«

»Budak, du altes Luder – daß du mich nicht wie einen Menschen oder, wie ihr sagt, einen Christenmenschen, hast verrekken lassen, das wird man dir besonders verübeln!«

»Maraš, noch bin ich quicklebendig!«

»Wirklich?«

»Ich schwör's dir!«

»Bei wem oder was könntest du schon schwören, du Stück Aas!«

»Bei der Ehre! Beim untreu gewordenen Vaterland – das an allem schuld ist!«

»Und bei was noch?«

»Beim Leben meines einzigen Sohnes Alois!«

»Und warum schwörst du nicht bei Gott?«

»Ich schwöre auch bei ihm!«

»Schwör bei Josefine!«

»Mögest du dir die Zunge abbeißen!«

»Josefine ist dein Tod!«

»Niko – ich werde dich nicht erwürgen, egal, was du zu mir sagst!«

»Kasimir, dann tu ich es selber!« Irgend etwas dergleichen sage ich zu ihm. Ich sehe die blutige Dampfwolke um mich her, schließe die Hände um meinen Hals und versuche, mich selber zu erwürgen. Ich röchle, und in Gedanken bin ich bereits frei und tot.

## 4

Jetzt spreche ich, Enver Papak.

Niko Maraš brachte es nicht fertig, mit sich selbst Schluß zu machen. Er würgte, bäumte sich auf, fiel hintenüber. Budak wollte ihm nicht helfen. Er tat sogar das Gegenteil: Er löste immer wieder Maraš' Hände vom Hals. Dann zog er ihm Stroh und Drahtstücke und Lappen aus Mund und Speiseröhre. Maraš knallte mit dem Kopf zu Boden. Nicht einmal jetzt konnte er sterben.

Budak wurde zornig: »Enver, worauf wartest du? Erwürg ihn endlich!«

Budak stand über der Absperrung und hielt seine Taschenlampe auf unsere Zelle gerichtet. Markovićs Augen waren glasig erstarrt. Maraš' Körper hatte sich verkrampft. Meine Hand sträubte sich – da zischte Budak: »Enver, würge!«

Ich nahm, was ich fand, vom Boden auf und stopfte es Niko in den Mund: Angefaulte Holzstückchen und Hobelspäne; Stacheldraht von Lagerzäunen und Draht zum Fesseln der Hände von Gekidnappten und zum Foltern Verurteilten; Stemmeisen Löffel Zangen gebrauchte Watte Gaze Bindfäden; Plakate Flugblätter Aufrufe Einladungen zu einem Kreuzzug mit schwarzgeschwänzten und schwarzschnäuzigen Schweinen als Vorhut; sauergewordenes Stroh und Fahnen mit Haken- und anderen Kreuzen und auch mit Josefines Kopf; die schwarze Schleppe vom Feiertagsgewand des Erzbischofs Alois Stepinac; dessen Pistole dessen Schlagring dessen Fingerring; ein Souvenir von Galeazzo Ciano; das gewaltige österreichische Messer mit mehreren Schneiden mehreren Spitzen mehreren Heften, womit auf dem Petrovagora, keine hundert Kilometer vom Sitz des Erzbischofs entfernt, einige hundert serbische, jüdische und Zigeuner-Waisenkinder abgeschlachtet worden waren; Schweineborsten Schweineschwänzchen Schweineklauen; zusammengeknüllte Zeitungen von heute sowie aus der Zeit des USK und des Dritten Reiches mit Hitlers und Mussolinis Bild auf allen Seiten; Schädelknochen von Hasen und Kleinkindern; Fetzen von italienischen, deutschen und Ustascha-Uniformen aus den Kriegsjahren und verrosteten Rangabzeichen Litzen Kreuzen darauf; Enteneier Kalk Scheren; Handschuhe, so ähnlich wie die an Budaks Händen . . .

»Enver: Mach's mit dem Berkshire! Oder auch du bist des Todes!«

Es handelte sich um ein soeben erst zur Welt gekommenes Tierchen, das sich noch nicht richtig auf den Beinen halten konnte. Es wandte den Kopf ab vor dem Lichtstrahl aus Budaks Taschenlampe, und ich konnte sehen, daß es keine weiße Blüte zwischen den Augen hatte. Wie war es dann in die Abteilung für Menschen geraten? Ich faßte Mut und schnappte es mir. Es klebte sich förmlich an meine Finger. Es quietschte. Ich wollte es wegwerfen, so schleimig war es. Budak aber zeigte mit Kladde und Kruzifix auf Nikos Kopf. Da führte ich das Tierchen, das in meiner Hand zappelte wie ein Fisch, an Maraš' Mund und drückte kräftig zu. Niko röchelte ein, höchstens zwei Augenblicke. Dann wurde er genauso still wie das kleine, zerquetschte Berkshire.

»Enver, du hast dich losgekauft!«

Budak bekreuzigte sich und betete. Er erinnerte sich dabei offenbar an Blumen und Bienen, an wogende Weizenfelder, an die Heimat schlechthin und an die Brücken, die dort noch nicht in die Luft geflogen waren. Endlich erschien auf einem Podium, das dem von vorhin glich, Josef-Franz mit fluoreszierender Geige und Pickelhaube.

Der Graf war in Verzückung. Er musizierte, beherrschte Geige und Bogen wie ein Zigeunerprimas. Diesmal hörte man nicht einmal das Knacken seiner zahlreichen hölzernen Gelenke.

Zwischen dem Violinisten und seinem Koffer lag Josefine. Ihr Gesicht drückte Schmerz aus. Ich hatte den Eindruck, sie werde sofort ferkeln, wenn die Musik aufhört. Es störte Josefine nicht, daß der Graf sich mit dem Lächeln eines Kavaliers, ja, Liebhabers dem Saal zuwandte.

Auf ihren Schwänzen und Hinterschinken sitzend, dem Podium zugekehrt, lauschten die Berkshires den paganinischen Kapriolen des großen Geigenspielers mit einer Aufmerksamkeit, die höchste Bewunderung verdiente.

Brekalo, Foretić und Dazlina konnte ich nicht ausfindig machen. Entweder waren sie irgendwo hinten im Saal, unter dem

Publikum – oder sie waren hinter den Kulissen mit Josefines Umstandskleidern, mit frischem Fleisch und dem Kinderwagen für den Nachwuchs beschäftigt. Budak stand rechts, beim Vorhang. Er hatte einen dicken, in Schweinsleder gebundenen Kalender unter dem Arm. Ich wußte nicht, was mit mir anfangen. Wie hatte ich es nur über mich bringen können, Maraš zu erwürgen?! Markovićs unversehrte Hand lag auf Nikos Stirn, streichelte sie. Ich weinte mit den beiden.

Durch Tränen gesehen, wirkte Budak untröstlicher und lächerlicher als je. Als wage er sich nicht vom Fleck. Da begannen aus seinem Kalender, zur Decke hinauf und auf uns zu, Fledermäuse, Spinnen und Motten herauszuflattern.

Seit ich in Dojtsch war, hatte ich nichts Schöneres und Seltsameres erlebt. Ich schwamm in Tränen.

## *IV.*
## *Große Vorbereitungen für den Aufbruch*
## *Adieu, ihr meine schwarzen Engel!*
## *Frumkin zum erstenmal bei Hofe!*
## *Drakula, dir wünsch' ich einen Pfahl aus Weißdornholz durch die Brust!*

»Hundesohn, verabschiede dich von den Schweinen!« sagte Kasimir Budak zu Marković, während er ihm einen Mantel, ganz ähnlich dem, den er selber trug, umhängte und jene Tür öffnete, durch die sie in der Nacht gekommen waren. »Und wenn du klug bist, kehrst du nie wieder zu ihnen zurück.«

»Ich werde klug sein, Alter.«

»Die Berkshires, unsere schwarzen Brüder, erwarten dein Adieu!«

»Ihr Engel!« sprach Marković mit Wärme in der Stimme und winkte der Phalanx aus lauter geraden Rücken zu: »Bei euch hatte ich's besser als bei manchen Menschen!«

»Und gegen diese Sorte Menschen«, sagte Budak, »richtet sich unsere Rache.«

Marković blickte vorsichtig in die Ecke, wo er bis vor kurzem auf Stroh gelegen hatte: »Alter, darf ich mich auch von den beiden dort verabschieden?«

»Sofern du ihnen empfiehlst, in alles einzuwilligen.«

»Auf Wiedersehen, Enver Papak!« sagte Marković, beugte sich über das Geländer und fuhr dem abgemagerten Koloß mit der verbundenen Rechten aufmunternd über den Kopf.

»Mit mir ist's aus!« weinte Papak, tränenlos: »Wir sehn uns nie wieder. Adieu!«

»Papak, sage zu allem ja!« empfahl Marković laut, damit Budak, der an der Tür stand, es hören konnte: »Sei wie ich, mach's wie ich! Du siehst: Mich läßt man schon laufen!«

»Ob ja oder nein, für mich ist es längst zu spät«, sagte Papak aus dem Halbdunkel. »Glückliche Reise!«

»Willige auch du in alles ein, Weselowski!« sagte Marković zu einem langen, vom fast weißen Haar überwucherten Kerl, der, an den Füßen gefesselt, auf Niko Maraš' Platz lag: »Ohne Daumen läßt es sich besser in fremde Taschen fahren. Man sagt, das sei erwiesen. Die Hand ist leichter und flinker!«

»Nichts von alledem verstehe ich!« schäumte Weselowski, mal auf deutsch, mal auf polnisch: »Soll ich feiner Taschendieb und Einbrecher, der auf politisches Asyl und das kanadische Visum wartet, in einem Schweinestall enden?! Und nur deshalb, weil ich ein verfluchter Polack bin, ein Emigrant – ein Hund, vor dem alle davonlaufen?«

»Weselowski, wenn du nicht in alles einwilligst, siehst du Kanada nie!« sagte Marković und warf noch einmal einen Abschiedsblick auf den geräumigen Saal mit all den verblichenen Größen und Trophäen und Flaggen an den Wänden.

Während Budak die Tür hinter sich zuzog, sagte er zu Mark: »Sobald ich dir in die Augen geschaut hatte, in jener Nacht, war mir klar, daß du unser Mann sein wirst. Dieser Hundesohn wird wahre Wunder vollbringen! sagte ich zu mir. Und schon hast du deine Prüfungen bestanden!«

»Na, na, Alter, bis zum Wunder hat's noch lange hin.«

»Aber nicht doch!«

Ein böiger kalter Regen schnürte herab. Budak zog Mark die Kapuze über den Kopf. Und redete mit einer piepsigen, quäkenden Stimme, die nicht ohne Güte war, auf ihn ein:

»Meiner Seel – dein Schicksal hat mich gerührt. Besonders die Sache mit der Mutter, auf dem Bahnhof. Und das mit der Tschechin. Und welcher Sohn sucht heute noch seinen Vater? Das gibt's doch gar nicht mehr! Nein, es tut mir wirklich nicht leid, daß ich dich heute nacht in die Freiheit begleiten darf.«

»Alter, ich würde sogar dich suchen!«

»Bist ein seltsamer Bursch. Nicht wie andere Serben. Und weil wir gerade bei denen sind – merk dir: Die Serben sind in Wirklichkeit gar keine Serben! Das steht schon in einem unserer Kalender. Aber – kein Sterbenswörtchen davon, solange es nicht publik gemacht ist! Die Serben sind der allerjüdischste Wüstenstamm der Sinaiten . . . Sie sind, kein Mensch weiß wie, direkt vom Sinai gekommen und haben fast den ganzen Balkan besetzt. Haben von uns, den Ostgoten, Sitten und Bräuche, Sprache und Erscheinungsbild angenommen und sich auf so raffinierte Weise getarnt. Nicht für lange! Was wird werden, wenn man herauskriegt, wer und woher sie sind? Sie behaupten, Christen zu sein, und haben unseren Christus umgebracht! Judas Ischariot war ein Sinait, sowohl vom Vater wie von der Mutter her! Die Serben werden selbst den Satan noch reinlegen! Das eine sprechen sie – als Wüstenbruder zu Wüstenbruder –, das zweite denken sie, und das dritte tun sie! Du aber bist das genaue Gegenteil dieser Asiaten. So als wärst du doch von einem ganz anderen Schlag!«

»Alter, es ist mir lieb, das alles zu hören.«

Budak blieb stehen. Er suchte nach dem Tabaksbeutel, dann nach dem Feuerzeug. Marković konnte den alten Hof wiedersehen, die abgeblätterten Wände, die Haufen von ausgewaschenen Steinen und Brettern und Strohbündeln. Vor einem der Eingänge stand ein alter Kombi mit vereisten Fensterscheiben. Der gleiche, mit dem sie Mark gebracht hatten. Man hörte Stimmen. Eine zum Fenster herausgeworfene Kippe leuchtete auf. Hinter dem Kombi, dessen Motor ratterte, stand im Regen ein Rekord mit Holzfässern und Kisten auf dem Anhänger. Marković sah einen hohlen Baumstamm und erinnerte sich an Niko Maraš, und sein Herz füllte sich mit Blut.

Niko, mir ist, als steige ich auf deinem Grab herum! dachte er und schritt neben Budak einher, der sich in seinen Mantel verkrochen hatte und noch unscheinbarer geworden war ... Niko, ich würde mich ja bekreuzigen, wenn meine Rechte nicht daumenlos wäre; so aber kann ich nichts tun, als den Schweinehirten dorthin folgen, wohin sie mich führen – und sie führen mich, so hoffe ich, geradewegs zu dir ... Abermals betrachtete er den hohlen Baum. Niko, bisher hab' ich alles getan, was du mir gesagt hast. Wenn ich nun noch das Messer finde, dann ...

Da schloß Budak die Tür zur Folterkammer auf und führte ihn hinein. Marković bemerkte, daß aus dem Nebenraum Tabakrauch hereindrang. Er tat, als habe er nur einen Blick für die Fotos und die Ausschnitte aus dreißig Jahre alten Zeitungen und Illustrierten, die an die Wände genagelt oder geklebt waren. Neben seiner und Nikos Garderobe hingen Arbeitermonturen; auf dem Fußboden lagen Gummistiefel und orangefarbene Plastikhelme. In den Ecken blutige, zerknüllte Lumpen, Umhänge von Straßenreinigern, Besen, zwei endlos lange Plastikschläuche, Schuhe. Und damit er nicht bei einer plötzlichen Konfrontation erschrak, suchten seine Augen vorsorglich nach einem Menschenskelett, einem Totenschädel. Der schwarze Koffer, der Violinist und Josefine waren nicht da.

»So, du Köter, jetzt sind wir vollkommen allein.«

»Klar.«

»Jetzt haben wir keine Zeit mehr zu verplempern. Das ist unsere letzte Unterhaltung vor der Aktion!«

»Ich bin zu allem bereit.«

»Zuerst zieh dich aus und wasch dich!« sagte Budak und führte ihn zu einem Faß mit warmem Wasser. »Ganz! – Den Kopf, den Allerwertesten! Paß auf den Verband auf. Ich möchte nicht, daß deine Wunde wieder zu eitern beginnt.«

»Wird schon nicht – ich red' ihr gut zu«, scherzte Marković und platschte ins Wasser.

»Dort, wo du jetzt zu arbeiten hast, mußt du vornehm sein. Auf Hochglanz getrimmt. Und duften mußt du.«

»Ich werde duften!« sagte Mark, als er bibbernd aus dem Faß stieg und in seinen englischen Anzug schlüpfte.

»Du mußt dich kleiden, als ging's nicht zum Attentat, sondern zum Pferderennen.«

»Ich hab's kapiert.«

»Den Anzug haben in der Zwischenzeit meine Gorillas getragen. Immer abwechselnd. Und nur zum Fotografieren.«

»Das sieht man dem Anzug aber gar nicht mehr an!«

»Dafür hab' ich gesorgt!«

»Wie großzügig!«

»Was heißt hier großzügig?«

»Keine Ahnung«, stellte Marković sich blöde. »Vielleicht unser Attentat?«

Budak ging an dem Tischchen mit dem Miniaturgalgen vorüber, daneben lagen Kruzifix, Tabaksbeutel und Handschuhe. Auf dem Baumstamm lag das ›Handbuch für Schweinezucht‹, völlig verschimmelt, der Einband hatte sich schon aufgelöst. Budak äugte vorsichtig in den Nebenraum, aus dem in dicken Schwaden Tabakrauch drang. Dann brachte er Marković die Stiefel – auch sie waren getragen und gut ausgetreten –, dazu die Schottenkappe und die Peitsche. Dann steckte er ihm die Ringe auf die Finger, band ihm die automatische Uhr Marke ›Seiko‹ um, hängte ihm die Pelerine über die Schultern und forderte ihn auf, sich zu setzen. Marković gehorchte.

»Hungrig?«

»Ja«, sagte Marković, während Budak einen Colt, eine Handgranate und einen Dolch aus Jasenovač in den Mantel schob.

»Die Suppe ist noch warm«, sagte der Alte, der irgendwo irdenes Geschirr und Besteck aufgetrieben hatte: »Und hier ist auch Schweinebraten!«

»Er wird doch nicht von Josefine sein?«

»Von ihrem elften Söhnchen!«

»Wichtig ist nur, daß es von Josefines Geschlecht ist«, sagte Marković und aß. »Und daß die Zahl elf genannt wird! – Der Zyklus . . .«

»Warum ist das wichtig?«

»Das Attentat!« sagte Marković überzeugend und verdrückte das nächste Bratenstück.

»Das Attentat!« Der Alte wiederholte das Wort genüßlich. Dann zeigte er auf zwei Flaschen: »Bier oder Schnaps?«

»Beides, Alter!«

»Trink heut nacht, soviel du Lust hast! Auch ich werde trinken.« Der Alte tat einen Zug aus der Flasche und schüttelte sich.

»Jetzt, wo wir von Josefines Leib geabendmahlt haben, müssen wir gut nachspülen! Eine so bedeutungsschwere Nacht wie diese verdient es, begossen zu werden!«

»Dann schenk mir nach!«

»Und da hast du auch die Sachen zurück, mit denen du hier eingeliefert wurdest. Hier sind alle deine drei Pässe, der jugoslawische, der griechische, der spanische. Der Trauschein irgendeines Kurt mit irgendeiner Ursula. Dollarschecks, Kleingeld in fast sämtlichen Valuten Europas. Da hast du deine Uhren und deine Monogrammtaschentücher, Kugelschreiber, Bleistifte und Kompasse. Damit du nicht denkst, wir wollten dich ausplündern.«

»Daran habe ich auch nicht entfernt gedacht«, sagte Marković. Er fühlte sich warm und wohlig im Bauch; seine Hände konnten wieder zupacken, seine Zähne wieder beißen.

»Wir plündern nicht – wir töten nur!« rief Budak enthusiastisch. Dann nahm er ein paar Schluck aus einem Gefäß, in dem – darauf hatte er gleich zu Beginn des Gastmahls hingewiesen – Josefines Milch kalt gestellt war.

»Umbringen ist ehrenhafter als plündern«, stimmte Markòvić zu.

»Gut. Wen also bringen wir um?«

»Vorerst nur Jugos. Das heißt: Serben, Slovenen, Mazedonier, Juden – und alle, die dieses verdammte Jugoslawien lieben oder für ihre Heimat halten!«

»Wer steht noch auf unserer Liquidierungsliste?«

»Die Sozialdemokraten! Die Liberalen!«

»Weshalb?«

»Weil sie schlimmer sind als die Kommunisten!« begann Marković, vom Schnaps beflügelt, in auswendig gelernten Redewendungen zu schwelgen, während der hochgestimmte Budak ihm eine zweite Schüssel mit Fleisch und einen Krug Bier vorsetzte. »Weil sie versuchen, Josefine, das schwarze Schwein mit der weißen Blüte auf der Stirn, am Schwanz zu packen!«

»Steht die gesamte SPD auf der Liste?« examinierte Budak.

»Die SPD und auch die FDP!«

»Ist es denn möglich, die alle umzubringen?«

»Josefines Wunder sind unbegrenzt!«

»Die Reihenfolge der Liquidierungen?«

»Alter, die Liste ist ausnehmend lang.«

»Na und?!«

»Du hast selber gesagt, die steht in Josef-Franzens Kalender.«

»Zähl auf!«

Über Josefine und deren Nachwuchs schwebend, musizierte Josef-Franz. Der schwarze Wind schlug mit den Ästen wie mit Knochen gegen die Scheiben. Das Grunzen der Berkshires und das Heulen der Hunde wurde zuweilen abgelöst vom Gebimmel einer alten Glocke, irgendwo tief im Tal. Der Regen trommelte in die Dachrinnen, tropfte von der Decke.

Budak befahl Marković, der mit dem Aufzählen von Namen begonnen hatte, innezuhalten, was Marković sichtlich schwerfiel. Dann zogen sie gemeinsam, Arm in Arm und fast einstimmig, in sonorem Gebetston das Resümee:

»Erschossen wird jeder, ohne Ansehen der Person und der Herkunft, der dieses Land, diese vermoderte jugoslawische Republik auch nur für denkbar hält! Im Namen unserer Wahrheit, im Namen unserer Leiden, im Namen unseres so tief verwurzelten Wunsches nach einem anderen Leben, einer anderen Freiheit, einem anderen Vaterland! Im Namen Josefines!«

Der alte Meister musizierte.

»Welcher Tag bricht schon in wenigen Augenblicken an?«

»Der 10. April – 1971!« donnerte Marković. »Genau vor dreißig Jahren hat der große kroatische Poglavnik, Dr. Ante Pavelić, den Unabhängigen Staat Kroatien ausgerufen. Den haben schon am nächsten Tag der Duce und der Führer anerkannt! Und das erste, was der USK tat: Er erklärte den Vereinigten Staaten den Krieg. Betroffen setzte man sich im Weißen Haus zusammen (woraus ersichtlich ist, daß sich auch unseretwegen jemand versammeln kann), um diese Kriegserklärung zu beraten. Sie drehten den Globus hin und her, schlugen Atlanten auf und zogen auch antike Karten verschwundener Länder zu

Rate: Auf keinem Kontinent konnten sie uns finden. Angeblich! Was für eine Beleidigung! Als wüßten die USA nicht, wo und was der USK ist! Da wir bis heute keine Antwort erhalten haben, betrachten wir diesen Krieg als nicht beendet. Er ist nicht beendet und wird nicht beendet sein, solange in diesem morschen Staat Juden, Protestanten, Serben, in der Wolle gefärbte Sozialisten und Freimaurer ihr Unwesen treiben!«

Josef-Franz kam mit seiner Mitternachtsfantasie für Geige zum Schluß. Mit einem donnernden Unisonogrunzen billigten die Berkshires seinen Vortrag. Es war dies ihre Art zu applaudieren. Das Hundegebell verstummte. Selbst das Heulen des Windes beruhigte sich im Morgengrauen des Feiertags. Hinreichend angetrunken, mit den Gedanken beim hohlen Baum und bei dem, was Niko darin zurückgelassen hatte, hielt Marković den Atem an. Er wollte seinem Herzschlag lauschen. Diesen Moment der Selbstbesinnung unterbrach Budak, aus dessen fast verglasten Augen Tränen rannen.

Marković goß sich selbst nach, verschnitt das Bier mit Schnaps, den Schnaps mit Bier. Er rühmte wiederholt die Zahl elf, und das gefiel Budak.

Kasimir Budak wäre um ein Haar über den Tisch mit den Geräten für Vereidigung und Tortur gefallen. Er griff sich ans Herz, stöhnte auf, verdrehte die Augen. Und dann, während sein betrunkener Kopf sich immer wieder, wie magnetisch angezogen, der Landkarte des Unabhängigen Staates Kroatien zuwandte, verfiel er in krampfhaftes Schluchzen. Nun hörte man auch Weinen und Wehklagen von nebenan, trotz des Rauchs, des Gestanks und des Krachs, den die Musik machte. Es heulte und wehklagte – als wären Stimmbänder überdehnt worden und dann gerissen und hätten sich hinterher, damit das Gezeter in Ewigkeit fortdauern könne, wieder notdürftig zusammengefügt.

Die Tür sprang auf. Marković schaute nicht hin – sondern zu Budak, in dessen Händen Tabaksbeutel, Feiertagshandschuhe und die rostigen Nadeln zum Augenausstechen ruhten. Die Hereindrängenden redeten, heulten, röchelten wie aus einer Kehle. Es war die Rede von Schnaps, von St. Anton dem Dalmatiner, von den Flüssen Sava, Soca und Drina, von Dynamit und Bier und von der Berkshire-Sau mit der mystischen Blüte auf der Stirn.

Budak kehrte aus seiner Trance zurück. Sein Gesicht war wieder schlaff, die Augen wüst und leer. Er hob den Kopf vom

Tisch, wischte sich Schaum von den Lippen und fragte:

»Sprich, Hundesohn – auf wen gehen wir zwei, du und ich, nun los, im Morgengrauen dieses großen Josefinetages?«

»Auf wen schon, Alter? Auf die JAT! Auf die Botschaft, das Konsulat, die Vertretung Jugoslawiens oder eines ähnlichen Staates!«

»Und wie stellst du das an?«

»Ich halt' keine langen Reden – ich tu's! Ich werde sie noch übertreffen, die kühne Tat des Gespanns Andjelko Brajković und Miro Baresić, die, nachdem sie mit der Milch einer ebensolchen Josefine die Kommunion gefeiert hatten, genau vor drei Tagen, am 7. April 1971, die jugoslawische Botschaft in Stockholm stürmten und den Botschafter Rololić zum Sieb machten. Ich aber werde heute morgen mit meinem Botschafter, Konsul oder was er sonst ist, Schlitten fahren. Bei lebendigem Leib werde ich ihm Ohren, Nase und Eier abschneiden. Und werde in seine Wunden pissen – damit die Presse dieses schwindsüchtigen Nachkriegseuropa schreiben kann, es sei ein politisches Verbrechen verübt worden, wie man es seit drei Tagen, also seit dem 7. 4. 1971, nicht mehr registriert hat! Und das gesamte Personal dieser ihrer sogenannten Botschaft werde ich durchlöchern oder erwürgen! Und werde sie alle heranschleppen und anmutig gruppieren um ihren Chef ohne Zunge, Augen, Herz und Eierchen, damit die Pressefotografen dieser westlichen, dem Kommunismus verfallenen Halbkugel sie verewigen können! Sofern ich noch Zeit finde, werde ich jedem einzelnen in Stirn oder Wange den Anfangsbuchstaben von Josefine ritzen! Möge dies noch einmal eine Warnung an die Welt sein!«

Marković begann zu schwitzen, allein schon bei dem Gedanken an die Messer und Höllenmaschinen, mit denen er seit seiner Ankunft hier hantiert hatte, besonders aber seit seine Wunde zu bluten aufgehört hatte. Alkohol und Blut hämmerten ihm in den Schläfen. Dem Tischchen mit den Instrumenten und dem Baumstamm mit der Axt zugewandt, wagte er nicht einmal hinüberzuschauen zu Foretić, Brekalo und Dazlina, die, tränenüberschwemmt, vor der Karte des USK wehklagten und ihre Messerklingen in den Türstock trieben. Weitere drei, ebenfalls in Trance und mit zerkratzten Wangen, hielten Enver Papak fest, der sich aber schon gar nicht mehr wehrte. Auch auf dieser Gruppe wagten Marks Augen kaum zu verweilen. Indem er unverwandt in Budaks alte und entzündete Augen starrte, fuhr er fort:

»Für den entworfenen und ausgeführten Plan erhalte ich – außer dem eigenen Kopf, der mir so großherzig geschenkt wird – einhundert Mark in bar, sowie das Recht, eine Zeitlang in Zügen und auf Bahnhöfen in eigener Regie zu arbeiten. Ich habe unterschrieben: daß mein Leben nicht mir gehört, sondern Josefine – sofern es mir nicht gelingt, so viel oder noch mehr Diplomatenblut zu vergießen. Dann wird man mir bei lebendigem Leib, Stück für Stück, Fleisch und Sehnen von den Knochen zupfen und alles dem Schwein und seinem letzten Wurf zum Fraß vorwerfen.«

Da ertönte die Stimme von Enver Papak: »Auch ich, ihr guten Leute, hab' unterschrieben!«

»Enver!« Budak kam zu sich. »Sag, worauf hast du deine Unterschrift geleistet?«

Foretić, Brekalo und Dazlina, für diese Gelegenheit wie dänische Matrosen gekleidet, begannen Papak zu drängeln, bildeten aber zugleich aus ihren Armen so was wie einen Seemannsknoten. Schweiß und schmutziger Wasserdampf rannen Papak die Wangen runter, den dünngewordenen Hals entlang, während er mit seiner verbundenen Rechten zeigte, wie er unterschrieben habe. Er flüsterte:

»Daß ich den Deutschen Straßen und Toiletten reinigen werde, wie bisher. Daß ich in München den U-Bahn-Schacht ausgraben und für zwei schuften werde, wie bisher. Daß ich mauern und auf Gerüste steigen werde, wie bisher. Alles dies tagsüber. Nachts aber werde ich plündern – und euch die Beute bringen. Wie sich das geziemt für einen getauften Muselmanen! Dann werde ich mich auf Bahnhöfen rumtreiben und in Zügen die Jugos und andere Gastarbeiter vom Balkan um ihre Pässe, ihre DM und ihr Kleingeld erleichtern. Die Mützen werd' ich ihnen klauen, die Kämme und Briefe! Und was mit denen zu geschehen hat, die sich aufregen oder sogar, das verhüte Gott, zu fluchen beginnen, ist klar: aus dem rasenden Zug werde ich sie werfen! Ich werde ranschaffen – und ihr werdet horten. Bald werdet ihr doppelt so viele Hunde und Säue haben. Ich werde alles tun, was ich als Christ und als frischgebackener Katholik unterschrieben habe – nur damit ihr, Brüder in Christus, mir versprecht, mich nicht lebend der Josefine vorzuwerfen, und mir zusichert, daß ihr, falls mir was zustößt, meinen Waisenkindern in Doboj, Bosnien, zu Weihnachten und anderen christlichen Feiertagen getragene Schuhe und eine Wolldecke, irgendwas zum Zudecken, schicken werdet . . .«

»Enver, ich hau' ab!« sagte Marković.

»Glück auf den Weg!« antwortete Enver und hob den Kopf vom Seemannsknoten: »Und möge sich alles erfüllen, was du dir vorgenommen hast!«

»Papak – mir auf den Fersen!« rief Marković. Die Matrosen lockerten den Seemannsknoten, so daß der Koloß auf den Boden schlug. Dann fuhr Mark fort, als spreche er zu sich selbst: »Enver, wenn ich denen heut nacht entkomme, werd' ich hundert Jahre leben! Wie früher, werde ich mich in Bahnhöfen und Zügen aufhalten. Dort werden wir uns treffen! Ich nehme dich mit. Und wir werden deinen Armen in Doboj, Bosnien, reichlich Beute schicken – sie werden nicht erfrieren, das werden wir zwei, du und ich, nicht zulassen . . .«

»Du Hundesohn!« rief Budak. »Ist diesem Papak überhaupt klar, was es bedeutet, dir zu folgen?«

Papak richtete sich auf die Knie auf und begann Vortrag zu halten: »Ich lege überall dort Dynamit, auch in Jugoslawien: unter ihre Schwellen, in ihren Schulen, unter ihre Autos und Züge! Sie werden keine Denkmäler und keine Friedhöfe mehr haben und die Gebeine ihrer Vorfahren vergeblich suchen müssen! Hierzulande aber werde ich den Diplomaten ihre Kinder entwenden, die Eltern erpressen, sie mit Josefines Menschenfresserei verängstigen. In Botschaften und Konsulate, in ihre sozialen Betreuungsstätten, in die Wohnungen und Baracken der Gastarbeiter werde ich alles hineinschmuggeln, was schwarz ist und sich bewegt: Fledermäuse, Spinnen, Raben und Krähen, Hündchen, Katzen, tropische Heuschrecken, Flöhe, schwarze Ferkel. Ich werde ein wahrer Christ sein!«

Drei Kolossalgestalten in Mänteln, an denen der Regen runterlief, brachen zu einer Tür herein, von der Marković nichts gewußt hatte. Sie warfen Budak einen Sack vor die Füße, in dem ein menschliches Wesen um Luft rang. Und dann zogen Foretić, Brekalo und Dazlina den Ephraim Jankelewitsch Frumkin aus dem Sack. Zerknäult und zerzaust, im Barkostüm und voll blauer Flecke, entdeckte er Marković und jammerte in einem Gemisch aus Russisch und Deutsch und der Sprache seiner Entführer:

»Batjuschka – in was für einen Betrieb bin ich hier geraten?«

»Aschmadaj!« tuschelte Marković ihm zu: »Freund Frumkin, du bist in *ihrem* Netz!«

»Was hast du ihm gesagt?« wollte der halbbetrunkene Kasimir wissen.

»Ich hab' ihn begrüßt.«

»Du orthodoxer Köter – du wirst dem Juden doch nicht etwa ein Kodewort verraten haben?«

»Keine Spur!«

»Ich habe da was gehört . . .«

»Das war ein Wort aus seiner Sprache, jiddisch. Aschmadaj ist was ähnliches wie Josefine. Ich sagte ihm, er solle in alles einwilligen, wenn die Finsternis ihn nicht verschlingen soll.«

»Woher kannst du Russisch?«

»Jeder Jugo, der im Kittchen war, spricht perfekt russisch.«

»Sag ihm, daß wir ihn seit Jahren observieren. Daß wir in München sein orthodox-jüdisches Refugium kennen, dieses *Odessa*, in dem serbischer Sljivović, russisches Kwas, polnischer Wodka, rumänischer Zuika gesoffen werden – am allerwenigsten deutsches Bier –, und wo man Lieder von der Donau, vom Don, von der Moldau und vom Dnjepr plärrt. Daß wir Bescheid wissen über dieses Mistloch, wo man Orgien feiert, mit falscher DM-Mark bezahlt, gotteslästerlich flucht und auf den Fußboden spuckt!«

»Ich werd's ihm sagen, Alter.«

»Bring ihm *Odessa* ins Bewußtsein. Deswegen ist er da! Er soll sagen, wieviel er hat. Davon erst mal zwei Drittel für uns. Danach wird er sich verpflichten müssen, mit uns monatlich abzurechnen. An die zehntausend D-Mark – für einen Juden wirklich eine Kleinigkeit. Hat er nicht soviel, soll er's nehmen von seinen getauften Brüdern, die sich wieder in München versammelt haben. Sag ihm ganz einfach – dich wird er besser verstehn: Ab-ga-be . . .«

»Frumkin, mein Freund, sie sagen, du wirst dich loskaufen können. Weine nicht! Du wirst ihnen alles geben, was du hast. Kopf, Augen und Finger werden sie dir vorerst lassen – so daß du wieder auf die Füße fallen wirst. Aschmadaj ist nicht so ewig wie das Leben!«

»Hundesohn, ewig ist nur Josefine!«

»Frumkin, willige in alles ein! Dann wirst du an irgendeinem anderen Ort auf Erden *Odessa* wiedereröffnen können. Ein neues *Odessa*! Wieder wirst du die übelste Bar der Welt haben, wieder werden alte bayerische Mädchen auf dem Podium tanzen – und die Gäste von einst werden dir auch dorthin folgen. Keine Angst, wir helfen dir! Geld wird fließen, wenn vielleicht auch falsches, Gesang wird aufbrausen. Ein Leben wirst du führen – egal was für eins – immerhin du wirst leben!«

»Mark, wir werden uns nie wiedersehn!« japste Frumkin, dessen Hände immer noch gefesselt waren.

»Frumkin, hör auf mich!«

»Hat auch dich der Madjar verkauft, wie mich?«

»Ja, der Madjar.«

»Hätt' er mich gekillt und ausgeraubt – könnt' ich verstehn! Aber verkaufen – mich! Wie ein Tier, wie einen Gegenstand!«

»Frumkin, der Madjar ist unglücklich. Er rächt sich an den Menschen, indem er sie kauft und verkauft. Vergessen wir ihn!«

»Kolar, ich bring' dich um!« wimmerte Frumkin. »Ich schlachte dich, ich reiß' dir das Herz aus dem Leib, und wenn du hundert Gorillas um dich hast!«

»Du Köter«, sagte Budak und stieß Marković in die Rippen. »Sag ihm, wenn er sich rächen will, soll er nach Israel gehn! Den Madjaren soll er uns nur in Ruhe lassen!«

Der Jude sprang auf: »Ihr Jugos, ich bring' euch den Madjaren um! Mit den Zähnen zerreiß' ich ihn euch!«

»Wir sind keine Jugos!« rülpste Budak. »Die Zunge soll dir verdorren!«

Budak und Marković standen vor dem Hof. Es schüttete. Noch bevor Budak sagen konnte, dieser Ephraim Jankelewitsch Frumkin sei für ihn seit der schmachvollen deutschen Kapitulation 1945 erst der zehnte oder eventuell auch der elfte Jude – und in diesem Falle ein Jubilarjude –, drehte Marković sich um und entdeckte in einem der Zimmerchen des alten, verwahrlosten Gebäudes, um welches der Gestank von Schweinen und Hunden wehte, eine brennende Kerze.

Dort stand Josef-Franz. Es sah aus, als stemme er sich mit Stirn und Nase gegen die Scheibe – aber es schien nur so. Er hatte weder seinen alten österreichischen Helm auf noch seine Montur an, so daß er winzig und kraftlos aussah – wie einer, der Mühe hat, am Leben zu bleiben. 10. April 1971 . . . Die kahlen Zweige schlugen an die Fensterscheiben, der Wind bog die Kerzenflamme, und Drakulas Silhouette zeichnete sich riesenhaft an der Wand ab.

Marković erstarrte bei seinem Anblick – aber seltsamerweise empfand er keinen Haß. Josef-Franz trat ans Fenster und begrüßte sie auf diese Weise. Erst jetzt konnte Marković feststellen, daß Drakula weder ein Bündel Kohlen noch ein schwarzes Ferkel im Arm hatte – womit er sich meistens zu dekorieren pflegte –, sondern daß dieses finstere, in seinen Umrissen von der hinter ihm stehenden Kerze beleuchtete Etwas sein eigener alter, wunder, verkrümmter Körper war. Hinter ihm waren Regale zu sehen mit unförmigen Konvoluten, mit dicken Kalendern, mit Waagen, Flaschen und irdenen Gefäßen. Hinter der Kerze zeichnete sich ein altertümlicher Globus ab. Und genau in dem Augenblick, als Budak zu Marković sagte, der Rekord sei jetzt warmgelaufen, hob Josef-Franz im Dämmerlicht mit der heilen Linken die Geige und legte sie an. Die hölzerne Rechte streckte er vorsichtig aus, als sei sie verwundet. Dann strich er mit dem Bogen über die Saiten und verströmte Klänge, unter denen sich die Kerzenflamme wiegte.

Aufröchelten da die Schweine, wütend sprangen die Hunde an ihren Pfählen hoch. Wiederum dröhnten durch den feuchten Nebel Glocken von einem fernen Turm.

Plötzlich schrillte in das Geläut, wie ein Laut aus einer anderen Welt, wie aus der Welt der Freiheit, das Telefon. Aber niemand kümmerte sich darum. Unentwegt klangen die Glocken aus den Bergen. Von allen Seiten stank es höllisch. Der Wald wogte, die Mauern bogen sich, der Grund unter den Füßen gab nach.

Der alte Meister musizierte. Marković kam es vor – zum erstenmal, seit er in der Schweineruine weilte –, als führe zu dem Gemach mit dem Kerzenlicht, den vermoderten Uniformen und den Gebeinen ein ganzes Bündel von Drähten, Kabeln, Antennen und Verbindungen, so daß der Geiger mit dem grünen Gesicht und dem Pflanzenblut gar nicht so einsam und verlassen war, sondern vielmehr gerade durch seine Musik zu dieser Tageszeit in fester Verbindung mit Josefines Verehrern in aller Welt.

»Aschmadaj!« sagte er zu sich, dachte an Josefine zurück und bekam eine Gänsehaut. Dann erinnerte er sich an Frumkin, der noch in München zu ihm gesagt hatte, der Teufel – vor allem der Oberteufel Aschmadaj – erscheine mal als lebendes, mal als totes Wesen, meist aber als Tier von kohlschwarzer Farbe ... »Adieu für immer, Josef-Franz, du wunderlichster aller Drakulas, adieu! Ich wünsch' dir einen Pfahl aus Weißdornholz durch die Brust!«

*V.*

*Vaterland, du einziges, laß nicht*
*zu, daß sie deinen Sohn bespucken*
*Wer wird Blut pissen?*
*Aus dem Verzeichnis der Liquidierten*
*Warum ist der Herrgott kein Christ?*
*Ob das Vaterland wohl gesagt hat:*
*Du mein sündiger Sohn, halt dich*
*am Schwanz des schwarzen Schweines*
*mit der weißen Blüte zwischen den*
*Augen fest?!*

»Bis bald, Richter!« sagte Kasimir Budak couragiert und winkte dem selbstvergessenen Geiger zu: »Wir werden den Befehl und deinen Willen erfüllen – und sollten wir von soviel Dynamit auch beide gleich mit in die Luft fliegen!« Er öffnete die Tür des Rekords, dessen Motor ratterte.

Marković bemerkte, daß das Nummernschild des alten Kombis, der dort auch herumstand, mit Lappen und alten Zeitungen umwickelt war. Um ein Haar hätte er gesagt: Das habt ihr euch aber schön ausgedacht! Da sah er, daß die Besatzung des Kombis Flaschen, Konservendosen und Kippen aus dem Fenster warf. Und dabei sangen sie, weinten oder kabbelten sich.

Budak setzte sich ans Steuer des Rekord und öffnete die rechte Tür.

»Chef, kann ich mal pissen?« fragte Marković und entdeckte die Pistole in Budaks rechter Hand.

»Piß auch für mich, Hundesohn!« sagte Budak: »Wo du sowieso schon am Baum stehst . . .«

Der Kombi fuhr an. Die Hunde tobten. Es muß des Grafen Vampirmusik gewesen sein – all diese galizischen Fantasien, Kolos vom Balkan, Csárdáse aus Siebenbürgen –, die sie so außer sich brachte; und wenn es nicht die Musik war und das unerwiderte Läuten des Telefons und all die tolle Unruhe in der vernebelten Ferne – dann war es mit Sicherheit das Wasser: der Bach, der die nächstgelegenen Stämme und Wände unterspülte und dessen Rauschen das Grunzen der Berkshires und das gleichmäßige Motorgebrumm des alten Rekord übertönte. Marković war es, als sei das Fenster von Josef-Franzens Zimmer weit aufgegangen und als wären die verschimmelten, grünen Pflanzenaugen des Geigers nur auf ihn gerichtet – so daß er zum erstenmal, seit er mit Budak hinausgetreten war in Regen, Wind und Freiheit, Angst bekam. Aus solchen schwarzen Gedanken kehrte er auf die Erde zurück, und seine Blicke folgten dem Rauch, der aus dem Auspuff des Kombis quoll.

Zitternd urinierte er und verdeckte mit der Pelerine die zum Baumstamm hin ausgestreckte Hand und dachte: Wird der Herrgott mir helfen? . . . O Gott, wenn es dich gibt und wenn du wirklich der Beschützer derer bist, die in ihrer irdischen Verirrung die reine Liebe, Gerechtigkeit und Freundschaft suchen – du Frumkins Adonai und Papaks Allah –, dann besorge ein Messer! Du mein so oft verwünschter und verfluchter orthodoxer Herrgott, an den ich nie ernstlich geglaubt habe: wenn du es schon nicht so schnell erschaffen und schleifen kannst, dann finde wenigstens irgendwo ein Messer und steck's in diesen Stamm, so daß der Griff auf meine schon immer danach ausgestreckte Hand weist . . . Niko Maraš, Bruder aus Rijeka, du wirst doch damals nicht gescherzt haben! Wenn ich ein Messer finde, Nikola, dann bist du der Herrgott – niemand sonst!

»Piß dich nur tüchtig aus«, empfahl Budak zum Fenster heraus. Er war verstimmt, weil er im Radio nur Songs der Siebenten US-Armee und schnelle Tanzmusik ausfindig machen konnte. »Später wirst du keine Gelegenheit mehr haben!«

»Wieso denn das?«

»Dann werden die anderen pissen. Aber Blut!«

»Aus dem Mund werden sie pissen, Alter!« stimmte Marković ein, und so zog er am Baum die Zeit in die Länge und schaute dem Kombi nach, der schon ziemlich weit vorausgefahren war.

»Pull dich aus!« sagte Budak. »Und dann laß uns eine zusammen rauchen.«

Budak hielt seinen Pistolenlauf zum Fenster hinaus und verfluchte den Regen und die aufgeweichte Erde. Marković glitt absichtlich aus und stieß dabei seine Hand auf ein Federmesser mit einer fast zwanzig Zentimeter langen Schneide. Das schob er sich unter die Pelerine. Und sagte bei sich, Niko Maraš ist der einzige Gott, der nicht lügt.

Dann nahm er neben Budak Platz. Der Alte gab Gas, und mit Leichtigkeit überholte der Rekord den Kombi, in dem wild herumgejohlt wurde. Sie wurden geleitet vom Wind, von Hundegebell und vom Grunzen aus dem Schweinestall, der sich am Weg entlang bis zum Bach hinzog.

Budak begann zu singen: »Mutter Lika, Schwester Dalmatien: hört zu, auch wenn ihr's nicht gern hört, was mit uns in Deutschland geschah . . .« Seine Stimme war genauso träge wie seine Bewegungen; das machte das lange Lied tödlich traurig. Es ging da die Rede von verwitweten Müttern, entehrten Schwestern, in alle Welt verstreuten Brüdern und Söhnen, von heimatlichen Dörfern, saueren bayerischen Kirschen und von der Fremde und von allgemeiner Trostlosigkeit . . . Der Kombi folgte ihnen auf den Fersen – mal hupte er, mal gab er Lichtsignale. Budaks Lied ging gegen Ende in ein langgedehntes, gereimtes Wehklagen über. Er sah aus, als werde er gleich brechen müssen vor Traurigkeit.

Bald war der Kombi nicht mehr zu sehen.

»Du hast mir da vorhin so seltsam in die Augen geschaut. Bürschlein – mir ist ja richtig angst geworden!«

»Ach nur so, Alter, das hat nichts zu bedeuten. Ich will's auch nicht wieder tun.«

»Von mir aus schau du nur!« Der Alte fuhr jetzt nicht mehr so nervös wie während seines Geheuls. »Und vergiß nicht: So leer, so verwüstet, so leergeweint sind nur die Augen von Menschen ohne Heimat, ohne Familie, ohne Freiheit. Emigrantenaugen!«

»Chef, auch die meinen werden bald so sein. Schicksal!«

»Schicksal, sagst du!« Budak weinte nicht mehr, aber seine Lippen bebten: »Ja, Schicksal! Aber ein Schweineschicksal! Zuerst liebst du dein Heimatland, kämpfst dafür und blutest und bist stolz darauf. Doch die geliebte Heimat verstößt dich, und du findest dich, von Wunden bedeckt, in Tränen ertrinkend, auf einem Misthaufen wieder. Da magst du dann wimmern: Vaterland, du einziges, laß nicht zu, daß sie deinen Sohn bespucken! . . . Doch von nirgendwoher kommt Hilfe – rundum nur Finsternis und Eulen! Und dann jagen sie dich auch noch, mit bösen Worten und Hunden, von diesem Misthaufen fort – wie mich vor zwanzig und ein paar Jahren. Und immer tiefer trauerst du um deine Heimat, um Kirchen und Gräber und um die Lieder in der Muttersprache. Niemals weißt du in der Fremde, wo Ost und wo West, ist, irrst pausenlos herum, läufst Menschen nach, die du nicht lieben kannst, vor allem deshalb nicht, weil sie sich auskennen in ihrer Welt, weil sie ein Woher und Wohin haben, und ein Heim und darin ihren Herrgottswinkel. Aber wie zerlumpt und ausgelaugt du auch bist – du versuchst der Heimat zu helfen. Nicht so, du Waisenkind! rufst du ihr aus der Fremde zu, sondern andersherum, du meine gefallene Schwester! . . . Aber das Heimatland, groß und herzlos wie alle Heimatländer, auch das unsere – es hört dich gar nicht, sieht dich gar nicht. Was kümmert es die Heimat, daß du Falten um die Augen bekommst, daß Schimmel und Rost dich überziehen, daß du dich krümmst und immer kleiner wirst – wie zum Beispiel ich. Und eines Nachts schreist du auf: O Heimat, du herzlose, unersättliche Hure! Und beginnst Rachepläne zu schmieden. Durchfroren wachst du auf, bist hungrig, am Verdursten – ein Mörder, ein Vampir, ein Knecht der Emigration! Los also dann: in Brand stecken das einzige, das dir nach allen Schiffbrüchen verblieben ist: Das Vaterland! Mit deinen Händen das eigene, gepeinigte Herz ersticken! Losschlagen auf fremdes Leben – und auf den eigenen elenden, vor Verlassenheit und Sehnsucht verblödeten Kopf!«

»Und Gott – Alter? Dein Gott, von dem du mir soviel erzählt hast, während ich Laufen und Hindernisspringen übte, während ich mit den Zähnen eine Puppe zerfleischte, die den Botschafter darstellte oder einen Konsul aus Gummi und Schweinehaut, aus der Hundeblut und rotgefärbtes trübes Wasser spritzten – während ich Pförtner, Angestellte, Leibwächter würgte . . .«

»Ach Gott!« Budaks Hände begannen zu zittern, die alten Finger umkrampften das Lenkrad. »Gott – welche Hoffnungslosigkeit! Gott denkt an alles, nur nicht an seine Kroaten hienieden! Die Kroaten haben keinen Gott mehr! Wir haben keinen! Übrigens – seit kurzem ist mir klar, daß er immer andere geliebt hat, zum Beispiel die Sinaiten! Unser letzter Gott war Adolf Hitler – durch dessen Schädel eine sozialdemokratische oder russische Kugel pfiff! Und wie nun weiterleben, ohne Glauben, ohne Idol? Woran soll man sich noch halten?«

»Woran? An den Schwanz des schwarzen Ferkels!«

Budak verstummte. Zum erstenmal, seit sie sich miteinander unterhielten, gelang es Budak, wie ein echter langgedienter Emigrant dreinzusehen. Selbst seine Stimme wurde scharf und bellend – das paßte gut zu seinen unruhig am Lenkrad zerrenden Händen und den auf den Pedalen herumtrampelnden Füßen.

»Wenn Gott wäre, wie er sein sollte, also ein Christ, ein guter Katholik und ein Politiker, dann würde er nicht zulassen, daß überall in dieser miesen, ekelhaften Welt, die von uns nichts wissen will, unser edles Ostgotenblut vergossen wird! Er würde nicht dulden, daß dieser jugoslawische UDBA, also dieser serbische ›Staatssicherheitsdienst‹, unsere tapfersten Helden hinterrücks abknallt! Sie rotten uns planmäßig aus, das ganze Jahr über, doch am schlimmsten geht es im vierten Monat zu, im April, wenn wir zu gleicher Zeit Josefines Geburtstag, die Ausweitung des ›*Thule-Bundes*‹ auf unser Gebiet und die Gründung des USK feiern! Dann verfolgen sie uns mit allen Mitteln und Methoden, hauptsächlich aber mit heißem deutschen Blei: Walther 7,65 heißt ihr numerologischer Kalender, in dem wir alle verzeichnet stehen. Völlig unschuldig – nur weil wir auf dem Balkan die einzigen Arier sind und an Parallelwelten und -ideen glauben, wurden wir zum Wild, für das es seit zwanzig und mehr Jahren keine Schonzeit gibt! Die Liste unserer Toten ist sehr lang – so daß ich nur die Namen derjenigen nennen werde, um die mir das Herz am meisten blutet.«

»Ich hör' zu, Alter – wie du mir zugehört hast!«

»1. Am 9. April 1957, also vor genau vierzehn Jahren, haben sie in Buenos Aires auf des Duce und des Führers Liebling, unseren Dr. Ante Pavelić, geschossen, den ersten und letzten Poglavnik des Unabhängigen Staates Kroatien. An den sinaitisch vergifteten Wunden, die er davontrug, ist er dann am 29. Dezember 1959 unter den warmen Bruderhänden der Kardinäle, Chirurgen und Astrologen von Madrid gestorben . . .

2. Am 11. April 1969 – welch ein Datum! – wurde in Carcagentua, Spanien, mit zwei Messern unser vielgerühmter General, der beste Kommandant des Konzentrationslagers Jasenovac, Vjekoslav Luburić-Maks, abgeschlachtet. Der Attentäter, der frühere Maschinensetzer Ilija Stanić, ist heute Direktor eines Hotels an der Adria – wo er das deutsche Touristenvieh empfängt, das dorthin drängt, als sei die Adria das einzige Salzwasser . . .

3. Am 30. April 1969 liquidierten sie in seiner Wohnung in München, das zugleich Büro der *Vereinten Kroaten Deutschlands* war, unseren Ing. Nahid Kulenović! Erst drei Tage später wurde er aufgefunden – mit einem toten schwarzen Ferkel im Arm . . .

4. Am 26. Oktober 1968, ebenfalls in München, wurden von Kugeln durchlöchert: Mile Rukavina, Vorsitzender der *Vereinigten Kroaten Deutschlands* und Redakteur der *Kroatischen Freiheit*, sowie dessen Mitarbeiter Krešo Tolj und Vid Maričić. Es erschoß sie mit einer Walther 7,65 ein Deutscher, ein Söldner Belgrads, SPD.

5. Am 9. April 1970 wurde vor der Bahnhofsapotheke in Salzburg unserem Jesuiten Benito Bubs-Ćorkan ein stumpfes jugoslawisches Messer ins Eingeweide gestoßen. Und auch dieser Mörder, ein Österreicher im Dienste des jugoslawischen ›Stasi‹, ist bis jetzt noch immer nicht gefangen, ist noch immer nicht bei lebendigem Leib Josefine zum Fraß vorgeworfen worden . . .

6. Am 18. April 1970 wurde in Buenos Aires unser bekanntester Journalist und Redakteur der *Studia Croatica*, Ivo Bogdan, erwürgt. Wir sind im Besitz der Abdrücke dieser abscheulichen jugoslawischen Finger . . .

7. Am 3. April 1968 wurde in seiner Pariser Wohnung Nedelko Mrkonjić in Stücke geschnitten . . .

8. Am 14. September 1967 wurde in Stuttgart mit elf Schüssen aus einer Walther 7,65 unser Marijan Simundić niedergestreckt. Und ihm ein Hakenkreuz in die Stirn geritzt. Auf dem Stück Papier, auf dem seine ausgestochenen Augen lagen, stand geschrieben: *Hier ist der Beweis, daß auch Josefine ihre Kinder frißt!* . . .

9. Am 10. April 1970, also heute vor einem Jahr, kam vor der sogenannten jugoslawischen Botschaft in Paris durch eine zu früh in seinen Händen explodierende Mine unser unerschrokkener achtzehnjähriger Draufgänger Tripo Aghbaba um. Wer weiß, wer ihm den Zeitzünder eingestellt hatte? Rache! Weil wir 1934 den Franzosen ihren Barthou umgebracht haben, jagten sie 1970 unseren Aghbaba in die Luft!«

Marković sagte, wenn man nicht aufpasse, könne das jedem Terroristen passieren, auch ihnen beiden. Budak hörte nicht hin, er sprach weiter:

»Gar nicht erst zu reden davon, wie Josip Senić, Ivan Turkalj und Geza Pašty umgebracht wurden! Wie sie Jozo Jelić schlachteten! Wie in Perth, Australien, Omer Avdić-Adolf und sein achtjähriger Sohn Ante erstochen wurden! Oder wie man des Zagreber Kaufmanns Marijan Janjuš aus Brüssel Hirn verspritzte, nur weil er an das schwarze Ferkel mit der weißen Blüte glaubte! Die Massaker von Graz, Metz, Triest, Neapel und Verona werde ich überspringen. Es ist besser, ich erzähle dir nichts von den heimtückischen Morden von Port Hedlan und Canberra, Kiel und Lübeck, Augsburg und West-Berlin, wo auf jedem Massakrierten ein Zettel lag mit der Aufschrift, das Schicksals- und Unglücksschwein Josefine sei für seine Besitzer gefährlicher als für seine Feinde . . .«

»Was also anfangen mit einem solchen Gott, Chef?«

»Umbringen – diesen Bluthund! Denn es ist erwiesen, daß er nur an die Serben denkt! Wir werden mit unserer Fracht Gott im Menschen und den Menschen in einem solchen Gott töten! Und dann möge das Chaos herrschen – die Protestanten, die vollständige Unmoral und Glaubenslosigkeit! Möge dann auch die schönste aller Farben – Schwarz – verschwinden; die

Menschheit hat es nicht anders verdient! Mögen die dreckigen Juden weiterhin ihr Unwesen treiben! Das geschieht dieser Welt, wie sie ist, nur recht! Mögen die verfluchten Serben endlich nach Triest kommen – wo sie im übrigen ja schon sind! Verstehst du – wir werden Gott heute nacht, besser gesagt heute morgen, mit unseren Minen, mit unserem Dynamit umbringen – genau am 10. April 1971! Was hinter uns auf dem Rücksitz liegt, ist unsere Waffe gegen Gott! Es wird für diesen Verräter langen! Falls Gott nicht doch größer ist als er in Drakulas Pergament dargestellt wird!«

»Oh, Chef, wie ich diese irre Fahrerei liebe!«

»Hoffentlich fahre ich dir nicht zu langsam?«

»Fahr nur zu!«

Marković schwitzte. Unter der Pelerine tastete er nach dem Messer, schob es von einer Hand in die andere. Der Kombi war nicht mehr zu sehen.

Jetzt flossen die Tränen in Kasimirs Augen ruhig – sprangen über die hervortretenden, von Falten und Fältchen umspannten Backenknochen, fielen auf seine Hände. Er trat das Gaspedal durch und sagte schneidig:

»Genau wie die Jugos killen wir die hier ansässigen Liberalen, die Sozis, die roten Banditen . . . Denn auch die Deutschen sind nicht mehr wie früher! Sie grüßen anders – nicht mehr mit erhobener Hand! Das bündige, mächtige, wohlklingende ›Heil!‹ haben nur die osteuropäischen Emigranten noch nicht vergessen! Die Deutschen schämen sich heutzutage ihrer herrlichen Konzentrationslager! Sie fressen und saufen über alle Maßen und fangen schon an, uns von hier zu verscheuchen: Geht nach Schweden, nach Australien! sagen sie uns – als wär' das so einfach, aus Dojtsch zu den Känguruhs zu gehen! Wie und wohin sollten wir denn mit soviel Schweinen?!«

»Alter, du hast recht: Sollen doch *sie* nach Neuseeland ziehen!«

»Du und ich – wir werden über Jugoslawien herfallen! Es verrecke die Heimat, die schlimmer ist als eine böse Stiefmutter! Unten werden wir auch meinem Sohn begegnen. In Gospić in der Provinz Lika! Er ist getauft auf den Namen Alois, wie der Erzbischof Stepinac. Wir werden ihn umbringen. Ich werde das machen – nicht du! Wie jeder Sohn vom Tod seines Vaters fantasiert, so träumt jeder Vater davon, seinem Kind die Kehle durchzuschneiden. Zumal wenn dieser Vater sogar von seinem Herrgott verraten worden ist! Ich hörte, er soll hübsch, blond –

und glücklich mit seinen Kleinen sein. Ich werde meinen Enkelkindern den Vater wegmurksen – sollen sie dann da unten vor Hunger krepieren! Sollen sie zugrunde gehen vor Trauer um Alois Budak, in dessen Brust niemals ein Herz wie das seines Vaters Kasimir schlug! Alois – der in meinen Gedanken schon nicht mehr am Leben ist und dem ich den Adamsapfel mit den Zähnen rausreißen werde! – warum hast du nicht nach mir gesucht?! Wie hast du mich, einen elenden Emigranten und Habenichts, verachten und vergessen können! Dein Vater bin ich gewesen! Wisse, mein Sohn Alois: dem Dieb und Gangster, der neben mir sitzt und sich auf ein Attentat vorbereitet, dem hat das Verlangen nach seinem Vater mehr eingeheizt als dir, so daß er sich aufgemacht hat, ihn zu finden, ihn wiederzusehn und mit ihm abzurechnen! Wenn du dich wenigstens, wie er, aufgemacht hättest, um zu töten – ich schwöre, ich würde mich dir ergeben! Alois, der Mörder hier neben mir sucht seinen Erzeuger, seinen Schöpfer. Deshalb ist er für mich, mag er sein wer er will, groß und heilig, und es gibt nichts, was ich für ihn zu tun nicht imstande wär'! Seinen Vater sucht er!«

»Und den Viktor Aritonović, Chef!«

»Siehst du – dieser Hundesohn sucht sogar zweie! Du aber, mein Alois, denkst nicht mal daran, an irgendwem Rache zu nehmen! Als hättest du keinen Grund! Friedfertig bist du, ein geduldiger Jugo ohne Glauben, ein Naivling und Sklave, auf dem die Juden, die serbischen Kommunisten und kroatischen Verräter herumtrampeln! Alois, mit dem Messer in der Hand her zu mir! Bei meinem schwarzen Emigrantenschicksal: Ich geh' vor dir in die Knie! Von selbst halt' ich dir den Hals hin – nur damit du, indem du dir die Hände blutig machst, mit den Menschen und mit mir ins reine kommst! Bevor du mir das Messer in den Hals stößt, Alois, nimm meine Feiertagshandschuhe, meinen Tabaksbeutel, den Riemen von anderthalb Meter Länge, mit dem ich mich unter der Wäsche gegürtet habe: Alles dies ist aus Menschenhaut! Aus Juden-, Zigeuner-, Russen- und Serbenhaut: Jasenovac[1]! Alois, ich würde dir sogar helfen, mich zu finden – wie ich diesem sinaitischen Scheusal neben mir helfen werde, seinen Vater zu finden und an der Gurgel zu packen!«

[1] Jasenovac = Größtes KZ in Jugoslawien während des Krieges, berüchtigt wegen der Grausamkeit und Perversität der Wachmannschaften.

»Kasimir, wo ist mein Vater?«

»Es gibt keinen Menschen, sei's in Dojtsch, Österreich oder Schweden, den wir nicht ausfindig machen könnten! Unsere Verbindungen und Fäden verlaufen ebenso auf der Erde wie unter ihr! Im Vergleich zu uns ist die Mafia gar nichts! Denn die Sizilianer werden nicht geplagt von der Idee, die Welt zu erobern! Wir aber wollen die Wiedergeburt unserer großen Vergangenheit – und daß die schwarze Farbe ihren alten ehrenvollen Rang zurückgewinnt! Nicht mal der Ku-Klux-Klan hat in seinem Wappen ein schwarzes Schwein mit einer weißen Blüte! Bei allen Polizeien der westlichen Welt haben wir mächtigen Einfluß, haben dort sogar unsere eigenen Leute. Einige haben wir gekauft, andere erpreßt, wieder andere – ohne daß sie's merkten – mit Josefines Fleisch oder Milch kommuniziert! Wie sollten wir da deinen Clochard nicht finden . . .«

»Wenn's so ist, Chef, gibt's Blut noch vor Morgengrauen!«

»Willst du rauchen? Bedien dich aus diesem Beutel!« Budak schob die Handschuhe von einem Ende des Armaturenbrettes zum anderen und schlug sich zornig auf die Knie: »Der Tabak ist echt: dalmatinischer!«

»Lieber nicht!« sagte Marković, während er auf den Tachometer schaute und fürchtete, der Kombi könne hinter ihnen auftauchen und hupen. »Hab' lange nicht mehr geraucht – es würde mich nur benommen machen!«

»Ein anderer Jugo hat aus dem Beutel geraucht.«

»Alle Achtung!« scherzte Marković.

»Und hat sich meine Handschuhe übergezogen.«

»Sein Problem, nicht meins!«

»Er wollte sogar meinen Riemen.«

»Hättest du ihm ja geben können!«

»Hundesohn! Das war doch der Jugo, dem du den Tod wünschst!«

»Alter, ich weiß nicht, wen du meinst. Auch meine diesbezügliche Liste ist nicht gerade kurz.«

»Aritonović«, sagte Budak schneidend. »Viktor Aritonović!«

»Hat auch Viktor in alles eingewilligt?«

»Sogar noch bevor wir ihm die Hand auf den Baumstamm legten!«

»Wozu habt ihr dann noch seinen Daumen gebraucht?«

»Souvenir!«

»Bist du ihm oft begegnet, seit ihr ihn habt laufen lassen?«

»Nur einmal – auf dem Bahnhof in Nürnberg. Ich kam nicht näher an ihn heran, wegen seiner Gorillas. Drei Stück hatte er um sich! Sie waren gekleidet wie die Buntspechte – er ganz in Grün. Seine Handschuhe hatten Ähnlichkeit mit meinen Feiertagshandschuhen.«

»Hat er auch eine Abgabe zu entrichten?«

»Was für eine Frage!« Budak wurde lebhaft. Er schaltete aus dem vierten in den dritten Gang zurück, so daß der Rekord mit quietschenden Reifen kräftig anzog. »Keine Bewegung kommt ohne Abgaben aus.«

Der Rekord faßte Tritt, und Budak sprach weiter von Aritonović:

»Ein rothaariger Schurke, dieser dein Viktor! So einen hatten wir noch nicht. Er macht das per Post – wieso auch nicht? Was macht es ihm aus, uns von einer Tournee ein paar tausend Dollar, Schwedenkronen, Pfund oder Yen zu schicken? Nichts – denn für ihn ist das nur ein Taschengeld! Er schickt mehr als vereinbart. Wir ließen ihm ausrichten: Viki, brauchst nicht zu übertreiben – vergiß aber die Termine nicht! Er antwortete, er wolle in Sicherheit und Frieden leben und arbeiten. Gut, sagten wir, wie du willst. Nur einmal hatte er uns und seine Verpflichtung vergessen und drei Monate nach dem Termin noch nichts geschickt, so daß wir erst glaubten, er sitze im Kittchen, in Frankreich, oder er wolle von uns abfallen. Wir schickten dann einen unserer Männer nach Amsterdam, wo er gerade plünderte. Der sollte ihm entweder den Tribut abnehmen oder ihn umbringen und ihm ein J in die Stirn ritzen. Viki kam mit der erstbesten Maschine nach Nürnberg geflogen, um sich zu entschuldigen und seine Abgabe persönlich abzuliefern. Ich war an jenem Tag gerade wegen Mais und Kleie nach Nürnberg gefahren. Ich winkte ihm zu, doch er hat mich nicht bemerkt.«

»Ist er denn schon derart berühmt, Kasimir?«

»Du wirst berühmter werden, Köter! Mit dem heutigen Gemetzel wirst du in die Geschichte eingehen. Ich meine die Geschichte der Politik und des Verbrechens. Heute früh werden wir, du und ich, Marseille 1934 überbieten. Wenn sie nicht zulassen, daß wir mit guten Taten die Aufmerkamkeit auf uns lenken, tun wir's eben mit bösen! Mit bösen Taten und mit den ausgefallensten Morden und Gewaltakten, die die Presse und die Annalen der Kriminalistik bisher verzeichnet haben!«

»Mit dem schwarzen Schwein!«

»Warum nur dem schwarzen? Mit dem Schwein an sich!«

»Chef, ich hab' ja gesagt! Gib Gas!«

»Du zitterst ja!«

»Chef, ich will Blut. Ich könnte halb Dojtsch abmurksen. Mach schneller!«

»Würdest du mit mir einen Sonderpakt und Sonderfrieden schließen?«

»Mit Onkel Kasimir alles! Wenn wir nur dem Kombi entkommen!«

»Gibst du das preis, was wir jetzt abmachen werden – dann schütte ich dir mit diesen meinen alten Händen siedendes Öl in die Augenhöhlen!«

»Wirst du nicht, Alter . . .«

»Wieso nicht?«

»Brauchst du nicht. Weil ich nichts verrate!«

»Nach dem heutigen Attentat kehren wir auf die Hochebene zurück. Unbemerkt schleichen wir uns in die Ruine. Brechen den großen schwarzen Koffer auf und ziehen den Schweinegrafen raus, an dem mir die vielen Namen und Titel stinken, die er sich zugelegt hat. Mit dem glühenden Hufeisen verunstalten wir ihm die Stirn. Möge doch künftig *er* diese Krone tragen! Meißel, Feilen, vergiftete Nadeln, alles was du auf dem Tisch und beim Baumstamm gesehen hast, stoßen wir ihm in den Leib – in die paar Stellen, wo er noch eigene Knochen und Fleisch hat! Und dann pfählen wir ihn mit einem Weißdornpfahl!«

»Wär's dir denn nicht leid um das ganze Zubehör?«

»Ich besitze davon nichts! Alles gehört dem Phantom, angefangen bei dieser Kiste hier, mit dem wir dem Kombi und den Unglücklichen darin zu entkommen versuchen! Die Stech- und anderen Folterwerkzeuge hat Drakula von Schlachtfeldern, Folterkammern, Museen und kriminalistischen Sammlungen des Westens zusammengetragen. Für ihn wurde in Portugal, Spanien, Afrika geklaut! Er besitzt einen Zahn Lumumbas! Er wollte sogar, daß man ihm eine der Schrotkugeln besorgt, mit denen 1968 der Negerführer Martin Luther King erschossen wurde. Weil er Luther hieß.«

»Du armer Onkel Kasimir – wie bist du an Josef-Franz geraten?«

»Nach der unerwarteten Niederlage 1945 irrte ich lange durch Österreich und Dojtsch. Stell dir einen armen Südländer vor im Norden, wo die Sonne sich einmal im Jahr zeigt! Zerschunden und abgerissen bettelte ich vor Kirchen, die wiederaufgebaut wurden und sich von neuem füllten, in Läden und auf

Brücken. Eine milde Gabe für einen Kroaten, der kein Slawe, sondern ein Ostgote sein will! säuselte ich, ganz so, als hätte eine russische oder anglo-amerikanische Kugel meine Speiseröhre durchlöchert. Den Deutschen war es wurscht, was ich nicht war und was ich sein wollte. Sie warfen mir Brotrinden, abgenagte Knochen, Kippen hin. Überall erzählten sie, sie hätten selber nichts – sonst würden sie mir ja alles geben, was ich wollte, ohne Rücksicht darauf, wer ich bin und was ich war. Durch Dojtsch sind damals ganze Heerscharen von echten und falschen Bettlern gezogen, von Flüchtlingen und Landstreichern und Kriminellen aller Art. Ich glaube, ich selber bin damals quer durch ganz Dojtsch gehinkt. Man hat sich oft über mich gewundert, man hat mir, genau wie auch heute, gesagt: Hau endlich ab! Ich aber konnte nicht verschwinden, genausowenig wie ich das heute kann! Die Deutschen weinten um ihre minderjährigen Söhne, die nicht von der Front zurückgekehrt waren – und ich um die befleckte deutsche Ehre und die erhabene Geschichte dieses Landes. Schon damals bespuckten mich welche; was würden die erst heute tun?! Überall suchte ich nach Hitlers Grab, um mich davor zu verneigen und zum tausendsten Mal einen Schwur zu leisten!«

»Bereust du es?«

»Von Reue hat man nichts! Auf einer Müllkippe in der Nähe der tschechischen Grenze fand mich der Geigenspieler, den du Josef-Franz nennst. Ich sah gleich, daß er ein Vampir war, doch das hat mich nicht gestört – da er kein slawischer war. Wie sollte ich es auch nicht bewundern, daß er sich unter der Erde ebenso bewegen konnte wie auf ihr! Noch heute steigt er bei Salzburg hinab und kommt bei Zirndorf raus. Was macht es ihm schon aus, in der Unterwelt den Weg von Dachau nach Osnabrück zurückzulegen?! Und ich muß derweil mit dem Zug fahren, für mein eigenes Geld, und mit seinem grausigen Koffer im Gepäck! Ich hab' vergessen, wie oft er im Verlauf der beiden letzten Kriege gefallen ist. Jedenfalls: Wir gehörten zu denen, die kein Heim und keinen Namen mehr hatten. Von dem, was wir gemeinsam erbettelten, kaufte er ein paar schwarze Schweine und nahm mich mit diesen auf die Hochebene mit. So wurde er ein reicher Mann! Und ich sein Schweinehüter und Diener. Sein Sklave! Er erpreßte mich – so wie ich's später mit anderen gemacht habe. Wie oft hat er durch einen Strohhalm aus meinen Wunden getrunken! Er nuckelte alles, was er fand, aus meinen Venen – und dann pumpte er mir Schweineblut ins Herz! Zur

Feier dieses Tausches musizierte er über mir. Mit Paganini und Bartók holte er mich aus der Bewußtlosigkeit zurück und flüsterte mir zu, die Verfolgten und Auserwählten müßten durch die Läuterung hindurch, das heißt: durch seinen Schweinestall. Ich floh, kam aber nur bis zum nächsten Bach. Ein Mensch mit Schweineblut in Venen, Herz und Hirn kann nicht rennen. Die Füße versagen, die Knie wackeln. Dreimal fing er mich wieder ein, dreimal warf er mich – zur Strafe, wie er sagte – unter seine schwarzen Schweine. Die Berkshires rupften sich die besten Stücke aus meinen Backen – die Hälfte von mir ist weg. So hat Josef-Franz mich bis auf den Grund der Hölle getrieben. Es gibt für mich keine Rückkehr auf die Erde und die Welt der Menschen, ehe ich ihn nicht gepfählt und umgebracht habe!«

»Und Foretić, Brekalo, Dazlina?«

»Erbarmen wir uns dieser armen Schlucker aus Dalmatien! Die habe *ich* erpreßt – so wie Drakula mich. Für hundert Mark hatten sie mit der Axt ihren besten Freund abgeschlachtet, auch ein Dalmatiner. Und denk dir: Sie vertrauten sich mir an! Seither ist es aus mit ihnen, mit ihrer Freiheit und ihrem eigenen Willen! Tagsüber buddeln sie an der Münchner U-Bahn, man sieht sie nicht vor Staub und Schlamm. Nachts aber machen sie Beute und kidnappen, wen sie erwischen. Als ich sie traf, waren sie mehr oder weniger normal. Ich habe sie mit dieser ihrer Sünde – an der ja gar nichts Besonderes ist – um den Verstand gebracht. Für sie ist sie jetzt was Besonderes! Ich hab' sie verrückt gemacht mit der Religion – sie, deren Väter kommunistische Polytheisten sind! Auch mit Nationalismus und allerlei politischem Aberglauben bin ich ihnen gekommen, vor allem aber mit der Karte des nicht vorhandenen Unabhängigen Staates Kroatien. Genau wie Drakula das damals mit mir gemacht hat . . .«

»Sind sie denn keine Ustaschas, Kasimir?«

»Um Gottes willen, mein Sohn! Sie sind ordinäre Jugos mit roten Pässen. Von den Ustaschas wissen sie nur aus Erzählungen und aus der Presse. Vielleicht gibt's in Wirklichkeit gar keine Ustaschas. Ich hab' zum letztenmal in jenem schmachvollen Jahr 45 welche gesehn. Eine ganz andere Sache ist, daß es viele gibt, für die es nötig ist, daß Ustaschas existieren. In einem von Drakulas Pergamenten steht, wie viele solcher Kreuzritter, Fanatiker und politischer Fantasten jährlich zu produzieren sind. So mancher muß ein Ustascha werden, ob er will oder nicht! Die Welt kommt nicht aus ohne Haß, Terror und Gewalt!

Drakula hat niemals einen Ustascha getroffen oder auch nur gesehen. Und er wird auch nie einen treffen! Da aber seine Veterinärlehre nicht ohne sie und ihresgleichen auskommt, schafft und programmiert er sie. Drakula weiß sehr gut, daß er aus einem emigrierten Esten oder Rumänen keinen Ustascha machen kann. Darum arbeitet und trainiert er soviel mit Jugos. Meinen drei armen Kroaten hier geht jede politische Handlung schlecht von der Hand. Sie patzen – du hast es gesehn! Nichts machen sie aufrichtig und aus Überzeugung. Im stillen lach' ich sie aus, wenn sie ihre Messerklingen in den Fußboden oder in die Tür stoßen, wenn sie beten und sich, angeblich als mystisches Ritual, die Wangen zerkratzen. Dilettanten sind das – also übertreiben sie. Ist es denn nicht unsinnig, daß ein Jugo mit verschmierter Unterhose wie dieser Brekalo vom *Ewigen Eis*, von *Super-Rasse*, von *Alchimie* und *Rudolf Heß* spricht (den er für eine Flugzeugmarke hält)? Über die Zunge eines schielenden Foretić wollen so klingende Begriffe wie *Thule-Bund, Drittes Reich* und *Welteis* einfach nicht. Wie soll man nicht ins Heulen kommen bei dem belämmerten Pechraben Dazlina, wenn er von *Rosenberg, Hörbiger* und vom mythischen *Atlantis* quasselt, das nach der Behauptung von Josef-Franz von ähnlichen Lebewesen wie die heutigen transsilvanischen und Donau-Schwaben besiedelt war! *Ahnenerbe* kann nicht mal ich aussprechen, wie es sich gehört, obwohl ich aus Lika stamme – geschweige denn diese in Dojtsch verblödeten dalmatinischen Bauern! Ein Glück nur, daß die richtigen Ustaschas, wenn es welche gibt, nicht wissen, wie sie in den verschiedenen Schweineställen nachgespielt und inszeniert werden. Sie würden uns niedermähen! Du kannst dir vorstellen, wie es diesen Schmierenkomödianten erginge!«

»Warum laufen sie nicht weg?«

»Sie sind weggelaufen, was sonst! Und jedesmal sind sie, wie ich, nur bis zum Bach gekommen. Nicht weiter! Auch bei ihnen ist eben, zur rechten Zeit, das Menschen- gegen das Schweineblut ausgewechselt worden. Jedesmal kehrten sie als Büßer vom Bach zurück. Dann mußten sie, wer weiß zum wievielten Male, vor all den stählernen Symbolen, vor der Karte des USK und dem liturgischen Gerät auf dem Tisch das Gelübde ablegen. Nackt, wie ihre Mutter sie geboren hatte, wurden sie zuerst von Josef-Franz ausgepeitscht, dann von mir. Gegenseitig mußten sie sich mit Nadeln stechen und sich prügeln bis zur Bewußtlosigkeit. Drakula musizierte über ihnen. Er trieb sie an, daß einer den anderen, verzeih den Ausdruck, wichste. Dies, denk dir, fiel ihnen schwerer als alle Schläge! Mehrere Male warf er sie, so nackt und leergewichst, der Josefine vor. Die verstümmelte ihnen die Oberschenkel. Drakula beschmierte und kurierte mit seinen Salben ihre Wunden. Richter unser! sprachen sie zu ihm: Stell du uns wieder auf die Beine – dann werden wir auf deinem Altar je eines von unseren Kindern opfern . . .«

»Es sieht fast so aus, als täten sie dir leid?«

»Tun sie auch! Sie haben, dort unten, alte und kränkliche Eltern. Und kleine, hungrige Kinder – denen sie zur Strafe nicht schreiben und nichts schicken dürfen. Dieser balkanische Abfall hat sich die Freiheit unseres Westens und das Buddeln in Dojtsch, Österreich und Schweden anders vorgestellt. Und sie werden alles das erleben, was ich erlebt habe. Schwarze Tage erwarten sie – meine Tage!«

»Was fangen wir mit ihnen an?«

»Wir schlagen ihnen vor, gleich nach dem Attentat mit uns auf die Ruine und auf Drakula loszugehen.«

»Kasimir, du hast sie vollkommen verrückt gemacht! Ich fürchte, diesmal könnten sie die Komödie richtig schalten – und dich und mich durchlöchern.«

»Dann schlagen wir ihnen also nichts vor. Nur nichts riskieren! Mähen wir sie nieder, bevor sie nach den MPs greifen können. Ich brauche sowieso ein paar gültige jugoslawische Pässe!«

»Und ihre Leichen?«

»Sollen doch Drakulas Hirtenhunde die Kommunion mit Jugo-Fleisch feiern!«

»Du zitterst!«

»Budak fürchtet sich vor nichts und niemand mehr. Drakula kriegt einen Pfahl durch die Brust! Josefine, das Schwein unseres Fluches, wird von der Bühne unter die anderen Berkshires gestoßen. Dann alles absperren! Hunderte von Litern Benzin über die schwarzen Rücken gießen! Dann anzünden! Nur einmal hab' ich gesehen, wie tausend Schweine brennen!«

»Onkelchen – du sprichst, als wärst du gar kein Ostgote mehr . . .«

»Bin ich aber! Und bin stolz darauf!«

»Wär's denn nicht schöner, du wärst ein Jugo, wenn auch nur ein gewesener – ein armer Unsriger von dort unten, statt so ein patziger, stolzer, reicher und verhaßter Nordländer?«

»Mein Sohn, auch ich stamme aus einer weit zurückliegenden Komödie.«

»Bist du denn nicht wenigstens mit einem kleinen Teil deines Ichs wie wir anderen: ein Slawe aus dem Süden, aus sonnigen Gegenden, in denen, das hast du selber gesagt, das ganze Jahr über die Kirschen blühen und reifen?«

»Ich bin nicht das, was ich bin, sondern das, was andere aus mir gemacht haben. Ein Ostgote!«

»Dann, Ostgote, brems!« brüllte Marković, der gemerkt hatte, daß sie auf einen Abgrund zurasten, dessen steinerner Rand im Licht der Scheinwerfer eben noch zu erkennen war: »Bremse!«

Budak – geblendet von dem Wasserschwall, der an die Scheiben schlug – spannte seine krummen Beine an und versuchte zu bremsen. Mit der Rechten warf er das Steuer herum und zog mit der Linken die Handbremse an.

Die Bremsen jaulten auf. Der Rekord schlitterte, der Anhänger schlug aus und drängte nach vorn. Hätte er sich nicht mit Stoßstange und Scheinwerfern in Erde und Schlamm bohren können, wäre der Rekord weiter in Richtung Abgrund geglitten – über dem er schon zweimal gehangen hatte, wie ein Tier, das die Finsternis beäugt. Der Wagen setzte seine Fahrt fort, kam bis zu einer Kurve, schlug mit der Flanke an einen Baumstamm, der Motor blieb stehen.

Und als der Körper des Fahrers nach vorn ruckte und mit der Stirn gegen die Windschutzscheibe schlug, deren Wischer weder der Blick in den Abgrund noch der Wolkenbruch zum Stillstand gebracht hatte, zückte Marković Nikos Messer und stieß es mit aller Kraft in den Leib neben sich. Und damit der Alte nicht zu sehr zappelte, versetzte Marković ihm mit gleicher Heftigkeit noch einige weitere Stiche. Und damit Budak nicht die Augen verdrehte und den Mund aufsperrte und röchelte, holte Marković mit seiner daumenlosen Rechten aus und trieb ihm Nikos Messer bis zum Heft in den Hals, genau unterhalb des rechten Ohres. Und dort ließ er's stecken.

»Niko, Bruder, ich hab's so gemacht, wie du es auch gemacht hättest!« flüsterte er und fuhr dann fort: »Nikita, *dich* hab' ich nun gerächt – und was mich und andere betrifft, das werden wir noch sehen!«

Marković sah im Rückspiegel sein von Krankheit gezeichnetes, langgezogenes, seit mehr als zwei Monaten unrasiertes Gesicht. Davor erschrak er mehr als vor der Gestalt neben sich, und er sagte freimütig und laut: »Ich hab' zum ersten-, doch hoffentlich nicht zum letztenmal getötet!«

Budak war ruhig und blutete sich aus. Marković riß des Alten Bluse auf und fühlte mit der Hand dort, wohin er am heftigsten zugestoßen hatte. Der Tabaksbeutel, eine Pfeife und ein Revolver fielen heraus. Er hätte ihm auch noch die Hüften abgetastet, wäre das Blut nicht von allen Seiten hervorgeschossen und allmählich geronnen. Ein warmer Gestank nach Schwein fiel ihn an.

Marković nahm das Messer unter den Handschuhen auf dem Armaturenbrett an sich. Und er nahm auch das Messer aus Budaks Mantel. Und nahm die MP Marke ›Walther‹, mit der er die letzten Wochen am meisten geübt hatte. Und nahm Magazine an sich. Stücker fünf oder sechs. Das übrige – Dolche, Handgranaten und Drähte – schob er unter Budaks Mantel. Dann kroch er langsam aus dem Rekord. Wind und Regen hatten nicht nachgelassen. Marković trat von links an den Wagen heran und öffnete die Tür. Er beugte sich über die nach Ammoniak und Harz stinkende Leiche, zog den Zündschlüssel heraus und warf ihn weit fort in die Finsternis. Er löste die Handbremse, schloß die Tür, schob an. Er merkte, daß es so nicht ging. Eine Taschenlampe vor der Brust, wuchtete er den Anhänger, der sich zwischen Straßenrand und Baum quer gestellt hatte, wieder in Fahrtrichtung.

Ohne zu wissen warum, packte er mehrere Bakelit-Päckchen vom Hintersitz auf den Beifahrersitz, wo er eben noch selber gesessen hatte. Er wußte mit den Sprengsätzen Bescheid; er hätte sie auch ohne Taschenlampe aneinander anschließen können. In aller Ruhe formte er aus ihnen einen Kranz, einen schönen Kranz, dann stellte er den Zeitzünder ein. Und schlug hinter sich die Tür zu.

»Bruder Niko«, flüsterte er und achtete nicht auf die Regengüsse, die ihm Hals und Kopf überschütteten, »du wirst hören, wie es in zwanzig Minuten kracht ... Gelingt es mir nicht, Nikita, den Wagen bis dorthin wegzuschieben, dann geh' ich mit Budak in die Luft.«

Marković stemmte sich rücklings in spitzem Winkel gegen die Hinterräder und begann zu schieben. Wie schnell die Zeit vergeht! dachte er, und es gruselte ihn. Mit beiden Beinen preßte er, was er konnte. Ein Stein flitzte vom Rad weg, kullerte in die Tiefe. Jetzt hab' ich noch zehn Minuten, dachte Marković.

Der Rekord bäumte sich auf. Marković schob nach. Beide Vorderräder hingen jetzt über dem Abgrund. »Jetzt hab' ich keine Angst mehr«, flüsterte er: »Jetzt ist es nicht mehr wichtig, wieviel Minuten mir noch zum Leben bleiben.« Und er half dem Anhänger, dem Wagen nachzugleiten.

Im Schlamm liegend, aus dem er sich nicht aufrichten konnte, vernahm Marković, wie der Rekord sich überschlug. Dann explodierte der Wagen. Flammen erleuchteten den kurvenreichen Weg, den Marković hinabzusteigen gedachte – ohne Angst vor dem Kombi und seiner Besatzung.

»Was für ein Regen und was für eine Morgendämmerung, Niko Maraš!« sagte er. Und es war ihm, als habe es Nacht, Finsternis und Drakulas Schweinestall nie gegeben. Dann wusch er sich im Regen die Hände und sprach weiter: »Mein Niko – so bin ich und nicht anders! Und jene, die sich mit Parallelwelten und Theosophie, mit magischen Geheimnissen und überirdischem Leben befassen – die sollen sehen, wo sie bleiben!«

# *VI.*
# *Wieviel ist das: ein ganzer Tag in der Freiheit? Eine fremde Tageszeit auf der eigenen Uhr Slavistik Wie man einen Deutschen umbringt!*

1

»Foretić, Brekalo, Dazlina – wo seid ihr? Mögt ihr noch so viele im Kombi sein, ihr seid mein! Euer Blei wartet auf euch – zehn Ladungen für die Walther-MP und für das Messer à la Jasenovac, das in Kasimirs Hals steckengeblieben ist! Besoffene Fotzen ihr – ihr seid mir eine schöne Nachhut für euren Budak!«

Während ich, die Taschenlampe vor der Brust, bergab ging und naß wurde und keine Angst hatte, daß mir irgend jemand begegnen könnte, muß etwas mit mir nicht in Ordnung gewesen sein. Ich beeilte mich nicht. Ich hätte die Möglichkeit gehabt, mich in einer Bauhütte zu verschanzen und von dort das Feuer zu eröffnen. Fieber ergriff mich. Ich begann zu sprechen.

Laut rief ich ihre Namen aus. Breitbeinig die Straße hinabgehend, stellte ich mir vor, ich feuerte ihnen auf die Windschutzscheibe, in den Motor, in die Reifen. »Ihr vampirisches Dreigespann!« schrie ich: »Zum erstenmal hab' ich mir auf diese Weise die Hände blutig gemacht – so daß ich nun nicht mehr aufhören kann . . .«

Sie ließen sich nicht blicken.

Ich zählte die Kurven, ich schlotterte, ich wurde naß. Kleidung und Pelerine stanken nicht mehr nach Schwein. Ich muß krank gewesen sein, daß nicht mal die Regengüsse mir Stirn, Lider und Lippen kühlen konnten. Um mich her gluckerte Wasser, gähnte der Abgrund. Durch die undurchsichtige Finsternis zischte ein Blitz. Es hämmerte mir in Scheitel und Schläfen – bis ich hinfiel. Dabei spürte ich weder in Knien noch Ellenbogen einen Schmerz. Ja, es muß mit mir etwas nicht in Ordnung gewesen sein – denn ich fand Gefallen daran, daß ich mich aus dem Graben nicht erheben konnte, daß meine Stiefel halb voll Wasser standen und daß mein Umfang im verfaulten Vorjahrslaub schleifte. Auch mit der Finsternis verhielt sich nicht alles so, wie es sollte.

»Brüder, ihr meine traurigen Brüder: Ich fürchte, ihr habt euch verirrt!« flüsterte ich aus irgendeinem Loch oder Graben und starrte hinauf in die Finsternis – auf den Weg, von dem ich hoffte, ich hätte ihn für immer hinter mir gelassen: »Wenn ihr noch am Leben seid, ihr Unglücklichen, die ihr den Geburtstag eines nicht bestehenden Staates feiert: beeilt euch! Mit einer Garbe in eure verirrten Schädel werde ich mich den Feierlichkeiten zum 10. April anschließen!«

Nicht länger rief ich nach ihnen. Ich sah, wie ihr Kombi mit zwei feurigen Augen durch die Nacht flog. Ich dachte an eine Sternschnuppe. Er muß aus Budaks Kurve geradeaus in den Abgrund geflogen sein – sonst hätte er sich nicht so überschlagen und so gedröhnt. Ich wunderte mich, daß keine Explosion erfolgte. Den Abgrund entlang, an dessen Rand ich mich festhielt, fegten Wasser, Steine und Wind. Die Burschen taten mir leid.

Ich weiß nicht, ob ich schlief oder nur in süßer, purpurner Trance dahindämmerte, eingewiegt von Glockengeläut aus dem Abgrund. Jedenfalls lag meine Hand plötzlich am Messer. Mit vollem Gewicht und voller Kraft schob ich die Klinge hinein, so daß ich ihre Spitze auf der anderen Seite von Kasimirs Hals mit den Fingerspitzen tasten konnte. Ich drehte das Heft herum, schüttelte es – wieder kehrte die Schneide ins Fleisch zurück. Danach versank meine Hand in Budaks Eingeweide. Ich zog sie auch durch die Kiemen, die sein Messer geschnitten hatte, und zog daraus ein Tierchen hervor. Es war dies ein schleimiger Unpaarhufer mit den tückischen Augen einer Hyäne, der langgezogenen Schnauze eines Ameisenbärs und den gesträubten Borsten eines Frischlings . . . Es war Aschmadaj!

Ich war von seinem Gestank, Zorn und Gezische nicht entsetzt. Mein armer Alter hatte wohl nicht gewußt, was er in sich trug, was da in seinem Schweineblut heranwuchs und was sich fernerhin mit ihm ereignete: Er brach in donnerndes Lachen aus, so daß es aus seinen Wunden nach allen Seiten spritzte, schüttete und stank.

Ein schmaler Pfad führte mich einer entfernten Glühbirne entgegen, als folgte ich meinem Stern. Ich stolperte – aber ich ging weiter. Die Annäherung an die Glühbirne und an die Kreuzung dauerte Jahre. Ich verlor die Hoffnung nicht.

An einen Mast gelehnt, erwartete mich Budak. Die Glühbirne erleuchtete sein Gesicht – das war eingefallen, zerquält, erdverkrustet. Im Hals hatte er sein Messer. Auch aus seinen übrigen, über den Körper verteilten Wunden rann kein Blut. In den Händen hielt er das Lenkrad. Wie konnte es mir, der ich ihn seit Jahrhunderten kannte, passieren, daß ich erst jetzt entdeckte: Er hatte an der rechten Hand keinen Daumen! Er war aufs Fahren konzentriert, so daß er mich nur so nebenbei anschaute.

»Verzeih«, sagte er zu mir, »daß du mich hast umbringen müssen.«

»Onkel, wieviel Uhr ist es?«

»Hast doch selber 'ne Uhr.«

»Die zeigt irgendeine fremde Tageszeit!«

»Heut ist der 10. April 1971.«

»Und die Stunde?«

»Das ist weniger wichtig, mein Sohn«, sagte Budak im Fahren: »Es wird zwischen fünf und sechs sein.«

»Bist du zur Feier unterwegs?«

Er gab mir keine Antwort. Er schaltete und bog nach rechts ab. Ich ließ ihn fahren und setzte meinen Weg fort. Ich war sehr glücklich, daß wir uns noch einmal getroffen hatten. Nun blieb mir nur noch übrig, mich auch mit Brekalo, Foretić und Dazlina zu treffen. Auch denen hatte ich etwas Einfaches, aber Erschütterndes zu sagen. Ich begann zu laufen – in der Gewißheit, daß auch sie an irgendeiner Kreuzung auf mich warten würden.

Das bleiche Licht einer verregneten Morgendämmerung ergoß sich mir über Hände und Gesicht. Ich befand mich in einem Tal, das ganz zerfurcht von Klüften war, durch die Wasser und Schaum tobten. Ich war ohne MP und ohne Magazine. Entweder hatte mich jemand entwaffnet, oder ich hatte alles beim Abstieg durch Wald und Schluchten von mir geworfen. Die Taschenlampe vor der Brust, stolperte ich über Wiesen und Weiden, bis ich auf eine asphaltierte Straße kam. Da wurde mir bewußt, daß ich keine Kraft mehr hatte, daß ich krank war und daß ich zusammenbrechen würde, wenn es mir nicht gelänge, ein Auto anzuhalten.

## 2

»Haaalt!«

Mit soviel Verzweiflung konnte an jenem Morgen nur ich schreien. Ein grüner, älterer BMW mit einem Trittbrett für einen Attentäter kam gerade noch neben mir zum Stehen. Hätte er nicht gebremst – ich wär' ihm, erschöpft wie ich war, quer vor die Räder gefallen. Das sagte ich nachher dem Fahrer auch – während ich mich auf den Hintersitz plumpsen ließ. Er lächelte, winkte mit seiner klauenartigen Hand und gab Gas.

Er war ein reinrassiger Berkshire. Der Kopf breit, besonders in der Stirnpartie, das Profil reichlich eingedrückt, eine dicke Brille auf der Nase, so daß sein ganzes Aussehen mopsartig wirkte. Schultern und Schinken gut entwickelt, fleischig, wie auch sein Dreifachkinn. Mit der Pranke, die mir soeben die Tür geöffnet hatte, walkte er das Lenkrad.

Sein alter Mund nuckelte an einer dicken Havanna, während er mich fragte:

»Wollen Sie denn überhaupt in diese Richtung fahren?«

»Ich fahre in jede Richtung!« sagte ich. Ich beugte mich zu ihm, nahm ihm die Havanna aus dem Mund und zog daran. »In jede Richtung, Herr Berkshire!«

»Ich heiße anders.«

»Ihr Bier, Alter!«

»Auch das Ihre, junger Mann – von dem Augenblick an, da Sie meinen Wagen betreten haben. Mein Haus!«

»Berkshire ist ein schöner Schweinename.«

»Warum legen Sie ihn nicht sich selber zu?«

»Das Berkshire ist ein fatales Schwein! Ein Mensch, Herr Berkshire, muß, um diesen Namen zu führen, verschiedene Voraussetzungen erfüllen.«

»Wäre ich nicht ein gutmütiger und naiver Deutscher, würde ich jetzt böse werden.«

»Das wäre dann Ihr letzter Zornesausbruch.«

»Junger Mann, ich vergaß Ihnen zu sagen, daß ich ziemlich weit fahre.«

»Ich noch weiter, Herr Berkshire!« Kraft strömte in mich ein, ich verspürte den Wunsch, ihn umzulegen; er wäre mein erster Deutscher gewesen.

»Fahren Sie womöglich bis ans Ende?«

»Höchstwahrscheinlich.«

»Dann bitte, einmal ans Ende und wieder zurück!«

»Alles geht zu machen, junger Mann, wenn die Menschen schön miteinander sprechen, ohne sich zu beleidigen.« Er rauchte eine neue Havanna, so daß der Wagen voller Rauch war. »Was mich betrifft, können wir in jede beliebige Richtung fahren. Ich bin bereit, Sie so weit mitzunehmen, wie ich selber fahre, ja noch weiter. Ich werde mich an Ihre Anordnungen halten. Unter der Bedingung, daß wir die Vereinbarung achten.«

»Das verlange ich auch von Ihnen, Herr Berkshire: Ruhe, Ordnung und Arbeit! Fahren Sie wie bisher – dann werde ich das Schlimmste nicht in Erwägung ziehen.«

»Was wäre dieses Schlimmste?«

»Ewiges Eis. Ihr Leben nach dem Tode. Ein neuer Kalender mit nur vier Monaten. Katastrophen. Versunkene Welten – deren Bestandteil Sie mit einem Lidschlag werden können. Die Nacht – diese noch nicht ganz vergangene Nacht . . .«

»Denken wir an den Tag, junger Mann. An die Sonne. An Perspektiven!«

»Worauf wollen Sie hinaus, Herr Berkshire?«

»Denken wir an die Häuser, die wir bauen. An die Geschöpfe, die wir lieben und deretwegen wir so früh aufstehn. Überlassen wir Nebel und Eis den anderen!«

»Auch wenn ich den besten Willen habe, Herr Berkshire, an die Zukunft zu denken – mir stehen immer, so auch jetzt, diejenigen vor Augen, die ich direkt oder indirekt getötet habe. Die ich, lebendig oder tot, geplündert habe. Das soll aber nicht bedeuten, daß Gewalt, Finsternis und Eis sozusagen das Motto meines Lebens wären – oder auch nur dieses heutigen Tages.«

Herr Berkshire drehte sich zu mir um – da sah ich zum erstenmal aus der Nähe seine winzigen, fettgepolsterten Augen mit den kurzen Wimpern. Er war nicht mehr rotwangig und selbstbewußt. Er blies den Rauch zu seinen großen Schweinenüstern hinaus. Auch ich paffte, aber aus dem Mund, wie ein Mensch.

Herrn Berkshires BMW hatte eine Automatik. Herr Berkshire schaltete nicht und bremste nicht. Herr Berkshire, während ihn das Zittern ankam, hielt sich auf der Autobahn glänzend. Vorsichtig ging sein Blick über die Horizonte und Perspektiven, die unüberschaubar waren.

Ich mußte Herrn Berkshire unter Spannung halten. – Durchs Fenster zeigte ich ihm die spärlichen Kiefern, den Nebel, die Hänge. Er sagte, er fahre diesen Weg täglich. In Sprüngen wie ein Hund überquerte Josefine derweil die Hänge und Felder an der Autobahn. Die Stärke des BMW mit Herrn Berkshire und mir konnte sich nicht mit ihrer Stärke messen. Wenn Herr Berkshire aufmerksam war, mußte er die weiße Blüte auf Josefines Stirn bemerkt haben. Ich wollte ihn nicht mit Josefines Vergangenheit, Bedeutung und Symbolik ermüden und erschrecken. Um so weniger, als er, meine noch nicht verheilte daumenlose Hand bemerkend, zu einem Aufschrei ansetzte.

Ich begnügte mich damit, ihm auseinanderzusetzen, daß die von ihm soeben gesichtete Josefine – die er nicht überholen konnte – seine und aller Berkshires Königin sei. Er behauptete, steif und fest, sie gesehen zu haben, aber ich zweifelte daran. Von Zeit zu Zeit rannte Josefine unmittelbar neben unserem BMW her. Wir konnten sie schnaufen, konnten den Schlag ihres schwarzen Herzens hören. Bleich und wie vereist vor Schreck fragte Herr Berkshire mich, wohin das Schwein wohl so früh am Tage aufgebrochen sei. »Es möchte töten!« erläuterte ich ihm, »es wünscht irgendeinen, der ihm nicht genehm ist, zu töten, zu zerreißen und auszuplündern . . .« Es schien, als berühre unser BMW den Asphalt gar nicht mehr. Josefine hupte neben uns. Sie erinnerte uns beide an eine gezündete schwarze Rakete.

»In bar, junger Mann, hab' ich nur ein paar hundert Mark bei mir, höchstens tausend.«

»Herr Berkshire, mir geht's nicht um Geld.«

»An Sachwerten führe ich, wie Sie sehen, so gut wie nichts mit.«

»Fahren Sie, Herr Berkshire – fahren Sie so weit wie möglich!« rief ich. Aber mir war, als hätte ich ihm zugeflüstert: Mir geht es doch nur um Menschlichkeit, Zärtlichkeit, um ein menschliches Wort, hinter dem weder Schimpf noch Lüge noch Kälte stecken . . . Mir geht es nicht um Ihr Blech, um Ihre Lumpen, um Ihre auf Gott weiß welche Weise verdienten D-Mark . . .

»Darf ich wissen, wen ich fahre?«

»Einen Menschen aus der Unterwelt, Herr Berkshire! Ein Wesen aus einer Parallelwelt. Einen unglücklichen Emigranten aus dem Osten. Einen Landstreicher, der nirgendwo den Ausgang aus dem Labyrinth des Westens findet. Sie fahren einen Gangster, der, in Notwehr, allerdings auch mit Genugtuung, seinen Onkel, einen gewissen Budak, sowie drei Brüder getötet hat. Den Alten hab' ich an irgendeiner Kreuzung liegenlassen, während ich die anderen drei, Brekalo, Dazlina und Foretić, noch suche.«

»Wenn Sie sie getötet haben – wozu suchen Sie sie noch?«

»Ich kann nicht mehr ohne sie leben.«

»Was ist das für ein Trauerspiel?« fragte er, während er mir mit der rechten Klaue Schokolade anbot.

»Ein biblisches – oder besser: ein politisches! Ein brüderliches – also ein slawisches! Das übliche Trauerspiel von Slawen in Dojtsch über und unter der Erde!«

»Wie sieht es denn unter unserer Erde aus?«

»Es ist seltsam da unten, Herr Berkshire. Finsternis bei Tag, Finsternis bei Nacht – und Finsternis zwischen Tag und Nacht. Dort unten ist ewige Nacht. Dazu Eis, Spinnen, Fledermäuse. Und hier oben: ihr Deutschen! Wir: ausgemergelt, blau angelaufen vor Schlaflosigkeit, überspannten Erwartungen, philosophischen und rachelüsternen Gedanken. Und ihr: stabil, satt und rotwangig, falten- und sorgenlos. Während ihr Straßen baut und gigantische Bauwerke errichtet, deren Sinn oder Zweck überhaupt nicht zu begreifen ist, während ihr auf diese Weise euer Leben lebt, rechnen wir miteinander ab und bringen uns um – angeblich wegen irgendwelcher unverzichtbaren Prinzipien, wegen einer nicht verwirklichten Gerechtigkeit, einer nicht ausgelebten Vergangenheit. Ihr vergeßt alles, und wir behalten alles – und werden dabei immer wütender.«

»Wie ich hörte, gefällt es euch in Dojtsch.«

»Es ist ständig was los, Herr Berkshire!«

»Das heißt: Es fließt Blut?«

»Wertvoller als ein Leben von uns ist ein Haar auf dem Kürbis eines Deutschen. Dabei sind wir klüger als sie. Sollst du da nicht verrückt werden?!«

»Was treibt man da unten noch?«

»Wir irren durch Kanäle, von deren Existenz ihr Deutschen keine Ahnung habt. Wir kriechen dahin, meist verwundet. Wir weinen, ohne zu wissen um wen und warum. Uns werden Sie nicht erkennen an Preßlufthämmern, Karren und Spitzhacken – die es da unten weder gibt noch geben wird –, sondern an Emigrantenzeitungen, astrologischen Handschriften, Handbüchern für Schweinezucht, Parolen und Flugblättern, Briefen und Kalendern, in denen wir uns eure Straßen, Gärten und Häuser notieren. So oft ihr einem abgemagerten, ausgezehrten und verängstigten menschlichen Wesen mit tiefliegenden finsteren Augen begegnet, einem Unglücksraben mit Büchern, Drähten und Messern im Arm – sprecht zu euch: Ein Parallelmensch! und flieht . . .«

»Interessant«, sagte Herr Berkshire und lebte auf. »Hätte ich nicht meinen guten Anzug an, würde ich verlangen, daß Sie mich sofort hinunterführen. Natürlich gegen Bezahlung!«

»Wer einmal die Wonnen der Unterwelt gekostet hat, diesen süßlichen, milden Geruch von Wunden und Blut, der hat es auf Erden schwer. Nehmen wir zum Beispiel mich: Kaum hab' ich von unten den Kopf hervorgestreckt, möcht' ich aus dieser irdischen Öde schon wieder zurück, wieder unter die Erde! Überall sieht man nur Ziegel, Mauern, Stahl. Aber wo sind Ideen, wo ist Poesie, wo ist die Komödie? Diese Ihre frische Luft, Herr Berkshire, ohne die man angeblich nicht leben kann, und alles, was hier dazugehört, das ist für uns neue Interpreten des Lebens und der Geschichte, uns Deuter von Zahlen, Farben und Jahreszeiten der reinste Graus! Allein schon dieser Wind, diese Regenschauer, diese Kälte! Bei uns gibt es das alles nicht! Verzeihen Sie – aber bei all Ihrem oberirdischen, oberflächlichen Glück und Wohlstand möcht' ich mir am liebsten meine Galle und mein gesamtes Emigranteneingeweide herauskotzen!«

»Unterhalb Deutschlands spricht man sicher mehrere Sprachen?«

»Hauptfach ist Slawistik, Herr Berkshire! Dann Hungarologie, Rumanistik, Albanistik. Auch Griechisch, Türkisch, Arabisch, Armenisch kann man hören. Unterhalb von München lebt der Osten en miniature, der Balkan, Asien!«

»In welcher Beziehung steht ihr da unten denn zu uns hier oben?«

»Wir sind eben nicht der Unterbau, wie Sie bestimmt denken, sondern der Überbau, Herr Berkshire. Also die Philosophie, die ihr schon längst nicht mehr habt.«

»Wie findet der junge Herr sich in diesem gedanklichen und sprachlichen Chaos zurecht?«

»Auf Jiddisch, zum Beispiel, obwohl das nicht meine Mameloschʼn[1] ist, kann ich rufen: Haser einer[2]! . . . Noch eine Havanna, wenn Sie weiterhören wollen . . . Prokljatij Hahol, jesli ja tebje nje razdavil v Kijeve, tak ja tebje jajca othvaču v Mjunhene[3]. So spricht der Russe zum Ukrainer, während der Ukrainer auf deutsch antwortet: Dreckiger Kacab[4] – ich warte mit meiner Bande am anderen Isarufer auf dich . . . Der Rumäne spricht zu sich selbst: Popescu, du Prinz des Balkan, stirb ehrenhaft für König und Monarchie . . . Der Bulgare reißt seine Schnauze nur auf, wenn er ißt und scheißt – schweigend würgt er Popescu, den Prinzen: der alte Streit um die Donau – wem gehört sie? . . . Ich werde mich betrinken und gehen! schreit der

---

[1] Muttersprache

[2] Du Schweinekerl

[3] Du verfluchter Chochol, wenn ich dich nicht in Kiew zertreten hab', dann zerquetsch' ich dir deine Hoden in München . . .

[4] Ukrainisches Schimpfwort für die Russen

betrunkene, verrückte Polack Dominik Kowalski auf – und läßt nicht zu, daß man sein Messer aus dem Unterleib des Slowaken zieht ... Der Tscheche Flauta Pokorny kniet, winselt wie ein Hündchen, erinnert sich an Bila Gora, an München 38, beißt in Seife, um die Tränen zu stoppen ... Ich werde alle Sterne vom Himmel holen zu deinem Ruhm, o Hungaria! heult mit fanatischer, geschwollener Stimme der Madjar Arpad Nagy ... Es gibt keine Sprache, in die man übersetzen könnte, was der Serbe zum Kroaten sagt und der Kroate dem Serben erwidert ...«

Während ich dieses letzte sagte, erregte ich mich auf einigermaßen komische Art: Ich erinnerte mich an meinen Onkel Kasimir Budak und an meine Brüder Foretić, Dazlina und Brekalo – nach denen ich, schon die dritte Havanna des Herrn Berkshire kauend, mit aller Kraft meines Verstandes und aller Glut meiner Empfindung suchte.

Herr Berkshire war wieder rot im Gesicht. Während ich ihm das mit der Emigration und ihrer Philosophie und Tragik auseinandersetzte, erstickte er fast an Schokolade und Lachen. Schon zum drittenmal hatte ich den Wunsch, ihn tot zu sehen. Da schrie ich auf – nur um ihn in Spannung und Angst zu halten: Josefine, das Todesschwein, sei auf die Autobahn gesprungen und warte auf uns.

In Panik bog Herr Berkshire nach rechts ab, weg von der Autobahn. Während er zornig einen vom Regen ausgewaschenen Weg entlangfuhr und sich ihm die scharfen, noch schwarzen Borsten sträubten, kreuzte Josefine unseren Pfad. Ich weiß nicht, worüber ich gerade sprach. Er hörte wohl auch gar nicht auf mich, kehrte mir nicht einmal seine feuchte, mopsartige Schnauze zu. Herr Berkshire ahnte überhaupt nicht, daß ich ihm waffenlos gegenübersaß. Er fuhr, bremste, dampfte, gab Gas. Mir drehten sich die Eingeweide herum, meine Gedanken verhedderten sich. Wahrscheinlich wollte Herr Berkshire mich auf diese Art töten – mich durchlöchern, mein Blut austrinken und mich danach in irgendeine Lache werfen. Ich war bereit, mich zu verteidigen – ihn zu erwürgen.

Da kamen wir auf der Baustelle an.

## 3

»Zahl uns aus, Dojtscher!«

So riefen die Gastarbeiter – Jugoslawen, Griechen und Spanier – und umringten Herrn Berkshire. Mich bemerkten sie nicht. Mit Schaufeln in den Händen näherten sie sich.

Er trug Stiefel, einen Kamelhaarmantel und eine Hasenfellmütze auf dem Kopf. Er ging gebeugt. Bis zu seinem Wagen war es nicht weit. Er hatte keine Handschuhe an, seine Klauen waren feucht.

Die Gastarbeiter, ihrer dreißig, riefen ihn bei seinem kurzen Zunamen – es klang so ähnlich wie »Herr Krahl«. Ich blieb aber bei dem Namen, der ihm, wie von Gott verliehen, entsprach.

»Wir bringen dich um, wenn du uns nicht auszahlst!«

Noch nicht einmal, als sie ihn an einen Haufen von Ziegeln, Brettern und Schottersteinen herantrieben, konnte Herr Berkshire glauben, daß sie ernst machen würden. Ich freute mich auf seinen nahen Tod – unter anderem deshalb, weil er über mein Trauerspiel und die Geschichte von meinen zerstrittenen und verirrten Brüdern so gelacht hatte.

Als die Gastarbeiter ihn mit Eisenstangen bedrohten und ihn anbrüllten: »Herr Soundso, unten in Bosnien und Mazedonien darben unsere Kinder, nackt und bloß! Sie rufen nach unserem Lohn für Februar und März!« – da war mir klar, daß es passieren würde. Und so ähnlich äußerten sich die Arbeiter auch, in drei verschiedenen Sprachen.

Mir brannte die Stirn, meine Lippen sprangen auf. Mich dürstete nach Blut, Menschen- oder Schweineblut, egal. Im Rükken von Herrn Berkshire, der sich die Hände über den borstigen Kopf hielt, gähnte das mehr als zwanzig Meter breite und wer weiß wie tiefe Fundament eines seiner zukünftigen Baukolosse. Er konnte nur noch dorthin – in den Abgrund. Die Gastarbeiter schienen darauf zu warten, daß er von selbst hinabsprang. Aber statt sich hinunterzustürzen, warf er vor ihnen den Kamelhaarmantel und die Fellmütze ab und rannte am Rande der Grube entlang.

»Du entkommst uns nicht, Herr Soundso! Du zahlst – entweder in DM oder mit deinem Kopf!«

»Gastarbeiterschweine, Kommunistenschweine ihr!«

»Herr Soundso – zahl deine Schweine aus . . .!«

Herr Berkshire haute ab. Immer wieder drehte er sich nach ihnen um und gebrauchte dabei die schlimmsten Schimpfnamen für jugoslawische Gastarbeiter, die man in Dojtsch und Österreich, besonders in Bayern, erfunden hat:

»Tschuch, wir haben keinen Vertrag! Ihr arbeitet schwarz, Kolaritsch! Was kümmert es mich da, daß ihr euch schon im dritten Monat bei der Gewerkschaft in der Schwanthalerstraße über mich beschwert!« Ein Ziegel flog hinter ihm her und hätte ihn gar nicht erreicht, wäre er nicht stehengeblieben. Er grinste und blökte: »Stinkende Kolaritsch!«

Er floh. An der Stelle, wo ein Ziegel oder ein Werkzeug ihm den Ärmel zerfetzt hatte, zeigten sich Blut und schwarzes Fell.

Jetzt versperrten sie ihm den Weg mit Kippern, Baggern und Mischtrommeln.

»Du hast soundsoviel Häuser, Herr Soundso! In dem einen, das wir besetzt halten, um unseren Lohn zu erzwingen, hast du einen versilberten Lokus! Soundsoviel Mühlen hast du! Fünf Sägewerke hast du – nicht gerechnet dasjenige, das wir gerade erst bauen! Du hast deinen eigenen Wald! Deinen Fluß, deine Brücke, deinen Weg – und überall eine Tafel, auf der steht ›Privat‹. Du hast dein Eisenbahngleis und deine Waggons! Und Wiesen und Weiden und Zäune und Drähte zuhauf! Du weißt selber nicht, wieviel D-Mark du besitzt – und die frierenden Armen aus dem Süden, die auf dein deutsches Wort ohne Vertrag arbeiten, willst du nicht zufriedenstellen?!«

»Balkanesische Banditen ihr! Nichts hab' ich euch versprochen! Wer seid ihr denn, daß man euch was versprechen dürfte?! Partisanen seid ihr, und wenn ihr könntet, wie ihr wollt, würdet ihr uns alles wegnehmen!«

»Wir wollen dir nicht an dein Fohlengestüt, Herr Soundso! Auch nicht an deine Meute von Doggen und Wind- und Jagdhunden! Oder an deine Sammlung von Hähnen aus aller Welt! Besitze, bereichere dich, sei glücklich und laß jedes deiner Gewehre vergolden – wenn du uns nur unser verdientes Kleingeld gibst!«

»Haut ab, Tschuch! Ich hab' andere, bessere als euch: Albaner! Die saufen nicht, die huren nicht, die singen nicht! Die haben weder spanische Läuse noch griechische Krätze oder Flöhe und schon gar keine jugoslawische Philosophie!«

»Wir müssen zu unserem Wort stehen. Zwei Monate lang haben wir die Fundamente deines Bauwerks ausgehoben! Jetzt heißt es, die Wände hochziehen und alles überdachen, nach Plan! Und dann das Ganze mit einem hohen Zaun und Elektrodraht vor der Welt verbergen! Und Hochspannung in den

Draht, daß nicht mal eine Schlange durchkann! Alles, wie du es befohlen hast, Herr Soundso!«

»Ihr buddelt mir zuviel und auch noch falsch, Tschuch! Haut ab, Kolaritsch!«

»Wirst du nicht zahlen?«

»Nein! Kommt nicht in Frage!«

»Dann schneiden wir dir die Eier ab, Dojtscher! Verstehen du? Eier – cojones, avga, arkidia . . . Die Eier – denen zuliebe du soviel Erde bewegen läßt und soviel Schornsteine errichtest. Deine Eier!«

»Ihr Vieh – was untersteht ihr euch?! Zurück, macht euch davon! Ich hol' die Polizei, die Bundeswehr, das deutsche Volk!«

»Machen auch wir, Herr Soundso! Auch wir rufen dein Volk!«

Was sich am Fuße des Gerüstes abspielte, konnte ich von meinem Standort nicht gut sehen. Es war niemand da, der mir auf einen Ziegelhaufen geholfen hätte. Teils vom Regen, teils vom Schwitzen war ich vollkommen durchnäßt. Es brach naß aus mir heraus. Ich denke, auch meine Hand hat wieder geeitert. Herr Berkshire war verschwunden. Er muß wohl auf ein Gerüst geklettert sein – jedenfalls flog von dort eine Latte auf die orangefarbenen Bauhelme herunter. Und von dort donnerte es auch: »Euer Teil ist es, zu schuften, zu leiden und uns die Füße zu küssen – aber nicht, unsere Hände, unsere Fohlen und Mühlen zu zählen. Da habt ihr auch dies!«

Auf dem Bauwerk, woher die Stimme drang, spannte sich ein dickes Stahlseil. Es mußte irgendeine schwere Last gehalten haben, die sich jetzt löste und auf die Gastarbeiter niederstürzte, die gerade eine Leiter angelegt hatten. Ich hörte Schreie, jemand schrie »Blut!« – anscheinend hatte es einen Toten oder Verletzte gegeben.

Die Gastarbeiter redeten jetzt nicht mehr von ihrem Dreimonatslohn, auch nicht von ihren Kindern. Und Herr Berkshire bleckte sie nicht mehr an, drohte ihnen auch nicht mehr mit Panzern, Mausefallen und seinem großen Volk. Er hatte einen Stiefel verloren und humpelte über das aufgeweichte Erdreich.

Ein Spanier jagte ihn, im Rückwärtsgang, mit einem Kipper. Ein Grieche schnitt ihm mit einem Bulldozer den Rückzug ab. Und ein Jugo näherte sich ihm von der dritten Seite mit einer Mischtrommel. Herr Berkshire wußte nicht wohin. Er rief um Hilfe. Man solle ihn endlich aus dem Matsch ziehen!

Ich konnte nicht verstehen, daß die Gastarbeiter ihr Schwein nicht sofort töteten. Weshalb gestatteten sie ihm, sich in den warmen Pfuhl seines Autos zurückzuziehen? Das Schwein begann über dem Lenkrad zu weinen, legte mit der Klaue einen Gang ein und gab Gas.

Hoch über ihm sperrten sich die riesigen Schaufeln eines Greifbaggers auf und senkten sich über den Wagen. Jemand gab in Budaks und meiner Sprache Kommandos. Die Baggerzähne fraßen sich unterhalb des Dachs in den grünen Wagen und hoben ihn hoch. Herr Berkshire schlug sich an den Kopf.

Mir war, als habe er mich in diesem Augenblick gefragt: »Was haben die mit mir vor?«

»Die wollen dich, wenigstens für ein paar Augenblicke, von der Erde trennen.«

»Weshalb?«

Ich bin sicher, daß ich ihm zuflüsterte: »Sie wollen dich in dem Auto, das dein ist, mit dem Bagger, der dein ist, hochheben. Um dich spazierenzufahren über den bayerischen Himmel, der hoch, endlos, schön und natürlich dein ist! Sie wollen dich drehn und wirbeln, Herr Berkshire – als säßest du in einem Ringelspiel und nicht auf einer großen Baustelle, die nur dein ist! Von oben wird dir alles anders erscheinen – die Umgebung, die Flüsse, die Erde: alles was dein ist! Auf jeden Fall wirst du, während du wirbelst, sehen, wieviel du besitzt.«

»Ich hätte gedacht, es sei weniger.« Er war schon hoch oben. »Was für ein Anwesen!«

»Sind die Fundamente für Brauerei und Schloß ordnungsgemäß ausgehoben?«

»Ja, sie sind's! Jetzt, da ich so wirble, kommen sie mir noch tiefer und schwärzer vor!«

»Die armen Tschuch warten auf dein Kleingeld! Wirst du es ihnen geben?«

»Nein!« Sie drehten ihn immer schneller um sich selbst. Er beugte sich zum Fenster heraus und streckte seine Klauen nach mir aus: »Nie-mals . . .!«

Ich wünschte, eine Salve wäre erklungen – kurz, gedämpft – und der erste Feuerstoß wäre von einem zweiten beantwortet worden, wie bei uns in der Unterwelt. Indes, die Gastarbeiter besaßen nichts, woraus sie hätten schießen können. Sie wirbelten das Auto nicht länger um seine Achse; sie ließen es in das tiefste, in das deutsche, in Berkshires Fundament hinab. Aus der Dunkelheit dort unten vernahm man Herrn Berkshire:

»Ich höre keinerlei Rachegeschrei, keinen Fluch, nicht mal ein Lied. Wie das?«

»Die Tschuch haben's eilig, Balboss.«

»Was für eine Sprache ist das, Kolaritsch?« fragte er mich.

»Hebräisch, Herr Berkshire. Balboss heißt Herr, Hausherr. Der Balboss, das warst du!«

»Fort – verschwindet von meinem Grund und Boden!«

»Wir halten unser Versprechen, Herr Berkshire. Wir gießen das Fundament mit frischem Beton zu – mit dir! Wir mauern schnell, genau, laut Vertrag. Wir sparen. Unsere Aufgabe ist es, das Gebäude überdacht zu übergeben, eine hohe Mauer rundum zu ziehen und Elektrodraht um alles. Alles wie vereinbart und angeordnet. Erst danach gehen wir.«

»Scheiß Osten!«

»Mas'l tow, Balboss!« flüsterte ich und klapperte mit den Zähnen: »Glückauf, Hausherr!«

Dann verschwand er.

Der Bulldozer röhrte noch einmal auf. Die riesige Mischtrommel drehte sich ruhig. Der frische, graue Betonteig ergoß sich aus dem Trichter ins Fundament. Der Baggerführer wälzte Erde heran, häufte einen Berg auf. Der Kipper schüttete die Räderspuren von Balbossens Auto zu. Die Greifer des Krans hoben Betonblocks hoch und trugen sie, wie mir erschien, in irgendeine höhere und parallele, eine bessere Welt.

Ich weiß nicht, ob sie mich hörten:

»Paßt auf bei der Arbeit, Freunde! Von allen Seiten stinkt Auswurf, fauchen Schweine, rinnt Urin. Darum hütet euch vor Ansteckung!« Sie bemerkten mich nicht. Ich flüsterte: »Kameradschaft und Achtung geht über alles. Jede D-Mark nach Hause, an die kranken Eltern unten in Griechenland. An die Schwesterchen, die darauf warten, daß ihr lebend und mit sämtlichen Fingern nach Jugoslawien zurückkehrt. Jeden Pfennig den jüngeren Brüdern, ihr Spanier!«

Die Gastarbeiter bemerkten mich nicht. Übrigens hatte ich ja auch auf der Baustelle nichts zu suchen. Ich ging und winkte ihnen mit der Rechten zu, die von neuem hämmerte und brannte.

Sie arbeiteten. Sooft ich mich von echten Menschen verabschiede, hängen mir Tränen an den Wimpern. Ich dachte an meinen Onkel, an die Brüder. Eine meiner Tränen galt auch Herrn Berkshire, meinem ersten Deutschen – oder auch der Welt, mit der an diesem verregneten Morgen etwas nicht in Ordnung war.

4

Den ganzen Vormittag lang fuhren sie mit mir über die Autobahn. Den Fahrern, die mich mitnahmen, sagte ich immer wieder, an dem verregneten Wetter sei nur die Schwarze Magie schuld. Sie verstanden mich nicht. Auch erzürnte mich, daß ich selbst von der Magie nicht gottweißwas verstand. Ich fragte sie: Wo könnten jetzt meine Jugos, meine Brüder sein? Sie fuhren stur durch die Gegend. Ich sagte, die Jugos seien mir nötiger als ich ihnen. Meine Fahrer verstanden wieder nicht. Ich fluchte, sang, fluchte wieder. Diese drei, lebendig oder tot, will ich endgültig von der Schwarzen Magie befreien! brüllte ich – und sie erwiderten, ich könne befreien, wenn ich wolle. Auch sie hielt ich in Spannung, sogar in Todesangst. Ich bewies ihnen, wissenschaftlich und kalendarisch, daß es die Schweine sind, die alles in Bewegung setzen, die gesamte heutige Welt, sogar den Wind dieses heutigen Morgens, und daß sich in jedem deutschen Motor ein kleiner Aschmadaj befindet. Genauso ist es! – Diese Schweine der anderen! sagten im Verlaufe einer Stunde drei Mercedesfahrer zu mir und schüttelten auf die gleiche Art ihre dicken, fetten Köpfe.

Die Automarken und Fahrer wechselte ich, wann immer ich wollte. Ich konnte wählen und tat es! Sie antworteten mir, wieder wie verabredet, sie hätten jetzt die Nase voll, ich stänke und müsse rausfliegen. Und obwohl *sie* stanken, nicht ich, flog ich raus. Wär' ich bewaffnet gewesen, hätt' ich ihnen in die Reifen geschossen oder zumindest in die Schädel. Meistens begrüßte ich sie mit einem schwarzen, fetten, breitrandigen Hut – der Erinnerung an einen meiner Fahrer vom frühen Morgen, der wollte mich in eine Wohnung mit warmem Wasser führen, mit allem, was warm war, und mich – schamhaft flüsterte er es mir zu – für fünfzig oder höchstens fünfundfünfzig Mark liebhaben. Ich befahl ihm, die Schnauze aufzureißen. Das tat er schnell und geübt. Er hatte einen After im Mund! Dorthinein spuckte ich ihm. Ich glaube, er ist zum Höhepunkt gekommen. Während er krampfhaft das mit warmem Pelz bezogene Lenkrad drückte, stiebitzte ich ihm seinen Hut. Jetzt verdeckt mir diese seine grausige Kappe das Gesicht bis hinunter zum Kinn. Und das ist genau das, was mir an diesem Morgen vollständig entspricht.

Ich sah die Aufschriften an den Kreuzungen, doch las ich sie nicht. Es war mir gleichgültig, wohin die Wege führten und wie weit es von einem zum anderen Ort war. Noch war es Morgen –

und das brachte mich fast um. Das Licht störte mich. Auf diese Weise blieb jedes Geheimnis, jedes Mysterium ausgeschlossen. So oft sich eine Wolke vor die Sonne schob, hüpfte mir das Herz vor Freude. So sehr ich auch den Wunsch empfand, zu leben, zunächst einmal den April zu überleben – ich wünschte auch meinen Sturz. Erst wenn du ganz tief gefallen bist, sprach mein Madjare Sandor, kannst du dich von neuem erheben und wiedergeboren werden. Meine Hand eiterte, sie wurde immer schwerer: sie war wie eine tickende, heiße Bombe! Wie alle vom Tod Gezeichneten, hatte auch ich ein Verlangen nach Abenddämmerung und nach Dunkelheit. Nur in der warmen Finsternis der Unterwelt kann ich genesen, o du meine geschändete Hand! So sprach ich mal laut, mal in Gedanken zu mir. An der Peripherie irgendeiner von ihren Städten mit mehreren Kirchtürmen fiel ich der Länge nach auf den Bordstein. Wenn sie gewollt hätten, hätten sie mich einer nach dem anderen überfahren können. Kinder schleppten mich bis zu einem Kehrichthaufen und ließen mich dort liegen. Just in dem Augenblick, als ich mich erhob, sank die Nacht, sank die Finsternis hernieder, so daß Hoffnung und Kraft in mich zurückkehrten. Aufgerichtet stand ich da.

»Ist ja noch früh am Morgen«, sagten die Kinder. »Noch nicht mal neun.«

## 5

Der Bahnhof, auf dem ich operierte, war kleiner und sauberer als der Münchner. Gegenüber gab es weder eine Schillerstraße noch Frumkins und mein vergöttertes *Odessa,* so daß mich nichts zum Ausgang verlocken konnte. In der Halle war ich umringt von Schweinen aller Rassen, aller Farben, groß und klein. Lediglich den Berkshires ging ich aus dem Wege. Ich näherte mich den langen Schlangen, die vor den Schaltern standen, fiel ihnen mit dem Aufschrei: Epilepsie! in den Arm, und zog sie mit mir auf den Boden hinab. Während sie mich aufrichteten, mich mit Wasser begossen und mich nach meiner Nationalität fragten, kehrte ich ihnen die Taschen um. Ich war in Form wie in meinen besten Tagen, als ich mit Niko Maraš West-Berlin, Hamburg und Frankfurt verheerte. Und Zeitungsartikel berichteten, daß aus dem Süden Epileptiker eingetroffen seien, wie die deutsche Medizin und die deutsche Kriminalistik sie bisher nicht gekannt hatten. Mit ein paar Brieftaschen an der Brust bewegte ich mich im Wartesaal schon sicherer, konnte mir in Ruhe neue Reisende aussuchen und Ausschau nach Dekkung und Rückzug halten. In Schweiß gebadet, lächelte ich den *Kaufhof* an . . .

Zum erstenmal, seit ich in Dojtsch war, ging ich furchtlos an Polizisten vorbei. Ich weiß nicht, ob die das bemerkt haben. Von einem verlangte ich frech Feuer für meine Havanna. Er gehorchte mir. Ich fragte ihn nach dem Namen der Stadt. Er nannte ihn mir – und wurde rot. Floh! sagte ich zu ihm, aber auf ungarisch: Bolha . . . Er entschuldigte sich, daß er mich nicht verstanden habe. Es kam ein zweiter, noch röter im Gesicht, mit einem Wörterbuch in der Hand. Als sie gefunden hatten, was ›Bolha‹ bedeutet, hatte ich mich weit entfernt von ihnen hinter einer Säule versteckt. Sie suchten nach mir. Hätten sie mich eingeholt – ich wäre vor ihnen in die Knie gegangen, hätte mich ergeben und ihnen erzählt, wie alles begonnen hatte.

Plötzlich kam Bewegung in den Bahnhof, eine Männerstimme röhrte im Lautsprecher. Anscheinend wurde ein Zug aus dem Norden erwartet, denn all die unzähligen Taschendiebe, Schieber und Schnapphähne und die wenigen Polizisten, Wörterbücher in der Hand, nahmen in Schützenkette Aufstellung. Ich wußte, die Beute würde fett sein – doch hatte ich nicht die Kraft, mich irgendwem anzuschließen. Mir genügte auch das, was ich beim Hinfallen an Land zog.

Durch die Bahnhofshalle folgte mir ein Typ in mittleren Jahren mit einem länglichen Borstenkopf, fanatischen Augen, schartigen Ohren und sehr engen Nasenlöchern. Vor lauter Emigrantenflugblättern, -aufrufen und -zeitungen, die er in einem großen Sack mit sich schleppte, war nicht viel von ihm zu sehen. Doch trotz der Last, mit der er sich abmühte, bewegte er sich leicht und behende, als habe er unsichtbare Rädchen unter den Sohlen und einen Motor von mehreren Schweinekräften im Rücken. Ich empfand den innigen Wunsch ihn umzubringen. Denn ich kannte ihn; jahrelang bin ich vor ihm davongelaufen. Er verkehrte auf Bahnhöfen, in Notunterkünften und Zügen, auch im Landesinnern. Er war der erste Emigrant und Denker, den ich nach Überschreiten der jugoslawisch-österreichischen Grenze getroffen hatte. Damals war er noch nicht so grau und noch nicht so verrückt. Ich traf ihn im Wiener Westbahnhof, in Traiskirchen und Zirndorf, sogar im Gefängnishof zu Linz. Er kam wie ein wandelnder Kiosk auf uns zu und bot uns ›Zusammenschluß‹ an. In einem Kauderwelsch, das kaum jemand verstand, versicherte er, er wolle seinen mächtigen osteuropäischen, antideutschen Emigrantenbund verbreitern. Ich erinnere mich, daß ich zuerst auf dem Berliner, später auch auf dem Hamburger Bahnhof zu ihm sagte, die Deutschen hätten niemanden von den Meinen umgebracht, nicht einmal meinen Vater, so daß ich selbst beim besten Willen, seinem Wunsch zu entsprechen, nicht gegen sie sein könne. Bist du neutral? fragte er und zog aus der Brusttasche und anderen Taschen Bindfäden hervor. Er wollte mich in seinen Sack stecken und ihn verschnüren. Wenn mich mein Gedächtnis nicht täuscht, dann war das nicht in der Bahnhofshalle Köln – wo er aus seinen Zeitungen heraus nach mir griff und mich schüttelte –, sondern in Stuttgart, neben einer Straßenbahn, die gerade in eine Kurve bergan bog. Ich bin für die Deutschen! schrie ich ihm zu. Da schoß er hinter dem Taxi her, in dem ich ihm um Haaresbreite entkam. Mit der Eisenbahn bin ich dann vor ihm und vor seinem Kidnapper-Sack bis nach München geflohen. Bei *Schiller* an der Ecke erzählten mir die anderen alles über ihn. Er war ein Deutscher, kam aus Ostpreußen. Es war nicht gelogen, daß es einen sämtliche Emigranten umfassenden osteuropäischen Bund gab. Er war der Präsident dieses Bundes. Dieser Bund zählte ein Mitglied, ihn selber. In seinen Sack stopfte er nur Deutsche aus der Bundesrepublik und warf sie in die Isar, in den Main, meist in die Donau. Es stimmte, daß sein Fanatismus und seine Willenskraft ihn befähigt hatten, seine Muttersprache zu vergessen und für sich und für diejenigen, denen er seine Zeitungen anbot, eine neue Emigrantensprache zu schaffen, deren Grundzüge walachisches Rumänisch und Warschauer Polnisch waren. Wie damals in Frankfurt, hatte ich den Wunsch, ihn umzubringen. Mit Bindfäden und seinem Sack ging er mir nach. Meine Beine verhedderten sich.

Der Blumenladen war kein ausreichender Schutz, also brach ich in den Friseurladen ein. Drei Mann fummelten an mir rum – vielleicht deshalb, weil ich gerufen hatte, ich sei für die Deutschen und ich möchte, daß mein Kopf werde wie ihrer. Sie schnitten mein Haar, seiften meine Wangen ein, feilten alle meine neun Fingernägel. Mir drehten sich die Eingeweide rum. Immer wieder glaubte ich, der Kiosk-Mensch käme plötzlich herein. Als ich mich aus dem Sessel erhob, wäre ich fast in Ohnmacht gefallen. Sie hängten mir die Pelerine um, klappten mir den Kragen hoch, stülpten mir das Ungetüm von Hut bis zu den Ohren über den Kopf. Im Spiegel konnte ich mich nicht wiedererkennen.

Es erkannte mich wieder – der DDR-Deutsche. Er rief mir nach, es sei dumm von mir, zu fliehen. Ich blieb stehen. Da sagte er mir, ich müsse sein werden, lebendig oder tot. Ganz nah kam er an mich heran und tuschelte: »Augenblick! Ich gebe dir nur ein Flugblatt, in dem ich in meiner neuen Sprache erläutere, wie man die BRD-Spießbürger am ökonomischsten um die Ecke bringt . . .« Ich lief davon, schweißbedeckt.

Mit der fremden Zeit auf meiner Uhr in der Hand rannte ich auf den Bahnsteig. Bei jedem neu ankommenden Zug schwoll mir die Halsschlagader an. Während ich des Friseurs Havanna kaute, dachte ich, der Mensch müsse in Zügen leben – vor allem der Emigrant.

Zu schließen aus der mit Blumen und Kreuzen wartenden Menge, muß eine wichtige und ungewöhnliche Persönlichkeit erwartet worden sein. Ein Orchester von Buckligen spielte teils Kämpferisches, teils Kirchliches. Es dirigierte eine dicke von Krätze befallene Mißgeburt ohne Augen, ohne Nase, mit nur einem Ohr. Die Buckligen gerieten in Verzückung. Einen der Feiernden fragte ich nach der Zeit. In einer Sprache, ich weiß nicht in welcher, sagte er was von Atlantis. Wieder fragte ich ihn, wieviel Uhr es sei. Seiner Antwort entnahm ich, daß es erst zehn war, daß man aber schon mit der Feier begonnen habe. Um nicht sehen zu müssen, vor wessen Füße sie mit dem heiseren Aufschrei: »Benedictus!« Blumen warfen, wendete ich mich ab. Eine andere Eingebung ergriff Besitz von mir.

Der Gepäckträgerkarre entnahm ich den allerschwärzesten Koffer und ging auf den Ausgang zu. Der Koffer hatte Holzbeschläge und paßte nicht in den Kofferraum eines Mercedes. Mit Mühe hievten der Taxifahrer und ich ihn aufs Wagendach. Der Koffer kam mir bekannt vor. Als hätte ich ihn schon mal irgendwo geklaut! Eine Ahnung beschlich mich, wem er gehören könnte, und es wurde mir auch klar, welchem Monstrum die Krüppel auf dem Bahnhof zuriefen und aufspielten.

Der Fahrer fragte mich, ob ich in ein besseres Hotel wolle. »In das beste!« sagte ich . »Wenn es so was gibt . . .« Und hielt ihm die Brieftasche hin: er solle selbst nehmen. Er half mir bei der Erledigung der Formalitäten in der Rezeption und brachte mich zu einem Appartement in der elften Etage. Es ist für drei Nächte bezahlt, sprach er und reichte mir Brieftasche und Paß zurück, ausgestellt auf den Namen Janis Duros, Viehhändler aus Saloniki: Bis dahin werden Sie wieder gesund sein, zwinkerte er mir von der Türschwelle zu, wobei er auf meine Hand anspielte, die ich in Gesichtshöhe hielt.

Am Fuße des Doppelbettes erwartete mich der Koffer. Ich öffnete ihn. Gestank schlug mir entgegen. Ich kippte alles auf den Fußboden – die schweren Gefäße aus schwarzem Glas, die Waage, die dicken medizinischen Wälzer mit den zerschundenen Einbänden und verschimmelten Seiten, all die zahlreichen Beutelchen mit Wurzeln, Kräutern, Gräsern, Knöchelchen von Hasen oder auch von Kindern . . . Die Kalender, die Schweinezucht-Handbücher, die Horoskope ließ ich links liegen. Ich blätterte in einer rumänischen Anatomie und suchte nach Darstellungen von Händen und Fingern. Ich verglich die farbigen Bilder mit meinem eigenen Fleisch. Meine Hand eiterte! Der Violinist hatte in jener Nacht nicht aufgepaßt, seine Axt hatte mich oberhalb des zweiten Gelenks erwischt. In der ungarischen Histologie und den tschechischen Nervenkrankheiten wühlte ich nicht. Kennkarten, Führerscheine, Fahrkarten und Briefe – all das Geklaute, das ich bei mir hatte, legte ich zu des Phantoms astrologischen Handschriften, Autobiographien und Gebetbüchern und zu der Peitsche aus Menschenhaut. Dann schlug ich das Unding von Koffer zu. Wieder stank es schauerlich. Ich badete lange, verbrauchte viel grünes Badesalz. Die müssen unten in der Stadt nachher kein Wasser mehr gehabt haben.

Ich weiß nicht, wie lang ich die Augen geschlossen hielt. Drakula erschien mir. Er lag in meinem Ehebett. Nackt. Und beachtete mich nicht. Er bereitete sich auf ein Ruhestündchen vor. Das tat er sorgsam und stöhnend. Mir war, als bestehe er ganz und gar aus alter Haut, hölzernen Gelenken und Draht. Mit seiner heilen Linken nahm er zuerst seine Rechte ab, dieses Gerüst, und legte sie neben das Bett. Das gleiche tat er mit seinen beiden Beinen. Aus den Augenhöhlen nahm er seine Augen und legte sie vorsichtig in das Glas Wasser, in dem schon seine Zahnprothesen lagen. Er muß sich auf einen längeren Schlaf vorbereitet haben – denn plötzlich hob er mit ein paar schnellen Bewegungen auch seinen Kopf vom dünnen langen Hals. Über den erbärmlichen Rest seines Körpers hielt er lange, um ihn zu erwärmen, seine Hand; dann versteckte auch sie sich irgendwohin.

Es war vor Gestank im Zimmer nicht mehr auszuhalten. Ich zog mich an und ging auf die Tür zu. Der Koffer stand offen, war zerwühlt, zertrampelt. Es quollen aus ihm hervor Emigrantenzeitungen und -flugblätter, Schächtelchen mit Hundedreck und Schweinekot, Gedärme, Nieren und ein Kinderschädel aus der Anatomie. Ich warf einen Blick auf das Bett. Unter der blutigen Zudecke kam anstelle von Josef-Franz ein kleiner Aschmadaj hervor. Mit seinem Rüsselchen schnupperte er ums Kopfkissen herum, suchte meine Hand, wollte in die Wunde schlüpfen. Glocken läuteten. Die Regenrinne entlang ließ ich mich hinuntergleiten . . .

Unter dem Bahnhofsdach lebte ich schnell wieder auf. In Hände und Beine kehrte die alte Sicherheit zurück. Mein Schwanz schwoll an wie noch nie zuvor in Dojtsch. Ich hatte den Wunsch, ihn in irgendwas zu entleeren, egal was. Zahlungskräftig war ich ja. Es galt, sich so schnell wie möglich des Geldes und des Samens zu entledigen. Um die Bahnhofstoilette herum strichen nur Strichjungen. Hinter dem Lenkrad eines Taxis erblickte ich eine Frau. Und rannte auf sie zu.

## 6

Die Taxifahrerin war eine füllige Frau in den fünfziger oder sechziger Jahren mit kräftigen Händen und gutmütigen Augen. Ihr Haar war angegraut und schütter, sie hatte eine Kartoffelnase, eingefaßt von zwei tiefen Falten. An ihren Wangen und an der Stirn konnte man ablesen, daß sie mal die Pocken gehabt hatte. Die übrigen Narben verdeckte sie mit einer Baskenmütze und einem Kragen aus billigstem Skai. Sie trug eine Fliegeruhr, hatte breite Knie und Männerhosen in den Stiefeln. Auf einem Täfelchen am Armaturenbrett stand der Name ihrer Firm: L. G. Mann. Und die Straße. Sie rauchte. Als ich ihr elfmal je hundert Mark hinblätterte, schaute sie mich verwundert an. Sie schnappte den Mund auf. Da konnte ich sehen, daß auch ihre Zunge schon mal gebrannt hatte.

»Soviel Geld!«

»Das ist nur die Anzahlung, Frau Mann.« Ich beugte mich zu ihr hinüber: »Es gibt noch mehr. Fahren Sie nur!«

»Heilige Muttergottes!«

Sie lächelte mütterlich. Dies erweichte mir Wüstling das Herz und lockerte meine Zunge. Ich dachte an Kolar zurück, der mal, während wir im Rheintal um Baden-Baden herum operierten, behauptet hatte, einen Deutschen könne man am leichtesten killen, wenn man ihn sich kaufe, damit er einen ununterbrochen vierundzwanzig Stunden lang fährt, oder auch drei Tage oder eine ganze Woche. Unzählige Male haben Taxifahrer Kolar in ihre Wagen hinein- und aus ihren Wagen herausgetragen. In Bad Homburg verlangte er mal nach einer Rikscha. Und in Berlin bot er einem Deutschen, der ihn auf sich durch Berlin reiten lassen würde, zehntausend Mark.

Ich hatte in meinem hämmernden Kopf keinen klaren Plan, wie ich Frau Mann killen würde. Ich wußte, daß ich sie unter Spannung halten mußte. Ich war bereit, ihr meine Rechte unter die Nase zu schieben und sie damit zu kitzeln. Ein Bündel Hundertmarkscheine in der heilen Hand, schaute ich ihr direkt in die Augen. Und bewunderte sie. Und liebte sie. Ich wollte ihr, um sie zu beglücken, noch mal soviel bieten. Nur damit sie weiter so lächle – und ich, nach so langer Abwesenheit von der Freiheit, ehrlich zum Höhepunkt käme.

Sie fuhr ab, wälzte die Havanna aus einem Mundwinkel in den anderen. Sie qualmte. Auch ihr stand der Sinn nach Liebe:

»Wohin, bitte?«

»Wohin Sie wollen, Frau Mann. Wenn wir nur beisammen sind.«

»Ihrem Wunsch wird Genüge geschehen.«

»Das haben Sie prächtig gesagt! Bitte, wiederholen Sie!«

»Ich hab' nach der Richtung gefragt.«

»Wählen Sie die Richtung, Frau Mann. Sie werden besser wissen als ich, wie man die Zeit totschlägt.«

»Reden wir bloß nicht vom Totschlagen!«

»Wieviel Uhr ist es jetzt, Frau Mann, auf Ihrem Taschenwekker?«

»Auf meiner Armbanduhr ist es genau elf.«

»Glänzend, Frau Mann!«

»Was ist daran so glänzend?«

»Daß es nach Ihrer Zeitrechnung soviel Uhr ist, wie Sie sagten, daß es sei.«

»Existiert für Sie etwa eine andere Zeit?«

»Die parallele!« flüsterte ich. »Die Parallelzeit.«

»Wohin also?«

»Fahren Sie, Frau Mann, wohin Sie wollen! In den zwölf Stunden, die nach eurem Maß vor uns liegen, kann man die Stadt, die Umgebung und die Wälder sehen. Wir können, scheint mir, die ganze Welt sehen!«

»Bei dem Regen fährt man doch nicht raus aus der Stadt.«

»Bei einem Regenschauer läßt sich's an einem Flußufer vorzüglich nachdenken.«

»Das erzählen Sie einer andern!«

»Ich hab' mir nichts Schlechtes dabei gedacht.«

»Bei solchem Wetter werden Taxifahrer umgebracht. Erst gestern wieder eine Frau. Sie wurde beraubt und tot am Ufer gefunden.«

»Frau Mann, ich habe Ihnen *dieses* Ufer nicht vorgeschlagen.«

»Aber wir haben hier nur einen Fluß!«

»Aber zwei Ufer, Frau Mann.«

»An der Leiche fehlte der Kopf, am Kopf die Augen, Ohren und Nase. Der Mörder ließ im Bauch und in der Brust der armen Frau elf Messer zurück. Eine Warnung für andere Taxifahrer, meinen Sie nicht?«

»Solange Sie mit mir zusammen sind, darf niemand seine Hand gegen Sie erheben.«

»Wie das?«

»Ich bin einer von diesen, die da töten.«

»Taxifahrer töten?«

»Ich töte hauptsächlich aus Liebe, Frau Mann. Hinterher leide ich meistens. Ich töte aus Rache. Manchmal aber auch grundlos. Haß und Verachtung haben mich niemals geleitet. Wenn es um Gerechtigkeit geht oder um Prinzipien, bin ich imstande, selbst auf den Herrgott zu schießen.«

»Ach!«

»Ich spreche die Wahrheit, Frau Mann.«

»Die Ermordete war eine Freundin unserer Familie.«

»Hatte sie Enkelchen zu ernähren?«

»Kinder und Enkelkinder, Herr. Genau wie ich!«

»Wollte er auch hinterher noch fahren?«

»Wer soll da noch fahren gewollt haben?«

»Der Taxifahrer. Der Herr, den Sie so sehr bedauern.«

»Der Taxifahrer war kein Er, sondern eine Sie. Frau Tisch. Eine Großmutter.«

»Hatte Frau Tisch auch nach ihrem gewaltsamen Tod noch den Wunsch, zu fahren?«

»Frau Tisch, eine edle und gottesfürchtige Seele, ist *tot* aufgefunden worden. Sie war nicht erwürgt, sondern geschlachtet!«

»Frau Mann, auch die Toten sind nicht mehr, was sie mal waren. Sie wollen, zum Beispiel, Auto fahren! Vor nur wenigen Stunden nach eurer Zeitrechnung habe ich an einer Kreuzung meinen Onkel, den Herrn Budak, mit einem Messer in der Kehle zurückgelassen, also geschlachtet und tot! Und ich konnte ihm nicht das Lenkrad aus den Händen reißen!«

»War der Geschlachtete der Bruder Ihres Vaters oder Ihrer Mutter?«

»Sowohl als auch, Frau Mann.«

»War denn auch dieser Mord so abscheulich?«

»Ein banaler politischer Mord, Frau Mann. Was also bedeutet, daß man das Motiv für das Zücken des Messers nicht in der Pathologie, sondern in der Mystik, Astrologie oder in der politischen Ökonomie suchen muß. Den Herrn Budak – sofern dies nicht nur sein Komödienname ist – habe ich persönlich umgebracht! Und wenn selbst ich, dessen Hände noch blutig sind, nicht weiß, warum ich das getan habe – wie sollen andere es wissen! Danach hab ich dann drei meiner Brüder umgebracht. Genaugenommen sind sie aus einer Kurve von selbst in den Abgrund geflogen. Die Schuld an diesen drei Toten nehme ich aber auch auf mich. Bei diesem Wetter und zu jenem Datum waren die nicht zu einer Spazierfahrt aufgebrochen, sondern um mich einzuholen und ins Schweineschloß zurückzuschaffen!«

»Schweineschloß!« Frau Mann lachte von Herzen auf, so daß ihre alten Zähne wackelten: »Das haben Sie sich fein ausgedacht . . .«

»Ich erzähle nur das, was sich ereignet hat, Frau Mann – und was sich erst noch ereignen wird. Darf ich fortfahren?«

»Nein!«

Wir waren irgendwo am Stadtrand. Wir verschlangen Schaschlik und kauten heiße Würstchen. Alles im Stehen. Ein paarmal ejakulierte ich. Frau Mann hielt mich fest. Die Hundertmarkscheine hatte ich wie Spielkarten in der linken Hand. Ein paar Typen näherten sich uns. Frau Mann führte mich zu ihrem Mercedes. Wieder erklangen Glocken. Das erinnerte mich an die Hochebene.

»Frau Mann, ich hab' den Namen Ihrer kleinen Stadt vergessen.«

»Dies ist Ulm – die schöne Stadt an der Donau.«

»Gibt's da auch eine Kirche, Frau Mann?«

»Ulm ist eine Stadt der Kirchen.«

»Nach allem, was mir passiert ist, vor allem nach meinem ersten Mord, würde ich jetzt beten wollen. Ich würde den lieben Gott bitten wollen, er möge mir vergeben, daß ich meinem Onkel ein derartiges Ende bereitet und hinterher auch noch meine

Brüder, deren Namen ich im Moment nicht weiß, in den Abgrund dirigiert habe. Und daß er mich – ich meine den lieben Gott – erlöst von dem schwarzen Koffer, von dem ich Ihnen beim Essen erzählt habe. Ich werde Gott bitten, nicht länger zuzulassen, daß Gescheitere und Stärkere mich weiterhin kaufen und weiterverkaufen wie irgendeine Immobilie. Und schließlich würde ich ihn auch bitten, mir Gesundheit, Geist und Kraft zurückzugeben, damit ich heimkehren kann in die Heimat und in das Haus, das ich längst nicht mehr besitze.«

»Ein gläubiger Mensch kann auch im Taxi beten. Wenn Sie wollen, steige ich aus. Oder Sie steigen aus. Ich warte.«

»Wir dürfen nicht auseinandergehn, Frau Mann. Um keinen Preis.«

»Dann beten Sie hier. Ich werde nicht hinhören. Es ist eine Sünde, den himmlischen Vater bei diesem Wetter nicht mit Gruß und Gebet zu erfreuen.«

»Ich würde am liebsten in irgendeiner orthodoxen oder protestantischen Kirche beten – am liebsten in einer Synagoge.«

»Warum nicht in einer von unseren normalen Kirchen?«

»Ich bin doch schon sowieso steif vor Kälte, Frau Mann.«

»Wir könnten's versuchen . . .«

Sie bekreuzigte sich, spannte die Muskeln um die behaarte Oberlippe und gab Gas. Sie führte mir Kirchen vor und erläuterte sie. Ich wußte nicht, wieviel Uhr es war – nach deren Zeitrechnung. Nach meiner war es schon Nacht. Wieder kam mir eine Eingebung – sie ließ mich selten im Stich.

»Was ist das für ein Silo, Frau Mann?«

»Das ist doch das Münster – Ulms Wunder aller Wunder!«

»Wie aus Finsternis und Eis gemacht . . .«

»Warum würden Sie nicht dort beten wollen?«

»Ich kann das auch hier, Frau Mann«, sagte ich zitternd und tastete meinen feuchten Kragen und meine hämmernden Schläfen ab.

»Wenn wir schon da sind, junger Herr«, sagte sie und streckte mir vom Gehsteig die Arme entgegen, »sollten wir gleich zum Hauptportal gehen. Dort wird unser Herrgott Sie am besten hören.«

Während ich unsicher neben ihr herging, fragte ich: »Beten auch andere auf diese Weise zu ihrem Herrgott, Frau Mann?«

»Fast jeden Tag!« sagte sie und stützte mich und war bemüht, gleichen Schritt mit mir zu halten. »Ich wollte sagen: Tag und Nacht . . .«

»Alles homorömische Katholiken?«

»Alle, die geklaut, gemordet oder sonstwas um Ulm rum verbrochen haben, kommen hierher um Vergebung. Unser Vater hört sie aufmerksam an und vergibt ihnen. Meistens bin ich es, die dann die Entlasteten, Geläuterten vom Münster abholt.«

Sie geleitete mich. Sie stank nach Tabak und angefaulten Quitten, wie meine Mutter. Und sprach etwas von Beichten, von Kniefall ... Ich liebte sie und wollte ihr in die Arme fallen. Sie ermahnte mich, auf die Hunderter achtzugeben. Der Regen schüttete.

»Frau Mann!« schrie ich auf und hängte mich ihr an den Hals, »sehen Sie denn nicht, daß die Kathedrale sich immer weiter entfernt?«

»Nur noch ein paar Schritte, du sündige Seele!« feuerte sie mich an.

Während sie mich schleppte, erinnerte ich mich meines Madjaren Sandor, der behauptet hatte, einen Deutschen töte man am besten peu à peu. Ich befürchtete, ich würde vor Erreichen dieses Ulmer Wunders aller Wunder zum Höhepunkt kommen.

»Wir sind vor dem Hauptportal!« Aufatmend ließ sie mich von ihrem Rücken herunterrutschen.

»Soll ich die Tür küssen, Frau Mann – oder was soll ich sonst tun?«

»Bekreuzigen Sie sich und beten Sie – die Tür küssen tu ich dann.«

»Ich bekomm' die Hand nicht hoch, Frau Mann. Sie eitert. Jeden Moment kann Blut hervorschießen. Dann werden Sie brechen müssen.«

»Ich helfe Ihnen ...«

»Es tut weh, Frau Mann! Aua!!«

»So – jetzt haben wir die Hand oben. Jetzt bekreuzigen Sie sich. Der gute Hirte sieht uns an.«

»Wir, Frau Mann, bekreuzigen uns nur mit drei Fingern – nicht mit der ganzen Hand, wie ihr. Der Daumen ist bei uns das Wichtigste. Aber den hab' ich nicht! Schauen Sie her: hier war er – und ist mir abgeschnitten und der Schweineschönheit Josefine vorgeworfen worden. Sie hat ihn vor meinen Augen aufgefressen. Aber ich will Sie nicht auch noch mit dieser Geschichte erschrecken. Ihnen langt es sicher schon, daß Sie mich fahren müssen.«

»Bekreuzigen Sie sich mit der Linken!«

»Die strengen Vorschriften unseres Glaubens lassen das

nicht zu, Frau Mann. Es wär' dies eine schwere Sünde. Unser Vater vergibt nicht wie der eure.«

»Dabei hab' ich mich so mit Ihnen abgeschleppt ...«

»Wenn Jermolaj Timofejitsch sähe, wie ich, hilflos und elend, vor einer katholischen Kirche im Regen stehe – das gäbe was! Er würde mich verachten. Und das wär' für mich schlimmer als eine Kugel in die Stirn!«

»Was ist denn das nun wieder für ein Schweinekerl?«

»In Jermolajs Armen werd' ich sterben, Frau Mann – oder er in den meinen! Das ist so bestimmt! Jermolaj ist nicht irgendwer! Jermolaj kauft und verkauft Menschen en gros – nicht en detail, wie andere. Jermolaj ist kein Bolha! Jermolaj besitzt eine große, weiße Legion, lauter Burschen, denen es eine Wonne ist, für ihn zu sterben. Jermolaj wird mich, sobald ich genesen bin, zu seinem Gorilla machen. Um so eher, wenn er erfährt, daß ich mich vor diesem eurem Tor hier nicht verneigt und nicht mit der ganzen Hand bekreuzigt habe.«

»Von was für einem Gorilla sprechen Sie?«

»Sie fahren einen Gorilla, Frau Mann! Einen Mörder-Gorilla! Wer mich bisher besaß, war zufrieden. Wie gut werde ich da erst bei Batjuschka Jermolaj sein!«

»Ist denn ein Gorilla nicht ein Affe?«

»Der Schimpanse ist ein Affe, Frau Mann. Ein Gorilla ist ein Mensch!«

»Wenn Sie ein Gorilla sind, Herr – was sind Sie denn für ein Landsmann?«

»Ich bin ein Sinait, Frau Mann.«

»Von diesem Volk hör' ich zum erstenmal.«

»Es sieht auch wirklich so aus, Frau Mann, als wär' das was ganz Neues. Manche behaupten, wir hätten uns auf Sinai mit den Juden vermischt – bis wir so wurden, wie wir sind. Anderen zufolge sind die Juden aus uns hervorgegangen – so daß sie, dank dieses Umstands, so zäh geworden sind, wie sie sind. Die Juden behaupten das Gegenteil. Dem Vermächtnis eines großen Mystikers und Schweinehalters zufolge müßte man uns Sinaiten als eine negative Parallelnation ausmerzen.«

»Können Sie mir sonst nichts über die Sinaiten sagen?«

»Durch Wissen hab' ich mich nie ausgezeichnet, Frau Mann. Meine Stärke ist die Empfindung. Nur so viel ist mir bekannt, daß die Vorschriften unseres Sinaitenvolkes außerordentlich streng sind, und daß unser Glaube, wie auch unser Stamm, rein und weit ist – wie die Wüste, von deren Sand Wind und Sonne alles wegputzen, was ekelerregend und widerwärtig ist. Für uns sind, zum Beispiel, Achtung, Gerechtigkeit und Rache wichtiger als Kirchenmauern, Portale und ausgetretene Treppenstufen. Unser Sinaitengott liebt es nicht, wenn man vor so etwas niederkniet und lügt und bettelt und feilscht und gelobt. Er vergibt nicht, Frau Mann, wieviel Tränen man auch vergießt. Lieber tötet er. Der Sinaitengott ist ein wahrer Mensch!«

»Sinaiten!« flüsterte Frau Mann bestürzt, während sie, jetzt langsamer, weiterfuhr und aus den Augenwinkeln meine Hunderter beobachtete: »Ein vollkommen neues Volk!«

Irgendwo aßen wir zu Abend. Ich erinnere mich nicht, was wir aßen und was wir tranken. Ich zahlte den Kellnern doppelt und warf mit dem Kleingeld hinter ihnen her. Es brannten mein Kopf, meine Hand und meine Hunderter.

Schweiß brach aus mir. Ich wußte, daß ich Frau Mann nur entweder auf der Straße oder im Wagen in Spannung halten beziehungsweise umbringen konnte. Das Kartenspiel aus DM-Scheinen in meiner Hand komplettierte ich durch weitere Hunderter aus der Brusttasche. Frau Mann zog ihre Uhr auf, seufzte und beklagte sich, daß sie schlechter dran sei als Frau Tisch.

»Gibt es wohl, Frau Mann, in Ihrem Städtchen eine Ziegelei?«

»Ulm ist eine Ziegeleistadt.«

»In eine Ziegelei würd' ich wollen.«

»Wartet dort jemand auf Sie?«

»Die Sinaiten, Frau Mann. Die wissen, daß ich früher oder später zu ihnen stoßen werde. Daß ich keinen anderen Ausweg habe, selbst wenn ich wollte.«

»Sind die Sinaiten ein Ziegeleivolk?«

»Mein Onkel, der Herr Budak, der ein Wissenschaftler und ein Schweinehalter war, behauptete, nur mein Stamm sei sinaitisch, nicht auch der Seine. Da hat er sich grimmig geirrt – dafür hat er bezahlt, hat das Messer in den Hals bekommen! Die Sinaiten, Frau Mann, sind ebenso Mörder wie Gemordete. Sinaiten sind Menschen ohne Heimat und Zukunft, ohne Eltern und ohne ein eigenes Dach über dem Kopf: Ziegeleiarbeiter und Buddler kreuz und quer durch Dojtsch, Landstreicher und Geistesgestörte, Diebe und Philosophen!«

»Soll ich Sie zu ihnen fahren?« Sie drehte sich zu mir herum und schaute mich besorgt an – so daß ihre verschrumpelten Lider den Augapfel fast völlig verdeckten: »Werden Sie dort aussteigen?«

»Fahren Sie mich zu ihnen, herrliche Frau Mann! Fahren Sie mich dorthin oder schlachten Sie mich! Ich werde Ihr erster Sinait gewesen sein! Rächen Sie auf diese Weise die arme Frau Tisch. Nur – bitte ziehen Sie mir nach dem Schlachten das Messer aus dem Hals. Damit ich nicht, wie mein Onkel Budak, an einer Straßenkreuzung die Leute erschrecke!«

Ihr Mund stand aufgeklappt, bereit zum Schrei, zum Biß. Sie beherrschte sich:

»Ziegeleien – Baracken – Sinaiten . . .«

»Wieviel ist es jetzt auf Ihrer Uhr, Frau Mann?«

»Soviel wie auf Ihrer: 23.35!«

»Und das Datum?«

»Noch immer der 10. April 1971. Nach unserem Kalender, versteht sich.«

»Wieviel ist das, Frau Mann: Ein ganzer Tag in der Freiheit?«

Es goß. Und es rochen die Erde, die Ziegeleien und die sinaitischen Baracken. Frau Mann und ich hatten ein redliches Gefecht miteinander. Zuerst dachte sie, ich wolle sie umbringen. Sie wollte nicht über die Abmachung hinausgehen. Sie schäumte, selbst tausend Mark seien ihr zuviel. Ich versuchte, ihr all das hinzuschieben, was ich im Bahnhof, im Friseursalon, in der Bonbonniere erbeutet hatte.

»Eintausend Mark für Sie, Ulmer Engel!« brüllte ich, während ich mich kaum auf den Beinen halten konnte: »Und elftausend für die Waisenkinder der Frau Tisch, die höchstwahrscheinlich ich umgebracht habe!«

Frau Mann weinte. Ich stopfte ihr das Geld in Taschen, Ärmel und Brustausschnitt. Sie heulte. Ich bezwang sie mit zärtlichen Worten, sinaitischen Küssen und mit meiner verkrüppelten Hand – vor der sie während der Fahrt zweimal erbrechen mußte. Ich setzte sie ans Steuer zurück, legte den Rückwärtsgang ein.

»Ich bin tot«, sagte sie und trat mannhaft auf das Gaspedal: »Ich habe verloren!« flüsterte sie mir zu.

»Nach Punkten, Frau Mann!« rief ich hinter ihr her. »Nach Punkten . . .«

Frau Mann war der zweite Deutsche, dem ich begegnete.

# 7

Ich watete durch nassen Grund – mit Mühe zog ich meine Schuhe aus dem Dreck. Bei jedem Ziegelhaufen hatte ich eine Assoziation: die Trümmer östlicher Kirchen und unserer heimatlichen Gräber ohne Marmor und ohne Aufschriften. Selbst während ich Erdspalten hinunterstolperte, bewegte er sich funkelnd neben mir: Drakulas Koffer. Ich fürchtete mich nicht mehr vor ihm und gelangte an einen Fluß. Darin wusch ich Hände, Messer, Wangen. Ich vertraute mich dem Fluß an, als wär's einer von unseren – und nicht ein fremder, kalter. Der Fluß hatte zwei Ufer, so daß ich, ein echter paralleler Mensch der Unterwelt, mal das eine, mal das andere Ufer entlangging. Und ich warf in den Fluß: meine Pelerine, das widerwärtige Ungetüm von Hut, die Uhr mit der fremden Zeit auf dem Zifferblatt. Die Ufer führten mich bis zu einem Plateau, wo alles voller Werkzeug, gebranntem Ton und Stroh lag.

»Ihr Ziegler, Brüder, Menschen!« flüsterte ich und kniete auf der Türschwelle einer Baracke nieder. »Freunde, darf ich eintreten?«

Der mit der Harmonika war ein Grieche. Der zweite, auch der dritte ähnelte den Spaniern von Herrn Berkshires Baustelle. Vor ihnen lagen zerkrümeltes Brot, bayerisches Bier und Knoblauch aus dem Süden. Zwei von ihnen – die eine gewaltige, trächtige Frau zwischen sich hielten – verstanden mein Gestammel:

»Sinaiten – hinter mir ist eine Streife her! Wenn ich denen nochmals in die Hände falle, foltern sie mich und schlachten mich mit stumpfen Sicheln! Laßt das nicht zu . . .«

»Komm rein!«

»Verbindet mir die Hand. Haltet mir die Stirn. Wasser!«

Ich weiß noch, daß ich, während der Grieche die Harmonika langzog, weinte und ihre heilige sinaitische Schwelle küßte.

# VII.
# *Das Liebes- und Familienleben der Gastarbeiter*

## 1

Zwei kräftige Männerhände legten Markovićs Hinterkopf auf das Kopfkissen zurück. In die Arbeitskluft von Ulmer Ziegeleiarbeitern gesteckt und eingeklemmt zwischen langbeinige Gastarbeiter und deren schwangere Frau, die sich auf seine Hand setzten, vermeinte Marković, sich in der Folterkammer des Schweinegrafen zu befinden. Er wußte nicht, daß seine Lippen sich bewegten:

»Wer seid ihr – ihr guten Leute?«

»Nochmals spreche ich zu dir – ich, die Frau. Ich heiße Marga. Seit du in unserer Baracke bist, hab' ich dir das schon ein paarmal gesagt.«

»Sprich weiter, Marga!«

»Der dir auf deinen Beinen sitzt, heißt Danilo. Von Beruf Maurer aus Knin, Dalmatien. Hier in Ulm ist er, wie wir anderen auch, Ziegler. Wenn du wüßtest, wie groß und stark der ist, würdest du nicht so zappeln.«

»Marga – was bedeutet dir dieser Danilo?«

»Danilo ist mein Mann. Ich liebe ihn wie meinen Augapfel.«

»Noch Wasser, Marga!«

»Und der, der dich an den Schultern festhält, ist Kuzma. Der unterhielt die Straßen und verputzte die Schulen in der Gegend um Knin, bevor er nach Dojtsch kam. Er ist um nichts geringer als Danilo!«

»Marga – was bedeutet dieser Kuzma für dich?«

»Auch Kuzma ist mein Mann. Gesetzlich! Ich bin ihm genauso treu wie Danilo. Den Kuzma liebe ich wie meinen zweiten Augapfel!«

»Jetzt spreche ich – Danilo. Und ich wiederhole dir, damit du's dir merkst: Marga ist meine Frau – genauso wie die Frau vom Kuzma. Marga ist die Frau ihrer Ehemänner, und es gibt keine Macht, die uns trennen könnte. Wir haben sie kennengelernt und wie eine Schwester liebgewonnen – auf der Ziegelei, in-Dojtsch. Wenn du wüßtest, was für Augen sie hat!«

»Blau und tief – wie unsere Adria bei Karin.«

»Weiter, Danilo . . .«

»Ihre Arme und Beine sind lang, gefleckt von Sommersprossen und Muttermalen. Alles an ihr ist groß, aber auch klein. Sie versteht sich zu einem Knäuel zusammenzurollen, als hätte sie weder Knochen noch Wirbelsäule. Wenn du wüßtest, bis wohin ihr weicher, strohblonder Zopf reicht! Und wie schön trägt sie unser Gotteskind!«

Kuzma stotterte nur ein bißchen über das redliche Familienleben zu dritt. Er sprach von Sparsamkeit, Reinlichkeit, Brüderlichkeit. Und er ließ sich darüber aus, wie schrecklich und erniedrigend es sei, fremde Erde aus sich herauszuhusten und herauszupissen. Da klopfte jemand an die Tür.

Die Arme in Ruhestellung, die Muskeln gespannt, so lag Marković da. Augenhöhlen und Ohrmuscheln hatte er voller Schweiß. Er konnte hören, wie die drei auf dem Fußboden herumtappten und aufgeregt miteinander tuschelten. Marković begriff, daß auch diesmal Danilo und Kuzma je eine Axt in Händen hielten – und Marga einen langen Stiel mit krummer Schneide.

Mit dem noch nicht getrübten Teil seines Bewußtseins erkannte Marković die Stimmen wieder, die schon die zehnte oder fünfzehnte Nacht immer dasselbe wiederholten. Sie verheimlichten nicht, daß sie Serben seien – »gewesene Serben«, verbesserte sich einer nach dem andern: der eine aus der Umgebung von Belgrad, der zweite von der bulgarischen Grenze, der dritte sogar aus Cetinje. Alle drei hatten den gleichen Nachnamen: Petrović. So hatte Drakula es gewollt: An die fünfzig Gekidnappte hatte er verstümmelt und ausgeschieden, bis er endlich an dieses, wenigstens dem Namen nach – wie er betonte – monarchistische Trio geraten war. Die Petrovićs frohlockten, daß man sie auserwählt und daß man ihnen Franziskanerkutten zum Anziehen gegeben hatte. Marković begriff, daß sie seit kurzem die Gorillas eines dicken, besoffenen, verweinten Ukrainers namens Dmitro Mazurka waren, der Budaks Stelle eingenommen hatte. Und auf einmal blökten die Petrovićs los:

»Wir sind der Beweis, daß auch Serben, gewesene Serben, Jugos mit rotem Paß, Ustaschas sein und werden können, von ganzem Herzen werden!«

Dann bemühten sie sich, alle davon zu überzeugen, daß sie, besonders in punkto Fanatismus und Tollerei ihrer neuen Religion, ihre intriganten dalmatinischen Vorgänger noch übertreffen würden.

Marković wunderte sich schon lange über nichts mehr.

»Leute, wen sucht ihr schon wieder bei uns?« sprach Kuzma: »Zu dieser Stunde?«

Petrović I: »Einen Engländer. Tut nur nicht unschuldig!«

»Was wollte wohl«, sprach Danilo, »ein Engländer bei uns armen Zieglern? Laßt uns schlafen. Morgen wird geschuftet...«

Petrović II: »Er ist, wenn vielleicht auch kein Engländer, wie ein Engländer gekleidet. Pelerine, Peitsche, zwei Uhren, Stiefel, Reithosen. Wir haben gehört, ihr haltet einen solchen bei euch verborgen.«

»Bis jetzt gibt's bei uns keinen vierten.«

Petrović III: »Wie, es gibt keinen – was?«

»Außer uns beiden und unserer gesetzlichen Ehefrau Marga ist niemand sonst in diesem Zimmer. Geht!«

Petrović I: »Ohne ihn wissen wir nicht wohin!«

»Ihr seid an der falschen Tür, Leute«, sprach Danilo. »Geht – oder es fließt Blut!«

Petrović II: »Man hat uns gesagt, er liegt bei euch und verfällt. Wir suchen ihn quer durch ganz Dojtsch, Österreich und Schweden. Es fehlt ihm der rechte Daumen!«

Petrović III: »Wir würden ihm was zu erzählen haben. Wir haben einen Doktor bei uns – der könnte ihm, wenn er am Krepieren ist, die Seele wiedergeben!«

»Und selbst wenn er hier wäre – wir würden ihn euch nicht geben!« Das sagte Marga. »Niemals!«

Petrović I: »Warum nicht, Tschuch?«

Kuzma setzte das Gespräch fort: »Ihr plündert die armen Gastarbeiter – kommt euren Tribut kassieren, wie die Türken zur Sklavenzeit! Wer euch nicht dreißig, fünfzig oder hundert D-Mark monatlich gibt, der kriegt von euch eins auf den Schädel! Ihr behauptet, für diverse Geheimpolizeien zu arbeiten – und damit erpreßt ihr die Leute! Ihr nehmt den Gastarbeitern die Kinder weg und erpreßt sie dann mit ihnen, so daß manche in ihrer Verzweiflung schon Hand an sich selber gelegt haben.«

Petrović II: »Und? Was machen wir sonst noch?«

»Ihr schiebt Emigrantenzeitungen, -aufrufe, -flugblätter durch den Türschlitz. Auch dafür muß man manche D-Mark berappen. Aus diesen Druckschriften kann man erfahren, wer gesucht und wer wann ermordet werden wird. Wer den oder den einfängt, bekommt soundsoviel, wer ihn nur verrät – soundsoviel. In diesen Zeitungen ruft ihr zum Aufstand gegen Jugoslawien auf – als gehöre dieses Land nicht euch genauso wie uns. Und ihr ermuntert die Leser zum Vergiften von Wasserleitungen und zum Anzünden von Belgrad von der westlichen Seite her!«

Petrović III: »Dazu rufen wir aber auch mündlich auf!«

»Wir gehn nicht mit euch!« Kuzma war auch durch Margas Flehen nicht mehr zu besänftigen. Er donnerte: »Wir haben's auch hier gut, Leute! Es ist richtig, daß wir Erde buddeln und kneten, es ist richtig, daß wir fremde Erde essen und scheißen, es ist richtig, daß wir uns langsam in deutsche Erde verwandeln – aber mit euch gehn wir nicht!«

Petrović I: »Tschuch, wenn ihr uns den daumenlosen Engländer über die Schwelle aushändigt, werden wir euch von Tribut und Terror befreien. Wir lassen euch in Ruhe schlafen – und auf euren Bankert warten!«

»Wenn er aber doch nicht da ist, Leute!«

Petrović II: »Auf hundert Mark soll's uns nicht ankommen! Für so elende Kerle wie euch wäre das ein schönes Geld! Der Kinderwagen – gebraucht, die Windeln – gebraucht . . . Alles für den Nachfolger: gebraucht und vorgekaut!«

»Und wenn ihr mit einer Million raschelt, es nutzt euch nichts!«

Petrović III: »Wenn es so ist, ihr Habenichtse, werden wir euer Glück zerstören!«

»Ach!« jammerte Marga hinter dem Ofen: »Ach und weh!«

Und Marković war es, als flüstere er: »Marga – sag zu Kuzma und Danilo, deinem Mann, sie sollen mich den Petrovićs ausliefern. Ich hab' meinen Onkel, den Herrn Budak, umgebracht, danach drei meiner Brüder. Nicht gerechnet den Herrn Berkshire, die Frau Mann und ein paar andere. Jetzt steigen mir alle nach und fragen, wie lang ich noch morden werde. Ich antworte: Ich weiß es nicht . . . Daß ich so denke und so antworte, ist schlimmer, als daß ich morde. Marga, wenn ich nicht mehr da bin, wirst du dein Kind leichter zur Welt bringen . . .«

## 2

Es goß. Die noch kahlen Zweige klopften an die Fensterscheiben der Baracke. Wäre das Bullern des Ofens nicht gewesen – die vier hätten den Gesang der Ziegler in der Nachbarbaracke und auf dem Hof das gewaltsame Eintreiben des Tributs hören können. Ein Zug pfiff, fuhr an der Donau entlang in die Nacht. Dem Weinen und den Schreien nach zu schließen, entführten die Petrovićs irgendwen. Um Markovićs Bett versammelt, erzählten Marga, Danilo und Kuzma, wie sie geheiratet hatten:

»Wir faßten uns an der Hand, wir drei, und ab zu unserem Konsulat in München. Damals buddelten wir dort U-Bahn. Genosse Konsul – ich, Danilo Popović, geboren 1945 in Knin, Dalmatien, vom Vater Stanko und der Mutter Petrana, Nationalität serbisch, Glaubensbekenntnis orthodox, erkläre hiermit, daß ich mit Marga Jovanić, die rechts neben mir steht, die Ehe schließen möchte.«

»Das Konsulat, Danilo, hat dagegen gar nichts.« Der Konsul, einer von unsere Leut', pafft aus seiner Pfeife und spricht durch den Rauch: »Und dieser Genosse da ist dein Zeuge, Danilo?«

»Auch er ist ein Bräutigam, Genosse Konsul. Siehst du das denn nicht? Sprich du jetzt weiter, Kuzma!«

»Genosse Konsul – ich, Kuzma Zagora, Gastarbeiter wie Danilo, geboren 1945 in Knin, Dalmatien, vom Vater Vinko und der Mutter Katarina, Nationalität kroatisch, Glaubensbekenntnis römisch-katholisch, erkläre hiermit ebenfalls, daß ich mit Marga Jovanić, die links neben mir steht, die Ehe schließen möchte.«

»Genosse Konsul – ich, Marga Jovanić, Ziegeleiarbeiterin, in Dojtsch ebensolange wie die beiden, geboren 1945 in Benkovac bei Knin, Dalmatien, vom Vater Ilija und der Mutter Milica, Nationalität serbisch, Glaubensbekenntnis orthodox, erkläre hiermit, daß ich mit Danilo und Kuzma, die links und rechts neben mir stehen, die Ehe schließen möchte.«

»Mit beiden, Marga?«

»Mit beiden, Genosse Konsul!«

»Marga, mir ist bisher nicht bekannt, daß schon mal eine solche Ehe geschlossen wurde.«

»Dann werden wir sie schließen, Genosse Konsul.«

»Marga, ich hab' nicht das Recht, irgendeine Ehe zu schließen, schon gar nicht eine solche. Weder zu schließen noch zu scheiden.«

Da erblickte Danilo Popović den Globus auf des Konsuls Tisch und die Karte Jugoslawiens, die fast die ganze Wand bedeckte, und er fuhr couragierter fort:

»Genosse Konsul! Niemand verwehrt es uns, auch weiterhin unredlich und unkorrekt mit Marga zusammenzuleben; aber wir geben dir dieses unser Recht hiermit zurück! Wir stammen alle drei aus anständigen dalmatinischen Familien, die immer Recht und Ordnung geachtet haben – und wir möchten nicht, daß man drunten von uns etwas Schlechtes hört. Deshalb erklären wir hiermit . . .«

»Was, Danilo?«

»Daß wir ein Ehemann zu werden wünschen – ein guter, wie es sich gehört.«

»Und was erklärt Kuzma?«

»Daß wir das zu werden wünschen, was Danilo gesagt hat – außerdem auch noch Vater, sollte es zufällig zu einer Geburt kommen.«

»Kuzma – weshalb sollte es nicht zu einer Geburt kommen?«

»Die U-Bahn, Genosse Konsul. Es ist schrecklich, unter der Erde zu sein. Marga schuftet nicht weniger als wir.«

»Marga – und was würdest du haben wollen?«

»Daß ich für sie das bleibe, was ich schon bin, und noch dazu mehr werde, Genosse Konsul. Daß ich auch vor dem Gesetz ihre Frau werde. Daß das niedergeschrieben wird – und daß man erfährt, daß das niedergeschrieben ist. Daß ich meinem Kind eine gute Mutter sein darf und daß das Kind einen richtigen Vater und Beschützer haben wird, einen Jugo . . .«

»Und was noch, Marga?«

»Daß ich für sie koche, Genosse Konsul. Für sie wasche. Daß wir die Verachtung, die Einsamkeit, den Terror, dem wir ausgesetzt sind, gemeinsam tragen. Und das Wichtigste, Konsul: daß wir sparen!«

»Leute, ich weiß nicht, wie wir das machen sollen.«

»Wir, Danilo und Kuzma, sind ein ehrlicher Mann. Wir sind einverstanden, Vater zu sein. Wir sind nicht wie einige aus der Nebenbaracke. Drum wird's schon so sein müssen, Genosse Konsul, wie wir's haben wollen!«

»Vor allem . . .«

»Du hast dich gar nicht so zu winden, Genosse Konsul! Und fang schon gar nicht mit diesem Paragraphen an – was danach geht und was nicht geht. Wenn's Gerechtigkeit und ein wahres Gesetz gegeben hätte, dann hätten wir drei uns nicht fortgerührt von unserem heimatlichen Herd! Doch – von Gesetz und schönen Geschichten hat man wenig Nutzen. Was heißt hier schon Papiere! Wir haben nichts erlogen, noch werden wir lügen. So was kennen wir nicht! Und von den Bescheinungen, die du erwähnst, besitzen wir nur eine einzige und legen sie dir hiermit zum Augenschein vor: Margas Bauch. Folglich – zück deine Bücher und schreib ein. Trau uns! Was ist, soll auch werden – vor Gott ebenso wie vor den Menschen!«

»Marga, überleg doch . . .«

»Vom Überlegen hat man nichts, Genosse Konsul. Trau uns – sonst versink' ich vor Scham!«

»Ich bin nicht berechtigt, Leute!«

»Wir berechtigen dich – wir, die Erbauer der Münchner U-Bahn. Und alle Kosten für die Übertragung, für Abschriften, Unterschriften und Beglaubigungen, die tragen wir – der Ehemann.«

»Und was wird, wenn ich ablehne?«

»Schlimm wird's!«

»Wie schlimm?«

»Mit Krampen und Schaufeln werden wir hinter dir her sein. Wir kriegen dich schon! *Das* wird sein! Du solltest wissen, daß wir nicht zu denen gehören, die in dein Konsulat und in deine Wohnung Bomben werfen, so daß du nicht mal allein auf den Lokus darfst. Aber wenn du uns nicht einschreibst als Mann und Frau, kriegen wir dich sowohl am Schwanz wie auch am Hintern zu fassen!«

»Wo habt ihr eure Zeugen?«

»Wir wollen, Genosse Konsul, daß ihr alle unterschreibt, die ihr hier seid. So wird unsere Sache bestätigt werden. Dann setzen wir uns alle auf einen Lkw und fahren zum Essen. Zum Bahnhof oder in eine Kantine. Und trinken einen – begießen unser Glück! Und stimmen in der Fremde ein freies Lied an. Der Mensch heiratet nicht jeden Tag, Genosse Konsul, also braucht er auch nicht um jede D-Mark zu zittern.«

»Marga, du wolltest noch was?«

»Vor dem Konsulat steht unser Fotograf im Regen, ein Sizilianer, auch Ziegeleiarbeiter; er traut sich nicht herein, hat Angst vor Höllenmaschinen und MP-Garben.«

»Sollen wir ihn reinholen?«

»Alberto hat meinen Trauring; mein Mann haben ihn mir am Bahnhof gekauft. Auch ein weißes Brautkleid, zwar getragen, aber mit Kranz und Schleier; haben auch der Mann gekauft.

Dann ein Päckchen mit Kleinigkeiten: Kämmen, Spiegeln, alten Medikamenten; der Vater haben das alles heute morgen angeschafft, sobald wir von unter der Erde aufgetaucht waren und uns gewaschen hatten. Alberto möge alles das raufbringen – und uns dann knipsen.«

»Was soll er knipsen, Marga?«

»Wie Kuzma, Danilo und ich einander schwören – Treue die beiden mir, Treue ich den beiden; Kameradschaft und Bruderschaft – wie in der Stube, so auch in der ganzen Siedlung; Sauberkeit und Aufmerksamkeit – für den Fall, daß wir an irgendeiner ansteckenden Krankheit erkranken oder von diesen Halsabschneidern verwundet werden. Das unterschreiben wir – Alberto wird es knipsen – und wie wir einander auf Stirn und Augen küssen!«

»Wieviel Aufnahmen hättest du gern, Marga?«

»Hundert, Genosse Konsul!«

»Würdest du auch eine mit mir haben wollen?«

»Die erste und die letzte mit dir – und zwar so: Unsere heilige jugoslawische Karte hinter uns, die Blumen und deine Pistole vor uns auf dem Tisch – damit sie in Dalmatien sehen, daß wir bei unserer Trauung und beim Fotografieren umzingelt waren und daß es jeden Augenblick von irgendwoher knallen konnte. Danach würden wir dann, Genosse Konsul, wenn meine Wehen nicht kommen, miteinander Kolo tanzen . . . Schau an, da ist unser Italiener! Knipse, Alberto – knipse!«

## 3

Es schüttete wie aus Kannen. Wieder war das Fenster beschlagen. Die Glühbirne am Mast auf dem Hof erleuchtete die langgestreckten, eingeschlafenen Leiber dreier Gastarbeiter. Zwischen zweien erhob sich Margas Bauch, gewaltig wie der Globus des Konsuls. Es ertönte die Ulmer Kirchturmuhr – auch sie muß von Budaks schleimigem Rüsseltierchen in Bewegung gesetzt worden sein. Schweißgebadet und erschöpft, verfolgte Marković die Schatten an der Wand, die sich bewegten und die Formen böser Wesen annahmen. Es war ihm, als würde er ein, zwei Jahre benötigen, um sich wieder erheben zu können. Als der Wind und der Ulmer Lärm sich legten, donnerte ein Zug vorbei: Den jagte der Vampir von der Hochebene direkt in einen purpurnen Schweineabgrund!

Es kam zur Entbindung, doch wußte Marković nicht, wann das geschah. Vor Margas Wehgeschrei und dem Krähen des Kindes konnte man die Petrovićs nicht hören, die mit Gewalt Abonnements auf Emigrantenblätter abschlossen und Tribut eintrieben. Marga fuhr mit beiden Händen über das blutige Laken. Und fragte die Nachbarinnen: »Was hab' ich unter mir?«

»Eine Tochter, eine Tochter!« rief die Griechin, die Hebamme gespielt hatte, und hielt sich die Gastarbeiterleibesfrucht an die Stirn und drehte sich nach allen Seiten: »Eine Tochter, eine Tochter, eine Tochter!«

»Ein Mädchen!« schrie eine Spanierin mit bestialischer Zärtlichkeit auf und begann mit den Fersen auf den Boden zu klopfen: »Mögen gute Menschen und die Muttergottes von Ulm sie beschützen!«

Der Wind schüttelte Zweige, Drähte und die Glühbirnen auf dem Hof – so daß die Schatten über Marga ineinanderflossen, sich türmten und ein deformiertes menschliches Wesen bildeten, vielleicht auch ein Schwein oder eine Violine . . . Die Griechin und die Spanierin müssen, während Marković allein dalag, zur Nachtschicht gehört haben. Hinter Vorhängen und Schränken verborgen, vernahm er, wie die mitternächtlichen Besucher ans Fenster klopften und ins Schlüsselloch zischten.

Petrović I: »Marga, wie geht's deinem Bankert?«

»Dies Kind hat einen Vater, Leute. Wie ich einen Mann habe.«

Petrović II: »Wie das?«

»Wir sind eingeschrieben. Das läßt sich jetzt nicht mehr löschen!«

Petrović III: »Wo sind denn, Marga, dein Mann?«

»Auf Überstunden, mit dem Chef. Abkommandiert! Schon den siebenten oder achten Tag. Der Mann kamen, kosteten den Kartoffelbrei, umarmten mich und sagten: Marga, Margalein, ich muß nach Köln . . . Der Vater küßten das Kind ab, weinten vor Glück und versprachen: Aus Frankfurt bringen wir einen Kinderwagen mit, und wenn's ein neuer wär', nur damit unser Mädchen nicht länger in einem Hundekorb schlafen muß . . . Sie befahlen mir, mein Mann, die Schwelle zu hüten und euch mit dem Messer zu empfangen, wenn ihr mit Gewalt eindringt!«

Petrović I: »So war es nicht, Marga. Der Mann hat dich schon den neunten Tag nicht mehr gesehen – seit jener Nacht, als du niederkamst. Der Vater weiß noch nicht mal, was unter dir gefunden wurde. Wer weiß, was er sagen würde, wenn man ihm ein Weibchen zeigt. Marga, spinne nicht: Die sind von der Ziegelei direkt zu uns, im Kombi!«

»Wo sind jetzt der Mann? Und leben noch der Vater?«

Petrović I: »Noch lebt er, Marga. Er hat die Aufnahmen von der Trauung bei sich und weint. Wir haben dich auf einer Aufnahme gesehen, mit dem Konsul. Im Hintergrund ist euer verfluchtes Jugoslawien zu sehen, über das wir bald herfallen werden! Der Vater sagt, nach der Trauung sei für ihn das Leben noch schöner geworden, alles habe so gut begonnen . . . Und der Mann winselt, er könne es kaum erwarten, dich wiederzusehn und zu liebkosen.«

»Wann kommen sie wieder hierher, Leute?«

Petrović II: »Das hängt von dir ab, Marga. Rück uns den Engländer raus – dann sprechen wir anders miteinander. Es wird Milchpulver geben, getragene Pelerinen, angeschimmeltes Brot. Wir werden dich nicht serbische und orthodoxe Hure nennen – was du bist –, sondern nur Marga. Wir haben den Preis für den Engländer raufgesetzt!«

»Macht, was ihr wollt!«

Petrović III: »Hörst du denn nicht, daß wir mit tausend D-Mark rascheln?«

»Dann raschelt nur weiter!«

Petrović I: »Wenn du uns nicht hilfst, an den Engländer zu kommen, werden dein Mann nicht wiederkommen – oder verstümmelt, so daß es für dich nichts mehr gibt, wohin du sie küssen kannst. Dem Vater wechseln wir das Blut aus. Dem Mann nähen wir einen schwarzen Schweineschwanz an. Beide werden sich auf allen vieren bewegen und grunzen. Wirst du mit Schweinen leben können?«

»Ja!«

Petrović II: »Du hältst einen Mörder versteckt, Marga. Das wirst du verantworten!«

»Ihr werdet noch die Tür eindrücken – nichts versteh' ich – ich hab' ihn nicht gesehn – was heißt hier Schwanz und abschneiden von Zunge, Ohren, Nase – fragt die Spanier – mein Kind wird sich verschrecken – geht, geht, geht – geht zu den Griechen, versucht es dort – was heißt hier Schweineblut – ich versteh' nicht – was heißt hier Auswechslung – macht euch fort, sonst kriegt ihr Salzsäure ins Gesicht – mein Mann kommen gleich!«

## 4

Wieder war es Nacht. Sooft Marković seine Hand nach der Schüssel mit Rüben und Fleisch ausstreckte, wurde es ihm im Kopf benommen. Er kannte diese seine Ohnmacht schon – und wartete, daß sie vorüberging. Er sah das Mädchen, das im Hundekörbchen rumwuselte – und sein Herz füllte sich mit Blut und Freude. Flüsternd überzeugte er Marga davon, daß ihr Mann lebend und ohne Schweinsmale zurückkommen werden.

Es goß. Man hörte Schritte, ein Getuschel ums Schlüsselloch.

Marga stand mit dem Messer in der Hand und wartete ab. Es waren Frauenstimmen: »Marga – wir kaufen Gastarbeiterkinder!«

»Dann kauft doch, ihr Frauen!«

»Marga, mach auf. Wir haben gehört, deine Tochter ist gesund und kräftig – nach dem Vater. Wir kaufen sie dir ab!«

»Hättet ihr euch doch die Zunge abgebissen, Frauen!«

»Einhundertfünfzig Mark, du Habenichts! Das ist doch gutes Geld! Von manchen Müttern haben wir sie um fünfzig Mark billiger bekommen! Marga – der Preis für diese Fleischsorte fällt immer weiter!«

»Geht mit dem Teufel – der euch hergeschickt hat!«

»Zweihundert D-Mark, Marga! Unfruchtbare Frauen in Dojtsch und Österreich haben dich schon öfter gesehen – und nun haben sie uns zu dir geschickt! Deine haferblonden Zöpfe haben ihnen gefallen. Sie sagten, du seist schöner als eine Fee. Deswegen lassen sie sich deine Leibesfrucht was kosten: außer vierhundert Mark für das Kind noch hundert Mark extra für dich! Die Damen kennen deinen Mann, haben sich den Vater gut angesehen. Marga, mach auf! Daß wir dir die D-Mark hinblättern und den Hundekorb schnappen! Sofern du nicht noch mal ein Kind zur Welt bringst, wirst du uns nie wiedersehn! Marga – dir werden wir nichts tun, genau wie wir den Müttern aus den Nachbarbaracken nichts getan haben!«

Marga weinte nicht.

»Marga, gib sie uns. Das wirst du vor niemandem verantworten müssen. Das Mädchen ist unehelich zur Welt gekommen, ist nirgends eingetragen. Das bedeutet, daß es gar nicht existiert. Ohne Kind wirst du noch schöner und verführerischer sein – so sagten die Damen uns. Niemand wird dir ins Gesicht spucken und zu dir sagen können: Serbische Bankertschütterin! Marga – überleg nicht so lange, gib es uns!«

»Frauen, was würden der Vater, der Mann dazu sagen?«

Marković konnte sich kaum aufrecht halten. Die Wolldecke um seine Schulter bebte. Hals und Stirn schwitzten. Sooft er versuchte, tiefer zu atmen oder einen Schritt in Richtung Hundekorb zu gehen – wo das Kind weinte –, kamen ihm die Eingeweide hoch. Er hörte einen Nachtzug fahren: Die Waggons waren vollgestopft voller Schweine aller Kaliber, aller Größen, aller Farben. Wieder eiterte die Hand. Er stürzte. Er wußte nur noch, daß er das Kind im Arm hielt und seine Stirn mit Küssen bedeckte.

## 5

Petrović I: »Marga, der Mann schicken uns zu dir.«

»Wissen der Vater, daß das Mädchen noch lebt, daß es gesund und satt ist und ihnen ähnlich sieht?«

Petrović II: »Der Mann wissen alles. Besonders, daß du unglücklichen kinderlosen deutschen Müttern das Kind nicht mal für fünfhundert Mark geben wolltest. Was für eine Schande, Marga! Denn nicht wir ernähren die Deutschen, sondern die Deutschen uns! Und sie wissen ferner – der Vater –, daß du uns den daumenlosen Mann auch für eintausendsechshundert Mark nicht verraten wolltest!«

»Es ist gut, Leute, daß man alles weiß.«

Petrović III: »Dein Mann haben uns geschickt, Marga. Sie haben als Vater angeordnet, wir sollen das Töchterchen zu ihnen hinaufbringen.«

Petrović I: »Auf die Hochebene, Marga. Die sind dort zu einer Spezialübung. Nach Abschluß der Vorbereitungen ziehen sie dann weiter. Drum wollen sie das Töchterchen sehn. Vielleicht zum letztenmal.«

»Wohin wollen sie denn weiter, Leute? Sind wir denn nicht schon am Ziel?«

Petrović II: »Schweden ist das Ende dieser Welt, Marga – nicht Dojtsch. Dojtsch ist erst der Anfang. Sie gehn dort hinauf, der Vater!«

»Mein Mann werden mich nie im Stich lassen.«

Petrović III: »Gib das Kind her, Marga – dann hab keine Sorge um den Mann. Keine Angst – wir wickeln es schon ein; im Kombi ist es warm. Der Vater werden sich ein anderes Töchterchen machen.«

»Leute – nur über meine Leiche! Haut ab!«

Petrović I: »Marga – sechshundert D-Mark! Soviel Geld haben wir bisher noch nie einer Mutter gegeben!«

»Ihr seid schlimmer als jene unfruchtbaren Damen!«

Petrović II: »Vom Grafen, in dessen Ruine sich dein Mann schon zweimal elf Tage befinden, sind wir ermächtigt, noch einhundert D-Mark zuzulegen! Bedeutet dir auch das nichts? Wie unersättlich und undankbar du bist, Marga! Er, der Anwalt und Richter, Leib und Seele in einem, der Mann, der uns alles bedeutet – er liebt gesunde Kinder, frisches Südslawenfleisch. Er wird deinem Töchterchen die Fingernägel stutzen, die Finger einen nach dem andern abschneiden, die Venen öffnen und wieder schließen – so daß du um ihre Gesundheit nicht besorgt sein mußt. Bei lebendigem Leib wird er sie braten. Was er nicht selbst verzehrt, zerfleischt dann Josefine, das Schicksalsschwein von euch da unten!«

»Wer ist denn dieser Graf?«

Petrović III: »Ein Offizier, dessen Einheit ihn verloren hat und er sie. Während er auf dein Mädchen wartet, reinigt er alte Säbel und Helme, probiert auf dem Hof museale Zündnadelgewehre aus. Zur Zeit zählt er seine mittelalterlichen Medaillen, Totenschädel, Daumen. Von Haken- und anderen Kreuzen entfernt er Rost und Schimmel – und die Zeit, gegen die er ist! Er ist ein Wissenschaftler. Er denkt sich neue Krankheiten aus, stellt aus Gräsern von den Karpaten und vom Balkan Medikamente her, von denen er im voraus weiß, daß sie nicht helfen werden. Er wird über deiner sündigen Leibesfrucht musizieren! Und wir werden uralte Lieder singen, deren Sinn wir niemals begreifen werden.«

»Ich geb's nicht!«

Petrović I: »Und wenn wir dir ein paar Pfennig mehr auf die Hand legen?«

»Mir langt das, was ich in der Ziegelei verdiene.«

Petrović II: »Dort ist für dich nichts mehr zu holen, Marga!«

»Der Chef ist ein guter Mensch. Er mag uns und beschützt uns. Wir schätzen ihn und arbeiten, was in unserer Kraft steht. Mein Mann war mehrmals bei ihm zu Hause. Der Chef lud auch mich zu sich in sein Haus ein, als Gast, damit ich ihm die Fußböden scheuere. Er ließ sich mit meinem Mann knipsen, zwischen Auto und Ziegelei, und umarmte den Kindesvater, als wär's sein eigener Sohn und nicht ein Ziegler, ein Jugo.«

Petrović III: »Auch dein Chef ist droben, mit den anderen. Unser Doktor hat ihm, kaum daß wir ihn dem schwarzen Schwein vorgeworfen hatten, die Ohren angeritzt, die Nase eingeschlagen, den rechten Daumen abgeschnitten. Und in der Nacht darauf brannte er ihm ein Hufeisen auf die Brust – weil er es abgelehnt hatte, aus seiner Ziegelei sämtliche Jugos zu entlassen. Zweimal wurde ihm das Blut ausgewechselt!«

»Weshalb auch ihm?«

Petrović I: »Unser Lehrer ist besonders zornig auf Deutsche von der Sorte deines früheren Chefs. Solche Deutsche verjagen unseren Richter aus Deutschland, aus ganz Europa – und halten ihm vor, er habe lange genug ihre Gastfreundschaft ausgenutzt und sie mit vielen Völkern verfeindet. Sie begreifen nicht, die Deutschen von dieser Sorte, daß der große Richter gerade wegen der Feindschaft gekommen ist – und aus dem gleichen Grund auch noch lange bleiben wird! Was müßte aus dem Richter werden und aus uns, seinen Soldaten und Schweinen, wenn es die Alpen, wenn es das Eis nicht gäbe! Wir begreifen nicht, wie solche Deutsche uns mit Ausdrücken bezeichnen wie Finsternis, Pest, altes Krebsgeschwür ... Als wären wir nicht, denkt euch nur, ein grünliches Todeslicht, das von oben ihre Täler erleuchtet!«

»Ist unser Chef euer erster Deutscher?«

Petrović II: »Seit wir gewesenen Serben beim Richter die Stelle seiner Kroaten von früher eingenommen haben, ist er unser dritter Ziegeleibesitzer. Wozu soviel bauen, wozu all das Material anhäufen – wo die Erde sich doch sowieso dem Ende ihres vierten Zyklus nähert?! Schon dreimal ist Atlantis mit allen seinen Palästen und Straßen versunken!«

»Ich mach' mir um den armen Chef ebensoviel Sorgen wie um den Mann.«

Petrović III: »Rück das Mädchen raus!«

»Lieber will ich beide Augen verlieren.«

Petrović I: »Verkauf das Kind, rücke es raus! – Verflucht sollst du und derjenige sein, der es dir gemacht hat! Blind durch Dojtsch betteln gehn wirst du! Türken, Algerier, Italiener werden dich vergewaltigen! Und du wirst noch mal einen Bankert zur Welt bringen – wenn nicht einen solchen, dann einen etwas schwärzeren!«

Marga weinte.

Petrović II: »Siebenhundert D-Mark! Verkauf deine Frucht – und wir verschweigen, daß du den daumenlosen Engländer versteckt hältst. Her das Mädchen – und noch vor Tagesanbruch werden dein Mann zurück sein . . .«

## 6

Dann klopften sie an eine griechische Tür. Schon sicherer auf den Beinen, stand Marković am Fenster und schaute ihnen nach. Erleuchtet, wie es sich gehörte, war einzig der alte Kombi, dessen Motor ratterte. Die Petrovićs waren wie Franziskaner gekleidet. Marković konnte nicht genau erkennen, was sie in den Händen hatten. Der vierte – den die Petrovićs mal Herr Dmitro, mal Ukrainischer Unglücksrabe nannten – trug eine Operettenuniform. Dmitro, ein aufgeblasener Koloß mit umgeschnalltem Säbel, wankte besoffen neben dem Kombi hin und her, dessen Nummernschilder getarnt waren. Als stehe er von innen unter Dampf, brach es in einem fort aus ihm heraus: Paff-paff-paff . . . Die Petrovićs kümmerten sich nicht um ihn und seinen geblähten Bauch, sondern drangen auf die griechische Tür ein.

Die Petrovićs boten zum halben Preis Ante Pavelićs argentinisches Tagebuch an – mit den spanischen Partien aus den letzten Lebenstagen, die sie sich, so tönten sie, selber hatten ausdenken und zusammenstellen müssen. Und sie boten Hitlers bekannte, von ihnen eigenhändig abgeschriebene und in Schweinefell gebundene Briefe an die Knaben einer österreichischen Samenzuchtanstalt an – sowie der Knaben leidenschaftliche Antwort an ihren Führer, zusammengekritzelt und dann ins reine geschrieben vor den Augen von Josef-Franz und seiner schwarzen Auserwählten. Sie erwähnten Dumas den Älteren und Dumas den Jüngeren und boten das Vermächtnis der Drei Musketiere an – mit der Behauptung, diese drei mutigen französischen Jungs hätten die Zeit des totalen politischen Terrors vorausgesehen und angekündigt. Die Petrovićs jagten den Menschen Furcht ein mit eben erst erfundenen, das heißt auf der bayerischen Hochebene erzeugten, geflügelten Insekten – irgendwelchen amphibischen Heuschrecken –, die zuerst über Europa und dann über die ganze Erde, einschließlich der Meere, herfallen würden.

»Nix Lateinschrift!« maulten die Griechen.

Die Petrovićs priesen ihre neuen Kalender eines geozentrischen Planetarsystems an, ihre Ansichtskarten und Skizzen vom Erdinneren, ihre Flugblätter und Aufrufe, auf denen sogar die Griechen zum bewaffneten Aufstand gegen Jugoslawien aufgerufen wurden. Die Petrovićs versicherten, ihre Landkarten seien die billigsten und besten in ganz Dojtsch – und zwar deshalb, weil auf ihnen außer Wasser, Eis und der Sonne (dargestellt in Schwarz und von Rost angefressen) nichts zu sehen war.

»Wir morgen buddeln müssen!« antworteten die Griechen und stemmten sich gegen die Tür. »Ihr abhauen!«

Da kam der Ukrainer den Petrovićs zur Hilfe: »Die Abgabe! Griechisches Vieh!«

Die Griechen wußten nicht, was das ist. Der bärtige, aufgedrehte Dmitro Mazurka und seine Petrovićs erläuterten: Abgabe, das sei eine Art Steuer auf das eigene – und ›tragische‹, fügten sie wie aus einem Mund hinzu – Schicksal, Schick-sal! Eine ewige Gebühr für den eigenen blöden, beschissenen Kopf – ein Ausgleich für das Leben in der Freiheit des Westens –, einhundert D-Mark also pro krätzige griechische Gastarbeiterhaut, plus freiwilliger Beitrag für den Unterhalt der Berkshires . . .

Die griechische Tür gab nach. Man hörte Schreie und das Brechen von Glas, Geschirr und Brettern. Sogar die vor Angst um den Verstand gebrachte Marga konnte, ein Körbchen am Arm, hinter der Gardine sehen, wie Petrović I den Kombi an die Stufen zur Griechenbaracke heranfuhr.

In blutbeschmierter Franziskanerkluft, ohne Kopfbedekkung, so daß man ihre Tonsuren sehen konnte, führten Petrović II und Petrović III den verletzten Mazurka zwischen sich. Der Ukrainer verdrehte seine Ochsenaugen, verschmierte sich mit den Pranken das Blut über Wangen und Kinn, blieb stehen; und anstatt Paff-paff-paff zu machen, schrie er mit fanatischem Gesichtsausdruck.

»Skla-ven-pack! Den Tri-but!«

Dmitro Mazurka schien keine Ahnung davon zu haben, daß ein griechisches Beilchen in seinem Schädel steckte.

## 7

In jener Nacht gab es keine Frauen, die gesunde Gastarbeiterkinder aufkauften oder entwendeten. Nur die Eisenbahn und das Wasser waren zu hören – das Wasser, das gegen irgendwelche Wälle schlug, als wären wir am Ufer. Meine Hand eiterte nicht mehr: Ich konnte sie bewegen, ich konnte damit streicheln. Soeben hatte ich das Körbchen mit Margas Mädchen in die Ecke gestellt. Das Kind schlief.

Ich hatte nicht mehr die Vision schwarzer Schweine mit Pferdeschwänzen, mit weißen Blüten zwischen den Augen, mit Hörnern auf den Köpfen. Auch träumte ich nicht länger, man habe mich nackt und blutig Josefine vorgeworfen. Ich machte mich fertig zum Gehen. Ich hatte trockene und saubere Gastarbeiterkleidung an. Zwar konnte ich mich noch immer kaum auf den Beinen halten, aber ich war doch stolz auf meine Kraft und auf die Widerstandsfähigkeit meines Geistes. Ich hatte jetzt nur den Wunsch, meine Rechnungen mit den Brüdern und mit allen anderen Leuten ehrlich zu begleichen. Im Gürtel steckte mir ein Fleischermesser.

Marga saß hinter dem Ofen, auf der Truhe. Ihr Blick war glasig, ihr Gesicht bleich und angestrengt. Geistesabwesend zog sie mit der Messerspitze die Konturen des Türschlosses nach. Ich wußte nicht, wie ich mich von ihr verabschieden sollte. Ich redete ihr ein, daß Dmitro und die Petrovićs nun nicht mehr so bald an die Tür klopfen würden.

Margas Blick verfinsterte sich. Um wieder ein Lächeln auf ihre Lippen zu zaubern, beteuerte ich, Danilo und Kuzma seien gesund und müßten jeden Augenblick wiederkommen. Aber Marga wollte nicht, daß ich vor Tagesanbruch gehe. Sie nannte mich Bruder und ich sie Schwester. Sie wünschte sich, ich möge ihr zum Abschied mein Liebes- und Familienleben schildern. Um nicht wieder hinzufallen, setzte ich mich auf den Bettrand und legte meine verheilte Rechte auf ihre Schulter. Sie hörte mir zu mit der Aufmerksamkeit derjenigen, die Unheil vorausahnen . . .

Das war in jener grausigen Nacht, Marga, nach dem Verlassen des Hotels und vor der Begegnung mit Frau Mann. Der Kiosk-Mensch rollte auf unsichtbaren Rädchen hinter mir her, so daß ich nicht wußte wohin. Meine Drohungen schreckten ihn nicht, vielmehr erwiderte er, er werde mir früher an die Gurgel springen als ich ihm. Ich weinte, ich rief flüsternd um Hilfe. Der Kiosk-Mensch war geschmückt mit Glöckchen, Spielzeug und Messern. Er hielt mir einen Kohlensack hin und redete mir zu, freiwillig hineinzukriechen. Ich hatte den Wunsch, ihn zu töten – ihn zu durchbohren, und zwar durch alle seine Emigrantenzeitungen hindurch. Das kündigte ich ihm auch an. Er verfolgte mich, bis ich im Bahnhof in den Raum mit den Spielautomaten rannte. Hier blieb er mit ausgebreiteten Armen und vorgestrecktem Bauch auf der Türschwelle stehen. Niemand konnte an ihm vorbei.

Marga – ich war atemlos, schweißgebadet, von Eingebungen getragen. Ich hatte die Vorahnung eines glücklichen Endes. Ich hätte am liebsten gesungen, doch hatte ich keinen Partner. Der Kiosk-Mensch, der mir eben noch gedroht hatte, existierte für mich nicht mehr. Ich war von Musikboxen, Flippern und anderen Spielautomaten umgeben, die meine Fantasie entzündeten und mich in dem Glauben bestärkten, alles werde ohne Blutvergießen abgehen. Da entdeckte ich Foretić, Dazlina und Brekalo. Sie standen mitten im Spielzimmer und sahen mich verwundert an. Nie hab' ich sie mehr geliebt.

Antun Foretić trug Reitstiefel, wie man sie bei Altwarenhändlern sieht, einen sauberen Rollkragenpulli, einen langen, taillierten Skai-Mantel. Seine Wangen waren eingefallen: Er schielte – so daß ich nicht wußte: sieht er mich an und meine Hand (die bereit war, loszuschlagen) oder beobachtet er den DDR-Emigranten und Kidnapper auf der Türschwelle?

Tomo Dazlina war untersetzt und bestand nur aus lauter Knoten, die Stirn niedrig, die Nasenlöcher weit, die Augen schwarz und tiefliegend und voller schrecklicher Geheimnisse, die sich, auch wenn er lächelte, nicht daraus verloren. Alles an ihm war gequetscht und blutig.

Jeronim Brekalo – feierlicher gekleidet als in jener Nacht, als sie mich von Sandor Kolar übernahmen – zog seine Brauen zusammen und seufzte ein wenig. Er war ein dürrer, storchenbeiniger Mensch mit Hühnerbrust und Hängeschultern, das kroatische Schachbrett-Wappen trug er auf dem Jackenaufschlag und ein blutiges Ziertuch in der Brusttasche.

Marga – ich rief: »Brüder, ihr meine guten Brüder!« und breitete die Arme nach ihnen aus. Sie schauten mich versteinert an, wie tot, so daß ich deutlicher werden mußte: »Von allen Brüdern seid ihr mir die liebsten! Drum: Her zu mir!«

Sie rührten sich nicht vom Fleck. Sie waren wie in die Erde gespießt. Nur mit den Blicken verfolgten sie jede meiner Bewegungen. Ein tiefes Glücksgefühl überwältigte mich. Das Blut in meiner kranken Hand und in meinen Schläfen pulsierte – ja sogar in der Zunge pochte es, so daß ich den Mund nicht halten konnte. Mark um Mark schob ich in den engen Schlitz des Flippers und bot ihnen an, mitzuspielen und zu gewinnen. Dann stürzte ich mich auf das elektrische Tischfußballgerät, stopfte mein Kleingeld hinein, schoß Tore, war in der Abwehr noch besser. Ich fütterte die Satelliten- und Sternautomaten mit D-Mark, löste auf einer Fahrbahn im Wilden Westen ein höllisches Getümmel und Zusammenstöße aus, schoß mit Gewehren und traf ins Schwarze. Warf mich auf Jackpot, zog, lud die drei ein, den Gewinn mit mir zu teilen. Sie schauten mich schweigend an, so daß ich das Geld auf den Fußboden warf. Ich würgte wiederholt zehn Mark in die Musikbox, schlug mit der Faust dagegen, befahl ihr, so schnell wie möglich etwas Heiteres, Beschwingtes aus unserem Südosten zu spielen. Ein Klagelied erklang, in einer mir widerwärtigen Sprache. Ich gab der Box einen Fußtritt und hämmerte so lange auf sie ein, bis endlich ein Sirtaki ertönte. Ich stöhnte vor Glück, so daß die drei meinten, es habe mich von irgendwoher eine Kugel durchbohrt. Dann beruhigten sie sich und waren wieder starr wie Wachsfiguren.

Marga – ich streckte ihnen meine Hände entgegen, mein ganzes Ich: »Laßt uns tanzen! Wollen wir uns doch versöhnen und ein Lied anstimmen – Brüder!«

»Unsere Brüder sind die Deutschen!« flüsterte der schielende Foretić.

»Die Deutschen lehnen dich ab, mein armer Tomo!« schrie ich tanzend Dazlina zu: »Die Deutschen wollen nicht! Frag sie doch selber, wenn du dich traust!«

»Die Deutschen werden wollen – früher oder später . . .«

»Niemals wieder, Jeronim!« antwortete ich dem storchenbeinigen Brekalo: »Die Deutschen sind zu Verstand gekommen!«

»Dann bleiben wir eben ohne Brüder.«

Kraft schoß in mir hoch. Der tolle Kleine Mann in meiner Hose wurde immer fester und wollte raus. Ich tanzte den Sirtaki mit Schwung, so daß auch Alexis Zorba mich beneidet hätte. Der Kleine Mann wurde immer steifer, so daß ich auch gegen ihn antanzte – wie damals in Bad Tölz, Pöcking und Rosenheim, mit Niko Maraš und Blago Sabljak.

»Brüder, soll ich euch erzählen, wie ihr umgekommen seid?«

Sie schwiegen und schauten mich an.

»Wenn ich wüßte, wie und womit, würde ich euch helfen!« sagte ich zu ihnen, während sie wächsern auf ihren Plätzen standen. »Brüder, wie soll ich euer Blut auswechseln?« Mir war, als fingen sie nun an zu tauen und zu schmelzen und als hätten sie von allem die Nase voll. »Wer gibt euch *euer* Blut? Ich hab's nicht! Wenn ihr meines wollt, ihr Unglücklichen – kommt, laßt uns teilen!«

Sie schwiegen und schauten mich an.

Marga – ich war in Ekstase, auf dem Höhepunkt meiner künstlerischen Kraft. Die Musikbox krächzte irgendwas Westlerisches, aber was Gutes. Ich begann zu steppen, ich führte halsbrecherische Bewegungen um das wächserne Trio herum aus – damit der Kleine Mann in meinem Hosenbein wieder zusammenfiele, wie damals in Kiel. Ich war der einzig Lebende unter lauter Maschinen und Puppen. Alles war mir untertan. Die Musikbox dröhnte, ich schwelgte mit ihr. Alle Flipper heulten auf, die glühend gewordenen Kugeln sprengten auch die abgelegensten Zielmarken, so daß Zahlen aufleuchteten, die in die Millionen gingen. Steppend sauste ich von einem Automaten zum anderen, schoß aus allen verfügbaren Waffen zugleich, so daß Sterne und Himmelskörper und sogar die ›Feinde im Weltall‹ auseinanderbarsten. Nicht viel fehlte, und auch ich wäre explodiert!

Da drehte ich mich um und schaute zur Tür. Der Kiosk-Mensch hielt außer dem Kohlensack auch noch ein Tierchen mit dem Rüssel eines Ameisenbären in den Händen. Wie kommt Aschmadaj zu einem DDR-Kauz? fragte ich mich. Durch die Tränen gesehen, die ich meinem übermäßigen Glücksgefühl verdankte, erschien mir der Kiosk-Mensch doppelt so groß. Er rollte mir entgegen, sagte irgendwas in seiner neuen Sprache. Ich dachte, er stehe im Bund mit meinen wächsernen Brüdern, die sich alles ruhig mitansahen. Ich zerrte dieses Fleischermesser aus dem Ärmel und holte aus. Durch alle seine Zeitungen und Aufrufe hindurch traf ich ihn in den Bauch, so wie ich's mir gewünscht hatte.

Ich lief hin, um ihn tot zu sehen. Plötzlich war mir, als sei ich nüchtern geworden. Alle Automaten im Spielzimmer des Bahnhofs blieben stehn. Nur hier und dort war noch ein Echo zu hören. Ich stand über dem mächtigen Leib, der in seinem Blut lag, und ich weinte – genau wie vorhin, als ich noch euphorisch war. Es war nicht der Kiosk-Mensch, sondern irgendein anderer osteuropäischer Clochard, der hatte die Zunge zwischen den morschen Zähnen und verdrehte die Augen. Ich hatte ihn mitten durch eine Emigrantenzeitung in Kyrillisch getroffen – und durch einen Wecken Brot, den er sich, während ich ausholte und zielte, vor den Leib gehalten hatte. Erst als ich dieses Messer hier aus dem Brot gezogen hatte, hörte der Bettler auf, sich um seine Wunde herumzukrümmen. Die Musikbox sang irgendwas Gedehntes, Fades, Nordländisches. Foretić, Brekalo und Dazlina waren um die Hälfte zusammengeschrumpft. An ihren Wangen liefen wächserne Tränen herab.

Marga – auf der Flucht die Schienen entlang kam ich zu einem Sägewerk. Das Schicksal wollte es, daß ich über eine Frau stolperte. Beide fielen wir, einer über den anderen, auf einen Haufen Hobelspäne.

»Verzeih, Schwester«, sagte ich in der Sprache, in der ich auch zu dir spreche. »Es war meine Schuld!«

»Mein Name ist Marija«, sagte sie und umarmte mich – wahrscheinlich weil ich ein Jugo war.

»Ich bin Mark!« erwiderte ich und preßte sie an mich. »Mein Künstlername ist Janis Duros, Saloniki, Griechenland. Wie kalt du bist, Schwesterchen!«

»Jede Nacht zittere ich hier herum, Bruder«, flüsterte sie und streichelte mich. »Wenn's nicht die Züge gäbe, die hier vorbei in unseren Süden fahren, würde ich völlig erfrieren. Ich winke, rufe, singe ihnen zu.«

»Wo kommst du her, Marija?«

»Oberhalb von Rijeka – Janis Duros, Saloniki, Griechenland«, sagte sie. »Mein Fach ist Holz.«

»Du wirst doch nicht deinen Arbeitsplatz verloren haben?«

»Siehst ja!«

Marga – ich weiß nicht, was wir, Mund und Ohren voller Hobelspäne, alles machten. Ich war in ihr, wie auch sie in mir. Sie fragte mich: »Wen hast du, Bruder?«

»Dich, meine Marija«, antwortete ich: »Dich und noch eine solche.«

»Ist auch sie ein Jugo, Janis Duros?«

»Sie ist ein Tschecho, Marija. Januša Novak, mein sommersprossiges Waisenkind!«

»Und wo ist sie jetzt?«

»Sie irrt durch Dojtsch – genau wie ich, Marija. Schon seit vier oder fünf Jahren trägt sie mein rothaariges Kind im Bauch. Du wirst fragen: Warum bringt sie's nicht zur Welt? Ich hab's ihr verboten, Marija: Trag es, mein goldiges Tschechenmädchen – trag unser Kind so lange, bis wir einen Ausweg, irgendeinen sauberen Weg gefunden haben . . . Sie fügte sich. Und möge sie dieses Kind, Marija, ewig tragen, wenn es für uns Emigranten nicht doch noch eine Rettung gibt. Sonst würden sie's uns doch nur aus den Armen reißen – oder wir würden, im besten Fall, hundert Mark dafür bekommen.«

Marga – mit Hunden jagten sie Marija und mich aus den Hobelspänen davon. Und wir hatten doch eben erst begonnen, von dem Kind zu sprechen, das wir irgendwann nach Mitternacht gemacht hatten. Marija verschwand – genau wie ich. Ich hatte Glück in jener Nacht: Ich fand dich und deinen Mann, euch alle drei. Ob wohl auch Marija jemanden gefunden hat?

Marga – nun habe ich dir alles aus meinem Liebes- und Familienleben erzählt. Das übrige ist nicht der Erwähnung wert. Alles in mir ist Elend, Schmerz, eine Eiswüste. Marga – wir sind uns ein wenig ähnlich, du und ich: du hast zwei, ich hab' zwei . . . Marga, du und ich – wir haben die nationalen und religiösen Probleme auf die beste Art gelöst. Seit ich Januša getroffen habe, bin ich ein wenig auch ein Tscheche – und seit jener kurzen Begegnung mit Marija auf den Hobelspänen ein wenig auch ein Kroate. Marga – auch du bist besser als früher, da du noch allein durch dieses geräumige Land irrtest. Marga – ich gehe . . .

»Es dämmert schon«, sagte sie, während ich zur Tür ging.

»Marga, das Kind ist fort«, flüsterte ich und zeigte auf das leere Hundekörbchen. »Sie haben einen Zettel zurückgelassen mit der Zahl 11 drauf und dem Anfangsbuchstaben von Josefines Namen.«

Margas Augen waren irr und glasig, ihr Haferhaar aufgelöst, das Gesicht eingefallen, die Lippen dick – sie zuckten. Marga hielt das Messer fest und sah zu, wie ich mir den Mantel ihres Mannes umhängte.

Sie hörte mich nicht.

## 8

Über den glitschigen Ulmer Dächern und über den Fabrikschornsteinen brach die Morgendämmerung auf. Das Licht schied sich von der Dunkelheit und hob sich über die von Eisenbahnschienen und -schwellen durchfurchte Erde.

Marković war es, als befreiten sich seine guten und gesunden Gedanken von seinem geschändeten, hinsiechenden Leib.

Unter ihm ratterte ein hoch mit Kohle beladener Waggon. Marković war glücklich, daß er wieder unterwegs war. Das Leben erschien ihm nun wieder möglich und akzeptabel, das Ziel, das er sich als Rächer gesetzt hatte, erreichbar. Wenn er nur einen bis anderthalb Meter über der Erde sein konnte, fühlte er sich wohl.

»Grüß dich, du meine Donau!«

Mit der von einem jodgetränkten Verband umwickelten Hand grüßte er den Strom, einen Frachtkahn mit der jugoslawischen Flagge am Heck und die Matrosen, die an Deck herumsprangen. Sie zeigten ihm eine Frau, eine Rumtreiberin, die sie als blinden Passagier mitgenommen hatten.

»Guten Morgen, Sonne!« flüsterte er dem orangefarbenen Ball zu, der hinter den Bergen hochkam: »Erwärme mich, gib mir Mut und Hoffnung wieder, du meine Sonne von Osten!«

Markovićs Güterzug raste dahin – als werde er vom schwarzen Schwein mit der weißen Blüte auf der Stirn gehetzt.

»Könnt' ich doch zu euch, ihr freien und glücklichen Burschen!« flüsterte er: »Und mit euch unter die Trikolore – die ihr gar nicht mehr wahrnehmt –, in die Heimat, die ich betrogen und ohne wahren Grund verlassen habe! Und ins Daheim, das ich nie hatte! Zur Familie, der ich ihre Ehre wiedergeben muß!«

Der Schleppkahn wurde immer kleiner. Weder die Donau noch ihre Ufer waren mehr zu sehen, bald hüpften die Matrosen am Deck des Himmels herum.

Marković wußte, daß der Zug ihn auch diesmal in die entgegengesetzte Richtung zog, nach Westen. Rücklings auf dem Kohlenhaufen liegend, versuchte er, mit der verbundenen Hand seine an Schweinsdämpfe gewöhnten Augen vor der Sonne zu verbergen.

Er weinte um Margas Kind.

# VIII.
## Wie Inspektor Aschbach in Lebensgefahr geriet
## Mein Vater ist nie vom Schimmel runtergestiegen!
## Der Polack Staš Pandurowski ist der Beste im Ertränken von Toten
## Wer ist Richard Schweineherz?

Garten einer Villa in Bremen. Vom Springbrunnen gehen sternförmig ein paar Kieswege ab. Mauer aus Naturstein. Tisch und Bänke aus Birkenstämmchen. Es erscheint eine gekrümmte Gestalt mit langen Armen und fliehender Stirn: ein Gorilla – er geht rückwärts und verschwindet in der Dunkelheit. Wir, die wir die Schönheit des Gartens genießen, verfolgen die behutsamen Gesten zweier Männer, deren Gespräch uns sehr interessiert. Der Herbstabend kündet Sturm an.

1

Aschbach: »Herr Lazarić, wo haben Sie den Mörder des Herrn Budak ausfindig gemacht?«

Lazarić: »In der Gosse, Inspektor. Zwischen Mülltonnen. Wo sonst könnte ein Emigrant aus dem Osten landen?! Er war hochgewachsen, schlank, in Gastarbeiterklamotten. Und schön – wie nur jemand sein kann, der unglücklich und aus unserem sonnigen Süden ist. Die Stirn gewölbt, männlich. Das Haar gewellt, markant, schwarz. Die Augen leidgeprüft, dunkel. Die dichten Brauen berührten sich über dem Nasenbein.«

Aschbach: »Die Beschreibung ist uns bekannt.«

Lazarić: »Die rechte Hand verbunden. Ich dachte, er sei verletzt, hätte einen Unfall gehabt. Ich drehte ihn um, schubste ihn mit dem Fuß. Siehst aus wie aus einem Fresko – und krepierst hier auf einem deutschen Misthaufen, sagte ich mehr zu mir selbst und wollte gerade die Polizei anrufen, als er sich auf die Knie aufrichtete und in meiner Sprache zu jammern begann: Vater, geh' nicht von mir! Daß er mich mit Vater anredete, rührte mich zu Tränen. Ich bückte mich und berührte mit diesen Handschuhen seine blutigen Lider: Unglücklicher Jugo – weißt du denn, wo deine Seele sich von deinem Leib trennt? . . . Er stöhnte, ich konnte es kaum verstehen: Genau wie bei anderen auch, Vater . . . Ich hatte den Eindruck, der macht's nicht mehr lange. Nicht mal zum Heulen hatte er noch Kraft. Und auch mir wurde an jenem verregneten Nachmittag – stärker als je zuvor, seit ich heimatlos herumirre – das Schicksal aller unserer Leute von dort unten bewußt, die im Westen, meist in Deutschland, ihr Brot suchen – und dann auch noch Wahrheit, Gerechtigkeit und Liebe obendrein. Vater, flüsterte er, nur dir allein glaube ich noch! Irgendwas fesselte mich an ihn. Er murmelte etwas von Eisenbahnzügen, von irgendwelchen Brüdern und einem schwarzen Koffer. Damals ahnte ich noch nicht, welche Folgen diese zufällige Begegnung haben würde.«

Aschbach: »Die Polizei glaubt nicht an Zufälle, Herr Lazarić. Wer hat Marković zu Ihnen geschickt?«

Lazarić: »Ich weiß nicht.«

Aschbach: »Wie ist Ihr erstes Gespräch verlaufen?«

Lazarić: »Ich fragte ihn: Wer hat dir den Daumen abgeschnitten? Der Vampir! sagte er nur. Ich drang nicht weiter in ihn. Einem Emigranten ist es lieber, man tötet ihn sofort, als daß man ihn ausfragt. Der Emigrant weiß nie, wo er ist und wohin er geht. Seine Hand eiterte, das sah ich gleich, er hatte Fieber. Während ich ihn im Wagen heimbrachte, erfuhr ich, daß eine altertümliche, er sagte österreichische, Axt ihn verstümmelt hatte. Die Schneide war rostig und stumpf! Er weinte, als er mir das erzählte und fiel in Ohnmacht.«

Aschbach: »Konnte er den Ort beschreiben, wo sich das alles abgespielt hat?«

Lazarić: »Er meinte, es sei in Bayern gewesen, irgendwo in den Alpen. In einem Schweinestall! Auch mit anderen sei das gemacht worden – immer verbunden mit einem religiös-politischen Ritual. Dort hat der arme Kerl sich ganz krank gesehen an abgeschnittenen Gliedmaßen, an Blut und Gedärmen – so daß man alles verstehen muß, was er nach Verlassen dieses höllischen Schweineschlosses getan hat.«

Aschbach: »Herr Lazarić, Sie rechtfertigen ihn nicht nur, Sie bewundern ihn auch noch!«

Lazarić: »Inspektor, ich bewundere jeden Künstler, jede natürliche Vollkommenheit. Ich verachte Amateure, Pfuscher, Feiglinge. Mark ist ein Dieb, der nicht seinesgleichen hat, ein Magier! So was haben meine Augen noch nicht gesehen! Er hat ganze Schiffe ausgeplündert, Nachtzüge, Jachten . . . Die Geldbeutel und Kassen von Bremen werden sich die berühmte Hand ohne Daumen merken!«

Aschbach: »Was taten Sie, während er zu Werke ging?«

Lazarić: »Ich dachte dauernd an ihn und hatte Angst,

er könnte irgendwo einen Fehler machen und reinfallen.«
Aschbach: »Herr Lazarić, haben Sie alles gewußt, was er so trieb?«

Lazarić: »Vor mir hat er nichts verheimlicht. Einer Ziegeleiarbeiterin in Ulm hat er Geld überwiesen. Den Rest verscharrte er irgendwo.«

Aschbach: »Haben Sie ihn zu seinen Taten ermutigt?«

Lazarić: »Ich sagte zu ihm, helle, enganliegende Anzüge und Uni-Krawatten stünden ihm gut. Und daß ihm eigentlich alles gut stehe – auch wie er seine Hände hält: stets zum Handeln bereit.«

Aschbach: »Und zum Töten!«

Lazarić: »Ich denke, zu Anfang hat er mich geliebt. Einmal hab' ich ihm, bevor er zu seiner regelmäßigen Nachttour aufbrach, folgendermaßen die Leviten gelesen: Selbst wenn du lachst, mein kleiner Mark, sieht man das ganze slawische, balkanische Leid in deinen Augen sitzen. Drum: dunkle Brille, Hirschlederhandschuhe, Diplomatentasche – und dann simuliere das Glück! Wie ich, mein Sohn! Geh zu Pferderennen, schließe Wetten ab! Die Deutschen mögen es, wenn andere verlieren. Geh in Kinos und Bars, in Hundewettbewerbe, Gartenschauen und Möbelausstellungen. Und lobe alles! Laß kein Fußballspiel aus und stell dich immer auf die Seite der Mehrheit. Und laß den Rubel rollen, gib den Leuten einen aus, du hast es ja: du wirst sie gewinnen – wie ich sie mir sogar mit Kleingeld gekauft habe . . . Er hörte auf mein Wort, Inspektor. Er machte sich fein – und sah eher aus wie ein Musiker als wie ein Dieb, Einbrecher und Schmuggler. Die Mädchen flogen ihm zu. Vor allem die Huren aus dem Hafenviertel!«

Aschbach: »Herr Lazarić, kennen Sie einen seiner Freunde, will sagen Komplizen?«

Lazarić: »Flüchtig einen gewissen Aritonović, Viktor. Der hat Marković an der jugoslawisch-österreichischen Grenze verraten. Denken Sie sich: Allein deshalb will er ihm die Augen ausstechen! Am meisten aber hat er mir von Sandor Kolar erzählt, einem Madjaren. Leider hatte ich keine Gelegenheit, den kennenzulernen.«

Aschbach: »Sandor Kolar. Klingt in der Tat ungarisch. Wer könnte das sein?«

Lazarić: »Inspektor, dieser Kolar ist ein Phänomen. Er behauptet von sich, sämtliche mitteleuropäischen Sprachen seien seine Muttersprachen. Man erzählt sich, er lerne Schwedisch,

Dänisch, Afrikanisch. Er rühmt sich, daß er Spanisch und Portugiesisch immer schon gekonnt habe – ohne es je zu lernen. Dabei stammt er aus Subotica! Ein Wunderkind aus unserem Süden – so etwas werdet ihr nie zuwege bringen! Indes, Kolar gehört allen an! Sein Glaubensbekenntnis ist orthodox, wie das meine. Das hindert ihn nicht, mit Menschen zu handeln. Er erklärt auf wissenschaftliche Weise, daß heutzutage der Handel mit Menschen einträglicher sei als der Handel mit Vieh. Er behauptet, daß im Westen – in dem er sich bewegt wie ein Fisch im Wasser – das Mittelalter und die Inquisition noch in Kraft seien. Wenn der Madjar formuliert: Ich habe zum halben Preis siebenhundertfünfzig Kilo Frischfleisch gekauft! – dann bedeutet dies, daß ihm abermals zehn Emigranten zum Opfer gefallen sind. Genau wie ich liebt er Immobilien nicht!«

Aschbach: »Es gibt demnach also einen Menschenmarkt?«

Lazarić: »Niemand kennt menschliches Elend so gut wie Kolar. Und niemand ist imstande, daraus so viel herauszuholen wie er. Geld, versteht sich. Wenn er erfährt, daß Sie jemanden umgebracht oder ausgeraubt haben, gehören Sie ihm. Er wird Sie kaufen – direkt oder indirekt, egal. Er wird aus Ihnen seinen Schuldner machen.«

Aschbach: »Wo hat dieser ominöse Madjare seinen bevorzugten Wechsel?«

Lazarić: »Er bricht nicht aus massierten Emigrantenzentren aus, sondern er treibt sich an osteuropäischen Grenzen herum und schnappt dort zu. Die Auserwählten für seine Grüne Legion werden von ihm zuerst verführt, bezaubert, eingekleidet. Er trinkt und feiert Orgien mit ihnen. Dann machen sie sich auf zur großen Plünderung. Sie fallen über bessere Züge her, Nachtzüge vor allem, krallen sich an den Waggons fest wie asiatische Heuschrecken. Und stehlen und rauben sinnlos und machen alles Erreichbare kaputt. Fürs Plündern bekommen sie von Kolar Provision. Man erzählt sich, daß er hier irgendwo in Deutschland ein Bauwerk errichtet, von dem er weder Zweck noch Form kennt und das er zärtlich ›Meine schwarze Mauer‹ nennt! Wenn ihr eine gute Polizei seid, dann müßt ihr auch dieses madjarische Emigrantenwunderbauwerk in euren Akten haben!«

Aschbach: »Wie viele solcher Legionäre besitzt der Madjar?«

Lazarić: »Er weiß es selbst nicht, Inspektor! Es handelt sich um ganze Schwadronen von Ostemigranten, denen er überseeische Pässe und Grundstücke und das Paradies, nämlich das süße Chaos der westlichen Halbkugel, verspricht. Manchen bietet er auch wirklich etwas. Aber bis zum Eintreffen der Papiere müssen sie Tag und Nacht für ihren Paten arbeiten. Manche haben davon neurotische, mir scheint auch epileptische Anfälle bekommen – vielleicht vor Angst und Erschöpfung oder von den bezogenen Prügeln. In diesem Falle verkauft der Madjar sie wie Rinder um jeden Preis. So ist er auch mit Marković verfahren – den Sie, ich weiß nicht warum, bei mir suchen.«

Aschbach: »Wohin wandert dieses viele Frischfleisch?«

Lazarić: »Zu Banditen – wie auch ich einer bin. Zu diversen pathologischen Typen, die nicht ohne Blut, Gewalttat und Okkultismus auskommen. Zu Revanchisten, die am liebsten morgen über die Sudeten herfielen, über die Oder-Neiße, über Äthiopien, über das Banat, über Libyen und Algerien. Er versorgt mit ihnen lateinamerikanische Latifundienbesitzer, Hacienderos, Kaffeeproduzenten. Wie viele hat er allein nach Vietnam, Mozambique und Angola geschickt! Mit der Fremdenlegion ist er per du. Schwarze Häuptlinge, Könige und Obersten versorgt er mit weißen Gorillas und Totschlägern. Kolar verfügt über Kompanien bezahlter Mörder, die zwischen dem Kongo, Tschad und Rhodesien spazierengehen. Sklaven, die für einen längeren Transport nicht geeignet und auch sonst abgeschrieben sind, verkauft er an Drakula.«

Aschbach: »An was für einen Drakula, Herr Lazarić?«

Lazarić: »Inspektor, Sie haben zu Anfang gesagt, es interessiert Sie nur der Mörder Marković – und jetzt wollen Sie was über den Vampir hören!«

Aschbach: »Mythologie und Politik interessieren mich mehr als die Kriminalistik!«

Lazarić: »Drakula – wie wir diesen ehrenwerten Ritter nennen – ist eine Person von unbestimmtem Alter und von einem Äußeren, das sich von Jahrzehnt zu Jahrzehnt, von Jahrhundert zu Jahrhundert nicht ändert, sondern anpaßt. Er kann sich weder sattessen noch vollaufen lassen. Er mampft Kartoffelbrei, kaut Wurzeln. Wenn er auch das nicht hat, nuckelt er Erde oder lutscht an seiner hölzernen Hand. Man sagt, er stinke nach Rost, Schimmel und ungelüftetem Zimmer. Momentan lebt er in einer Schloßruine, zusammen mit eintausend Berkshires. Auch er hat seine Gorillas. Einen Hauptgorilla – der ständig hinter ihm steht und aus Handschriften, Kalendern und Prophezeiungen vorliest – und drei weitere, die Deutschland durchforsten und osteuropäische, meist slawische arme Teufel kidnappen und bei ihm abliefern. Danach beginnt er abzuschneiden – den einen die Nase, den anderen die Ohren, häufig die Zunge. Und ausnahmslos allen den rechten Daumen. Einige hat er auch geblendet. Gar nicht zu reden von denen, deren Gebeine auf der Hochebene zurückgeblieben sind. Diejenigen aber, die ihm entkommen sind, verdienen wirklich Achtung – und Beachtung seitens der Historiker und Literaten.«

Aschbach: »Wie zum Beispiel wer?«

Lazarić: »Wie zum Beispiel Marković. Unser Mörder!«

Aschbach: »*Ihr* Mörder, Herr Lazarić.«

Lazarić: »Also gut, mein Mörder!«

Aschbach: »Im übrigen, Herr Lazarić – im Vergleich zu dem erwähnten Ritter ist Marković offenbar ein Lamm. Sagen Sie jetzt nur nicht, dieser Drakula stamme von hier. Das würde uns Deutsche denn doch sehr treffen.«

Lazarić: »Keine Angst, Inspektor, er stammt nicht von hier. Der Herr, von dem wir sprechen, ist ein Engländer. Ein Engländer – also solch ein Ungeheuer von dieser Vampireninsel! Es gibt mehrere parallele Autobiographien von ihm, mal nennt er sich Richard, mal Brite, mal Albion. Mir sind ein paar Blatt aus einem seiner Kalender in die Hände gefallen. Darin schildert Richard Schweineherz in fast allen europäischen Sprachen, auch in den ausgestorbenen, sein XIV. Jahrhundert. Als geschworener Insulaner arbeitete der Brite am Untergang Europas und aller seiner Güter und Werte. Er stachelte Zwiste an, verbreitete Intrigen, provozierte kleinere Kriege. Im Jahr 1321, so behauptet er, war er bei der Beerdigung Dante Alighieris – eines Emigranten. Er rühmt sich, schon damals hervorgehoben zu haben, nur der Haß und die Hölle seien ewig. 1336 oder 1337, im Kampf gegen Frankreich, sicherte Eduard III. von England sich mit seiner, Drakulas, Vermittlung die Unterstützung der niederrheinischen Fürsten und flandrischen Städte, ja sogar Ludwigs des Bayern. So begann der Hundertjährige Krieg zwischen England und Frankreich – Richards Krieg. Er delektierte sich am Zuschauen, wie die Engländer um Calais herum französische Wohnstätten und Kirchen in Brand steckten, Menschen und Vieh schlachteten und Knaben vergewaltigten. Richard war gegen einen Waffenstillstand zwischen England und Frankreich. Eduard den III., der 1360 der französischen Krone entsagte, nannte er einen Weichling. Wie ein Kind freute der Brite sich, als 1351 auf dem Kontinent die Pest umzugehen begann, der sogenannte Schwarze Tod, und als, nur ganze zwei Jahre später, die Türken zum erstenmal ihren Fuß auf europäischen Boden setzten. 1361 nahm er an der Beerdigung des deutschen Mystikers Johannes Tauler teil. 1365 stellte der Insulaner bei der Beerdigung eines anderen deutschen Mystikers, Heinrich Seuse, sich als Johannes Tauler vor. Die Deutschen glaubten es ihm! Der Tod Pedros des Harten, 1369, erschütterte ihn tief: Das Bündnis zwischen Kastilien und Frankreich bedrohte Englands Herrschaft über die Meere. Beim Begräbnis des Giovanni Boccaccio, 1375, wiederholte er die Worte, die er ein Jahr zuvor beim Begräbnis Francesco Petrarcas gesprochen hatte. Für diesen Richard von der Apenninenhalbinsel lag der Balkan nicht weit weg. Er setzte seinen Glauben in die Türken als die Liquidatoren Europas, wie er 1351 seinen Glauben in die Pest gesetzt hatte. 1389 soufflierte er auf dem Amselfeld den Seldschuken, wie sie uns, die satten und betrunkenen Serben, verdreschen könnten! Vier Jahre danach, 1393, unterwarfen sich Richards Türken fast auf die gleiche Weise die Bulgaren. 1394 oder 1395 gab Papst Bonifazius IX. auf Drängen des in panischen Schrecken geratenen Ungarnkönigs Sigismund das Startzeichen für die Kreuzzüge gegen die Asiaten. Dieser Krieg gegen den Islam dauert immer noch an. Richard war und blieb dagegen. Zu seiner großen Freude massakrierten die Türken bereits 1396 bei Nikopol die französischen, polnischen, ungarischen und deutschen Kreuzritter: In jenem Jahr wurden sämtliche abendländischen Ritter-Ideale liquidiert, und der Balkan wurde ein für allemal von Europa getrennt! Der Vormarsch der Osmanen von Osten war abgestimmt mit dem Ansturm der Inselbewohner von Westen. Der Vampir frohlockte. In Paris traf er 1401 ein, war anwesend bei der Gründung der höfischen Gesellschaft ›Cour d'Amours‹ und eiferte als erster gegen den ›Roman von der Rose‹. Er hatte auch selber zur Feder gegriffen: Um zu beweisen, daß Karl VI. von Frankreich 1392 durch sein, Drakulas, Verdienst in geistige Umnachtung gefallen war. Doch wurden des Briten dichterische Pläne von den Mongolen durchkreuzt, die 1402 unter Tamerlan bei Ankara die Türken verdroschen. Europa fiel damals ein Stein vom Herzen. Dieser gleiche Stein aber hängte sich dem Briten an den Hals. Aus Verzweiflung warf er sich auf die Alchimie. Er wollte eine Krankheit erfinden, die der Pest ebenbürtig war. So ging er voller Sorgen ins XV. Jahrhundert – Sorgen, Inspektor, von denen ich Ihnen lieber nichts erzählen möchte.«

Aschbach: »Herr Lazarić, liefern Sie uns Marković aus!«

Lazarić: »Inspektor, liefern Sie ihn mir aus!«

Aschbach: »Was wollen Sie mit ihm?«

Lazarić: »Bevor er ging, hat er mich bestohlen. ›Ringe und Schmuck laß ich dir!‹ schrieb er. ›Diese ganzen fünfzehntausend Mark aber schicke ich der Zieglerin in Ulm . . .‹ Auch eine Pistole von Sammelwert, eine Trophäe, hat er mitgenommen. So daß auch ich, Inspektor, ein Interesse daran habe, ihn zu erwischen.«

Aschbach: »Und wenn Sie ihn kriegen, Herr Lazarić, was würden Sie dann mit ihm machen?«

Lazarić: »Ich würde ihm dreimal fünfzehntausend Mark geben, Inspektor, damit er's den Waisenkindern in den Ulmer Ziegeleien schickt. Und damit er abhauen kann vor Ihnen.«

Aschbach: »Herr Lazarić, wann haben Sie ihn zum letztenmal getroffen?«

Lazarić: »Nach seiner Rückkehr aus Hamburg. Damals war das sein Revier. Ich erinnere mich, wie sein Haar à la Christus gebürstet war. Alles an ihm vornehm, pariserisch, lila. Er imitierte seinen Madjaren. Nie zuvor, Inspektor, hatten wir so miteinander gesprochen: ›Hier, mein kleiner Mark‹, sagte ich zu ihm, ›auf diesem Foto ist Zagreb zu erkennen, März 1941, und es regnete. Das ist der Tag, an dem dein Vater und ich durch dieselbe Verfügung befördert wurden: Der Soldat Slaviša Marković zum Gefreiten und der Oberleutnant Lazar Lazarić zum Hauptmann der Königlich-jugoslawischen Armee!‹ Er sah mich haßerfüllt an, Inspektor – so daß ich, damit es mir nicht ergehe wie Herrn Budak, schneller im Album blätterte. ›Mein kleiner Mark, hier auf diesem Bild steht dein Vater vor mir. Hier ist er noch deutlicher zu erkennen. Es war an der jugoslawisch-deutschen Grenze. Schau dir an, mein Sohn, wie wir auf einen Angriff gewartet haben. Die Deutschen sind nicht zu sehen, die hielten sich immer verborgen, so daß wir sie nicht fotografieren konnten!‹ Darauf verfinsterte sich sein Gesicht noch mehr, so daß ich fortfuhr, mit einer Stimme, die vor Güte schmolz: ›Mein kleiner Mark – und hier das deutlichste Foto von allen: Slaviša Marković und Lazar Lazarić an unserer Nordgrenze. In Erwartung heimtückischer ungarischer Kugeln. Dein Vater war tapfer, ein Kerl war das, niemals trennte er sich von seiner Trompete. Schau dir an, wie er den ›Marsch auf die Drina‹ bläst, richtig provozierend. Während in meinen Augen Trunkenheit und Sehnsucht nach Serbien brüteten, hatte Slaviša – ich erinnere mich, als wär's gestern gewesen – einen blutigen Hundertdinarschein hinterm Ohr stecken, den ihm ein Offizier geschenkt hatte. Kaum hatte Slaviša geendet, in Tränen und Schweiß gebadet, griffen die Deutschen uns an, sie waren als Madjaren verkleidet. Zum Teufel – die Deutschen erlaubten uns nie, uns sattzuessen, sattzusingen oder uns ausgiebig zu fotografieren!‹

Da brach mein unerschrockener Räuber und Dieb in Tränen aus: ›Lazarić – so war mein Vater nicht! Onkel, zeig andere Bilder – oder weh dir!‹

Zitternd fuhr ich fort: ›Mein kleiner Mark, dein Vater Slaviša hat sich auch in Herzegovina ausgezeichnet: Schau, mein Sohn: Vor ihm und seiner Trompete stehend, singen wir alle: He, ihr Tschetniki, seid bereit . . . Er dirigiert. Gleich anschließend an diese Hochzeit, irgendwann um Mitternacht, erwischten uns die Deutschen auf irgendwelchen stinkenden Witwen und fesselten uns. Es nutzte nichts, daß wir ihnen klarmachen wollten, wir Tschetniki seien Monarchisten und größere Feinde des Kommunismus als sie selber. In ihren Augen waren wir allesamt – ausgenommen die Schwarze Legion der Ustaschas –, egal ob rot oder blau oder grün, balkanisches Gesindel und Banditen, die man so schnell wie möglich in Gaskammern zu stecken hatte. Der tapfere Slaviša weinte um seine Trompete wie ein Kind. Und auch ich begann zu weinen – um Slaviša. Alle weinten. Und es fand sich auch unter den Deutschen ein Mensch – der gab Slaviša die Trompete zurück und tätschelte ihn. Dann, im Eisenbahnzug, waren wir ein paar hundert, vielleicht auch tausend Gefangene. Von Sarajevo bis Osnabrück fuhren wir ganze fünfzehn Tage. Wir wären verrückt geworden, hätten wir nicht unseren Slaviša gehabt mit seinen Gesängen und Wiegenliedern! Vor dem KZ-Tor brach er blasend ohnmächtig zusammen. Wir weinten, teils um ihn, teils um uns. Und auch die Deutschen weinten – aber vor Müdigkeit und Schlaflosigkeit und wegen der bosnischen Läuse, Flöhe und Wanzen!‹

›Lazarić, hat mein Vater denn nicht einen Schimmel geritten?‹

›Lieber Mark, ein solches Foto hab' ich nicht!‹ Das tat mir um beide leid, und ich küßte den Junior auf die Stirn, wie ich so oft den Senior geküßt hatte: ›Vielleicht hat dein Vater eins . . .‹

›Lazarić, hat ihn vielleicht jemand in der Zwischenzeit befördern können?‹

›Mark, ich wollte, es wär' so‹, flüsterte ich: ›Er hätt' es verdient! Und was mich betrifft, so weiß ich, daß ich mich nicht ergab, daß ich meine Uniform nicht hinwarf – sondern daß ich heute noch bin: Hauptmann Seiner Majestät Peters II. Karageorgewitsch, der, wie ich hörte, bei lebendigem Leib verfault oder sogar neulich gestorben ist, am Suff, an einer Geschlechtskrankheit oder an Kummer um die auf Abwege geratene Heimat.‹

›Wo könnte Slaviša jetzt sein?‹ fragte mich Marković.

›Bis vor ein paar Jahren hat er mir aus Glücksburg geschrieben, das liegt unmittelbar an der dänischen Grenze. Er klagte über Einsamkeit und Kreuzschmerzen. In Husum, wo es in einem fort regnete, brachte er nicht mal den Unterhalt für ein Jahr zusammen, und dort traf er sich, wie er schrieb, von Zeit zu Zeit mit irgendeinem Bulgaren. Die Zwietracht zwischen den Menschen machte ihm besonders in Meldorf zu schaffen, so daß er, wütend auf ganz Schleswig-Holstein, mit Ausnahme von Kiel und einem gewissen Cordes, den Norden verließ und sich in einem Dörfchen bei Aachen ansiedelte. Von hier schimpfte er höllisch auf die Engländer, die uns, wie er zu Recht und in Kenntnis der Fakten ausführte, schändlich verraten und sich den Partisanen zugewandt hatten – also jenen, die jetzt Hunderttausende ihrer Sieger und Proletarier, weil sie keine Arbeit und keine Zukunft haben, in den Westen, besonders nach Dojtsch, schicken müssen. Churchill nannte er ein schwarzes Berkshire! Auch die Amis wurden von Slaviša nicht verschont. Niemand! Schließlich mußte er in Bad Honnef eine Kur antreten. Die Knochen, wieder die Knochen. Osnabrück! Dann Magensenkung, die Trompeterkrankheit. Von Bad Honnef aus suchte er nach der Bibel, nach serbischen Heldenepen und nach den Werken von Njegosch. Um jeden Preis wollte er sich die von den jugoslawischen Kommunisten herausgegebene Geschichte des Zweiten Weltkrieges beschaffen. Er war überzeugt, er werde darin seinen und meinen Namen in der Liste der Besiegten finden. Danach, mein Sohn Mark, hat er sich bei mir nicht mehr gemeldet.‹

›Lebt er noch?‹ fragte Marković.

›Ja‹, sagte ich: ›Mit deinem Vater passieren immer Wunder: Irgendwie will und will er nicht vom Schimmel runter! Sohn – dein Alter reitet immer noch mit gezogenem Säbel Attacken gegen die Bulgaren! Mark, unsere Väter sterben immer erst mit uns; selten früher. Und wenn sie vor uns sterben, nennt man das eine vollendete Tragödie!‹«

Aschbach: »Jetzt hab' ich genug von dieser jugoslawischen Emigrantenromantik, Herr Lazarić!«

Lazarić: »Ich nicht, Inspektor. Ich lebe davon.«

Aschbach: »Ihr immer mit eurem slawischen, eurem zigeunerischen Seelenschmerz! Diesen Geburtsfehler, mit dem ihr Jugos zur Welt gekommen seid und mit dem ihr nun leben müßt! Dieses Übel und diesen Fatalismus, die ihr, zugegebenermaßen mit Charme, auch auf uns Deutsche übertragt!«

Lazarić: »Ist es denn möglich, irgend etwas auf die Deutschen zu übertragen?«

Aschbach: »Wenn Sie uns diesen Marković nicht ausliefern – oder wenigstens seinen Vater –, werden wir Sie mit vollem Recht als Komplizen bei der Liquidierung des Herrn Budak ansehen. Wir verfügen über eine Fülle von Indizien.«

Lazarić: »Richtige Polizisten drohen mit der Rechten – Halbmenschen aber und Fotzen, wie du eine bist, mit der Linken!«

Aschbach: »Sind wir schon per du?«

Lazarić: »Für dich gilt das nicht!«

Aschbach: »Vergessen Sie nicht, Herr Lazarić, daß auch ich beidhändig schieße. Ich bin nicht wählerisch in punkto Tageszeit, Ort oder Wand . . .«

Lazarić: »Ich bin schneller – du falscher Inspektor Aschbach! Halt und rühr dich nicht – Tumbas! Flattere nicht mit den Augen, in meinen Lauf hast du zu schauen! Auch ich bin nicht wählerisch in punkto Fleisch!«

Aschbach: »Ich bin versteinert, Herr Lazarić.«

Lazarić: »Seit sieben Tagen, Tumbas, treibst du dich in der Gegend herum. Deine Ankunft ist mir gemeldet worden. Wenn du wüßtest, wie ich auf dich gewartet habe!«

Aschbach: »Wozu dann eine solche Einleitung und die langen Geschichten? Sie hätten mich doch gleich umlegen können!«

Lazarić: »Ich habe zu mir, nicht zu dir gesprochen – Krunoslav Tumbas. Ich tue das oft, wenn ich allein bin. Wenn der Mensch mit sich selbst spricht, wie ich heute, werden die Geschichten breiter und schöner. Und erst dadurch rechtfertigen sie sich – erst dadurch werden sie echt. Tumbas, du mein unglückseliger Jugo, erhebe dich von der Erde! Wenn ich auch ein monarchistischer Hauptmann bin, so bin ich doch kein aufgeblasener römisch-katholischer Heiliger, daß du vor mir knien müßtest. Die Rechte auf den Tisch!«

Aschbach: »Ich entschuldige mich für alles und bitte . . .«

Lazarić: »Zeig her deine Finger! Warum versteckst du sie?!«

Aschbach: »Hauptmann, neben Ihrer Rechten liegt die meine!«

Lazarić: »Hast keinen Daumen, mein unglücklicher Tumbas!«

Aschbach: »Auch Sie nicht, Hauptmann. Es liegen bloß acht Finger auf dem Tisch. Die betrübten jugoslawischen Hände entbehren ihrer Daumen – ihres Symbols und Stolzes, ihrer Ehre!«

Lazarić: »Die bayerische Hochebene, Tumbas?«

Aschbach: »Ja, Hauptmann. Das Berkshireschloß. Rings um die Ruine – Drakulas grindige Hunde. Nirgendwo ein Ausgang, nirgends Rettung!«

Lazarić: »Auf dem Fußboden Kinderschädel, Kinderschuhe, Schulranzen. Ein blutiger Hackklotz. Verrostete Ketten, Schellen, Folterwerkzeuge. Eine Axt – wenn ich nicht irre, eine englische oder österreichische –, die 1918 zum letztenmal geschärft wurde. Mozart, Bartók, Brahms – in einem Konzertsaal voller Dampf, Fledermäuse, Falter.«

Aschbach: »Und Schwüre, Hauptmann – jedenfalls was mich betrifft! Richard Schweineherz hat mir als einem Kroaten – einem Auserwählten Gottes, wie er sagte – ein glühendes Hufeisen auf die Brust gebrannt. Davon habe ich mich weder befreit noch erholt. Und ich werde das auch nie! Ich werde hustend sterben, während ich das unheilvolle U abtaste, das dieses Hufeisen auf meiner Brust zurückgelassen hat.«

Lazarić: »Wieso bist du nicht abgehauen?«

Aschbach: »Zweimal kam ich bis zum Bach. Nicht weiter! Ich kann nicht laufen. Und um mich loszukaufen, wie Sie, fehlt es mir an Geld. Er hetzte seine Schweine und Hunde hinter mir her.«

Lazarić: »Tumbas – ob er wohl auch bei mir das Menschenblut gegen Schweineblut ausgewechselt hat?«

Aschbach: »Etwas hat er getan, Hauptmann, aber ich weiß nicht was.«

Lazarić: »Hat er dich geschickt, mich umzulegen?«

Aschbach: »Ich sollte Sie, so gut ich kann, kidnappen, mich am besten als Kriminaler verkleiden. Wenn du ihn mir nicht bringst, drohte er, bist du der Bote und der Unterzeichner deines eigenen Todesurteils. Wenn du ihn mir aber bringst, fügte er hinzu, erhältst du hundert Mark und deinen eigenen Kopf als

Zugabe! Ich kapierte nicht, nickte aber, als ob ich ihn verstünde, und machte mich auf den Weg.«

Lazarić: »Was sollte Drakula mit mir anfangen?«

Aschbach: »Sie könnten die Stelle des verstorbenen Herrn Budak einnehmen.«

Lazarić: »Wer spielt derzeit diese Rolle, Tumbas?«

Aschbach: »Der Ukrainer Dmitro, Hauptmann. Aber der Graf ist mit ihm nicht zufrieden. Dmitro kränkelt und hustet fortwährend. Er beschwert sich, er habe von all der Feuchtigkeit und dem Dampf dort oben Asthma bekommen.«

Lazarić: »Dmitro – ist das nicht dieser fette Unglücksvogel mit dem griechischen Beil im Schädel?«

Aschbach: »Jawohl, Hauptmann. Er hat sich Bart und Haare wachsen lassen, so daß sie ihn bei Hofe Rasputin nennen.«

Lazarić: »Stört das Beil ihn nicht?«

Aschbach: »Nein, Hauptmann. Man hat den Stiel abgesägt. Dmitri ist übrigens unersättlich. Wenn er keinen Schnaps und kein Bier hat, tränken sie ihn mit Spülicht, mit Benzin und Erdöl. Dann heult er, singt und tanzt und schlägt sich an den Kopf, und wenn er hinfällt, müssen ihn drei Mann wieder aufrichten. Dann weint er und will sich selbst die Augen auskratzen. Alles das geht den Berkshires auf die Nerven – und auch den Serben.«

Lazarić: »Welchen Serben denn?«

Aschbach: »Den drei Serben, die in jeder Hinsicht Foretić, Brekalo und Dazlina ersetzen. Den drei Petrovićs – die die Ustascha-Komödie glänzend aufführen!«

Lazarić: »Krunoslav, ich versteh' dich nicht! Wieso die drei Petrovićs?«

Aschbach: »Sie heißen Petrović I, Petrović II und Petrović III. Seit Drakula ihnen die Ohren an- und die Daumen abschnitt und ihr Menschen- gegen Schweineblut auswechselte, kapieren sie die Astrologie besser, lernen sie schneller, was in den Kalendern und Handbüchern für Schweinezucht steht, und sind seinen neuen terroristischen Idealen ergebener. Außerdem sind sie Jugos mit roten Pässen, was dem Richter gefällt. Tags buddeln sie an der Münchener U-Bahn, nachts aber killen, schlachten und kidnappen sie. In punkto Grausamkeit haben sie die drei Dalmatiner übertroffen. Sie vergöttern ihre Franziskanerkutten, möchten am liebsten darin zur Arbeit gehen. Ständig bekreuzigen sie sich, und zwar mit der ganzen Hand, wie wir Katholiken. Sie halten den Dmitro nicht aus.«

Lazarić: »Wie das?«

Aschbach: »Der Ukrainer, Hauptmann, ist noch nicht römisch geworden. Das ist für sie Grund genug! Einmal hat er, vermutlich vor ihren Ohren, geäußert, er wolle weg von der Hochebene – und wenn's in die Hölle sei. Sie wollten ihn schlachten und den Berkshires vorwerfen. Ich ließ es nicht zu! Ferner behaupten sie, Dmitro sei zu gutmütig, zu weich und verweint, er verstehe das Auspeitschen nicht. Sie werfen ihm vor, er sei krank und werde unaufgeklärt verrecken. In Wirklichkeit würden die Serben ihn auch hassen, wenn er gesund wäre. Die Serben wollen, wenn schon getreten werden muß, daß ihr eigener Mann sie tritt – und nicht irgend so ein besoffener, zahnlückiger ukrainischer Lump. Der Graf hat ihnen einen *echten* Folterknecht versprochen.«

Lazarić: »Wie ist er denn zu ihnen gestoßen?«

Aschbach: »Sandor Kolar, Hauptmann ... Der hat den Ukrainer von einem tschechischen Menschenlieferanten gratis bekommen. Die Serben hat er gekauft von einem Rumänen, der angeblich ein surrealistischer Dichter war. Hat diesem für sie eintausendfünfhundert Mark gegeben, ein paar polnische Zigeuner und drei DDR-Deutsche, das waren auch Zigeuner und Emigranten. Der Madjare hat dieses ganze Paket menschlichen Elends dem Engländer zum Geburtstag geschenkt.«

Lazarić: »Oder zur Tausendjahrfeier?«

Aschbach: »Weiß nicht genau, Hauptmann. Mir ist, als wär' von einer Neunhundertjahrfeier die Rede gewesen. Am serbischen Trio hatte Richard ebensoviel Freude wie früher an seinem kroatischen Quartett. Lange bedankte er sich, musizierte auch ein wenig, sprach wieder von Parallelwelten und nannte sich selbst einen politischen Malquerido – was ich nicht verstand!«

Lazarić: »Tumbas – was will er denn dauernd von uns, die wir doch Brüder sind?«

Aschbach: »Er trennt, Hauptmann, er trennt auch das, was sich zusammenfügen ließe. Mich hetzt er auf Sie – in der festen Überzeugung, Sie würden mich umlegen. Für ihn ist wichtig, daß auf dem Gewissen eines Serben ein Kroate lastet – und umgekehrt. Im übrigen betrachtet er beide als erledigte, abgeschriebene, also liquidierte Völker. Unter die noch nicht existierenden, phantomhaften Nationen zählt er noch die Slowenen, die Ukrainer, die Slowaken und ferner – das kann er selber am besten ausdrücken – eingeborene baltische und walachische

Stämme. Halbwegs ertragen tut er noch Madjaren, Italiener und Polen, weil diese drei, wie er hervorhebt, mit niemandem auskommen. Außer den Franzosen haßt er am meisten die Russen, Tschechen, Spanier. Und die Deutschen! Denen liegt er schon die ganzen letzten hundert Jahre über auf der Pelle, schmiert sich bei ihnen an – nur um sie in ihrem eigenen Saft zu ersäufen oder wenigstens vor der Welt lächerlich zu machen. Er sagt, er habe damit immer Glück gehabt, aber die wiedergeborenen und neuen Deutschen hätten ihm ein Beinchen gestellt! Wie im XIV. Jahrhundert, Hauptmann, liebt der Engländer nur die Türken. Blind glaubt er an deren Muffigkeit, Dreck, Gestank und Syphilis. Um Stuttgart herum spinnt der Engländer diesem Volk vor, die Anatolier seien in Dojtsch schutzlos, dem Erfrieren preisgegeben, verachtet. Dafür protegiert, unterstützt und hätschelt sie dann – er selbst! Man erzählt sich, in Bayern, in München dürfe kein türkischer Gastarbeiter entlassen werden. Und neulich offenbarte er tatsächlich bei einer Versammlung von Zeugen Jehovas, Spiritisten und Astrologen: Derjenige Europäer, der es wagt, einen Türken zu beleidigen, anzurühren oder zu bespucken, bekommt von mir via schwarzes Schwein einen Brief oder ein Paket – und dann sollen sie miteinander gen Himmel fahren.«

Lazarić: »Krunoslav, hättest du mir eine von seinen Autobiographien mitgebracht, würde ich dir das Leben schenken.«

Aschbach: »Hauptmann, welcher Lebensabschnitt fehlt Ihnen denn?«

Lazarić: »Ich weiß nichts von Richards Fahrten durch die Länder an der unteren Donau. Man sagt, er sei in der Walachei und in Transsilvanien gewesen. Die Karpaten hätten ihm gefallen! Er habe den rumänischen Grafen Vald Tepes, den Original-Dracula, umbringen wollen. Von wegen der Asiaten! Der Original-Dracula, der größte Christ und Europäer seiner Ära, hat sich den Türken mit Erfolg entgegengestellt. Er schlachtete sie ab, pfählte sie bei lebendigem Leibe, verbrannte sie. Denjenigen, die sich ihm nicht fügen wollten, nagelte er den Fes an die Schädeldecke. Der Insulaner war erschüttert von soviel Grausamkeit gegenüber den Türken. Es kam zum Zweikampf. Nirgendwo führt Richard an, wer von den beiden als erster fiel. Was ihn indessen nicht daran hinderte, in den westlichen Ländern jahrzehnte- und jahrhundertelang unter dem Vor- und Zunamen des balkanischen Ritters aufzutreten, dessen er nicht würdig war!«

Aschbach: »In diesen Händen habe ich mindestens zehn Blatt aus einem seiner Kalender gehalten . . .«

Lazarić: »Und wo sind sie geblieben?!«

Aschbach: »Um nicht zu verhungern, Hauptmann, hab' ich sie an den Bibliothekar eines ukrainischen Emigrantenheims verkloppt.«

Lazarić: »Für wieviel?«

Aschbach: »Für zwanzig D-Mark, Hauptmann. Und einen getragenen Anzug dazu. Die D-Mark waren falsch, so daß ich ein paar Nächte lang mit Dieben im Münchner Kittchen liegen mußte. Was mit dem Anzug war – ich weiß es nicht, und wenn Sie mich umbringen!«

Lazarić: »Ich werde dich in der Tat umbringen, Tumbas!«

Aschbach: »Hauptmann, auf diesen seinen Listen stand das ganze 20. Jahrhundert. Ich weiß es auswendig. Richard behauptet, in unserem Jahrhundert bringe man am besten dadurch um, daß man – *berät* . . . Er riet 1914 dem k. u. k. Erzherzog Franz Ferdinand, zu einem Treff mit den Südslawen nach Sarajevo zu fahren, nur damit er am 28. Juni von serbischen Kugeln durchlöchert werden und daraufhin dieser abscheuliche und lächerliche Erste Weltkrieg ausbrechen konnte. Auf den am stärksten von fettigen Fingern abgegriffenen Seiten zitierte er eine Korrespondenz, die er angeblich im Laufe des April und Mai 1914 mit der künftigen Kaiserin Sofia geführt hatte. Er machte ihr damals klar, daß sowohl ihr Mann wie auch sie in Sarajevo schweinisch liquidiert werden würden. Das Ziel der Vernichtung Europas im Sinn, so schrieb er, habe er dem alten Hindenburg geraten, Adolf Hitler als Reichskanzler zu berufen. Hindenburg gehorchte. Wann hätten die Deutschen nicht gehorcht?! Als es um die Zerstörung des Kontinents auf Kosten der Insel ging, verschonte Richard nicht einmal die Seinen. Indem er Richards Rat annahm und Hitler die Tschechoslowakei schenkte, sicherte sich Chamberlain den Rang des größten Dummkopfes in der neuen englischen Geschichte. Richard gab einem Colonel von der Festungsbauverwaltung der französischen Armee den Rat, mit dem Bau der unseligen Maginot-Linie zu beginnen. Mussolini und Hitler gab er den Rat, auf den Balkan und auf Rußland loszugehen. Und sie gingen los. Die eine Hälfte ihrer Soldaten erfror dort, die andere wurde verrückt! Er gab Warschau den Rat, sich zum Aufstand zu erheben – Warschau folgte und wurde abgeschlachtet! Er gab dem Papst Pius XII. und zahlreichen seiner Kardinäle und Gorillas den

Rat, sich mit Benitos Schwarzhemden und Menschenschlächtern aus Abessinien knipsen zu lassen: So hat er sogar unseren Heiligen Stuhl beschmutzt! Richard hatte den höllischen Plan, mit Hilfe der leichtsinnigen und besoffenen Amerikaner Europas Museen zerstören zu lassen – Paris, Prag, Florenz und andere vergleichbare Städte, die alle kriegführenden Parteien für den Sieger, mochte das sein wer wollte, aufgehoben hatten. Es gelang ihm, dem OvD der US-Luftwaffenbase in Brighton den Floh ins Ohr zu setzen, eintausend Bomber nach Dresden fliegen zu lassen, die dann in einer einzigen Nacht einhundertfünfunddreißigtausend Menschen und Gemälde liquidierten . . .«

Lazarić: »Tumbas, wie willst du, daß ich dich töte?«

Aschbach: »Hauptmann – schenken Sie mir das Leben, und ich werde alles das für Sie tun, was ich für Richard und die Seinen habe tun müssen.«

Lazarić: »Und was wäre das?«

Aschbach: »Ich werde jugoslawische Gastarbeiter bestehlen und berauben, in ihre Taschen Haken- und andere Kreuzchen fallen lassen und sie dann aus dem Zug werfen. Und das, während sie singen! Ich werde mich auf ihre Baracken stürzen und ihnen Nahrung, Kleidung, Briefe entwenden. Und ihnen ihre Kinder kidnappen!«

Lazarić: »Und was noch, Tumbas?«

Aschbach: »Ich würde auch mit gewissen Sonderaufträgen nach Jugoslawien gehn.«

Lazarić: »Drücke dich deutlicher aus, Tumbas!«

Aschbach: »Dreimal bin ich unten gewesen, Hauptmann. Das vierte Mal hinderten mich Knochenschmerzen und Asthma. Die Hochebene! Ich habe Waldbrände gelegt – in Istrien, der Lika, Kordun, dann auch um Zadar, Sibenik und Dubrovnik. Zwei Brückchen hab' ich in die Luft gesprengt, eins über die Una, das andere über die Korana. In eine Franziskanerkutte gekleidet, hab' ich an das Volk in der Umgebung von Bugojno, Imotski und Split Aufrufe zu einem allgemeinen Aufstand verteilt. Die Flugblätter waren in einer, wie mir scheint, nicht mehr existierenden, oder auch in einer Parallelsprache verfaßt – so daß ich um ein Haar gelyncht worden wäre. Deutsche, schwedische und österreichische Touristen überredete ich, die Adria zu meiden, indem ich ihnen Angst einjagte vor den Pocken, der asiatischen Grippe und der arabischen Gelbsucht. Den meisten Erfolg, Hauptmann, hatte ich mit Läusen, Flöhen und Wanzen, die Richard aus altem türkischem Samen auf seiner Geheimfarm züchtet. In Zagreb, Sarajevo und Belgrad hab' ich Kirchen, Bahnhöfe, Postämter, Krankenhäuser, Schulen, Sportplätze und auch Straßen mit den Eiern dieser unserer phänomenalen Insekten verseucht. Das machte denen da unten mehr zu schaffen als das Erdbeben von Skopje. Wie wir hören, kratzen und bürsten und waschen sie sich immer noch!«

Lazarić: »Tumbas, weshalb hast du ausgerechnet elf Grüfte in Jugoslawien in die Luft gesprengt? Du sagst selbst, die Gebeine seien bis zum Himmel geflogen.«

Aschbach: »Hauptmann, die Zahl Elf ist das Symbol für Blasphemie, Polit-Terror, Mord.«

Lazarić: »Was weißt du darüber noch?«

Aschbach: »Man sagt, die Vibrationen der Zahl Elf seien lunarisch. Davon weiß ich nichts! Der Mystiker Heydon behauptet zwar, die Zahl Elf soll reich machen. Aber reich woran? Doch nur an Narrheiten! Doktor Westcott hält dafür, daß die Zahl Elf Unmoral bedeute. Daran mag was Wahres sein. Seit Entstehung der Welt hat niemand diese Zahl so sehr gehaßt wie die alten Juden: Die Zahl Elf bezeichnete für sie Adams erste Frau, die Unfruchtbare, also den weiblichen Teufel Lilith. Die Prophezeiung, Hauptmann, sagt, daß ich mit der Zahl Elf auf den Lippen sterben werde. Während wir uns vorbereiteten für den Überfall auf die jugoslawische Botschaft in Stockholm, behauptete einer unserer Instruktoren, ansonsten Tierarzt, daß derjenige, der den mit einer Elf gekennzeichneten Weg gehe, Gottes Angesicht erblicken und ewig leben werde. Was für ein Beschiß! Hauptmann, für mich ist die Elf das Zeichen für Böses und für trauriges Emigrantenschicksal.«

Lazarić: »Tumbas, warum bist du hergefallen über unsere gemeinsamen brüderlichen Grabstätten?«

Aschbach: »Der Engländer wollte es so, Hauptmann.«

Lazarić: »Tumbas, du mein unglücklicher Dummerjan – Richard ist kein Engländer! Auch kein Ire oder irgend so ein Welscher – obwohl man meint, er stamme von den dortigen Vampireninseln ab.«

Aschbach: »Was ist er dann sonst?! Verflucht soll er und alle seine Schweinemystik sein!«

Lazarić: »Tumbas – er ist weit mehr als ein Engländer! Er ist das ewige Verhängnis von uns allen, die wir von einem Tag zum anderen leben. Merke dir und nimm es mit in jene Welt, daß alle Namen, die ihm bisher angehängt wurden, von heute an nicht mehr gelten.«

Aschbach: »Was bleibt uns dann noch übrig, Hauptmann?«

Lazarić: »Weiterhin über ihn Vermutungen anzustellen, Tumbas. Uns zu delektieren an den Geschichten von seiner Macht und von unserer Emigrantenmisere.«

Aschbach: »Was ist dann aber *sie*, diese schweinische, teuflische Zahl *Elf*?«

Lazarić: »In der Verrücktheit, Tumbas, bin von allen Emigranten ich am weitesten gegangen: Während ich sein 11. Jahrhundert bis auf den Grund durchforschte, stieß ich auf den Weg, der um noch zwei Jahrhunderte weiter zurückführt. Wer weiß, wohin ich noch gelangt wäre, hätte ich nicht gestoppt! Tumbas, siehst du denn nicht, daß alle unsere elenden Gedanken und Empfindungen zu *ihm* hinführen? Wir kommen zur Welt, um seine Opfer zu werden. Wir leiden auf die falsche Art. Wir kehren vorzeitig in ein fremdes Land zurück, während er es versteht, sich überall *anzupassen*. Krunoslav, diese Ungerechtigkeit bringt mich zur Verzweiflung!«

Aschbach: »Hauptmann, ich weiß, in welchem bayerischen Nest er übermorgen abend sprechen wird. Sein Thema ist so ewig wie er: ›Ekzeme am schwarzen Schwein als Ausgangspunkt für die Sicht auf die Welt von morgen.‹ In den Pausen, zwischen Musik und wissenschaftlichem Vortrag, werden die Petrovićs ein grindiges bayerisches Ferkel aus dem Sack ziehen und vorzeigen. Richard behauptet, er habe die Räude erfunden. Und obwohl ich weiß, daß es hoffnungslos und lächerlich ist, werde ich auf ihn schießen!«

Lazarić: »Tumbas, du bist kein zuverlässiger Schütze mehr. Du zitterst! Hast grade die Fünfzig hinter dich gebracht – und bist wie eine Großmutter!«

Aschbach: »Hauptmann, schießen Sie wenigstens einmal im Leben daneben! Ich bin erschöpft und verloren – und ohne Menschenblut voraussichtlich zum Verfaulen bestimmt. Erbarmen Sie sich dieses lebenden Emigrantenleichnams!«

Lazarić: »Knie auseinander! Kopf hoch! So!«

Aschbach: »Im Namen des Fakts, daß wir, als Völker wie auch als Menschen, vor Richard, vor dem Unglück und vor der Zahl Elf *eins* sind – im Namen der Emigrantenbrüderschaft, Hauptmann, bitte ich Sie, schenken Sie mir das Leben ...«

Lazarić: »Mund auf!«

Aschbach: »Ich lehne an der Wand, Hauptmann. Ich schaue in den Lauf – warte und glaube an die Güte derjenigen, die da abgeschrieben sind. Ich steh' gekreuzigt da! Arme und Hinterkopf sind mit dem Stein verwachsen. Wie Christus steh' ich da!«

Lazarić: »Hat Christus die Elf anerkannt?«

Aschbach: »Hauptmann – Christus haben sie zehnmal vom Kreuz genommen und wieder drangetan . . .«

Lazarić: »Das elfte Mal haben sie ihn dran*geschmiedet*, Tumbas!«

Aschbach: »Bruder, Gnade, Erbarmung . . . Nein, nein, nein . . . Elf . . .«

2

Lazar Lazarić, ein magerer, angegrauter, zwei Meter langer Mann mit Hängeschultern, ungewöhnlich langen Armen und dem Blick eines müden Adlers, schaute am Lauf seiner automatischen Stechkin mit Schalldämpfer entlang. Er wartete, bis sich seine fast immer vereisten Gedanken sammelten und sein leidenschaftliches Herz sich beruhigte – erst dann wollte er abdrücken. Seit er in Menschenfleisch schoß, mit Händen würgte und mit dem Messer Fangstöße gab, war er nie anders verfahren. Und schon bevor die ersten elf Schüsse zu hallen begannen, fing der dicke und weiche Körper des Tumbas zu sterben, zu schmelzen an. Krunoslav Tumbas hüpfte von der Erde hoch, jammerte, verspritzte Blut. Lazarić wich nicht vom Fleck. Es sah aus, als wolle Tumbas die Wand hoch – in den Himmel. Lazarić zielte ruhig. Und in dem Augenblick, da er den Eindruck hatte, jetzt werde der vor Angst blind gewordene Koloß mit dem aufgesperrten Rachen und den vom Blei der Stechkin angesägten Fingern ihm zu Füßen stürzen, drückte er mit dem Zeigefinger seiner verstümmelten, erniedrigten Rechten ab.

Die Kugel in der Stirn, sank Tumbas hintenüber und beruhigte sich vollkommen. Mit dem Rest des Magazins, dann mit noch mal fünfzehn Schuß, durchlöcherte Lazarić ihm den Hals. Krunoslav wurde nach allen balkanischen Vorschriften geschlachtet.

Auf ein Handzeichen von Lazarić tauchte über der Mauer, die den Garten von einem Park mit stillen Pfaden trennte, die massige Gestalt des taubstummen Polen Staš Pandurowski auf, Lazarićs Gorilla. Er brummte und ballte die Fäuste – die waren nicht kleiner als Rammböcke. Lazarić gab ein zweites Handzeichen, da musterte das struppige und angetrunkene Ungeheuer die Umgebung und die Glühbirnen an den Masten und warf sich auf den Toten.

Der Pole förderte aus Tumbas' Taschen außer etwa hundert Mark, die er mühsam zählte, ein automatisches Schießeisen Heckler & Koch zutage, ferner ein Springmesser mit einer langen Schneide, Handschuhe, mit Rasierklingen bestückt, Draht zum Fesseln von Händen und Füßen, wie auch Draht zum Augenausstechen, Watte zum Ersticken, einen Personalausweis auf den Namen Dr. Wolfgang Aschbach und den österreichischen Paß eines gewissen Karl Bender.

Mit Ekel nahm Lazarić die Hinterlassenschaft des Tumbas entgegen. Das Foto des Toten war tadellos in alle Ausweise eingepaßt. Lazarić lächelte. Das Geld, ein blutiges Taschentuch und eine Brille mit hoher Dioptrienzahl gab er Staš zurück. Das übrige nahm er unter den Arm und trug es fort.

Mit geheuchelter Ruhe schlenderte Lazarić an der drahtbewehrten Mauer entlang. Er ging auf den Eingang seiner bremischen Villa zu, die vorzugsweise für Freunde, Jäger und Gäste bestimmt war, von denen seine Familie allerdings nichts wußte. Nur aus dem großen Raum im Erdgeschoß – der mit einem Fenster zum Garten, mit einem zweiten zur Straße und zum Haupteingang hin lag – drang mattes Licht.

Lazarić kannte keine Gewissensbisse. »Mit dem Gewissen sollen diejenigen kämpfen, die eins haben«, sprach er. »Die aber eins haben, stoßen mit denen zusammen, die keins haben – so daß daher die vielen Dramen auf dieser elenden Erde rühren . . .« Und er fuhr fort: »Genauso ist es mit der Sünde: Weder kenne noch anerkenne ich sie.« Lazarić anerkannte nur die Angst – von der er sich wiederholt sagte, daß auf ihr alles beruhe – und die Kälte. Diese zog ihm auch jetzt in Rückenmark und Bauch, während er zusah, wie der Pole präzise und seelenlos den Tumbas mit Ziegeln und Steinen vollstopfte. Lazarić kaufte und verkaufte die Menschen, schaffte sich neue an, tauschte oder verschenkte sie – wie so viele andere auch. Lazarić tat alles dies mit Ruhe und Würde. Er verachtete die Menschen, weil sie so weit von der Vollkommenheit entfernt waren. Deshalb waren für Lazarić die Menschen entweder zur Weiterverwendung da, wie Staš, oder zum Ertränktwerden, wie Krunoslav.

Der Pole warf den Sack auf einen Lieferwagen. Dort lag alles voller Abfälle, Steine, Erde. Staš glättete mit seinen Pranken den Sand, wusch ihn mit Nasenrotz vom Blut rein. Sammelte die Patronenhülsen ein und übergab sie Lazarić. Im Springbrunnen wusch sich der träge Gorilla Gesicht und Hände, kämmte sich und nahm dann auf dem Lieferwagen – den jemand gestartet und zum Ausgang gefahren hatte – den Platz neben Tumbas ein.

Lazarić spazierte an der Mauer entlang. Er lauschte. Wie ein Kind freute er sich über die Grüße der Schiffssirenen. Der Wind brachte den Gestank toter nordländischer Fische mit sich.

Der Pole, atemlos und dreckbeschmiert, bleckte die Zähne. Dann senkte er den Kopf und murmelte etwas. Das bedeutete, daß Steine, Erde und der Sack versenkt waren.

Lazarićs Hand ließ sich langsam auf des Gorillas Scheitel herab. Dies war – nicht gerechnet fünfzehn Flaschen Dortmunder Bier und einen Liter Birnenschnaps – die größte Freude, die man Pandurowski für die Nacht machen konnte.

»Der einzige, dem heute nacht warm ist«, sagte Lazarić und schüttelte sich, »ist Inspektor Aschbach.«

Dann hängte ihm einer seiner vornehmen Leibwächter einen Pelz aus kleinasiatischem Lammfell um. Der zweite geleitete ihn zu der getarnten Tür, die zu seinem Geheimgemach führte. Dort läutete das Telefon.

# *IX.*
# *In Bremen blühen die Rosen*

## 1

Immer wenn Marković, wie heute, Lazarićs rechteckiges Zimmer betrat, erinnerte er sich daran, wie sich der grauhaarige, lange Kerl, der am Fenster stand und den Garten, den Springbrunnen und die Tauben anschaute, im Nachkriegsdeutschland zurechtgefunden und bereichert hatte: Das Ende der Gefangenschaft war gekommen. Die Engländer trugen lebende Skelette aus dem KZ Osnabrück. Lazar Lazarić und Markovićs Vater, Slaviša mit der Trompete, wollten zu keinem Sammelplatz und noch weniger in einen der Züge, die die gewesenen Gefangenen nach Osten und auf den Balkan schafften.

»Hauptmann«, soll Slaviša gesagt haben, »ich geh', wohin du gehst.«

»Gefreiter, ich weiß, warum ich hierbleibe«, sagte da Lazarić ruhig und bedeutungsschwer: »Du, der du noch nicht mal eine Ameise bist, du kannst ruhig in die Heimat zurück. Mich würden sie ohne Gerichtsurteil aufhängen.«

»Hauptmann, vor den Roten hab' ich Angst wie vor dem Feuer.«

»Was hast denn du zu fürchten, Slaviša?«

»Hauptmann, sie werden mich an der Trompete wiedererkennen. Da ist er – werden sie rufen –, der mit soviel Begeisterung geblasen hat! Ich werde hängen!«

»Slaviša – bist du dafür, daß wir in Dojtsch bleiben?«

»Nicht ewig, Hauptmann. Bis kurz vor dem Ende. Sterben muß man unten, in der Heimat, mag sie sein, wie sie will. In der Nähe eines heimatlichen Kirchleins werden die Gebeine und auch die Seele es wärmer und weicher haben.«

»Slaviša – komm, laß uns heiraten!«

»Sollen wir denn, Hauptmann, die Unseren im Stich lassen? Ich hab' eine angetraute Frau und zwei goldige Kinder. Die kommen um ohne mich.«

»Slaviša – auch ich werde erwartet.«

»Hauptmann, komm, kehren wir zu den Unseren zurück . . .«

»Slaviša – wir werden korrespondieren mit ihnen. Wir werden sie belügen! Sie werden uns verstehn. Und wir werden so tun, als wenn auch wir sie verstehen. Sie werden im Elend leben – wir in Freiheit. Wir werden ihnen getragene Kleidung und Schuhe schicken, Medikamente und Kaffee und Tabak. Das, zusammen mit innigen Grüßen aus der Ferne, wird ihnen genügen. Sie sind besser und reiner als wir – sie werden uns vergeben.«

»Aber wenn sie nicht vergeben?«

»*Ihre* Sache!«

»Und unsere, Hauptmann.«

»Wenn du dich entschieden hast, mit mir zu gehn, dann gehorche!«

»Ohne Führer kann ich nicht, Hauptmann. Ich folge dir.«

»Slaviša – schon zwei Monate sind vergangen, seit wir nicht mehr hinter Stacheldraht sitzen. Bald sind die Kirschen reif!«

»Ja – unsere Kirschen!«

»Irren wir also nicht länger herum!«

»Hauptmann, hast du denn nicht gesagt, wir Slawen seien vorbestimmt für ein Zigeunerleben, Landstreicherleben, Emigrantenleben? Für Kummer und Schmerz – die nun einmal aus unserem Herz, Hirn und Blut nicht weichen wollen?«

»Slaviša, komm, suchen wir uns jeder ein Dach! Jeder ein warmes deutsches Bett!«

»Und was soll werden aus Schmerz, Furcht und Verzweiflung?«

»Überlassen wir anderen das unheilbare slawische Leiden. Zum Beispiel – den Deutschen!«

»Hauptmann – es gibt kein Dach, unter dem ich nicht weinen, und kein Bett, in dem ich nicht frieren werde. Mich zu umarmen, lohnt sich nicht mehr. Gehn wir zurück . . .«

»Alles, was wir anhaben, ist von den Alliierten – ist neu und sauber. Die Zivilisten laufen in Lumpen rum; für die sind wir Götter. Sie spüren, daß sie erst noch werden zahlen müssen, wenn wir wieder zu Kräften gekommen sind – wenn Willenskraft und Zorn uns beseelen werden!«

»Jawohl, Hauptmann.«

»Slaviša – es gibt keine Männer mehr! Wir sind Blödköpfe, wenn wir uns nicht zurechtfinden in der deutschen Witwenzeit.

Jetzt oder nie! Vor den Eierchen eines jugoslawischen Hauptmanns und auch eines Gefreiten werden sich die deutschen Frauen bekreuzigen müssen. Singen werden sie!«

»Sie tun mir leid, Hauptmann. Die armen Weiber!«

»Slaviša – halte den Preis dessen, den Gott dir geschenkt hat, so hoch wie möglich; wenigstens bis ihre eigenen Männer wiederkommen.«

»Und was wird dann aus uns?«

»Zum alten Eisen!«

Von Osnabrück brachen sie gen Osten auf, nach Hannover, danach gen Norden, nach Bremen. Von Kirche zu Kirche, von Friedhof zu Friedhof. Ganz Niedersachsen lag in Trümmern, alle Frauen trugen Schwarz. Männer gab's keine, oder sie hielten sich verborgen.

»Die will ich, jene will ich nicht«, trällerte der Hauptmann, während Slaviša mit der Trompete abwartete, auf welcher der Witwen Lazarićs Pranke am längsten liegenbleiben würde. »Inge ist mir zu hart, Petra zu weich ...«

Bei der Witwe Martha Walraff, die eben erst sechzig geworden war, blieben sie länger als drei Monate – bis ihr Bruder Kurt aus englischer Kriegsgefangenschaft heimkam; dem fehlte ein Bein, und man hatte doch geglaubt, er sei in der Normandie gefallen. Kurt drohte ihnen mit allen verbliebenen Männern und allen Hunden von Bad Münder am Deister. Martha sprach mit Mühe die beiden ihr liebgewordenen slawischen Namen aus und weinte. Kurt brachte sein doppelläufiges Jagdgewehr zum Vorschein und schäumte, er werde seine entehrte Schwester und sein Bein rächen.

Der Hauptmann und sein Adjutant kamen erst wieder in Meppen an der holländischen Grenze zum Stehen. Die kräftige, langbeinige Ulrike, Mutter von vier hysterischen Kindern, wechselte über Nacht das Foto ihres am Rand des Kessels von Stalingrad gefallenen Jürgen gegen das Bild von Lazarić aus und rückte dieses an das Kruzifix heran. Alles war bereit für die Hochzeit. Aus Holland waren Verwandte gekommen mit Kleidung, Schuhen, amerikanischen Lebensmitteln. Der Streit entzündete sich an Slaviša – der sich Tag und Nacht seiner Trompete widmete und so aus der Dachkammer, die ihm zugewiesen war, die Hähne aufweckte.

»Ganz Meppen ist gegen den jugoslawischen Trompeter, Liebster!« sagte die sommersprossige, struwwelige Ulrike: »Er bläst, statt anständig zu bumsen!«

»Scheiß doch auf Meppen«, schrie der Hauptmann. »Hauptsache, *ich* bin für den heiligen Trompeter und Märtyrer – und ich bin mehr als ganz Meppen!«

»Und wer bist *du*, Liebster?«

»Ein Opfer Deutschlands, Uli! Ein Osnabrücker Skelett! Jetzt ein Mensch ohne Heimat und Zukunft, ein Emigrant, Büßer und Heiliger!«

»Du mußt wählen, mein Einziger: Entweder dein drolliger Adjutant oder ich!«

»Ich nehme den Heiligen mit der Trompete, Uli!«

Dies sprechend, nahm Lazarić seinen Gefreiten in Richtung Norden mit. Sie warteten nicht erst ab, bis die holländischen Verwandten und der katholische Pfarrer ihnen vorjammerten, noch niemand habe jemals in Meppen und ganz Niedersachsen eine Mutter mit vier Kindern im fünften Monat sitzenlassen.

März 1946. Hauptmann Lazarić, seinen Slaviša hinter sich, begegnete auf einem bremischen Friedhof der hinkenden Frau Kaspar in mittleren Jahren. Immer montags beweinte Maria ihren Fritz – ein Opfer der, wie sie sagte, sinnlosen alliierten Luftangriffe. Frau Kaspar behalf sich mit einer Krücke.

»Slaviša«, sagte Lazarić: »Maria ist das, wonach ich mich sehne!«

»Hauptmann, sie kann doch kaum gehen.«

»Slaviša, genau das ist wichtig: sie kann mir nicht nachlaufen.«

»Hauptmann – sie weint überaus leidenschaftlich um ihren Fritz.«

»Slaviša, dies ist der beste Beweis dafür, daß sie noch gut zum Treten ist!«

Am folgenden Montag traf Frau Kaspar die beiden an Fritzens Grab an. Es nieselte. Slaviša Marković blies etwas Soldatisches und Serbisches, etwas aus dem Ersten Weltkrieg. Lazarić weinte still. Um den Herrn Gemahl, wie er sagte, dessen edles Leben von den besoffenen Alliierten allzufrüh beendet worden sei. Er bekreuzigte sich und vergoß Tränen – bis Frau Kaspar ihm anbot, unter ihrem Schirm Schutz zu suchen.

Diesen ihren Regenschirm verließ Lazarić auch dann nicht, als sie sich alle von Fritz verabschiedet hatten und über den Friedhof gingen. Er ging links neben der Witwe, im Gleichschritt mit ihr. Sooft Maria stolperte, stolperte aus Solidarität auch der Hauptmann. Lazarić schimpfte auf die brutalen englischen Flieger und rückte ihr die Stütze ihrer Krücke in der Achselhöhle zurecht. Naß und begeistert schritt Slaviša hinter ihnen drein und blies altserbische Elegien.

Noch auf dem Friedhof erfuhr Lazarić, daß der Großkaufmann Fritz Kaspar den asthmatischen, wassersüchtigen Dolfi hinterlassen hatte. Der ist sechzehn, sagte Maria, aber er wächst nicht mehr, so daß man nicht weiß, wer die Läden im Stadtzentrum und die zahlreichen Häuser, verstreut von Findorf und Schwachhausen bis Osterholz und Hemelingen, übernehmen soll. Während sie dem inspirierten Trompeter lauschte, klagte sie, sie werde, mit großer Mühe und lustlos, die Mühle, das Sägewerk und das Geschäft in Oldenburg wohl selber führen müssen.

Lazarić fragte sie, wie alt ihr Vater sei. Achtzig, sagte Maria. Er sei nicht mehr imstande, sich wie früher um die Gaststätten auf dem Lande zu kümmern. Hierzu, sagte Maria, ist auch meine jüngere Schwester Ute, die ebenfalls Witwe ist, weder fähig noch willens. Lazarić hörte zu und zählte irgendwas. Maria sagte, sie habe keine Ahnung, was aus den Grundstücken um Nordenham, Bad Zwischenahn und Bremerhaven werden solle, denn auch anderen Leuten sei nicht klar, welchen Wert Immobilien in dieser Periode der schmachvollen Niederlage noch bekommen werden.

Da soll, angeblich, Lazarić aufgeschrien haben: er sei ein geborener Kaufmann – und haargenau wegen dieser Gottesgabe habe man ihn auch in die Operativ-Abteilung des Königlich-jugoslawischen Generalstabs aufgenommen. Während er wie ein Knabe neben ihr herhüpfte und um ein Haar mit seinem Tommy-Barett auf dem Kopf ihren Regenschirm demoliert hätte, setzte er ihr auseinander, mit welchem Tempo er sich rühren werde, um das Geld der Kaspars zu mehren – vorausgesetzt, die Russen stießen nicht bis Bremen und zum Atlantik vor. Und ein zweites Mal hüpfte er vor dem großen Wohnhaus der Kaspars, als Maria wie nebenbei erwähnte, daß es weder in ihrer noch in der Sippe ihres zu früh verstorbenen Fritz je einen Katholiken gegeben habe, und daß sie in ihrem Kummer und Schmerz gerührt sei von Beistand und Trost zweier Anhänger der östlichen, reinen, orthodoxen Glaubenslehre. Der Hauptmann wurde zum Tee eingeladen. Der Heilige blieb vor dem Tor zurück, um serbische Elegien zu blasen.

Schon vor seiner Trauung mit Maria begann Lazarić für die Familie Kaspar zu arbeiten. In einem Jeep mit Kennzeichen der

US-Forces schmuggelte er Kakao, Kaffee, Tabak, manchmal auch Waffen. Maria lebte wieder auf; auch weiterhin ging sie Montagnachmittags zum Friedhof und blieb lange an der Stelle sitzen, wo sie den jugoslawischen Hauptmann kennengelernt hatte.

Marias Übertritt vom protestantischen zu Lazarićs Glauben und die Trauung wurden in Osnabrück in einem Keller vollzogen – in der serbisch-orthodoxen Kapelle zum heiligen Georg, sechs Monate nach dem Tode von Marias Vater und zwei Jahre nach der Kapitulation des Dritten Reiches, am 8. Mai 1947. Trauzeugen waren der Trompeter Slaviša und Vlado Barabaš, ein trübsinniger, borstenhaariger Südländer mit Hängenase, langen Armen und dicken Brillengläsern.

Aus Osnabrück kam im Jeep auch der serbisch-orthodoxe Pope im Exil, Ivo Sekulić, mit ihnen zurückgefahren und räucherte mit griechisch-orthodoxem Weihrauch alle Wände im Hause Kaspar ein, vornehmlich jene Räumlichkeiten, in denen Hauptmann Lazarić mit seiner hinkenden Braut zu leben gedachte.

Die romantischen Kaspars schnappten über vor Glück. Nie hatten sie etwas Ähnliches gesehen wie das Segnen von Fenstern, Toiletten und Türschwellen. Noch während der Hochzeit, die fünf Tage und fünf Nächte dauerte, begannen sie Ausdrücke, Lieder und Tänze des exotischen Volkes, dem ihr Hauptmann angehörte, zu lernen. Die Kaspars wußten nicht, was sie erwartete, also freuten sie sich nur. Lazarić brachte nur Emigranten in ihr Haus – meist betrunkene Russen, Rumänen, Serben, Juden aus Odessa und Cherson. Mit ihnen kalkulierte, gammelte, sang er. Geld hatten sie noch und noch. Die Kaspars waren überglücklich, aber auch überrascht.

Überrascht waren auch die beiden Trauzeugen: Slaviša – dessen Trompete Nachbarn und Passanten bald verwünschten – und Vlado Barabaš, genannt Eule, Lazarićs zeitweiliger Gorilla und Laufbursche, der zunehmend zu leiden hatte unter der Angst vor erneuter Gefangenschaft, unter Magengeschwüren und unter balkanischen Bandwürmern. Weder der eine noch der andere durfte mehr des Hauptmanns Jeep besteigen, noch wußten sie, was Lazarić darin aus Wilhelmshaven, Hamburg, Cuxhaven heranschaffte. Zu ihrem Entsetzen sperrte er sie in feuchte Lagerräume unmittelbar am Weserufer, die sie nur mit seiner Erlaubnis zu einem Stadtausgang verlassen durften.

Das Familienglück der Kaspars dauerte nicht lange. Der

zwanzigjährige Dolfi, nicht größer als ein Volksschüler und mit Engelslocken bis hinab zum halben Rücken, ertrank, den Ruf »Bomben, Bomben, Bomben!« ausstoßend, vor den Augen seines Krankenpflegers und Lehrers in einem Schwimmbecken in Bad Dreibergen. Slaviša und Vlado gingen im Leichenzug mit. Die Trompete war geschmirgelt und bereit. Angeblich von Trauer um diesen norddeutschen Christus übermannt, verjagte Lazarić sie vom Grab. Slaviša und Vlado weinten bitterlich und verzogen sich irgendwohin.

Anderthalb Jahre später suchte Lazarić nach ihnen – damit sie mit Elegien und lyrischen serbischen Märschen die sterblichen Überreste Marias hinausgeleiteten. Er fand sie nicht. Vlado arbeitete als Bäcker dicht an der dänischen Grenze, während Slaviša mit der Trompete schon in Kiel gelandet war: als Packer und Lieferant bei den Cordes. Pope Sekulić wünschte Marias orthodoxer Seele die ewige Ruhe in dieser Welt und inmitten von Fremden, Deutschen, Protestanten.

Der Pope Sekulić wurde so etwas wie Lazarićs Leibpriester. Marias Schwester, die schlanke und rothaarige Ute, Witwe des Oldenburger Kaufmanns Karl Kraut, überführte er in den serbisch-orthodoxen Glauben und traute sie zugleich mit Lazarić, und zwar in Triest, in der serbischen Kirche zum heiligen Spiridon, dem Wundertäter. Nicht ganz ein Jahr später taufte Sekulić ein Neugeborenes. Auf diesen Sohn, Alexander, folgte ein zweiter Junge, Peter, auf diesen eine Tochter, Simonida. Pope Sekulić war auch dabei, als zu der Villa in Schwachhausen – in der Lazarić sich jetzt befand – der Grundstein gelegt und das Fundament mit Weihrauch bewedelt und mit serbischem Wein und Sljivović begossen wurde. Bei dieser Gelegenheit fragte Sekulić auch nach dem blassen Trompeter Slaviša, nach dem ängstlichen Herzegoviner, der inzwischen völlig der Astrologie verfallen war, und nach vielen anderen Leidgenossen aus Osnabrück.

»Pope – für Landstreicher und Müßiggänger hab' ich keine Zeit!« sagte Lazarić.

»Aber für Märtyrer!«

»Pope, ich hab' genug vom Märtyrertum. Ich treibe Handel!«

»Im Lager haben wir geschworen, daß wir uns, wenn wir überleben, gegenseitig helfen und aufeinander aufpassen werden. Wer dies Wort bricht, sagten wir, kommt um!«

»Pope, kein Mensch hat mir bisher was gegeben. Sie haben mir nur genommen. Auch ich gebe nichts!«

»Lazarić, für das Brechen eines Schwurs wird man von Gott ebenso bestraft wie von den Menschen.«

»Pope, ich fürchte Gott nicht. Und mit den Menschen schlag' ich mich sowieso herum, seit ich von mir und von Gott weiß!«

»Lazarić, ich an deiner Stelle würde die Menschen fürchten, die in der Hölle waren und mit vollem Recht nicht vergeben. Ihr Credo besteht in gerechter Rache!«

»Pope, du scheinst zu drohen!«

»Ich ermahne dich nur, daß man wahre Menschen nicht so schnell abstoßen kann. Und ich erinnere dich daran, daß Güte und Achtung ewig sind – genau wie das Böse, dem du schon angehörst!«

»Pope, diese Theorie hängt mir zum Halse raus!«

Der Pope kam nicht wieder. Er starb auf der Schwelle der serbisch-orthodoxen Kapelle, unweit des früheren KZ. Da er auf den Knien lag, das Kreuz in der Hand, meinten alle, er bete besonders hingegeben für die Seelen der tausend und aber tausend Lagerinsassen, wie auch für das Leben der über Dojtsch verstreuten und verlorenen Emigranten. Tagelang, nächtelang störte ihn niemand. Später schleppten sie ihn fort und warfen ihn auf den Misthaufen. Dort, sagte Lazarić, ist der Platz für alle meine Schuldner.

Pope Sekulić hatte am liebsten am Eckfenster gesessen – dort, wo jetzt Lazarić selber stand. Diesen Winkel hatte der Pope eigenhändig geschmückt: um den Gekreuzigten herum russische, serbische, griechische und rumänische Ikonen und um das Ewige Licht die Bildnisse serbischer Herrscher, vom Zaren Duschan dem Mächtigen bis zu König Peter II. Karageorgewitsch, dem Emigranten – in der Rangfolge ihrer Bedeutung. Alles in diesem Zimmer, in dem Lazar Lazarić Millionengeschäfte tätigte, gewaltige Betrügereien ausheckte und Mordpläne schmiedete, mußte serbisch sein: von den geschnitzten dreibeinigen Hockern aus dalmatinischem Nußbaum über malerische ostserbische Teppiche, das Bildnis Njegoschs, montenegrinische Fahnen und Käppis mit Kronenstickerei, bis zu historischen Pistolen und Vorderladern an den Wänden.

Am längsten schaute Marković sich eine große eingerahmte Fotografie an, auf die von Lazarićs Tischlampe ein Bündel Licht fiel: Um einen Jeep mit US-Forces-Kennzeichen und seinen stolzen, langnasigen Besitzer herum standen an die dreißig Emigranten. Bärtig, breitschultrig, das Kreuz unter seinem Bart, hatte der Pope sich an sie gewandt.

»Söhne«, sprach er, »nach Hause – in eure Häuser, in die Heimat! Besonders ihr, die ihr in der Fremde verurteilt seid zu Entbehrung, Krankheit und Einsamkeit!«

»Pope, was sagst du da?«

»Daß ich mit dem letzten von euch gemeinsam hinunterfahren werde!«

»Pope, wir haben so allerhand getan!«

»Meine Söhne, im letzten Krieg haben nicht nur Feiglinge gemordet und geschlachtet! Schaut euch die Hände an, mit denen ich euch rufe: sie sind blutiger als die euren!«

»Pope, willst du uns in kommunistische Kasematten schikken?«

»In die Heimat, meine Söhne!«

»Kann es für die Heimat einen Ersatz geben?«

»Nein! Die Heimat ist unantastbar, heilig!«

»Pope, die Heimat ist also, wenn's nach dir geht, wie Gott.«

»Söhne, die Heimat ist nicht *wie* Gott. Die Heimat *ist* Gott!«

»Pope, die Heimat ist vorerst rot!«

»Ihr Unglücklichen – und auch ich bin ja unglücklich! – fragt die Heimat nie nach ihrer Farbe. Geht zu ihr, gesteht alles, was ihr der Heimat angetan habt! Verheimlicht nichts! Wenn du jemanden geschlachtet hast – sag der Heimat, das Böse sei in dir erwacht, es habe dich nach Menschenblut verlangt, und du würdest es nicht wieder tun. Hast du Häuser in Brand gesteckt – sag: Ja, weil ich Gerechtigkeit und Flammen liebte. Aber ich tu's nie wieder! Söhne, die Heimat ist groß, ihr Herz unermeßlich. Sie wird sich erbarmen. Nur die Heimat kann aus einem Blutsäufer und Brandstifer einen Engel machen!«

»Pope, du kündigst uns Leiden an!«

»Zum Leiden sind wir bestimmt, meine Söhne. Wir sind Slawen, und das ist unser ganzes Verhängnis! Wären wir zum Beispiel Türken, wüßten wir nichts vom Schmerz! Nur durch Leiden, Qualen und Mühsal werden wir zu Moral und Reinheit gelangen! Als wenn die Heimat, in die ich euch schicke, etwa nicht litte! Ihr sagt selber, sie sei rot, die Kirchen würden geschlossen, Friedhöfe umgepflügt, unsere christlichen Volksbräuche verboten!«

»Wirst du mit uns ins Zuchthaus gehen?«

»Ja, meine Söhne! Wie ich auch bisher mit euch im Zuchthaus war! Was scheren mich all die Qualen, die man mir noch auferlegen wird! Wenn es nur unten geschieht, daheim bei uns!«

Alle außer dem Mann am Lenkrad des Jeep mit dem US-Force-Kennzeichen schauten besorgt und verängstigt drein.

»Würde doch«, dachte Marković, »der zottige Alte mit dem Kreuz auch mich hinunterschicken, in die Kittchen meines Volkes, damit ich nicht länger durch Dojtsch morden und schlachten muß . . .«

In diesem Augenblick trat der Pole Staš Pandurowski unterwürfig in Lazarićs Zimmer und küßte seinem Herrn die beringte Hand.

Marković aber dachte: »Jetzt muß ich mich aber auf den Weg machen, du mein Vater, dessen Spur ich noch nicht gefunden habe – muß weiterziehen mit dem Dolch im Stiefel, den Messern im Ärmel . . .«

## 2

Geschickt wie ein Pokerspieler raffte Lazarić die Fotos vom Tisch zusammen und mischte sie neu. Schüttete sie vor Marković und Pandurowski hin und sagte:

»So, meine Schurken, wiederholen wir: Welcher von diesen zwanzig muß unser werden, noch heute nacht?«

Marković sah sie sich an. Es gab hier ein paar, die waren schon liquidiert:

Andro Zidar, ein dalmatinischer Serbe aus der Umgebung von Zadar, eine Mißgeburt mit niedriger Stirn und Hasenscharte und einem langen dünnen Hals, wie zum Umdrehen geschaffen, sprach für sich selbst. Ein Jahr lang war er Lazarićs Gorilla und Killer gewesen. Alles, was er mit seinem Killen bei Lazarić verdiente, hatte er verspielt und versoffen. Eines Tages verweigerte er den Gehorsam. Das rechtfertigte er mit dem Bier, mit der Einsamkeit und der Sehnsucht nach Dalmatien. Mehrmals, als abschreckendes Beispiel für die jüngeren Gorillas, ließ Lazarić ihn auspeitschen. Von den Schlägen bekam Andro die Epilepsie. Helfen wir ihm, sagte Lazarić und küßte ihn auf die Stirn. Anderntags drehte der Pole dem Andro im Bahnhofsklo in Kiel den Hals um.

Mašan Andjus, Unteroffizier der Königlich-jugoslawischen Armee, war das fidelste Gerippe von Osnabrück. In Oldenburg betrieb er eine Zeitlang eine serbische Küche – und damit er nicht eine zweite in Bremerhaven und eine dritte in Delmenhorst eröffnete, vor allem aber, damit er nicht weiter Handel treibe mit Pistolen, Springmessern und Dolchen, setzte Lazarić sein schwarzes Duo auf ihn an. Marković stand Schmiere und zitterte. Obwohl schon in Jahren, war Andjus ausnehmend sehnig. Er brach eine Planke von einem Waggon und holte damit aus. Dann fiel er von einem Messerstich. Der Pole kehrte mit zerschmettertem Kinn und beschämt nach Bremen zurück.

Der siebente und der zehnte von links, das waren die Brüder Mutapović, Radan und Vasilj. Eine Zeitlang Lazarićs Lieferanten, Packer, Kellner. Ihnen hetzte Lazarić seine Killer nicht deswegen auf den Hals, weil sie sich selbständig machten und in Bad Segeberg ein serbisches Lokal mit weißen Bohnen und Pfefferoni eröffneten – auch nicht deshalb, weil sie in angetrunkenem Zustand irgendwelchen Polizeispitzeln, Emigranten, ausplauderten, mit was allem die Firma ›Balkan-Export-Import‹ Handel treibt.

Dem Polen war es leichter gefallen, Radan und Vasilj im Zimmerchen einer Hamburger Pension zu erledigen, als später fertig zu werden mit Perun Perunović, dem fünfzehnten von links, einem frischgebackenen Emigranten, von dem Lazarić behauptete, er sei aus Bosnien hergeschickt worden, um das Treiben der alten Emigranten zu beobachten. Von Zeit zu Zeit half er nachts beim Verladen der Waren mit, die aus den Lagerräumen von ›Balkan-Export-Import‹ ihren Weg nach der Türkei und in die Länder des Nahen Ostens nahmen. Perun Perunović, indem er schwor, daß er nicht für Sarajevo spioniere, sondern daß er lediglich klaue und raube, erhob ein derartiges Gebrüll, daß Pandurowski ihm vor der Zeit das Messer in Mund und Rachen stoßen mußte. Der Saustall von einem Keller in Brake, vollgestopft mit Diebesgut, blieb blutüberschwemmt zurück.

Während er seinen Finger auf das erste Farbfoto von rechts legte, auf dem zwei Mann zu sehen waren, begann der Pole zu knurren. Vlado Barabaš! Auf keinem anderen Bild war Vlado so heiter und aufgeräumt wie auf diesem. Er stand da, mit aufgeknöpftem Mantel und ohne sein Buch. Und man sah das, was er sonst vor allen Leuten am sorgfältigsten verbarg: seine Augen. Mehr noch: Vlado hatte nicht mal sein geliebtes Jägerhütchen auf dem Kopf, so daß der Wind auf dem Foto sein dichtes, angegrautes Haar zauste. Den rechten Arm hatte er um einen Türken gelegt, während er mit der Linken einem Zug nachwinkte, der, dem Grinsen auf den Schnauzen der Reisenden nach zu schließen, eben abgefahren war. Sooft Lazarić dieses

Bild aus seinem Fotokartenspiel zog – wie auch heute nacht –, sagte er:

»Vlado, Vlado – das Umarmen meines Türken wird dich teuer zu stehen kommen!«

Der türkische Großkaufmann Mula Jusuf Tataroglu aus Izmir war so etwas wie ein Riese auf Zwergenbeinen. Wenn er saß – für gewöhnlich den Rosenkranz und eine lange Zigarettenspitze in Händen –, war er größer als im Stehen. So jedenfalls versicherte im Zorn Lazarić. Mit seinem Bart und seinem breitrandigen Hut erinnerte Tataroglu auch andere Leute an einen etwas korpulenteren Toulouse-Lautrec. Mula Jusufs Vater stammte aus Mazedonien, seine Mutter angeblich aus Bosnien; darum betonte er auch, Sarajevo und Skopje seien ihm lieber als Istanbul und Ankara. Zu Lazarić kam Tataroglu in seinem schwarzen Rolls-Royce angereist, umgeben von seinen anatolischen Gorillas. Über Lazarićs Firma versorgte er in einem großen Henschel-Kühlwagen die türkischen Gastarbeiter mit Hammelfleisch, Talg und Häuten. Und übernahm von ›Balkan-Export-Import‹ Hunderte von Tonnen deutschen Käse und Butter, holländische Eier, dänischen Honig, dazu dies und das für die Geheimfächer – und ab geht's damit nach Kleinasien. Deshalb wunderte Lazarić sich zu Recht: Wie und wieso war dieser sein wichtiger Kunde mit dem kurzsichtigen und letzten Endes auch abergläubischen Vlado Barabaš zusammengekommen!?

Staš Pandurowski, genannt Po, hielt mit seinen Pranken das Farbfoto genauso fest wie seinerzeit den alten, blutigen und über alles beleidigten Kopf des Boško Jovanović, seines Zeichens Generalstabsmajor der untergegangenen königlichen Armee und ansonsten lebender Leichnam im KZ Osnabrück Nummer soundso, der sein drittes Attentat auf den untreu gewordenen Hauptmann Lazarić mit dem Leben bezahlen mußte. Das war sieben Tage nach dem Besuch, den ein ebenso verzweifelter Numerologe, Tumbas, bei Lazarić gemacht hatte, und nicht ganz einen Monat, nachdem ein Jugoslawe, den Marković noch aus Zirndorf als Kleptomanen und Dreifach-Spion kannte, etwas versucht hatte, was den älteren Emigranten auf keine Weise gelingen wollte.

»Vlado Barabaš, die Eule, soll sterben!« sagte Lazarić zu Pandurowski, der, nüchtern und unruhig, von einem Fuß auf den andern trat – und fuhr mit Hilfe von Grimassen und Gesten fort: »Die Eule, Staš, die Eule! Nur nicht der Türke!«

Der Pole hielt das Foto in der Hand und musterte mit seinem gesunden Auge den Barabaš mit den flatternden Rockschößen eines grünen österreichischen ›Hubertus‹-Havelocks, und den umarmten Mula Jusuf Tataroglu mit den dunklen Glotzaugen und den lilafarbenen, immer geschwollenen Lippen, von denen die angeborene Ruhelosigkeit und die im Leben erworbene Bitternis nicht weichen wollten. Staš Pandurowski-Po bäumte sich auf und drehte Lazarić und Marković die eingedrückte Kopfhälfte mit einem kleinen, verkümmerten Ohr zu. Er murmelte.

»Onkel Lazarić, ich würde mir nicht mehr die Hände blutig machen.«

»Mark – Po liquidiert, nicht du. Was wär', wenn's umgekehrt wäre?«

»Ich möchte, daß dieser Mord mein letzter ist.«

»Und was noch?« fragte Lazarić mit einem Anklang von Zynismus, und während er auf das Ewige Licht und die Ikonen zuschritt, verdeckte er ein gut Teil der Karte des Königreichs Jugoslawien.

»Ich hab' genug von Astrologie und Polit-Horoskopen, von Kabbalistik und der Schwarzen Magie der Emigranten! Ich will von alldem loskommen, alles von mir waschen! Ich möchte etwas ganz Normales und Ehrliches tun, ohne Blut, und mich in nichts von denen unterscheiden, die als Gastarbeiter von ihrem bißchen Geld noch nach Hause schicken!«

»Für so was ist es noch zu früh, Mark.«

»Onkel Lazarić, hab' ich mich denn noch nicht freigekauft?«

»Außer Vlado Barabaš, der Eule, muß noch ein anderer ins Gras beißen. Der steht nicht mir, sondern dir im Weg.«

»Ist es Viktor?«

»Viktor.«

»Das heißt also: auch du kennst ihn!«

»Hauptsächlich vom Hörensagen. Ich weiß, wie er dich an der Grenze verraten hat. Dafür verdient er deine Kugel! Wie er dann herumirrte und in Frankreich Zugang fand in die angesehensten Betten und Küchen, bis ganz nach oben hin! Man erzählt sich, er sei reich geworden, habe absichtlich seine Muttersprache und seine Freunde vergessen und verleugne seine Herkunft. In Paris sagt man: ›Viky Ariton, le Slave, ist unique . . .‹ Wie du siehst, hat er auch mich übervorteilt und verändert!«

»Wann werde ich ihn schlachten?«

»Zuerst ist Barabaš an der Reihe!«

»Kann ich hinterher zu meinem Vater? Als Belohnung?!«

»Die Belohnung besteht in der Schlachtung des Viktor!«

»Onkel, ich bin ein menschliches Wesen. Und von Kabbala und Schwarzer Magie noch nicht völlig verblödet. Ich möchte meinen Vater wiedersehen! Warum beschneidet man mir dieses Naturrecht? Ich bin sein Sohn – wie er, mag er sein wie er will, mein Vater ist!«

»Zuerst: Vlado Barabaš, die Eule, zu *meiner* Befriedigung. Dann: den Viktor Ariton, zu *deiner* ... Bis dahin wird auch Slaviša mit der Trompete wieder in Europa eingetroffen sein.«

»Wo irrt er denn herum?«

»Australien, Neuseeland, Südafrika, Kanada, Argentinien, USA. Überall, wo die Unsrigen leben und leiden. Er gibt Konzerte! Slaviša bläst Märsche und Elegien, singt mit seinem ewig belegten Stimmchen – und sammelt so Gaben in bar und in natura ...«

»Für wen?«

»Für die alten und kranken Lagerinsassen aus Osnabrück. Auch für gescheiterte Emigranten und deren Familien. Für Gastarbeiter, die bereit sind, das Land ihrer Herkunft zu beschimpfen und zu verfluchen. Wie auch für solche, die sich im Westen noch nicht zurechtgefunden haben.«

»Kann ich den Barabaš sofort ...?«

»Warum so schnell?! Als hätt' er dir was getan!«

»Mein Ziel ist Viktor. Hier – mein Messer!«

»Barabaš ist eine harte Nuß. Seit er ahnt, daß ich ihn jage, ist er vorsichtig. Es sieht aus, als wenn Astrologie und Geisterbeschwörung ihm hülfen!«

»Onkel, sag du mir nur, wo sein Wechsel ist!«

»Züge! Vlado war immer verrückt nach Eisenbahnzügen. Er erzählte mir, er habe ihnen aus seiner Eingeborenenhütte in der Herzegovina zugeschaut, als er ein Kind war und noch meinte, er werde für immer in diesem Karst steckenbleiben müssen. Und heute hat er eine Jahreskarte der Deutschen Bundesbahn! Der steigt nicht mehr ab von den Rädern – weil er der Erde nicht traut. Von den Zügen aus liest er in den Sternen und notiert aufmerksam alles, was er ihnen zuflüstert und was sie ihm antworten. Von Natur vergeßlich, greift er nach einem Waggon, und schon fällt ihm wieder etwas Wichtiges ein. Zu singen traut er sich nur, wenn er eine Lok pfeifen hört! Bedeutsame Entscheidungen trifft er ausschließlich in dahinjagenden Zügen. Vlado empfängt, Vlado schließt und kündigt Verträge auf offener Strecke, manchmal auch auf kleinen Bahnhöfen. Und in

Zügen schläft er auch – sofern er überhaupt die Augen zu schließen wagt!«

»Begleitet ihn ein Gorilla?«

»Vlado nimmt nichts, was was kostet. Alles was ihn interessiert, behauptet er, ist enthalten in den ›Numbers‹ eines gewissen Isidore Kozminsky. Dieses Buch studiert er, ergänzt es oder trägt es über dem Herzen. Ansonsten – er schießt beidhändig!«

»Wo ist er, sagen wir mal, jetzt?«

»Meinst du, mit welcher Zahl er sich eben beschäftigt?«

»Wo er sich befindet!«

»Irgendwo in einem Zug!«

Das Telefon läutete. Lazarić blies den Rauch aus seinem Mund, nahm den Hörer ab. Und sagte zur Stimme am anderen Ende: »Wenn ihr so aufmerksam wart, ihn bis Hamburg nicht aus den Augen zu verlieren, dann paßt auf, daß er euch nicht jetzt noch entdeckt. Ja – Ablösung kommt sofort. Verteilt euch um die Ausgänge und Toiletten; zwei gehn auf den Bahnsteig. *Abstand,* sag' ich!«

Lazarić legte auf, drückte die Zigarette aus und seufzte, es tue ihm leid, daß er nicht mit ihnen zum Hauptbahnhof könne. Er sagte, Vlado sei unruhig, und das sei gut so.

Pandurowski wurde von irgendeiner geheimen, trüben Macht getrieben. Er hörte auf, Tabak zu kauen und zu stinken. Als er, wie auch Marković, ein paar Hundertmarkscheine in die Taschen seines Konfektionsanzuges geschoben bekam und dafür seinem Paten die Hand küssen wollte, knallte er mit der Stirn auf die Tischkante. Lazarić fuhr ihm streichelnd über den Kopf.

Po nahm die Diplomatentasche mit der Verpflegung vom Teppich auf, dann stellte er sich hinter Mark – wie ein tapsiger Gorilla und Sklave. Lazarić geleitete sie zum Ausgang.

Der kräftige und verschlagene Fahrer, der sie zum Bahnhof brachte, verließ sie nicht mehr. Vorsichtig ging er ihnen nach. Marković und Po suchten nach ihrer Eule. Doch Barabaš war nicht da.

Marković wurde von Unruhe ergriffen. Er kaufte deutsche Zeitungen, Illustrierte, die *Times* – wie zu der Zeit, als er mit Niko Maraš und Sandor Kolar durch Bayern kreuzte. Am liebsten hätte er auch Emigrantenzeitungen gekauft – die Lazarić Syphilitikerzeitungen nannte –, doch fürchtete er, damit die Aufmerksamkeit auf sich und Po zu lenken. Er deckte sich ein mit Zigaretten, Kaugummis, Mentholbonbons.

Barabaš entsprach vollkommen Lazarićs Beschreibung. Er hatte Schnürschuhe an, eine Tiroler Kniehose, einen abgetragenen grünen ›Hubertus‹ und einen Alpenhut mit vielen Bergsteigerabzeichen auf dem Kopf. Seine Schlappohren, seine zu früh runzelig gewordenen Wangen und die gebogene Nase verrieten einen Südländer, dem Leben und Glück nicht hold gewesen waren. Er paffte eine Pfeife, preßte eine alte Aktentasche an sich, strengte die Augen hinter den dicken Brillengläsern an. Und ging immer an der Wand lang. Wie er ihn so sah – wie vorgeführt und doch allein –, streifte sich der Pole instinktiv die Handschuhe über.

»Onkel, wohin zieht die Eule von Bremen weiter?« fragte Mark den Lazarić beim Ausgang.

»Die Eule hat in Oldenburg eine Verbindung, eine wackelige, aber immerhin. Wenn er lebendig dorthin aufbricht, wird er die Mitternacht nicht überleben, denn nicht nur ihr beide verfolgt ihn. In Wilhelmshaven hat er geheime Lager – auch er hat angefangen mit Waffen und mit Hammelfleisch für die Mohammedaner; eine Bande, die nicht Wort hält und schlecht zahlt. Keine Angst: wenn's nötig wird, kommt euch einer von ›seinen Leuten‹ zu Hilfe. Den werdet ihr am schwarzen Strick erkennen, mit dem er gegürtet ist. Möglich ist auch, daß die Eule nach Hamburg will. Er beabsichtigt, an eine Speziallegion fünfzehn elende Ostemigranten zu verkaufen – und sofort zu liefern –, die er vor ein paar Monaten in Zirndorf gekauft hat und die so fertig und kaputt sind, daß man sie nur noch nach Angola und Mozambique schicken kann. Nicht ausgeschlossen, daß er nur bis Bremerhaven will. Dort sind ihm zu einem sehr niedrigen Preis sieben Slowaken angeboten worden, gleichfalls lebende Leichname aus Zirndorf. Barabaš wird sie kaufen – nicht ahnend, daß sie *mir* gehören. Wenn in Bremerhaven nicht ihr zwei ihn killt, schlachten ihn die Slowaken – denen ich erklärt habe, Vlado sei ein Tscheche!«

»Was mich betrifft, ich würde ihn sofort!« sagte Marković und überlegte, wie er sich von Tod zu Tod immer mehr seinem Viktor näherte: »Warum muß er denn erst raus aus Bremen?«

»Wichtig, mein Sohn, ist das Netz, sind seine Verbindungen. Deshalb müßt ihr heute noch hinter ihm her sein, wenn er seine Abschlüsse tätigt. Ihr werdet euch jedes Gesicht merken, mit dem er sich bis zu seinem Tode trifft. Nur mit dem Karpadaš[1]

---

[1] Karpadaš = türkisch: Freund, Kamerad

Tataroglu darf er nicht zusammenkommen.«

»Warum sollten wir den nicht auch gleich mit umlegen?«

»Tataroglu ist eine Goldgrube. Auch er befaßt sich mit Zahlen, aber auf eine verständlichere Weise als die Eule – wirst schon sehen.«

Um seine Angst zu bezwingen, ging Marković, während der Pole dicht hinter ihm blieb, an den Fahrkartenschalter und an den davor wartenden Menschen entlang. Es regte ihn auf, daß es noch keine Kontaktstellen auf Bahnhöfen gab.

Marković sah sich den Barabaš an. Er entdeckte an ihm eine Narbe, die sich vom Backenknochen über das stark ausgeprägte Kiefernbein erstreckte und irgendwo unter dem Kragen verlor. Sie mußte neueren Datums sein, denn auf Lazarićs Foto war nichts davon zu sehen.

Marković und dem Polen näherten sich der Fahrer und zwei geschleckte Südländer in Jeans und zerknäulten Skaiblusen.

»Die Eule fährt nach München, über Hannover, Kassel und Frankfurt«, sagte der erste mit dalmatinischem Akzent und hielt Marković zwei Fahrkarten hin.

»Begleitet ihn jemand?« fragte Marković versteinert.

»Ihr zwei«, sagte der zweite und entblößte sein blaues Zahnfleisch und die schlechten Zähne: »Glück auf!«

Lazarićs Gorillas entfernten sich in Schützenkette.

Barabaš zog eine schwere Eisenbahneruhr aus der Brusttasche und verglich seine Zeit mit der Bahnhofsuhr. Es war ein paar Minuten nach neunzehn Uhr. Er warf den Kopf herum, seine Braue zuckte, seine Augen waren verschleiert. Er stieg in den Kurswagen nach München, wobei er Marković, Pandurowski und noch einigen Reisenden den Vortritt ließ, und setzte sich ans Fenster.

Marković und Pandurowski nahmen die inneren Eckplätze ein. Sie konnten ihn sehen. Die Lok pfiff. Barabaš sang vor sich hin.

Irgend jemand sprach auf dem Bahnsteig Markovićs neuen Namen aus. Marković wendete aufmerksam den Kopf und bemerkte Lazarićs Fahrer und seine zwei Bahnhofsgorillas. Er erwiderte ihr Winken nicht. Der Zug fuhr ab. Lazarićs Gorillas blieben in der Kälte des geräumigen bremischen Grabes zurück.

Vlado sang.

## 3

In dem Maße, wie der Zug sein Tempo erhöhte, kehrte Markovićs Selbstvertrauen zurück. Po schlief. Marković hatte ihm noch in Hannover – als sich zwei bärtige Typen dem Barabaš genähert hatten – ein Mantelende über den entstellten Teil seines Gesichtes gezogen – und über den Mund, aus dem ein Gemisch aus Priemsudder, Menthol und Schokolade troff.

Und Marković erinnerte sich an das, was Lazarić erzählt hatte: »Den Staš hab' ich dem Witold abgekauft – einem polnischen Lagerkameraden, der, angeblich wegen Verrats, nach dem Krieg von Warschauer Agenten auf Schritt und Tritt verfolgt wurde, so daß er nach Chicago mußte – wo er sich an ihnen rächte, indem er einen für sie wichtigen Mann umlegte, freilich einen Russen. Staš hat mich rund hundert D-Mark gekostet! Übrigens hatte Witold ihn von einem anderen Polen geschenkt bekommen. Staš muß in Polen unter der Erde gelebt haben, denn er hat alle Eigenheiten eines Bergmanns: Theatralisch verabschiedet er sich vor jedem Abstieg, und wenn's auch nur ein bis zwei Meter hinuntergeht. Ein einziges Wort kommt ihm über die verkrüppelte Zunge: Po! Vielleicht bedeutet ihm das Trinken, Mutter, Heimat. Ich glaube, bevor ich ihn kaufte und anfing ihn zu verprügeln, hing er der Vielgötterei an! Wenn er einen Menschen erwürgt oder ihm mit seinen Pranken oder seinen Quadratlatschen Rückgrat und Schädel zerschmettert, glaubt er, ein gutes Werk getan zu haben. Seinen Namen für den bundesdeutschen Paß hab' ich mir einfallen lassen: Stanislaw Pandurowski.«

Während der Zug sich Kassel näherte und Barabaš einen billigen Tabak rauchte, dachte Marković daran zurück, wie *er* Paß, Führerschein und gewisse Zirndorfer Papiere bekommen hatte:

Von Zeit zu Zeit war ein knochiger, schwarzer Koloß aus Westserbien zu Lazarić gekommen. Sein Name: Drago Adamović. Der arbeitete beim Be- und Entladen der schwersten Waren, die Lazarić führte. So viel trinken wie Adamović konnte nur noch Po. Den nordischen Menschen blieb Adamović in Erinnerung durch seine Lieder und sein asiatisches Geheul. Lazarić peitschte ihn ein paarmal vor Marković und Pandurowski mit einem nassen Strick aus – wegen Ungehorsams, wie er erläuterte.

»Ich suche das Glück. Onkel Lazarić!« zischte Adamović.

»Etwa in Dojtsch oder im Norden?!« brüllte Lazarić und schlug zu: »Handle ich vielleicht mit Glück?«

Adamović blieb so lange friedlich und folgsam, bis Schwellungen und Schmerzen vergangen waren. Finnische Messer in Bauch und Brust, so fand der Pole ihn am Kanal liegen, wohin er Erde, Steine und Unkraut fuhr. Er wuchtete ihn hoch und nahm ihn mit, neben seine eigene Schlafstelle.

Adamović starb den ganzen nächsten Tag. Lazarić sagte, für den Arzt sei es zu spät – und südländischen Hünen wie Drago sei es nun einmal vorherbestimmt, auf nordländischen Misthaufen qualvoll zu sterben und zu vermodern.

»Warum hat er soviel geweint?« fragte Mark.

Lazarić antwortete mit geheuchelter Trauer in der Stimme, während er Adamovićs Papiere vom Fußboden aufhob: »Er behauptete, er sei ein Bankert. Wenn er nüchtern war, verlangte er, ich sollte ihn an Sohnes Statt annehmen. Im Suff ging er mit dem Messer auf mich los. Und alles nur, weil er sicher war, daß niemals jemand nach ihm suchen wird!«

Adamović hatte noch kaum den letzten Seufzer getan, als Pandurowski ihn, zusammen mit Ziegeln und Steinen, in einen Sack stopfte und auf den Kombi warf. Marković fuhr bei Regen mehr als eine halbe Stunde weserabwärts. Ein paar Tage später erhielt er Ausweise, in die anstelle von Adamovićs Fotos seine eigenen einwandfrei eingebaut waren . . .

## 4

Pünktlich zehn Uhr fünfzig hielt der Zug in Kassel. Barabaš erhob sich, ging, ohne die Pfeife aus dem Mund zu nehmen, auf das Fenster zu und gab mit dem Handschuh ein Zeichen. Es stiegen zwei Männer ein. Der erste war ein dicker Pakistani oder Hindu, europäisch gekleidet, pockennarbig; er trug eine Diplomatentasche. Der zweite war ein Jugoslawe, dessen Aufgabe es war, das sah man gleich, den großzähnigen Dicken mit seinem, wie er sich ausdrückte, neuen Chef und ›Magnaten‹ bekanntzumachen: mit Vlado Barabaš.

Der Dunkelhäutige rollte die Augen und gelobte, er werde kein einziges Mal mehr mit der Lieferung von Opiumharz und Hasch oder mit den Einzahlungen in Verzug geraten. Doch konnte er bis zur Abfahrt des Zuges den höflichen und über alle Maßen vorsichtigen Herzegoviner mit nichts erweichen. Während er die beiden hinausbrachte und dann wiederkam, verbarg er seine Schramme mit einem Schal und dem hochgeklappten Kragen. Sein Vogelkopf, der im Tabakrauch schwamm, sah gar nicht trübsinnig oder häßlich aus; es war eher der Kopf eines leidgeprüften Menschen, dessen Weizen erst seit kurzem blüht.

Der Jugoslawe, der den Orientalen bei der Hand nahm wie ein überfüttertes Kind und ihn in Kassel herumführte, hieß Bogo Donoša. Der war mal nach Zirndorf gekommen, um irgendwen für irgendwen anzuwerben. Damals war er mit zwei Messern auf Kolar losgerannt. Bogo Donoša, ein Slowene von der jugoslawisch-ungarischen Grenze, war lange Zeit der Gorilla eines anderen Slowenen, Janez Trotl, gewesen. Der war dafür bekannt, daß er nur ausgemergelte, vollkommen abgeschriebene Flüchtlinge aus dem Osten aufkaufte und sie, so gut er's verstand, kurierte, um sie dann weiterzuverkaufen. Donoša fantasierte davon, eine Räuberbande zusammenzustellen und die Stuttgarter Commerzbank zu sprengen. Es liefen ihm ein paar Madjaren, Banater und albanische Zigeuner nach, auch ein epileptischer Tscheche. Aber keiner wollte Donošas Gorilla sein. Die Bande zerstreute sich.

Eine Zeitlang arbeitete Bogo Donoša für Lazarić und für Tataroglu. In Wirklichkeit war er des Türken Gorilla, doch bat er ihn darum, ihn nicht so zu nennen. Er geleitete ihn zu den Garagen in Obervieland, die für heimliche Nachtgeschäfte gemietet worden waren. Hünenhaft, pockennarbig, blaufleckig von Stichwunden, pflanzte Bogo sich hinter dem Rücken seines Karpadaš auf – bereit, mit den Zähnen zu reißen.

Während der Türke zusah, wie Marković und Pandurowski in den doppelten Boden von Mercedes und amerikanischen Fords mit türkischen und libanesischen Kennzeichen Plastikbomben, Pistolen und Munition packten, warf er seinem Slowenen Zigarettenpackungen, Schokolade und türkischen Honig hin. Donoša nahm die Hand nicht von der Maschinenpistole und fing alles auf wie ein Hund. Das brachte Mula Jusuf zum Lachen.

Auf dem Grunde eines Mercedes war, wenn man sorgfältig packte, Platz für neunzig bis hundert Walther 7,65 oder hunderttausend Patronen, in kleine Kartons abgepackt. Und in die amerikanischen Kisten mit den altertümlichen Schwanzflossen paßten, wenn man zum doppelten Boden und zu den Hohlräumen an den Seiten auch den Platz unter den Sitzen dazurechnete, sogar an die einhundertfünfzig Brownings. Stets die automatische Mauser am Gürtel im Auge behaltend, schleppte Bogo

Donoša schwere Pakete an den Förderschacht heran, auf denen geschrieben stand: ›Achtung, Glas, Porzellan!‹ Nur einmal ließ der Slowene ein Päckchen türkische Zigaretten in den Schacht fallen – wobei er den anderen wiederholt zurief »Ihr Bosniaken!« Genau in jenen Tagen – während Marković und Po Walthers und Brownings in gemietete Garagen zu Huchtingen und Burglesum stopften – durchsiebte der Slowene ein paar Kroaten, von denen er angenommen hatte, sie seien Mazedonier. Dann verschwand er. Später erzählte man sich, Donoša habe in Hamburg das Geschäft seines Lebens gemacht, indem er für billiges Geld zwanzig norddeutsche, holländische und dänische Mädchen zwischen neun und dreizehn Jahren aufkaufte und sie an einen Kaufmann aus Saudi-Arabien weiterveräußerte.

Aber dreimal soviel verdiente der Slowene an blonden preußischen Knaben – besonders an Zwittern, Imbezilen und Kröpflingen –, die ihm aus der DDR geliefert wurden. In der Unterwelt von Dojtsch begannen sich Legenden zu bilden von Bogo Donošas großem Einfall und großem Geld, so daß alle, auch diesmal wieder, die durchsiebten Kroaten vergaßen. Man sagte, Interpol sei Donoša auf den Fersen. Aber der schnelle Bogo fiel ihnen nicht in die Hände. Er kaufte sie sich, erzählte Lazarić. Und verkaufte sie weiter und verdiente zweimal an ihnen! rief Tataroglu aus – der sich an Bogos Stelle einen anderen und noch billigeren Slawen hielt, den einäugigen Mazedonier Simon.

## 5

In Blumenfeld besaß Lazarić ein Anwesen, das sich bis zur Weser erstreckte. Diesen Block mit Schuppen, Garagen und Magazinen, Geschäfts- und Wohnräumen konnte man nur mit zahlreichen Bescheinigungen und nach Überprüfungen, manchmal auch Leibesvisitationen, betreten. Das Grundstück war, genau wie die Villa in Schwachhausen, aus der Marković und Po vor wenigen Stunden eingetroffen waren, von einer hohen Mauer und einem noch über sie hinausragenden Drahtzaun umgeben. Lazarić wollte diesen Draht elektrisch laden.

»Wozu, Herr Lazarić?« wurde von der Stadtverwaltung angefragt.

»Zum Totmachen der gierigen nordländischen Vögel!« antwortete er – und war sicher, daß man ihn nicht verstehen werde.

An den Eingang mit der dreifachen elektronischen Schranke wollte Lazarić einen bewaffneten, wenngleich ausnehmend häßlichen Teutonen postieren.

»Damit mich auch dies an Osnabrück, die Folterstätte der Slawen, erinnert!« erklärte er der Behörde.

Sie verstanden. Sie waren dagegen. Sie drohten mit dem Gesetz.

»Ihr Deutschen – hat euer slawisches Opfer wenigstens Anspruch auf Hunde zu seinem Schutz?« fragte er, schon viel kleinlauter.

»Das ja, Herr Lazarić!«

Um sich an der Stadtverwaltung zu rächen und um den Bewohnern von Blumenfeld das Leben zu verbittern, schaffte Lazarić sich zwanzig deutsche Schäferhunde an und je fünfzehn Bulldoggen und Boxer. Manchmal hetzte und reizte er sie persönlich, so daß ihr höllisches Gekläff bis nach Vegesack zu hören war. Die Verwaltung faßte sich an den Kopf. Lazarić frohlockte.

Lazarićs Lieblingspartner, Mula Jusuf Tataroglu, traf mit seinen Henschel-Kühlwagen von zehn oder zwanzig Tonnen meist um Mitternacht ein. Die diensthabenden Arbeiter, angeführt von Lazarić, lotsten die eisigen Brummer zu den entferntesten Hallen.

Marković und Pandurowski halfen beim Entladen. Die Hammelrümpfe – ausgenommen jene, die Tataroglu aussonderte, indem er mit einem weißen Stab auf sie zeigte und sie auf einen Kombi dirigierte – wanderten über das Fließband in einen Lagerraum, der wie ein langer, vereister Tunnel aussah.

Versehen mit den Stempeln der Tierärzte von Izmir und mit Lazarićs Sanitätspersonal von ›Balkan-Export-Import‹, nahm das Hammelfleisch von hier aus seinen Weg zu den türkischen Gastarbeitern in ganz Norddeutschland, Dänemark und Schweden. Der Kombi mit den ausgesuchten Stücken wurde in einen besonderen Raum dirigiert, an dessen Eingang, den Finger am Abzug der Mauser, der einäugige Simon stand. Tataroglu zog aus den Rümpfen schwere, in Zellophan gewickelte ›Brötchen‹ hervor und übergab sie Lazarić. Der schnupperte daran, reihte sie auf und trug sie ein.

Das Fleisch, aus dem das Opiumharz stammte, stank. Auf Lazarićs Anweisung wurde es untranchiert den Hunden vorgeworfen. »Damit sie um so verrückter anschlagen und damit man das Geheul der Wächter jugoslawischer Anwesen und jugoslawischen Reichtums bis zur Nordsee hört!« sprach er und schaute zu, wie die Meute sich um die Beute riß.

Immer öfter kamen die Kühlwagen mit den Izmirer Kennzeichen an, zuweilen zweimal wöchentlich. Keine der Ladungen enthielt weniger als fünfzig Kilo Opiumharz oder Haschisch. Lazarić maß, registrierte, brachte persönlich den Rohstoff zum Verarbeiten weg. Einmal trug er in sein Notizbuch ein, aus einem der Henschel sei ein spärlich bekleideter, barfüßiger, ausgehungerter Mann herausgefallen, allem Anschein nach ein Emigrant, Eis im aufgerissenen Rachen, in Nase und Ohren. Bisher hatte Lazarić diese Art Hobby an seinem Karpadaš nicht gekannt. Er fragte ihn, scheinbar nebenbei, wer der Erfrorene sein könnte.

»Ein Bulgare, ein verlauster Bulgare!« grinste Tataroglu und verlangte, man solle den stinkigen Balkanesen so weit wie möglich von der Nahrung für seine Türken entfernen.

Auf Lazarićs Wink stießen Marković und der Pole den steifgefrorenen Bulgaren in einen riesigen Kühlschrank mit Fleisch für Algerier. In dieser Nacht zerrten die beiden aus Hammelrümpfen genau hundert Kilo Opiumharz und fünfzig Kilo Haschisch hervor, in grünliche Täfelchen verpackt und versehen mit Stempeln und Unterschriften und der Zahl 999, die ein Gütezeichen bedeutete.

Nach dem Entladen des Hammelfleisches fuhren die Kühlwagen zum Schacht. Unter dem Garagendach blieben nur Lazarić, Tataroglu und der einäugige Simon zurück. Marković und Pandurowski lösten die Fußbodenplatten der Wagen. Der einäugige Simon hantierte an einem Schaltwerk: über Fließband trafen aus dem Schacht bei den Kühlwagen Pakete mit den Aufschriften *Öl, Porzellan, Zerbrechlich!* ein. Bei Tee und alten Witzen schauten Lazarić und Tataroglu dem nächtlichen Verladen zu.

Dies begann für gewöhnlich, wie Marković sich erinnerte, mit tschechischen Pistolen Marke Scorpion M 61, 7,65 mm. Stăs und er schoben davon jedesmal mehrere Hundert ins Auto, nicht gerechnet die Munition. Dann schweißten sie die Bodenplatten zu, bestrichen sie mit etwas Teerartigem und machten sie schön dreckig. Die russische Stechkin APS (9 mm kurz) hatte, wie die Scorpion, einen Kolben, der auch als Futteral verwendet werden konnte. »Ebensoviel Russen wie Tschechen!« warf der Türke teetrinkend ein und lachte über seinen Scherz: »Aber Deutsche dreimal soviel!«

Der Deutsche – das war die automatische Pistole Heckler & Koch VP 70, Kal. 90 Para, mit Kolbenfutteral. Tataroglu hob dünkelhaft hervor, er wolle es sich auch mit den Italienern nicht verderben, und man solle also so schnell wie möglich auch je eintausend automatische Lerker Kal. 6,35 mm dazuladen, ein- und doppelläufige Berettas wie auch Bernadellis 22 L. R., Kal. 7,65 mm. Die Engländer, Spanier und Schweden, die Lazarić anbot, wies der Türke zurück:

»Die hab' ich noch nicht ausprobiert!« lachte er.

Von den automatischen gingen der Serbe und der Türke zu Maschinenpistolen über. Von der MP Mauser, der MP Browning und der MP Walther je tausend Stück. So ordnete es der Kurzbeinige an, Rosenkranz und Teetasse in den behaarten Händen. Die belgische UZI, Kal. 9 Para, in Deutschland bekannt als MP 2, erweckte sein besonderes Mißfallen, weil sie nach einer israelischen Lizenz gebaut war, aber er nahm sie, weil sie bei den Zypern-Türken sowie bei den Griechen in der Türkei besonders gefragt war; also auch davon eintausend Stück. Die Heckler & Koch oder auch MP 5 war für die Netze in Ankara, Istanbul und Beirut bestimmt; also davon dreitausend. Und jedesmal, wenn sie dann bei der Tommy Gun, Kal. 45 ACP, 11 mm, ankamen, sprang der Toulouse-Lautrec mit dem Rosenkranz und 'ner dicken Zigarre hoch. Tatsächlich war er stehend etwas kleiner, als wenn er saß und, zum Beispiel, ein Gesicht schnitt, weil ihm der Tee nicht süß genug war.

»Die anatolischen Bauern wie auch die Wächter auf meinen Mohnfeldern gehen ohne die Submachine Gun Mod. 28 nicht mal mehr zum Scheißen!« rief er aus.

Die Tommy Gun wanderte nicht nur in die doppelten Böden, sondern auch zwischen die Wände der Kühlwagen – zusammen mit Munition, Plastikbomben und Dynamit. Aber auch zusammen mit Käse, Butter und Honig, die die Firma Gebrüder Tataroglu von *Balkan-Export-Import* aufkaufte und gen Kleinasien schleppte. Munition, technische Ausstattungen, skandinavische Militäruniformen, Rundfunksender und das verschiedenartigste Rüstzeug für Diversanten – das alles schwamm weserabwärts, zuerst verladen auf Lazarićs Jacht, dann auf Schiffen . . .

Später kamen die Kühlwagen immer seltener. Und auch wenn sie eintrafen, machten sie Lazarić Kummer. Immer weniger Opiumharz und Haschisch waren im Hammelfleisch. Tataroglu erschien bei Lazarić nicht länger in Begleitung eines oder zweier Gorillas. Seinen Rolls eskortierten, in einem Jeep, irgendwelche Levantinerschnauzen, die vor Lazarićs Leuten ihre Läufe, Messer und Fleischerbeilchen nicht verbargen.

Einmal kam es im serbischen Zimmer, bei ungetrunkenem Tee, zu folgender Unterhaltung: Die Mauser auf den Knien, saß Marković im Nebenraum, der zum Belauschen und heimlichen Mitschneiden von Gesprächen gedacht war.

Lazarić: »Karpadaš, das Hammelfleisch wird immer knapper.«

Tataroglu: »Es kommen immer schwerere Zeiten.«

Lazarić: »Erklär mir das!«

Tataroglu: »Meine einst so herrlichen, schmutzigen Türken gehn in diesem Dojtsch zu Schweinefleisch und Seife über!«

Lazarić: »Es ist unsere Sache, Karpadaš, ihnen zu helfen. Wie oft haben wir darüber gesprochen. Wir waren uns einig, daß diese kleinasiatischen Unglücksraben ganz unberührt bleiben sollten von Dojtsch und der Zivilisation im allgemeinen. Wenn sie aus Westeuropa nach Hause zurückkehren, sollten sie noch türkischer sein als die Türken daheim!«

Tataroglu: »Nur wir zwei wissen, wie lukrativ für uns ihre Rückständigkeit war. Indessen – der Prozentsatz der Türken, die westliche Sitten annehmen, ist besorgniserregend: er nähert sich der Zahl Eins!«

Lazarić: »Auch das, was im Hammelfleisch ankommt, wird immer knapper, Karpadaš. Dein Mohn blüht, deine Felder tragen! Doch dein letztes Harz war drittklassig. Desgleichen das Haschisch. Während meine Ware für dich immer billiger wird!«

Tataroglu: »Auch ich bin nicht mehr das, was ich einmal war, mein Freund. Es kommen Jüngere – die schalten schneller. Es ist heutzutage schwer, einen Menschen, egal wen, aus dem Weg zu räumen.«

Lazarić: »Kann ich dir mit irgendwas behilflich sein?«

Tataroglu: »Meine einzige Zuversicht ist Allah!«

Lazarić: »Hast du deswegen deine Leibgarde verdreifacht?«

Tataroglu: »Mir ist eröffnet worden, und zwar im Traum, daß die Deutschen sich um jeden Preis an mir rächen wollen.«

Lazarić: »Karpadaš, die Deutschen töten nicht mehr. Heutzutage nehmen sie Drogen und vergiften sich – dank solcher Wohltäter wie du und ich. Darum lassen wir sie erstmal in Frieden.« Lazarić griff nach einigen Papieren und fuhr fort: »Ich hab' die Preise für Käse, Butter, Honig, auch die für technische Artikel herabgesetzt. Und nur für dich werde ich das auch bei einigen Waffentypen, bei Munition und Sprengstoff tun.«

Tataroglu: »Ich hab' die halbe Levante bewaffnet!«

Lazarić: »Soll die andere Hälfte vielleicht ein anderer bewaffnen?«

Tataroglu: »Erst seit kurzem ist mir klar, wieviel ich bei meiner Tätigkeit riskiere.«

Lazarić: »Das heißt also, du willst nicht?«

Tataroglu: »Nicht daß ich nicht wollte. Ich trau' mich nicht.«

Lazarić: »Bis jetzt hat niemand auch nur in einen einzigen deiner Kühlwagen geguckt. Und das wird so bleiben! Sagt dir das nichts, Karpadaš?«

Tataroglu: »Es sagt mir was.«

Lazarić: »Was soll aus den Sachen werden, die du bestellt hast?«

Tataroglu: »Gib sie einem andern.«

Lazarić: »Ich hab' keinen andern!«

Tataroglu: »Dann sieh zu, wie du zurechtkommst.«

Lazarić: »Und wenn ich nicht zurechtkomme?«

Tataroglu: »Dann kipp's in die Weser!«

Lazarić: »Und mit Weißer Ware zu handeln hast du keine Bedenken, Karpadaš? Die Deutschen sind empfindlich, wenn's um ihre Kinder geht – vor allem bei minderjährigen Mädchen und blonden Knaben, die sich immer häufiger unter deinen Artikeln finden. Wenn sie dich erwischen – sofern sie dich überhaupt erwischen –, dann sprich meinen Namen nicht aus! Wir kennen uns nicht!«

Tataroglu: »Ich sage nicht, daß ich mit deinem achtbaren serbischen Handelshaus keine Geschäfte machen will. Im Gegenteil . . .«

Lazarić: »Karpadaš, lassen wir die Komplimente beiseite! Wir zwei befassen uns mit Dingen, für welche Anfänger und gerade auch die Jüngeren, schneller Schaltenden, hinter Schloß und Riegel wandern.«

Tataroglu: »Bin ich dir vielleicht was schuldig? Sag's nur!«

Lazarić: »Wer ist den Serben nichts schuldig?«

Das Gespräch dauerte bis Mitternacht. Tataroglu zitterte. Sein Stück Torte blieb ungeschleckt, sein Tee ungetrunken. Lazarić bot ihm an, ihre Freundschaft zu erneuern und alles Trennende, was zwischen ihnen stand, zu beseitigen. Tataroglu tat, als verstehe er ihn nicht. Nicht einmal als Lazarić sich der Feststellung bediente, Untreue sei der schlechteste Verbündete, gab Tataroglu nach. Erst als der Hausherr, Wort für Wort, auseinanderzusetzen begann, daß einer von ihnen beiden sich im Kraftfeld der Zahl Elf befinde, griff Mula Jusuf sich beschwörend an den Bart.

Lange schüttelten sie einander die Hände. Außer der Elf war zwischen beiden auch von anderen Zahlen die Rede: solchen, die entweder eine Mine oder ein schwarzes Schwein mit einem weißen Mal auf der Stirn bedeuteten. Dann entfernte sich Tataroglu.

»Karpadaš, du betrügst mich mit der Eule!« sagte Lazarić, als er allein war, und rief Marković herein; er solle alles aufessen und austrinken, was auf dem Tisch stehengeblieben war.

»Das nächstemal, Karpadaš, reden wir anders miteinander!« lächelte er und goß Öl in die Ampel mit dem Ewigen Licht, das mit kaum sichtbarem Flämmchen die düsteren Stirnen und Wangen der serbischen Könige und Heiligen erleuchtete.

## 7

Es war genau halb zwei Uhr morgens. Marković stand am Fenster und schaute auf das nasse Geflecht der Schienen hinaus. Er hatte den Eindruck, der Zug brauche zwanzig Minuten, um in den Frankfurter Hauptbahnhof einzufahren. Mehrmals hielt der Zug ruckartig, quietschend. In einem Abteil hockten Markowić, Staš und Vlado Barabaš.

Zusammengekauert, eine Aktentasche unter dem Arm, saß Barabaš rauchend da. Er blickte in die gleiche Richtung wie auch Marković; ein wahres Wunder, daß er Mula Jusuf Tataroglu nicht bemerkte.

Der Türke stand ein paar hundert Meter vor der Einfahrt in den Hauptbahnhof, sozusagen auf offener Strecke, und wurde naß. Niemand stand hinter ihm, worüber Marković sich wunderte. Je mehr sich der Zug mit Kopf und Vorderleib unter das Bahnhofsdach schob, um so deutlicher konnte Marković den großen, aufgedunsenen Kopf des Türken und dessen Diplomatenkoffer sehen, der fast die Erde berührte. Marković umfaßte noch einmal mit einem Blick das Abteil, den ganzen Wagen. Seine Adern schwollen an. Weder stieg jemand aus noch eilte jemand auf sie zu. Voll Mitleid sah er Barabaš an, der mit den speckigen ›Numbers‹ des Isidor Kozminsky vor der Brust dasaß und zum letztenmal einer Eule glich.

Pandurowski wandte sich ihm munter zu. Marković zitterte leise. Blitzartig warf Staš sich auf das Opfer. Nur ein dumpfer Wehlaut war zu hören. Kozminskys ›Numbers‹, eine Emigrantenausgabe aus Berlin, landete auf dem Fußboden, aufgeschlagen war die schicksalhafte Seite elf.

Barabaš röchelte nicht, so daß es Marković schien, als habe Po überraschend seine Liquidierungsmethode geändert. Jedoch hatte Staš seinem Opfer bereits die tödlichen Schläge versetzt. Ein paar Sekunden beschäftigte er sich mit der Leiche, verdeckte sie mit dem Rücken, schüttelte und durchsuchte sie. Und genau wie ihm befohlen war, schob er Zeitungen aus Istanbul und Izmir sowie Briefe in türkischer Sprache und Flugblätter mit den Namen von Griechen, die man zum Verschwinden von deutscher Erde verurteilt hatte, unter Vlados ›Hubertus‹. Dann blitzte sein Messer noch ein paarmal auf. Seite elf der ›Numbers‹ bekam ein paar Spritzer ab. Po schnappte sich Barabaš' Aktentasche und stellte sich vor Marković auf.

Der Türke war nicht zu sehen. Marković konnte das dem Pandurowski nicht erklären. Sie gingen nach vorn, als habe sich in dem Abteil hinter ihnen nichts ereignet. Da erblickte Po den Türken im Gang und hatte es gleich eilig. Marković zitterte. Tataroglu drängelte sich durch einen Haufen Reisender durch, ruhig, sogar singend. Den Diplomatenkoffer vor sich haltend, ging Mula Jusuf an ihnen vorbei.

Da betrat Mula Jusuf ein leeres Abteil, Po zwinkerte Marković zu und holte aus. Auf den Hinterkopf getroffen, ging der Toulouse-Lautrec in die Knie. Einen Augenblick lang verbarg Staš ihn mit Rücken und Mantelschößen. Der Zwergriese stank nach Urin, nach Kacke. Po riß etwas von ihm ab, stopfte es sich unters Hemd und in die Taschen. Mula Jusuf mümmelte und sabberte.

Mit schweren Taschen stiegen Marković und Pandurowski ins Frankfurter Bahnhofs-WC hinab. Der Pole mußte sich die Blutflecke vom Ärmel waschen, sich kämmen, und Marković schloß ihn, damit er sich erst einmal beruhigte, in der Kabine ein.

Mit Sehnsucht erblickte Marković die Kaiserstraße, aber das Herz rutschte ihm in die Hose. Er dachte an Niko Maraš und Sandor Kolar zurück – an die Zeit, als er noch nichts von Emigration, von Zahlen- und Gewaltphilosophie wußte.

Der Zug nach Kassel, Hannover und Bremen ging in zwanzig Minuten. Marković kaufte zwei Fahrkarten, einen Packen Illustrierte und Emigrantenzeitungen und die ›Times‹, dann ging er, um Pandurowski, der Bundesrepublik vollkommenster und glücklichster Henker, aus seiner Kabine zu befreien . . .

## 8

Lazarić – den Marković vom Bahnhof angerufen hatte – erwartete sie im Zimmer. Er kam auf sie zu und umarmte sie fest – so fest wie seinerzeit den Toulouse-Lautrec; sein Kuß auf Pos Stirn hätte den fast umgeworfen. Es war noch Morgen. Der Pole wankte. Pandurowski, während er die Alkoholika auf Lazarićs Tischchen und die belegten Brote verdrückte, begann die Trophäen aufzubauen: des Türken Rosenkranz, des Türken goldene Taschenuhr, des Türken Brieftasche mit Tausendmarkscheinen und Schecks, des Türken Schnupftabakdose, des Türken halbautomatische schwere Pistole 44 APM, Kal. 0,44 Magnum oder 10,9 mm, des Türken rasierklingenbewehrte Handschuhe, des Türken Notizbuch mit Telefonnummern und Adressen, des Türken Patentmesser – und schließlich des Türken gesammelte Farbfotos der eben erst gekauften deutschen und dänischen Mädchen und Jungen von acht bis vierzehn Jahren, jeweils versehen mit dem Preis und dem Namen des kleinasiatischen Händlers, dem sie zugedacht waren.

Während er die letzte Flasche trank, reihte Staš auf dem Tischchen ferner auf: Barabaš' Dolch, zu tragen im Ärmel oder im Stiefel, Barabaš' hartgekochtes Ei mit Salz in einem Zellophanbeutelchen, Barabaš' UZI mit vierzig Patronen im Magazin, Kal. 9 Para, Barabaš' dünne Emigrantenzeitung in Kyrillisch, Barabaš' Brieftasche mit zahlreichen Urkunden, Briefen und Fotos seiner zum Verkauf stehenden DDR-Zwitter, -Krüppel und -Blinden, Barabaš' vergötterte Eisenbahneruhr mit einer Kette aus falschem Triester Gold, Barabaš' Taschentücher und Binden für Schnauzbart, Haar und Hoden, Barabaš' weiche Ohrmuscheln, eingeschlagen in das blutige ›Zahlenwerk‹ des Isidor Kozminski.

»Po, es hätt' mir auch *ein* Ohr von der Eule genügt!« sagte Lazarić mehr zu sich als zu Staš, der vor Eifer dampfte. Und fuhr fort, als ständen nicht zwei müde und durchnäßte Liquidierer vor ihm: »Und ich hab' dir so oft gesagt, mein armer Vlado, du sollst mir nicht den Rücken zukehren. Und mir nicht Türken, Kurden, Pakistanis wegnehmen . . .«

## 9

Barabaš war noch nicht richtig kalt und von den Frankfurter Würmern noch nicht angenagt, als sich Überfälle und Anschläge auf Lazarić häuften. Gleich neben dem Springbrunnen – dort, wo Tumbas alle viere von sich gestreckt hatte und Lazarić mit den Geschäftsführern seiner zahlreichen Handelsfirmen und seinen Gutsverwaltern zusammenzukommen pflegte – detonierte eine Bombe und zerfetzte Tisch und Bänke aus Birkenstämmchen in tausend Stücke.

Wäre Marković nicht gewesen, hätte ein kleiner Alter, ein Gerippe aus dem KZ Osnabrück, ein Herrenloser aus der Nachkriegszeit, beinahe das ganze Magazin seiner ›Vis‹ auf Lazarić geleert. Lazarić erkannte in dem Attentäter einen alten Kameraden von der Königlich-jugoslawischen Kadettenschule wieder. Der Clochard erhielt seine ›Vis‹ zurück – mit einem Schuß, und zwar im Lauf. Es wurde ihm eine Fahrkarte zweiter Klasse nach Wien gelöst. Und er bekam etwas Kleingeld, warme Wäsche, Medikamente unter die Jacke geschoben. Erst auf dem Münchener Hauptbahnhof jagte der Emigrant sich eine Kugel in die Stirn – nachdem er vorher gebrüllt hatte: Elf!!

Bogo Donoša – oder jemand, der ihm ausnehmend ähnlich sah – stürzte sich aus der Dunkelheit auf Lazarićs gepanzerten Mercedes mit dem schußfesten Glas und den Kammerreifen. Der Attentäter stieß hervor, er sei absichtlich mit nackten Händen gekommen – um Lazarić, den abscheulichen Verräter seiner Kriegs- und Lagerkameraden, den Liquidierer all seiner Nachkriegskonkurrenten, mit den Zähnen zu zerfleischen.

Marković und der Fahrer deckten Lazarić. Von ihnen prallte der Klumpen Rächer- und Selbstmörderfleisch zurück. Die zwei anderen Gorillas mähten aus ihren Pistolen in die Nacht. Wie der Söldner mit dem heruntergeklappten Kinn dennoch entkommen konnte, war keinem der vier klar. Erst jetzt kapierte Marković, wie wichtig Barabaš gewesen war und wieviel

Ungemach sein Verschwinden verursacht hatte. Von dieser Nacht an oblag es Marković, mit der MP Heckler & Koch unter dem Arm seinem vollkommenen Herrn auf dem Fuße zu folgen.

Marković hatte Befehl, auch Lazarićs Gäste im Auge zu behalten, die in dieser Nacht, wie schon an den vorhergegangenen Abenden, in dem über dem serbischen Zimmer gelegenen rechteckigen, tapezierten Konferenzraum über Dinge verhandelten, für die es keine Lösung gab. Es handelte sich um ein Gipfeltreffen besonderer Art: um eine Versammlung von Serben aus aller Herren Länder, nur nicht aus Serbien. Heut nacht waren es acht – nicht gerechnet ihre Begleiter, Fahrer, Gorillas. Seit der vorjährigen Bremer Diskussionsrunde – so sprach der mit dem dalmatinischen Akzent – hat der Tod dreie von uns genommen.

Die Wände dieses Arbeitskabinetts waren mit heimatlichen Wandteppichen geschmückt, mit alten Schwertern, durchlöcherten österreichischen Helmen, erbeuteten türkischen Krummsäbeln, Fotos der orthodoxen Tschetnik-Führer aus dem Zweiten Weltkrieg und den Porträts fast aller Mitglieder der Dynastie Karageorgewitsch. Vor den Ikonen flackerte das Ewige Licht. Um die serbische Krone schmiegten sich zerfetzte Kriegsfahnen mit eingestickten Kreuzen und Daten.

Die müden, aber noch immer feierlichen und wichtigtuerischen alten Herren schauten zu dem vor Attentaten besorgten Lazarić hinüber, hinter dessen Rücken die Bilder serbischer Herrscher, Helden und Volksaufklärer mehr zu ahnen als zu sehen waren. Unter diesen Heiligen befand sich auch der Kommandant des Königlichen Heeres in der Heimat, der verstorbene General Draža Mihajlović, mit einer trotzkistischen Brille auf der Nase, einem Struwwelbart und einer weitausladenden Baskenmütze auf dem Kopf. Auf einem anderen Foto, aufgenommen in der Militärakademie Saint-Cyr, stand neben Dragoljub-Draža Mihajlović dessen Klassen- und Stubenkamerad Charles de Gaulle. Das war der einzige Nichtserbe in diesem von Rauch und Mystik vernebelten Gemach.

»Bruder Lazarić, welche Stellung soll man einnehmen in bezug auf die neuesten Vorkommnisse in Jugoslawien?« fragte ein kanadischer Einsiedler mit Metallzähnen, einer hölzernen Hand und ängstlichen Augen:

»Weißt du es, Bruder?«

Ich weiß es nicht.«

Und der Münchner Kaffeehausbesitzer und Metzger Avram Rakan, genannt ›Major‹, fragte mit fanatischer Stimme: »Wenn wir dabei bleiben, daß man gegen den Kommunismus und die Unmoral und das allgemeine Chaos, die er mit sich gebracht hat, mit einem segensreichen, neugebornen, das heißt also serbisch-orthodoxen Christentum ankämpfen muß – wenn wir diese Position, die wir schon vor fünfzehn oder sechzehn Jahren in Bad Schwartau bezogen haben, immer noch einnehmen: wo, frage ich, soll dann in der Bundesrepublik der monumentale orthodoxe Tempel errichtet werden, der den Gastarbeitern, den Armen und Emigranten von dort unten Tag und Nacht offensteht?« Seine Augen blitzten, er schlug mit der flachen Hand auf den Tisch: »Bist du, Bruder Lazarić, immer noch der Ansicht, daß Frankfurt, als das finanzielle und militärische Zentrum der Bundesrepublik, der beste Ort für eine serbische Kultstätte wäre?«

»Ich weiß es nicht.«

»Wenn das verfluchte und widerwärtige jugoslawische Geschwür platzt – und es sieht danach aus, daß es reif dafür ist –, wie können wir dann der armen Heimat, die weder Religion noch Freiheit kennt, zu Hilfe kommen? Über Griechenland? Vom Westen, aus Italien? Oder aus Österreich – durch das wir 1945 geflüchtet sind, ein christliches Gebet für das Leben unseres Königs Peter II. auf den Lippen? Du bist reich und weise, Bruder Lazarić, ich ahne in dir den Geist des heiligen Sava – so sprich denn und sei sicher, daß dein Wort Gewicht hat!«

Dem Chikagoer Erzbischof im Exil, Jeremija Aleksić, genannt Father Jerry, diesem zwei Meter langen Hünen mit der Adlernase und dem durchaus nicht gottesfürchtigen Blick, der den Anwesenden außer dem schweren goldenen Kreuz auf der Brust alle Naselang auch den Lauf seiner ›Tommy Gun‹ Kal. 45 ACP vorzeigte, antwortete nicht der frierende, von Sorgen gebeugte Lazarić vor dem Ewigen Licht, sondern ein zweiter langer Kerl mit hochgezwirbeltem grauen Schnurrbart und einem Montenegrinerkäppi auf dem unregelmäßig geformten Kopf: Mato Lubarda, Rind- und Pferdezüchter aus Argentinien!

»Brüder, ich hab' einen Fallschirm mitgebracht!«

Da ging die Tür auf. Marković, der wie auf Totenwache neben Lazarić stand, erblickte einen jener Gorillas, die mit ihren Feuergarben in die bremische Nacht den tollgewordenen Donoša abgeschlagen hatten.

Lazarić war plötzlich wie von der Sonne beschienen. Schnell erhob er sich, gab zu verstehen, daß er gleich wieder zurück sein werde, und ging zur Tür. Marković hinter ihm her.

»Wer ist's?« fragte Lazarić den Gorilla.

»Unser Zwerg«, sagte der Bursche mit einem Lächeln.

»Ach, Tataroglu!« sagte Lazarić zum Gorilla: »Führ ihn in mein Zimmer!«

Der Bursche ging zum Haupteingang. Marković stieg über die Geheimtreppe in den Abhörraum hinunter. Setzte alle drei Tonbandgeräte in Gang. Und konnte von hier sehen, wie ein zweiter Gorilla aus einem Rolls-Royce mit einem türkischen Stander den Tataroglu herauszog und den Regenschirm über ihn hielt.

Marković, die Heckler & Koch im Schoß, dachte daran, wie sie droben mit der musealen Kamera des Chikagoer Fathers Jerry seine rechte Hand fotografiert hatten. Dies hatte, rechnet man das Einstellen der Beleuchtung und das Beweinen des Fleisches der serbischen und orthodoxen Jugend dazu, länger als eine Stunde gedauert. Die einen jammerten: Wir Serben, kaum der türkischen Knechtschaft entkommen, sind in das Netz der schwarzen, katholischen Magie geraten – hier ist der Beweis! Und die anderen fuhren fort: Wären wir doch wenigstens mit den Protestanten verbündet! Die dritten fielen in Ohnmacht.

Die daumenlose Hand lag auf grünem Plüsch und hielt sich zurück, um nicht den Abzug zu betätigen. Während sie sich bekreuzigten, erinnerte Marković sich an Onkel Budak und an das Messer, das in dessen Hals zurückgeblieben war. Markovićs Rechte ruhte noch immer auf dem Plüsch. Jeder von ihnen machte zehn Aufnahmen. Sie wiederholten, das beste der Fotos werde in sämtlichen serbischen Zeitungen der freien Welt veröffentlicht werden – mit der Unterschrift: Wer wird diese verstümmelte, geschändete Hand rächen?

Marković dachte an den Vater. Sein Kummer ging in Zorn über, der Zorn in Haß, und den wurde er nicht mehr los. Er hatte den Wunsch, zu töten – Messer in Menschenhälse zu stoßen und dort steckenzulassen.

Sie zerkratzten sich die Wangen, jammerten, heulten. Streichelten mal Lazarićs Ikonen, mal den Fußboden. Beschworen ihre orthodoxen Heiligen, den Herrgott. Dann gingen sie zum Thema ›Landung in Jugoslawien‹ über. Berge bezwingen – Flüsse abwärts treiben – dem Volk die Augen öffnen . . . Unter Fahnen einziehen – hinter dem Kreuz her –, singen . . . Dies alles, murmelte der Pope Jeremija Aleksić, sobald der stinkende jugoslawische Tumor platzt und das nach frischer Luft und Freiheit lechzende Volk erklären kann, für wen es sich entscheidet . . .

## 11

Zusammengeschlagen, geschwollen und blaufleckig, tat Tataroglu doch, als sei er bester Dinge. Eine neue Diplomatentasche und einen neuen Rosenkranz in der Hand, ließ er sich in einen Sessel fallen. Um das Gespräch gleich auf den richtigen Ton einzustimmen, sagte er, dieser Sessel sei schon seit fünfzehn Jahren der seine. Der Hausherr goß beiden Tee ein.

Tataroglu: »Mein Freund, ich bin in arge Verlegenheit geraten. Ein anderer an meiner Stelle würde sich eine Kugel durch die Schläfen jagen. Ich aber, du siehst, trinke Tee – als wär' mir nach Tee zumut'!«

Lazarić: »Karpadaš – ich bin noch in der gleichen Nacht von allem unterrichtet worden. Aus erster Hand!«

Tataroglu: »Weißt du dann wenigstens alles? Oder nur das, was in den Zeitungen stand?«

Lazarić: »Alles!«

Tataroglu: »Wie verbleiben wir also – du und ich?«

Lazarić: »Werde deutlicher!«

Tataroglu: »Du hast keine Heimat, keine Kriegs- und Lagerkameraden und keine Freunde – ich keine Dokumente!«

Lazarić: »Heute nacht ist die Rede nicht von mir und meiner Einsamkeit, sondern von dir und den Prügeln, die du bezogen hast.«

Tataroglu: »Ich bin geplündert worden!«

Lazarić: »Alles läßt sich zurückkaufen.«

Tataroglu: »Ich weiß nicht womit – ich hab' nichts. Und weiß auch nicht, an wen ich mich wenden könnte. Ich bin verzweifelt. Hoffnungslos.«

Lazarić: »Was hast du der Polizei erzählt?«

Tataroglu: »Polizei? Die flieh' ich wie der Teufel das Kreuz!«

Lazarić: »Karpadaš – danke Allah bis ans Grab, daß sich die gleichen Hände, die unseren armen Barabaš so grausam töteten, noch einmal erbarmt und dich noch für ein paar Tage am Leben gelassen haben.«

Tataroglu: »Welch ein Glück! Auch ich hätte enden können wie Vlado!«

Lazarić: »Zittre nicht! Alles, was dir genommen wurde, ist bei mir!« Lazarić stellte sorgfältig die Tasse ab, ging zum Tisch und entnahm den Safes einige Gegenstände. Seine Stimme war ausnehmend ruhig; er wirkte geradezu weise: »Karpadaš – dein bekannter blauer Diplomatenkoffer mit Stern und Halbmond. Deine Brieftasche aus dem Leder kleinasiatischer Giftschlangen – mit den unangetasteten Tausendern und allen Schecks, aber auch mit den kompromittierenden Quittungen.«

Tataroglu: »Was soll das heißen – ›kompromittierend‹?«

Lazarić: »Und deine herrliche halbautomatische Pistole 44 AMP, Kal. 0,44 Magnum – aber ohne Patronen: damit du diese widerwärtige bremische Nacht überlebst. Dein Paß – sowie auch der Paß eines Jugoslawen, der, wenn ich nicht irre, schon seit einigen Jahren tot ist. Die Sammlung von Fotos deiner süßen deutschen Minderjährigen, deiner Knaben, deiner weißen Sklaven. Und hier die neuesten Bilder: auf dem einen bist du mit einem Pakistani zu sehen, der dir erst vorigen Monat mehr als hundert Kilo Opiumharz geliefert hat. Auf dem zweiten mit Bogo Donoša, der sich schon zum drittenmal auf mich gestürzt hat. Auf dem dritten mit irgendwelchen Kunden, Palästinensern oder was sonst . . . Fast auf jedem Bild entdecke ich den stillen, gottesfürchtigen Vlado Barabaš mit den ›Numbers‹ des Isidor Kozminsky. Und da ist auch dieses verdammte, blutige Büchlein! Die meisten Aufnahmen stammen von irgendeinem Schießplatz: du, Mula Jusuf, und der gottselige Vlado probieren mit farbigen Gangstern aus Kleinasien, dem Nahen Osten und der Indischen Halbinsel Waffen aus. Wie man sieht, habt ihr es bis zu Bazookas und Flammenwerfern gebracht. Alles unter Umgehung von *Balkan-Export-Import!*«

Tataroglu: »Zeigst du mir das nur? – Oder gibst du mir alles zurück?«

Lazarić: »Den Paß, die Tabakdose und die Briefe deiner Frau kannst du haben. Ohne Entschädigung.«

Tataroglu: »Und das übrige?«

Lazarić: »Das werde ich, wenn ich Zeit habe, durchsehen.«

Tataroglu: »Wenn ich mich nicht irre, besteht ›das übrige‹ nur aus Kleinigkeiten.«

Lazarić: »Karpadaš – damit du weißt, was alles du in den Taschen, unterm Hemd und in dem Diplomatenkoffer hattest, gebe ich dir Fotokopien.« Lazarić zeigte sie ihm: »Hier der Brief, in dem du Barabaš verständigst, daß du für ihn hundert Kilo Opiumharz und ebensoviel Haschisch in Tafelform, ferner drei Henschel-Kühlwagen voll Lammfleisch herangeschafft hast . . . Ich weiß, wann das war; ich erinnere mich, wie ich damals auf dich gewartet habe! In einem anderen Brief informiert dich Barabaš, er habe dir geliefert: zweitausend Russen, heißt also automatische Stechkins, Tschechen, heißt also Scorpione, und Italiener, heißt also Lerkers. Du antwortest, du hättest nicht nur das Obenerwähnte erhalten, sondern auch die Walthers, Mausers und Berettas. Und mir wolltest du nichts Italienisches abnehmen! Nur um die norddeutschen und skandinavischen Halbwüchsigen und die preußischen Knaben habt ihr etwas gefeilscht: Ich weiß, Barabaš' Kinder schossen in Beirut, Damaskus und Bagdad den Vogel ab, aber sie waren für dich teurer als die Kretins aus der DDR, die du von Bogo Donoša bezogen hast! Ihr habt, der gottselige Vlado und du, allerlei fantasiert von der Verarbeitung von Opiumharz, habt einen Apotheker gesucht, einen gewissen Finta, der – wieso habt ihr das nicht gewußt? – schon seit fünf Monaten in einem bayerischen Kittchen sitzt!«

Tataroglu: »Alle sind schuldig – und du bist der Engel!«

Lazarić: »Zu mir führt keine Spur. Ich suche auch nicht – und das sogar noch schriftlich – einen gewissen Finta, diesen bekannten Emigranten und tschechischen Gauner. Beweise mir, wenn du kannst, irgend etwas!«

Tataroglu: »Wie bist du zu alledem gekommen?«

Lazarić: »Als ihr – du und Vlada – in jener Nacht von Münchner Madjaren überfallen wurdet, ging ein Polizist hinter euch her. Er suchte einen Pakistani! Kaum waren die Attentäter und Plünderer verschwunden, nämlich auf einen Zug nach Wien aufgesprungen, nahm ein Agent dem toten Barabaš und dir, wie du so zugerichtet dalagst, alles ab, was für eine Untersuchung und fürs Gericht interessant sein könnte. Der junge Mann – der, wie übrigens viele andere auch, seit langem für mich arbeitet – bot mir diese ganze Beute für zehntausend D-Mark an. Ich gab ihm, ohne mit der Wimper zu zucken, das Doppelte – nicht um einen toten Jugo vor einer Blamage, sondern um einen lebenden Türken, nämlich dich, vor Gericht und vor grausamer Strafe zu bewahren. Hab' ich dich also nicht, vor Allah und vor den Menschen, mir verpflichtet?«

Tataroglu: »Ich hab' nicht gottweißwas bei mir, um mich zu revanchieren.«

Lazarić: »Du wirst es gutmachen mit Hammelfleisch. Mit Haschisch. Mohntränen!«

Tataroglu: »Und womit noch?«

Lazarić: »Indem du kaufst!«

Tataroglu: »Und wenn ich nicht will?«

Lazarić: »Wirst du sitzen! Und das jahrelang – so daß du vergessen wirst, je in der Freiheit gelebt zu haben!«

Tataroglu: »Was belastet mich am meisten?«

Lazarić: »Die Bulgaren!«

Tataroglu: »Welche Bulgaren?«

Lazarić: »Die toten! Die toten Bulgaren in deinem Kühlwagen!«

Tataroglu: »Wem auf dieser Welt liegt denn noch etwas an stinkenden, verlausten bulgarischen Emigranten?«

Lazarić: »Mir, Karpadaš!«

Tataroglu: »Wo sind sie?«

Lazarić: »Auf dem Eis – wo sie dich, ihrer neunundzwanzig, anklagen!«

Tataroglu: »Was für ein Eis? Wessen Eis?«

Lazarić: »Mein Eis!«

Tataroglu: »Ja – ist denn das möglich! Du hebst sie auf?«

Lazarić: »Manchmal besuch' ich sie sogar. Bringe ihnen Tee. Unterhalte mich mit ihnen. Frage sie, wie es in der Fremde ist und ob sie wohl gern zurück wollten in die Heimat. Ja, antworten sie dann, und das kostet den Türken den Kopf!«

Tataroglu: »Was findest du nur an ihnen, daß du sie so liebst?«

Lazarić: »Sie sind für mich eine Erinnerung, Karpadaš, an dich und an die Jahre, da zwischen uns noch Vertrauen herrschte und wir uns nicht mit irgendwelchen Abenteurern hintergingen.«

Tataroglu: »Ach!«

Lazarić: »Mula Jusuf – ich erinnere mich an deine knabenhafte Offenheit. Du hast mir nichts verheimlicht. Du hast mir erzählt, wie du hinter diesen elenden bulgarischen Emigranten, die dir deine Henschel-Brummer mit Hammel und Talg füllten, die Türen zuschlagen und Plomben anbringen ließest. Auch dem gottseligen Barabaš hast du drei davon geschenkt, zwei Frauen und einen Jungen – so steht es in einem seiner Briefe. Doch hatte Vlado damals noch kein eigenes Eis, so daß die bulgarischen Leiber auftauten und in der Bremerhavener Kanalisation in Stücke fielen.«

Tataroglu: »Meine armen, armen Bulgaren! Für eine türkische Brotrinde, für ein Dach überm Kopf schufteten sie bei mir Tag und Nacht. Meine Sklaven waren sie – armseligere Sklaven, als ihre Vorfahren bei meinen Großvätern waren. Ich kaufte und verkaufte sie, tauschte sie gegen Vieh oder andere Ware, machte mit ihnen, was und wieviel ich wollte. Sie genossen ihr Elend, ihre Leiden. Die Füße werden wir dir küssen, ablecken und waschen, Väterchen! So weinten sie. Liefere uns nur nicht dem Mütterchen Heimat aus! Izmir war voll von ihnen. Das Volk bespuckte sie, barfuß und abgerissen, wie sie waren. Wer immer wollte, konnte einen Bulgaren ins Meer werfen. Sie hatten tatsächlich überhaupt keinen Preis!«

Lazarić: »Dafür haben sie heute nacht einen, Mula Jusuf.«

Tataroglu: »Hilf, Freund! Sei ein Kamerad – wie damals, als wir mit nichts anfingen und jeder Stein für uns ein Hindernis war.«

Lazarić: »Und als wir einander Ergebenheit gelobten.«

Tataroglu: »Freund, beginnen wir mit allem von vorn! Lassen wir nicht zu, daß sich irgend jemand zwischen uns stellt! Töten wir – wie wir damals getötet haben!«

Lazarić: »Wie *du* getötet hast, Karpadaš!«

Tataroglu: »Bewahren wir die Türken vor Europa und vor deutscher Seife! Vergessen wir Lügen und Treulosigkeit, und auch die Bulgaren! Du bewaffne den Balkan, Kleinasien und den Nahen Osten, bewaffne alles bis nach Pakistan und Indien hin! Und ich will mit Hammelfleisch, Talg und Häuten die ganze Bundesrepublik, Skandinavien, die Niederlande vollstinken – und alles, was in diesen Ländern noch Menschenantlitz hat, mit Drogen vergiften und entstellen!«

Lazarić: »Sind die Kühlwagen, die dem gottseligen Barabaš zugedacht waren, noch nicht entladen?«

Tataroglu: »Sie warten auf dich, Hauptmann!«

Lazarić: »Wieviel sind's?«

Tataroglu: »Fünf Zehntonner und sechs Zwanzigtonner. Elf! In jedem fünfzig Kilo Opiumharz, erste Wahl. Haschisch folgt nächste Woche.«

Lazarić: »Wo sind die Wagen?«

Tataroglu: »Die ersten sechs in Hamburg. Der Rest in Brake, Oldenburg und Wilhelmshaven.«

Lazarić: »Wieviel Bulgaren sind drin?«

Tataroglu: »Nicht einer, denk dir!«

Lazarić: »Wie das, Karpadaš?«

Tataroglu: »Ich hab' das Laden nicht persönlich überwacht. Und meine Gorillas wissen noch nicht, was ich am meisten liebe.«

Lazarić: »Können die Brummer sofort nach Bremen aufbrechen?«

Tataroglu: »Wieso nicht, Hauptmann?«

Lazaric: »Ich möchte, daß du jeden Kühlwagen persönlich herfährst. Und sie dann, mit dem Rolls voraus, unter das Dach von *Balkan-Export-Import* geleitest!«

Tataroglu: »Als wüßtest du nicht, daß ich im Sitzen das Gaspedal nicht erreichen kann!«

Lazarić: »Karpadaš – in einem deiner Briefe steht, daß du diese elf Lieferungen bezahlt bekommen hast.«

Tataroglu: »Der gottselige Vlado liebte Schulden nicht!«

Lazarić: »Ich seh' keinen Grund, daß jetzt auch ich . . .«

Tataroglu: »Möge es auch diesmal so sein, wie der Serbe will!«

Lazarić: »Warum hast du mir nicht gleich gesagt, daß alles bezahlt ist?«

Tataroglu: »Ich wollte es eben tun!«

Lazarić: »Du wolltest mich abermals reinlegen!«

Tataroglu: »Wie kann ich dein Vertrauen zurückgewinnen?«

Lazarić: »Indem du kaufst!«

Tataroglu: »Befiehl, Hauptmann! Ich folge, ich merke es mir, ich notiere . . .«

Lazarić: »Karpadaš, wir haben die Revolver vernachlässigt. Du wirst tausend Stück Dan Wesson Colts, Kal. 357 Magnum, kaufen; zweitausend Colts Detektiv Special, Kal. 9 mm; sowie dreitausend Colts Officers Match. Sie alle haben Trommeln für sechs Schuß. Wie Gewehre sind die!«

Tataroglu: »Sie gehen schlecht.«

Lazarić: »Mein Bier ist es, sie zu beschaffen – deins, sie zu bezahlen und zu transportieren.«

Tataroglu: »Kein Mensch will mehr Trommelrevolver.«

Lazarić: »Wie oft hast du mir erzählt, Mula Jusuf, daß dir von Izmir aus die gesamte Levante nach der Pfeife tanzt und daß du dort alles verkaufen kannst, was knallt und irgendwie totmacht!

Ich erinnere mich, wie wir gelacht haben, als du erklärtest, es gebe keinen Kurden, Türken und Araber, der nicht ein leichtes, schweizerisches Kanönchen ohne Rückstoß haben möchte!«

Tataroglu: »Es ist mir aber zuviel.«

Lazarić: »Zuviel ist's nur, wenn sie zuschlagen ...«

Tataroglu: »Soviel Ware – da findet sich keiner mehr zurecht!«

Lazarić: »Kauf – dann findest du dich schon zurecht!«

Tataroglu: »Und wenn ich mich nicht zurechtfinde?«

Lazarić: »Kipp's in den Bosporus!«

Tataroglu: »Gut, ich werd's in den Bosporus kippen.«

Lazarić: »Sturmgewehre werden für deine kleinasiatischen und pakistanischen Eingeborenen eine Entdeckung sein. Vom belgischen FN, genannt Die Schöne, 20 Schuß im Magazin, Kal. 308 NATO – zweitausend Stück! Das deutsche Heckler & Koch G 3 ist um nichts schlechter als die Belgierin – zweitausendfünfhundert Stück! Und die Russin Kalaschnikoff AK 47 mit 32 Schuß im Magazin, Kal. 7,62 mm, geht bei den Farbigen besonders gut – fünftausend Stück! Munition für die Russin wird nicht nur in Belgien und in der Schweiz hergestellt, sondern auch in Jugoslawien, das du ja so oft durchquerst. Von der Amerikanerin in Vietnam, dem berühmten Sturmgewehr M 16, Kal. 223 – zehntausend Stück! Dieses Wunder von einer Waffe schießt in der Minute tausend Schuß! Und da wir schon bei den Amerikanern sind, wirst du gleich auch ein paar hundert leichte MG Marke Stoner kaufen: In die paßt die Munition der Vietnamesin M 16. Doch auch das deutsche MG 42 bleibt nicht hinter dem Amerikaner zurück – zweitausend Stück! Alle diese Automaten haben schon eingebaute Zielfernrohre, so daß deine dunkelhäutigen Scharfschützen ihre Augen nicht anzustrengen brauchen! Somit wären wir bei den Bazookas und Flammenwerfern angekommen – für den Anfang je einhundert Stück. Möge alles dies gen Süden fahren, Karpadaš – zusammen mit dänischem Käse, holländischer Butter, minderjährigen deutschen Sklaven und Honig!«

Tataroglu: »Warum plötzlich so viel?«

Lazarić: »Weil ich's habe – darum!«

Lazarić hatte nichts Erpresserisches in seiner Stimme:

»Es hat sich halt so gestaut, Mula Jusuf.«

Tataroglu: »Nie zuvor hatte ich soviel Angst.«

Lazarić: »Je mehr du kaufst, um so geringer wird die Gefahr.

Wie oft hab' ich dir gesagt, daß nur Anfänger und Verräter hopsgehen – natürlich auch Gehorsamsverweigerer.«

Tataroglu: »Nie zuvor hab' ich derart gezittert . . .«

Lazarić: »Ich werde hinter dir stehen . . .«

Tataroglu: »Mich wundert, daß du mir nicht noch mehr anbietest.«

Lazarić: »Für deinen Rolls verkaufe ich dir eine Radiostation zum Senden und Empfangen mit eingebautem Chiffrierer und Dechiffrierer – so daß du, wenn du Verstand hast, jederzeit wissen wirst, wann die Bullen oder deine Konkurrenten oder irgendwelche Gangster dir auf den Fersen sind. Ich kann nicht zulassen, daß der Wagen eines für mich so wichtigen Freundes ohne Telefon und Fernseher ist! Meine Techniker werden dir das alles unverzüglich einbauen. Ferner wirst du dir ein Radargerät kaufen – für deine überaus herrliche Jacht in Izmir; und zwar ein Radar, das fremde Radars ortet und ausschaltet. Was bedeuten dir, der du am Leben geblieben bist und der du wieder auf deinen Beinchen stehst – und das sogar in Freiheit! –, einhunderttausend Emmchen, wenn es um deine Jacht geht?!«

Tataroglu: »Was fang ich an mit so vielen komplizierten Instrumenten – wo ich doch kaum telefonieren kann . . .«

Lazarić: »Be-sit-ze-sie!«

Tataroglu: »Wenn ich schon so viel kaufen und nach besten Kräften an den Mann bringen muß, dann will ich auch ein paar Tonnen des brisanten Sprengstoffs nicht vergessen, speziell Ekrasit und Dynamit! Das wird weder in den Bosporus noch ins Schwarze Meer gekippt! Das TNT ist deinem Heimatland Jugoslawien zugedacht.«

Lazarić: »Jugoslawien ist ebensogut dein wie mein, Mula Jusuf. Deins noch mehr – denn du mußt ja immer durchreisen, du machst dich in diesem Land schmutzig!«

Tataroglu: »Ich werde für dich Belgrad, die Schumadija und die Vojvodina in die Luft sprengen – dein ganzes heiliges Serbien!«

Lazarić: »Karpadaš – von mir aus erwürge und schlachte da unten, wen du triffst und erwischst! Denn mir ist seit langem klar: Die Serben sind ohne König das gleiche wie die Russen ohne Zar: eine kopflose Viehherde, die nichts anderes verdient als das Trinitrotoluol eines solchen Kümmeltürken wie du! Aber paß auf: Wenn die hinter dir her sind, entkommst du ihnen auch mit hundert Rolls-Royce nicht!«

Tataroglu: »Was wird mit meinen Papieren?«

Lazarić: »Ich gebe sie dir Blatt für Blatt zurück.«

Tataroglu: »Dazu brauchst du hundert Jahre!«

Lazarić: »Na und?«

Tataroglu: »Wohin willst du?«

Lazarić: »Oben warten wichtige Gäste auf mich. Christen! Für dich habe ich keine Zeit mehr. Und auch du hast keine mehr, Mula Jusuf.«

Tataroglu: »Ich habe Zeit!«

Lazarić: »Wie solltest du Zeit haben, da du vor Tagesanbruch auf der Autobahn sein mußt?! Es treffen zwei Zwanzigtonner für dich ein. Wenn du sie nicht nach Bremen umdirigierst, Karpadaš, wird Bogo Donoša oder einer aus Barabaš' Bande sie weiter nach Norden mitnehmen!«

Tataroglu: »Auch das weißt du also!«

Lazarić: »Weshalb hast du mir die nicht gemeldet? Du hättest mich schon wieder hintergangen!«

Tataroglu: »Ich dirigiere sie um. Im ersten sind fünfzig, im zweiten siebzig Kilo Mohntränen.«

Lazarić: »Gegen leichte schweizerische Kanönchen ohne Rückstoß . . .«

Tataroglu: »Was machen wir mit den Bulgaren?«

Lazarić: »Ich weiß nicht, Karpadaš. Deren Preis ist plötzlich gestiegen.«

Tataroglu: »Du weißt nicht!? Was hast du mit ihnen vor?«

Lazarić: »Gut – wir werden sie auf eine noch höhere Gefrierstufe setzen, zusammen mit dem Hammelfleisch für Algerier.«

Tataroglu: »Hauptmann, Herr Hauptmann – hab' ich nicht schon mit genug Nationen zu tun? Soll ich auch noch von den verfluchten Bulgaren träumen?«

## 12

Da sah Marković, wie Lazarić die rechte Hand ausstreckte. Tataroglu vergaß, seine Tränen mit der dunklen Brille zu verdecken und ergriff sie. Und damit Lazarić sie ihm nicht an seine vor Schreck ausgedorrten Lippen führe, ließ er sie, sobald er sie ergriffen hatte, nach unten sinken.

Über Lazarićs Fingerringe hinweg blickte Tataroglu nach oben. Dort brannte das Ewige Licht. Die Heerführer, Könige und Heiligen drumherum schauten finster drein. Tataroglu wartete ab. Des Hauptmanns Augen erteilten Befehle.

Tataroglu blickte sich jäh um, ob ihm außer den Heiligen sonst noch wer zuschaue – dann küßte er die Hand. Er hat sich wenigstens nicht bücken müssen, dachte Marković und sah, wie urplötzlich einer von Tataroglus Gorillas mit des Türken Mantel aus Tigerfell auftauchte.

Tataroglu drückte sich eine Pelzmütze à la Doktor Schiwago auf den großen Kopf und folgte seinem Gorilla.

## 13

Marković vor sich herschiebend, kam Lazarić in das Konferenzzimmer gestürzt und platzte heraus: »Brüder, ich zögere nicht länger: Ich *bin* für jene Kirche!«

Der argentinische Fallschirm des Mato Lubarda lag über Tisch, Stühle und Fußboden ausgebreitet da. Darüber hingen, außer Mato – dem die Mütze vom Kopf gerutscht war – noch drei weitere Brüder. Sie schnarchten.

Die restlichen vier waren mit Pokern beschäftigt. Am vertieftesten zeigte sich dabei Father Jerry, dessen Tommy Gun neben seinem Stoß Dollars lag. Obwohl er sicher war, daß sie ihn nicht hören würden, fuhr Lazarić fort:

»Brüder! Frankfurt ist *für* eine serbisch-orthodoxe Kirche!«

Es klatschten die Karten . . .

»Brüder – den Tempel des heiligen Sava wird für uns errichten, ob ihr's glaubt oder nicht – ein *Türke*!«

## *X.*
## *Es hat ein jeder sein Odessa*
## *Hau ab, mein armer Po, in dein Haus, das du gar nicht hast!*
## *Was wird aus dem Kreuz der Sinaiten?*

»Lazarić – ist dir klar, daß ich dich heute nacht umbringen werde?«

»Ich seh' es, Mark. Du bist ruhig, eiskalt – wie ich es dich gelehrt habe.«

»Seltsam, daß du dich, als ich dich an diesen Dreifuß fesselte, nicht wehrtest. Kein Wort hast du gesagt. Wieso das?«

»Sobald du mich zu Boden geworfen hattest und den Strick festzurrtest, sagte ich zu mir: Dieser enttäuschte Bankert macht keinen Spaß . . . Warum ich mich nicht gewehrt habe? Ich wollte dir auch diesmal behilflich sein.«

»Wodurch, Lazarić?«

»Dadurch, daß ich stillhalten werde. Du wirst nicht, wie früher so oft, nach Messer oder Knüppel greifen müssen. Möge der balkanischen Hyäne wenigstens *ein* Mord in Dojtsch in angenehmer Erinnerung bleiben – sagte ich zu mir, während du das Telefonkabel durchschnittest, die Türschlösser prüftest und in die Abstellkammer gucktest.«

»Lazarić – ich an deiner Stelle tät' um Hilfe rufen.«

»Mark, du hast dir genau den richtigen Zeitpunkt ausgesucht! Wenn wir den Staš nicht rechnen, der im Sterben liegt, sind wir allein im Hause. Meine Gorillas haben ihren freien Abend, sie saufen und huren im Hafen herum. Nun sind wir auch noch ohne Verbindung zur Außenwelt. Wozu da brüllen? Wie oft hab' ich dir schon gesagt, ich will nicht mit aufgerissenem Rachen sterben – verschwitzt, häßlich!«

»Lazarić, du tust, als wüßtest du schon, wie ich dich um die Ecke bringen werde.«

»Hundesohn, ich glaube an deinen Geschmack. An deine Erfahrung. Und außerdem bin ich sicher, daß du dich nicht wiederholen wirst.«

»Lazarić – was wirst du davon haben?«

»*Du* wirst was davon haben, alter Schurke! Du Habenichts! Na, ist das etwa nichts?«

»Onkel, hast du noch nicht lang genug gelebt?«

»Sogar zuviel! Ich spreche im Ernst. Ich meine, ich hätte im April 1941 verrecken sollen, zusammen mit dem Königreich Jugoslawien, dem ich diente und dem ich von Herzen treu war. Alles, was danach kam, war eine einzige Farce. Schwarzer, meist billiger Humor. Ein Leben ohne wahre Idee!«

»Lazarić, du sprichst wie einer, der sich nicht mit der Schwarzen Emigrantenlegion, nicht mit Vampirismus und Geisterbeschwörung befaßt hat. Du hattest mehr Schwung, als du mir neulich erzähltest, du seist in der Erforschung von Richards Parallelleben und seiner Untaten am weitesten gegangen. Du rühmtest dich vor mir, du seist im Besitz von Angaben und Beschreibungen darüber, daß das schwarze Schwein mit der weißen Blüte auf der Stirn irgendwann um das 5. Jahrhundert unserer Zeitrechnung herum aufgetaucht sei. Onkel – in jener Nacht warst du kämpferischer!«

»Du alte Hyäne, du kommst im richtigen Augenblick, um mir meine Müdigkeit zu verkürzen und die Übersättigung am Leben, das nichts anderes ist als eine Schweinerei. Darüber würde ich ausführlicher sprechen, wenn ich wüßte, daß du Holzkopf mich verstehen würdest, und wenn ich sicher sein könnte, dir damit nicht den Genuß zu verleiden . . .«

»Deutlicher, Alter!«

»Gehört denn Witz dazu, einen umzubringen, der sowieso die Schnauze voll hat?«

»Ist mir doch wurscht, ob du gern oder ungern lebst!«

»Worauf wartest du dann noch?«

»Wir müssen uns aussprechen. Ich kann dir nicht nur mal eben so das Leben nehmen.«

»Hätt' ich doch deinen Stil! Dein Vokabular! Und deine Posen!«

»Lazarić, ich setze voraus, du hast einen letzten Wunsch.«

»Hurensohn, wer bist du, daß du mich so was fragst?«

»Lazarić – wie oft hast du mir erklärt, du lägst seit jeher im Krieg mit dem Leben und hättest einen Pakt mit dem Tode . . .«

»Halts Maul! Alle meine Wünsche sind erfüllt. Sogar mein ältester: umzukommen von der Hand eines Kerls, dem ich geholfen, den ich geliebt habe.«

»War das nicht eher Mitleid?«

»Wie dem auch sei – jedenfalls wird mich das gleiche Miststück totschlagen, das ich, buchstäblich, aus der Gosse gezogen und zu einem Menschen gemacht habe. Was willst du mehr?«

»Dennoch, Lazarić . . .«

»Ich hasse alle Dennochs und Wenns und Soferns . . .«

»Lazarić, ich möchte dir erzählen, wie ich mich von meinen Sinaiten getrennt habe. Von Viktor, von meinem Vater Slaviša . . .«

»Clochard-Geschichten!«

»Dann, Lazarić, werde ich mir das selbst erzählen, und du hörst mir zu. Du hast es genauso gemacht, als du vor meinen Augen darangingst, den Tumbas zu durchlöchern!«

»Tut's dir leid um Tumbas?«

»Ja!«

»Der arme Krunoslav! Der hat alles zu spät begriffen. Würde ich ihm jetzt begegnen – auf die Stirn würde ich ihn küssen!«

»Du hast dem Tumbas erläutert, daß eine Geschichte erst dadurch bedeutsam wird, daß man sie sich selbst erzählt. Sich selbst – vor einem anderen! Wenn man eine Geschichte sich selbst mitteilt – sagtest du zu Krunoslav, der das Zittern bekam –, dann weitet sie sich aus und wird schön!«

»Du fängst an, mir zu gefallen, Freundchen!«

»Lazarić – drei Tage und drei Nächte habe ich den Viktor in und um Hamburg herum gejagt. In Sankt Pauli wurde ein Film gedreht über ihn und sein Leben – das heißt über jugoslawische Gorillas, die im Westen immer öfter zu Mördern werden. Wenn du noch ein Mann bist, Viki – so hatte ich ihm geschrieben –, dann komm um soundsoviel Uhr dortunddorthin . . . ich lud die Pistole, schliff und küßte das Messer und wartete auf ihn. Er kam an, rothaarig wie er war, stieß die Tür seines silbernen Aston Martin auf und donnerte, wie du vorhin: ›Da bin ich – schieß!‹

›Viki, wie bist du gekleidet?‹ verwunderte ich mich und nahm neben ihm Platz. ›Mit wem hab' ich's hier zu tun?‹

›Mišek, du bist gekommen, um mich zu töten, aber nicht, um meine Lumpen zu bewundern!‹

›Viki, nicht hier!‹ unterbrach ich ihn und drückte ihm meinen Lauf in die Rippen. ›Wir müssen irgendeinen Misthaufen finden, wie es sich geziemt‹, fuhr ich fort und dachte an Groß-Lappen bei München.

›Verlier keine Zeit!‹ sagte er. ›Schieß hier an Ort und Stelle und fahr dann weiter!‹

›Fahr *du*!‹ schrie ich – und nur ich konnte in jener Nacht so aufschreien.

›Viki – ich weiß, wo und wie ich dich . . .‹«

»Mark, Hurensohn«, sagte Lazarić, »mit dem Rothaarigen hätte man kurzen Prozeß machen müssen. Wie er's mit anderen gemacht hat. Was heißt hier Groß-Lappen – welch ein Blödsinn! An Ort und Stelle hättest du ihn sollen!«

»Lazarić, mit Mühe schlugen wir uns zur Autobahn durch. Dort fuhren wir dann hierher, Richtung Bremen. Viktor fuhr unsicher, träge – so daß ich das Lenkrad, den Tacho, die Bremsen im Auge behielt. Seine Augen waren finster, die Brauen schön voneinander getrennt, die roten langen Locken gekämmt. Die Schminke hob die frische Messerspur hervor, die rechts von den Lippen zum Hals hinunterführte. Er kam mir jünger vor als in jener Nacht, da er mir an der jugoslawisch-österreichischen Grenze in einem Griechenwagen entwischte.«

»Dieses dein Opfer«, sprach Lazarić, »hört dir mit Mühe zu!«

»Viktor hatte Stiefel aus Wüstenschlange an den Beinen. Die Hosen aus beigem Preßfilz. Über Rücken und Schultern eine Pelerine aus langhaarigem, blau eingefärbtem Ziegenfell mit einem breiten Kragen aus Wolfspelz. An der rechten, daumenlosen Hand einen Armreif, daran hingen klimpernde Talismane, und ein paar Ringe aus patiniertem Kupfer. An der linken – über der Manschette aus chinesischer Rohseide – hing ein Wekker, groß wie eine Eisenbahneruhr, mit phosphoreszierenden Ziffern und astrologischen Zeichen. Auf seiner Brust ruhte – neben einer serbischen Ikone in einem verrußten Rahmen – ein schweres Kreuz aus Altsilber.«

»Was für ein Sinait!« sagte Lazarić verächtlich: »Was für eine Vogelscheuche!«

»›Viktor‹, sagte ich zu ihm und hatte Angst, wir würden an irgendeiner Wand landen, ›wenn dir was dran liegt, wenigstens noch ein paar Augenblicke zu leben, dann achte auf deine Fahrweise!‹

›Wann lag mir was am Leben, Mišek?‹ sagte er. Dann gab er sich selbst die Antwort: ›Vielleicht doch – in meiner Jugend, als ich mit neunzehn, genau wie du, im Belgrader ›Sing-Sing‹ lag, in der Zelle neben dir. Wir hatten Klopfzeichen ausgemacht, wiederholten sie ununterbrochen: Leben – fliehen um jeden Preis – wieder leben . . . Wenn man raus ist, vergißt man alles. Du bist kein Luchs mehr. Mit der Zeit bekommst du Gestalt und Seele einer Kröte. Maßloses Fressen und Saufen stumpft deinen Verstand ab. Das Wort ›Rache‹ bringt dich nur noch zum Lachen. Du schläfst zu lange und träumst davon, du seist jung, arm und nüchtern und hättest ein hohes Ideal und schwörtest auf die

Freiheit. Dann kommt die Zeit der stillen, bitteren Hoffnungslosigkeit, da willst du gar keinen Erfolg mehr haben, nicht mal leben willst du mehr. Da sagst du dir dann eben – genau wie ich es jetzt zu mir sage: Beschleunige dein Ende, verirrter, verkorkster Mensch!!‹

›Viktor‹, fragte ich ihn, ›seit wann bist du so?‹

›Mišek, schieß!‹ brüllte er und nahm die Hand vom Lenkrad. ›Wenn du mich umbringst, wird dir alles klarer werden!‹

›Viktor – wenn du's nicht weißt, dann weiß ich es‹, begann ich, und die Flut meiner Empfindungen überwältigte mich. ›Genau wie mich, haben auch dich die vielen Demütigungen weichgemacht! Zum erstenmal wurdest du von Kolar, unserem Madjaren, geschlagen, als er dich einem Rumänen aus dem Banat für dreihundert D-Mark abkaufte. Sie haben dir Muskeln und Gemächte abgetastet, sie wollten rausfinden, ob du vielleicht einen Pfennig mehr wert bist. Du hattest dir die Eroberung des Westens anders vorgestellt – und nun wurde vor deinen Augen mieses Geld gezählt und für deine Jugend kassiert. Kleingeld! Dich hat der Madjar nicht ganz so lange ausgenutzt wie mich. Auf Postämter in der Provinz seid ihr losgegangen, auf Selbstbedienungsläden und Einzelhandelsgeschäfte. Ihr habt den Deutschen ihre Kinder gekidnappt und ihre Hunde, Katzen und Papageien gestohlen. Der Madjar hat kassiert! Du bist ihm, wenn ich nicht irre, zweimal davongelaufen. Doch er ließ ganz einfach nicht zu, daß du allein lebtest und allein arbeitetest. Immer hat er dich ausfindig gemacht! Das erstemal in Zirndorf – dort lebtest du unter einem russischen Namen, warst krank und mit Wunden bedeckt. Nur um ihn loszuwerden, verkauftest du dich an einen anderen – der an den Sammelpunkten wie Zirndorf und San Saba bei Triest junge Burschen aufkaufte, um sie dann an Großlieferanten weiterzuverschachern. Der Madjar ließ es nicht zu, daß sie dich zu einem Kriegsschauplatz in Angola, Mozambique oder Vietnam verschleppten. Er hatte Gefallen an dir gefunden! Ihr habt Dojtsch, Österreich, Schweden durchquert, habt geplündert, sogar Feuer gelegt. Der Madjar liebte Blut und Flammen, er meinte, die paßten zusammen. Du gehörtest mal der einen, mal der anderen seiner Schwadronen an, einmal auch einem Trio von Profimördern. Mit dem Abgebrühtesten aus dieser Gruppe, einem Slowaken, bist du in östlicher Richtung geflohen, bis nach Leoben in Österreich. Kolar holte euch ein! Vor deinen Augen gab er dem Slowaken für dich zweihundertfünfzig D-Mark und noch einen galizischen Zigeuner gratis dazu. Dann habt ihr weitergemacht mit Betrügen, Reinlegen und dem Plündern feiner Lokale und anderer vornehmer Häuser, in die Kolar sich mit seinen Vogelscheuchen und Syphilitikern nicht hineinwagte. Eine Zeitlang warst du unwiderstehlich! Postämter hast du gestürmt, die Beamten gefesselt, die Kassen geleert! Und geschossen hast du! Aber sobald du Blut, Menschendärme, abgeschnittene Hoden zu sehen bekamst, überkam dich das große Zittern. Um nicht länger vom Kidnappen leben zu müssen, sondern lieber rechtzeitig zu sterben, sprangst du vor Kolars Augen in die Isar. Der Madjar zog dich raus – und verkaufte dich noch in der gleichen Nacht für runde fünfhundert D-Mark an unseren Onkel Budak!‹

›Kasimir!‹ schrie Viktor voll Zärtlichkeit.

›Viktor‹, fuhr ich fort, ›du mußt allen Glauben an die Menschen und die Menschlichkeit verloren haben, als dir Richard Schweineherz mit einer stumpfen österreichischen Axt auf einem Hackklotz diese deine Hand verstümmelte. Das Schlimmste für dich aber war, als der bayerische Paganini, von grünen Krusten übersät und einen altertümlichen Kriegshelm auf dem Kopf, über deinem, wie er sagte, sündigen slawischen Fleisch musizierte! Auf ihren Schwänzen und Schinken sitzend und keuchend hörten die Schweine ihm zu wie das aufmerksamste Konzertpublikum. Zuweilen vernahm man ihr ›Rok-rok-rok!‹ – das war ihr Applaus, ihr Dacapo-Ruf ›Bis! Noch einmal!‹ In den Verschnaufpausen befeuchtete dir das Phantom deine Wunden mit Hundeseiche und Hühnerdreck . . .‹

›Mišek, hör auf!‹ stöhnte er da, und damals tat er mir leid – wie du, Lazarić, mir heute leid tust.

›Viki, mit mir haben sie das gleiche gemacht‹, begann ich und legte meine daumenlose Rechte neben die seine aufs Lenkrad . . . Und dazu brüllten sie auch noch und schäumten, Jugoslawien möge sterben, unser Mütterchen, das wir ohne wahren Grund verraten und verlassen hätten . . .‹ Ich fuhr fort: ›Viki – schau, wie traurig die Hände der einst so stolzen und unerschrockenen Belgrader Burschen aussehen!‹

›Mišek!‹ jammerte er, ›wenn du nicht schießt oder mir nicht bald wie dem Onkel Budak den Hals durchbohrst, sind wir in kurzer Zeit in Bremen . . .‹ Und durch Tränen fuhr er fort: ›Heut nacht zieht es mich nicht zu Lazarić.‹«

›Was hat es denn *den* zu mir zu ziehen – oder auch nicht zu ziehen?« fragte Lazarić.

»Geschäfte!«

»Mit diesem Allerweltsgauner hatte ich nichts Besonderes im Sinn!«

»Lazarić – dreimal hast du ihn gekauft und weiterverkauft! Er lief dir davon, du fingst ihn ein und peitschtest ihn vor den anderen Gorillas nackt aus. Du warst um nichts besser zu ihm als Kolar oder Budak. Du hast ihn auf Menschen gehetzt – wie den Polen und wie mich. Er hat mir alle genannt, auf die er mit dem Messer, mit Strick und Sack losgehen mußte. Alles deine Kriegs- und Lagerkameraden! Nur ein einziges Mal, Lazarić, hast du dich ihm gegenüber als Mensch verhalten!«

»Und wann war das, du Schurke?«

»Eines Tages, als Viktor schon längst watete im Blut, Lazarić, sank er vor dir in die Knie und jammerte, er könne nicht mehr. Da hast du dann anderen Gorillas das Liquidieren deiner Konkurrenten anvertraut – also das Umbringen von Menschen, von denen du glaubtest, sie könnten dir mal gefährlich werden, Menschen, deren erbärmliches Leben in der Nachkriegszeit um nichts besser war als früher in Osnabrück hinter Stacheldraht! Und hast Viktor Ariton auf Drogen angesetzt! In Dojtsch und Österreich, Italien und den Niederlanden, in Skandinavien und Benelux vertrieb er Haschisch, vor allem Heroin, das du zusammen mit deinen Apothekern, die ja auch nur deine Sklaven waren, aus dem Harz des Türken gewonnen hattest. So hat sich Viki immer am Rande des Abgrunds bewegt – und dabei lernte er London kennen, Los Angeles, Ottawa! Er war immer unterwegs – aus Angst vor dir. Am längsten hielt er sich in Paris auf. Dort blühte sein Weizen! Er war bei Anton Deléon – zur Probe. Als er den einmal gegen einen Korsen verteidigte, schlug Viki blutüberströmt aufs Pflaster. Deléon zog ihm persönlich das Messer aus dem Rücken und machte ihn zu seinem Gorilla Nummer eins und zu seinem Double. Ariton trat in Filmrollen auf, in denen er meistens draufzugehen hatte. Ein anderer an deiner Stelle hätte jetzt die Finger weggelassen von dem armen Jungen, dem das Glück zugelächelt hatte. Du aber, Lazarić, fingst jetzt erst richtig an, ihn zu verfolgen und zu erpressen. Du hast von ihm eine Abgabe verlangt, die war um nichts geringer als die, die er, über Onkel Budak, an Richard Schweineherz abführen mußte.«

»Mark, sag endlich, wie hast du Viki, diesen rothaarigen Hexer, getötet?«

»›Mišek, Bruder, würge!‹ schrieb er, ich hör' ihn noch immer!

– ›Würge oder stich endlich zu – wenn du schon nicht schießen willst!‹

›Ich will nicht!‹ gab ich ihm zur Antwort.

›Zum Teufel, was willst du dann von mir?‹ zeterte er.

›Daß du dich erinnerst, Viki, wie wir in jener kalten Nacht Belgrad und die Heimat verließen.‹«

»Und – hat er sich an irgendwas erinnert?«

»Hat er, Lazarić! Bis heute weiß ich nicht, wo er soviel Pathos hernahm: ›Vaterland – ich brauche deinen Namen nicht länger!‹ begann er, wie in jener Nacht: ›Vaterland – laß uns unsere Rechnungen begleichen, du und ich! Nimm alles zurück, was du mir verliehen hast, an erster Stelle den Namen, den ich dir hiermit zurückgebe, und dann befreie mich von deinem Schicksal und deiner Finsternis! Denn, Vaterland, ich bin gegen dich, weil du gewaltig bist und herzlos, ich aber bin unbedeutend und von Lastern gezeichnet. Ich bin der Wurm in dir, du großer rotwangiger Apfel! Vaterland – du mein Fluch, mein Apfel, laß den Wurm aus dir herauskriechen! Du aber wachse und nimm zu, werde der größte und schönste unter den Äpfeln . . .‹ Also sprach Aritonović.«

»Kommunistischer Kitsch!« sagte Lazarić. »Wie hast du ihn getötet?«

»Lazarić – er hat sich derart gut an alles erinnert, daß ich beim besten Willen den Abzug nicht durchdrücken konnte. Alles war genauso gewesen, wie er sagte. Mütter und Väter gaben den Söhnen das Geleit auf einen Weg ohne Wiederkehr. Die Schwestern winkten ihren Brüdern zu. Die Brüder schämten sich ihrer balkanischen Armut, daher brüllten sie, die Züge möchten so schnell wie möglich in den gelobten Westen fahren. Viele sind, mit der Ausrede, sie wollten Geld verdienen, hierher aufgebrochen, um ihre Väter wiederzufinden – euch Verräter, die ihr nie zurückgekehrt seid an den heimatlichen Herd! Viktor erinnerte sich all der frierenden Kinder auf dem Betonboden des Bahnhofs, die, sooft sie eine milde Gabe erhielten, Lobeshymnen auf Dojtsch und Schweden sangen. Als er ein Mädchen sah, das seine Mutter beschwor, so schnell wie möglich von der Bettelei in Holland zurückzukehren, weinte er auf . . . Lazarić – an solche Dinge kann sich kein X-Beliebiger erinnern!«

»Die rothaarige Hyäne hat dich nach Strich und Faden verarscht!« sagte Lazarić.

»›Viki, lebe!‹ schrie ich, aber er schien mich nicht zu verstehen. Am Rande der Autobahn, die nach Hamburg zurückführte, stand er an einem Baum gelehnt, hielt seine Hände über den Kopf und fragte, warum ich ihn nicht bestrafe. ›Viki, lebe!‹ fuhr ich fort und zielte auf seine Brust. ›Verlaß dich drauf, ich tu dir nichts, auch wenn du mir die Augen auskratzt!‹ Aber er nahm's mir nicht ab. Er hat geweint, wie Rauschgiftsüchtige weinen. ›Viki!‹ stotterte ich und hob ihn vom Boden auf. ›Wie soll ich denn schießen, da ich dich doch vom ersten Tage an bewundert habe . . . Viki, ich wünsche, daß du als mein großer Bruder durch diese kalte und seelenlose Welt ziehst! Daß du berühmt und reich wirst und daß dein Foto in die Zeitungen kommt! Daß du als unser Sinaiten-Stern über diesem westlichen Sumpf leuchtest!‹«

»Er hat dich beschissen!« sagte Lazarić.

»Lazarić – damit er mir nicht noch einmal in die Knie sank, faßte ich ihn um die Hüfte. Wir brachen auf. Er wußte nicht, daß er ein Sinait war! Er sprach: ›Mišek, nach der modernen Kabbala wird mein Name Viktor dargestellt von den Zahlen 4, 9, 2, 2, 6 und 9 – die als Summe 32 ergeben. Und genau soviel Jahre zähle ich! Wenn man die 2 auf die 3 stellt, bekommt man eine 5 – welch ein Graus! Ansonsten – nach der hebräischen Kabbala – sind die Vibrationen der Zahl 32 merkurischer Herkunft. Nach mir aber‹, sagte Viki, ›ist die 32 die Zahl der Untreue, des Verrats, der verdienten Strafe . . .‹ Lazarić – da wurde mir klar, wer ihn als erster mit Drogen, Zahlen und eurem übrigen astrologischen Scheißdreck vergiftet hatte!«

»Mark – wenn ihr nicht so schnell auf die Autobahn gefahren wärt, hätte der Fuchs Viki dir auseinandergesetzt, was er von der 5 weiß. Wärst du nicht aus dem Auto ausgestiegen, hätte er dir erklärt, daß für sie als Reinkarnisten die 5 das Symbol für Wiedergeburt ist!«

»Lazarić – es tagte! Der Wind zerstruwwelte seine roten Haarsträhnen. ›Viki, ich liebe dich!‹ schrie ich und schlug kräftig die Wagentür zu. ›Und ich dich!‹ ließ er verlauten, während er etwas abzählte – und ich erinnerte mich des Gelübdes, das wir einander in den Gefängnissen gegeben hatten. ›Bruder, mein verwundeter und verirrter Bruder!‹ flüsterte ich und sah zu, wie er sich von mir entfernte. ›Schütze mich, Bruder!‹ . . . Er ging. Mir war klar, daß ich ihn nie wiedersehen würde. Ich spürte, daß ich mich wiederum in der süßlichen, klebrigen Dunkelheit dieser eurer Unterwelt befand.«

»Jetzt hab' ich aber genug von euren Zigeunergeschichten!« sagte Lazarić.

»Lazarić – jetzt werde ich dir erzählen, wie ich mich mit deinem Adjutanten, deinem Offiziersburschen, dem Hornisten Slaviša, getroffen und wieder von ihm getrennt habe. Kaum hatte ich ihn gefunden, wurde mir klar, daß es nicht nötig gewesen wäre, ihn so lange zu suchen und soviel um ihn zu leiden.«

»Hat nicht auch er, wie Budak, statt Ja und Nein zu sagen, Rok-rok-rok gerülpst?«

»Lazarić – der Gefreite Slaviša in der Kleidung eines Heizers und Laufburschen des Altenheims St. Jakob sah noch lächerlicher aus als auf deinen Fotos; grau, krumm und triefäugig. Und kapierte lange nicht, mit wem er sprach und wer ihn da umarmte. ›Vater, mein guter Vater!‹ weinte ich auf: ›Wo steckst du – du unser Schicksal und unser Kummer?‹ . . . Ich konnte meine Arme nicht von ihm lösen.

›Junger und angesehener Herr‹, antwortete er mir, während wir auf den Ausgang zugingen, ›passen Sie auf, daß Sie nicht meine Trompete zertreten!‹

›Vater!‹

›Herr, das dort ist Osnabrück, unser Osnabrück‹ – fuhr er mit einer mir unerklärlichen Wärme in der Stimme fort und zeigte mit der Hand auf Dunst und Rauch, die über Dächern und Fabrikschornsteinen lagen. ›Wissen Sie, wenn es sonnig ist, kann man von hier die Felder sehen, auf denen unser berühmtes KZ gen Himmel ragte!‹

›Vater – welche Sehenswürdigkeit!‹

›Dorthin geh' ich an jedem freien Tag.‹

›Weshalb?‹

›Um zu blasen‹, sagte er und streichelte die Trompete, die ihm, wie auf allen Fotos, um den Hals hing. ›Es gibt dort noch mancherlei Spuren, rostigen Draht, Ziegelsteine . . .‹ Seine Augen erschienen mir plötzlich wie mit Licht gefüllt; ich bekam's fast mit der Angst zu tun. Und er fuhr fort: ›Meist knie ich nieder und blase so lange auf meiner Trompete, bis ich das Bewußtsein verliere – bis jene Bilder aus dem Gehirn verschwinden. Von den deutschen Touristen fällt manchmal auch was für mich ab – für Zigaretten, Zeitungen, Wachskerzen . . .‹«

»Slaviša wird auch im Jenseits noch blasen!« sagte Lazarić.

»Die Essenszeit war gekommen. Deine Ordonnanz und dein Schatten aß im Stehen. Er hielt sich die Makkaronischüssel über die Trompete und sprach bedeutungsvoll: ›Glauben Sie mir, ich hab' mich noch nie mit den Deutschen an einen Tisch gesetzt . . .‹ Und während er zuschaute, wie all die Knochengerüste gierig schlangen, fuhr er fort: ›Mögen sie auch weiterhin denken, Herr, daß ich sie auf diese Art mehr schätze und liebe ...‹ Lazarić, ich bat ihn, sich nicht derart zu quälen und zu erniedrigen. Er aber, da das Mittagessen schon zu Ende war, sang und spielte etwas Zärtliches, Balkanisches, eins von unseren Liedern – für ihre bessere Verdauung. Er meinte, ich solle mich ihm anschließen. Ich wußte nicht wie. Ungarische, tschechische und russische Vokabeln vermischte er mit deutschen. Den Knochengerüsten gefiel das. Sie zogen an uns vorbei und klopften uns auf die Schultern. Sowohl diejenigen, die sich noch auf den Beinen halten konnten, wie auch die in den Rollstühlen ließen Kleingeld in seinen Handteller fallen oder stopften es ihm in die Tasche. Auf diese Weise hab' auch ich fast fünfzig Pfennig bekommen. Ich sah zu, wie mein Vater, dein Gefreiter, sich vor ihnen verbeugte und wie er ihnen, wieder in diesem wundersamen Sprachgemisch, angenehme Nachmittagsverdauung wünschte. Danach wiegte er sie in Schlummer mit dem Lied ›Schlafe, mein Prinzchen, schlaf ein‹, das er ihnen teils sang, teils spielte. Über lange Flure ging ich hinter ihm her und stützte ihn, immer besorgt, er könne irgendwo danebengreifen oder stürzen. Er ging von Tür zu Tür, flüsterte sein Wiegenlied oder blies es ins Schlüsselloch.«

»Slaviša war imstande, das ganze Sechste Regiment einzuschläfern!« sagte Lazarić. »In Osnabrück sind die Menschen, wenn sie ihm lauschten, leichter gestorben!«

»Endlich ließ er sich auf einem Bänkchen im Garten nieder. ›Herr‹, sagte er, ›man muß Gott dankbar sein, daß er uns mit einem Tag ohne Wind, ohne Hoffnung, ja, ganz allgemein genommen, ohne jede Veränderung beschert hat ...‹ Und ich, zu seiner Bestürzung und obwohl er sich wehrte, küßte ihn auf seine niedrige, faltenreiche Gefreitenstirn!«

»Slaviša war immer schon gegen Küsse«, sagte Lazarić und leckte sich die Lippen. »Wie seid ihr auseinandergegangen?«

»›Wenn Sie in diesem Teil von Dojtsch bleiben‹, sprach er und wollte etwas hinter mir herblasen, ›dann geruhen Sie mich wieder zu besuchen ...‹ Und als ich ankündigte, ich würde mir unweit der Felder, auf denen, wie er selbst sagte, das KZ gen Himmel ragte und mit dem Rauch aus seinem Krematorium den Winden trotzte, eine Beschäftigung suchen, da lebte er auf und rief: ›Ja, Osnabrück ist einzig!‹ ›Vater, ist Osnabrück für dich nicht die Stadt der Städte, die Krone der Welt?‹ fragte ich und fügte hinzu: ›Wie Odessa für Frumkin?‹

›Es hat ein jeder sein Odessa.‹

›Sein Golgatha.‹

›Osnabrück ist einzig!‹

›Vater, du sprichst, als wärst du zwischen jenen verfluchten Mauern und Stacheldrahtzäunen zur Welt gekommen oder dort getauft worden. Als wärst du nicht auch anderswo gequält und erniedrigt worden!‹

›Herr, für Osnabrück war ich vorherbestimmt.‹

›Und der gekrümmte Rücken, Vater?‹

›Wo sonst noch hätten sie ihn mir so krümmen können wie in Osnabrück? Nirgends! Wo hätten sie mir die Rippen so oft gezählt und weichgeprügelt wie in Osnabrück? Nirgends! Wo mir die Sohlen gebrannt und mit Salz bestreut wie in Osnabrück? Nirgendwo!‹

›Vater, du sprichst von Osnabrück, als hättest du nie einen Fuß nach draußen gesetzt!‹

›Hab ich ja auch nicht‹, sagte er, Lazarić und reichte mir die Hand, ›jenes erste, vorübergehende Leben zählt nicht.‹

›Vater, bist du denn nicht mit der Trompete durch Australien und Neuseeland, Argentinien und Kanada, Schweden und Amerika gezogen – durch alle Gegenden, wo unsere Leute leben, besser gesagt verrecken?‹

›Herr, wer kann Ihnen so etwas erzählt haben?‹

›Lazarić!‹

›Ah, mein unwiederholbarer Hauptmann.‹ Er lebte richtig auf. ›Der Hauptmann weiß am besten, daß der Fuß seines gehorsamen und treuen Adjutanten noch nie über die Grenze von Dojtsch hinausgekommen ist.‹

›So hat es also keine Konzerte für verlorene Emigranten und gestrauchelte Gastarbeiter gegeben? Auch keine Sammlungen von Bargeld oder von getragener Kleidung, von kirchlichen Büchern und Emigrantenzeitungen?‹

›Herr, ich blase nur für die Deutschen.‹«

»Mark, du solltest ihm eine wischen!« sagte Lazarić. »Was für ein Publikum hat sich dein sogenannter Vater da ausgesucht!«

»Sieben Tage danach besuchte ich ihn wieder – zu der von ihm festgelegten Stunde. Unmittelbar nachdem er sein ›Schlafe, mein Prinzchen, schlaf ein‹ beendet hatte. Gekleidet war er in eine abgetragene Uniform der Königlich-jugoslawischen Armee. Der weite Soldatenmantel war von Kugeln durchlöchert, das Rangabzeichen des Gefreiten auf den Schulterstücken verblichen. Was ihn, ich bemerkte es gleich, betrübte. Niemanden störte es, daß er sich beim Hinausgehen abschleppte, in jeder Hand einen schweren alten Koffer. Ohne daß er es merkte, schob ich ihm den Brotbeutel und das Krätzchen zurecht, das ihm jedesmal, wenn er sich unter der Last krümmte, bis über die Ohren fiel. Auch ich fragte ihn nicht, was er denn mit soviel Kriegsausrüstung wolle, sondern ich ging, als wär' ich sein Gorilla, neben ihm her und hörte zu, wie er hüstelte und auf die verräterischen Engländer schimpfte. Er war ruhiger als beim letztenmal, als er mir mit Fanatismus in Blick und Stimme erzählte, wie er nach mühseligem Herumirren durch Norddeutschland zu seiner jetzigen Unterkunft gekommen war. Bei der letzten Bank im Park machten wir halt. Ich versuchte, ihm mit meinen Schultern den Horizont und den Weg nach Osnabrück zu verstellen. Indessen – er blickte immer nur dorthin. Ich konnte mich nicht zurückhalten. ›Vater‹, rief ich, ›wir sind verloren, dort unten! Hilf uns!‹ . . . Er schaute seine Koffer an und den abgelegten Brotbeutel und setzte mir auseinander, wir seien dort unten deshalb vom rechten Weg abgekommen, weil wir aufgehört hätten, an Gott zu glauben. ›Vater‹, rief ich, ›du unser Glaube! Dir galten all unsere Gebete!‹ . . . Sein Gesicht verfinsterte sich, und er bemerkte mit Zurückhaltung, diese Gebete seien nicht ehrlich gewesen. In diesem Moment wollte ich ihn tatsächlich verprügeln!

›Wer ist denn als erster ins Schleudern gekommen, Herr‹, so fragte er mich.

›Du – verkaufte Seele du!‹ sagte ich. Dann fuhr ich fort: ›Alle Väter aus der Sarajevska Straße waren von den Kriegsschauplätzen und aus Lagern aller Art zurückgekehrt. Särge kamen an, Säcke mit Gebeinen, blutige Kleidung und Sachen, Orden. Nur du nicht. Wenn du dich wenigstens als Toter gemeldet hättest! In der Sarajevoer verbreitete sich das Gerücht, du seist zum Kriegsgewinnler und -verbrecher erklärt worden, und das Volk werde über dir zu Gericht sitzen!‹«

»Wegen einer Trompete!« rief Lazarić. »Scheißkerle!«

»›Vater – die Sarajevska Straße entlang zogen Demonstrationen: gegen den Verräter. Die Mutter sprach: Ich kenne den Slaviša bis ins Herz – der kommt zurück und sammelt uns alle um sich und erwärmt uns . . . Wir malten uns aus, wie du wohl aussähest. Mira und ich sprachen: Er hat eine andere Frau, andere Kinder gefunden . . . Die Mutter zog deine Kleidung an, setzte sich eine Clowns-Kappe auf, klemmte sich das Futteral ohne Trompete unter den Arm – und sprach mit veränderter Stimme: Jetzt werdet ihr hören, wie's im Lager gewesen ist ... Die Sarajevska Straße war von Demonstranten verstopft, so daß wir von Mutters Erzählung nur euere Klagelaute aus dem Lager verstanden. Die Demonstranten demonstrierten gegen die Fünfte Kolonne. Wir umarmten die Mutter und baten sie: Hör auf zu hoffen – unseren Trompeter gibt's nicht wieder ... Da schaute auch sie zum Fenster hinaus. Und sagte nicht länger zu uns, sie kenne dich bis ins Herz. Sie strich um Offizierskasinos herum, brachte uns Abfälle. Dann begann sie Gäste ins Haus zu holen. Zuerst Invaliden – ohne Augen, oft nur mit einem halben Kopf. Mitten im Zimmer – damit man es sieht, sagten sie – stellten sie Lebensmittel ab und wandten sich an ihre Blindenführer mit den Worten: Wie süß ist die Frau eines Verräters, der irgendwo in London den Königsschatz und die Krone der Karageorgewitsch hütet ... Begierde schüttelte die Blinden. Mira und ich schauten uns euer Hochzeitsbild an, das in einem billigen Rahmen über dem Kopfkissen hing. Die Blinden entfernten sich – damit sie noch zurechtkämen, um sich an die Spitze der Demonstrationen zu stellen. Wie sie, waren auch die übrigen gegen Churchill, gegen Amerika, gegen den gesamten Westen. Die Arm- und Beinamputierten, die in unserem Saustall die Blinden ablösten, waren anders. Die ließen ihre Harmonikaspieler draußen vor der Tür stehen, damit sie durch Spiel und Gesang der Sarajevska Straße kundtaten, was drin vor sich ging. Sie kannten keinen Geiz. Sie brachten uns Holzscheite, zogen Briketts aus Säcken und Taschen und versicherten uns, es kämen bessere Zeiten. Das war in jenem Winter, als Mira Blut hustete. Dazu sagten sie: Tuberkulose – das kann uns doch nicht schrecken, die wir die Deutschen und die Italiener davongejagt haben ... Vater – sie verlangten von Mutter, sie solle sich deinen Gefreitenmantel über den nackten Körper ziehen und schreien: Nieder mit König Peter II. Karageorgewitsch, dem Emigranten und Lustmolch! Anders wollten sie mit Mutter nicht. Ihr bereitete es von wegen deinem Mantel mehr Pein als von wegen dem König. Vater – ich weiß nicht, ob du dir vorstellen kannst, wie schrecklich Menschenleiber ohne Rippen, ohne Schultern, ohne Hals aussehen – geschwellt von Gier, Geilheit, Rache!‹

›Auf meinem Soldatenmantel!‹

›Vater – es kamen immer weniger Sieger in unser Souterrain. Sie starben weg – in der Sarajevska Straße sagte man: teils an ihren Wunden, teils an der verpesteten Stadtluft und wegen dem ewigen Stillsitzen. Zu dritt weinten wir ihnen und ihrer Romantik hinterher! An ihrer Stelle nistete sich Gelichter vom Bahnhof bei uns ein – Schwarzhändler und Betrüger. Sie boten uns billige Ware aus Triest an, Ami-Konserven, Medikamente. Mutter zog weiterhin deinen Soldatenmantel über oder legte ihn unter sich. Die neuen Gäste sangen nicht, wie die Invaliden, so daß wir sie nur schwer ertrugen. Sie würgten Mutter ihre Fäuste in den Rachen und zwangen sie, in dieser Stellung zu zischen und zu gurgeln, der Kommunismus werde von selbst verfallen oder zumindest verbleichen. Erst danach warfen sie sie auf deinen Mantel! Mira und ich weinten den Blinden und Amputierten nach – und lauschten den Demonstranten, die die Sarajevska Straße verstopften. Die Demonstranten waren gegen Stalin. Sie fingen seine Anhänger wie räudige Hunde ein und schafften sie sonstwo hin.‹

›Haben sie es denn wirklich gewagt, sich gegen Stalin zu erheben?‹

›Vater – am lebhaftesten erinnere ich mich an den krummhalsigen Installateur Matanić von der Slavija. Der klaute irgendwo Mehl und brachte es uns. Er als einziger achtete deinen Soldatenmantel. Er bekreuzigte sich sogar davor! Wenn er kam, mußten wir den Mantel hängend vorführen, gleich neben der Ikone. Einmal küßte er die Mantelschöße und stotterte durch Tränen, das Königtum und der König seien ewig, und es werde nie wieder Mäntel aus so gutem Stoff und mit einem solchen Schnitt geben . . . Das war in jener Nacht, als er einen Sack Maismehl auf dem Rücken herbeigeschleppt hatte und als die Demonstranten riefen: Triest ist unser, nicht italienisch! . . . da versammelte er uns – statt deiner, der du irgendwo Trompete bliesest – um sich und sprach: Ich weiß alles über Slaviša . . . Er zeigte Fotografien, auf denen war zu sehen, wie die Alliierten euch befreiten und wie sie die Küken fütterten. Wir drängten ihn, sich anzuziehen und zu erzählen. Er sagte: Ja – wenn ihr mir Mira gebt . . . Mira war eben zwölf geworden. Als er sah, daß Mutter und ich uns sperrten, schulterte er sein Mehl und ging wieder auf die Tür zu. Mira näherte sich ihm. Er warf sie unter sich, gedeckt von seinem Sack. Vater – Mutter und ich waren glücklich zu wissen, daß du noch lebst. Seit jener Nacht konnte Mira nicht mehr so richtig aufrecht gehen, auch hörte sie nicht auf, sich den Bauch zu halten. Matanić weinte, streichelte Mira und sagte zu uns, das gleiche sei, während er in Osnabrück war, mit seinen Töchtern gemacht worden. Wir halfen ihm, sich anzuziehen, denn alles an ihm zitterte. Und während er mit dem Finger im Mehl Deutschland nachzeichnete, mit Osnabrück als Stern aller Sterne, flüsterte er: Slaviša wäre mit uns zurückgekommen, wenn's nicht einen Hauptmann Lazarić gegeben hätte, der ihn in Richtung Atlantik abgedrängt hat . . . Vater – da fielen uns allen die Schuppen von den Augen, als wir hörten, was und wen du dir da ausgesucht hattest!‹

›Herr, wart ihr auch gut in der Schule?‹ fragte er mich.

›Mira ging, um Geld zu verdienen, noch vor Vollendung des vierzehnten Lebensjahres auf den Strich. Später stieg sie von der Bahnhofsgegend auf bessere Kneipen um. Jetzt ist sie die teuerste Nutte der Majestic-Bar – nur gegen Devisen zu haben. Nur daß sie sich nicht ganz aufrichten kann. Sie hat deinen verschlagenen Blick!‹

›Und wie ist es Ihnen ergangen, mein Herr?‹

›Vater – ich betrüge, raube. Ich würfle, kidnappe und spiele Zuhälter. Als Gorilla hab' ich nicht meinesgleichen. Mir fällt es leichter, das Messer zu zücken, als guten Tag zu sagen! Den Budak habe ich in Notwehr geschlachtet – aber auch mit Befriedigung. Geflüchtet bin ich danach nicht etwa, weil mir mein Leben lieb war, sondern weil ich dich finden wollte!‹

›Wäre besser gewesen, Sie wären gleich bis Dänemark weitergefahren.‹

›Ein richtiger Vater würde jetzt weinen!‹

›Herr, es gibt keinen richtigen Vater ohne einen richtigen Sohn. Der Emigrant Budak tut mir mehr leid als ihr alle dort unten!‹

›Wie das, Vater?!‹ . . . Lazarić, ich sprang ihm förmlich ins Gesicht, schüttelte mich, als hätt' ich Malariafieber. ›Wir knien vor dir nieder, ganz tief!‹ rief ich . . . Er lächelte und sprach mit Trauer Budaks Namen aus – so daß ich im Moment nicht weiß, ob er mich verstand, als ich schrie: ›Slaviša, deine Familie gibt es nicht mehr!‹

›Meinetwegen braucht es sie nicht zu geben – wenn sie nichts taugt.‹

›Du Emigrantenteufel, du spuckst auf uns!‹

›Herr, wieso sind andere Familien nicht zugrunde gegangen? Wieso nur unsere? Ich finde das ganz unerhört!‹

›Die Väter sind entweder zurückgekommen, oder sie haben geschrieben, daß sie kommen werden. Man lebte von der Hoffnung!‹

›Was heißt hier Hoffnung! Daß ich nicht lache! Die schreiben – und lügen, sie würden kommen! Wo bleibt da die Menschlichkeit? Ist es nicht ehrlicher, spurlos zu verschwinden?‹

›Lazarić – ich umarmte ihn und bettete meinen Kopf dorthin, wo seine Trompete hing; und rief ›Vater, du unsere Gerechtigkeit, verzeih uns!‹

›Wovon sprechen Sie da?‹ fragte er im Stehenbleiben.

›Deine arme Frau nannte dich die Gerechtigkeit. Und tausendmal hat sie's wiederholt: Wenn Slaviša, der Lagerheilige, uns vergibt, dann ist das so, als vergäbe uns die ganze Welt . . . Vater – deshalb bitte ich dich ja auch, uns zu begreifen! Vergib du uns, dann vergeben auch wir dir!‹

›Herr, was wollt ihr mir vergeben? Daß ich nicht, wie ihr da unten, niedergekniet bin vor Demonstranten, Armamputierten, Blinden und Installateuren? An Moral, Liebe und Gerechtigkeit habt ihr da unten euch sehr spät erinnert. In der Zwischenzeit ist der Zug in Richtung Hamburg abgebraust!‹«

»Mark«, sagte Lazarić, »Slaviša hat's dir besser gegeben als ich!«

»Ich öffnete seine Koffer und den Brotbeutel und sah Ziegelsteine darin: ›Vater – was hast du da? Man hat mir gesagt, du schleppst oft Ziegel. Beim Schleppen hast du schon ein paarmal das Bewußtsein verloren. In deiner Dachkammer hast du gestöhnt und dir die Wangen wundgekratzt – in der Überzeugung, die Alten hören und sehen es nicht. Die lachen dich doch aus!‹

›Die Ziegel stehen in Verbindung mit euch – dort unten.‹

›Wie das?!‹

›Herr – ich gestehe, daß ich mehrmals von Sehnsucht nach euch dort unten übermannt wurde. Und sooft dieses Heimweh über mich kam, hatte ich den Wunsch, zu fliegen. Mehrmals hab' ich mich, die Arme gen Südosten ausgebreitet, von der Erde abgehoben. Der Wind blähte meine Ärmel und Mantelschöße, mein Blut schwellte mir das Herz. Slaviša, du fliegst! tadelte ich mich selbst und stellte mir vor, wie die Insassen von St. Jakob Wasser und Rotz hinter mir und meiner Trompete herweinen . . . Du fliegst, jugoslawischer Gefreiter! fuhr ich fort, während mir Spinnen und Vögel in den Mund flogen: O was für ein Niedergang, o welche Schande für das Sechste Regiment . . . Schon war ich hoch über den Bäumen. Ich glaube, mein Mund hatte begonnen, sich in einen Schnabel zu verwandeln. Lieber Gott, japste ich, laß nicht zu, daß ich zu Leuten fliege, die nicht durchgehalten haben! Wenn du mich, Allmächtiger, vor diesem Irrweg bewahrst, werde ich bis an mein nahes Ende ›Schlafe, mein Prinzchen, schlaf ein‹ blasen . . . Und der Schöpfer ließ mich auf die Erde herabgleiten – während er mir zuflüsterte: Wenn ich wieder Sehnsucht nach dem slawischen Süden bekäme, sollte ich mich vollpacken mit deutschen Ziegeln und Steinen, ganz einfach mit deutscher Erde. Ich habe den Rat meines Lehrers befolgt. Dank seiner bin ich nicht nach unten zu euch geflogen – wo mein Soldatenmantel derart geschändet worden ist!‹

›Vater – warum hast du dich grad' heute wieder so vollgepackt?‹

›Herr – ich hab' Sie erwartet.‹

›Jetzt zittern uns beiden die Hände . . .‹

›Es ist nicht leicht, jemanden zu erwarten, der von so weit herkommt und bald weiterreisen wird.‹

›Ein solches Gewicht mit sich rumzuschleppen!‹

›Erst als ich dieses Feiertagsgewand angezogen hatte – meine Paradeuniform, die ich nur anziehe, wenn ich bestimmte Schlachtgesänge und Choräle blase –, wurde mir bewußt, daß es wieder über mich kommen könnte . . . Und um nicht abermals meinen deutschen Richter anrufen zu müssen, hab' ich mich redlich vollgepackt. Vor dem Fliegen hab' ich immer mehr Angst – es gibt immer mehr Vögel in der Luft! Außerdem weiß ich nicht, ob dieser mein einziger Mantel es aushalten würde. Und dann – ich möchte nicht mit jemandem über St. Jakob schweben, dessen Hände so blutig und entstellt sind.‹

›Vater – wir müssen nicht über den Himmel. Wir können den Zug nehmen!‹

›Dreimal bisher in meinem Leben habe ich einen Schwur abgelegt. Das erstemal, als mir daheim das Rangabzeichen eines königlichen Gefreiten an diesen Mantel genäht wurde. Das zweitemal schwor ich in ›Serbien‹, ein Gasthaus in Osnabrück, Ihrer Majestät König Peter II. Karageorgewitsch, als er kam, um sich vor den Gebeinen der hier Verblichenen zu verneigen. Und das drittemal, als ich die Schwelle zum molligen Heim St. Jakob überschritt. Einen vierten Schwur gibt es für den Trompeter des Sechsten Regiments nicht – und kann es auch nicht geben.‹

›Heißt dies, daß ich ohne dich weiterziehen werde?‹

›Herr – Sie kommen allein schneller voran.‹

›Vater – nimm vier Ziegel, stell sie in Reih und Glied, zähl sie ab und sprich: Der erste Ziegel, das bin ich; der zweite, das ist meine Frau, die Mutter meiner Kinder, für die es noch eine Rettung gibt; und das hier sind Miloš und Mira . . . Mutter meint, das müßte genügen. Auf diese Weise richtest du deine Familie wieder auf.‹

›Meinen Sie?‹

›Stell die Ziegel auf – zier dich nicht!‹

›Herr – ich kann nicht.‹

›Was heißt, du kannst nicht – verdammt sollen deine hundert Emigrantengötter sein! Hast doch keinen Pfahl anstelle der Wirbelsäule! Tu wenigstens dies – deiner Frau zuliebe!‹

›Welcher Liebe?‹

›Die Ziegel aufgereiht!‹

›Herr – lassen wir die Ziegel in Frieden. Sie haben mir gute Dienste geleistet.‹

›Vater – wenn du sie so liebst, trag' ich sie dir in deine Dachkammer zurück. Damit du dich nicht quälst. Aber sprich wenigstens diese paar Worte! Damit ich der Mutter eine Freude machen kann!‹

›*Diese* Ziegel brauch' ich nicht länger. Sie sollen bleiben, wo sie sind. Heimweh wird mich nicht wieder überkommen. Von jetzt an halte ich mich auch ohne sie an Osnabrück. Ich nehm' nur den Beutel.‹

›Vater – ich möchte dir helfen.‹

›Herr – Gott bewahre mich vor Ihrer Hilfe!‹ sagte er verächtlich und erwähnte den Budak, dessen Emigrantenlos ihn beinahe zum Weinen gebracht hätte – so daß ich den Wunsch empfand, Lazarić, ihn mit seinen eigenen Ziegelsteinen zu erschlagen . . . ›Kommen Sie nicht wieder‹, fuhr er fort. ›Und das Klügste wird sein, ihr vergeßt mich – alle!‹

Ich sagte und betonte jedes Wort: ›Mutter läßt dir ausrichten, du kannst hinunterkommen, wann immer du willst. Man hat ihr mitgeteilt, du seist aus dem Verzeichnis der Kriegsgewinnler gestrichen. Du kannst also den Leuten daheim in den Herbergen und Kneipen um den Bahnhof wieder was vorblasen, alles wie früher . . .‹ Lazarić, was soll ich dir sagen: Er begann seinen Altenheim-Brüdern den ›Marsch auf die Drina‹ zu blasen und begriff mich immer weniger . . . ›Vater – du würdest Lose und Feuersteine und Clubwimpel verkaufen können . . .‹ Die Gerippe und Vogelscheuchen im Heim wurden von seiner Euphorie ergriffen, sie klatschten in die Hände, marschierten . . . ›Alter Nichtsnutz‹, rief ich, ›fahr einmal hinunter, damit sie dich sieht – dann kehr zu diesen senilen Affen zurück!‹

›Herren, Freunde, jagt ihn fort!‹ brüllte er über die Trompete hinweg . . . ›Die haben ihn von dort unten hergeschickt, um Zählappell mit uns zu machen, uns auszuspionieren und zu unterwühlen . . .‹

›Vater – wem soll ich Grüße ausrichten?‹

›Dem ganzen Sechsten Regiment!‹ rief er und blies weiter und marschierte auf der Stelle, im Rhythmus seines Lieblingsmarsches . . . ›Infanterie!‹ rief er noch. Da tauchte die Polente mit Schäferhunden auf.

›Wir treffen uns wieder, alter Schurke!‹ weinte ich und haute rückwärts ab. Durch Tränen gesehen, Lazarić, kam er mir noch buckliger vor.«

»Mark«, fragte Lazarić, »muß ich denn auch noch schuld sein, daß dein leiblicher Vater dich davongejagt hat?«

»Lazarić, warum hast du mich nicht früher zu ihm geschickt?«

»Ich wußte, daß dich eine komplette Enttäuschung erwartet, und hab's vertagt. Ich wollte, so gut es ging, dein normales Leben verlängern.«

»Was für ein Leben?«

»Ich wollte, daß du dich, bevor du wieder fällst, ein bißchen überfrißt am Genießen, am Blut. Darum auch hab' ich dich mitgeschickt, dem Polen zu helfen. Du hattest mir gefallen, da gibt es nichts! Das Verlangen nach deinem Vater machte dich zu einem tragischen Fall. Jetzt bist du wieder auf dem Nullpunkt?«

»Lazarić – es tagt.«

»Ja – aber anderen, du Strolch!«

»Lazarić – ich fang' alles noch mal von vorn an!«

»Alle Kriminellen wollen das!«

»Ich werde Mutter und Schwester sagen, wo Slaviša ist. Ich werde sie nach St. Jakob führen. Sie werden ihm alles gestehen und ihn bitten, sie übers Haar zu streicheln. Soviel Verstand wird Slaviša haben. Er wird auch erlauben, daß wir uns mit ihm knipsen lassen. Das ist doch schon was! Vielleicht wird, wenn er seine Frau sieht, sein Trompeterherz zu lachen beginnen. Lazarić – ist das nicht ein Grund für mich, noch so manchen Tag ohne Mystik und ohne euere verdammten politischen Horoskope leben zu wollen?«

»In der Zwischenzeit ist der Zug abgefahren!«

»Ich bring' die drei wieder zusammen!«

»Schaffst es nicht – hinter dir sind Steckbriefe her!«

»Lazarić – stammt einer von dir?«

»Klar, du Schuft! Die Polizei ist dir auf den Fersen! Und was noch schlimmer ist: auch Richards und Budaks Leute von der Hochebene. Ich sagte ihnen, du kämst hierher zurück, ich würde dich aufhalten. Sie wollen dich dem schwarzen Schwein vorwerfen und zuschauen, wie es dich vernascht! Ich hör' was . . . Wahrscheinlich meine Gorillas. Wenn du nicht schnell machst, haben sie dich. Die schneiden dich in Stücke. Und wenn du nicht schnell machst . . .«

»Keine Sorgen, Lazarić: Ich kill' dich in aller Ruhe!«

»Weißt du wenigstens, warum?«

»Nicht deshalb, weil ich, wie du glaubst, weiterhin Lust am Töten hätte. Ich bin ein Schwächling und Feigling – ein elender Kerl, dem wieder die Hände zittern – weiß Gott kein Held! Also, ich schlag dich nicht deshalb tot, weil du mir gegenüber mehr Schuld auf dich geladen hättest als andere. Ein anderer, zum Beispiel, hätte mich gar nicht erst aus der Gosse hochgehoben. Oder nur, um mich anzuspucken und wieder fallenzulassen, so daß ich bei lebendigem Leib zerfalle und rundum alles vollstinke. Wär' ich von einem anderen gefunden worden – ich hätte längst vor Josefines Schnauze geendet. Du hast mich auf die Beine gestellt, hast mir Mut gemacht. Plündere und raube – sagtest du warmherzig zu mir, als wär' ich dein Sohn –, klau, aber hinterlaß keine Spuren! Von mir hast du keinerlei Prozente verlangt. Hast nicht mal soviel Gebrauch von mir gemacht, wie du hättest können!«

»Du tötest mich also ohne klaren Anlaß?«

»Lazarić – dich muß man töten!«

»Mark – das ist noch origineller und geistreicher als deine Absicht, in St. Jakob die Reste deiner Familie zusammenzubringen!«

»Lazarić – ich hab' erfahren, ich soll dir stinken . . . Warum hast du mir das nicht gesagt? Ich wäre gegangen – um so eher, als ich an Bremen keinen Spaß mehr hatte. Du hättest mich von deiner Schwelle weisen können – wie so viele andere, vor allem diejenigen, denen du im KZ Treue, Brüderlichkeit und gegenseitigen Beistand geschworen hattest!«

»Ich konnte es nicht wegen Slaviša.«

»Und als er dir untertänigst zum Geburtstag was blasen wollte, hast du deine Hunde auf ihn gehetzt! Er mag dir das verzeihen – ich nicht!«

»Mark – lassen wir doch endlich das Aufrechnen!«

»Lazarić – ich versteh' nicht, weshalb du mich hast verkaufen müssen! Geistreicher wär's gewesen, du hättest mich Batjuschka Jermolaj geschenkt – anstatt für mich hundert D-Mark zu verlangen. Der Russe hat dich in zwei Raten ausgezahlt!«

»Die romantischen Zeiten, in denen man Menschen verschenkte, sind vorbei. Heutzutage kostet der Mensch was. Im übrigen – besser an Jermolaj als an Richard!«

»Lazarić – du hast mich tief ins Herz getroffen, als du Jermolaj schriebst, ich sei der Sohn einer gefallenen Mutter, der Bruder einer verlorenen Schwester und der Sohn eines bekloppten Abjugoslawischen Gefreiten, der hinter den Deutschen die Abfälle zusammenklaubt!«

»Das wiederhole ich sogar!«

»Als gäb's für mich und die Meinen keinen Ausweg!«

»Gibt's auch nicht!« sagte Lazarić. »Mach schnell! Schreibtisch und Schrank stehen offen. Nimm den Schmuck, die Ringe, alle Wertsachen. Und verklopp sie!«

»Ich bin gekommen, damit wir abrechnen – und nicht um Blech und Steinchen aufzuteilen.«

»Auch Bargeld ist da – einige hunderttausend D-Mark.«

»Möge das alles deinen Kindern bleiben.«

»Meine Kinder wissen nicht, was sie besitzen!«

»Lazarić – Waisenkinder haben nie zuviel!«

»Also – ich hab' dem Russen zu Recht gesagt, daß du triebhaft mordest. Daß du ein blutrünstiges südländisches Tier bist, das nur empfindet und stinkt. Daß es für dich, wenn du mordest, die üblichen menschlichen Gründe nicht gibt. Daß du ein Ungeheuer bist!«

»Lazarić, wir haben abgemacht, keinerlei Gründe zu erwähnen«, sagte Marković und warf einen Blick auf die Sachen um sich herum.

Marković wühlte auf dem Tisch herum. Lazarić bat ihn, er möge die ruhmreiche, goldbestickte Fahne des Sechsten Regiments nicht in Stücke reißen und ihm nicht vor die Füße werfen. Marković wollte weder eines der Messer noch eine Pistole. Lazarić bemerkte, es trommle jemand immer wütender ans Haustor. Marković hängte sich eine MP Marke UZI mit Schalldämpfer an den Gürtel, die Magazine schob er unter den Mantel.

»Jüngere Steinzeit!«

»Lazarić – es stimmt, ich stamme aus der Vorgeschichte! Aber ich werde meiner kleinen Familie Namen und Ehre wiedergeben. Und wenn ich bis ans Ende morden muß!«

»Mit Steinen?«

»Auch mit Steinen, wenn's sein muß. Hast du einen?«

»Mark – wer mit Steinen tötet, wird durch den Stein umkommen.«

»Lazarić, wir kommen heute nacht ohne die Bibel aus!« Marković schaute zum Ewigen Licht auf, das zwischen Ikonen, Heiligen und Königen flackerte. Dort lehnte ein Kreuz aus Eichenholz von der Größe eines Menschen an der Wand. Das hatte Mula Jusuf Tataroglu aus dem Unkraut eines verlassenen serbischen Friedhofs an der bulgarischen Grenze herausgerissen und Lazarić voriges Jahr zu dessen neunundfünfzigstem Geburtstag geschenkt. Auf dem von Regen, Sonne und Wind verwitterten Holz waren keine Namen mehr zu lesen, doch einige Zahlen waren noch zu erkennen – und die deckten sich mit Lazarićs Geburtsdatum. Aus diesem Grunde auch hatte der Türke das Kreuz geklaut und bis Bremen geschmuggelt. Damit es dich, Karpadaš, an dein fernes, für alle Zeiten verlorenes Serbien erinnert! sprach er. Lazarić machte einen Unterschied zwischen diesem und allen übrigen Geschenken, die er in der Fremde erhalten hatte. Ich habe ein Kreuz, wie niemand eins hat! brüstete er sich vor seinen Geschäftsfreunden und Gästen.

»Mark, du verstehst das Töten nicht!« sagte Lazarić.

»Die Hauptsache ist, sich nicht zu wiederholen.«

»Gesteh, daß Tataroglu dich auf mich gehetzt hat!«

Marković packte das Kreuz und wuchtete es sich mit Mühe über den Kopf. Hinter der Tür fingen sie jetzt an zu brüllen. Lazarić liefen Tränen die Wangen runter.

»Weinst du um dein Leben? Um deinen Reichtum?«

»Um dieses Kreuz – du Schuft!«

»Lazarić, dem Kreuz wird nichts passieren!«

»Zuerst hat ein türkischer Krüppel es getragen und beschmutzt. Jetzt hältst du es hoch – und du bist noch viel abstoßender als der Krüppel aus Izmir!«

»Lazarić – wir waren bei deinem letzten Wunsch stehengeblieben.«

»Wenn das nicht lächerlich wäre, würde ich Gott bitten, er möge mich im Jenseits auf keinen Fall mit Emigranten zusammenbringen.«

»Und was wünschst du mir?«

»Daß du Budaks und mein Blut nie von dir waschen kannst! Daß du bis zum Schluß bleibst, was du bist. Daß dich diejenigen richten, die jetzt das Haus umstellen!«

»Mit denen werd' ich leicht fertig!«

»Ich wünsch' dir, daß du deine kupplerische Familie niemals unter einen Hut kriegst!«

Marković holte aus und schlug dem anderen das Kreuz mit aller Kraft auf den Kopf. Der schwere dreibeinige Schemel, auf dem Lazarić saß, fiel mit ihm um. Der Alte unter seinem Kreuz lag still, Mund und Haarsträhnen in einer kleinen Blutlache. Ein paar Sekunden lang stand Marković unbeweglich und hörte, wie die Zweige an die Fensterscheiben schlugen. Lazarićs Zimmer kam ihm auf einmal geräumiger und heller vor.

Marković näherte sich dem Ewigen Licht und kniete nieder. Hätte er nicht Handschuhe an den Pranken gehabt, hätte er sich bekreuzigt. Gottesfürchtig schaute er zu den eingerahmten Fotos auf. Außer Slaviša mit der Trompete waren in ihren gestreiften Osnabrücker Lumpen noch zu sehen der Pope Sekulić, Barabaš, Donoša – und ein gut Teil jener, die in den Nachkriegsjahren versucht hatten, Lazarić den Verräterkopf abzuschlagen.

»Ich habe euch gerächt, meine armen Sinaiten!« flüsterte Marković und erschrak vor der Flut von Empfindungen und Wärme, die sich in seiner Halsschlagader und in den Schläfen staute: »Was ihr nicht fertig brachtet, ihr Verzweifelten ohne Vaterland und ohne Freunde, das hab' ich getan – euer daumenloser Sohn!« Und während er zuschaute, wie Lazarić ruhte und troff, fuhr er zu sich selbst fort: Wie du siehst, Onkel, hat ein Grund sich von selbst gefunden. Ein richtiger Grund – im richtigen Augenblick!

Er prüfte die UZI, den Strick, das Messer und wandte sich wiederum an Lazarić:

»Hauptmann – erinnere dich im Jenseits daran, was du dem Trompeter, den Kameraden, all denen versprochen hast, die durch die Hölle gegangen sind oder sich noch darin befinden! Sei gerechter! Sonst kriegst du auch dort unser östliches Sinaitenkreuz verpaßt . . .«

Angetrunkene Männerstimmen riefen Lazarić beim Namen. Marković erinnerte sich, daß auf die gleiche Weise in jener bayerischen Nacht seine drei Entführer dem Budak zugepfiffen hatten, und das Zittern überkam ihn. Er traute sich nicht, das Fenster aufzumachen, um nachzuschauen, welcher von den Gorillas derart heftig gegen die Haustür hämmerte.

Ein, zwei Augenblicke lang beobachtete Marković die Gorillas durch das Mansardenfenster. Sie waren zu dritt – nicht gerechnet den, der am Lenkrad des gepanzerten Mercedes saß. Der spielte mit der Hupe, schickte Lichtsignale durch den Regen und sang.

Den ersten, Vid Kovač, kannte Marković als Killer und Denunzianten noch aus Zirndorf, aber auch von seinen zahlreichen Attacken auf Lazarićs Opfer. Kovač machte sogar das, was Po verweigerte. Er war ein südländischer Beau mit verfaultem Gebiß und ewig geschlecktem Haar – derjenige, der Marković in jener Nacht auf dem Bremer Bahnhof den Barabaš gezeigt hatte. Man sagte, auf Kovačs Haut sei jeder Fingerbreit entweder tätowiert oder mit Narben besät. Einmal hatte er sich Marković anvertraut: Es ist mein Traum, sämtliche katholischen Dörfer um Zadar in Brand zu stecken ... Und was dann? hatte Marković gefragt ... Dann in die Flammen springen – und adieu, Welt, die du mich vor der Zeit gebrandmarkt hast! hatte Kovač weinend geantwortet. Er war der einzige von Lazarićs Gorillas, der im Ringen den Pandurowski bezwingen konnte. Wenn er betrunken war, bat er die anderen: Brüder, nennt mich Tibor! Das ist kürzer als mein Name – und es ist madjarisch ... Sie fragten ihn, wer dieser Tibor sei, und er erzählte: Vor fünfzehn Jahren sind Tibor und ich aus Jugoslawien geflohen. Unter einem Waggon, auf den Achsen. Eine Zeitlang sangen wir Lieder vom Westen und von der Freiheit, für die wir geboren seien. Irgendwo in Österreich verstummte dann der Madjar. Ich dachte, er denkt sich eine neue Strophe aus. Aber in München zogen sie ihn tot heraus, den Mund voll Kiesel und Eis ... Seit jener Nacht wollte Vid – Tibor sein. Lazarić kaufte ihn sich für hundert D-Mark von einem gewissen Laszlo Varga, der bei der Übergabe sagte: Lazar, ernähre ihn mit rohem Fleisch! ... Lazarić befolgte den Rat seines Münchener Lieferanten, so daß ein Teil des für die Hunde bestimmten Futters – Fleisch, Sehnen Knochen – an Vid Kovač ging.

Der zweite, Miraš Jablan – der soeben versuchte, sich am Fenster links neben der Haustür hochzuziehen –, hatte, bevor er Lazarićs Gorilla und Liquidierer wurde, hauptsächlich in Zügen operiert. Marković erinnerte sich an ihn vom Wiener Bahnhof her. Meine Nummer ist erfolgreicher als deine ›Epilepsie‹, sagte er zu ihm. Niemand auf der Welt haßte die Türken so sehr wie Jablan. Er hatte einen Plan zu ihrer Ausrottung. Oft fuhr er mit ihnen von der dänischen bis zur jugoslawischen Grenze, plünderte sie und warf sie zum Fenster hinaus. Unter Emigranten, gescheiterten Gastarbeitern und feinen Dieben wurde Miraš berühmt durch das Auftreiben orthodoxer Ikonen, Kerzenleuchter aus byzantinischem Altsilber, Inkunabeln aus balkanischen Klöstern ... Irgendwo zwischen Saloniki und Athen schlugen sie ihm ein Auge aus. Seither rühmte er sich nicht mehr, griechisch zu können. Als Entschädigung für das Auge erhielt er von Lazarić zehn Tage Schonung, einen Kuß auf die Stirn und zweihundert D-Mark. Es schien, als sei Jablan in seinem verstümmelten Zustand noch schneller und noch hitziger. Der konnte dich im Nu abschlachten!

Der dritte hieß Najdan Babaja. Er stammte von irgendwo an der unteren Donau. Auf der Suche nach alten Lampen, Bügeleisen und Bilderrahmen drang er sogar bis in die Karpaten vor. Dort holte er sich Asthma. Und in Österreich Rheuma. Er war schon verbraucht und krank, als Lazarić ihn einem Hamburger Lieferanten von billigem Slawenfleisch abkaufte. Dieser Lieferant, ein gewisser Tadeusz, überzeugte Lazarić davon, daß Babja eine Rarität besonderer Art sei: einer jener überlebenden und verkannten Helden der Fremdenlegion, die in Djibouti den Gewehrläufen der Somalier ihre Brustkörbe entgegenhielten und auf diese Weise Charles de Gaulle vor dem sicheren Tod bewahrten. Wenn er nicht betrunken war, mußte Babja seinem Chef Lazarić haarklein beschreiben und aufzählen, was Charles de Gaulle ›an jenem Tage, als er nicht fiel‹, anhatte ...

Bevor Marković den Entschluß faßte, keinen der Ausgänge zu benutzen, sondern sich an der Regenrinne hinabzulassen und dann, am Springbrunnen vorbei, in Richtung Mauer und Park abzuhauen, bemerkte er, daß, aus dem Mercedes hervorkriechend, auch der vierte zum Vorschein kam. Es war Sotir Popović, eine finstere, langnasige Vogelscheuche von der rumänischen Grenze, ein Hühnerdieb, Taschenspieler und Betrüger ohnegleichen. Man sagte ihm nach, er habe, so finster und sauer wie er war, im Banat unter jedes Grasbüschel geguckt. Als er aus Jugoslawien davonlief und den Münchner Bahnhof zu beglücken begann, atmeten die Dörfer zwischen Donau und Theiß auf. Die längste Zeit war Sotir in der Schwadron eines Mazedoniers tätig, der als erbarmungsloser Plünderer jugoslawischer und griechischer Gastarbeiter in Ulm und Ingolstadt von sich reden machte. Für gewisse Operationen an der Berliner Mauer hatte Sandor Kolar einen so gewandten Burschen nötig. Der Madjare bot für Sotir dickes Geld, annähernd tausend D-Mark. Der Mazedonier lehnte ab mit der Bemerkung, den Sotir würde er auch für zweitausend nicht hergeben. Bald danach fand man den Mazedonier tot, ohne Augen, Ohren, Hoden. Man hatte niemanden im Verdacht. Sotir machte sich selbständig, ja sein Gang wurde sogar etwas aufrechter. Mit Kolar wollte er nicht zusammen. Mit Donoša bekam er wegen einer Lappalie Streit. Bogo warf das Messer fort und schrie, er werde den Sotir, wie schon so manchen anderen, mit den blanken Zähnen schlachten. Doch brachte Donoša nicht mehr zuwege, als seine Emigrantenkrallen in Popovićs Nasenlöcher zu stoßen. Seither war Sotir noch gebeugter und finsterer, ohne die Banater Beherztheit, für die er doch immer berühmt gewesen war. Sein Stolz war beleidigt, und er konnte nicht mehr ohne Führer und Herrn existieren. Er baute sich vor Lazarić auf und echauffierte sich derart, daß ihm durch die Löcher in der Nase, die Donoša ihm zugefügt hatte, Dampf, Tabakrauch und Schleim drangen. Lazarić reihte ihn unter seine Gorillas ein und versprach ihm Donošas lebenden Kopf.

Marković überzeugte sich davon, daß ihrer nicht mehr waren als vier – alle betrunken und eigensinnig damit beschäftigt, einen Nebeneingang in der Nähe des Springbrunnens aufzubrechen. Da ließ er sich an der Rinne hinab. Ein schwerer Regenschauer verband Himmel und Erde miteinander, so daß die vier ihn auch dann nicht gesehen hätten, wenn sie näher an der Regenrinne gestanden hätten. Er wußte, sie würden an ihm vorbei müssen. Und blieb, als er um die Ecke war, ruhig stehen und erwartete sie.

Als sie angestürmt kamen, mähte er sie nieder, einen nach dem anderen. Das Feuer der UZI erleuchtete die Gorillas zum letztenmal. Den Miraš Jablan traf es in Brust und Eingeweide – im gleichen Augenblick, als er ausrief, er werde Markovićs Blut trinken. Najdan Babaj, dem enttäuschten Helden von Djibouti, ging es in die Stirn, durch den Hals, dann in den Mund. Sotir Popović, dem Nüchternsten, zuerst in die ausgestreckten Hände, damit er sich nicht mit dem Messer auf ihn werfen und ihm die MP entreißen konnte, dann hinter den Ohren in den Hinterkopf, wo, laut Bogo Donoša, seine beiden Gehirne saßen. Dem Vid Kovač widmete er ein ganzes Magazin. Zuerst warf er ihn mit ein paar Körnern in die Stirn über die anderen drei. Dann durchsiebte er mit dem Rest des Magazins den eingezogenen Hals – mit den Worten: Da hast du's, Dalmatiner, für dein Gebell, ich würde niemals meine Familie zusammenbekommen! Jetzt ist kein Fleckchen mehr an dir ohne Tätowierung . . . Marković erinnerte sich daran, wie Lazarić mit der

Ruhe und der Leidenschaft eines Spielers den Tumbas durchlöchert hatte, und er bekam Gänsehaut.

Das bremische Meer und der Kanal stanken. Marković rannte zu dem VW mit dem schon vorigen Monat in Aachen geklauten Nummernschild. Lazarićs Villa blieb hinter ihm zurück und erinnerte ihn an einen Grabhügel, der von einem heftigen Regenguß begossen wird.

Marković zündete den Motor und fuhr an. Wieder erschien ihm das Leben möglich, annehmbar. Nie waren ihm die Worte Idee, Rache, Liebe, die er hervorstieß, so voll, so kräftig, so bestätigt erschienen. Er dachte nach über seine eigene Würde und über die Ehre der anderen, der Hilflosen und Getretenen, die es zu schützen galt. So kam er bei Pandurowski an – der, wie damals Adamović, vom Todesröcheln geschüttelt wurde.

Marković preßte die Kinnladen zusammen, um nicht weinen zu müssen. Er malte sich aus, er liege neben dem Staš, und sprach zu ihm:

»Bleib am Leben, du mein armer Staš! Werde gesund – und dann hau ab! Und laß nicht zu, daß sie dich je wieder kaufen und verkaufen! Flieh in dein Haus – das du gar nicht hast, genau wie ich, mein armer Po!«

Marković war auf der Autobahn. Zum erstenmal, seit er so lebte – mordend oder zuschauend, wie andere morden –, spürte er, daß er wahrhaftig vom Tode gezeichnet war und daß dies, so schaurig es sein mochte, seinen Sinn hatte. Der Tod kam ihm vor wie eine große, blutige Inszenierung, in der er die Rolle des Mörders nur übernahm, um nicht selbst an die Wand gestellt zu werden. Und doch ging er aus jeder Vorstellung unberührt, sauber und wie von Ketten befreit hervor.

Er fuhr mit großer Ruhe. Die UZI lag auf dem Sitz neben ihm: er verbarg sie vor niemandem mehr. Die Schilder an den Kreuzungen beachtete er nicht; sein Instinkt sagte ihm, daß er sich auf sein östliches, sinaitisches Land zu bewegte, dem er sich nun verschrieben hatte. »Morgenröte«, flüsterte er, »schlag endlich aus! Damit ich dir meine Hände entgegenstrecken und sie reinwaschen kann vom Schweineblut!«

## *XI.*

*Der Kongreß der osteuropäischen Armen wurde genau um Mitternacht in Groß-Lappen abgehalten*
*Die Regentschaft König Sabans II.*
*Wie der Madjare ging*
*Wann wird die Abendzeitung das Manifest der Emigranten veröffentlichen?*
*Ein russischer Tod*
*Josefine stürzte sich wie eine Robbe in die Isar*
*Ein lebend geborenes Baby im Jugoslawien-Zug*
*Epilog*

1

Jermolaj Timofejitsch Kuznecov, der große Menschenlieferant aus Zirndorf, bei dem Marković knapp einen Monat nach dem Abschied von Lazarić 1. Gorilla wurde, trug in jener Nacht Stiefel aus Seehundfell, ein Russenhemd mit Stickereien aus einem der Nonnenklöster am oberen Don, eine Art Pelerine aus Polarfuchs und eine Fellmütze, die Ohren und Brauen berührte. So pflegte Kuznecov sich zu kleiden, wenn er an Regentagen oder im Winter zu einer festlichen Veranstaltung mußte.

Der unausgeschlafene, mißmutige Alte und Marković saßen auf dem Rücksitz des Mercedes mit belgischem Kennzeichen. Ein junger Mann mit schütterem Blondhaar und weichem Blick umklammerte das Lenkrad mit seinen harten Pranken. Er hieß Angel Apostolski, genannt Total. Er behauptete, er sei aus Mazedonien direkt nach Brüssel gekommen. Niemals erwähnte er die Kittchen, in denen er gesessen hatte. Lange Zeit hatte Total an der Spitze des Räuber- und Kidnappertrios eines anderen Mazedoniers, Avram, genannt Tollkühner Grieche, gestanden. Kuznecov hatte bereits damals den Wunsch, Apostolski an seiner Seite zu haben. Avram der Grieche wollte davon nichts hören. So wurde er bald, in Stücke geschnitten, auf einer Müllhalde bei Antwerpen aufgefunden, gewickelt in ein Gasthaustischtuch, worauf geschrieben stand, man solle sich einem Älteren und Klügeren nicht widersetzen. In Avrams Reihen brach das Chaos aus. Das Trio stob auseinander. Angel wurde – ohne daß eine Ablösesumme in Dollar gezahlt werden mußte, wie sie seinerzeit dem Avram angeboten wurde – des Russen 2. Gorilla. Apostolski hütete Jermolajs belgische Wohnungen, kümmerte sich um die Mercedesse und fing die Emigranten auf, die dem Alten über fast alle osteuropäischen Grenzen zugeschickt wurden. Nebenbei ging Apostolski auf eigene Rechnung kidnappen und erpressen. Kuznecov behauptete, daß es demjenigen, der seinem Angel den Beinamen Total gegeben hatte, weder an Kenntnis noch an Geist gefehlt habe.

Sie waren in Groß-Lappen angekommen. Die unförmigen Müllhalden glusten nach allen Seiten, und um die schon eingetroffenen Wagen herum – hauptsächlich alte Kisten aus München und Frankfurt – war viel Gemurmel zu hören. Es stank nach verbrannten Knochen, nach Plastik, nach Unrat, der vor Nässe troff und sich im Wind aufblähte. Es ächzte und jaulte das Gerümpel, das teils unter Abfallhaufen verborgen lag, teils von den Wegen, die Münchens großen Misthaufen durchschnitten, auf die Halden geworfen worden war. Die Scheinwerfer waren gelöscht. Irgend jemand wurde erwartet. Seit er von Richards Hochebene herabgestiegen war, seit er Bremen und Lazarić Adieu gesagt hatte, war Marković nirgendwo sonst so viel an einem Platz versammelten, armen osteuropäischen Teufeln begegnet . . .

## 2

Eine ganze Weile schaute Marković sich Saban II., König von Groß-Lappen, an. Von ihm, einem tapferen jugoslawischen Zigeuner, dem Besitzer der größten natürlichen Rattenfarm im Westen, hatten fast alle deutschen Zeitungen berichtet, speziell die Münchener *Abendzeitung*. Auf den Fotos war er, wie heut nacht am Feuer, mit der Flasche und einem schmerzlichen Lächeln auf den Lippen zu sehen. Saban II. – ein Hausherr, der es sich angelegen sein ließ, daß Gesicht und Hände eines jeden einzelnen seiner Gäste von den Flammen erhellt und erwärmt wurden – war auch durch seine Unerschrockenheit bekannt. Man sagte von ihm, er sei Tag und Nacht bereit, sich auf zwei bewaffnete Männer zu werfen. Vokabeln wie ›Emigranten‹, ›Kabbalistik‹, ›Bombe‹, ›Politische Gewalttat im Zeichen der Zahl 11‹ brachten ihn nicht aus der Ruhe. Von allen Anwesenden war er der einzige, der Rache nicht fürchtete. Übrigens hatte Saban II. außer seinem Vater, Saban I., niemanden umgebracht.

In gut unterrichteten Emigrantenkreisen erfuhr man, daß es zum Zusammenstoß mit seinem Vater sowohl wegen des früheren Lebens der Familie Sabanović, wie auch wegen der Ratten gekommen sei. Saban I. war ein nomadisierender Zigeuner – alte balkanische Schule. Wenn auch an allen Ecken und Enden von Ratten gesprochen wurde, war es doch mühselig, welche zu bekommen. Oft kehrte Saban I. mit leeren Händen von der Jagd zurück. Saban II. war unzufrieden. Saban II. erläuterte Saban I., daß ihre Profitspanne vernichtend niedrig, die Produktionskosten zu hoch, die Produktion extensiv und die Akkumulationsspanne unbedeutend sei. Das Unternehmen Sabans I. konnte kaum ihn selber ernähren. Oft gingen die Sabanovićs am Stadtrand von München betteln. »Statt auf Gold gebettet zu sein« – wie Saban II. zu seinem Vater sagte.

Saban I. wollte es absolut nicht in den alten Kopf, daß es galt, sich irgendwo festzusetzen und mit einer modernen Ökonomie zu beginnen. Saban I. war für die ewige Bewegung. Indes – für den Augenblick machten sie erst mal in Groß-Lappen halt und schlugen ihr Zelt auf. Wenn man dem Emigrantenblättchen *Zukunft* Glauben schenken darf, hat Saban II. in jener Nacht Saban I. auf den Kopf zugesagt: Von hier geh'n wir keinen Schritt weiter . . . Saban I. begann zu weinen. Ihm war mehr am Herumstreunen und Kennenlernen westeuropäischer Metropolen als an Bereicherung gelegen. Auch Saban II. weinte, jedoch vor Zorn. Da zückte Saban I. aus seinen Lumpen das Messer. Saban II. zückte das seine. Getroffen unterhalb des Schulterblattes, im Hals und dann auch im Bauch, flüsterte Saban I., die Sabanovićs müßten sich auf jeden Fall bis nach Amerika durchschlagend. Vermeinend, er befinde sich am sonnenbeschienenen Pazifikstrand, erwähnte Saban I. etwas von Heimkehr in sein Bosnien. Erst dann verdrehte er die Augen. Die Familie schleifte den Leib Sabans I. fünfzig Schritte vom Zelt weg – bis zu der Stelle, die Saban II. sich als Platz für seine natürliche Rattenfarm ausgedacht hatte. So wurde Saban I. zur Nahrung für die ersten in Groß-Lappen produzierten Ratten. Der Grundstein zur Farm war gelegt. Saban II. begann aus voller Kehle zu singen.

Saban II. war ein Ideologe der Freizeit. Über ganz Groß-Lappen hin ertönte seine mannhafte, bosnische Singstimme. Für Saban II. arbeiteten die Gesetze der Natur und die Entwicklung – will sagen: ganz München, ein gut Teil von Südbayern, wie auch gewisse vorgeschobene Teile der Siebenten US-Armee. Die Ratten Sabans II. fraßen das beste Futter, das man sich in diesem Teil der Welt vorstellen konnte. Rund um den im Herzen von Groß-Lappen plazierten Kral Sabans II. kippten die Amis aus: Konserven, abgefahrene Autoreifen, alte Medikamente, Kleidung und Schuhe, Meßtischblätter und havarierte Fahrzeuge. Als erster ließ sich der US-Corporal Bobby Wood, Spaßmacher, Schlagzeuger und Stimmenimitator im Ami-Radio, mit Saban II. knipsen. Auf der Rückseite des Farbfotos, aus dem die Army eine Ansichtskarte machte, stand geschrieben, daß Saban II., Häuptling des tapfersten mitteleuropäischen Indianerstammes, alles gutheiße, was die US-Boys aus Heimweh in Bayern anstellen. Die Ratten Sabans II. ernährten sich sogar von Ungeziefervertilgungsmitteln. Wenn Saban II. nicht sang, wiederholte er: »Wenn's sein muß, fressen meine Ratten ganz München auf . . .« Es ist jedoch weder festgestellt worden, noch steht es irgendwo geschrieben, daß Saban II. den Schweinegrafen Richard gekannt hat.

Saban II. schloß sich schnell dem gesamteuropäischen Programm zur Rattenvertilgung an. Westeuropa zahlte für den Schwanz egal welcher Ratte eine D-Mark. Saban I. war ein banaler, seelenloser Rattentöter gewesen, während Saban II., der Neuerer, die Technologie der Produktion von Rattenschwänzen ohne Tötung entwickelte. »Wozu das Schaf töten, dessen Pelz man haben will?« fragte Saban II. einen Münchner Journalisten und erläuterte diesem zugleich seine Weltanschauung. In der *Abendzeitung* war danach zu lesen, in Europa gehe eine Million schwanzloser Ratten spazieren – genau jene, für deren Schwanz je eine D-Mark gezahlt worden war. In den Wandelgängen des Bayerischen Landtags sprach man vom dreisten, aber auch geistreichen Betrug eines Einwanderers aus Jugoslawien. Die westeuropäischen Regierungen waren jedoch nicht imstande, die Situation, in die Saban II. sie gebracht hatte, zu meistern. Saban II. wußte sehr gut, daß es ohne ihn nicht ging. Die Globalinteressen der Gesamteuropäischen Rattenvertilgungs-Union verlangten restlose Toleranz gegenüber dem dunkelhäutigen bosniakischen Weisen, der in einem Atem sowohl der größte Brecher wie auch der größte Nutznießer des Gesetzes war. Saban II. wurde – wie auch alle anderen, die am Rattenvertilgungsprogramm teilnahmen – von der Steuer befreit. Zum Unterschied von den anderen jedoch war Saban II. auch von Gewissensbissen frei.

Saban II. verkaufte seine Rattenschwänze nicht nur an den persönlichen Referenten des Münchener Bürgermeisters – mit dem er sich knipsen ließ –, sondern auch an andere Leute quer durch Dojtsch. Warenproben wurden nach Amsterdam verschickt, wo der Preis für ein Dutzend Rattenschwänze so hoch lag, daß er die Versandspesen deckte. Saban II. war fest entschlossen, mit den verbliebenen europäischen Monarchien ins Geschäft zu kommen – weniger des Profits als des Prestiges wegen. Den Anfang machte er mit Belgien und Dänemark, besonders aber mit Schweden, woher auch das erste Echo kam. Die Kursberichte von der Wiener Rattenschwanzbörse waren mehr als ermutigend. Saban II. rieb sich die schwieligen, vom Schwanzabhacken blutigen Hände.

Die Handelsgesellschaft Sabans II. war in sich geschlossen – streng privat. Es gab darin weder Aktionäre noch fremdes Kapital. Alle Verrichtungen wurden abgewickelt im Rahmen der Familie – die bestand aus drei balkanischen Zigeunerinnen in Pluderhosen, umgeben von einem Schwarm Kinder, und einer weißhäutigen, ziemlich verrückten Frau von der holländischen Vogelinsel Texel. Saban II. beschäftigte in seiner Firma weder Gastarbeiter noch Einheimische. Im Scherz nannte er sich den erfolgreichsten Einwanderer, der je aus Jugoslawien gekommen war. Überall dort, wo man in Bayern ein politisches Süppchen kochte, war man der Ansicht, Saban II. habe seit 1955 – dem Jahr der Liquidierung Sabans I. und des Übergangs auf Fließbandproduktion – mehrere Millionen Rattenschwänze produziert und vermarktet.

Saban II. konnte frei heraussagen, daß die Konkurrenz ihm nicht das Wasser reichen könne. Als erster tauchte auf seiner Rattenranch ein Bulgare namens Vančo auf – mit einer drei Meter langen Vorrichtung zum Fangen und Töten der Nager. Saban II. empfing ihn wie einen Bruder, umarmte ihn und gab ihm einen herzhaften Kuß auf den Mund. Das war in jenem Jahr, als die Holländerin dem Saban das dritte blonde Zigeunerkind gebar. Indes – Vančo war dauernd am Husten. »Von jenem Mundkuß!« jammerte der Bulgare teils zu sich, teils zu seinem stürmischen Freund. Vančo Todorow war eine zarte, unkriegerische Erscheinung mit fast durchsichtigen Ohren, engen Nasenlöchern und verträumten Augen. »Sing, bei deinem bulgarischen Gott!« brüllte Saban II. ihn an, während er ihm vorführte, wie man Rattenschwänze abschneidet: »Sing, sonst erstickst du . . .«

Eines Tages kehrte Vančo nicht von der Jagd zurück. Eine Flasche Mixgetränk im Arm, wartete Saban II. bis Mitternacht auf ihn. Vom Bulgaren war nichts zu sehen, nichts zu hören. Da küßte Saban II. notgedrungen seine Holländerin auf den Mund.

Nur der Slowake Hromy war ein beherzter und gewandter Jäger. Er verliebte sich in Schnaps und abgestandenes Bier.

Und er sang – so daß es Saban II. schien, als sollten sie beide, umarmt wie am ersten Tag, noch lange miteinander durch Groß-Lappen kreuzen. Sobald Hromy vollgelaufen war, begann er zu brabbeln: vom Messer, von Tschechenblut und von der Rache, um die es kein Herum gebe. Saban II. wickelte ihn um sich herum, tränkte und drückte ihn. Hromy griff sich mal an den Kopf, mal an den Hintern. Und jammerte, er habe genug vom Westen, von der Hoffnungs- und Heimatlosigkeit des Emigranten. Saban II., der von Natur ein Heimatloser war, verstand den Slowaken besser als irgendwer und bot ihm seine älteste Zigeunerin als Frau an. Eines Morgens fand Saban II. vor seinem Zelt die Rattenfalle des Bulgaren, bestehend aus Sprungfedern, Bindfäden und blutigen Brettchen. Von Hromy keine Spur. Saban II. seufzte und fluchte.

Am längsten verweilte in Groß-Lappen Ludwig Holzmann, ein angegrauter DDR-Deutscher mit dicken Brillengläsern. Von der ersten Begegnung an titulierte Saban II. ihn mit »Bruder, Freund, Doktor . . .«. Holzmann verstand nicht, wie jemand die Konkurrenz lieben kann. Saban II. bewirtete ihn – hauptsächlich machte er ihn besoffen. Der DDR-Deutsche verachtete die Fangvorrichtung des Bulgaren, aber eine eigene wollte er nicht haben. Holzmann jagte die Ratten mit einer Hand, und zwar ziemlich erfolglos, während er in der anderen Hand Tag und Nacht einen Wälzer hielt, auf dessen Umschlag jener Bärtige aus Trier abgebildet war. Alles sah danach aus, als sei der DDR-Deutsche ein Schriftsteller, ein Journalist, zumindest aber eine Bücherratte. Der Nostalgiker und Pessimist Holzmann war nicht fähig, sich mit einer Hand zu ernähren. Er aß, trank und schlief bei den Sabanovićs in der Besenkammer. Die Sabanovićs salbten und verbanden ihm die Wunden. Holzmann schlug sein Buch auf und begann: »Von Ware, Arbeit, Mehrwert . . .« Doch die Sabanovićs hatten weder Lesen noch Zuhören noch Nachdenken gelernt. Die Sabanovićs hüpften, jagten, jodelten. Holzmann gab sich seinem Buch hin – und der Fantasie von einer Zukunft ohne Kehrichthaufen, Profit, Kapital. Die Sabanovićs führten ihm vor, wie man singt, wie man hustet, wie man seine Triebe stillt. Sie boten sich ihm an. Holzmann zeigte mit dem Finger auf den Bärtigen, der den Umschlag seines Buches zierte, und winkte ab. Das kostete dem DDR-Deutschen den Kopf. Eine ganze Nacht lang lag er vor Sabans II. Holzstadl und röchelte. Sein Buch, seine Augen und andere weiche Organe fielen die Ratten schon an, bevor er ausgehaucht hatte. Wenn man ein einziges Mal dem Bulletin der Linken im Untergrund glauben darf, so waren Holzmanns letzte Worte gegen kapitalistischen Gestank, Ausbeutung und Mehrparteiensystem gerichtet. Die Emigrantenzeitung *Zukunft* behauptete in einem Artikel in mehreren osteuropäischen Sprachen, daß sich hinter dem Namen des grindigen Ludwig Holzmann ein gefährlicher DDR-Agent verborgen habe, dessen irgendwo in Groß-Lappen versteckter Geheimsender weiterarbeite und Kodewörter nach allen Seiten aussende. Die *Abendzeitung*, dem Beispiel Sabans II. folgend, schwieg leise.

Saban II., der Geld nicht nötig hatte, wußte nicht, wohin mit den DM, die sich bei ihm häuften. Von Zeit zu Zeit versammelte Saban II. die Seinen um sich und zeigte ihnen, wie er seine Ratten mit Banknoten fütterte. Die Sabanovićs waren keine Konsumenten im klassischen Sinne. Eine reiche Auswahl an Lebensmitteln, Kleidung, Schuhen und Kinderspielzeug – mit einem Wort: alles dessen, was der moderne Mensch braucht: in Groß-Lappen war es in Hülle und Fülle vorhanden. Saban II. verkörperte den einzigen Nichtkäufer der Bundesrepublik. So ist es völlig natürlich, daß er niemals die *Abendzeitung* zur Hand nahm – jenes Blatt, in dem am meisten über die brudermörderischen Metzeleien unter den armen Teufeln aus dem Südosten zu lesen war.

## 3

Kuznecov sagte zum wiederholten Male zu Marković, »seine Beine täten ihm weh und ihm sei übel, so daß er nicht wisse, ob er der Vorstellung bis zum Schluß beiwohnen können«. Marković stützte ihn. Apostolski saß am Lenkrad und sah zu, wie irgendwelche abenteuerlichen Gestalten, anzuschauen wie maskierte Schauspieler, um den beherzten Saban II. herumstrichen. Aus seiner Flasche wollten sie nicht trinken.

Marković wußte, daß Simo Mataruga-Python sich in seinem roten italienischen Zweisitzer mit Bonner Kennzeichen in Bayern herumtrieb, aber er hatte keine Ahnung davon, daß Python in dieser Nacht, katzenbuckelig wie ein Gespenst, hinter einem der Müllberge auftauchen würde. Auch in dieser Nacht trug Python weiße Handschuhe und einen Hut, dessen Krempe seine affenartig niedrige Stirn und den tückischen Blick verdecken sollte.

Man erzählte sich, sämtliche Stuttgarter Einbrecher, Kidnapper und Erpresser, vorwiegend die von der jugoslawisch-griechischen Grenze, hätten sich ihm ergeben und auf jede Selbständigkeit verzichtet. Und die Berliner Schmuggler von Haschisch, Heroin und leichten automatischen Waffen seien auf ihn zugekommen und hätten ihm lebenslange Ergebenheit geschworen. Und es mußten vor Python auf die Knie jene Polen und Bosniaken, die bis zu ihrem Untergang gewisse Stadtteile von Triest, Mailand und Genua besetzt gehalten hatten. Es schien, als wolle Python sogar den Kolar übertreffen. »Pythons Hyänen« – so nannte er seine von Angst und Gold verblendete Truppe – operierten im Elsaß, in der Schweiz, in Österreich. Einige drangen bis zum Atlantik vor und kamen dort um. Python selbst hielt sich an Bonn und Baden-Baden. Und er servierte – wie er sich schon zu Zeiten seines Konflikts mit Kolar ausgedrückt hatte – weiterhin seinen alten Weibchen und alten Männchen. Er spielte auch fleißig, suchte zwischendurch nach Dostojewskijs Fauteuil, war unglücklich, daß er gewann. Ich weiß nicht, was ich mit den Tausenden von Dollars, Gulden und Francs anfangen soll, sagte er zu einem alten Emigranten – seit kurzem Clochard und Mitarbeiter der Zeitung *Zukunft*. Aber nach München war er gekommen, um für eine ganze D-Mark jemanden zu schlachten, und das war seine Rache.

Python hielt mit freiem Blick Ausschau nach seinem Opfer. In der einen Hand hielt er seine Diplomatentasche mit dem diamantenen Monogramm, in der anderen ein Schlachterbeilchen und eine Frotteeserviette.

## 4

Zähneklappernd stand Ephraim Jankelewitsch Frumkin neben Python, in einem alten, zu weiten Anzug, bedrückt und durchnäßt. Er war barhäuptig, ausgezehrt, unsicher auf den Beinen. Kaum daß man seine Worte verstehen konnte. Und er wollte doch, daß alle begriffen: *Er*, Märtyrer aus Odessa, deutscher Lagerhäftling Nummer soundso, jetzt Landstreicher und Bettler, hatte das Schlachtfest, auf das alle warteten, bestellt – und eine D-Mark, die an Herrn Mataruga-Python fürs Schlachten schon im voraus gezahlt worden war, stammte von *ihm* . . .

Frumkin hatte eine dicke Kladde, sie glich dem Hauptbuch eines Lagerverwalters, im Arm und war bereit, die erforderlichen Eintragungen zu machen. Die Zähne wackelten ihm, während er berichtete, auf Richards Hochebene sei ihm das Blut ausgewechselt worden. Hiermit erklärte Frumkin sich die zunehmenden Schmerzen unter den Rippen und im Bauch, die Schlaflosigkeit – durchweht von Fledermäusen und Faltern mit silbrigen Flügeln – sowie sein Weinen, das stets in ein Röcheln überging. Der Jude hatte noch sämtliche Finger und beide Augen, aber angeschnittene Ohren.

## 5

Marković beobachtete, wie der Rumäne Vasco Lupescu und der Tscheche Otakar Hodek eine mit Stricken verschnürte Last vom Aussehen eines Menschen aus einem Kombi zerrten.

Lupescu, den die Schillerstraße aus Zärtlichkeit ›Hinterhältiger Wallach‹ nannte, behauptete den neugebackenen Flüchtlingen gegenüber, er sei der dienstälteste osteuropäische Emigrant. Er forderte, daß man ihm diese Würde zubillige. Die Schillerstraße betrachtete ihn als den Doyen des Emigrantencorps.

1941 hatte Lupescu sich bei einem deutschen Troß gemeldet. Er sagte, auch er wolle über Rußland herfallen. Die Deutschen musterten ihn. Lupescu war zäh. Die Deutschen kleideten ihn ein, nahmen ihn mit. Bis kurz vor Moskau schälte er Kartoffeln, zerkleinerte Rüben, unterhielt die Unteroffiziere. Vor Moskau wurde er ohnmächtig. Vor Kälte – verteidigte er sich später. Erst in seinem Bukarest kam Lupescu wieder zu sich. Es war Sommer, der Krieg noch nicht gewonnen. Lupescu, in dessen Knochen sich Angst und Frost eingenistet hatten, zitterte in einem fort. In jenem Sommer begann er, alles Wollene zu sammeln und sich darin einzuwickeln. Indes – er klapperte weiter mit den Zähnen. Zum zweitenmal verlor Lupescu 1945 den Verstand, als die Deutschen die Kapitulation unterschrieben. Lupescu war an jenem Tag in München. Er fiel stracks um. Wieder kam der Sommer. Lupescu wußte, daß er den Krieg verloren hatte. Und er wußte auch, daß er zitterte wie einer, der Malaria hat.

In der Schillerstraße wurden auch heute noch seine Nachkriegsgedanken kolportiert: Ein Mantel – das Wichtigste ist ein Mantel; der Mantel muß dir vom Kopf bis zu den Fersen reichen; wenn die Leute dich in einen Mantel gehüllt sehen, kommt ihnen nicht in den Sinn zu fragen, was du ohne Unterhosen bist . . . Alle Mäntel, zu denen Lupescu es brachte, waren ihm zu lang. So groß war er! Seit man ihn kannte, hatte Lupescu, wie auch heute nacht, einen Nagel mal in dem einen, mal im anderen Mundwinkel, so daß man in der Schillerstraße vermutete, er sei bis zum Abmarsch an die Ostfront nicht hoher Offizier bei Hofe gewesen, sondern Schuster.

6

Der Rumäne half dem knochigen, krummen Tschechen Hodek. Hodek wußte nicht, von welcher Seite er das menschliche Wesen anpacken sollte, das im Sack zappelte und würgte. Seit der Nachkriegsemigrant Otakar Hodek nach Dojtsch gekommen war, trieb er sich ohne Mantel auf Bahnhöfen herum, was Lupescu entsetzte. Im Unterschied zu dem Rumänen – der es nicht verwinden konnte, daß man ihn in Nürnberg nicht auch ihn, wie andere, abgeurteilt hatte – betete der Tscheche ununterbrochen zu Gott. Die Gebete erwärmten ihn.

Hodek verkaufte Kalender, Heiligenbildchen, Kirchenkitsch. Seinen Verdienst zahlte er regelmäßig in einen Fonds ein, aus dem, so erläuterte man ihm, die Kämpfer zur Befreiung der Tschechoslowakei bezahlt werden. Immer wieder behauptete der Tscheche, über die Welt herrschten Kommunisten, Slowaken und Madjaren, ferner eine weitere Nation, von der auch die ältesten Emigranten der Schillerstraße noch nichts gehört hatten. Hodek stellte aus Wachs nicht nur Blumen und Kruzifixe her, sondern auch lange Messer und Galgen. Er sei, sagte er, in der auserwählten Legion des Erzengels Michael gewesen, welcher – und diese Behauptung unterstrich er, indem er mit wächsernen Bomben auf den Tisch schlug – als einziger erfolgreich gegen Satan und dessen Untertanen und Helfershelfer im Himmel wie auf Erden angekämpft habe.

Und auch ihm schenkte die Schillerstraße Glauben.

7

Noch aus Zirndorf kannte Marković den Polen Pjotr Branicki – diesen Schrank von einem Kerl mit breitem Seemannsrücken, ewig entzündeten Augen, dichtem aschfarbenen Haar und gottweißwieoft gebrochener Nase. Der schnippelte jetzt mit dem Messer mal am Strick, mal am Sack herum, nicht darauf achtend, ob es ihm in die eigenen Finger oder dem Opfer ins Fleisch ging. Damals hatte Pjotr für Erić gearbeitet. Es war die Zeit, als Erić von Mensch und Tier zutiefst enttäuscht war. Der Serbe Erić stieß mit dem Bulgaren Nastas Tapir wegen einiger vierzehn Stück frischgebackener Emigranten aus der Slowakei zusammen, auf die beide einem Rumänen namens Florescu eine Anzahlung geleistet hatten. Erićs Gorilla verriet seinen Herrn, indem er sich auf die Seite des Bulgaren schlug. Der Serbe durchsiebte den Affen, einen Monat später metzgerte er auch den Bulgaren. Tapir wurde von der Isar mitgenommen. Von alledem stand in der *Abendzeitung* kein Sterbenswörtchen. Gerade vor der Presse hatte Erić die größte Angst. Branicki folgte ihm auf den Fersen und sang ihm zur Harmonika mit gebrochener Stimme etwas Zärtliches aus dem äußersten Norden Polens vor. Erić vergoß würdevoll Tränen – doch nicht um Tapir, sondern um seinen schwarzen Affen Sira, den nun das Gewürm von München zerstückelte und in alle Richtungen verschleppte.

Wenn Branicki weder mit Messer noch mit Harmonika beschäftigt war, hatte er mit Erićs Formularen zu tun. Wie ein Wiesel strich er die osteuropäischen Grenzen entlang und lauerte. Die meisten Emigranten waren Slowaken, Madjaren und Tschechen. Um ihre Stabilität und Tragfähigkeit zu prüfen, bestieg Branicki sie unweigerlich und ritt sie. Erst dann teilte er sie in Gruppen ein und brachte sie zu den Flüchtlingssammelpunkten. Erić hielt Musterung und fuchtelte dabei bald mit einem musealen Säbel, bald mit einem Prügel. Dann schor, badete und verkaufte er sie. Oder er schickte sie in ihre Baracken zurück. Niemand verstand es so gut wie Erić, auf den günstigsten Kurs zu warten! Eine Zeitlang hatte man Branicki für die Hoffnung der gesamten slawischen Emigration gehalten. Um seine Gewandtheit und Unerschrockenheit bildeten sich Legenden. Als wäre er vorherbestimmt, als erster in Warschau, Prag und Moskau einzumarschieren. Am Bodensee exerzierte er so gut wie mit allen osteuropäischen Diversanten und Terroristen. Jederzeit steckte er voller Geld, Schokolade, Zigaretten. Es war schwer, mit ihm ins Gespräch zu kommen. Seinen tausendsten Fallschirmabsprung feierten die Ukrainer ausgiebig in einem bayerischen Biergarten an der Straße nach Tölz. Die Begrüßungsansprache hielt Bondarenko.

Indes: Branicki verfiel schnell dem Suff. Als es galt, im jugoslawischen Konsulat in München, bei LOT und JAT Bomben zu legen, fiel er in die Knie und begann zu weinen, als hätt' er's mit seinen eigenen Leuten zu tun. Brüder! schrie er und lief davon. Seine Feigheit sprach sich bis nach Stuttgart rum. Vor Schande wollte Branicki seinem Leben und seinen Qualen ein frühes Ende setzen. Aber womit? jammerte er in Zügen und auf Bahnhöfen herum. Nicht eine einzige Terroristenorganisation wollte ihn mehr haben. Er bot sich den Albanern an, den Kurden, den Bulgaren. Er hatte keinen Pfennig in der Tasche. Python jagte ihn vor den Augen von zehn seiner Legionäre davon mit den Worten: Polack, du mußt dich umbringen! . . . Branicki nahm Richtung auf Richards Hochebene. Dort wurde ein Überfall auf das jugoslawische Konsulat in Stuttgart geprobt. Eines Nachts entdeckte Richard den Branicki und einen Slowaken namens Miroslav auf seiner schwarzen Fürstin. Richard warf Miroslav der Josefine vor, die ihn in Stücke riß. Dem Branicki schnitt Richard nur den rechten Daumen ab. Sobald er sich erholt hatte, steckte Branicki ein paar Baracken in Brand, in denen jugoslawische Gastarbeiter wohnten. So wurde er die Hochebene und die Gefangenschaft los. Seither glaubt Branicki an die Schwarze Magie, an Zahlen und allerlei Wunder. In den Spelunken um den Münchner Hauptbahnhof herum nennen sie ihn ›szuja‹, den polnischen Emigrantenniemand.

## 8

Marković, hinter dem langsam zu sich kommenden Kuznecov stehend, sah versteinert zu, wie Lupescu und Branicki einen nackten Männerleib aus dem Sack zogen. Hodek bekreuzigte sich. Die in der Dunkelheit standen, hüstelten ergötzt: Sandor Kolar! Zusammengeschlagen und grün, an Händen und Füßen gefesselt, schaute Kolar sich um. Marković hatte den Eindruck, Kolar nehme niemanden wahr – auch nicht Saban II., der ihm einen Groß-Lappener Schnaps anbot. Quer über Kolars Brust verlief als Tätowierung die Donau. Im Schein der Flamme, die ein paar Schritt von dieser gut vorbereiteten Szene züngelte, blitzte Pythons Messer auf. Marković, der um Kolars willen Tränen in die Augen bekam, bemerkte nicht, wer als erster damit begann, Fragen zu stellen und Beleidigungen auszusprechen . . .

Hodek: »Madjar – hast du deine schwarze Mauer endlich fertig?«

Kolar: »Noch nicht, du Tschechenknödel!«

Hodek: »Wessen Denkmal soll das eigentlich sein?«

Kolar: »Unser, euer, aller Emigranten Denkmal.«

Hodek: »Wann wird es fertig sein?«

Kolar: »Nie!«

Hodek: »Wieso das?«

Kolar: »Aus dem Osten flieht man seit Anbeginn der Welt. Die große Flucht steht erst bevor.«

Hodek: »Was wird mit dem Denkmal nach deinem Tode?«

Kolar: »Die Mauern werden wachsen!«

Hodek: »Warum sind die Ziegel schwarz?«

Kolar: »Ich hab's so bestellt und bezahlt. Ich wollte es so!«

Frumkin, das dicke Buch im Arm, mit einer sich überschlagenden Stimme: »Sandor – als du mich in jener Nacht entführtest und denen auf der Hochebene verkauftest, konntest du dir da vorstellen, daß dich eine solche Strafe ereilen wird?«

Kolar: »Jude, du Buchhalter des Todes – ich hab' alles getan, damit die Strafe mich so schnell wie möglich ereilt!«

Frumkin: »Wieviel hast du für mich bekommen?«

Kolar: »Mehr als du für mich, Fomka.«

Frumkin: »Sandor – mir geht es nur um die Rache.«

Kolar: »Auch mir, Jankelewitsch!«

Frumkin: »An wem wirst du dich jetzt rächen?«

Kolar: »Wisch dir die Tränen, Buchhalter, und schneuz dich!«

Frumkin: »Stimmt es, daß du eine Million D-Mark angesammelt hast?«

Kolar: »Ich geb' jedem von euch eine Million, oder zwei. Laßt mich nur laufen.«

Frumkin: »Rache ist Rache, Sandor!«

Jetzt nahm Lupescu die Stelle des Juden mit dem Buch ein und sprach laut, daß alle es hörten:

»Kolar, wir haben gehört, du hast eine Autobiographie in Versen geschrieben, ein Epos.«

Kolar: »Ein Drama, Prinz!«

Lupescu: »Wo hast du's?«

Kolar: »Vergraben auf dem Gipfel des Vesuv!«

Lupescu: »Weshalb gerade dort?«

Kolar: »Dort ist es an einem Tag und einer Nacht geschaffen worden. Alfonso, mein Bosniake, ist mein Zeuge. Mein Drama liegt unter der Asche!«

Lupescu: »Du willst wohl, daß uns dieses dein Drama verschüttet, wenn es mit der Lava aufkocht. Ist es so?«

Kolar: »Ihr seid schon verschüttet . . .«

Kuznecov – dessen Stimme nichts von Rachegelüsten verriet: »Ungar, verfluchter Ungar – du bist mir zehn Rumänen, fünf Stück Esten oder Letten, was weiß ich, und dann noch fünf Stück Polen schuldig geblieben. Zu schweigen von jenen fünfzehn Stück galizischer Zigeuner, Walachen und Kaschuben!«

Kolar: »Batjuschka – auch du hast mir jene zwanzig Stück Bulgaren nie zurückgegeben. Ich hatte sie dir geliehen, nicht geschenkt!«

Kuznecov: »Ungar – heut nacht müssen wir unsere Konten ausgleichen.«

Kolar: »Rechnet aus! Dazu seid ihr ja da!«

Kuznecov: »Wo ist deine Korrespondenz?«

Kolar: »Batjuschka, auch du wirst sterben; dann wirst du sehen, wie es ist, wenn man nach Briefen gefragt wird.«

Kuznecov: »Wir gehen nicht eher von hier weg, bis wir deine Korrespondenz gesehen haben.«

Kolar: »Sie ist in meinem Eingeweide, in meinem Bauch – irgendwo da unten. Sucht sie!«

Kuznecov: »Nach einer deiner Theorien ist ein Madjare ein Geschöpf ohne Herz, ohne Nieren, ohne Pankreas . . .«

Kolar: »Batjuschka, das ist keine Theorie. Das ist so! Einst, vor langer Zeit, hatte der Madjare ein Herz. Das hat die anderen an ihm gestört – sie haben's in ihm erstickt! Auch eine Seele hatte er, der Madjar. Auch die haben sie ihm genommen – sie brauchten eine solche Seele! Organ um Organ haben sie dem Madjaren genommen, Rippe um Rippe. Zurück blieben ihm nur Kiemen, Hufe und der Schwanz!«

Kuznecov: »Bezieht sich dies alles auch auf dich?«

Kolar: »Batjuschka Timofejitsch – ich bin leer . . .«

Saban II., böse, weil Kolar seinen Schnaps ablehnte: »Dann sing uns wenigstens was, bei deinen hundert Göttern!«

Und Kolar, Silbe für Silbe artikulierend, sang, mit Wärme in der Stimme. Es war das Lied vom Kranich, der in die Heimat zieht und dem der arme Wandergeselle in der Ferne einen Gruß an sein Täubchen daheim mitgibt, und es soll nicht um ihn weinen, das Täubchen daheim, es soll ihn vergessen:

»Darumadár fön az égen
Hazafelé szálldogál.
Vándorbottal a kezében
Szegénylégeny meg-megáll . . .
Repülj madár! ha lehet,
Vidd el ezt a levelet,
Mondd meg az én galabomnak . . .
Hogy ne sírjon, ne sirason
Engemet . . .«

Kuznecov: »Ungar, du hast unsere gesamte Emigrantennation gekränkt. Die Lebenden ebenso wie diejenigen, deren Gebeine in der eisigen Fremde modern.«

Kolar, sich die Tränen leckend: »Der Hund soll eure Mutter vögeln! Wenn ihr wärt, wie ihr sollt, wärt ihr daheim gestorben, wie Menschen, und würdet nicht im Westen Kreuze mit euch rumschleppen und Friedhöfe gründen! Ihr Syphilitiker!«

Python: »Meine Herren Senatoren – mir liegt nichts an solchen Gesprächen. Ihr beleidigt euch gegenseitig. Von indischer Philosophie, von Emigranten-Yoga und von den ›Numbers‹ des Isidor Kozminsky habe ich weder eine Ahnung, noch werde ich je eine haben. Im Unterschied zu euch Hofschranzen habe ich keine Zeit!«

Kuznecov: »Schlachten Sie, Herr Mataruga!«

Kolar: »Vergiß nicht, Batjuschka, daß sämtliche Schulden, die unser Dostojewskij in Baden-Baden gemacht hat, bezahlt sind. Hundertfach!«

Kuznecov: »Ist dir das so wichtig, Ungar?«

Kolar: »Das Wichtigste! Und ich verlange, daß man das Subotica meldet!«

Kuznecov: »Wem?«

Kolar: »*Ihr!* Subotica.«

Kuznecov: »Sei unbesorgt, Ungar!«

Kolar zu Simo Mataruga-Python, der die Ärmel hochkrempelte und sich räusperte: »Bosniakischer Affe du – du stinkst immer noch nach den Gedärmen deines Marchese! Mistkäfer du!«

Bis zu dem Augenblick, da Python ausholte, glaubte Marković, diese mitternächtliche Emigrantenposse werde, wie üblich, mit Flüchen, gegenseitigen Beschuldigungen und schließlich mit Aufteilen des Geldes oder irgendeiner anderen Beute zu

Ende gehen. Deshalb sprach Marković die Worte, die ihm die Kehle würgten, nicht aus: Schlachtet nicht meinen großen Bruder . . .

In die Gegend unterhalb der linken Brust gestochen, dort, wo seine Donau am tiefsten und unruhigsten war, erzitterte Kolar, röchelte, dann machte er sich lang.

Marković vermeint aufzuschreien – in Wirklichkeit weint er nur leise vor sich hin, genau wie Jermolaj Timofejitsch Kuznecov, der eine Hand auf seiner Schulter liegen hat.

Python stand wie ein Schauspieler über dem toten Kolar und flüsterte: »Madjar, wie oft hab' ich dir aus dem Rheintal die Botschaft übermittelt: Teilen wir! Aber du wolltest nicht. Jetzt sind alle Flußtäler der Bundesrepublik mein!«

Kolar lag still da. Nichts von Rache glomm in seinen offenstehenden, schrägen Augen. Der Regen netzte ihn, eine Flamme erleuchtete seine hohlen Wangen . . .

## 9

Marković hätte das Messer, das in Kolars Brust steckte, vergessen, wäre nicht noch einiges hinterher passiert. Otakar Hodek forderte im Namen des Erzengels Michael und seiner irdischen Agenten und Soldaten, daß man dem geschlachteten Gotteslästerer und Übeltäter die sündigsten Organe abschneide und sie so weit wie möglich fortwerfe: den Schwanz und – fügte er mit halber Stimme hinzu – die Eier mit Sack. Python säbelte gleich drauflos. Hodeck ergötzte sich am Zuschauen. Frumkin verdrehte vor Trunkenheit die Augen.

Lupescu – außer Kuznecov der einzige, der warm genug angezogen war – sah aus wie ein Rabe ohne Schnabel. Er verlangte für sich Sandors Hand, aber die rechte und bis zur Schulter – jene, (flüsterte er) die Millionen gezählt hatte und die die stärkste und grausamste war. Python holte mit dem Beil aus. Lupescu wartete – fing auf.

Pjotr Branicki weinte. Er hielt den flinksten Fuß von Dojtsch, Österreich und Schweden im Arm. Er flüsterte, er habe sich die Bestrafung des Größten anders vorgestellt. Hinter dem Polen zitterte ein Mann, der sein Gesicht nicht zu zeigen wagte. Er erhob Anspruch auf ein Stück vom Madjaren, das schon zu Beginn der Verhackstückung einem anderen zugeteilt worden war.

Frumkin sortierte und protokollierte des Madjaren Organe und Teilchen in allen osteuropäischen Sprachen, sein Jiddisch eingeschlossen. Saban II. sang.

Da erklang donnernd Kuznecovs Stimme, man möge Kolar aufschlitzen vom Unterleib hinauf in Richtung Kehle, und die Korrespondenz suchen, die Lissaboner Adressen, die Millionen. Python wütete mit dem Messer, fuchtelte mit dem Beilchen und trennte Knochen, Fleisch und Knorpel. Und schob die Hand hinein und wühlte in Kolar herum. Und teilte über die Schultern hinweg dem Russen, der die Ohren spitzte, mit, daß da drinnen keinerlei Papiere seien. Kuznecov donnerte, man solle weiter suchen!

»Brüderchen«, stöhnte Mataruga, »es ist unmöglich, diesem Madjaren das Herz aus dem Leibe zu reißen!«

»Herr Python, ist es denn so klein und verkümmert?«

»Brüderchen – in diesem Brustkorb gibt es sonst nichts, nur das Herz . . . Alles *ein* Herz – ein madjarisches . . .«

»Brüder!« wandte Kuznecov sich an die Schemen ringsherum: »Jetzt wißt ihr, womit Kolar geatmet und alles andere gemacht hat!«

»Ich bereue!« platzte Frumkin heraus – und trug in sein Buch ein, das größte Emigrantenherz sei in Groß-Lappen geblieben.

Und Kuznecov befahl mit unterdrücktem Grimm und Ekel: »Herr Python – zerschlag ihm sein Fej, seinen Schädel! Damit wir sehen, was sich im Inneren des schönsten ungarischen Kürbisses befand!«

»Ein seit neun Jahren ungültiger jugoslawischer Paß!« teilte Mataruga mit verängstigter Stimme mit – und zeigte, an welcher Stelle und wie im jetzt gespaltenen Schädel der Ausweis mit dem vergoldeten Wappen auf dem Deckel gelegen hatte. »Er hieß tatsächlich Sandor Kolar! Und war aus Subotica!«

Und der verschüchterte Frumkin – während die Darsteller auseinandergingen und ihn mit seinem Buch allein ließen – flüsterte: »Laßt mich nur noch eintragen, daß diese Vorstellung am 30. November 1972 stattgefunden hat, unmittelbar vor Morgengrauen . . .«

Python tat sein Beilchen in die Diplomatentasche zurück, grüßte niemanden und nahm am Steuer seines Zweisitzers Platz. Saban II. bot auch ihm Schnaps an. Python schwang seinen Wagen übers Feuer und entschwand.

Auch die anderen machten sich davon. Einige in Rumpelkisten mit erloschenen Scheinwerfern, andere zu Fuß – durch die

Gäßchen, die Saban II. und die Seinen zu ihrem Vergnügen durch den Müll gezogen hatten . . .

## 10

An Jermolajs Münchner Wohnungstür hing ein Schild mit einem deutschen Vor- und Zunamen. Die Wohnung bestand aus einem Salon mit Kamin und einigen Zimmern, die vollgestopft waren mit den allermodernsten Waffen und Uniformen fast aller europäischen Armeen, Gendarmerien und Polizeien. An den Wänden des Salons hingen alte, angerostete und meist durchlöcherte Helme sowie russische, griechische und serbische Ikonen, an denen Kuznecov den Ruß, den Brandpilz und, wie er sagte, den Rauch am meisten liebte.

»Wir sind unschuldig«, sprach Timofejitsch leise, während Marković ihm die Stiefel auszog und seine Füße mit Hirschtalg einrieb. »An den Morden, die wir begangen haben, ist ein anderer schuld. Alles, was wir bisher getan haben und noch tun werden, ist ein Beweis der Schuld anderer. Wir sind machtlos, schutzlos. Deshalb töten wir! Wie soll man euch klarmachen, daß wir so lange Blut vergießen werden, bis ihr begriffen habt, daß unser Emigrantenleben eine Sühne und unsere Schuld eine Anklage gegen euch ist? Wer wird je unsere Sünden büßen – und wie?!«

Eine Sammlung von Kreuzen aus allen orthodoxen Ländern und aller orthodoxen Völker schmückte die Wand, die den geräumigen Salon von Jermolajs Schlafzimmer und jenem Gemach trennte, in dem Marković, halb angezogen und die Maschinenpistole auf der Brust, zu wachen hatte. Diese Wand bestand aus lauter Nischen und versteckten Kämmerchen, die in Markovićs Gegenwart noch nicht geöffnet worden waren. Die Tür zum geheimnisvollsten Raum, vor dem das Ewige Licht flackerte, war zwei Meter breit. Dort drin pflegte Kuznecov zu beten und sich zu bekreuzigen – meist nach dem Abschluß eines guten Geschäftes oder bevor er sich zur schlaflosen Ruhe begab. Einzig in diesem Raum durfte weder gesoffen noch Unzucht getrieben werden.

»Steigt hinunter in den Schacht, o ihr Menschen von der Erdoberfläche«, fuhr Kuznecov mit glasigen, irren Augen fort und machte sich eine Flasche Gin warm: »Wenn ihr auch nur für einen Augenblick zu uns herabsteigt, werdet ihr durcheinandergewirbelte Knochen sehen – die leuchten, verfaulen, verursachen Augenbrennen und klagen an. Ihr werdet sehen, daß bei uns, in der Unterwelt, die Ziele aller Aufstände und Revolutionen verwirklicht worden sind – daß wir alle die gleichen Rechte, das gleiche Schicksal haben, das heißt: Sühne. Wir – nicht ihr! – haben die Unterschiede zwischen den Menschen und ihren Religionen aufgehoben. Das gleiche Emigrantenvolk lebt sowohl unter Chicago wie unter Hongkong und München. Wir haben jede Herrschaft, jeden Staat abgeschafft, so daß wir mit Stolz zu euch sagen können: zum erstenmal in der Geschichte sind Brüderlichkeit, Gleichheit und Utopie verwirklicht worden. Über der Erde verlaufen Grenzen. Wir kennen keine – wir anerkennen keine. Oberhalb der Erde verläuft eine Unzahl von Wegen – unterhalb nur ein einziger, unser gemeinsamer, ohne Kreuzungen und Schilder; der Weg des Leidens und der Sühne, des Blutes und des Todes!«

Die gewaltigen Koffer, auf denen noch die Aufkleber von Hotels in Belgrad, Bukarest und Budapest zu sehen waren, verbarg Kuznecov vor niemandem. Er war stolz auf sie. Und öffnete sie für Marković.

Sie waren angefüllt mit musealen Kleidungsstücken, altertümlichem Schuhwerk, vor fünfzig und mehr Jahren eingepackter und schon vergilbter Wäsche, Spiralfedern, Gewichten jeder Größe und jeder Form, Masken, kupfernen Schlagringen aus dem Jahre 1917, Peitschen, alten russischen Tausendrubelscheinen, Schuldscheinen, Tarockkarten, Stricken, Messern, Eintrittskarten zum Bolschoi-Theater . . .

Ob betrunken oder nüchtern – Kuznecov verlangte, daß man ihm aus Rußland ein geräumiges – und sauberes, fügte er hinzu – Grab herbeischaffe. Niemand konnte ihm diesen Wunsch erfüllen, den er seinen letzten nannte. Diejenigen, die heimlich nach Rußland gingen, brachten ihm von dort Erde mit, Kilo um Kilo, und schütteten sie in den Sack, der unter dem Ewigen Licht vor dem Zugang zum geheimnisvollsten Gelaß lag.

Jedoch – es war Kuznecov immer noch zu wenig Erde. Deshalb erklärte er jetzt auch, während Marković seine wundgeriebenen Füße salbte, er werde, sobald Kommunismus und Atheismus zusammengebrochen seien, als erster den Westen verlassen, der ihm auf keine Weise gerecht werden könne. Er wünschte, in die heilige Erde Rußlands gebettet zu werden, irgendwo am Don. Die Koffer warteten darauf, in irgendeinen Zug gen Osten verladen zu werden . . .

Nach der Hinrichtung des Sandor Kolar verließen Kuznecov und Marković die Wohnung in der Georgenstraße tagelang nicht. Kuznecov hob zum wiederholten Male hervor, er habe zum erstenmal, seit er mit den Menschen abrechne, einen Besseren als er selbst umgelegt. Marković bemerkte, wie er mit zusammengezogenen Brauen betete – für Sandors unschuldige und, so fügte er flüsternd hinzu, madjarische Seele.

Apostolski, der sich für die Fahrt nach Antwerpen rüstete, brachte ihnen Essen, scharfe Getränke und Illustrierte. In der *Abendzeitung* stand kein Wort von der Rache in Groß-Lappen – so daß Kuznecov, über diesen Umstand ebenso befriedigt wie erzürnt, zum Fenster hinaus, die überirdische Welt zu beschimpfen begann und sie herzlos nannte und syphilitisch und sie schließlich auch für schuldig befand am vergossenen Blut des blonden eltern- und beschützerlosen Suboticaer Jungen.

Kuznecov lag da, eine Flasche im Arm. Und sprach zu einem imaginären Publikum von seiner Verzweiflung und seiner Trauer um Kolar. Seine Augen waren glasig. Mal faselte er von Dostojewskij, mal von Bondarenko, mal von den Bolschewiken oder den russischen Emigranten – den Solidaristen, wie er sie nannte, mit denen er sich auf keine Weise einigen konnte –, am häufigsten aber von den zeitgenössischen Journalisten und Schriftstellern, die über Menschen und Themen nicht die Wahrheit zu schreiben vermögen. Und schloß seine Tiraden damit ab, daß ihn schon seit Jahren, vor allem aber seit der antiken Tragödie von Groß-Lappen, die Vorahnung seines Todes verfolge – eines elenden Endes, von dem in der *Abendzeitung* kein Wort stehen würde . . .

## 11

Als Landstreicher verkleidet und vorsichtiger denn je bog Marković in die Schillerstraße ein. Er wollte von den Emigranten und anderen Clochards, die sich am Bahnhof rumtrieben, hören, was man sich von dem Ereignis in Groß-Lappen erzählte. Niemand wußte was.

Am Eingang zum Café *Schiller* stieß Marković auf Frumkin. Jankelewitsch glich denen, die, den Balkan-Expreß erwartend und verabschiedend, auf den Bahnsteigen herumschleichen und bei lebendigem Leibe zerfallen. Frumkin hatte sein Lagerverwaltungsbuch im Arm. Er zeigte allen, auf welchen Seiten und in welchen Rubriken die einzelnen Organe des Madjaren eingetragen waren.

Niemand glaubte Jankelewitsch – auch nicht, daß er mal das *Odessa* besessen hatte, daß er daraus auf Richards Hochebene entführt worden und daß er von dort geplündert zurückgekehrt war, mit angeschnittenen Ohren und ausgetauschtem Blut. Da begann auch Frumkin von der Vorahnung eines häßlichen, gewaltsamen Todes zu sprechen, von Saban II. und dessen millionenfachem Rattengezücht. Jetzt lachten selbst die Trübsinnigsten und Besoffensten.

Marković führte ihn die lange Goethestraße hinab. Sie wichen den Türken aus, die, nach kleinasiatischem Talg, ungelüfteten Zimmern und deutschem Mörtel riechend, scharenweise in Richtung Bayerstraße und Bahnhof drängten. Irgendwann nach Mitternacht war des Alten Herz voll, und während er nur mühsam auf dem Gehsteig vorankam, ging ihm der Mund über:

»Mark, mein Freund – wenn du kannst, beerdige mich nach unseren östlichen Bräuchen. Nur so werde ich im Jenseits mit dem armen Judenvolk von Odessa, Izrailevka, Cherson vereinigt sein. Kreuze mir nicht die Arme. In die Hände leg' mir je eine kleine Astgabel. Diese gabelförmigen Zweiglein werden im Jenseits zu Krücken heranwachsen. Ohne diese Krücken könnte ich am Tage des Jüngsten Gerichts nicht einen Schritt tun. Auf die Lider leg mir je ein Stückchen Porzellan – oder sonst einen kühlen und sauberen Gegenstand. Uns Juden tut es am meisten um die Augen leid. Und so sollen auch mir die bayerischen Würmer, bevor sie an die Augen kommen, zuerst Herz und Hirn wegfressen . . .«

Marković ließ Jankelewitsch hinter einer Mülltonne zurück. Dort wurde Frumkin nicht naß, und ausstrecken konnte er sich auch. Auf dem Rückweg zum Bahnhof begegnete Marković an einer Ecke dem Enver Papak.

Papak, einen Plastikhelm auf dem Schädel und in eine Art Pelerine gehüllt, wollte ihn umarmen. Es ging nicht – beide Arme fehlten ihm bis zu den Schultern. Während Marković ihn betrachtete, wichen die Falten aus Papaks abgemagertem, geschundenem Gesicht.

»Enver, Bruder, erzähl!«

Und Enver begann – mit einer Stimme, in der weder Haß noch Rache waren: »Zur Strafe, daß ich mich nicht traute, den jugoslawischen Konsul in München umzulegen, brachten sie mich ein zweites Mal auf die Hochebene und in den Schweinestall. Das Abschneiden meiner Rechten dauerte mehr als eine Stunde. Der Vampir war in jener Nacht vom Weinen und Geisterbeschwören müde, so daß er mir den Arm nicht auf Anhieb abtrennen konnte. Er murkste, hackte, sabberte. Wären die in der Franziskanerkutte ihm nicht beigesprungen, hätt' er mich nicht mal beim zehnten Anlauf von meiner Rechten befreit! Ich sah zu, wie Josefine meine Finger verspeiste, und wie das Phantom über mir musizierte. Ich genas und lernte ein paar seiner Kalender auswendig. An der Reihe, abgeschossen zu werden, war nun unser Konsul in Stuttgart. Wir brachen auf. Sie mit einem Sack voll Insekten und mit einem schwarzen Ferkel, ich mit einer Bombe. Mit dem Konsul sollte es so gemacht werden wie damals mit dem Botschafter Rolović in Schweden. In Ordnung, sagte ich und näherte mich dem Konsulat. Doch statt die Bombe auf unser Gebäude zu werfen, warf ich sie auf den Kombi, mit dem wir von der Hochebene runtergekommen waren. Stell dir vor – die Bombe zündete nicht! Wir kehrten zurück, hinauf, ohne Ferkel, ohne den Sack Wanzen, ohne die Bombe. Den linken Arm schnitt mir der Ukrainer Dmitro ab – während er von der bevorstehenden Sintflut sprach. Der Vampir musizierte. Von allen Seiten war Röcheln zu hören – rok-rok-rok . . . Josefines Schnurrbart zuckte. Es flogen die Fledermäuse und die Falter mit den silbrigen Flügeln – wie damals. Bevor meine Wunden zugeheilt waren, schleppten sie mich von oben runter und setzten mich hier ab, wo du mich siehst. Von hier bis zum Bahnhof geh' ich bettelnd hin und her – und bitte Gott, er möge meine Seele zu sich nehmen . . .«

## 12

Timofejitschs Lissaboner Wohnung war geräumiger als die Münchener. An den Wänden gab es weder Ikonen noch Gravuren noch Teller aus gebrannter, bemalter russischer Erde. Und nirgendwo standen Koffer bereit, um in einen Zug nach Osten verladen zu werden. Das Flämmchen des Ewigen Lichts beleuchtete Säcke mit Konserven und Medikamenten, Kisten mit Munition und Sprengstoff, Bündel voll automatischer Waffen . . .

Kuznecov und Marković erinnerten sich diesen ganzen Winter lang an München und an die fröstelnden armen Emigranten. Kuznecovs Kraft kehrte wieder, er trank, legte sich wieder mit der *Abendzeitung* an. Marković mußte zum wer weiß wievielten Male erzählen, wie in Baden-Baden Dostojewkijs Schulden bezahlt worden waren.

Kuznecov begann Kolars Lied zu singen:

»Ne szidjatok soha engem
En a szidást nem erdemlem
Nem tudok mas lenni«

Kuznecov umarmte die Flasche und weinte.

Und Marković, während er Timofejitschs Füße mit Hirschtalg einrieb, fuhr fort:

»Mert akinek a szive faj
Hajnalban is borozni jar
Nem lessz abbol semmi . . .« [1]

Auch Marković weinte, sowohl vor Betrunkenheit wie vor Glück darüber, daß er in dem portugiesischen Paß, den er einen Tag vor der Abreise aus München von Batjuschka Timofejitsch ausgehändigt bekommen hatte, Aleksander Jermolajewitsch Kuznecov hieß.

Kuznecov senior und Kuznecov junior begaben sich bei Nacht hinunter an den Tejo, gleich beim Städtchen Villa Franca, und statteten ihren Emigrantenkompanien einen Besuch ab. Neben Slowaken, Madjaren und Rumänen hatte Kuznecov in jenem Winter hauptsächlich DDR-Deutsche, Esten und Litauer. Die Käufer billigen osteuropäischen Menschenmaterials kamen in Jeeps und amerikanischen Limousinen an, manchmal auch in Jachten. Brasilianische Gutsbesitzer bevorzugten für ihre Kaffeeplantagen Madjaren und Ukrainer und bezahlten sie bar. Krokodil- und Schlangenjäger, Schiffseigner und Haciendero waren nicht wählerisch. Denen lud Batjuschka alle jenen zerschundenen Typen auf, die schon an Bord zu zittern begannen. Unter diesem Auswurf befanden sich vor allem Bulgaren, Rumänen, Russen. Portugiesische Offiziere und Manager nahmen für Angola, Mozambique und Guinea vorzugsweise solche, die, wie sie hervorhoben, in ihren früheren Heimatländern gern geplündert, vergewaltigt, geschlachtet hatten. Nach Rhodesien, ins Königreich Lesotho und in die Republik Südafrika gingen Tschechen, Esten und Polen, von denen es dort schon Tausende gab. Afrikanische Kapitäne, Häuptlinge,

---

[1] Scheltet mich niemals, ich habe Schelte nicht verdient, ich kann kein anderer sein. Denn wem das Herz wehtut und wer schon in der Morgenröte Wein trinken geht, aus dem wird nichts . . .

selbsternannte Prinzen und Könige zweigten für ihre Garden, ihre Gorillas und Totschläger die Blutrünstigsten ab: Jugoslawen, DDR-Deutsche und Madjaren. Ein Häuptling kam auf einem stolzen Albaner vor Timofejitsch angeritten und tönte, mit Elfenbein in der Nase, es werde bald keinen Schwarzen mehr ohne einen Weißen unter sich geben. Das Brüderchen nickte nur, kassierte und sprach von der nächsten Lieferung unglücklicher Euronigger . . .

## 13

Nach Dojtsch kehrten Kuznecov senior und ›Kuznecov junior‹ über Sizilien und Korsika zurück. Auf dem Gehsteig vor ihrer Münchener Wohnung wartete der Ukrainer Bondarenko auf sie.

Sie entsicherten die Pistolen, gingen in Deckung. Da sahen sie, daß Bondarenko zitterte und hustete.

»Chochol, wo kommst du her?!« brüllte Kuznecov.

»Brüderchen Timofejitsch, mit mir ist's aus«, wimmerte Bondarenko im Knien.

»Steh auf, Bogdan!«

»Wie soll ich mich aufrichten, wenn ich ohne Kraft, ohne Stolz und Ehre bin . . .«

»Wo ist dein Schnurrbart?«

»Batjuschka, die Walachen, Tschechen und Kaschuben haben ihn mir abgebrannt. Er wird auch nicht wieder nachwachsen. Die Haut will und will sich nicht erneuern, so daß ich nicht mal wie ein Mensch weinen kann. Die Tränen zwicken und brennen in meinen Wunden . . .«

»Und die Legion deiner Märtyrer?«

»Meine Bestien, mein Gesindel . . . Sie haben mich verunstaltet und sich dann über ganz Dojtsch verstreut!«

»Soll ich dir eine Legion schenken?«

»Timofejitsch, du weißt selbst, daß man ohne Schnurrbart nicht kommandieren kann.«

»Chochol, wovon wirst du leben?«

»Am irdischen Leben hatte ich ja nie Freude.«

»Wie lange kniest du schon hier?«

»Drei Tage und drei Nächte.«

»Auf wen wartest du?«

»Timofejitsch – vor deiner Wohnung hab' ich das zwanzigste

Treffen mit Gott verabredet. Mit unserem Gott! Zu einem Gespräch über Emigration, Gottlosigkeit, allgemeinmenschliche Hoffnungslosigkeit und Geistesarmut. Darüber, daß wir Slawen im Westen nur mit einem Lungenflügel atmen. Mit Rücksicht darauf, daß dies die letzte Zusammenkunft ist, die ich ihm vorschlage, würde ich über ihn herfallen und ihm alles sagen, was sich in den letzten langen dreißig Jahren in meiner Seele angesammelt hat . . .«

»Aber du leidest ja wirklich, Chochol!« flüsterte Kuznecov und streichelte Bondarenko durch das dichte angegraute Haar. »Du mein Waisenkind!«

»Verzeih, Timofejitsch, daß ich dich so oft hab' umbringen wollen! Und erlaube, daß ich, von heut' an angefangen, an dich glaube. Ich kann nicht ohne Hoffnung, ohne Angst, ohne Gott! Vor dir werde ich, sobald meine Brandwunden verheilt sind, Tränen um unsere erloschenen Feuerstellen in der Heimat vergießen . . .«

»Bogdan, zuerst woll'n wir dich mal hochheben und erwärmen.«

Kuznecov senior und Kuznecov junior feierten in der Wohnung Orgien mit Mädchen vom Bahnhof. Bondarenko verlangte, man solle die Glühbirnen ausschalten und um ihn her hundert Kerzen aufbauen. Sein Wille geschah. Kuznecov knallte mit der Peitsche. Die Mädchen schrien auf. Bondarenko bekreuzigte sich vor Jermolajs Sack. Am vierten Tag, irgendwann kurz vor Tag, richtete Bondarenko sich auf und verschwand mit dem schwersten und ältesten russischen Kreuz. Bei den Mädchen ließ er einen Zettel mit ein paar unbeholfenen Sätzen zurück:

»Batjaschka Timofejitsch, vergib mir meine vielen Sünden. Ich habe sie in Unkenntnis begangen. Bin doch ein Ukrainer! Von nun an werde ich deiner Reinheit dienen. Hilf mir, daß ich mit deinem Kreuz vom Don den Kommunisten Kiew wegnehme. Oder bring mich um, Bruder in Christo, um aller Emigranten willen!«

Timofejitsch litt um Bondarenko, wie er um Kolar gelitten hatte. Tagelang trank er Gin und setzte ein Emigrantenmanifest auf. Zwischen den Kerzen sitzend, die seit Bondarenkos Abgang ununterbrochen brennen mußten, reihte Timofejitsch Metaphern, Angriffe, Drohungen aneinander. Von Salven war die Rede, von Bomben, von Trinitrotoluol und von der *Abendzeitung* – die, wenn sie das schon zum fünfzigstenmal angebotene Manifest nicht veröffentliche, vom Angesicht der Erde verschwinden müsse. Marković schrieb. Um zu erfahren, wann und wie Kiew gefallen sei, hörte Batjaschka Timofejitsch ununterbrochen *die Stimme Amerikas, Radio Liberty*, Ankara. Verstimmt kehrte er zu Kerzen und Rauch zurück und diktierte die Bedingungen an die *Abendzeitung* . . .

## 14

Enver Papaks Pupillen waren geweitet, stiller Wahnsinn zeichnete sich in ihnen ab. Dauernd schaute er sich um. Seine Stimme war erstaunlich sanft. Seine kleinen, hungrigen Kinder erwähnte er nicht mehr. Marković hatte den Eindruck, er wisse seit einiger Zeit nichts von ihnen.

Papak erzählte vom schwarzen Schwein. Den einen zufolge war Josefine, verrückt geworden von der Musik und von den Schreien der Entführten und Gefolterten, aus Richards Schloß davongelaufen. Andere sagten, der Violinist habe Josefine von selbst laufen lassen, ja ihre Flucht sogar gelenkt.

Wie ein schwarzer Meteor wetzte Josefine kreuz und quer durch die Alpen. Sie war in Braunau am Inn, in Linz, badete und suhlte sich dort. Biß Tiroler Schweine sowie österreichische Pferde und Kühe. Riß Kinder in Stücke, als wären es slawische. Von ihren Bissen bekamen Traktoristen, Postbeamte und Soldaten Gehirnentzündung. Ihr Röcheln erinnerte die Bayern an Löwengebrüll. Mit ihren blutigen Exkrementen vergiftete sie die Saat. Auch die beherztesten Schäfer wagten sich nicht an sie heran. Die Bayern brannten im Umkreis der Ställe und Weiden Feuer ab und sangen vor Angst alte Soldatenlieder.

Papak war der Meinung, Josefine habe richtig gehandelt, als sie München nicht, wie erwartet, von Osten, sondern von Südosten angriff, aus Richtung Starnberg-Buchendorf. In München fiel sie über etliche Bierschwemmen, Museen und Verkaufsstellen von Salamander-Schuhen her. Die Bürger waren verschreckt – aber es gab auch solche, die ob der allgemeinen Panik in Lachen ausbrachen.

Papak hatte nicht gesehen, wie Josefine, vorbei an Feuerwehr und Polizei, die lange Leopoldstraße hinuntergaloppiert war. Der erbittertste Kampf mit ihr wurde im Englischen Garten geführt, in Bogenhausen und Denning – wo Papak oft betteln ging. Josefine verwischte die Spuren, indem sie in Häuser und

Garagen eindrang und sich in Gärten und Schwimmbecken versteckte. Wolkenbrüche und Fluchtspuren in Richtung Dänemark und der Schweiz erschwerten die Verfolgung.

Papak war sicher, daß Josefine quiekend elfmal auf das jugoslawische Konsulat losgegangen war, jedesmal einen blutigen Köttel vor dem Haupteingang zurücklassend. Auf Revolverkugeln sprach sie nicht an. Mit geringeltem Schwanz und geschwellten Zitzen stürmte sie zuerst auf die JAT los, dann auf die Deutschen, die sich in einem Kino in der Sonnenstraße einen jugoslawischen Kriegsfilm in Farbe ansahen.

Papak war es nicht klar, wie Josefine in die Gegend um den Bahnhof gelangt war. Dort hatte er sie, behauptete er, aus der Nähe gesehen. Ihre Kiefer waren ausgerissen, der Schnurrbart blutig und verklebt, das Haar auf Scheitel gekämmt. Mit den Klauen zerriß sie in der Schillerstraße einen Griechen, in der Goethestraße einen Türken mit Transistor. Brach in die Bayerstraße ein, wo das Eisenbahnpersonal, Reisende, die nicht weiterkonnten, und Treiber mit Megaphonen auf sie warteten. Josefine bog nach links ab, jagte neben der Straßenbahn her. Papak nahm die Verfolgung auf und rief der Masse zu: »Ich kenne sie, Leute, sie hat mich auf der Hochebene angebissen!«

Den Griechen, den Türken mit Transistor und ein Kleinkind im Kinderwagen nicht gerechnet, war der Jude Josefines erstes Münchner Opfer. Josefine fand den Jankelewitsch unter der Donnersberger Brücke. Frumkin kämpfte nicht. Papak hatte den Eindruck, er habe sich, Odessa, Aschmadaj und Drakula beschwörend, sogar ergeben.

Papak hatte nicht sehen können, wie Josefine, Frumkin zwischen den Zähnen, Neuhausen, Milbertshofen und Freimann passierte – aber er war sich dessen sicher, aus der Ferne Frumkins Hilferufe in allen osteuropäischen Sprachen sowie sein letztes Gebelfer auf jiddisch gehört zu haben.

Ohne ihre Beute auszulassen, brach Josefine in Groß-Lappen ein und zerstörte dort die paar Gäßchen und Plätze Sabans II. Josefine war der einzige Gast, über den die Sabanovićs sich nicht freuten. Saban II. brachte ein schweres amerikanisches MG in Stellung. Er erkannte Frumkin mit seinem Buchhaltungsheft, den wollte er nicht gefährden, er schwenkte im letzten Moment den MG-Lauf in den Mist.

Wie eine Robbe warf Josefine sich vom Ufer in die Isar. Hinter ihr her stürzten die Rattenrudel Sabans II. Die Isar färbte sich schwarz. Die Verfolger mit Hunden, die Feuerwehrleute und Eisenbahner konnten nicht weiter. Sie warfen Megaphone, Plastikhelme, Drahtschlingen in die Isar. Josefine setzte ihren Weg zu Wasser nach Osten fort, in Richtung auf Richards Hochebene.

Papak war sicher, daß Josefine weniger deshalb nach München eingedrungen war, um mit der Entführung des Juden Frumkin den Tod des Madjaren Kolar zu rächen, als vielmehr, um die verwirrten Redakteure des Bayerischen Rundfunks und der *Abendzeitung* auf sie und auf ihre Bewegung aufmerksam zu machen.

Marković ließ Papak vor der Donnersberger Brücke stehen – genau auf dem Platz, wo Frumkin sich dem Schwein seines Lebens ergeben hatte . . .

## 15

Rücklings ausgestreckt, lag Kuznecov sterbend auf dem Fußboden seines Zimmers. Mit der einen Hand tastete er seine Brust um die Herzgegend ab, mit der anderen drosch er gegen die Tür einer niedrigen, langgestreckten Nische, mit deren Geheimnissen er nicht einmal seinen Wahlsohn bekannt gemacht hatte. Zitternd beugte Marković sich über ihn.

Gekleidet war Kuznecov wie in jener Nacht, als sie Kolar schlachteten. Mit einem Blick wollte er die Landkarten aus der Zarenzeit umfassen, die zwischen alten Helmen und Vorderladern an der Wand hingen, die goldbestickten und von Bolschewikenkugeln durchlöcherten Fahnen, die Töpferarbeiten vom Don, den Weihrauchschwenker aus griechischem Altsilber, die hundert Kerzen, die seit Bondarenkos Verschwinden ohne Unterlaß brennen mußten, seine ganze geräumige und verrauchte Welt – so wie auch seinen Marković, der bei ihm kniete und ihn beschwor, nicht zu sterben. Immer wenn er zu röcheln aufhörte, zeigte Kuznecov mit der Hand auf die Nische, auf den Sack mit Erde, auf die verrußten orthodoxen Ikonen.

Marković wußte nicht mehr ein noch aus . . .

Kuznecov und Marković befanden sich unter einem Zeltdach. Es gastierte der Moskauer Zirkus. Sie schauten zu, wie geschmeidige Frauenleiber am Trapez halsbrecherische Übungen vollführten, wie sie bis unter die Zeltkuppel flogen und dann auf den Boden zurückkehrten – wo, dicht am Manegenrand und vor der Nase der beiden, Pferde vorbeidröhnten. Ein Tiger sprang durch einen brennenden Ring. Auf den Zuruf »Charascho!« brach ein Elefant auf die Knie. Affen fuhren Rad, stießen zusammen, während der schwerste Bär Kopfstand machte und Gelächter hervorrief.

Als Kinder in Trachten vom oberen Don auftraten, schob Kuznecov zum erstenmal in der Herzgegend die Hand unters Hemd und sagte zu Marković, er glaube nicht, daß er diese Nummer bei vollem Bewußtsein bis zum Schluß durchhalten werde.

Die Kinder tanzten und sangen »Kalinka malinka, malinka moja . . .« Noch konnte Kuznecov applaudieren, er donnerte sogar, sie sollten weitersingen, wie »V ljesu rodilas jeločka . . .« (Im Wald eine Tanne geboren war). Da verließ ein Mädchen die Gruppe und nahm auf der linken Seite der Szene Aufstellung. Ein gleichaltriger Bub mit einer kaum hörbaren Harmonika stellte sich ihr gegenüber und begann mit dem Ausdruck eines Erwachsenen zu singen:

»Skoljko ljet ja stradal
I stradat bil bi rad . . .
Jeslji tvoj laskavij vzgljad . . .
Milaja, o usliš menja,
Pod oknom stoju . . .« [1]

Man hörte begeisterte Zurufe, entzückte Schreie. Manche, wie Kuznecov, begannen zu heulen. Einige erhoben sich von ihren Plätzen.

Eben hatte der kleine Russe, den Blick zum Zelthimmel gerichtet, gesungen:

»Kuda vedjoš, tropinka milaja,
Kuda vedjoš, kuda zavjoš . . .« [2]

Und das Mädchen zupfte an seinen haferfarbenen Zöpfen und erwiderte ihm:

»Kawo ja ždala,
kawo ljubila ja . . .« [3]

Da fiel der Alte, wie von einem Stern aus dem Zirkushimmel getroffen, um, Marković in den Schoß.

---

[1] Wieviel Jahre hab' ich gelitten und würde noch weiter leiden, wenn mich dein lieber Blide . . . Liebste, o erhöre mich, ich stehe unter deinem Fenster . . .

[2] Wohin führst du, lieber Pfad, wohin führst du, wohin rufst du? . . .

[3] Wen hab' ich erwartet, wen hab' ich geliebt . . .

»Verfluchte Bolschewiken!« flüsterte Kuznecov, während sich ihr Taxi zur Georgenstraße durchdrängelte. »Fünfzig Jahre lang verfolge ich sie mit Dynamit, Minen, Trinitrotoluol – und sie kommen mir mit Kinderstimmen!« Und weiter, als Marković ihn ins Haus trug: »Ich bewerfe sie mit Schmutz – sie kommen mir mit Schönheit! . . .« Und als er aus dem Sessel auf den Fußboden stürzte und die Stellung einnahm, in der er sich jetzt noch befand: »Mein Sohn, sag's allen: Gegen die Russen braucht man nicht Feuer und Blei – denen muß man nur mit Kindern kommen, so, wie sie das jetzt mit mir machen . . . Öffne meine Nische!«

Marković gehorchte, zog das Brett weg – und Gestank und Moder wehten ihn an. Dann erkannte er ein menschliches Skelett auf dunkelblauem Samt. Jede Rippe, jeder Wirbel, jedes Gelenk war an seinem Platz. Vom Schädel bis zum Beckenknochen zog sich ein aufgelöster Frauenzopf hin, der hatte die Farbe von gebleichtem Flachs. Eine Hand war ausgestreckt. In Griffnähe lagen Spielkarten verstreut. Auf dem Deckel des Buches stand: ›Rußland in Flammen‹. Ein anderer Wälzer hieß ›Auferstehung der Toten‹. Ihr Autor war Nikolaj Fedorow.

Marković hatte den Eindruck, Kuznecov sauge den Moder aus der Nische. Spinnweben erhoben sich. Die Pelinbüschel [1] links und rechts vom Schädel bewegten sich. Das Haar löste sich von den Knochen. Kuznecov stöhnte auf, dann knallte er mit dem Hinterkopf auf den Fußboden.

Marković begann zu weinen und über dem ausgestreckten Leib den Sack mit fünfzig Jahre lang gesammelter Erde auszuschütten: »Batjuschka Timofejitsch – da hast du nun dein russisches Grab . . . Vater – was soll ich jetzt ohne dich?«

Marković stand auf der Türschwelle. Die vielen Kerzenflammen erleuchteten die Ikonen, die verrußten Helme und Fahnen. Durch Tränen gesehen, war Batjuschkas Grabhügel noch größer. Marković bekreuzigte sich aufrichtig und betete um den ewigen Frieden für die Seele des Russen. Gebannt starrte er auf einen russischen Roggenhalm, der aus der Erde herausschnellte, ein Weilchen noch zitterte . . .

Der Klang Münchner Glocken ließ Marković vereisen. Schnell schnallte er sich die ›Walther‹ mit Schalldämpfer um. Die Magazine und das große Springmesser versteckte er unter dem Re-

[1] Pelin = Wermut

genmantel. Er schloß alle Türen hinter sich ab und stieg die Treppe hinunter.

Hätte er nicht geschwind einen Haken nach rechts geschlagen, in Richtung Leopoldstraße, wäre Marković mit Apostolski zusammengeprallt. Vangel Total geleitete an die zehn Emigranten, nach Aussehen und Betonung zu schließen Tschechen. Apostolski fluchte deutsch auf sie ein. Die Emigranten zitterten.

Marković eilte auf das Taxi zu, das für ihn anhielt.

## 16

Wir waren in der Münchner Bahnhofshalle. Ich trug Enver Papak über meiner Schulter. Er muß wie ein lebender Torso ausgesehen haben, weil die Leute so nach ihm schauten. Papak weinte und bat, ich möge ihn in irgendeinen Mülleimer werfen. Ich kam nicht dazu, ihm zu sagen, daß wir im Begriff waren, nach Hause zu fliehen.

Küffner – ein schlanker blonder Einbrecher, mit dem ich noch vor der Bekanntschaft mit Kolar in Nachtzügen und Museen operiert hatte – führte Januša am Arm. In Schals und Umhänge gehüllt und mit dem Hängebauch, der mal nach der einen, mal nach der anderen Seite zog, kam mein Tschechenmädchen kaum vom Fleck, so daß Küffner sie fast ziehen mußte. Das Bündel mit Windeln, Medikamenten und den anderen Utensilien für die Niederkunft fiel ihr immer wieder aus der Hand. Ich wußte nicht, auf welchem Bahnsteig der jugoslawische Zug stand.

»Mark – die Wehen . . . schon wieder . . .«

»Nicht hier auf dem schmutzigen Beton, mein gutes Tschechenmädchen«, sprach ich zu ihr und zwängte mich zwischen den Reisenden durch.

»Ich hab' Angst, ich bring' eine Mißgeburt zur Welt . . .«

»Tschecho, beiß dir lieber die Zunge ab . . .«

Sie begann zu weinen und umfaßte mit den Händen im Gehen ihre hängende Last: »Sieben Jahre sind vergangen, seit du mir befohlen hast, nicht zu gebären!«

Ich schwitzte unter Papak und beeilte mich: »Halt aus – nur einen Augenblick noch! Bis zu unserem freien Territorium. Dort gibt's Stroh.«

Januša verstand mich nicht.

Wir liefen von Bahnsteig zu Bahnsteig, drängelten uns durch. Ausgelaugte Gestalten huschten um uns herum. Um unsere Spur zu verwischen, überschritten wir die Geleise, durchquerten Waggons mit Reisenden, taten so, als wollten wir nach Norden fahren. Die ausgelaugten Typen verfolgten uns. Emigranten mit ihren Zeitungen, Zeugen Jehovas mit ihrem Mitteilungsblatt, Käufer und Verkäufer billiger Arbeitskraft aus dem Osten – eine ganze trübe, besessene, parallele Welt hetzte hinter uns her.

»Küffner – in München wird eigentlich deutsch gesprochen?«

»Mark, das ist vorübergehend.«

»Was ist vorübergehend, Küff?«

»Deutsch ist eine vorübergehende Sprache«, lächelte er und hielt mein Tschechenmädchen bei der Schulter fest.

»Küffner – nie erschien mir deine Sprache schöner als jetzt vor der Flucht.«

»Mir ist bosnisch lieber!« scherzte Küffner und zwinkerte dem verängstigten Papak zu. »Vielleicht deshalb, weil ich hier bleibe.«

»Küffner«, sagte ich zu ihm, »soviel Jahre hab' ich in deinem Land zugebracht – aber von seiner Sprache konnte ich gar nicht genug bekommen! Erinnere dich nur, wie gut wir uns mit den Gefängniswärtern auf ungarisch, tschechisch und polnisch verständigt haben! Es tut mir leid, daß ich kein einziges deutsches Lied kenne . . .«

»In Deutschland singt man nicht mehr«, entschuldigte mich Küffner.

»Man erzählt, die deutschen Häuser seien sauber und weit geöffnet für jeden, der menschliche Wärme, Arbeit und Brot sucht.«

»Ich betrete sie nur, wenn sie verschlossen sind!«

»Man erzählt, die deutschen Wiesen seien sogar im Winter grün.«

»Ich schau' sie mir nur aus den Zügen an, nachts.«

»Man erzählt, die deutschen Gärten seien die schönsten – voller Blumen und Bienen.«

»Gärten interessieren mich nicht.«

Wir standen vor der langen Wagenreihe des Balkan-Expreß. Küffner stützte mein Tschechenmädchen. Papak lehnte sich an den Waggon, dessen Türschloß ich mit dem Dietrich öffnete.

»Küffner – wir fliehen aus Deutschland nicht vor den Deutschen«, erläuterte ich ihm: »Andere sind uns auf den Fersen. Du hast es gesehen . . .«

»Ich würde euch verstecken, Freunde.«

»Küff, soviel Liebe haben wir nicht verdient.«

»Ich hab' ein Häuschen unmittelbar an der dänischen Grenze.«

»Das ist nichts für mich. Ich gehör' ins Gefängnis.«

»Das sieht ja so aus, als wolltest du dich ergeben?«

»Mein Freund, ich geh' bloß dorthin zurück, von wo ich ohne ausreichenden Grund davongelaufen bin. Hier bin ich! werd' ich sagen: Ich hab' was zu gestehen . . . Dann sollen sie mit mir machen, was sie wollen!«

»Sitzen wirst du!«

»Und mit Recht, Küff. Mein einziger Trost dabei wäre, wenn meine Zelle sich in einem Waggon befände. Ein bis anderthalb Meter über der Erde. Und in Bewegung! Um nicht immer an der gleichen Stelle zu verfaulen! Und wo ich mit meiner vierfingrigen Hand lebenslänglich die Welt in Freiheit grüßen könnte! Als warnendes Beispiel . . .«

»Und das Tschechenmädchen?«

»Sie geht in eine Fabrik . . .«

»Was wird mit Papak?«

»Eine Zeitlang wird sein Bild in allen Zeitungen stehen. Er wird einen dicken schwarzen Strich über den Augen haben. Sie werden ihm ein Mikrofon hinhalten. Egal, was sie ihn fragen, Papak wird vom schwarzen Schwein mit der weißen Blüte sprechen. Man wird ihn modellieren, von ihm sprechen, ihn zum Vergleich mit anderen heranziehen. Wenn er nicht den Verstand verliert, wird Papak im Zirkus vorführen, daß der menschliche Mund alles das kann, was früher die Hände gemacht haben. Vor seinen Kindern wird er verheimlichen, daß er am Leben ist . . .«

Januša und Papak waren bereits im Waggon. Januša stützte mit den Händen ihren Bauch. Papak schlug mit der Stirn gegen die Scheibe und wollte was sagen.

Irgendwo erklang ein Lied.

»Mark, wie soll ich ohne dich auf Nachtzüge und Postämter losgehn?«

»Hüte nur deine rechte Hand, Küff, die Finger!«

»Und du, Bruder, Augen und Füße!«

»Unterm Galgen werd' ich dir zuwinken, Küff!«

»Und ich dir, Mark!«

Wir umarmten uns. Wir küßten einander nach Einbrecherart auf die Stirn. Der Balkan-Expreß fuhr an. Einen Augenblick lang stand Küff wie angewurzelt. Dann sprang er wie eine Heuschrecke den Zug nach Hamburg an. Er winkte.

Mein Tschechenmädchen und Papak wußten nicht, daß sie sich im Leichenwagen des jugoslawischen Zuges befanden. Das wollte ich ihnen nicht vor Tagesanbruch sagen. Kreuze und Särge aus billigsten schwedischen, holländischen und deutschen Brettern reihten sich hinter uns auf. Ich erkannte viele Namen, Geburts- und Sterbedaten und die Bestimmungsorte.

Januša stand vor mir. Ich hielt sie an den Schultern fest. Ich weiß nicht, zu welcher Nachtzeit unser Zug plötzlich zu schaukeln begann. Die Särge und Kreuze bewegten sich auf uns zu. Mit fürchterlicher Kraft zog der Zug an, so daß Januša sich jäh an den Bauch faßte. Sobald sie sich aufbäumte und es sie erdwärts zog, fiel Papak auf die Knie. Ich hielt sie fest an den Schultern.

»Enver, was machen wir jetzt?!«

»Keine Angst – ich hab' Lämmer zur Welt bringen geholfen!«

»Enver, erwähne keine Tiere . . .«

Da erfüllte ein Schrei meines Tschechenmädchens den Leichenwagen.

»Enver, Bruder, was ist es?«

»Ein Kind!« murmelte Papak aus dem Stroh. »Ich hab' ihm die Nabelschnur durchgebissen.«

»Enver – Mädchen oder Junge?«

»Ein Kind! Ein lebendiges Kind! Ohne Kiemen! Ohne Satansohren! Ohne Hundefell! Ohne geringelten schwarzen Schweineschwanz . . .«

Wir waren irgendwo in den Alpen. Unser Zug donnerte. Mir war, als schlügen wir uns durch ewiges Eis durch. Es widerhallte aus dem Abgrund. Der Tag schied sich von der Nacht, wie ein gesunder Gedanke den kranken ausscheidet.

Mein Blick senkte sich von einem kahlen Gipfel auf eine Hochebene. Dort konnte ich Richard Schweineherz gut erkennen. Er ritt. Auf dem Kopf hatte er eine vorsintflutliche Pickelhaube mit einem schiefstehenden Kreuz darauf. Um seine

Schultern lag ein karpatisches Tuch, bestickt mit schwarzen Hähnchen.

Richard war durchbohrt. Seine hölzerne Rechte lag auf dem gespitzten Ende des Weißdornpfahls, der ihn durchquerte. Der andere Arm, mit dem er unter der Pelerine Kommandos gab, war bis zum Ellbogen in Nebel, von dort abwärts in Blut getaucht. Richard war entweder zur Jagd aufgebrochen – oder zur Heimkehr nach England, über Schweden und Dänemark. Die drei, die seine engste Begleitung bildeten, saßen mit Lanzen und in rostigen Rüstungen auf Pferdchen mit verschimmelten Mähnen und Schweifen. Sie sangen »Halali . . .« Jeder hatte einen toten Falken auf der Schulter.

Statt Hunden führte Richard ein Rudel schwarzer Schweine mit sich. Ihre Rücken schimmerten auf. Ich erkannte sie wieder. Sie verstanden die Kommandos in den neugeschaffenen Sprachen. Man sah, daß sie in Sprüngen aller Art ausgebildet waren. Einige hatten Hasenfleisch zwischen den Zähnen, andere nur ihren eigenen Schaum.

Es waren lauter Josefinen.

Richards Gorillas ritten Formation. Diejenigen, die ihn von beiden Seiten flankierten, trugen gabelförmige Hoheitszeichen, ähnlich den Klemmen, mit denen man angeschossenes Wild würgt. Die vor und hinter Richards Rößlein einhermarschierten, waren mit Pfeil und Bogen und Äxten bewaffnet. Ihre Fahnen waren violett. Richards Obergorilla, ein Ungetüm, das durch den Nebel den Weg bahnte, hatte auf einem Panzerhemd vorne die Zahl 11 und hinten, zwischen den Schulterblättern, eine mesopotamische Giftschlange, in Kupfer gearbeitet.

Richards Treiber waren am Rande des Hanges aufgestellt – dort, wo der blutige Nebel am dünnsten war. Immer wenn Richard auf eine weite Reise oder zur Jagd aufbrach, befahl er seinen Begleitern, sich so malerisch wie möglich zu kostümieren.

Jene Treiber, die dicht am Abgrund entlangmarschierten, winkten mit alten russischen, ukrainischen und rumänischen Fahnen. Andere, die am Waldrand einen lebenden Kordon bildeten, trugen Mäntel aus polnischem Loden. Die Masse der Treiber trug grüne und gelbe Plüschumhänge, die im Wind flatterten. Das waren entweder Madjaren oder Tschechen. Slowaken und Lausitzer Sorben bliesen in Hörner und verkündeten in der Sprache eines unlängst ausgestorbenen baltischen Stammes, daß das Wild aufgebrochen sei und die Hatz demnach beginnen könne.

Jene Treiber, die im Rückwärtsgang vor Richard herliefen, waren Südslawen, Walachen und Kaschuben. Von allen Emigranten hatten die Balkanesen auf ihren Fahnen und ihren Schafs- und Bärenpelzen die meisten kabbalistischen Zeichen. Ihre Lippen waren vollkommen blau. Sie stolperten. Und warteten mit ängstlichen Blicken, was Richard dazu sagen würde.

Indes – der alte Graf war von seinem Troß umzingelt, der immer wieder Kessel, Schweinetröge, große österreichische Äxte fallen ließ und deshalb zurückblieb. Schwärmerisch streifte sein Blick über die von vielfarbigen Gestalten belebte Szenerie.

Man vernahm Rufe, Schlag- und Blechinstrumente. Die schwarzen Schweine machten Sprünge wie Windhunde. Die Jagd ging auf . . .

Ich stand am Fenster und hörte, wie unser Zug durch eine Schlucht donnerte. Unter uns leuchteten Wasser, Wurzelwerk und Schaum weiß auf. Zu beiden Seiten des Gleises stiegen Steilhänge auf. Unser Zug bahnte sich seinen Weg in einem engen und vorgezeichneten Raum – zwischen einem Himmel aus Stein und Latschenkiefern und einer Erde, die mir unwirklicher erschien als je zuvor. Unser Zug raste durch ein Tal, über dem die Hochebene ausgebreitet war wie ein alter Gobelin. Ich erkannte den Vampir auf seinem Pferd und zitterte.

Richards Wangen waren verwüstet, vom Regen ausgewaschen, vom Wind ausgetrocknet. Über seine alte Haut hatte sich ein Schorf von ganz zarter Spinnwebe gelegt. Das machte sein Gesicht noch schmerzlicher. Seine alten Augen drückten Bitternis aus. Beengt durch den Pfahl, atmete er nicht wie früher. Mit aufgesperrtem Mund schnappte er nach Luft und Nebel.

»Alles verzeih' ich dir, elender Mensch«, flüsterte ich. »Denn dir ist vorherbestimmt, durch die Zeitläufte zu geistern als schwarzer Gedanke, als Unglück und böser Geist . . . Noch mehr aber würde ich dich bedauern, hättest du mir nicht in jener fatalen Nacht in deinem Schloß mein Menschenblut gegen Schweineblut ausgetauscht. Denn seither sehe ich alles anders!«

Mein Tschechenmädchen und mein Papak lagen auf den Kreuzen im Stroh. Zwischen ihnen bibberte mein Kind. Ich weinte vor Glück, weil es lebte.